W0377552

» I GRANDI LIBRI D'AZIONE «

VOLUME 23

MOSCA CIECA

Romanzo

di MICHAEL
DI MERCURIO

TRADUZIONE DI
ANDREA MOLINARI E LUCA PASTORI

LONGANESI & C.
MILANO

PROPRIETÀ LETTERARIA RISERVATA
Longanesi & C. © 2003 - 20122 Milano, corso Italia, 13

Il nostro indirizzo internet è: www.longanesi.it

ISBN 88-304-2008-5

Titolo originale
Phoenix Sub Zero

Visita *www.InfiniteStorie.it*
il grande portale del romanzo

First published in the United States under the title
« Phoenix Sub Zero » by Michael DiMercurio
Copyright © Michael DiMercurio, 1994
Published by arrangement with NAL Signet,
a member of Pengiun Putnam, Inc.

MOSCA CIECA

Questo romanzo è dedicato a ogni uomo che sia sceso nell'oscurità, che abbia udito il gemito di uno scafo d'acciaio immerso negli abissi, che abbia provato la disperata necessità di sonno, di aria vera, di una doccia calda e di lenzuola pulite, e che abbia affrontato la morte... se non a causa dei siluri e delle cariche di profondità del nemico, almeno per via del mare. A ogni uomo che sia stato, sia o sarà un sommergibilista, dedico questa storia.

«Fate attenzione al vostro modo di parlare, badate a che il vostro linguaggio sia appropriato. Nell'elenco delle parole che avete scelto di usare, 'Impossibile' potrebbe non esserci...»

Ammiraglio R.A. Hopwood, Royal Navy
Le Leggi della Marina

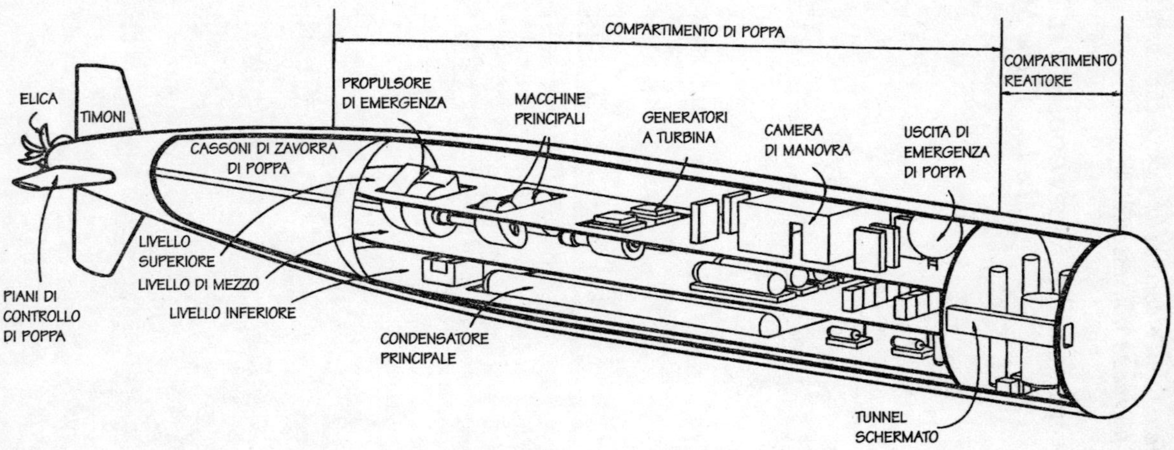

USS *Phoenix*
SSN-702

USS *Augusta*
SSN-763

USS *Augusta*
SSN-763

USS *Phoenix*
SSN-702

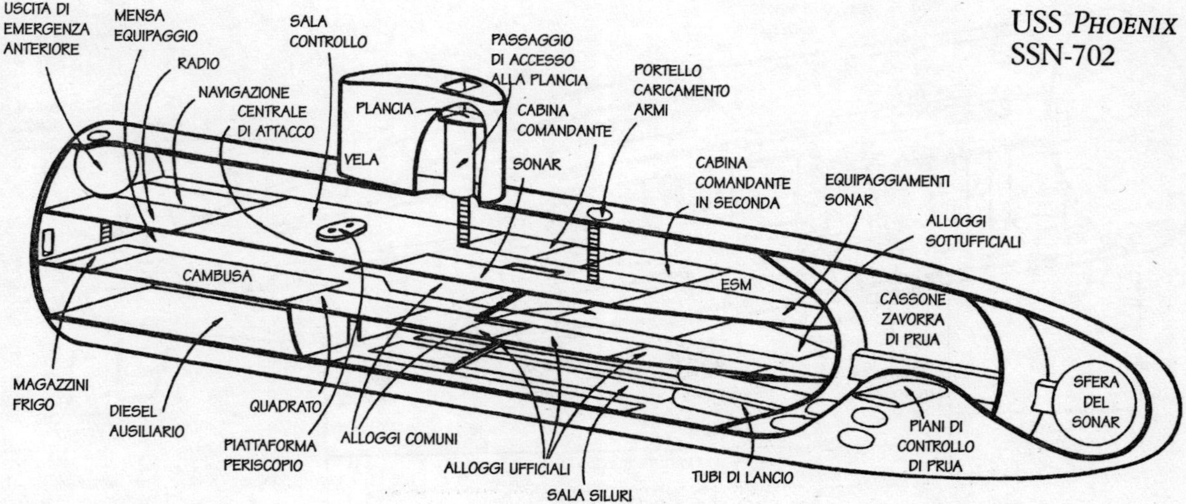

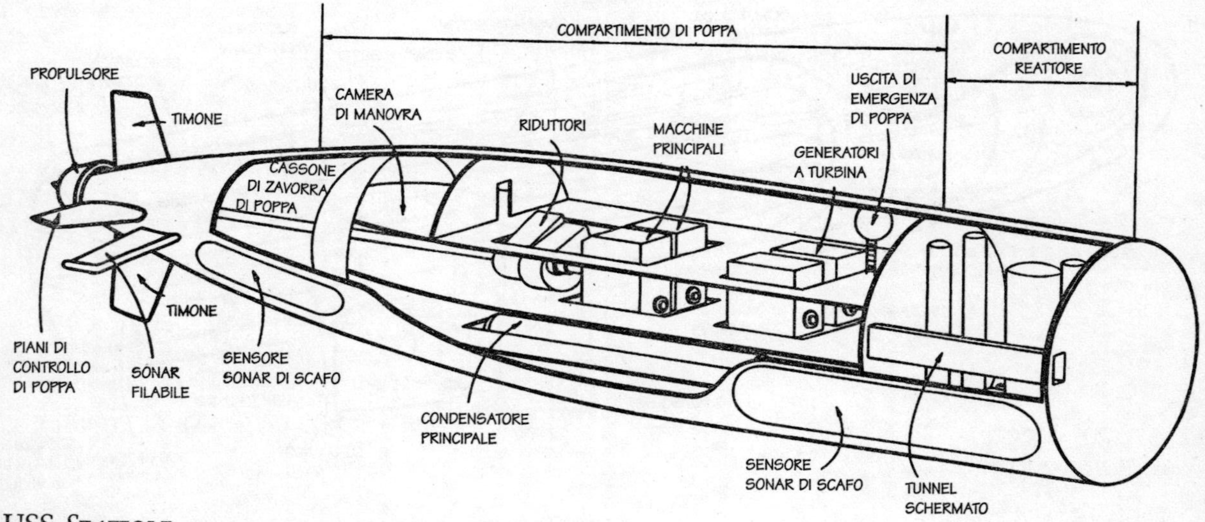

USS *Seawolf*
SSN-21 (sezione poppiera)

USS *Seawolf* SSN-21 (sezione prodiera)

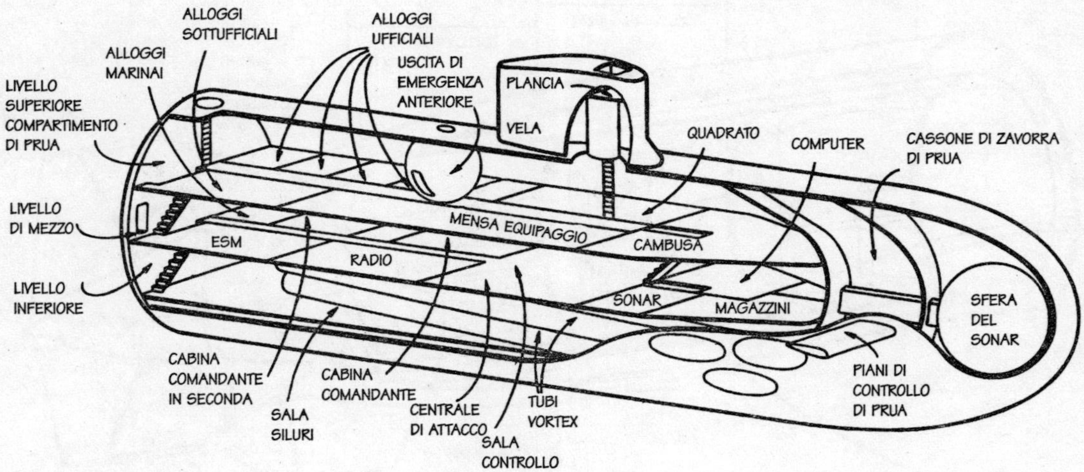

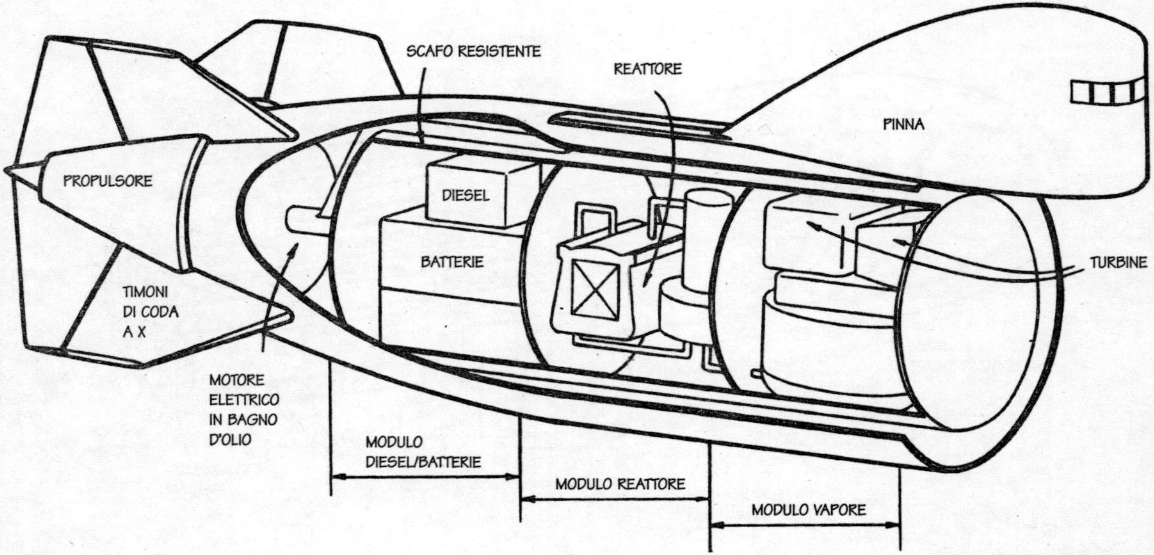

CNFS *Egira*
(SEZIONE POPPIERA)

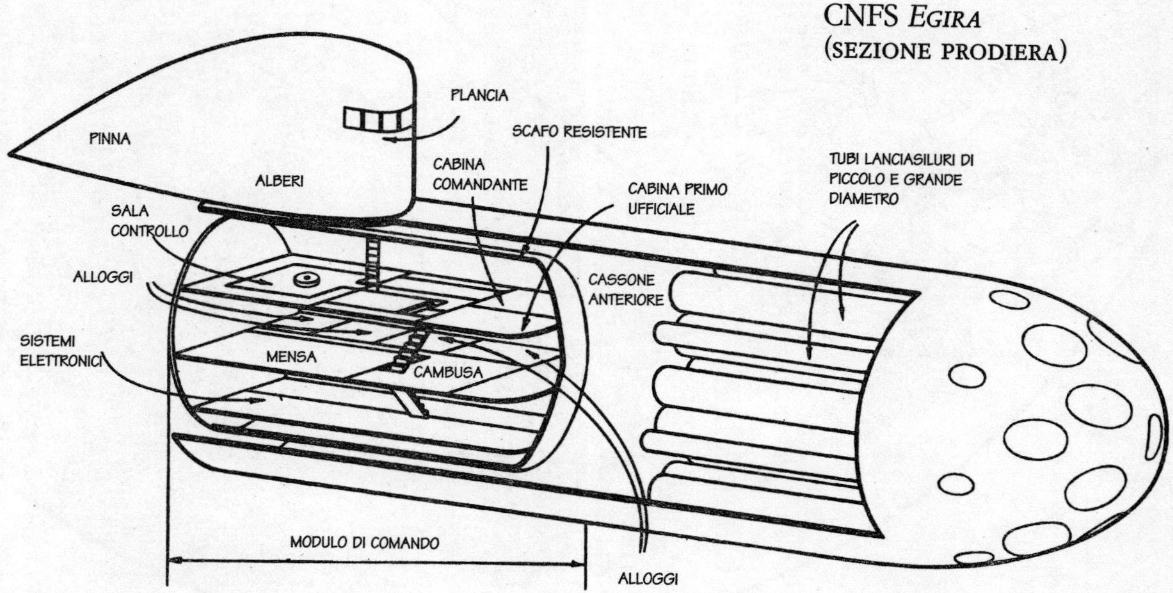
CNFS *Egira*
(SEZIONE PRODIERA)
PLANCIA
SCAFO RESISTENTE
PINNA
ALBERI
CABINA
COMANDANTE
CABINA PRIMO
UFFICIALE
TUBI LANCIASILURI DI
PICCOLO E GRANDE
DIAMETRO
SALA
CONTROLLO
ALLOGGI
CASSONE
ANTERIORE
SISTEMI
ELETTRONICI
MENSA
CAMBUSA
MODULO DI COMANDO
ALLOGGI

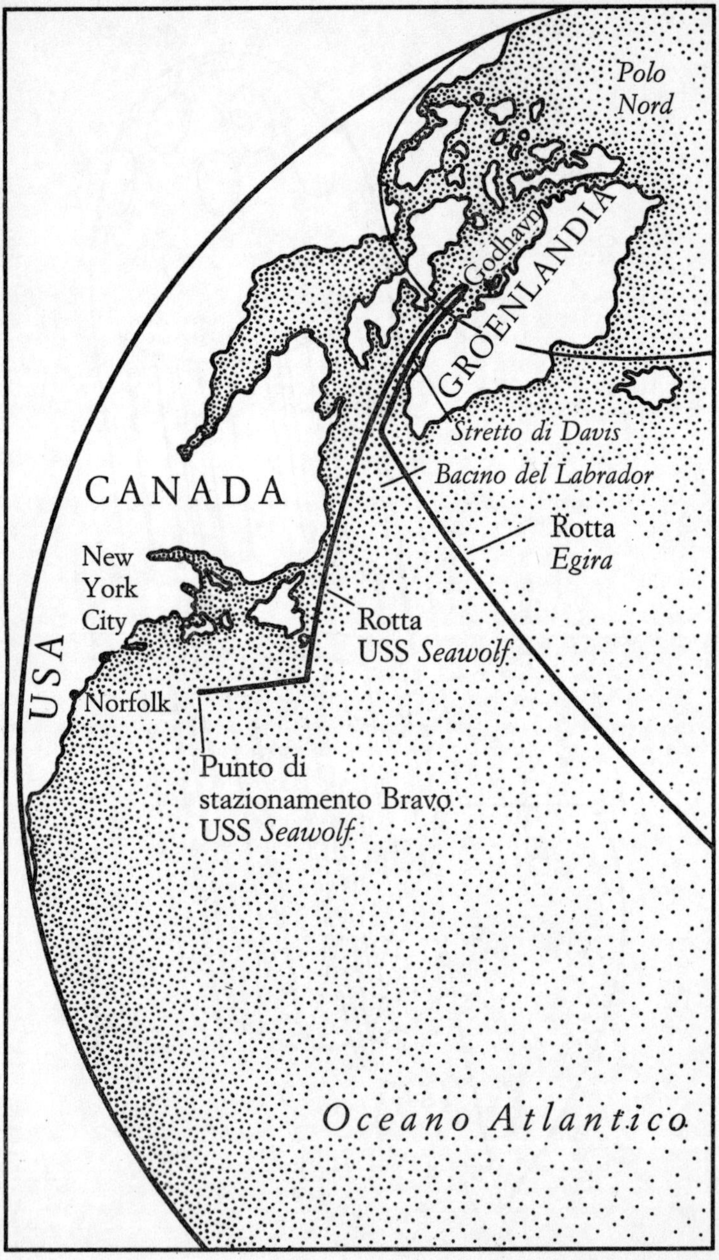
Polo
Nord
Godhavn
GROENLANDIA
Stretto di Davis
Bacino del Labrador
CANADA
Rotta
Egira
New
York
City
Rotta
USS *Seawolf*
USA
Norfolk
Punto di
stazionamento Bravo
USS *Seawolf*
Oceano Atlantico

EUROPA
CIPRO
Kassab
ITALIA
Bacino europeo occidentale
Stretto di Sicilia
SPAGNA
Mediterraneo
USS Phoenix
SICILIA
USS Augusta
Stretto di Gibilterra
Rotta
Egira
Fronte
Islamico
Unito
AFRICA

PROLOGO

Mercoledì, 25 dicembre, Natale

Il missile Hiroshima puntò verso il deserto e attivò la sequenza di detonazione finale della testata Scorpion. Dopo una discesa attraverso una bassa coltre di nuvole, uscì allo scoperto sopra la città abbandonata di Bajram Ali, in Turkmenistan. Poche centinaia di metri a est dalla moschea e dal centro città, l'esplosivo ad alto potenziale detonò.

Nel primo millisecondo, l'esplosione squarciò una sacca di monomero di acetato di vinile mescolato a un'altra dozzina di composti chimici, quindi sventrò una bombola di gas di etilene ad alta pressione. Le due sostanze si combinarono reagendo all'alta temperatura e alla pressione prodotte dalla deflagrazione. Infine, l'onda di pressione raggiunse un contenitore di finissime particelle metalliche. L'esplosione, diffondendosi a mille metri sopra Bajram Ali, sparse le particelle, che scivolarono verso la città sottostante. Le componenti chimiche formarono una fine sospensione atomizzata che precipitò su edifici e strade. Dieci minuti dopo, il composto lattiginoso si era asciugato, trasformato in una sostanza appiccicosa. Le particelle metalliche, mescolate alla colla, avevano aderito alle vie e agli edifici. In un raggio di mille metri dal punto in cui l'Hiroshima era esploso, su ogni superficie erano incollate particelle di metallo.

Un'ora dopo, un piccolo esercito di tecnici invase la città: prelevarono campioni dalle strade, estrassero mattoni dagli edifici, passarono i metal detector lungo i marciapiedi e tentarono, con gli idranti, di lavare via la colla e le particelle di metallo. Fu tutto inutile: lo strato colloso resistette a ogni tentativo di asportazione.

Quella sera, il comando del Fronte Islamico Unito di Dio ricevette via radio un'urgente comunicazione in codice. Il test della nuova arma si era svolto con successo. Era prevedibile che, quando le particelle metalliche fossero state sostituite da una combinazione venefica di plutonio e cobalto 60, il bersaglio contaminato avrebbe dovuto essere abbandonato per ventimila anni. Chiunque si fosse trovato in un raggio di due chilometri dal punto dell'esplosione sarebbe morto lentamente, tra atroci sofferenze. L'ordigno avrebbe richiesto solo una minima percentuale del plutonio necessario per costruire la più piccola delle armi nucleari.

Il messaggio si concludeva assicurando che, quando la testata Scorpion fosse stata impiegata contro la città degli Stati Uniti designata come bersaglio, nella fattispecie Washington, il corso della storia sarebbe cambiato, e la vittoria sarebbe stata vicina.

Dall'altra parte del mondo, al quarto piano dell'anello E del Pentagono, il capo di stato maggiore della marina, ammiraglio Richard Donchez, riprese il memorandum che aveva scritto sei mesi prima al presidente e lo rilesse con sensazioni contrastanti. In parte provava soddisfazione, notando come le sue previsioni si fossero tutte avverate, e in parte rammarico, poiché le sue raccomandazioni non erano state seguite. Le quattro pagine, redatte nello stringato gergo del Pentagono, sottolineavano la necessità di eliminare il generale Mohammad al-Sihoud, dittatore e leader di una coalizione di trenta Stati nota come Fronte Islamico Unito di Dio, conosciuto anche come FIU, estesa a tutto il Nord Africa, buona parte della Penisola arabica e metà dell'Asia. All'epoca, Sihoud aveva appena iniziato l'invasione dell'India, dopo aver annesso Ciad ed Etiopia con un blitz durato un solo mese.

Se il progetto prospettato nel memorandum avesse trovato applicazione al tempo in cui era stato proposto, il conflitto non sarebbe mai sfuggito di mano. Ma ciò, infine, era accaduto. Quando l'India si era rivolta all'ONU, gli Stati Uniti e le principali nazioni europee avevano creato la Coalizione Occidentale, dichiarando guerra al Fronte Islamico Unito di Sihoud. Dopo interminabili preparativi, l'invasione si era trasformata in una sanguinosa guerra d'attrito, che – su tre fronti – macinava uomini e mezzi come un tritacarne. Proprio come Donchez aveva previsto. Adesso, sei mesi dopo, il presidente Dawson aveva ordinato a Donchez di fornirgli «le più innovative proposte» della marina per porre rapidamente termine al conflitto. Donchez aveva preso in considerazione la possibilità di ritrasmettergli il memorandum sull'eliminazione di Sihoud, dopo tutto l'idea di fondo era ancora valida; poi aveva pensato che un tal gesto non avrebbe certo dato prova di molto tatto. Alla fine, il lunedì precedente, il presidente aveva concesso il nullaosta all'eliminazione del generale. Donchez aveva proposto che l'operazione *Early Retirement* avesse inizio immediatamente, il giorno di Natale, ma il presidente si era dimostrato contrario all'idea di far uccidere Sihoud proprio in quella data. Donchez aveva accettato, ordinando che l'operazione scattasse il giorno di Santo Stefano, due minuti dopo la mezzanotte ora locale, cioè nel tardo pomeriggio di Natale, ora di Washington.

Donchez appoggiò i piedi sull'ampia scrivania, portando le mani dietro la testa calva, e, dalla finestra, osservò il panorama innevato del fiume Potomac e il profilo familiare della capitale, lo scenario deserto del Natale, quando gli impiegati, gli avvocati e i politici erano a casa con le famiglie. Entro mezz'ora, l'operazione avrebbe avuto inizio: un commando di SEAL sarebbe stato paracadutato da un aereo da trasporto della marina, e missili da crociera Javelin sarebbero stati lanciati contro il bunker che ospitava il quartier generale di Sihoud. Entro le prime ore del pomeriggio di giovedì Donchez prevedeva di tenere una conferenza stampa per annunciare la morte del generale Mohammad al-Sihoud, il *Khalib*, ovvero «la Spada dell'Islam», e, con questa, la fine di una guerra che avrebbe potuto costare la vita a milioni di americani.

Donchez rimase qualche momento a guardare dalla finestra, pensando di sbrigare le faccende più importanti mentre attendeva l'inizio dell'operazione. Tolse i piedi dalla scrivania e s'immerse nella lettura di una cartella che recava la scritta: COLLAUDO MISSILE VORTEX. ESERCITAZIONE A FUOCO BONECRUSH. AUTEC: SOMMERGIBILE VS. SOMMERGIBILE. Una volta terminato l'esame dei documenti, ripose la cartella sulla scrivania, si passò la mano sulla testa calva, e, con un'espressione infastidita, sollevò la cornetta del telefono.

Michael Pacino riposava in una comoda poltrona di fronte al camino. Finalmente, a Virginia Beach, il clima era diventato sufficientemente fresco da permettergli di accendere il fuoco. Nell'ultima ora aveva poltrito in attesa della cena di Natale scivolando, infine, in un sonno profondo. Il viso era teso e madido di sudore come se Pacino fosse tormentato da sogni agitati.

Al suono del telefono si rizzò a sedere di scatto, gli occhi sbarrati, mentre la stanza tornava lentamente a fuoco. In lontananza, udì Janice che rispondeva con la sua strascicata cadenza meridionale. Quando la moglie gli chiese di prendere la comunicazione, il battito del suo cuore aveva ripreso un ritmo regolare. Pacino si alzò dalla poltrona e si diresse verso il telefono, chiedendosi cosa volesse l'ufficiale di servizio in quel pigro pomeriggio di festa. L'unità al suo comando, lo USS *Seawolf*, giaceva inutilizzato, in un bacino di carenaggio, con un ampio squarcio su un fianco, la sala siluri brutalizzata dagli operai che incastravano al suo interno gli enormi tubi dei missili Vortex. Gli pareva un crimine che, mentre dall'altra parte del mondo infuriava una guerra, il più moderno sommergibile della marina degli Stati Uniti fosse bloccato in cantiere.

«Capitano di vascello Pacino», rispose secco, aspettandosi un giovane sottotenente che si lamentava di qualche nuovo problema. Ma la chiamata non veniva dal cantiere.

«Mikey.» La voce dell'ammiraglio Donchez gli rimbombò nelle orecchie. «Buon Natale.»

Hillary Janice Pacino, una donna snella e attraente, con i capelli biondi sciolti sulla schiena, si accese una sigaretta, mentre ascoltava la conversazione in sottofondo. Il suo viso assunse un'espressione infelice mentre si rendeva conto che si prospettava la partenza del marito. Come aveva previsto, mezzo minuto dopo il termine della telefonata, Pacino si affacciò sulla soglia della cucina.

«Dove vai questa volta?» chiese lei, con voce sorprendentemente calma.

«Ad Autec, il poligono delle Bahamas. Il collaudo dei missili di Donchez. Vuole che vada ad assistere. Il suo aereo passa a prendermi tra due ore.»

«Il giorno di Natale?»

«Il collaudo è domani.»

«Cos'è tutta questa fretta? Non devi andare in guerra. Ero sicura che quest'anno saresti rimasto a casa, a Natale. Il tuo sottomarino è in cantiere, e tu passerai le consegne tra due mesi. Perché devi partire proprio adesso? Solo perché il capo di stato maggiore te lo chiede, tu vai?»

«No. Io vado solo perché me lo ha chiesto Dick Donchez. Comunque, abbiamo tempo di cenare.»

«Quanto tempo starai via?»

«Due giorni. Forse tre.»

Pacino osservò la moglie che, con un'irritazione sempre più evidente, girava per la stanza, sbattendo nervosamente piatti e scodelle. Salì le scale e fece la valigia, chiedendosi perché il collaudo di un'arma fosse così importante da richiedere la sua presenza il giorno di Natale, costringendolo ad abbandonare la moglie così in fretta.

Dieci minuti dopo era davanti al televisore. Il notiziario annunciava l'invasione dell'Iran meridionale da parte della Coalizione. Pacino si morse il labbro, frustrato, chiedendosi per la centesima volta perché il *Seawolf* dovesse passare tutta la guerra nel bacino di carenaggio. Se proprio doveva stare lontano da casa il giorno di Natale, pensò, avrebbe potuto almeno trovarsi al comando del suo sottomarino in missione. Ripensò al suo vecchio comandante, Rocket Ron Daminski, che, adesso, si trovava in crociera di sorveglianza nel Mediterraneo a bordo dell'*Augusta*. Era partito il Giorno del Ringraziamento e, probabilmente, avrebbe trascorso le feste a guardare vecchi film nel suo alloggio, lamentandosi amaramente di essere in mare e facendo impazzire l'equipaggio.

Purtroppo, pensò Pacino, per i sommergibili non c'era molto da fare durante una campagna terrestre, se non rintanarsi sul fondo dell'oceano. O, almeno, così pareva.

PARTE PRIMA

ROCKET RON

1

Giovedì, 26 dicembre
Mediterraneo orientale
Dieci miglia a est di Capo Greco, Cipro
Operazione Early Retirement
USS Augusta

Il missile da crociera Javelin uscì dalle acque scure del Mediterraneo, congelato per un istante sopra una rabbiosa nuvola di schiuma, quindi il motore a razzo si accese con una vampata di fuoco, e lo proiettò verso il cielo seguito da un'accecante fiammata di coda.

Il reticolo del periscopio inquadrò la traiettoria a parabola del missile lanciato dal sottomarino mentre l'ordigno raggiungeva il suo apice, a millecinquecento piedi nel cielo chiaro illuminato dalle stelle, scendendo poi con una traiettoria ad arco sino a stabilizzarsi su una rotta d'approccio radente il bersaglio. Il comandante, Ron Daminski, orientò verso il basso il periscopio, seguendo il motore del missile, fino a quando questo non sparì nella notte. Allontanò per un attimo gli occhi dal visore, giusto il tempo necessario a dare un'occhiata agli uomini che lo circondavano all'interno della sala controllo fiocamente illuminata del sommergibile d'attacco classe Los Angeles migliorata USS *Augusta*. Soddisfatto, tornò al periscopio, compiendo con una lenta rotazione una ricerca di superficie, mentre l'equipaggio si preparava a lanciare un secondo Javelin dai tubi del sistema di lancio verticale di prua.

«Missile due pronto, comandante. Coordinate del bersaglio fissate, valori nei limiti», riferì il comandante in seconda, Danny Kristman, senza emozione, come se si stesse parlando del tempo. «Pronti per il lancio in tre zero secondi.»

«Aprire portello», ordinò Daminski, ruotando nuovamente il periscopio verso prua per osservare il secondo lancio.

«Portello aperto. Cinque secondi, signore. Tre. Due. Uno. Adesso.»

«Fuori», ordinò Daminski.

«Fuori», ripeté Kristman, mentre il rombo dell'arma nel tubo di lancio accompagnava l'ordine.

Daminski osservò il secondo Javelin uscire dall'acqua e puntare verso est. Quando anch'esso fu scomparso, abbassò il periscopio e si voltò verso Kristman.

«Secondo, a lei il comando. Tenga tutti ai posti di combattimento. Scendere in profondità e mantenersi nell'area di stazionamento.»

«Signorsì.»

Il ponte s'inclinò verso il basso, mentre Kristman impartiva gli ordini necessari. Durante la discesa in profondità dell'*Augusta*, la pressione faceva gemere e scricchiolare lo scafo. Dalla piattaforma del periscopio, il capitano di corvetta Dan Kristman lanciò uno sguardo a Daminski, che sbadigliava e si stiracchiava, cercando di allontanare il sonno che aveva eluso nelle ultime tre notti.

«Rocket Ron» Daminski, che si era guadagnato quel soprannome per l'energia e il temperamento con i quali svolgeva il suo incarico, aveva appena compiuto cinquant'anni, ed era singolarmente anziano per essere il comandante di un sommergibile come l'*Augusta*. Era basso e tarchiato, e aveva cominciato a perdere i capelli. Nonostante ciò, si manteneva in forma come l'atleta che una volta era stato, anche se aveva le ginocchia malandate e pativa le conseguenze di dozzine di incidenti di football. Parlava con un forte accento di Brooklyn, e spesso definiva se stesso «un polacco ignorante di New York». Taceva, però, il fatto di avere portato brillantemente a termine gli studi d'ingegneria al Rensselaer Polytechnic Institute. Era, comunque, un ufficiale problematico per il comando, sempre superato da altri nelle promozioni, e non s'illudeva che la carriera gli riservasse ulteriori sorprese.

Daminski si trovava da quattro mesi a bordo dell'*Augusta*, da quando cioè il precedente comandante era stato sbarcato e rimosso per incompetenza. Dall'inchiesta era emerso che l'equipaggio era diventato fiacco e poco addestrato, e l'ammiraglio al comando delle forze sottomarine dell'Atlantico aveva deciso di somministrare all'*Augusta* la cura estrema (qualcuno avrebbe detto il «peggiore dei rompicoglioni»): Rocket Ron Daminski, un veterano con un'esperienza decennale nel rimettere in carreggiata sottomarini poco efficienti.

In un primo momento, l'equipaggio aveva temuto l'arrivo di Daminski, e con ragione. Una volta a bordo, il comandante si era dimostrato un uragano, infuriando in tutti i compartimenti, trovando pecche in ogni sezione, in ogni ufficiale, in ogni capo e nella maggior parte degli uomini dell'equipaggio. Rocket Ron considerava ogni mancanza, indipendentemente dalla sua importanza, un tradimento e un'offesa personale. Ogni giorno era stato caratterizzato da sfuriate a non finire ma, con il passare del tempo, il battello aveva cominciato a rispondere. Persino quelli che dichiaravano di odiare Rocket Ron avevano iniziato a dargli credito quando l'*Augusta* aveva cominciato a svolgere senza intoppi il suo incarico trasformandosi dalla pecora nera nel migliore sottomarino della squadra, e l'equipaggio aveva acquisito la sicurezza di portare a termine con successo qualsiasi esercitazione. Le sfuriate di Daminski si erano fatte più rare, mentre le esortazioni stimolanti erano divenute più frequenti. Nell'ultimo mese, era addirittura diventato quasi gioviale nei suoi elogi a marinai e ufficiali. L'unità era stata inviata nel Mediterraneo, in appoggio alle operazioni belliche contro il Fronte Islamico Unito, e la notizia che l'*Augusta* era giunto in zona d'operazioni era stata motivo di celebrazione.

Durante tutto il periodo trascorso a rimettere in riga l'*Augusta*, Rocket Ron Daminski non aveva mai rivelato molto della sua vita privata all'equipaggio. Si sapeva che la seconda moglie era una donna più giovane di lui, piacevole e affascinante, di nome Myra. La coppia aveva tre figli piccoli. Daminski aveva riempito la sua cabina di foto di famiglia, tappezzandone quasi l'intera paratia. Kristman aveva notato che il comandante non compariva in nessuna delle foto. Recentemente, lo aveva visto sospirare sopra una lettera della moglie, così profondamente assorto nei suoi pensieri da costringere Kristman a compiere tre tentativi per attirare la sua attenzione. Daminski portava sempre la lettera con sé, non in una tasca della camicia o dei pantaloni, ma sotto gli abiti, a contatto del petto. In una recente esercitazione d'emergenza, era corso in sala controllo in boxer e maglietta, circostanza considerata normale durante un'emergenza, e la lettera di Myra era infilata nell'elastico delle mutande. Anche adesso, mentre sbadigliava una seconda volta e si passava tra i capelli le grosse dita sformate da giocatore di football, Kristman era in grado di notare il piccolo rigonfiamento rettangolare della lettera sotto la tuta da sommergibilista.

Mentre la nave raggiungeva la profondità di crociera, il ponte tornò in posizione orizzontale. Daminski si allontanò dalla piattaforma del periscopio, raggiungendo, verso poppa, i tavoli di navigazione. Mentre si piegava sulle mappe una sigaretta apparve fra le sue labbra. Un sottile tratto a matita arancione indicava la rotta a zigzag dei missili. La linea terminava all'altezza di una città poco a nord del confine iraniano, la capitale del Fronte Islamico Unito di Dio, Ashkhabad, in un paese chiamato Turkmenistan. Un paese che, cinque anni prima, era a malapena segnato sulle mappe, una poco importante repubblica ex sovietica. Adesso, era il centro di una confederazione di trenta paesi musulmani. Il loro processo di unificazione aveva richiesto quasi cinque anni. Eppure, la nascita del Fronte aveva, a suo tempo, colto di sorpresa le agenzie di spionaggio occidentali, convinte sino all'ultimo che l'odio reciproco tra musulmani fosse più forte di quello verso l'Occidente. Sotto questo profilo i geni dello spionaggio avevano preso una cantonata, come si erano sbagliati nei mesi che avevano preceduto la caduta dello scià in Iran.

Come la storia aveva dimostrato ancora una volta, non esistevano limiti a ciò che un uomo determinato era in grado di ottenere. Il ventesimo secolo era stato testimone di una serie ininterrotta di dittatori che avevano minacciato il mondo. La maggior parte di tali fanatici guerrafondai, però, impallidiva di fronte a Mohammad al-Sihoud, leader del Fronte Islamico Unito di Dio. Sihoud aveva fatto del Turkmenistan il centro del suo potere, e di Ashkhabad la capitale del FIU, il luogo in cui la Combined Intelligence Agency americana (che adesso dedicava una grande attenzione al FIU) sosteneva si trovasse da due giorni.

Laggiù, in un bunker di cemento armato alla periferia settentrionale della città, il generale *Khalib* Mohammad al-Sihoud stava per ricevere davvero una pessima sorpresa. Il nome in codice assegnato all'operazione, «*Early Retirement*», era decisamente appropriato. Mai, nel secolo precedente, la guerra mossa dal mondo a un dittatore aveva condotto a un tentativo concreto di assassinarlo. Questa volta era diverso.

Il comandante in seconda, Kristman, raggiunse Daminski al

tavolo di navigazione. Per alcuni minuti, i due studiarono in silenzio la rotta dei Javelin. Kristman parlò per primo.

«Pensa che ce la faremo, comandante?»

«Non lo so, Danny. Probabilmente dipenderà dai SEAL. Noi siamo solo una precauzione supplementare impiegata per sicurezza.»

«Perlomeno, siamo riusciti a sparare *qualcosa* a quel bastardo.»

Daminski annuì, sapendo bene ciò cui Kristman alludeva. Negli ultimi mesi di guerra, il lavoro era stato compiuto dalle forze di terra dell'esercito e dai marine, e la gloria era andata ai piloti dei caccia della marina e dell'aeronautica. Nel frattempo, la flotta di superficie e i sottomarini avevano pattugliato incessantemente i mari, un'operazione di fatto inutile contro le enormi forze congiunte del Fronte Islamico Unito.

«Vado a sdraiarmi un po'», annunciò Daminski. «Mandi in plancia l'ufficiale di guardia e assuma lei il comando. Mi chiami se arriva qualcosa sul circuito ELF.»

«Signorsì.»

Daminski raggiunse l'angusta cuccetta del suo alloggiamento, chiuse la porta e si sdraiò sulla branda. Era rimasto sveglio circa quaranta ore da quando il segnale che annunciava l'inizio della missione era stato captato dalla radio di bordo. Era esausto, ma sapeva che il lancio dei missili gli aveva creato uno stato di tensione troppo elevato per consentirgli di prendere sonno.

Tirò fuori la lettera di Myra dalla tasca della camicia, e la rilesse ancora una volta. Sul foglio sgualcito, la calligrafia arrotondata di lei. Pur amandolo ancora, aveva deciso di lasciarlo. *Il fatto è che pretendi troppo... Non posso stare a guardare mentre cerchi di comandare questa casa come se fosse la tua nave. I bambini piangono quando torni, e sono felici quando parti, e io non ce la faccio più a sopportarlo. Per favore, cerca di fare qualcosa, e quando sarai in pace con te stesso, ritorna...* Daminski rimise la lettera in tasca, rimanendo per un momento a fissare la pallida lampadina accesa sopra la sua testa. Alla fine, chiuse gli occhi e cercò di immaginare i Javelin, cosa stessero facendo in quel momento, mentre scivolavano nella notte a mille chilometri all'ora, a meno di sette metri da terra, seguendo le ondulazioni della steppa turkmena, diretti verso il bunker segreto del generale Sihoud.

Pianura del Turkmenistan
Centoventi chilometri a ovest-nordovest di Ashkhabad

Al capitano di fregata Jack Morris mancava la sua barba. Ai tempi era stata un'ispida zazzera che scendeva lungo il petto fin quasi alla cintura. Gli mancavano anche i capelli lunghi. Ogni volta che voltava la testa e non sentiva la coda di cavallo che gli strusciava sulla schiena, si sentiva strano. I suoi ragazzi, i membri del Team Sette dei SEAL, sino a pochi mesi prima avevano avuto l'aspetto disordinato di una banda di motociclisti, il miglior reparto antiterrorismo della marina. L'inizio della campagna terrestre contro il FIU aveva cambiato tutto, costringendo gli incursori a rientrare nelle uniformi regolamentari della marina e nei suoi grigi standard. A Jack Morris non piaceva. Interferiva con l'integrità della sua unità. I SEAL avevano bisogno di sentirsi diversi. C'era qualcosa di salutare nel rientrare alla base con l'aspetto di un camionista senza avere problemi: era il segno concreto che il Team Sette dei SEAL era qualcosa di diverso, e di migliore, rispetto al resto della marina. Morris si passò per l'ultima volta la mano nei capelli rasati e lanciò un'occhiata alla stiva dell'aereo da trasporto KC-10H/A, illuminata solo dai tenui riflessi delle lampade rosse.

Quando era vuoto, l'interno del KC-10 era cavernoso, ma quella notte conteneva due dozzine di tonnellate di materiale da combattimento, e tre plotoni rinforzati del Team Sette dei SEAL; ciascun plotone era composto da trentatré dei migliori figli di puttana delle forze armate degli Stati Uniti. O di qualsiasi altra forza armata. Morris scoccò un'occhiata agli uomini. Quasi senza eccezioni, stavano dormendo. In un certo senso, se lo aspettava, dato che, a quanto risultava, stavano volando da giorni senza interruzione, e che era già passata da un pezzo mezzanotte, ora locale. Ma era anche strano, perché quegli uomini erano a poche ore dalla più grossa e difficile operazione militare cui il team avesse partecipato dalla sanguinosa liberazione dello USS *Tampa*, due anni prima. Ci si aspettava che molti uomini non facessero ritorno dalla missione e che qualcuno, tra quelli che sarebbero tornati, avrebbe lasciato dietro di sé parti del proprio corpo. Eppure, pensò Morris, la loro condizione sarebbe sempre stata migliore di quella degli uomini del Fronte nel bunker di Sihoud.

Uno degli uomini dell'equipaggio entrò nella stiva e mostrò dieci dita a Morris. Altri dieci minuti e avrebbero raggiunto la zona di lancio. Morris sentì i motori del velivolo accelerare, con un rumore che gli vibrava nel cranio. Mentre l'aereo cabrava, la stiva s'inclinò sensibilmente verso l'alto. Morris slacciò la cintura di sicurezza e si alzò in piedi, i muscoli intorpiditi per il lungo viaggio. Avanzò, contrastando la pendenza del pavimento, e svegliò con un tocco sulla spalla il comandante in seconda, capitano di corvetta «Black Bart» Bartholomay. Appena Bart aprì gli occhi, Morris gli gridò in faccia: «Dieci minuti». Bart si alzò, mettendo gli uomini al lavoro, mentre Morris proseguiva. Entrò in un corridoio corto e stretto all'estremità anteriore della stiva. I portelli sulle paratie conducevano agli alloggi dell'equipaggio, alla cambusa e alla cabina di pilotaggio. In fondo al corridoio, Morris aprì la porta che conduceva alla cabina, e ci s'infilò. L'equipaggio lo notò a malapena. Il navigatore conosceva la ragione della visita.

«È certo che ci troviamo nel punto giusto?» chiese. Morris aveva già avuto problemi con l'aeronautica. Una volta, era stato lanciato cinquanta miglia a sud del punto previsto, ed era atterrato con tutto il plotone parecchie miglia al largo, anziché sulla spiaggia.

«Dovrebbe essere da qualche parte qui attorno, comandante. Abbiamo anche i rilievi satellitari. Vuole controllare?» L'uomo in tuta di volo indicò i dati del sistema di navigazione satellitare, e gli sventolò una mappa davanti agli occhi. Dopo qualche istante, Morris rispose con un grugnito.

«Dovremmo quasi esserci, comandante. Giusto in tempo perché lei e i suoi ragazzi vi prepariate.»

«Nessun segno di attività?» chiese Morris, ignorando l'avviso dell'ufficiale. Le aquile dell'aeronautica sapevano ciò che voleva dire, pensò. *C'è qualcuno che si sta preparando a farci fuori?*

«Finora, niente. Via libera.»

Si voltò e se ne andò senza dire una parola, tornando verso poppa.

In due minuti, tutti e tre i plotoni del Team Sette erano in piedi a controllare l'equipaggiamento. La stiva continuava a essere inclinata, mentre l'aereo proseguiva la sua rapida cabrata fino a 45.000 piedi. Anche a quella quota sarebbero stati vulnerabili, pensò Morris controllando il suo orologio. Avrebbe voluto essere già in caduta libera, invece di continuare a essere una semplice componente del carico di un dannato jet dell'aeronautica.

Indossò la maschera a ossigeno e ne verificò la tenuta. Appena gli uomini furono pronti, rivolse un cenno a un membro dell'equipaggio che aprì un pannello, depressurizzando la cabina. La temperatura divenne quasi istantaneamente gelida. Morris rabbrividì, mentendo a se stesso mentre si diceva che era colpa del freddo e non della paura. Verificò di essere agganciato correttamente all'involucro della sua attrezzatura. Lui e gli altri SEAL sarebbero stati assicurati a pesanti contenitori per l'equipaggiamento durante il salto e la fase di discesa con il paracadute. Dopo cinque minuti che parvero eterni, la rampa di carico fu sbloccata e, lentamente, si aprì. Attraverso la fessura, nella notte, era visibile solo un numero limitato di stelle. Morris collegò la ricetrasmittente tattica criptata VHF InterSat al microfono della maschera a ossigeno e si rivolse ai suoi uomini.

«Ascoltate, rottinculo», annunciò al microfono. «Disponiamo di un tempo dannatamente breve per rimanere nella zona d'atterraggio. Voglio i DPV montati in quattro minuti al massimo, e via. Non dimenticate che stiamo facendo tutto questo a un solo e unico scopo: riportare a casa la testa di Mohammad al-Sihoud in cima a una picca. Avete capito tutti? Adesso, giù dall'autobus, e via.»

Si avvicinò per primo alla soglia del portello, e lasciò sporgere gli alluci a diecimila metri sopra il deserto. La voce di Black Bart gracchiò nelle cuffie.

«Quindici secondi.»

Morris ripassò mentalmente la missione, cercando di visualizzare le rovine del bunker principale; le forze di sicurezza che correvano senza meta, incapaci di reagire; Sihoud confuso, che cercava, forse, di fuggire a bordo di un camion; la canna della pistola mitragliatrice MAC-10 di un SEAL premuta sulla sua narice.

«Cinque secondi... Due. Uno. Via!»

Morris saltò nell'oscurità.

Ashkhabad, Turkmenistan
Bunker principale
Quartier generale delle forze armate congiunte del Fronte Islamico Unito

Dall'esterno, il bunker aveva l'aspetto di un'enorme moschea, non dissimile dalle centinaia d'altre esistenti nei paesi musulmani della Penisola arabica, dell'Asia e del Nord Africa. Quattro alte pareti delimitavano la struttura, mentre uno slanciato minareto si elevava oltre il muro orientale, sovrastando un cortile centrale quadrato. Il muro occidentale, quello rivolto in direzione della Mecca, cingeva la nicchia del *mahirab*. Per cinque volte, durante i giorni torridi di primavera, i fedeli del bunker principale uscivano in cortile, rispondendo alla chiamata alla preghiera proveniente dal minareto, e si inchinavano profondamente in direzione della Mecca. Grida rituali di *Allahu Akbar* echeggiavano nel cortile, voci che salivano insieme al cielo, proclamando la grandezza di Dio.

Dieci metri sotto il cortile, sotto uno strato di tre metri di cemento precompresso, rinforzato, ad alta resistenza, e protetto da altri venti centimetri di lastre di piombo, si trovava il piano più alto del bunker, dove erano situati gli alloggi della truppa. Ai due piani successivi erano alloggiati gli ufficiali inferiori e superiori. Al terzo livello si trovava il quartier generale del *Khalib* Mohammad al-Sihoud. Questi, però, vi soggiornava poco, preferendo piuttosto comandare le sue truppe dal campo di battaglia. Al livello più basso, trentacinque metri sotto la superficie rocciosa del Turkmenistan meridionale, era posta la centrale di comando, con le mappe, i computer, e i pannelli di comunicazione collegati alla selva di antenne nascosta nel minareto, quaranta metri più in alto.

Nella sala silenziosa e male illuminata, il comandante supremo delle forze aeree congiunte e capo di stato maggiore di Sihoud, colonnello Rakish Ahmed, si avvicinò alla consolle delle comunicazioni posta accanto al muro orientale, nella sala tattica al quarto piano sotterraneo del bunker. Alcuni dei subalterni che si occupavano della consolle scattarono sull'attenti quando l'ufficiale raggiunse la postazione, curvandosi a osservare i monitor. Lasciò scorrere lo sguardo sugli schermi dei computer in cerca di buone notizie e, non trovandone, si voltò verso il *Khalib* Mohammad al-Sihoud, che stava in piedi al centro della sala, con un'espressione insoddisfatta. L'ampia veste bianca sfiorava il pavimento, mentre una fascia multicolore reggeva un pugnale di ragguardevole lunghezza, racchiuso in un fodero decorato sospeso al fianco. Ahmed notò lo sguardo indagatore di Sihoud, e si chiese se avesse già immaginato ciò che stava per dire. Ahmed aveva servito come capo di stato maggiore di Sihoud per più d'un anno, e i due avevano imparato a intendersi.

Il generale Sihoud era un vero capo. Era dotato di un'altezza fuori del comune per un beduino, e la pelle scura era tesa su tratti somatici stranamente occidentali. Brillanti occhi azzurro-violetti risplendevano autoritari sul viso aristocratico. Ahmed fissò per un istante quegli occhi, consapevole del fatto che Sihoud quasi se ne vergognava, poiché tradivano il sangue bielorusso nelle sue origini beduine. Il nonno paterno di Sihoud, sebbene russo, era nato in quella che, a quei tempi, era chiamata la Repubblica Socialista Sovietica del Turkmenistan, e aveva abbracciato la carriera militare, raggiungendo il grado di generale dell'Armata Rossa. Il generale Tallinn aveva sposato una ragazza musulmana di nome Raja Sihoud, ottenuto un incarico a Mosca, e fatto ritorno a casa dieci anni dopo con un figlio. Tallinn era rimasto ucciso durante l'avanzata verso la Berlino di Hitler; il figlio era diventato un rivoluzionario musulmano antisovietico. Iscritto all'anagrafe come Yuri Tallinn, aveva cambiato il proprio nome in Ali Abbas Sihoud, e aveva appena compiuto trentasette anni quando era stato condannato a morte per crimini contro lo Stato sovietico. Mohammad al-Sihoud aveva solo sette anni quando quel tribunale fantoccio aveva fatto condannare a morte il padre. Trent'anni dopo l'esecuzione del genitore, Mohammad al-Sihoud considerava i suoi occhi un peso, un ricordo dei russi e dei loro crimini. Per Ahmed, invece, la profonda sfumatura violetta di quello sguardo rendeva il suo capo un uomo ancora più segnato dalla mano del destino.

Non che questo, in quel momento, fosse particolarmente benevolo con loro. Sembrava che il corso della guerra stesse per cambiare, mentre le frecce marroni dell'offensiva s'allungavano sulle mappe generate dal computer sul grande schermo appeso al muro occidentale della centrale di comando. Le frecce marroni rappresentavano le forze corazzate della Coalizione Occidentale, che avevano recentemente invaso in tre punti il territorio del FIU. Presto, i loro soldati avrebbero raggiunto il cuore del Fronte. C'era una sola via d'uscita, un unico modo per fermare lo stillicidio delle forze musulmane. Ed esso prevedeva la realizzazione del piano di Ahmed: impiegare l'arma a dispersione di polimeri al plutonio, lo Scorpion, portando la guerra in casa dei signori della Coalizione: gli americani. Ahmed si chiese se Sihoud avrebbe accettato l'idea. Per quanto strano potesse sembrare, il generale continuava a essere convinto che le forze musulmane, impegnate in una sacra *jihad*, potessero ancora sconfiggere gli ipernutriti soldati della Coalizione, senza fare ricorso alle meraviglie dell'alta tecnologia. Ma, in questa convinzione, Sihoud si sbagliava. Forse toccava proprio a lui, Rakish Ahmed, che aveva già ammesso il fallimento del Fronte Islamico Unito, spingerlo ad affrontare la realtà. Forse era quello il momento di fargli capire che non era possibile vincere un confronto testa a testa con la Coalizione.

Ahmed nutriva, inoltre, un'altra preoccupazione: i rapporti che aveva ricevuto riguardo a un piano della Coalizione per assassinare Sihoud. L'ostinato rifiuto del generale di comandare dal bunker facilitava qualsiasi congiura occidentale. Lo stesso spavaldo coraggio di Sihoud avrebbe potuto essere l'elemento che ne avrebbe permesso l'eliminazione.

« Generale *Khalib*, l'avanzata della Coalizione mi preoccupa », disse Ahmed. « Ho avviato una simulazione al computer, per ottenere risultati a breve termine. Sono stato ottimista nello stimare le nostre perdite, il consumo di carburante e la distribuzione degli approvvigionamenti. Ho anche ipotizzato che gli approvvigionamenti della Coalizione siano rallentati, e che le sue truppe siano schierate in maniera poco efficace. Nonostante ciò, il computer continua a indicare le truppe della Coalizione in marcia su Ashkhabad entro la fine dell'anno. »

Sihoud sguainò il pugnale. Estrasse l'arma, una lunga lama luccicante, con una bella impugnatura di madreperla, nella quale erano incastonate non meno di una dozzina di gemme preziose, che luccicavano anche nella fioca luce della centrale di comando. Sihoud, come faceva sempre quando era assorto nei suoi pensieri, lasciò scorrere lentamente le dita lungo il filo. C'erano momenti in cui Ahmed si stupiva che Sihoud non si tagliasse.

« Una simulazione al computer », ribatté Sihoud. « Come se una macchina fosse in grado di catturare lo spirito guerriero dei nostri uomini. Rakish, lei è troppo tecnico e troppo poco soldato. »

Ahmed indicò l'enorme monitor posto sopra il pannello del computer. La mappa visualizzava il Nord Africa, il Medio Oriente e l'Asia occidentale, i territori del Fronte Islamico Unito di Dio ora attaccati da parte delle forze d'invasione americane ed europee. La Coalizione era sbarcata sulle coste occidentali del Marocco. Una seconda forza d'invasione aveva stabilito una testa di ponte nella penisola del Sinai, e in poche settimane avrebbe potuto minacciare il Cairo. Una terza forza era sbarcata a sud-est, lungo la costa meridionale dell'Iran. Il bombardamento che aveva preceduto l'invasione era stato così violento che gran parte della popolazione civile era stata spazzata via. Anche la città d'origine di Rakish Ahmed, Chah Bahar, era stata rasa al suolo. Ahmed aveva assistito personalmente a quel crimine. Si trovava in città a ispezionare le installazioni della difesa costiera e, con l'autorizzazione del *Khalib*, si era fermato a casa per rivedere la moglie e il suo figlioletto. Un'ora dopo il suo arrivo, erano giunti i bombardieri della Coalizione e avevano ridotto in polvere la città, massacrando la famiglia di Ahmed, e quasi uccidendo lui stesso. L'episodio lo aveva scosso profondamente. Il suo sonno era pieno di incubi e i suoi giorni trascorrevano nel tentativo di scacciare i ricordi.

Le forze della Coalizione stavano arrivando, pensava Ahmed. Il loro obiettivo era marciare su Ashkhabad. Contro Sihoud.

«*Khalib*, non abbiamo le forze necessarie a un contrattacco su tre fronti. Ci sono problemi oggettivi. I carri armati, gli autocarri e i semoventi giapponesi sono armi eccellenti, se hanno il carburante. I caccia Firestar hanno problemi al motore, perdono le pale delle turbine. A cosa servono, poi, i sistemi elettronici più sofisticati se gli aerei non sono in grado di volare? Abbiamo difficoltà d'approvvigionamento d'ogni sorta e natura. Siamo a malapena in grado di nutrire gli uomini al fronte. Le perdite non possono essere rimpiazzate da nuove reclute. La Coalizione sta iniziando a bombardare le raffinerie. Il cielo sta diventando nero per gli incendi. Entro sei mesi, i nostri carri e i nostri aerei rimarranno senza carburante.»

Sihoud continuò a far scorrere lentamente il dito lungo il filo della lama.

«Così, lei crede che la *jihad* che abbiamo appena iniziato sia senza speranza?» proruppe, infine, con voce profonda. Per un momento Ahmed smise di prestare attenzione alle parole, e si concentrò, invece, sulla voce in sé, quel suono che aveva ipnotizzato la popolazione e i leader del mondo islamico; che li aveva fusi, nonostante le animosità, in una solida, formidabile, confederazione. Una confederazione che aveva quasi unificato l'Asia centrale, il Nord Africa e tutta la Penisola arabica. Il processo di consolidamento era proseguito con l'invasione e l'occupazione del Ciad e dell'Etiopia: due campagne durate entrambe meno di un mese. Ma l'espansione di Sihoud si era malamente interrotta con l'invasione dell'India. Ciad ed Etiopia avevano colto il mondo di sorpresa, i media erano rimasti confusi dalla propaganda, secondo la quale erano state le loro consistenti minoranze musulmane a invocare l'intervento di Sihoud. La stessa illusione non poteva essere mantenuta nel caso della penetrazione in India. Gli indiani avevano combattuto con valore e si erano appellati con veemenza all'Occidente. Questo, infine, aveva deciso di prendere posizione. L'avventura indiana, anziché rafforzare il FIU, aveva creato la Coalizione Occidentale, e portato le armi americane, britanniche e tedesche a unirsi contro Sihoud. E neppure lui, pur con tutto il suo carisma, era stato in condizione di opporvisi. Ci volle un momento perché Ahmed si rendesse conto che Mohammad al-Sihoud lo stava fissando intensamente, attendendo impaziente una risposta.

«Mi scusi, stavo riflettendo. Qual era la sua domanda?»

«Rakish, si aspetta forse che basti agitare questo pugnale per allontanare i problemi di cui mi ha parlato?» Sihoud puntò per un momento gli occhi violetti su Ahmed: lo scintillio scuro delle sue iridi perforava quelle di Ahmed, come per cercare un segno di debolezza dentro di lui. «Lei è un pilota, un uomo che ha a che fare con numeri e pezzi di metallo. Io sono un soldato, e ho a che fare con il cuore e l'anima degli uomini che combattono. Noi stiamo lottando per difendere i nostri diritti su questo continente, e non dobbiamo preoccuparci del carburante e delle pale delle turbine.»

«Generale, non è mai facile riconoscere che una battaglia o una guerra possano essere perse.» Rakish scelse le parole con cura, ben consapevole del fatto che irritare Sihoud avrebbe potuto significare la degradazione, o anche l'allontanamento da una guerra che lui voleva e doveva combattere. «Ma io ho un piano, un piano che comporta l'impiego di una nuova arma sviluppata nei nostri laboratori di Mashhad, un'arma che ho progettato, ma di cui non le ho mai parlato, per timore che potesse fallire.» Gli occhi di Sihoud, di solito tanto calmi, si posarono su Ahmed. La sua espressione era fredda e malevola. Ahmed proseguì. «Immagini per un momento un ordigno capace di fare impallidire una bomba nucleare. Un'arma che, per arrestare la Coalizione, non abbia nemmeno bisogno di essere usata. Un'arma così terrificante che solo la minaccia di servirsene costringerebbe Washington a ritirare le sue forze dal territorio del FIU. Io suggerisco non solo di minacciare di usarla, ma anche di metterla in campo non appena... »

« Colonnello Ahmed, lei ha sempre affermato che, nonostante gli sforzi, non avevamo abbastanza plutonio per costruire un'arma nucleare. Com'è possibile che, adesso, improvvisamente, ci troviamo in mano una superarma? »

« Siamo partiti dal missile Hiroshima della Mitsubishi, il vettore da crociera supersonico da alta quota che abbiamo così faticosamente ottenuto dai nostri fornitori giapponesi. »

Nonostante lo sguardo contrariato, Sihoud sembrava prestare molta attenzione alle parole di Ahmed.

« La testata originale è stata sostituita con quella che abbiamo battezzato Scorpion. Il suo nucleo è costituito da esplosivo ultraleggero ad alto potenziale, ed è circondato da tre strati: una sacca d'acetato di vinile, una bombola d'etilene ad alta pressione e un contenitore pieno di minuscole particelle di plutonio. » Ahmed lanciò uno sguardo a Sihoud. Sapeva che il generale odiava le relazioni eccessivamente tecniche, ma era impossibile fargli comprendere il funzionamento del sistema senza entrare nei dettagli. « Il missile viaggia a velocità supersonica, a una quota di diciottomila metri. All'ultimo momento rallenta, e scende di quota, fino a circa mille metri sopra il punto d'impatto. L'esplosivo deflagra, proiettando la polvere di plutonio e l'acetato di vinile contro la bombola d'etilene, fracassandola. Il calore e la pressione dell'esplosione innescano una reazione. Il vinile e l'etilene reagiscono, formando un'emulsione polimerica liquida, in poche parole una colla, signore, che sospende il plutonio in una base, che precipita sul terreno sottostante. La colla cementa il plutonio a tutte le superfici con cui entra in contatto. Né vento, né pioggia, né procedure di decontaminazione sono in grado di rimuoverlo e la radioattività è sufficiente a uccidere l'intera popolazione nel raggio di due chilometri dal punto d'impatto. La morte non è misericordiosa. La contaminazione radioattiva porta a una fine lenta e dolorosa, esattamente quella che il nemico si merita. Il bersaglio viene contaminato in maniera così grave da dover essere abbandonato per sempre. »

Sihoud guardò Ahmed e ripose il pugnale. Sul suo viso apparve un'espressione assente qualche istante prima: uno sguardo che Ahmed interpretò come una prova di ritrovata speranza.

«Quante possiamo costruirne?»

«Tre. Forse quattro.»

«Quest'arma, la Scorpion, la vorrebbe montare su un missile Hiroshima... ma l'Hiroshima ha una portata di soli 3500 chilometri. Non è sufficiente.»

«Dal territorio del FIU possiamo attaccare direttamente l'Europa, ma...»

«Ma basta! Dobbiamo colpire il centro del loro potere.»

«Washington... Ho un piano anche per portare la testata in zona, ma è necessario un po' di tempo.» Ahmed accennò alla mappa elettronica, indicando l'avanzata delle forze della Coalizione. «E noi abbiamo fretta.»

«Qual è il piano?»

Ahmed scoccò un altro sguardo alla mappa, domandandosi se fosse giunto il momento di comunicare a Sihoud le altre brutte notizie, probabilmente le peggiori. Fissò i suoi occhi penetranti, e decise che doveva conoscere i fatti, che volesse crederci o no.

«Prima di esporre il piano per lo schieramento delle Scorpion, devo riferirle un'altra novità, un'informazione urgente...»

«Un'altra congiura per assassinarmi, colonnello?»

«In un certo senso, signore. Il nostro controspionaggio ha appreso che le forze della Coalizione stanno pianificando un'azione per eliminare i vertici del Fronte. Potrebbero tentare di eliminarla, e noi dobbiamo essere pronti a rispondere con rapidità.»

«Nessuno sarà eliminato, Rakish. Gli occidentali sono gli stessi che hanno combattuto Hitler, Ho Chi Minh, Hussein... Nessuno di questi è stato assassinato, colonnello.»

«Esatto, signore. Ma noi temiamo che lei sarà il primo.»

«Sta cominciando a diventare paranoico, Rakish. Un soldato non deve temere le congiure. Ma prosegua. Quali sono le prove?»

«Un aereo di linea di grandi dimensioni è decollato da Volgograd diverse ore fa, diretto ad Alma Ata, ma è scomparso sopra il mare di Aral. Non è mai atterrato, eppure non è sui nostri radar. E ciò mi allarma notevolmente. Quell'aeroplano potrebbe trasportare dei paracadutisti.»

«Un aeroplano», disse Sihoud con aria scettica, iniziando a

perdere interesse. «Un aeroplano scomparso dagli schermi radar. Non vale nemmeno la pena di parlarne, colonnello.»

«Sì, signore. Sono certo che lei ha ragione, ma... Più o meno nello stesso momento in cui è decollato questo misterioso aereo, il nostro satellite geostazionario ha rilevato tre improvvise vampe di calore sul mare Arabico al largo di Karachi, e altre due nel Mediterraneo, a est di Cipro.»

«Vampe di calore...?»

«I sensori a infrarossi individuano le fonti di calore, improvvise e molto intense.»

«Forse esercitazioni dell'artiglieria navale, o lanci di *flares*. O munizioni difettose che venivano distrutte.»

«O forse la Coalizione ci sta bersagliando con missili da crociera. Il calore rilevato potrebbe essere quello dell'accensione del primo stadio dei motori.»

«Quindi?»

«Quindi, non possiamo seguire da terra i missili da crociera, signore. Non siamo in grado di sapere se ci stanno attaccando oppure no. E il comportamento dell'aeroplano suscita delle perplessità. Come ho detto, potrebbe trasportare dei paracadutisti.»

«Adesso basta», disse Sihoud. «Due settimane fa era certo che un commando fosse sbarcato vicino ad Ashkhabad, per darmi la caccia. Non se ne è mai saputo niente. Non combatterò questa guerra dalle retrovie, colonnello. Dobbiamo tornare sul campo.»

Ahmed annuì. Si sentiva frustrato perché Sihoud non gli aveva dato ascolto. Allo stesso tempo, però, si augurava che avesse ragione.

Dieci chilometri a sud di Kizyl-Arvat, Turkmenistan

Il primo dei Javelin lanciati dall'*Augusta* volava rasente il suolo, poco più di sette metri sopra le steppe del Turkmenistan, a 975 chilometri orari. Come faceva ogni sei minuti, il computer di bordo JavCalCor eseguì un controllo automatico dei sistemi del missile. Il livello del carburante era sceso al quaranta per cento, quindi il consumo si manteneva nei limiti. Le temperature del compressore, della camera di combustione e della turbina erano regolari. I circuiti della testata funzionavano come previsto e il circuito della sequenza di innesco della detonazione era ancora aperto. Il dispositivo di guida riferì che le superfici di controllo dell'assetto rispondevano regolarmente. Il sistema di navigazione effettuava un controllo continuo con il radar, confrontando il profilo del terreno sorvolato con quello registrato nella memoria del computer. La piatta orografia del territorio turkmeno aveva sollevato qualche preoccupazione, ma il riscontro del dispositivo satellitare garantiva che la navigazione procedesse entro i limiti. Il missile si trovava a circa settecento metri oltre il punto in cui avrebbe dovuto trovarsi secondo i calcoli, e, dato che l'arrivo sul bersaglio nell'esatto momento previsto era di vitale importanza, il computer decise di ridurre la velocità di sette metri al secondo. La valvola che controllava il flusso del carburante si chiuse leggermente, riducendo l'alimentazione del combustore. La temperatura dello scarico della camera di combustione si abbassò, e la velocità di rotazione della turbina diminuì leggermente. La pressione di spinta si ridusse di una frazione, e il missile rallentò.

Il computer confrontò la mappa memorizzata con la linea d'approccio al bunker principale, appena fuori Ashkhabad. L'arma avrebbe raggiunto il bersaglio da nord, a bassa quota. A millecinquecento metri di distanza avrebbe cabrato, salendo quasi verticalmente sino a duemila piedi, quindi avrebbe iniziato la discesa, precipitando sul bunker direttamente dalla verticale. Il bersaglio si trovava quasi quaranta metri sotto il cortile della moschea. Il computer memorizzò, quindi, di ritardare la detonazione della testata d'esplosivo ad alto potenziale di duecento millisecondi rispetto all'impatto, per essere sicuro che questa avesse attraversato tutto il bunker e raggiunto il quarto livello sotterraneo.

Il solo problema del missile era coprire la distanza che lo separava dal bersaglio e detonare secondo la sequenza prevista.

Cento chilometri a nord di Ashkhabad, Turkmenistan

Il flusso d'aria a duecento nodi colpì al fegato il capitano di fregata dei SEAL Jack Morris, rischiando di rovesciarlo, nonostante avesse assunto la posizione di lancio regolamentare. Sballottato dalla turbolenza, l'impatto del freddo cominciava a farsi sentire. Stava scendendo in caduta libera nel vento turbinoso, a centottanta chilometri orari, velocità massima consentita dalla sua tuta termica a pipistrello, chiedendosi quale fosse la temperatura dell'aria, con vento a centottanta chilometri orari, partendo da meno quaranta. Qualunque fosse, sarebbe stata abbastanza bassa da farlo diventare in pochi secondi un cubetto di ghiaccio, se non fosse stato per le resistenze elettriche inserite nella tuta. Precipitò verso il nero deserto sottostante, cercando di guardare l'altimetro fluorescente. Sarebbe stato un lancio fulmineo: la fase di caduta libera sarebbe durata meno di un minuto. Avvertì un leggero strappo quando il paracadute estrattore si aprì sulla schiena. Gli altimetri aprirono automaticamente i paracadute di tutta la squadra alla stessa quota. L'estrattore si dispiegò, trascinandosi dietro il paracadute a vela principale. Jack Morris sentì un brusco strattone, come se si fosse aperta sotto di lui la botola di una forca ma, invece di rompergli l'osso del collo, l'imbracatura gli provocò l'impressione di aver ricevuto un calcio in mezzo alle gambe.

Mezzo secondo dopo, il cavo, fissato a un'estremità all'imbracatura e all'altra al contenitore dell'equipaggiamento, si distese, mentre l'involucro dell'attrezzatura continuava a scendere. Per un attimo, gravato dal peso, il paracadute a vela quasi si sgonfiò; Morris attese e lasciò che si stabilizzasse, consapevole che era proprio in quell'istante che molti paracadutisti perdevano la vita. Una calotta aperta può aggrovigliarsi e ostacolare l'apertura del paracadute d'emergenza, com'era accaduto a Bony Robbins prima di Natale. Il suo paracadute principale si era arrotolato come una sigaretta, una cometa oscenamente aggrovigliata che sbatteva inutile nel vento dietro di lui. Bony aveva cercato di tagliare le funi di vincolo del paracadute principale, ma l'altimetro aveva fatto aprire il paracadute d'emergenza, che si era immediatamente ingarbugliato nel primo. Bony si era schiantato contro un campo di grano gelato a centottanta chilometri l'ora. Ma il paracadute principale di Morris funzionò correttamente, rigonfiandosi nel vento mentre il contenitore dell'equipaggiamento si stabilizzava a sua volta, dodici metri al di sotto. Nella notte senza luna non poteva vedere nessuno, ma poteva sentire le calotte che fluttuavano intorno a lui. Non si sentiva più il rumore del KC-10. Adesso che i SEAL si erano lanciati, l'aereo era già sceso a livello del suolo, molto probabilmente alla massima velocità che i passacarte imbottiti di caffè dell'aeronautica riuscivano a tenere.

L'area di lancio si trovava a cento chilometri dal quartier generale del FIU. Avevano lasciato l'aeroplano a 45.000 piedi, e aperto i paracadute dopo una caduta minima. Morris aveva calcolato che, con i paracadute a vela, avrebbero potuto volare per una trentina di chilometri. Nel momento in cui avessero toccato terra si sarebbero trovati a una settantina di chilometri dal rifugio di Sihoud. Calcolando quindici minuti per assemblare i veicoli da trasporto DPV, rimaneva un'ora e mezzo per raggiungere il perimetro del bunker, più un'altra mezz'ora per eventuali imprevisti. Fino a quel momento, la missione si era svolta secondo le previsioni: l'aereo non era stato abbattuto e, nell'ipotesi che i piloti sapessero dove diavolo fossero, il lancio era avvenuto senza incidenti. Ma in ogni missione c'era sempre qualcosa che andava storto. La differenza tra una missione riuscita e un fallimento stava nelle dimensioni di questo «qualcosa». Un sacco di fattori potevano ancora andare per il verso sbagliato, pensò Morris, scoccando uno sguardo all'altimetro e alla bussola. L'atterraggio, con quei pesanti contenitori, poteva essere violento, e qualcuno avrebbe potuto rimanere ferito. I DPV potevano danneggiarsi, e senza quei veicoli da deserto non sarebbero mai riusciti a percorrere in tempo i settanta chilometri previsti. Potevano trovare compagnia al momento dell'atterraggio, o sul perimetro del bunker, o in qualsiasi punto lungo il tragitto. E anche dopo avere assicurato il perimetro, quei maledetti Javelin avrebbero potuto decidere di colpire i SEAL, e sarebbero tornati un'altra volta all'Iran e a Jimmy Carter.

Morris accese il termostato della tuta, il cui tessuto era attraversato da resistenze come quello di una coperta elettrica. Continuò a veleggiare verso sud appeso al paracadute, in attesa della fine del viaggio. Quando l'altimetro segnò mille piedi, sganciò il contenitore dell'equipaggiamento. Quando, alleggerito dal peso, il moto discendente rallentò, per un attimo il paracadute sembrò decollare. Morris tese le orecchie cogliendo lo schiocco dei paracadute che si aprivano sopra i contenitori sganciati dei compagni. Le cifre sull'altimetro digitale continuarono a scorrere a ritroso fino a quando i piedi di Morris non si trovarono a pochi metri da terra. Con tutti i sensi all'erta, gli occhi puntati verso la direzione in cui – se fosse stato visibile – avrebbe dovuto trovarsi l'orizzonte, cercò di sentire il terreno con la mente. Aveva sempre odiato i lanci nelle notti senza luna, come quella. Secondo lui, i visori notturni non erano un valido aiuto, poiché il dispositivo monoculare toglieva il senso della profondità e provocava vertigini. In qualche modo era stato sempre capace di percepire l'avvicinarsi del terreno all'ultimo secondo, giusto in tempo per chiudere il paracadute. Uno sbaglio nel tirare verso il basso le funi di controllo avrebbe significato schiantarsi a terra a una velocità che poteva raggiungere i sessanta chilometri all'ora, con un'energia cinetica sufficiente a menomare un uomo.

Trattenne il respiro e attese, nel tentativo di sentire il terreno più che vederlo. Tirò le funi di controllo del paracadute dagli spallacci giù fino alle ginocchia. La calotta a vela s'inclinò come i flap di un aeroplano al momento dell'atterraggio. L'effetto frenante dell'aria lo rallentò sin quasi a fermarlo, facendo collassare la calotta nel momento stesso in cui gli scarponcini da combattimento toccavano la sabbia, a una velocità da passeggio. Morris sganciò l'imbracatura, si sfilò la tuta, buttò la maschera a ossigeno in cima al mucchio, quindi arrotolò il tutto e lo seppellì nella sabbia. Intorno a lui, cento altri SEAL stavano compiendo gli stessi gesti. Estrasse il visore notturno dalla tuta da combattimento e lo calzò. Il deserto si riempì di vita: uomini che correvano verso i contenitori dell'equipaggiamento e ne estraevano armi, munizioni e parti dei DPV.

Morris avanzò nella sabbia, guardando i suoi uomini che aprivano i contenitori. Qualcuno era stato mandato a recuperare quelli che erano atterrati qualche decina di metri oltre la zona prevista. Il contenuto fu presto assemblato, assumendo la fisionomia dei veicoli dotati di un telaio in tubi d'alluminio, gomme a bassa pressione, sedili di schiuma leggera e compatta. Le componenti più pesanti erano i motori, i gruppi di trasmissione e le mitragliatrici. Incapace di stare con le mani in mano, Morris si fermò ad aiutare un gruppo di uomini che stava sollevando un blocco motore, girandolo in modo da essere agganciato alla parte anteriore di un telaio. I SEAL lavoravano freneticamente, montando i potenti motori nel buio, con l'unico ausilio degli scomodi visori notturni. Morris arretrò di un passo, concedendosi un momento d'orgoglio. Con un simile gruppo di meccanici, qualsiasi pilota a Indianapolis sarebbe stato un campione. Ma quel moto di soddisfazione fu di breve durata. Morris consultò l'orologio. Erano trascorsi otto minuti da quando i suoi stivaletti avevano toccato terra. Era dannatamente tardi.

Morris trovò Black Bart Bartholomay e insieme ripassarono

per l'ultima volta il piano d'attacco, mentre un guardiamarina e un capo assemblavano il loro DPV-4. Una volta completato, il veicolo, leggero e bizzarro nella forma, ricordava il figlio bastardo di una dune-buggy e di un prototipo di auto da cross. Portava quattro SEAL compreso il guidatore; aveva gomme da sabbia sovradimensionate; due mitragliatrici montate sul telaio e un compatto motore Chevy sovralimentato da 300 cavalli. I piloti avviarono i motori, e presto il deserto risuonò di un fragore borbottante. Morris calzò l'elmetto da motociclista, sistemò il microfono della radio e inserì il caricatore nella pistola mitragliatrice Ingram MAC-10. L'arma era pesante e tenerla in mano trasmetteva un senso di soddisfazione. Bart tornò da un giro nell'area d'assemblaggio, riferendo che tutti i DPV funzionavano e che non c'erano stati feriti nella fase di infiltrazione. Erano ancora in gioco, anche se con qualche minuto di ritardo.

Morris verificò il sistema di navigazione satellitare del DPV – il ricevitore NavSat non era più grande di una fetta di pane – e diede un'occhiata alla mappa. La rotta uno sette sette portava dritta sull'obiettivo. Montò sul DPV guidato da Black Bart, il guardiamarina alla mitragliatrice posteriore, e il capo accanto a lui. Batté sulla coscia di Bart, che accelerò con prudenza per evitare di rimanere insabbiato. Il veicolo partì in direzione sud, seguito, in una corsa rombante, da altre due dozzine di mezzi.

Ashkhabad, Turkmenistan
Quartier generale delle forze armate congiunte del Fronte Islamico Unito

«In quale modo la testata Scorpion potrebbe colpire Washington? In quanto tempo saremo in grado di realizzare un risultato del genere?» Il generale Sihoud fissò la mappa elettronica, pensando al destino dei popoli musulmani, a come gli occidentali fossero riusciti a tenere una testa di ponte sul territorio del FIU e a quanto più significativo sarebbe stato, a questo punto, un loro eventuale ritiro.

Dopo tutto, anche Maometto, quattordici secoli prima, era stato scacciato dalla Mecca a Medina: il sacro esilio, l'*Egira*, durante il quale il Profeta aveva fondato l'Islam. A quel tempo, egli aveva dovuto lottare per tornare alla Mecca, combattendo un'eroica e straordinaria battaglia, grazie alla quale si era guadagnato una gloria immortale. A quarant'anni, Maometto e l'Islam avevano conquistato tutto il mondo arabo.

Adesso, a Sihoud era stata data la Scorpion, così come Maometto aveva ricevuto un potere soprannaturale dall'arcangelo Gabriele, e avrebbe potuto vincere la sua guerra. Gli infedeli sarebbero strisciati a nascondersi, e Mohammad al-Sihoud avrebbe trionfato. Ne era fermamente convinto.

2

Giovedì, 26 dicembre
Ashkhabad, Turkmenistan
Quartier generale del FIU

SIHOUD sbadigliò. Da molte ore era trascorso il momento in cui aveva sperato di poter prendere un po' di sonno e prima dell'alba era necessario svolgere compiti più importanti del controllo dei monitor. C'erano soldati da comandare, eserciti da spostare, una guerra da vincere. Ma, prima di tutto, doveva risolvere il problema del suo capo di stato maggiore iraniano, il colonnello Rakish Ahmed, un tecnocrate troppo prudente. Eppure, fu costretto a rammentarsi, Ahmed valeva tanto oro quanto pesava. Aveva ideato la Scorpion. Anche per questo Sihoud poteva permettersi qualche indulgenza riguardo ai suoi timori. Si augurava solo che Ahmed arrivasse a comprendere che la vittoria era scritta nel loro destino. Di ciò Sihoud era fermamente convinto.

Il colonnello Ahmed, impegnato in una conversazione con gli ufficiali addetti alla consolle del controllo tattico, scosse il capo. Ogni tanto alzava un dito, e parlava in un radiotelefono criptato. Sihoud poteva vedere l'espressione di Ahmed farsi sempre più tetra. Alla fine, il colonnello si voltò e lo guardò con espressione preoccupata.

«Signore, dobbiamo andarcene subito. Credo sia imminente un attacco al quartier generale.» Nell'aeronautica iraniana, Ahmed era stato addestrato a esporre prima le conclusioni, e solo in seguito gli elementi di sostegno. Era un'abitudine che irritava Sihoud, che, in ogni caso, attese. «Una postazione contraerea, quella nel settore nord, ha riferito un contatto radar con un velivolo di grandi dimensioni. Si tratta di un'unità di ricerca in quota, e ha rilevato che l'apparecchio si è alzato a quattordicimila metri molto rapidamente, per poi ridiscendere. All'inizio non ci abbiamo creduto, ma la stazione sud ha appena confermato i medesimi dati. Tutto ciò deve avere un collegamento con quell'aereo di linea scomparso, signore. Dovevano essere paracadutisti.» Ahmed si fermò per afferrare un microfono e abbaiarvi una serie di ordini, istruzioni riguardanti un caccia Firestar e un autocarro Kawasaki U-10 da portare all'uscita del tunnel d'emergenza sud.

Sihoud scosse la testa con un'espressione calma. Non c'erano paracadutisti e lui non sarebbe scappato attraverso il tunnel sud. Ahmed aveva troppo poca fede.

La notte prima, Sihoud aveva fatto un sogno, un presagio di conquista. Angeli del paradiso avevano combattuto al suo fianco, e uno di loro gli aveva detto che avrebbe governato tutta l'Asia e tutta l'Africa e che gli infedeli sarebbero stati ricacciati in mare. In nessun modo il sogno lasciava presagire un pericolo. Sihoud se lo sentiva nelle ossa. Le sole cose che importassero in quel momento erano lo schieramento e il lancio dei missili con le testate Scorpion e il loro carico di morte; la pena per i peccatori, comminata dal vicario di Allah sulla terra, il generale Sihoud.

Ahmed era ancora immobile, il ricevitore del radiotelefono appoggiato all'orecchio. «Abbiamo provato a lanciare dei missili contro l'aereo, ma non lo abbiamo colpito: era troppo lontano. Generale, ci sono un U-10 che ci attende e un Firestar pronto sulla pista...»

«Basta! Se la nostra contraerea non è riuscita a colpirlo, quell'aereo doveva essere veramente molto lontano. Dove si trovava?»

«A circa cento chilometri. Forse qualcosa di più.»

«Cento chilometri... Quei paracadutisti dovrebbero camminare per un bel po'. I radar hanno individuato qualche paracadute?»

«No, signore, ma...»

«Colonnello, venga con me.»

Sihoud condusse Ahmed in un angolo della sala e schioccò le dita. Un attendente portò due tazze di tè fumante. Sihoud sorseggiò la bevanda, fissando Ahmed attraverso il vapore. I suoi occhi, adesso, esprimevano una sorta di compassione. Quando parlò, la sua voce profonda era quieta, quasi dolce.

«Colonnello Ahmed, Rakish, amico mio. Lei sta pensando a sua moglie e a suo figlio, non è vero?»

«Penso sempre a loro ma questo non ha niente a che vedere con il fatto che il bunker sia minacciato.»

«Mi stavo domandando una cosa, Rakish. Mi stavo chiedendo se aver perso la casa e la famiglia l'avesse indotta a temere di poter perdere anche me. Le assicuro che ciò non accadrà.»

Mentre Sihoud parlava, la mente di Ahmed vagava... Alla fine di duecento metri di tunnel d'emergenza un U-10 stava aspettando lui e Sihoud, e, quattro chilometri più a sud, un caccia Firestar era già uscito da un hangar, rifornito, e i suoi motori erano stati avviati. Tutto per ordine di Ahmed. Nella sua qualità di capo di stato maggiore era anche responsabile della sicurezza di Sihoud. E quello era forse il lavoro più difficile, perché il coraggio di Sihoud rasentava l'incoscienza. Era fermamente convinto di essere invulnerabile, e questa era una sensazione pericolosa. Se Sihoud non voleva essere protetto, c'era poco da fare. Forse, quando il peggio fosse accaduto, l'avrebbe ascoltato. Ahmed decise di tenere l'U-10 e il caccia pronti e in attesa. Mentre Sihoud continuava a parlare, Ahmed prese una fondina di pelle che custodiva una pistola mitragliatrice e se l'allacciò sopra la divisa. Il peso dell'arma lo rassicurava e, per un momento, riuscì a rilassarsi. Adesso Sihoud gli stava chiedendo delle testate.

«Le Scorpion, colonnello. In che modo potremo metterle in posizione e quanto tempo ci vorrà?»

Ahmed si era aspettato una simile domanda. Sapeva che Sihoud non avrebbe gradito la risposta. Del resto, non piaceva neppure a lui.

«Un lancio aereo non è possibile. I caccia dell'aeronautica sono tutti impegnati e, d'altra parte, il loro raggio d'azione è troppo limitato da permettere loro di attraversare l'Atlantico. Gli aerei di linea non vanno bene; inoltre, le loro componenti sono state utilizzate per mantenere efficienti i reparti da guerra e i tecnici sono tutti al fronte. Ho preso in considerazione la possibilità di dirottare un aeroplano e di farlo atterrare in un luogo ove imbarcare i missili, ma ciò comprometterebbe la segretezza dell'operazione. Il trasporto dei missili deve essere mantenuto assolutamente segreto.»

Sihoud sospettò che, dal modo in cui Ahmed stava procedendo con la relazione, il piano sarebbe stato assolutamente non convenzionale.

«Infine, signore, la piattaforma di lancio non deve poter essere individuata. Questa è un'altra ragione per cui l'impiego degli aerei è da escludere. Il sistema di controllo americano del traffico nei cieli è molto sofisticato e un aereo non identificato che si liberi di parte del proprio carico e poi si porti a velocità supersonica verrebbe senza dubbio individuato...»

Sihoud annuì invitando il colonnello a proseguire. L'educazione americana di Ahmed lo infastidiva, anche nelle situazioni come questa, in cui avrebbe potuto essergli utile. All'epoca dello scià, Ahmed era stato addestrato presso l'aeronautica degli Stati Uniti e aveva studiato ingegneria presso una cosiddetta «prestigiosa» università nel nord-est. Ahmed si vantava di conoscere bene i suoi nemici e le loro debolezze. Naturalmente, fino allora, tutto ciò non era servito a evitare le devastazioni prodotte dalla Coalizione. Sihoud decise di stimolarlo ad arrivare alle conclusioni.

«D'accordo, colonnello. Nessun trasporto o lancio aereo. Quale alternativa propone, quindi?»

«L'*Egira*, *Khalib*. Possiamo portare i missili in vista delle coste americane e lanciarli dal mare. Gli americani saranno colti completamente di sorpresa.»

Morris osservò il tenente di vascello Buffalo Sauer prendere di mira la gomma anteriore sinistra del camion U-10. Era un tiro difficile. Il mezzo viaggiava almeno a trenta chilometri all'ora. Un istante dopo, il proiettile silenziato colpiva la gomma provocandone lo scoppio. L'U-10 sbandò, quasi fuori controllo, poi rallentò e si fermò. Due soldati balzarono fuori con le armi in pugno ed esaminarono la gomma danneggiata. Vi fu una breve discussione, quindi uno dei due annuì e s'incamminò verso il retro del veicolo, per prendere la ruota di scorta. Si chinò per estrarre lo svitabulloni e morì prima di potersi rialzare. La lama del guardiamarina Dobb gli aveva squarciato la gola. L'altro soldato stava ancora esaminando il copertone quando il capo Hansen e il suo coltello lo liquidarono. Hansen adagiò cautamente il corpo sulla sabbia. I due soldati erano morti senza produrre il minimo rumore. Il capo stava ancora pulendo la lama con uno straccio preso dal veicolo quando la radio di bordo prese a gracchiare una raffica di sillabe in arabo. Hansen impugnò la pistola mitragliatrice MAC-10, ne controllò il silenziatore e aprì il fuoco contro l'apparecchio. La radio si disintegrò e il deserto tornò silenzioso.

Morris scrutò in tutte le direzioni, in cerca di segni della presenza d'altri uomini delle forze di sicurezza. Il perimetro settentrionale della moschea era aperto e deserto. I sobborghi della città ne lambivano i confini meridionali, ma le strade e le case erano tranquille. Morris fece un segno a Cowpie Clites che si avvicinò alla cinta elettrificata e, protetto da pesanti guanti di gomma, verificò la tensione del sistema con un misuratore portatile. Era spento. La squadra dispiegata lungo il perimetro occidentale aveva svolto il suo compito, disattivando il trasformatore ad alta tensione. Clites estrasse un paio di cesoie che impiegò per aprire un ampio varco nella recinzione, quindi si allontanò. Morris ordinò a gesti agli uomini che era venuto il momento di entrare, e posizionarsi intorno alla moschea, a meno di duecento metri di distanza.

Controllò l'orologio. L'infiltrazione era stata programmata al secondo e, fino a quel punto, erano in perfetto orario. I SEAL avevano abbandonato i DPV tre chilometri a ovest del bunker ed erano avanzati silenziosamente, procedendo lentamente per rispettare la tabella di marcia. Il piano richiedeva che l'impatto dei Javelin avvenisse nel momento esatto in cui gli uomini fossero penetrati nella recinzione. Se i missili avessero colpito troppo presto, i sopravvissuti (e forse lo stesso Sihoud) si sarebbero potuti dileguare. Se avessero colpito troppo tardi, avrebbero lasciato i SEAL esposti, sdraiati nella sabbia ad attendere l'impatto. Se fossero stati scoperti dalle forze di sicurezza del FIU, gli incursori americani sarebbero stati immediatamente giustiziati. O peggio: imprigionati e interrogati.

Morris non si fidava dei missili da crociera. Avevano la pessima abitudine di perdersi, cadere troppo vicino o essere abbattuti. Talvolta, tutte e tre le cose insieme. Se fosse stato lui a pianificare l'operazione, avrebbe tenuto i Javelin per un'altra guerra e sarebbe entrato subito nel bunker, armi in pugno. Ma qualche ammiraglio del Pentagono voleva che l'azione fosse portata avanti insieme con i signorini della marina e aveva ordinato che, da qualche punto in alto mare, a qualche centinaio di chilometri di distanza, fossero lanciati quei missili. Si morse le labbra, pensando a quanto piacessero, agli alti papaveri, i giocattoli costosi. Ma l'unico elemento in grado di vincere una guerra era il fantaccino con il fucile, un concetto portato all'estremo dai SEAL, che avevano rimpiazzato il fantaccino e il fucile con l'incursore e la pistola mitragliatrice silenziata.

Tese le orecchie, chiedendosi se il vago sibilo che avvertiva fosse il sangue che gli pulsava nelle tempie o il rumore dei Javelin in arrivo. Il sibilo aumentò d'intensità, facendosi più forte e pieno. Il suono di un motore a turbina ad alta velocità. Il propulsore di un missile. Morris puntò verso l'alto il visore monoculare e gli parve di scorgere uno dei missili schizzare verso il cielo, iniziando la fase ascendente. Pochi secondi al via, pensò.

Per un istante Sihoud rimase stupefatto. Ma Ahmed, dopo avere dichiarato che l'*Egira* avrebbe trasportato e lanciato la Scorpion mantenendosi al largo delle coste americane, continuò calmo a guardarlo. L'*Egira*! Un sottomarino? Era un piano così pazzesco da possedere una strana parvenza di senso.

L'*Egira* era stata un'idea del predecessore di Ahmed e, di fatto, un'idea sciocca. Sino allora, Sihoud aveva rimpianto la decisione di averne appoggiato l'acquisto ma, a quel punto, cominciò a nutrire qualche dubbio.

L'ultimo capo di stato maggiore di Sihoud, l'ammiraglio Al Abbad Mansur, già capo di stato maggiore della marina egiziana, aveva evidenziato come il FIU fosse vulnerabile nel Mediterraneo e nell'oceano Indiano. Sarebbe stato ridicolo – aveva ribattuto Sihoud – per una potenza terrestre temere il mare, e sciocco tentare di competere con le potenze occidentali, allestendo una marina d'alto mare. Mansur aveva proposto una soluzione differente: l'acquisto di tre sottomarini classe Destiny di produzione giapponese. All'inizio, Sihoud si era opposto ma, di fronte all'insistenza di Mansur, aveva finito con il prestargli ascolto.

Mansur aveva sottolineato come un paese anche piccolo, ma dotato di sottomarini, potesse volgere a proprio favore il corso di una guerra. Aveva ricordato il caso della guerra delle Falkland, durante la quale i sottomarini britannici avevano imbottigliato la flotta argentina di superficie, dal momento che i sudamericani temevano di rischiare la propria flotta contro una minaccia sconosciuta. Aveva ricordato anche il caso della guerra del Golfo, durante la quale la possibilità dell'Occidente di trasportare indisturbato via mare uomini e materiali aveva consentito al Grande Satana di ammassare le proprie forze sulla terraferma. Mansur aveva insistito che una campagna in difesa delle coste condotta con i sottomarini avrebbe potuto rappresentare la salvezza per il FIU in caso di conflitto, e Sihoud, alla fine, aveva ceduto.

I giapponesi avevano progettato i battelli della classe Destiny specificamente per l'esportazione. Oltre alla consueta qualità di progettazione degli orientali, erano relativamente economici per essere dei sottomarini: solo 55 miliardi di yen. Tre anni prima non era una grossa somma, anche se rappresentava pur sempre l'equivalente di un intero gruppo di caccia Firestar. Mansur aveva sostenuto che un sottomarino avrebbe permesso al FIU di pattugliare il Mediterraneo e di proteggere il proprio territorio da un attacco occidentale proveniente da quella direzione. Una seconda unità nell'oceano Indiano avrebbe garantito la sicurezza della sua porta posteriore. Se ce ne fosse stato un terzo nell'Atlantico, nessun gruppo di portaerei avrebbe potuto rappresentare una minaccia. All'epoca, la proposta era sensata e, anche se la somma in gioco era rilevante, avrebbe permesso al FIU di mantenere una presenza navale in tre oceani acquistando tre sole unità. Forse la prospettiva di Mansur era corretta, ma l'acquisto di quei battelli si era rivelato un fallimento.

I giapponesi avevano incontrato difficoltà di progettazione, poiché la Destiny era una classe assolutamente nuova, destinata, nelle intenzioni, a sovvertire gli standard della guerra sottomarina. La consegna era avvenuta con oltre due anni di ritardo, all'epoca dell'invasione del Ciad e dell'Etiopia. Contemporaneamente al completamento del primo sottomarino, Sihoud aveva dato il via all'invasione terrestre dell'India e non si erano ancora registrate azioni ostili da parte delle marine occidentali. Durante l'anno successivo, Mansur aveva commesso errori egualmente gravi (l'invasione dell'India era stata una sua idea) e Sihoud si era convinto di non poter evitare la rimozione del suo capo di stato maggiore. C'erano voluti sei mesi per addestrare l'equipaggio del primo Destiny che, sin dalla consegna, era rimasto agli ormeggi, inutilizzato, nella base di Kassab, sul Mediterraneo. Pur avendo trascorso alcuni periodi in mare, per la maggior parte del tempo era stato travagliato da continui problemi meccanici. Il colonnello Ahmed aveva sostituito Mansur. Era stato Sihoud che, non potendone più della marina e necessitando di consigli sull'impiego dei nuovi caccia, aveva voluto un ufficiale dell'aeronautica. Lo stesso Sihoud era un esperto di affari militari e aveva un proprio gruppo di consiglieri per l'impiego e il comando delle forze terrestri. Aveva sentito di servizi sui media occidentali che lo paragonavano a grandi generali, a figure come Alessandro Magno, Napoleone e perfino Attila. Quando Ahmed aveva assunto la carica di capo di stato maggiore, Sihoud l'aveva mandato subito a Kassab per riferire sul Destiny che l'ammiraglio Mansur aveva battezzato *Egira* in onore del santo esilio del Profeta. Ahmed aveva riferito che si trattava di un vero e proprio miracolo tecnologico, ma di un miracolo inutile per una potenza continentale come il Fronte Islamico Unito di Dio. Sihoud ricordava ancora le parole del rapporto di Ahmed. «Gli americani hanno un'espressione precisa per indicare cose come questa: elefanti bianchi.» Ahmed aveva concluso che l'aeronautica avrebbe potuto portare a termine gli stessi compiti di quel sottomarino. Così, da quel momento, l'*Egira* era rimasto inutilizzato.

Era ironico, quindi, che il sottomarino fosse menzionato nel piano di Ahmed per il lancio delle Scorpion. Il colonnello doveva avere avuto in mente quel dettaglio sin dall'inizio. Strano che un ufficiale dell'aeronautica snobbasse i suoi amati velivoli per un battello come l'*Egira*. Il suo piano, d'altro canto, permetteva di trasportare i missili fino in prossimità del loro obiettivo in tutta segretezza. Soltanto, ci sarebbe voluto troppo tempo...

«Quanto è necessario per trasportare i missili fino in vista delle coste degli Stati Uniti? Di Washington?»

«Signore, spero che perdonerà la mia iniziativa, ma ho ordinato ieri che il sottomarino venisse caricato di tutto il necessario e che prendesse il mare. Per assemblare tre testate ci vorrà del tempo, forse una settimana o due. L'assemblaggio sarà effettuato a bordo dell'*Egira*, durante la navigazione. I missili saranno pronti per la data in cui il sottomarino arriverà nel punto di lancio. Anche se avessimo optato per un lancio aereo avremmo dovuto comunque attendere che le unità venissero assemblate. Mi scuso per questo inevitabile ritardo, signore, ma fra qualche settimana l'andamento della guerra sarà alquanto diverso dall'attuale.»

Sihoud annuì lentamente, chiedendosi sino a che punto le settimane successive avrebbero portato quella terribile campagna terrestre. L'avvicinarsi dell'ufficiale di picchetto interruppe il corso dei suoi pensieri. Già in sé il giovane appariva smunto e malnutrito, ma la paura rendeva il suo viso ancora più misero.

«Colonnello, signore...»

«Cosa succede, Massoud?»

«Abbiamo perso il contatto con le guardie del perimetro.

Tutte le pattuglie. Abbiamo rilevato una scarica di energia statica inspiegabile su una delle radio, come se qualcuno avesse cercato di trasmettere, poi più nulla. Ho mandato un plotone a controllare, ma... »

« Assuma il comando », ordinò Ahmed. « Schieri tutte le forze di sicurezza e faccia chiudere gli accessi. Il *Khalib* e io partiamo per il fronte. Il Settimo Guardie Islamiche rimanga a protezione del bunker sino a nuovo ordine. »

Javelin Uno, il primo missile lanciato dall'*Augusta* di Daminski, aveva sorvolato la pianura desertica, avvicinandosi un secondo dopo l'altro al bersaglio. Il raffronto dei rilevamenti sul terreno coincideva con quelli impostati e un ultimo rilievo satellitare aveva confermato che il missile si trovava ormai a un miglio e mezzo dal bersaglio. Cinque secondi ancora, se il missile avesse proseguito il proprio volo in linea retta. Ma era giunto il momento di cabrare. Le alette di controllo si inclinarono, mentre la valvola del carburante si apriva, dando piena potenza. La temperatura del combustore s'innalzò, la turbina accelerò, la pressione di spinta crebbe sino a raggiungere il picco di 1360 chili e il missile schizzò alto nel cielo mentre, sotto, il deserto si faceva sempre più lontano e, sopra, erano visibili solo le stelle. La pressione nell'altimetro aumentò, mentre il missile raggiungeva i mille piedi, quindi i duemila. Alla fine, persa progressivamente velocità durante la salita, il Javelin iniziò a decelerare, percorrendo la parte discendente del proprio arco di traiettoria, le alette ora orientate in modo da favorire la picchiata.

Il computer JavCalCor controllò nuovamente lo stato della sequenza di detonazione dell'esplosivo ad alto potenziale. Era tutto pronto, in attesa solo della scintilla proveniente dalla spoletta. L'arma ruotò nel cielo, iniziando la picchiata, il radar di ricerca puntato dapprima verso l'orizzonte, quindi verso il bunker, settecento metri più in basso. Ancora a piena potenza, il missile accelerò, prendendo velocità mentre l'immagine della moschea cresceva nella finestra di ricerca, sino a occuparla interamente. Il missile superò la barriera del suono e stava filando a Mach 1,1 quando le piastrelle del pavimento del cortile centrale gli esplosero tutt'intorno, ricadendo nel cono formato dall'ogiva.

Sihoud sentì Ahmed che gli afferrava il braccio e lo trascinava verso la rampa sud, arrestandosi solo il tempo necessario ad afferrare due fucili automatici. Anche se una parte di lui continuava a deprecare la scelta di partire così, lo seguì consapevole dei pensieri del colonnello, e iniziando a chiedersi se i timori del suo vice non fossero stati fondati. Di certo Ahmed aveva ragione riguardo alla necessità di trovarsi sul campo e non in un bunker sotterraneo.

I due uomini salirono di corsa le scale. Ahmed passò a Sihoud uno dei fucili. Sull'ultimo pianerottolo, prima della porta che conduceva al cortile della moschea ve ne era una di metallo che immetteva nel tunnel di emergenza. Ahmed attivò i tasti del lucchetto a combinazione, sbloccò la porta, e spinse dentro Sihoud. Passarono attraverso un magazzino sudicio e raggiunsero una seconda porta. Ahmed sbloccò anche questa e spinse Sihoud nel tunnel di servizio vero e proprio, un angusto cilindro di calcestruzzo precompresso di meno di due metri di diametro, pieno di tubi dell'acqua, cavi elettrici e telefonici, condotti fognari e di ventilazione. C'era spazio a malapena da permettere a un uomo di procedere carponi. Sihoud vi avanzò rapidamente, sentendosi uno sciocco, un maledetto codardo. Percorsi una ventina di metri, cambiò idea, e tirò per una manica Ahmed, che si fermò e udì il leader islamico ordinare di fermarsi e ritornare al centro di comando. Era un posto terribile per mettersi a discutere con il generale, ma era quello che doveva fare.

Per Javelin Uno i millisecondi successivi trascorsero molto rapidamente. La sua missione era, di fatto, completata. Il radar di ricerca si era schiantato nell'impatto con il pavimento del cortile della moschea. Subito dietro, però, una piastra di uranio impoverito aveva protetto il computer JavCalCor e aveva attraversato la pavimentazione della moschea. L'energia cinetica del missile lo spinse attraverso le lastre di piombo, quindi nello strato di calcestruzzo rinforzato. A questo punto, la maggior parte del missile era andata distrutta, ma conservava abbastanza inerzia da attraversare di slancio il primo e il secondo livello del bunker, l'alloggio di Sihoud e il soffitto della centrale di comando. Il timer dell'arma, avviatosi al momento dell'impatto con il pavimento del cortile sovrastante, calcolò correttamente l'istante di arrivo del missile al quarto livello e, anticipandolo, innescò la spoletta dieci metri prima, mentre il missile stava ancora sfondando il pavimento dell'area alloggi degli ufficiali superiori. La spoletta si attivò, facendo detonare la carica intermedia che, a sua volta, avviò la detonazione dell'esplosivo ad alto potenziale proprio nel momento in cui l'arma si schiantava all'interno della centrale di comando.

La tonnellata di esplosivo PlasticPac ad alto potenziale, una miscela ad alta densità, brevettata e segreta, con un potere detonante pari a oltre diciotto volte quello di una quantità equivalente di TNT, rilasciò la sua energia chimica, raggiungendo le consolle e gli uomini presenti nel locale. La centrale di comando sotterranea era protetta da massicci muri di cemento, avvolti da sabbia compressa. L'esplosione, così contenuta, schiacciò quanto vi si trovava contro i muri rinforzati: l'onda d'urto dell'esplosione agì come un martello, le pareti di cemento e i contrafforti di sabbia fecero da incudine. La forza dell'esplosione non aveva altra via di sfogo che verso l'alto, attraverso il soffitto e le solette dei piani superiori.

Javelin Uno era stato il primo missile dell'attacco coordinato a raggiungere il bersaglio. Anche se programmati per detonare nello stesso istante, i missili successivi giunsero in ritardo (su una scala di millisecondi), aggiungendo il proprio contributo alle distruzioni prodotte dal primo, e proiettando in aria il contenuto del bunker, in un fungo nero e arancio di detriti e resti di quelli che pochi millisecondi prima erano stati uomini.

Cinque secondi dopo l'impatto di Javelin Uno con il cortile della moschea, della centrale di comando restava ben poco, oltre a una massa di detriti che volavano in aria, e fumo e fuoco all'interno del cratere rimasto al posto del bunker.

Per oltre due minuti i detriti continuarono a cadere sulla sabbia che circondava il cratere annerito. I frammenti di metallo e calcestruzzo, cadendo a terra, facevano ben poco rumore o, se ne facevano, questo si perdeva nel rombo del fungo arancio che si innalzava per centinaia di metri sopra la superficie del deserto.

Più che vedere le detonazioni dei missili, Jack Morris le sentì. All'inizio, nel momento in cui il primo missile colpì il cortile della moschea, la terra tremò. L'esplosione lo scosse come se fosse avvenuta esattamente sotto di lui, con un rumore dapprima attutito dagli strati di calcestruzzo. Immediatamente dopo l'impatto dei quattro missili, però, il rumore si fece rombo, mentre la sua forza si espandeva oltre il cratere. Il minareto parve disintegrarsi in migliaia di frammenti che volavano lenti nella notte. Un informe fungo arancione si alzò nel cielo per alcune centinaia di metri, trasformando la notte senza luna in un mezzogiorno assolato. Morris premette il viso nella sabbia, mentre i detriti, più che altro una pioggia di sabbia e frammenti di calcestruzzo, iniziavano a cadere intorno a lui. Quando la pioggia di detriti ebbe termine, Morris alzò la testa e fischiò, le sue orecchie offese incapaci di cogliere la sua stessa esclamazione d'incredulità.

L'ammiraglio che aveva voluto i Javelin aveva sbagliato i conti, pensò. Con il nuovo esplosivo, tutti quei missili erano stati fin troppi. Anche se dalla posizione di Morris era difficile vedere oltre l'avvallamento della sabbia, sembrava che del bunker non fosse rimasto più nulla. La possibilità di trovare dei sopravvissuti era un sogno dei burocrati del Pentagono. Morris si alzò e fece segno agli uomini di avvicinarsi; le fiamme dell'esplosione si stavano quietando, anche se il fumo continuava ad aleggiare intorno al cratere formatosi nel luogo che aveva ospitato il quartier generale delle forze armate congiunte di tutto il dannato FIU. L'auricolare della radio crepitava, mentre giungevano secchi i rapporti dei comandanti dei plotoni dei SEAL che stavano circondando il bunker; i rapporti confermavano il giudizio di Morris che non ci sarebbero stati sopravvissuti da catturare, né il generale Sihoud da interrogare. Si avvicinò al cratere, vi gettò un'occhiata, annuì e ordinò d'iniziare l'esfiltrazione.

Ahmed non aveva ancora aperto bocca per dire a Sihoud di continuare a procedere lungo il tunnel quando quest'ultimo, improvvisamente, parve capovolgersi, i muri crollarono e quella che era stata una via di fuga si trasformò in una tomba senz'aria.

Per i cinque minuti successivi, le pareti crollate del tunnel rimbombarono dei rumori delle esplosioni. Poi su tutta la scena cadde il silenzio.

Tutta quella strada, pensò amaramente Morris, solo per vedere dei missili da qualche milione di dollari svolgere grossolanamente il lavoro che i SEAL avrebbero portato a termine con una precisione molto maggiore. Gli incursori lasciarono l'area del bunker attraverso lo stesso varco nella recinzione che avevano usato per entrare e corsero verso i DPV. Accesero i motori e percorsero altri sei chilometri in direzione nord-est. Tre dei veicoli non riuscirono ad avviarsi (sabbia nei carburatori, immaginò Morris), e dovettero essere abbandonati, gli occupanti caricati sui mezzi rimasti. Quando il navigatore satellitare di Morris lampeggiò, il comandante dei SEAL ordinò di spegnere i motori. I mezzi furono posteggiati in tre file di sette; l'ultimo uomo a lasciarli estrasse dal telaio di ogni mezzo uno spinotto collocato sotto i sedili. Gli incursori corsero per un centinaio di metri verso nord, poi si buttarono sulla sabbia. Alcuni secondi dopo, il meccanismo di autodistruzione dei DPV fece esplodere i veicoli trasformandoli in rottami fumanti, mentre le fiamme delle esplosioni guidavano l'aereo incaricato dell'esfiltrazione.

Morris attese, frustrato, sapendo che questa era stata programmata per un momento successivo, nell'ipotesi che fosse necessaria un'azione più lunga alla moschea. Odiava aspettare l'autobus, specialmente quando era dell'aeronautica. Dopo un intervallo di tempo che gli era parso di una ventina di minuti (ma in realtà poco più di cinque), Morris avvertì un battito d'eliche. Quattro convertiplani V-22 Osprey passarono sopra di loro, formarono un cerchio, portarono i rotori in posizione orizzontale e scesero verticalmente, toccando la sabbia. Morris e i suoi uomini saltarono a bordo di quegli strani velivoli, per metà elicotteri, per metà aerei da trasporto, e allacciarono le cinture di sicurezza. Il V-22 di Morris si alzò e riportò i rotori in posizione verticale, trasformandosi ora in un velivolo da trasporto turboelica ad alta velocità. Mentre l'apparecchio si dirigeva verso sud, in rotta verso la regione dell'Iran meridionale occupata dalle forze della Coalizione, Morris lanciò un'ultima occhiata alle rovine fumanti della moschea. Era impossibile che qualcuno fosse riuscito a sopravvivere all'esplosione. Tuttavia, avrebbe preferito poter caricare con sé, a bordo dell'Osprey, il trofeo più ambito: il cadavere di Sihoud. Be', disse fra sé, in tutte le missioni c'è sempre qualcosa che va storto. In questa, c'era stata troppa potenza di fuoco.

Si distese sul sedile, e anche se si trovava solo una trentina di metri sopra il territorio del FIU ed era reduce da pochi minuti da un'operazione di combattimento, si addormentò profondamente.

3

*C*HAH *B*AHAR *era una pacifica cittadina costiera. Ahmed era andato in licenza a trovare la moglie e il figlio di quattro anni, Nadhar. Il sole era caldo mentre, con la famiglia, passeggiava lungo le strade, poche ore prima di ripartire per Ashkhabad. Improvvisamente, da sud, un rumore d'aeroplani, troppo forte e pesante per essere quello di aerei del FIU. Le orecchie gli si riempirono del rombo dei bombardieri Stealth della Coalizione Occidentale, del sibilo delle bombe a grappolo che cadevano, dello strano suono attutito uscito dal corpo di sua moglie colpita da uno shrapnel. Si sentiva correre, con Nadhar in braccio. Quando scoppiò la bomba, lui e Nadhar caddero a terra, Ahmed sopra, mentre le bombe piovevano intorno a loro. Le orecchie continuavano a risuonare, mentre i bombardieri neri passavano lenti. Si strinse a Nadhar, mentre un proiettile incendiario cadeva a terra ed esplodeva, e lo schianto si abbatteva su di lui. Sentì la bomba precipitare, poi la deflagrazione aspirò tutta l'aria dal cielo. Ahmed si trovò a boccheggiare, certo di essere a un passo dalla morte, ma alla fine le fiamme si sedarono, e lui inspirò l'aria avidamente. Anche prima di guardare, intuì che il figlio era stato colpito, e anche al colonnello Rakish Ahmed, comandante supremo delle forze aeree congiunte del Fronte Islamico Unito di Dio e capo di stato maggiore del generale e* Khalib *Mohammad al-Sihoud, toccò la sorte di vedere il proprio figlio morire. L'ondata finale di Stealth passò su di loro, le stive cariche di bombe. Ahmed fu costretto ad abbandonare il corpo di Nadhar e a correre al coperto. Rabbia e dolore si fondevano in sete di vendetta... Il pensiero che il suo lutto potesse essere condiviso da migliaia di altre persone, rese orfane dai suoi soldati, non lo sfiorò nemmeno...*

Nel tunnel di servizio del quartier generale distrutto, la divisa di Ahmed era intrisa di sudore freddo. Il cuore batteva all'impazzata, mentre ansimava. La visione delle rovine fumanti di Chah Bahar sparì in un turbine di puntini gialli, rossi e blu.

Scosse la testa, rendendosi lentamente conto di aver perso conoscenza, incapace di sfuggire all'incubo di Chah Bahar anche quando era stato messo fuori combattimento dall'attacco nemico contro il bunker. Udiva fruscii, sgocciolii... Un rumore d'aria che entrava e usciva. Il suono aumentò d'intensità. Singhiozzi, colpi di tosse, conati di vomito riempivano l'aria scura. Cercò di muoversi, dapprima senza risultato, sentendo la pressione di qualcosa che gravava su di lui. La sensazione di qualcosa di scivoloso sopra una superficie dura. Qualcosa di liquido. Acqua o sangue.

Cercò ancora di muoversi, prima un braccio, e si stupì quando si accorse di essere in grado di farlo. L'altro braccio. Poi le gambe. Cercò di alzarsi, ma qualcosa glielo impediva. Tentò di rotolare e sentì un pezzo d'acciaio appuntito conficcarsi fra le costole. Rotolò dall'altra parte e si rese conto che la pressione diminuiva, permettendogli di respirare. Continuava a non esserci luce, ma colse un altro suono, uno scroscio, qualcosa che sgorgava.

L'attacco al bunker si era verificato, come Ahmed aveva previsto. Il tunnel, la loro supposta via di fuga, era in parte crollato, il soffitto di calcestruzzo schiantato al suolo dall'impatto dell'esplosione. Quello che era stato il pavimento era cosparso di frammenti di cemento, sabbia, sporcizia, fili e cavi. Non c'era traccia di Sihoud.

Alla fine, ce l'avevano fatta... Sihoud era morto, e con lui la speranza di trenta nazioni e di mezzo miliardo di persone. In pochi minuti, il Fronte Islamico Unito era stato messo in ginocchio. L'attacco, come Ahmed aveva temuto, l'aveva decapitato. Perché senza Mohammad al-Sihoud tutto era perduto. Ahmed sentì la sua voce che chiamava il Khalib.

Presto, però, la sua invocazione fu sovrastata da un altro rumore. Quello che prima era sembrato un semplice spruzzo, un debole scroscio di pioggia, adesso era un suono impetuoso. La condotta idrica che alimentava il bunker aveva ceduto e stava allagando i resti del tunnel. L'acqua gli aveva già sommerso il viso. Si voltò bruscamente. Il frammento d'acciaio lo urtò alle costole. Decise che era meglio morire trafitto dall'armatura del calcestruzzo che lo inchiodava a terra piuttosto che affogato. L'acciaio penetrò, lacerando la pelle all'altezza delle costole, affondando nel muscolo, graffiando l'osso e giungendo quasi a perforare il polmone; ma, alla fine, il suo petto non fu più a contatto del metallo ma solo del lato inferiore del frammento di calcestruzzo. A quel punto, l'acqua aveva sommerso il suo corpo prono. Continuò a contorcersi consapevole che la schiena raschiava contro il blocco di cemento. In un angolo della mente, già pronta alla morte, si rese conto di essere libero. Spinse con le gambe e con le braccia sino ad alzarsi sulle ginocchia.

Sollevata la testa, si trovò immerso nel buio umido del tunnel semidiroccato. L'acqua gli arrivava alla vita. Doveva trovare Sihoud. Doveva tamponare la condotta e bloccare il getto d'acqua. Doveva uscire dal tunnel e portare Sihoud al sicuro. Mentre cercava il *Khalib* nell'acqua che continuava a salire, si rese conto che non sarebbe servito a nulla portarlo fuori, in un altro posto di comando. Un attacco come quello appena concluso sarebbe potuto accadere ancora, e ancora, fino a quando il nemico non avesse raggiunto il suo scopo: uccidere Sihoud e decapitare il vertice del Fronte Islamico. Doveva trovare un posto dove gli incursori e gli assassini al soldo del nemico non potessero raggiungerlo.

Fu l'acqua, l'acqua che continuava a salire nel tunnel, ad accendere una debole luce nella mente di Ahmed, anche se il colonnello non riuscì subito a individuare un legame preciso. Poi, improvvisamente, sembrò tutto ovvio. Sihoud doveva andare in esilio, proprio come il Profeta era andato a Medina quasi quattordici secoli prima. L'esilio del Profeta era stato chiamato Egira, e così sarebbe stato per quello di Sihoud. Come il Profeta, Sihoud sarebbe tornato nella gloria, non con spade e cavalli, ma con missili da alta quota, supersonici, invisibili ai radar e armati di plutonio radioattivo.

Cinque passi lungo il tunnel e Ahmed inciampò contro un ostacolo. Si chinò, afferrò la sagoma sotto il livello dell'acqua e tirò con tutte le forze. Sihoud, privo di conoscenza, era rimasto intrappolato sotto un frammento di metallo, che rotolò via senza difficoltà. La testa del *Khalib* emerse dall'acqua. Non respirava. Ahmed si piegò su di lui, pose le labbra su quelle del generale, e soffiò.

Mentre l'acqua saliva, Ahmed sentì che i resti del tunnel iniziavano a muoversi. Il liquido cominciava a compromettere la stabilità delle fondazioni di sabbia compressa. Continuò a immettere aria nella bocca di Sihoud. Per quanto tempo avrebbe tentato di rianimarlo prima di rinunciare e cercare di mettersi in salvo? Poi pensò che scegliere di non prendere un'iniziativa era già in sé una decisione. Senza Sihoud non c'erano speranze per il FIU e nemmeno per lui. Con la guerra perduta, con la sua famiglia e con quella di Sihoud distrutte, perché continuare a vivere? Di colpo, il *Khalib* fu scosso da un singulto, e cominciò a sputare l'acqua che aveva ingerito.

Le tre del mattino erano passate da un pezzo, e qualcosa doveva proprio essere andato storto. L'aviere Abdul Djaliz scrutò l'orizzonte, dove fumo e fiamme, anche se si stavano placando, erano sempre visibili, oltre la luce fioca delle rade lampade ad arco che illuminavano l'asfalto della base aerea di Sunni, ad Ashkhabad.

Erano trascorsi forse quaranta minuti da quando una telefonata proveniente dal quartier generale aveva ordinato di fare uscire dall'hangar il più efficiente dei Firestar disponibili, di avviarlo e di riempire di elio liquido il serbatoio del *pod* da guerra elettronica. Quindici minuti erano stati sufficienti a completare le operazioni. Adesso, lo snello caccia con ali a geometria variabile era pronto al decollo, le turbine sibilavano dolcemente e il flusso di calore che usciva dagli scarichi faceva oscillare leggermente le luci della pista. Il tettuccio era aperto e una scaletta raggiungeva la cabina di pilotaggio. Per la quinta volta in mezz'ora, Djaliz salì in cima alla scala e gettò un'occhiata all'abitacolo, mentre il computer eseguiva nuovamente la procedura di controllo. Il display a cristalli liquidi visualizzava gli ultimi rilevamenti, alternando grafici e schermate, profili di temperatura, pressione dell'olio e condizioni del sistema idraulico. Tutto regolare. Djaliz ridiscese e controllò nuovamente il *pod* da guerra elettronica sospeso sotto il muso appuntito del grosso jet, quello in cui aveva versato l'elio liquido a bassissima temperatura. La sagoma tozza del *pod* rovinava l'aerodinamica bellezza dell'aeroplano. Era l'ultima modifica apportata al Firestar. Quel *pod* in particolare era praticamente appena uscito dalle casse arrivate da Osaka. Djaliz ci armeggiò intorno per qualche minuto, poi risalì sulla scaletta. Questa volta entrò nell'abitacolo, spostando il casco del pilota sopra il pannello strumenti dei motori. Richiamò il menu di controllo del *pod* e ordinò al sistema di eseguire la procedura dei test di verifica.

Attese qualche istante che il computer elaborasse i dati ricevuti e testasse i circuiti dei grossi trasmettitori ospitati all'interno del *pod*. Alla fine, il sistema confermò che il dispositivo era pronto a funzionare, pronto, cioè, a mettere fuori uso l'elettronica di qualsiasi aereo che avesse tentato di avvicinarsi al Firestar con intenzioni ostili. Djaliz controllò l'ora, chiedendosi se non fosse il caso di richiamare il quartier generale, facendo notare come, a quel modo, si stesse continuando a sprecare carburante inutilmente, e come nessuno si fosse ancora fatto vedere per qualsiasi misteriosa missione avessero in mente.

Il giovane aviere si alzò e uscì dall'abitacolo, rimanendo a bocca aperta mentre l'autocarro U-10 sfondava il cancello della recinzione senza preoccuparsi di farsi riconoscere. Balzò a terra e sfoderò la pistola, pronto a ordinare all'intruso di fermarsi. Il camion accostò al caccia, posteggiando accanto all'estremità della sua ala sinistra, come se il conducente volesse evitare di ostacolare il decollo dell'apparecchio. Djaliz spianò la pistola verso l'autista, che sembrava disinteressarsi completamente a lui. Chiamò l'uomo, che aprì la portiera e avanzò verso il muso del veicolo.

Djaliz prese la mira... e, attraverso il mirino, si trovò di fronte al colonnello Ahmed, comandante in capo delle forze aeree congiunte. Rinfoderò rapidamente la pistola. Ahmed lo ignorò e puntò dritto verso la portiera dal lato del passeggero. Quando questa si aprì, Djaliz poté distinguere la figura del *Khalib* in persona, Mohammad al-Sihoud. Ebbe sufficiente presenza di spirito da scattare sull'attenti, lo sguardo fisso di fronte a sé. Ma, con la coda dell'occhio, riuscì a vedere che il *Khalib* era tutt'altro che in forma.

«*Mi aiuti*, aviere», ordinò Ahmed.

I due afferrarono le braccia di Sihoud, che sembrava cosciente ma debole e confuso.

«Cos'è accaduto, signore?»

Ahmed scosse la testa, trascinando il generale in direzione della scaletta.

«Lo faccia mettere sul seggiolino posteriore», disse quando ebbero raggiunto la scaletta.

«Generale, riesce a salire?»

«Penso di sì.»

Ahmed tornò verso l'U-10, trovò un pezzo di carta e vi scarabocchiò sopra qualcosa. Lo rilesse, guardò l'orologio e riprese a scrivere. Alla fine piegò il foglio in due, e poi ancora in due. Ritornò rapidamente verso il Firestar. Djaliz aveva sistemato Sihoud sul seggiolino posteriore e stava allacciandogli le cinture di sicurezza. Gli fece indossare il casco e gli agganciò la maschera dell'ossigeno. Ridiscese la scaletta e si trovò ancora davanti al colonnello Ahmed.

Il colonnello lo squadrò per un momento, poi gli porse il pezzo di carta.

«Lei sa dove si trova il centro comunicazioni di Quchara?»

«A venti chilometri da qui, sull'autostrada 2, direzione nord, signore.»

«Prenda l'U-10 e raggiunga il centro il più rapidamente possibile. Faccia trasmettere immediatamente questo messaggio sul circuito VLF a bassissima frequenza. Se lo ricorda? Bassissima frequenza.»

«Ma, signore, perché dovrebbero farlo? Sono solo un aviere...»

Ahmed aprì la giacca, strinse una catenella che portava al collo e la tirò fino a spezzarla. Diede all'aviere la sua tessera d'identità con codice a barre.

«Gli consegni questa. Se avessero ancora dubbi, mi faccia chiamare sulla frequenza aerea UHF del giorno. Capito?»

Djaliz scattò sull'attenti e fece il saluto.

Ahmed era già salito in cima alla scaletta. Djaliz rimase a osservarlo mentre si allacciava il casco, abbassava il tettuccio e agitava la mano nella sua direzione. Djaliz raggiunse i cunei che bloccavano le ruote, li sfilò e si allontanò dall'aereo. Ahmed aveva già spinto le turbine a metà potenza, e si stava avviando verso la pista di decollo. Meno di un minuto dopo, i postbruciatori ruggivano a piena potenza. Il rullaggio durò solo pochi secondi, poi il Firestar decollò a tutta velocità dalla pista, puntando quasi in verticale verso il cielo. Ben presto, tutto ciò che Djaliz fu in grado di vedere furono le vampe degli scarichi di coda. Poi, anche quelle sparirono nell'oscurità.

A Djaliz sembrò di uscire da un sogno, poi si rese conto di avere un pezzo di carta umido di sudore tra le mani. Lo aprì e lesse il frettoloso scarabocchio del colonnello.

A sottomarino CNF Egira per ordine Khalib. *Emergere all'alba 35 gradi nord / 30 gradi est. Prepararsi recuperare due sopravvissuti. Allah è grande. Mittente colonnello R. Ahmed.*

4

Giovedì, 26 dicembre
Mediterraneo orientale

L'OSCURITÀ che precede l'alba copriva le acque calme del Mediterraneo, a malapena separate dalla tenue luce delle stelle dal cielo nero lungo la linea dell'orizzonte. Tre ore dopo, le onde avrebbero assunto una sfumatura color zaffiro, belle, chiare e scintillanti. A quell'ora, però, erano scure, minacciose e piene di suoni. Il bacino centrale e quello occidentale erano affollati dal traffico commerciale anche ora che i paesi della sponda nord erano in guerra con quelli della sponda sud. Anzi, il conflitto aveva reso più frequente il passaggio delle navi da carico e delle petroliere attraverso lo stretto di Gibilterra. Le navi riempivano le acque per miglia con il rumore delle eliche, un frastuono che rivaleggiava con quello della fauna pelagica: gli schiocchi prodotti dai gamberi, il chiacchiericcio dei delfini, i muggiti delle balene che riempivano il mare di onde sonore.

Nello sciabordio, a cento metri di profondità, un silenzioso fantasma attraversava un banco di scampi che lo sfioravano, schioccando sonoramente. La sagoma dell'intruso era lunga e snella, con una prua ellissoidale seguita da un sigaro affusolato all'estremità, lungo settantacinque metri per dodici di diametro. Nel mezzo torreggiava un'alta sovrastruttura che nella parte posteriore scendeva ad angolo, come la pinna dorsale di un pesce tropicale. All'affusolata estremità posteriore del corpo centrale, c'era una serie di pinne caudali attaccate a novanta gradi al corpo centrale, in modo da formare una X. Il sottomarino procedeva in direzione est, scivolando nell'acqua senza rumore.

Era l'*Egira*, delle forze navali congiunte. Avvolti dal liscio rivestimento esterno, c'erano ventuno tubi lanciasiluri, un angusto scafo resistente e un grosso motore a corrente alternata immerso in un bagno d'olio, cui era collegata l'elica del diametro di mezzo scafo. Lo scafo resistente era un cilindro lungo mezza nave, che iniziava poco prima della sovrastruttura centrale e terminava cinque metri a prua della struttura a X del timone. Il cilindro era lungo appena trentotto metri. Di questi, solo i primi tredici erano abitabili, mentre il resto era occupato da compartimenti modulari del sistema di propulsione. Nella sezione di poppa trovavano posto la batteria e il motore diesel ausiliario; in quello immediatamente precedente, il reattore e le turbine. Nessuno di questi compartimenti era accessibile mentre l'*Egira* si trovava in immersione. Tutte le macchine erano, infatti, controllate da un computer.

Il modulo anteriore, progettato per l'equipaggio, era quello di comando e si estendeva su tre ponti. Il ponte inferiore era quasi interamente occupato dalle apparecchiature elettroniche del cosiddetto Secondo Comandante e conteneva anche una fila di stretti cubicoli lungo la paratia di babordo. Il ponte di mezzo era diviso in quattro aree di alloggi, una mensa, una piccola cambusa e un disimpegno. Il ponte superiore era occupato dalle aree di controllo del battello, consistenti in un'ampia sala controllo, una sala computer, una sala radio e da altri due vani nella parte anteriore. Il vano più piccolo era la cabina del primo ufficiale. Il secondo era la cabina del comandante, una struttura a «L», con l'angolo formato dall'area di disimpegno fra i due.

Seduto al tavolo da riunione posto nel suo alloggio, il comandante stava guardando accigliato il cumulo di disegni tecnici del sottomarino, un rotolo mantenuto disteso da piatti e bicchieri. L'uomo era snello, di mezza età, con la pelle scura, i capelli grigi, e aveva un'espressione carica di autorità. E, in quel momento, di frustrazione.

Il commodoro Abbas Ali Sharef assaggiò un boccone del pasto e lo trovò insipido, come ogni cosa, quel giorno. Allontanò il piatto, incrociò le braccia e riprese a studiare i progetti. Si chinò sul tavolo, in cerca di una risposta, osservando una sezione longitudinale, fino a quando la testa non iniziò a dolergli. Il compito che lo aspettava pareva impossibile.

Si stiracchiò guardandosi in giro. Stranamente, quell'alloggio non gli infondeva un senso di claustrofobia. Al contrario, gli pareva un paradiso, un rifugio lontano dagli obblighi imposti dal battello. La «L» era lunga poco più di cinque metri. Il lato a babordo era in parte inutilizzabile a causa della curvatura dello scafo. Da quella parte era ricavato un cubicolo con la cuccetta e un tavolino. All'estremità del ripiano, un terminale con due monitor e una tastiera. Il terminale faceva parte del Secondo Comandante, il computer che controllava e monitorava tutte le funzioni del sottomarino, un sistema che ispirava a Sharef sentimenti ambivalenti. Accanto al pannello del Secondo Comandante, una lampada schermata in verde appoggiata sul tavolo diffondeva una luce calda sui fogli sparsi sull'ampia superficie.

Alla paratia di poppa era appeso un grosso tappeto persiano, il disegno così intricato da catturare immediatamente l'occhio del visitatore. Sua madre glielo aveva donato l'anno in cui era morta. Il comandante rimase un momento a fissarlo, cercando l'errore che la donna vi aveva volontariamente inserito, per ricordare come la perfezione umana fosse un insulto alla potenza di Allah. Ma, come sempre, non fu capace di trovarlo. Davanti al tappeto, il tavolo da riunione, attorno al quale potevano sedere otto persone, occupava la maggior parte del locale. All'estremità opposta, appeso alla paratia, vi era un ritratto di Mohammad al-Sihoud. Sharef lo notò appena. Un'ombra passò rapida sul suo volto. L'angolo di prua a tribordo, infine, era occupato dalle paratie che circondavano il disimpegno, su cui si aprivano le porte degli alloggi del comandante e del primo ufficiale.

Sharef tornò ai progetti della nave. Cercava una risposta ma era evidente che la missione era impossibile. Si passò le dita fra i capelli così grigi da sembrare quasi d'argento. La maggior parte delle tracce di una capigliatura che, un tempo, era stata corvina era sparita cinque anni prima. Il grigio dei capelli si abbinava al colore dei baffi imponenti. Sharef aveva quarantacinque anni, era giovane per essere uno degli ufficiali più alti in grado delle forze navali congiunte. Era di altezza media, anche se il portamento marziale e la corporatura muscolosa lo facevano apparire più alto. Una lunga cicatrice, simile a un colpo di sciabola, ricordo degli anni in cui aveva servito nella marina iraniana, gli attraversava una guancia e scendeva sino alla gola. La ferita risaliva al momento in cui la sovrastruttura della fregata Mark 5 *Sahand* era esplosa, colpita da un missile statunitense. Sharef aveva conosciuto un chirurgo giapponese che si era offerto di farla sparire, ma aveva rifiutato. Quel marchio era il ricordo dei compagni scomparsi e dei giorni innocenti in cui si credeva invincibile. L'affondamento della *Sahand* era stato uno spartiacque nella sua vita, che divideva la giovinezza dal cinismo della mezza età, arrivata precocemente, a soli trentasei anni.

Normalmente, Sharef era un tipo calmo, anche nei momenti di crisi. Questa, pensava, era forse la ragione principale per cui era stato scelto per comandare l'ammiraglia delle forze navali congiunte. Era un uomo d'intelligenza pronta, in grado di afferrare immediatamente la situazione tattica, anche se questa capacità sembrava riguardare solo le questioni navali. Sovente, quando si trattava di comprendere le persone si sentiva un inetto. Nel caso delle donne, poi, era completamente alla deriva. Più di una volta si era chiesto se non fosse stata quella la ragione per cui, in gioventù, avesse scelto la vita di mare. Non era stato per amore d'avventura, o perché ne fosse attratto, ma perché era una via di fuga da quella che la consuetudine considerava un'esistenza normale, con una moglie e dei figli.

Mentre passeggiava per il suo alloggio permise che la mente, di solito disciplinata, tornasse alle donne che aveva conosciuto. Gli anni volarono rapidamente indietro fino al 1978, quando era stato a Oxford, prima della rivoluzione islamica. In Gran Bretagna si era sentito goffo, consapevole del fatto che la pelle scura e l'accento pesante lo ponevano in disparte. Ma c'era stata una donna, poco più che una ragazza, che gli aveva lasciato capire in maniera esplicita di essere attratta da lui. Così stranamente progressiste, le donne occidentali, e così eccitanti... Si era sentito impotente, dominato dalla sua stessa giovinezza e dalla libertà di una terra straniera. I vincoli dell'Islam erano così lontani. Ma quando erano arrivati gli ayatollah, e con loro la rivoluzione, Sharef era stato costretto a scegliere fra la bella ragazza inglese, e il nuovo mondo che lei gli aveva svelato, e la sua patria e la sua cultura. Era rientrato in Iran, il senso del dovere aveva avuto la meglio sull'amore per Pamela, e se ancora era convinto che fosse stata la decisione giusta, continuava ugualmente a sentire la mancanza di quella donna. Non aveva più visto né sentito Pamela da quando lei lo aveva informato di essersi sposata e trasferita negli Stati Uniti.

Sharef fece scorrere gli occhi lungo la paratia di fronte a sé, tappezzata dalle fotografie delle navi sulle quali aveva prestato servizio. All'estrema sinistra, la fregata *Alvand*, il suo primo battello. Era stato prima di Oxford, prima di Pamela, prima della rivoluzione. Accanto, la foto del cacciatorpediniere *Damavand*.

Per quattro anni, dopo la rivoluzione, ne era stato l'ufficiale di rotta anche se, sotto gli ayatollah, le cose erano così incerte che il *Damavand* era uscito di rado dal porto. Accanto, c'era la fregata Vosper Mark 5 *Sahand*. Quando aveva ricevuto l'incarico, come primo ufficiale, aveva trentadue anni. Tre anni dopo, nell'aprile del 1988, la *Sahand* si trovava sul fondo del golfo Persico, a causa dell'attacco ordinato da Ronald Reagan in seguito al quale metà della marina iraniana era colata a picco. Una reazione eccessiva all'abbordaggio delle navi mercantili che facevano rotta verso il Golfo settentrionale, cariche di materiale bellico destinato all'Iraq. L'episodio era stato dimenticato da quasi tutto il mondo perché avvenuto in mare, lontano dalle telecamere, ma Sharef non lo avrebbe mai scordato. Si chiedeva tuttora per quale ragione lui fosse ancora vivo dopo la tragedia della *Sahand*.

All'età di trentacinque anni aveva assunto il comando della fregata Mark 5 *Albroz*, un periodo al quale, ora, ripensava con nostalgia. Dopo diversi anni passati a terra, nello stato maggiore generale del Fronte Islamico Unito, aveva deciso che quel tipo di lavoro non faceva per lui. Il FIU aveva appena acquistato un sottomarino diesel-elettrico russo classe Kilo, il K-102, ritratto nella fotografia accanto. Quando Sharef, un veterano della flotta di superficie, si era presentato a bordo come primo ufficiale, aveva rapidamente surclassato il suo comandante. Aveva appreso in fretta le modalità della guerra subacquea e, due anni dopo, era stato scelto (al posto del comandante del K-102) per comandare il sottomarino nucleare Victor III *Tabarzin* che un tempo aveva fatto parte della flotta russa. La fotografia del *Tabarzin* era stata scattata da sopra il bacino di carenaggio, la forma snella e aggraziata del battello deturpata da impalcature, passerelle e piattaforme provvisorie. Sharef aveva apprezzato quella prima esperienza con la propulsione nucleare, meravigliandosi di quanto si adattasse alla guerra sottomarina. Il turno di comando aveva avuto risultati così positivi che Sharef era stato prescelto dai vertici delle forze navali congiunte per recarsi in Giappone a prendere in consegna il sottomarino classe Destiny *Egira*.

La fotografia dell'*Egira* era stata realizzata mentre il battello procedeva a tutta forza in superficie. L'onda di prua si schiantava contro la vela, mentre la bandiera del FIU sventolava su un alto albero. Lo stesso Sharef era riconoscibile, in plancia in cima alla vela, mentre guidava la nave fuori del porto, il mare aperto davanti a lui, l'anno in Giappone ormai alle spalle. E dietro anche la donna che là aveva conosciuto, l'ingegnere nucleare Yashiko Una, incaricata della formazione del personale addetto al reattore. Come il dovere l'aveva sottratto a Oxford e a Pamela così, adesso, il dovere lo chiamava lontano da Yashiko.

Bussarono alla porta. Avrebbe dovuto essere Abu-i-Wafa, il direttore del programma di sperimentazione dei sistemi d'arma. Come Sharef si avvicinò alla porta dell'alloggio, un'idea gli passò per la mente, un'ipotesi apparentemente stupida e rischiosa, ma che avrebbe potuto essere la risposta che Abu voleva. E tanto pericolosa da costare il sottomarino al FIU.

L'uomo sulla porta non era Abu, ma il sottotenente di vascello Omar al-Maari, uno degli ufficiali inferiori, che porse un messaggio a Sharef. Questi lo lesse. Veniva da Ahmed, l'aiutante del *Khalib* Sihoud. Cosa significava recuperare due sopravvissuti? Sopravvissuti a cosa?

Lasciò la cabina e si recò in sala controllo scuotendo il capo.

Arlington, Virginia
Anello E del Pentagono
Sala operazioni della marina degli Stati Uniti

L'ammiraglio Richard Donchez era, forse, il secondo capo di stato maggiore nella storia della marina a sporcarsi le mani con i dettagli delle operazioni sul campo. Negli ultimi cinque anni, l'ufficio del primo ammiraglio della flotta era stato trasformato da ufficio amministrativo a comando operativo. Era stato un bene per la marina, perché Dick Donchez non avrebbe mai accettato la nomina se non avesse avuto modo di essere più un tattico che un passacarte. Era stato un bene anche per la flotta e per il corso della guerra con il Fronte Islamico Unito. L'esempio più recente di questo nuovo corso era stata la pianificazione dell'operazione *Early Retirement*, la missione finalizzata all'assassinio di Sihoud che, se portata a termine con successo, avrebbe potuto significare la fine del conflitto.

Dick Donchez era alto e, però, dato che aveva ormai sessant'anni, giurava di perdere un centimetro ogni volta che si guardava allo specchio. In effetti, gli unici segni visibili della sua età erano la completa calvizie, le sopracciglia grigie e cespugliose e il fatto che la sua altezza fosse leggermente diminuita. Ma la sua mente era acuta come sempre. Indossava l'uniforme blu di servizio con le maniche coperte di galloni dorati. Una banda più ampia sotto, all'altezza del paramano, tre più strette sopra, fin quasi al gomito, il tutto sormontato da una stella dalle punte aguzze. Sul petto, a sinistra, sopra la tasca, sei file di nastrini colorati salivano verso la spalla. Sopra, il distintivo da sommergibilista. Somigliava alle ali degli aviatori, ma, a un esame più attento, le ali si rivelavano essere pesci squamosi, con le code curve rivolte all'esterno, gli strani musi che guardavano la sagoma di un vecchio sottomarino diesel che solcava le onde. Era d'oro massiccio, un regalo della vedova del suo vecchio compagno di stanza ad Annapolis, che glielo aveva dato quando era stato destinato per la prima volta a un incarico di stato maggiore.

Donchez stava in piedi di fronte a una delle mappe elettroniche che si trovavano lungo le pareti della stanza. La mappa visualizzava il bacino mediterraneo; i colori, le linee e i punti rappresentavano lo schieramento delle forze. La mano destra di Donchez era affondata nella tasca della giacca; la sinistra stringeva un lungo sigaro Havana, la punta accesa, il fumo che saliva verso il cartello rosso VIETATO FUMARE appeso al muro. Accanto a Donchez, un gruppo di ufficiali superiori, gli ammiragli responsabili dei gruppi operativi: l'ammiraglio Kenny McKeigh, comandante in capo delle forze navali dell'Atlantico; l'ammiraglio John Traeps, comandante in capo delle forze navali del Mediterraneo; l'ammiraglio Dee Watson, vicecapo di stato maggiore della marina addetto alle operazioni; e l'aiutante di Donchez, un brusco ed esperto capitano di vascello dell'ufficio addetto al controspionaggio della marina di nome Fred Rummel.

Donchez diede un tiro all'Havana mentre Rummel proseguiva con il suo briefing.

«...circa un'ora dopo l'esplosione dei Javelin, un caccia Firestar è decollato dalla base aerea di Sunni, ad Ashkhabad, diretto a ovest. L'analisi della rotta dimostra che si è diretto verso il Mediterraneo. Naturalmente, negli ultimi giorni abbiamo assistito a centinaia di sortite di Firestar, ma il fatto che questo volo in particolare sia partito immediatamente dopo l'attacco, e proprio da Ashkhabad, ci spinge a ritenere che possa avere a bordo qualche appartenente alla struttura di comando.»

«Quanto tempo fa?» chiese Donchez.

«Venticinque minuti fa.»

«Cosa dovremmo fare?»

John Traeps rispose per quanto riguardava le forze del Mediterraneo. Mentre parlava, gesticolava verso la mappa. «Signore, il gruppo di battaglia della portaerei *Reagan* si trova al largo di Tripoli, in Libia. Due F-14 sono decollati dieci minuti fa. In base ai nostri dati, dovrebbero intercettare il Firestar entro la prossima mezz'ora. Il comandante del gruppo ha autorizzato l'abbattimento.»

«No», disse tranquillo Donchez continuando a guardare la punta del sigaro.

«Prego, signore?»

«Non abbattetelo. Se lo facessimo, non sapremmo mai chi diavolo ha lasciato Ashkhabad.»

«Signorsì, signore. Ma come potremmo...»

«Invece di intercettarlo, dispiegate i caccia in coda al Firestar e costringetelo ad atterrare.»

La riunione ebbe termine. Donchez lasciò la sala e s'incamminò rapidamente verso il suo ufficio. Rummel e il suo vice, Dee Watson, lo seguirono. Watson era, come lui stesso dichiarava, l'ammiraglio più sgradevole e odioso della flotta. Ma, anche se era un individuo difficile da sopportare, che Donchez avrebbe anche potuto non scegliere come suo vice, possedeva buonsenso, una capacità penetrante di afferrare le questioni tattiche e una comprensione profonda dei problemi della guerra non convenzionale. Già comandante di incrociatori classe Aegis, Watson era il solo ufficiale della flotta di superficie a fare parte del circolo degli intimi di Donchez. Gli altri erano soprattutto piloti dell'aviazione navale o sommergibilisti. Nessuno parlò fino a quando non furono nella speciale area riservata dell'ufficio.

«Pensa anche lei quello che sto pensando io, signore?» chiese Rummel a Donchez.

L'ammiraglio annuì, schiacciando il sigaro nel posacenere.

«Sihoud.»

«Quel figlio di puttana ci è scappato sotto il naso», disse Watson.

«Comunque, tempo un'ora lo sapremo», rispose Donchez estraendo un nuovo Havana e facendo scattare l'accendisigari.

«Credo che tornerò in sala situazione, a vedere cosa succede», soggiunse Watson con il suo accento del Sud. «Con permesso, signore.»

«Mi faccia chiamare appena ha qualcosa, Dee.»

Donchez fumò in silenzio per qualche istante, poi si rivolse a Rummel.

«Pensa che debba chiamare il generale Barczynski?»

«Ha in mente qualcosa, signore?»

Donchez sogghignò. «Solo per provare.»

«Forse, dopo tutto, avremmo dovuto fare abbattere il Firestar, signore.»

«Il Firestar non può competere con gli F-14 Tomcat. I ragazzi dell'aeronautica ci riporteranno Sihoud, adesso che quei dannati SEAL hanno mandato tutto in vacca.»

«Be', al diavolo, dopo tutto quel Firestar può anche avere a bordo un tenentino che ha cercato di scappare ai nostri missili.»

«Possiamo solo sperarlo.»

Mediterraneo orientale

Il Firestar aveva volato senza incidenti per circa un'ora a quota 36.000 piedi e a Mach 1,5. Durante il viaggio, Ahmed aveva lasciato che fosse il computer a guidare il velivolo, limitandosi a verificare la funzionalità del sistema e a tenere un occhio vigile sulla rotta e sui sensori che avvertivano della presenza di eventuali missili e radar. Oltre ai normali dispositivi di ricerca aerea e di superficie, nel bacino del Mediterraneo e lungo le coste meridionali della Grecia, non si registrava alcuna attività anomala. Ahmed aveva quasi iniziato a chiedersi se non fosse tutto troppo tranquillo. Di tanto in tanto, selezionava sul monitor di bordo la telecamera puntata verso la sezione posteriore dell'aereo e controllava le condizioni del generale Sihoud. Il *Khalib* aveva dormito per la maggior parte del viaggio con il casco appoggiato contro il tettuccio. Prima che Sihoud si svegliasse, il Firestar aveva aggirato a nord il territorio israeliano, oltrepassato Kassab e le acque nere del Mediterraneo.

Il generale batté sulla parte posteriore del seggiolino di Ahmed nel tentativo di attirare la sua attenzione.

«Parli nella maschera, generale. L'interfono è attivato.»

«Dove siamo?» chiese Sihoud, con voce debole e raspante.

«Come si sente, signore? Se ha sete, c'è una bottiglia termica sotto il pannello di destra.»

Sihoud cercò a tastoni la bottiglia. Ahmed lo osservò attraverso il monitor, notando quanto fossero impacciati i suoi movimenti. Si chiese se il generale fosse abbastanza in forze da raggiungere il sottomarino. L'unico modo di farlo, a parte un rischioso ammaraggio, era quello di passare alla minore altezza e velocità possibili e abbandonare l'aereo più vicino che potevano al sottomarino. Ma eiettarsi, assorbire la decelerazione provocata dall'apertura del paracadute, finire in acqua e nuotare fino al battello non erano cose facili per un uomo indebolito. Ahmed si morse le labbra.

«Penso di aver bisogno di un dottore, Rakish. Appena atterreremo.» Sihoud tossì violentemente.

«Noi non atterreremo, generale. Questo è l'ultimo volo del caccia. Lo abbandoneremo in mare. Ci sarà l'*Egira* ad attenderci.»

«*Cosa?* Cosa dovremmo fare?»

«Signore, per le prossime due settimane la guerra dovrà essere combattuta senza di lei. Mi sono già messo in contatto con i generali Ihaffe, Ramadan e Ben Abbas. Tutti loro mi hanno riferito di avere suoi ordini espliciti per la condotta delle operazioni in Nord Africa, nel Sinai e in Iran meridionale. Ho detto loro che l'obiettivo primario non è contrattaccare, ma tenere le posizioni, per i sette o dieci giorni che ci serviranno per preparare e lanciare le Scorpion.»

«Ha parlato delle Scorpion attraverso il circuito radio, Ahmed?»

«No, *Khalib*. Ho solo detto loro di resistere e darci tempo. Non è necessario che sappiano delle testate. Non adesso, almeno. Meno gente sa, meno possibilità ci sono di compromettere la segretezza dell'operazione. Non voglio che gli americani ci aspettino al varco.»

«I generali sono abili e buoni soldati, ma senza di me non sono in grado di coordinarsi, Rakish. Devo tornare al fronte a guidare la difesa. Devo...»

«Signore, gli occhi del nemico sono all'erta. Ovunque lei sia, manderanno uomini per ucciderla. Se pensa veramente che le nostre forze siano perdute se lei è assente dal fronte per un paio di settimane, immagini cosa succederebbe se venisse a mancare per sempre. È questo il gioco del nemico e non è stupido. Quello contro il quartier generale non era un semplice attacco missilistico.» Non era l'orgoglio che spingeva Ahmed a parlare, ma la necessità di convincere Sihoud che la Coalizione lo voleva eliminare a tutti i costi. «C'erano soldati. Decine di soldati. Paracadutisti. Probabilmente si erano lanciati dall'aeroplano di linea che i nostri radar avevano individuato. Abbiamo trovato i loro veicoli abbandonati nel deserto. Sono penetrati nel perimetro della moschea massacrando gli uomini delle forze di sicurezza. Se non l'avessero uccisa i missili, l'avrebbero fatto quegli assassini. Non esiste alcun posto in cui lei sia veramente al sicuro, almeno fino a quando le Scorpion non saranno state lanciate. Sino allora, dovrà adattarsi a vivere a bordo dell'*Egira* e ad attendere. Nel frattempo, avrà modo di ristabilirsi e di curare le ferite.»

Attese che il *Khalib* assimilasse quanto aveva appena detto. Il suo timore era che Sihoud si opponesse a quel piano. D'altra parte, lui l'avrebbe portato a termine ugualmente.

Dal sedile posteriore non giunse alcuna risposta.

Il tenente di vascello Joe Galvin scorse il fascicolo con i piani tattici, un taccuino che portava fissato al braccio, voluminoso all'incirca quanto quello di uno stenografo, alla ricerca dei codici alfanumerici di comunicazione. Sapeva di essere stato appena fregato.

Il responsabile della missione aveva trasmesso pochi secondi prima le lettere SIERRA DELTA FOXTROT e Galvin sapeva che il codice significava che la missione era cambiata. Per la decima volta almeno dall'inizio della guerra, pensò che sarebbe stato meglio se, al momento del decollo dal ponte della *Reagan*, avesse spento la radio del suo F-14 Tomcat. Almeno, i grandi capi non avrebbero avuto modo di cambiare le carte in tavola mentre lui era in volo. Scacciò subito il pensiero. Qual era l'utilità di un caccia se non poteva essere reindirizzato nel corso di una missione? Sarebbe stato poco meglio di una stupida pallottola. Continuare a pensare a quel modo sarebbe stato il sistema migliore per far sostituire i piloti da caccia con i missili da crociera.

Finalmente, le lettere SDF comparvero davanti ai suoi occhi. Significavano: *Intercettare nemico. Stabilire contatto. Forzare atterraggio. Uso armi proibito tranne risposta fuoco ostile.*

«Bene, Giraffa. Sembra ci sia un piccolo cambiamento nelle regole d'ingaggio», annunciò nell'interfono.

«Lasciami indovinare», rispose l'ufficiale addetto all'intercettazione radar. «Tornare indietro e scordare tutto?»

Galvin poteva quasi vedere l'espressione acida del compagno. Eugene Fredericks, nominativo radio «Giraffa», era un tipo sarcastico, brillante e goffo. Proprio quel fatto gli era valso il soprannome di «Giraffa», un nomignolo tutt'altro che virile e che faceva un effetto ancora peggiore se confrontato con «Manico», il soprannome che Galvin si portava dietro da quando, nel 1988, con la squadra di Annapolis aveva strapazzato quella dell'esercito.

«Peggio», rispose il pilota. «Ci hanno ordinato di intercettarlo e farlo atterrare.»

«Ricevuto. Ho capito il problema. Ma cosa impedirà a quel figlio di puttana di spararci addosso?»

«Sacro timore per la marina degli Stati Uniti?»

«Allora siamo spacciati.»

«Dammi una rotta per l'intercettazione e forniscine una anche a Vinny.»

«Roger. Avviciniamolo da ore sette. Vinny lo intercetterà da ore cinque.»

Ahmed rivolse lo sguardo a est. Presto sarebbe stata l'alba. Il punto d'incontro con l'*Egira* distava meno di venti minuti. Ripensò al messaggio, chiedendosi se il giovane aviere fosse riuscito a farlo partire e, in tale caso, se il comandante del sottomarino l'avesse ricevuto e l'avesse considerato autentico. Un segnale d'allarme risuonò, improvviso e penetrante, nell'abitacolo.

Il monitor del pannello centrale smise di trasmettere le immagini del sistema di navigazione e passò alla visualizzazione tattica, rappresentando il Firestar al centro dello schermo e due velivoli nemici in avvicinamento di coda. Quattro scritte rosse lampeggianti annunciarono MISSILI N-16 POSTERIORI ARMATI. Gli aerei nemici si trovavano a una cinquantina di chilometri di distanza, ben all'interno del raggio di ricerca. Mancavano pochi secondi al lancio, quando Ahmed interruppe manualmente la sequenza.

In certe occasioni, la logica dei computer era troppo semplice e lineare, pensò. Il sistema aveva analizzato il segnale trasmesso dai radar nemici e ne aveva individuato la sorgente in caccia americani Tomcat. I Tomcat erano aeroplani vecchi, il cui primo progetto risaliva agli anni Settanta. Lo scià dell'Iran ne aveva acquistate diverse decine per modernizzare i suoi reparti di volo e Ahmed, allora capitano, vi aveva volato sopra per un anno, prima della rivoluzione. Erano grossi e pesanti, progettati specificamente per atterrare sui ponti delle portaerei. Dal punto di vista di un pilota di aerei terrestri erano, nella migliore delle ipotesi, un compromesso. Contro un Firestar completamente computerizzato (almeno un Firestar in buono stato di manutenzione che non perdeva le pale delle turbine nel bel mezzo di un duello, provvedendo ad autodistruggersi prima ancora che fossero in vista i missili nemici), potevano a malapena essere considerati pericolosi.

Il punto critico era che quelli erano velivoli dell'aviazione navale. Non erano F-15 dell'USAF partiti da Cipro. Venivano da una portaerei e l'unica presente in quel momento nel Mediterraneo era la *Reagan*, che si trovava al largo della Libia, oltre duemila chilometri più a ovest. Non aveva senso. A quel punto, avrebbero dovuto aver sparato da un pezzo i loro missili aria-aria, così come anche le navi di superficie del gruppo di battaglia della portaerei avrebbero dovuto lanciare i loro missili. Inoltre, l'intercettazione dei caccia avrebbe dovuto svolgersi frontalmente o dalle traiettorie laterali. L'avvicinamento di coda non era una tattica da attacco missilistico, ma da inseguimento. La manovra aveva fatto perdere loro tempo prezioso, che non avrebbero sprecato se avessero semplicemente avuto intenzione di abbatterlo.

Interruppe, quindi, la sequenza di lancio dei missili. Poco prima aveva avuto la sgradevole sensazione che gli americani avessero individuato il Firestar. Probabilmente, il sistema elettronico d'occultamento radar non aveva funzionato, oppure il nemico era riuscito a sviluppare delle contromisure adeguate. Ma non aveva certo sviluppato un sistema in grado di competere con il *pod* da guerra elettronica del Firestar.

Il monitor del pannello centrale si aggiornò, in base alle valutazioni che il sistema aveva elaborato partendo dalle emissioni radar degli F-14. Anziché avventarglisi contro, i due caccia si stavano avvicinando con cautela. Ahmed prese per l'ultima volta in considerazione la possibilità di attaccarli e la scartò. Ne sarebbero arrivati altri e missili in quantità; se il sistema d'occultamento radar del Firestar non funzionava, avrebbero potuto sbarazzarsi di lui semplicemente facendo ricorso alla loro schiacciante superiorità di uomini e mezzi. Quello su cui si trovavano lui e Sihoud era solo un jet, contro un'intera portaerei carica di F-14. Poi, così vicino al punto d'incontro con l'*Egira*, non c'era tempo per ingaggiare battaglia.

Gli F-14 si trovavano adesso trenta chilometri dietro di lui. I motori del Firestar erano al sessanta per cento della potenza. Ridusse la velocità, in modo da arrivare sul punto d'incontro all'orario prestabilito. Avrebbe potuto accelerare al massimo delle sue capacità e seminare i Tomcat ma sarebbe servito solo a ritardare il confronto. Una simile manovra avrebbe avuto senso solo se gli avesse permesso di trovarsi molto lontano dai nemici al momento di raggiungere l'*Egira*.

Ahmed intuiva le intenzioni degli americani. Volevano costringerlo ad atterrare, per vedere chi ci fosse a bordo e, forse, per catturare l'equipaggio del Firestar. Doveva essere per forza così. Era una scelta logica. Se fosse stato il comandante americano, avrebbe agito allo stesso modo. Non c'era modo di abbandonare il Firestar con i Tomcat tanto vicini. Lui e Sihoud avrebbero sempre potuto lanciarsi ma, così, il nemico avrebbe sicuramente localizzato l'*Egira*.

Abbattili, allora, pensò. *Siamo solo a quindici minuti dal punto d'incontro.* Ma c'era anche un'altra voce, più forte e razionale... *Dietro a questi ce ne sono altri. Abbattili e ne verranno altri cinque, poi dieci, fino a quando non avranno ucciso il* Khalib *o non lo avranno catturato.* Era in gioco la sopravvivenza stessa del FIU. Si morse le labbra e attese. Quando i caccia furono a dieci chilometri, prese la sua decisione.

Il *pod* da guerra elettronica. Era un modello sperimentale, non ancora collaudato. Prometteva molto, ma servirsene poteva essere molto rischioso. Ahmed non perse tempo. Attivò i circuiti e attese che l'unità refrigerante a elio liquido che proteggeva il superconduttore avesse raggiunto la temperatura ottimale. Il computer riferì che il raffreddamento era stato portato a termine e richiese di prendere il controllo del motore di sinistra. Ahmed confermò la richiesta e consentì al sistema di scollegare l'unità, mentre l'altro motore, per compensare, aumentava il suo regime. Il motore di sinistra cominciò subito a girare a piena potenza. Adesso la sua turbina non forniva più spinta al caccia, ma faceva girare una turbina ausiliaria, specificamente concepita per alimentare il *pod* da guerra elettronica. Ci sarebbe voluto qualche minuto per fornire all'unità la potenza necessaria. Furono minuti angosciosi per Ahmed, ancora tentato di lanciare i suoi missili contro i nemici in avvicinamento.

Se il *pod* avesse funzionato, gli F-14 sarebbero stati distrutti, i vecchi semiconduttori dei loro sistemi elettronici fusi come burro. Sfortunatamente, lo stesso *pod* avrebbe potuto anche distruggere il Firestar, che sarebbe precipitato in mare un centinaio di chilometri prima del punto d'incontro con l'*Egira*, mentre il *Khalib* sarebbe morto o sarebbe stato fatto prigioniero.

Il motore di sinistra ruggiva a piena potenza. Tutta la sua tremenda energia era convogliata nel *pod* da guerra elettronica. Il voltaggio di quest'ultimo stava raggiungendo livelli mai visti. Ahmed attendeva, cosciente del fatto che, per un minimo difetto, l'apparecchiatura avrebbe potuto non attendere il suo comando per scaricare l'energia accumulata in un'esplosione incontenibile e squarciare in un istante il Firestar.

Si trovavano a soli cinque minuti dal punto d'incontro. Poco, per un aereo che volava oltre il muro del suono, ma sempre più di cento chilometri in linea d'aria, troppi da fare a nuoto. L'alba spuntò sopra le acque del Mediterraneo orientale, mentre gli F-14 si erano portati accanto alle ali del Firestar.

5

Giovedì, 26 dicembre
Mediterraneo orientale

Il commodoro Sharef premette gli occhi contro l'oculare del periscopio, mentre l'*Egira* saliva verso la superficie, dalla profondità di crociera di trecento metri. Mentre la gomma dell'oculare aderiva alla sua pelle, la sala controllo, intorno a lui, spariva nell'oscurità. Non il nero del carbone, ma qualcosa di baluginante, poco più chiaro della mezzanotte, giusto la luce necessaria per vedere, contro lo sfondo buio, quello che Sharef riteneva il reticolo del periscopio. Il seggiolino imbottito a supporto lombare scivolò dolcemente all'indietro mentre il ponte del battello s'inclinava verso l'alto, andando incontro ai pericoli della superficie. Sharef ruotò il periscopio, alla ricerca del fondo delle onde.

«Cento metri, commodoro. Tutti gli idrofoni segnalano contatti lontani», riferì l'ufficiale addetto all'assetto, capitano di fregata Omar Tawkidi, dall'area di controllo sensori, nell'angolo di tribordo verso poppa, in fondo alla sala. In quell'angolo, i monitor del Secondo Comandante visualizzavano i dati grezzi, i rumori individuati dai sensori ad ampio raggio, con le loro direzioni e frequenze, le analisi che di questi rumori fornivano le apparecchiature e la loro posizione rispetto all'*Egira*. Al momento, gli idrofoni seguivano dieci navi di superficie, tutte distanti. La più vicina si trovava a oltre quarantaquattro miglia, in direzione ovest.

Più in alto, l'acqua iniziò a schiarire. Mentre salivano, Sharef inclinò l'ottica verso il basso, in modo che uscisse dall'acqua con un angolo di quarantacinque gradi rispetto alla verticale, e iniziò a far girare il seggiolino del periscopio grazie al suo silenzioso servomotore. Presto riuscì a scorgere le onde. Il loro ampio fondo argenteo indicava tempo calmo in superficie. Mentre questa si avvicinava, Sharef fece ruotare il seggiolino più rapidamente, portando l'ottica a un angolo vicino all'orizzontale. Non c'erano ombre di scafi e i sensori non rilevavano la presenza di navi. La visuale si aprì, facendosi sgombra, mentre il ponte tornava orizzontale.

«Profondità ventisette metri, commodoro», annunciò Tawkidi.

«Molto bene, ufficiale all'assetto.»

Per alcuni minuti Sharef rimase seduto, concentrato sul mare di fronte a lui, imprimendo al periscopio una serie di lente rotazioni e chiedendosi ancora una volta cosa significasse il messaggio del colonnello Ahmed. Il mare era di un blu scuro e scintillante, il cielo striato di nubi. Il sole si era da poco alzato sopra il punto in cui l'oscurità del Mediterraneo s'incontrava con l'azzurro chiaro. I «sopravvissuti» avrebbero dovuto essere là. Tawkidi aveva riferito che si trovavano entro un raggio di cinquecento metri dal punto d'incontro.

Gli ordini di Sharef erano di emergere, ma era una decisione contraria a ogni logica. Il vantaggio tattico principale di un sottomarino era proprio l'invisibilità. Emergere significava rinunciare alla protezione garantita dalla profondità ed esporsi in un luogo in cui ogni radar di ricerca o aereo di pattugliamento sarebbe stato in grado di vederlo, dove qualsiasi satellite spia avrebbe potuto carpire un'immagine della sua presenza, compromettendo il buon esito della missione. Una missione che, gli era stato detto, era cruciale per la sopravvivenza del Fronte Islamico. E per quale motivo? Per trovare un battello spinto al largo, o uno yacht, i cui sopravvissuti avrebbero dovuto essere lì ad aspettarlo?

Eppure l'ordine, a quanto pareva proveniente dal *Khalib* in persona, era chiaro. Portarsi in superficie all'alba. La missione, dopo tutto, l'aveva voluta lui e quindi poteva ordinare al sottomarino di compiere qualsiasi incarico rientrasse nelle sue possibilità. Ed emergere era possibile, anche se stupido. Per dire la verità, l'ordine, sempre ammesso che fosse autentico, non veniva direttamente dal *Khalib*, con la solita stringa d'identificazione, ma era stato impartito a nome suo da parte del capo di stato maggiore, un ufficiale dell'aeronautica, Rakish Ahmed. Sharef sapeva sino a che punto avrebbe potuto spingersi Ahmed pur di vincere la guerra a modo suo. D'altra parte, se il messaggio era autentico, spedito nel bel mezzo di un attacco, non emergendo Sharef avrebbe potuto mettere a rischio un'operazione fondamentale per la sicurezza dell'Islam, anche se ciò era difficile da immaginare.

Per alcuni istanti, l'istinto e il senso del dovere si affrontarono finché il secondo non prevalse. Sharef scrutò ancora il mare in cerca di un segnale che lo spingesse a emergere, e vide solo cielo e mare.

« Ufficiale all'assetto, emersione. Fermare le macchine. »

« Signorsì, commodoro. Controllo battello... »

« Emersione », rispose l'addetto al controllo.

La visuale di Sharef si fece più ampia a mano a mano che il sottomarino emergeva. Sotto il periscopio notò la vela che affiorava in un'onda di schiuma e di schizzi, seguita dallo scafo cilindrico. Il battello rallentò la sua corsa sino a fermarsi, beccheggiando dolcemente sulle onde, apparentemente senza scopo.

Sharef ordinò alla squadra di controllo di spostarsi nella plancia che si trovava in cima alla vela. Cedette il periscopio all'ufficiale addetto al controllo sensori e si affrettò lungo la scaletta che portava in plancia. Il portello fu aperto e i pannelli della plancia furono abbattuti. La luce del mattino invase la plancia e Sharef uscì all'aria aperta, respirandone l'odore di brezza marina, felice di essere in superficie, nonostante la stupidità tattica della manovra. Lasciò correre lo sguardo sulle onde, chiedendosi quanto tempo avrebbero dovuto aspettare prima di poter smettere di galleggiare senza scopo. Evocò mentalmente una mappa della zona. La esaminò, pensando a come abbandonare l'area in modo che la sua rotta non potesse essere individuata dai satelliti. Forse, avrebbe potuto simulare un'avaria e puntare a est, verso Kassab. Dopo qualche istante si sarebbe immerso, continuando per alcuni minuti ancora a dirigersi verso est. Infine, tornato nei recessi delle profondità marine, avrebbe potuto virare a ovest e dirigersi verso Gibilterra. Aveva già pensato di ordinare a un ufficiale di prendere una scatola di attrezzi e di incamminarsi lungo il ponte come se avesse dovuto esaminare o riparare qualcosa, giusto a beneficio dei satelliti.

Si voltò verso Tawkidi per impartire l'ordine, quando nel cielo si diffuse il rombo di un tuono lontano. Sharef alzò il binocolo, cercando di individuare da dove provenisse, ma il cielo era sgombro. Continuò a scrutare. Nulla. Il commodoro controllò l'orologio che portava al polso, chiedendosi se le unità antisom della Coalizione stessero arrivando per affondarli, adesso che avevano rinunciato al loro unico vero vantaggio: l'invisibilità. Decise fra sé che avrebbe concesso solo un'ora al colonnello Ahmed. Trascorso quel termine, si sarebbe immerso nuovamente e avrebbe continuato la sua missione.

Il cielo era silenzioso, e il mare deserto. Se la missione si fosse conclusa com'era iniziata, sarebbe stata un vero fallimento.

Ahmed guardò attraverso il tettuccio in direzione del Tomcat alla sua sinistra. Nella luce del mattino che spuntava, si vedevano chiaramente le insegne sulle ali del velivolo. Sulla fusoliera grigia, sotto le grandi ali, la scritta NAVY in grandi lettere maiuscole. Sul muso, il disco con la stella e le strisce orizzontali a destra e a sinistra. Le derive doppie erano dipinte di nero, con un teschio bianco sopra le tibie incrociate e, sotto, le lettere VF-69. Le ali erano cariche di missili. Nella cabina dell'F-14, il pilota sul seggiolino anteriore puntò il dito prima verso Ahmed, poi verso se stesso. Le intenzioni erano inequivocabili. Voleva dire: *seguimi*. Ahmed lanciò un'occhiata verso destra, e vide un Tomcat identico al primo. Mentre guardava, il caccia decelerò, lasciandosi superare, fino a trovarsi un centinaio di metri dietro il Firestar. Anche questa manovra era chiara. *Un passo falso e l'F-14 lì dietro aprirà il fuoco*.

Il pilota del caccia di sinistra inclinò la mano, per indicare che i tre aerei avrebbero manovrato in formazione. L'F-14 scivolò lentamente in una morbida virata sulla sinistra. Ahmed lo seguì fino a quando il display non indicò che erano diretti a est. Verso Cipro. Senza dubbio verso un aeroporto dell'isola, dove lui e Sihoud sarebbero stati fatti prigionieri. Da qualche parte, a ovest, oltre l'orizzonte, probabilmente era emerso un sottomarino nucleare, il cui comandante si chiedeva cosa fosse loro accaduto. Sul pannello centrale lampeggiava il messaggio: ENERGIA ACCUMULATA IN *POD* DA GUERRA ELETTRONICA: 85%. Per l'ultima volta, Ahmed s'interrogò sull'opportunità di impegnarsi in uno scontro a fuoco con i Tomcat ma, a quel punto, l'F-14 che aveva in coda era troppo vicino per poter essere colpito da un missile N-16. Iniziò a rimpiangere l'impulso iniziale di rinunciare a un duello con i caccia americani. Se l'avesse fatto, a quell'ora si sarebbero già trovati sopra l'*Egira*. Si era proposto di utilizzare il *pod* da guerra elettronica ma era più che probabile che questo li avrebbe fatti a pezzi tutti e tre, facendo precipitare in mare anche lui e Sihoud. Una cosa era certa: la morte era sempre meglio della cattura. I minuti trascorrevano, apparentemente eterni, mentre il punto d'incontro con l'*Egira* si faceva sempre più lontano e il motore di sinistra gemeva in maniera stridula, accumulando energia nel *pod*.

Il Tomcat di sinistra iniziò la discesa. Ahmed lo seguì. Le cifre dell'altimetro scorrevano rapide all'indietro mentre scendevano verso terra. Sihoud, che era rimasto tranquillo sino allora, si svegliò, meravigliato della vicinanza degli F-14 e della posizione anomala del sole. Il pannello centrale lampeggiò rapidamente, annunciando: *POD* DA GUERRA ELETTRONICA: PRONTO. INIZIATO CONTO ALLA ROVESCIA PER LO SGANCIO. SECONDI –10.

I numeri sullo schermo scalarono lentamente sino a raggiungere lo zero e quasi senza un suono il *pod* si staccò da sotto il muso del Firestar, precipitando verso il mare. Ahmed diede un'ultima occhiata al pannello centrale e strinse la presa intorno alla barra di controllo.

Joe Galvin lanciò uno sguardo al Firestar. Aveva la fastidiosa sensazione che fosse tutto troppo facile, che il pilota di quel caccia avrebbe dovuto reagire. Un'immagine gli apparve nella mente, come un lampo: una vecchia immagine di *Newsweek*, con gli iracheni allineati a decine che si arrendevano ai soldati dell'esercito degli Stati Uniti, tre giorni dopo l'inizio della campagna terrestre nel Golfo. Pareva proprio che quella dei musulmani che combattono fino alla morte fosse, spesso, solo propaganda. In ogni caso, il pilota del Firestar aveva reagito esattamente come quegli iracheni. Non c'erano dubbi: si trattava di un sottotenente terrorizzato, alla guida di un aereo che non riusciva nemmeno a padroneggiare completamente. Una volta atterrato sull'aeroporto di Nicosia, i tecnici avrebbero smontato il Firestar fino all'ultimo bullone, analizzando ogni circuito stampato e ogni riga di codice scritta sull'hard disk del computer. I piloti sarebbero stati imprigionati e interrogati, poi spediti in un campo di prigionia in Sardegna per il resto della guerra. Per loro, la guerra stava per finire. Tutto quello che dovevano fare era far scendere il carrello, abbassare i flap e atterrare in un aeroporto controllato dalla Coalizione.

La mente di Galvin stava già correndo al giorno di licenza a Nicosia, chiedendosi come fossero le donne di Cipro.

Guardò la strumentazione per verificare la quota e tracciare la rotta. Fu così che non vide il *pod* da guerra elettronica del Firestar sganciarsi da sotto il naso del velivolo.

Il *pod* da guerra elettronica lasciò il Firestar, attivando il timer interno. Il computer del velivolo gli aveva comunicato prima dello sgancio la quota cui si trovava. L'apparecchiatura era impostata in modo da attivarsi prima di schiantarsi sulla superficie dell'acqua. Una volta che il Firestar avesse superato la distanza minima, i contatti si sarebbero chiusi, completando il circuito che faceva scattare un interruttore ad alto voltaggio, una robusta scatola in bagno d'olio che custodiva due contatti a martello, ognuno grande quanto il pugno di un uomo. I contatti, spinti da possenti molle, urtarono contro le barre del circuito ad alta tensione, mettendo in collegamento l'energia latente del superconduttore raffreddato a elio con gli oscillatori e le antenne di trasmissione. La corrente defluì dal superconduttore, si trasformò da continua in alternata negli oscillatori e raggiunse i trasmettitori, che scaricarono nello spazio l'energia elettromagnetica così ottenuta.

Il meccanismo in sé era semplice. Le uniche vere novità erano il superconduttore, la capacità di accumulare tanta energia in così poco spazio e la possibilità di rilasciarla tutta insieme a componenti abbastanza robusti da reggerne l'impatto. L'apparecchiatura non era più complessa di un trasmettitore radio (con cui, in effetti, condivideva parecchi moduli interni) e funzionava in una maniera tanto simile da poter essere considerata essa stessa una specie di trasmittente. La differenza stava tutta nella sua costruzione che non prevedeva parti elettroniche. I componenti dell'apparecchiatura erano fibre ottiche (come tutti i cablaggi del Firestar) oppure vecchi amplificatori magnetici, grossi nuclei di ferro e fili di rame avvolti intorno ai terminali dei trasformatori primario e secondario. Non c'erano transistor, semiconduttori, circuiti integrati o microprocessori. Non c'erano nemmeno supporti magnetici. L'apparecchiatura non conteneva nessuna componente elettronica convenzionale perché era stata progettata appositamente per distruggere questo tipo di materiali.

Le emissioni dei trasmettitori ad alta potenza erano note da decenni, ma sino a quando la giapponese Yakashiba non aveva realizzato quell'apparecchiatura, potevano essere ottenute solo attraverso testate nucleari. Le forze armate americane chiamavano quel tipo di emissioni «impulsi elettromagnetici» o EMP. L'EMP era stato a lungo lo spettro di tutti i progettisti di circuiti elettronici, e a ragione. Dopo un EMP, qualsiasi componente elettronica cessava di funzionare. Erano stati presi in considerazione sistemi di protezione; erano state eseguite delle ricerche; le apparecchiature erano state dotate di schermi considerati capaci di «rinforzare» e proteggere i circuiti. Ma, in ultima analisi, niente poteva proteggere i sistemi da un nemico che avesse fatto esplodere ad alta quota qualche decina di testate nucleari. L'unica difesa sarebbe stata l'iniziativa di difesa strategica, il cosiddetto progetto «guerre stellari». Il multimiliardario progetto SDI era stato venduto (e comprato) come un sistema di difesa antimissile per la popolazione civile, ma il suo vero scopo era quello di proteggere le innumerevoli apparecchiature elettroniche del Pentagono dagli EMP prodotti da testate nucleari che fossero esplose nei cieli degli Stati Uniti. Queste avrebbero, infatti, distrutto computer, radar, missili, aeroplani, sistemi di comunicazione, ovvero la rete vitale ma vulnerabile che collegava, faceva muovere e proteggeva il paese, dato che tutti i suoi nodi e le sue connessioni erano costruiti con componenti al silicio.

Il *pod* continuò a trasmettere fino a quando il superconduttore non fu svuotato di tutta la sua energia, mentre il voltaggio precipitava rapidamente, fino a raggiungere lo zero. Poi, l'unità si spense e cadde in mare.

Il segnale s'irradiò dal *pod* in forma di onda sferica, viaggiando alla velocità della luce, e impiegando solo frazioni di millisecondo a raggiungere i tre caccia.

La barra di controllo del tenente Galvin oscillò per un istante. Il pilota posò gli occhi sul pannello di controllo e vide le spie e gli indicatori lampeggiare, gli aghi impazzire: alcuni precipitavano verso il minimo, altri schizzavano verso il massimo, altri ancora restavano fermi. Entrambi i motori si spensero nello stesso istante e l'interfono smise di funzionare. Fu questo il motivo per cui Galvin non fu in grado di udire l'esclamazione di rabbia di Giraffa, quando lo schermo radar e il display dei missili si spensero di colpo.

L'F-14 era all'avanguardia in fatto di elettronica ed erano stati fatti tentativi per schermare i circuiti contro l'EMP ma, di fatto, i progettisti avevano deciso di ignorare il problema quando si erano accorti che schermare i circuiti significava aggiungere peso. La schermatura era stata, quindi, penetrata nel primo microsecondo di trasmissione del *pod* del Firestar. La stessa cosa era accaduta a tutto il resto dell'apparecchiatura elettronica del caccia. Il radar, i circuiti di controllo degli armamenti, tutta l'avionica, la radio e i computer. Tutto era stato fuso in cinque secondi di massacro elettromagnetico, compresi i motori, controllati dal computer di bordo, e il sistema d'iniezione, regolato da potenti microprocessori. Non c'era più iniezione di carburante; i chip erano stati distrutti. Tutto quanto era fuso, e il caccia era rimasto privo di energia elettrica (in ogni caso, anche il controllo di voltaggio dei generatori era andato distrutto) e senza spinta. I progettisti non erano arrivati a realizzare un sistema di controllo interamente cablato. Le superfici di controllo del Tomcat erano comandate da un sistema idraulico e questo, a sua volta, era comandato da cavi collegati a valvole, anch'esse a controllo idraulico. Così, nei primi cinque secondi di emissione, l'F-14 Tomcat del tenente Joe «Manico» Galvin e del sottotenente Eugene «Giraffa» Fredericks continuò a volare. Sordo, cieco e stupido, ma continuò pur sempre a volare.

Nei sessanta secondi successivi, l'F-14, ridotto a un aliante da trentacinque tonnellate, iniziò a rollare, a picchiare e a imbardare, dato che anche le superfici di controllo erano stabilizzate da un computer. Senza il suo intervento, il caccia si sarebbe schiantato in mare pochi secondi dopo aver lasciato la catapulta di lancio. Il ruolo del computer era minimo ma d'importanza vitale. Privato di tale supporto, l'aereo di Galvin prese a vibrare, sebbene il pilota l'avesse puntato verso il mare, in un disperato tentativo di mantenere il flusso d'aria sopra le ali, adesso che era venuta meno la spinta dei motori.

Galvin tentò di correggere l'oscillazione, buttando la barra sulla destra mentre l'aereo piegava nella direzione opposta, poi, per contrastare l'eccessiva correzione, invertendo la virata nuovamente sulla sinistra. Nello stesso tempo, il muso tendeva ad alzarsi, mentre Galvin lottava con la barra nel tentativo di tenerlo puntato verso il basso. Il muso continuava a pretendere di assorbire tutta l'attenzione del pilota, mentre il velivolo oscillava sulla sinistra, richiedendo timone a destra, poi oscillando nuovamente verso destra.

Galvin era sotto l'effetto di una dose massiccia di adrenalina. Era giovane, fisicamente in forma, altamente addestrato, aveva avuto la responsabilità di milioni di dollari in termini di ore di volo. Nel simulatore, a Pensacola, aveva sperimentato la situazione di un black-out completo dei sistemi elettronici, anche se non come in questo caso. Anche allora, però, il tutto era stato concepito solo per dimostrare agli allievi come fosse assurdo rimanere nell'aeroplano in simili condizioni. La considerazione gli riportò in mente la sindrome dell'utero. Proprio come certi televisori possono proiettare le immagini di un altro canale in un angolo dello schermo, permettendo allo spettatore di guardare due spettacoli in una volta, la mente di Galvin iniziò a visualizzare un suo spettacolo privato, mentre la maggior parte dei suoi sforzi si concentrava sul tentativo di tenere il caccia in volo.

Cosa diavolo era accaduto perché fosse successo un simile casino? Era stato colpito da qualche sorta di missile? Impossibile. Le ali e le superfici di controllo funzionavano ancora. Che razza di missile era in grado di far spegnere i motori e togliere energia all'avionica? E adesso, cosa sarebbe capitato ancora? Il caccia non aveva più propulsione e, a questo punto, nessun tentativo di riavviare i motori poteva avere successo, perlomeno con i circuiti elettrici ed elettronici senza tensione. Tra l'altro, qualsiasi tentativo di riavviare i motori avrebbe richiesto a Galvin una picchiata alla massima velocità, per risucchiare l'aria necessaria a far girare le pale dei compressori. Questo sarebbe servito solo a ucciderli più in fretta. La procedura operativa standard, in questo caso, era l'eiezione. Il velivolo era, evidentemente, incontrollabile. Non era possibile recuperarlo e tentare un ammaraggio in quelle condizioni sarebbe stato semplicemente suicida.

E allora, cosa stava aspettando? Per questo gli era venuta in mente la sindrome dell'utero, come l'aveva chiamata un irsuto istruttore di volo dell'aviazione navale che, essendosi eiettato da tre aerei, non sarebbe mai riuscito a superare il grado di maggiore. «Ragazzo», aveva detto con voce strascicata, «verrà il momento in cui dovrai capire che il tuo aereo è finito e che dovrai attaccarti a quella maniglia come un poppante alla tetta. E sai perché? Perché quell'aeroplano finirà con l'andare in pezzi, ma tu vorrai restarci dentro. Perché dentro, non importa quanto male ci si stia, ti senti comodo e al sicuro. Perché dentro hai il controllo delle cose. Fuori sei solo un passeggero e, molto probabilmente, pastura per gli squali. Dentro sei abituato ad avere tutto sotto controllo, fuori sei vittima delle situazioni. E lascia che ti dica una cosa, ragazzo: sono morti più piloti per la sindrome dell'utero che per ogni altra ragione. Quei dannati imbecilli sapevano che dovevano saltare, che l'aeroplano era arrivato al capolinea. Ma cosa hanno fatto? Sono rimasti dentro, perché dentro è caldo e sicuro, come stare nell'utero, e fuori è freddo, duro e pericoloso. Sono morti più piloti perché sono rimasti nell'utero che per ogni altra ragione. Quindi, quando verrà il tuo momento, e verrà, ricorda una cosa: *tira fuori il culo.*»

La lezione del maggiore sembrò toccare qualche corda misteriosa. Quella fu la ragione. O forse si rese conto che il sistema idraulico perdeva potenza ogni secondo che passava. Senza energia per ricaricare gli accumulatori idraulici, la pressione del sistema sarebbe calata fino a quando Galvin non avesse perso il controllo del velivolo e il tentativo di spingere o tirare la barra non avesse più avuto significato. Senza controllo, l'aereo sarebbe scivolato d'ala e si sarebbe disintegrato più in fretta dello shuttle *Challenger*. Più rapidamente possibile, Galvin lasciò andare la barra, tirò fino alla vita l'anello a «D» che aveva fra le gambe e tentò di contare fino a venti. A quei livelli di eccitazione indotta dall'adrenalina, contare fino a venti può richiedere solo due secondi, tre al massimo, e ci sarebbero voluti almeno due secondi perché il tettuccio si staccasse e il sistema di eiezione lo catapultasse fuori del velivolo.

Mentre aspettava, Galvin si chiese se il dispositivo d'eiezione fosse stato messo fuori uso dalla stessa cosa che aveva paralizzato il caccia. Non che importasse qualcosa. Se il dispositivo avesse fatto cilecca e non avesse funzionato, l'F-14 si sarebbe comunque disintegrato entro una manciata di secondi. Un anello di cariche esplosive fece volare via il tettuccio, mentre l'abitacolo si riempiva d'improvviso del rombo della turbolenza. Frazioni di secondo dopo, il seggiolino gli assestò un colpo da sotto, scorrendo lungo le guide, fino a finire nel flusso d'aria sopra l'aereo. Un cavo collegato al fondo del seggiolino tirò lo spinotto del motore a razzo, proiettandolo nel cielo. Gli occhi di Galvin erano chiusi ma, se fossero stati aperti, avrebbe visto l'F-14 picchiare verso il mare, avvitandosi fuori controllo, le ali strappate via; la nube di vapori di carburante esplodere in una palla di fuoco e i resti precipitare tra le onde.

Galvin si sentì sballottato per qualche istante, il corpo ancora imprigionato al seggiolino eiettabile. Poi, il paracadute si aprì sopra di lui, le cinghie strette contro l'inguine, mentre la tela si gonfiava. Quando aprì gli occhi, vide il paracadute di Giraffa aperto qualche decina di metri più in basso. Lontano, verso l'orizzonte, scorse e poi udì un'esplosione, come se il secondo F-14, fuori controllo, si fosse schiantato in mare. Dato che non si vedevano paracadute, evidentemente Vinny e Sully erano rimasti vittime della sindrome dell'utero. Allora, udì qualcosa che dapprima lo confuse, e quindi lo riempì di rabbia.

Il motore di un caccia. Alto, sopra la sua testa, un Firestar, lo stesso bastardo che stavano scortando a Cipro, virava, puntando verso ovest, come se non fosse successo niente.

Galvin imprecò mentre l'acqua si avvicinava e, ammarando, gli entrava nel naso. Non appena libero dal paracadute, iniziò a sperare di non sanguinare: sarebbe stato un invito a pranzo per gli squali.

Ahmed si rese conto che il *pod* si era staccato. Contò i secondi, in attesa dell'impulso, gli occhi fissi sul pannello centrale. Per un momento si chiese se l'emissione non avrebbe provocato il black-out anche del Firestar e non lo avrebbe portato a schiantarsi in mare. Come temeva, il monitor del pannello si spense, riducendosi alle dimensioni della punta di una matita, poi scomparve del tutto: la sua morte equivaleva a quella del computer di bordo. Si aspettava che anche i motori si spegnessero. Invece, motori e circuiti continuarono a funzionare. Tirò leggermente la barra verso di sé, per vedere se le superfici di controllo rispondessero. Il Firestar iniziò a cabrare. In quel momento si accorse che i Tomcat non c'erano più. Continuò a cabrare, consapevole che l'impatto con uno degli F-14 l'avrebbe ucciso esattamente come quello con un missile, e scorse il caccia che stava alla sua sinistra avvitarsi e puntare verso il mare, vibrando e oscillando per tutto il corso della picchiata. Mentre guardava, il tettuccio volò via e due seggiolini furono espulsi dall'abitacolo. L'F-14 si piegò violentemente, scivolando su un fianco. La turbolenza gli strappò le ali, lo spezzò in due e fece prendere fuoco al carburante, in una palla di fuoco arancione che rapidamente scomparve in una nube nera. Si aprirono due paracadute. Ahmed livellò il Firestar e, volando in cerchio, tentò d'individuare il secondo caccia. Alla fine, riuscì a vedere uno spruzzo e una breve esplosione, come se il velivolo si fosse schiantato in mare. Non c'era nessuna traccia dei piloti.

Diede un'occhiata al sole e virò verso ovest, in direzione del punto d'incontro con l'*Egira*, augurandosi che il comandante fosse rimasto ad aspettarli. Aveva perso, forse, cinque minuti, ma gli ufficiali di marina sono tipi impazienti, troppo indipendenti e talvolta permalosi, al punto di arrivare, perfino, a ignorare gli ordini.

Il sistema di navigazione computerizzato aveva smesso di funzionare e lo schermo del pannello centrale era cieco. Era un sistema elettronico e aveva risentito degli effetti dell'EMP. Il sistema di navigazione di riserva, però, continuava a funzionare. Era un vecchio sistema, con i numeri incisi su rotelle di plastica attivate da un computer di controllo che riceveva i dati direttamente da un satellite in orbita geostazionaria sopra il Mediterraneo. Secondo il display, il punto d'incontro non era molto lontano.

Presto riuscì a vedere l'alta vela dell'*Egira*. Il sottomarino era fermo e li stava aspettando. Ahmed lo sorvolò, girando in tondo, a poche centinaia di metri di quota, poi risalì, preparandosi ad abbandonare il Firestar.

«*Khalib*? È sveglio?»

«Sono...» Sihoud sembrava drogato, a malapena cosciente.

Forse era meglio così, pensò Ahmed. Era preoccupato che il trauma di essere eiettato dal Firestar fosse troppo per il generale. Ma non c'era altro da fare. Ahmed continuò a salire, incerto sulla quota raggiunta, volando a naso, adesso che il computer era fuori uso. Chiuse la manetta, perdendo velocità. Per diminuire la forza del flusso aerodinamico, doveva portare il caccia quasi al punto di stallo, prima di abbandonarlo.

«Generale, fra qualche istante ci lanceremo. Se ce la fa, tenga i gomiti stretti contro il petto e i piedi sulla pedana. Farò eiettare io il suo seggiolino. Tutto ciò a cui dovrà pensare sarà guidare il paracadute nella discesa.»

Non ci fu risposta. Ahmed avvertì un sapore amaro in bocca e aveva la tuta di volo zuppa di sudore. Non poté evitare di pensare un'altra volta che era stata una pessima idea... L'eiezione avrebbe potuto facilmente uccidere il generale. Questi aveva bisogno di cure immediate e restare per un'ora a galleggiare nelle acque del Mediterraneo non era certo il modo migliore per riceverle. Ma era consapevole di non avere scelta. Tirò a sé la barra di comando, mentre cercava di raggiungere la maniglia per lo sganciamento manuale del tettuccio. La girò sulla posizione di attivazione, poi su quella di apertura. Trenta piccole cariche esplosive detonarono e il tettuccio sparì, mentre l'aria fredda si abbatteva all'interno dell'abitacolo, minacciando di strappare loro di dosso maschere e caschi. La violenza dell'impatto fece picchiare diverse volte il casco di Ahmed contro il poggiatesta, come per ricordargli di procedere rapidamente all'eiezione, prima di essere entrambi ridotti in stato comatoso dall'impatto dell'aria. Tolse potenza ai motori e tirò a sé la barra. Il caccia puntò verso il cielo, mentre la velocità d'avanzamento diminuiva. La barra vibrava mentre l'aereo protestava per la mancanza di spinta sotto le ali. Al momento dello stallo, la sua energia cinetica era minima. Ahmed sollevò il coperchietto di sicurezza dell'interruttore con la scritta EIEZIONE SEGGIOLINO POSTERIORE, fece scattare l'interruttore oltre il dente d'arresto e lo spinse a fondo. Dietro di sé, udì avviarsi il motore a razzo del seggiolino di Sihoud. Fu investito da una vampa di fiamme e calore, mentre il generale veniva scaraventato fuori dall'abitacolo. Il caccia stallò completamente, picchiando verso il mare. Ahmed cercò di rimanere a bordo il più a lungo possibile, per guidarlo lontano dalla traiettoria di discesa di Sihoud, quindi armò l'interruttore d'eiezione che si trovava tra le sue gambe. Appena prima di farlo scattare, spinse le turbine alla massima potenza. Per un istante, si godette l'accelerazione, quindi lasciò la barra e fece scattare il dispositivo di eiezione.

Accadde tutto così rapidamente che i suoi sensi ne furono sopraffatti. La colonna vertebrale tremò mentre il motore a razzo lo spingeva da dietro. La gravità, mentre scendeva, minacciò di fargli perdere conoscenza. Il flusso d'aria lo colpì, strappandogli la maschera a ossigeno e lacerando la spessa imbottitura della tuta di volo. Intorno a lui, il mondo vorticava in una spirale viziosa, provocandogli l'impressione di rimbalzare all'interno di un lungo tunnel blu. Poi, la turbolenza ebbe fine, lasciando spazio al vento della caduta libera. Infine, il paracadute si aprì, strattonandolo in posizione verticale. Si guardò intorno, in cerca del paracadute di Sihoud, ma non riuscì a vederlo. Fluttuò lento verso l'acqua.

Alla fine del viaggio, l'acqua blu, invitante, lo avviluppò. Ahmed si liberò del seggiolino e recuperò il pacchetto attaccato al sedile. Lo liberò e tolse lo spinotto. L'involucro si gonfiò automaticamente, trasformandosi in un battellino di salvataggio abbastanza ampio da ospitare due persone, con una piccola scorta di viveri e acqua. Appena il canotto si fu stabilizzato, Ahmed vi salì a bordo e iniziò a cercare Sihoud e il sottomarino.

6

Giovedì, 26 dicembre
Arlington, Virginia
Il Pentagono

La neve aveva iniziato a cadere la sera del mercoledì, e stava continuando anche adesso, nelle prime ore di un sonnacchioso giovedì, raggiungendo i trenta centimetri d'altezza. La portiera posteriore dell'automobile di servizio dell'ammiraglio Richard Donchez si aprì, l'ammiraglio ne schizzò fuori e salì due alla volta i gradini gelati che portavano all'ingresso riservato. Il capitano di vascello Rummel gli venne incontro appena oltrepassata la porta. Donchez gli rivolse un cenno di saluto, ignorò l'ascensore e salì di corsa le scale fino al quarto piano. Mentre si affrettava, si sfilò il pesante cappotto e lo passò a Rummel, insieme col cappello.

Donchez superò il controllo della sala situazione ed entrò, accendendo il primo Havana della giornata mentre incontrava gli ammiragli Dee Watson e John Traeps presso un tavolo coperto di messaggi, rapporti del controspionaggio e pubblicazioni riservate. Sulla parete di fondo, una mappa elettronica brillava di una luce verde scuro, mentre una tonalità più chiara evidenziava le coste del Mediterraneo. Simboli indicanti le navi, gli aeroplani e le basi punteggiavano la mappa. Linee di rotta si dipartivano da alcuni di questi simboli, mentre altri si muovevano visibilmente sulla mappa, aggiornata ogni trenta secondi.

Donchez non perse tempo. Attraverso la nube di fumo del sigaro, fissò il vicecapo di stato maggiore della marina, Watson, e il comandante delle forze del Mediterraneo, Traeps.

«Cos'è successo?» chiese in tono secco.

«Un caccia Firestar, ammiraglio.» Il mento di Watson era sceso fino quasi al colletto sporco, intriso di sudore nonostante il freddo gelido della stanza. «Quel figlio di puttana si è sbarazzato degli F-14 di scorta come fossero state mosche. Tutti e due schiantati in mare. Non abbiamo idea del perché. Un equipaggio è stato tratto in salvo. Il pilota ha riferito una perdita di potenza e pensa che la causa sia attribuibile al Firestar. Il figlio di puttana ha continuato a volare verso ovest. E non è tutto. Mostragliela, John.»

Traeps prese dal tavolo una fotografia satellitare. I suoi capelli grigi erano perfetti, e la divisa sembrava ispirata da una fotografia delle Navy Uniform Regulations. L'aspetto di Traeps aveva sempre infastidito Donchez. Sembrava uno di quegli uomini assurdamente piacenti che affollano i cast delle soap opera per signore e le pubblicità degli integratori alimentari.

«Abbiamo avuto sentore di qualcosa di strano quando il satellite spia KH-17 è passato sopra Cipro, verso l'alba, signore. Appena l'abbiamo avuta in mano, l'aeronautica ha mandato fuori un ricognitore RF-4 per dare un'occhiata da vicino.» Traeps pose una seconda foto accanto alla prima.

Donchez sbuffò fumo studiando la prima immagine. Scattata da un satellite ad alta quota, era una panoramica sgranata, presa subito dopo l'alba, a giudicare dall'ombra allungata dell'oggetto al centro dell'inquadratura. L'oggetto aveva la forma di un sigaro, con un bulbo a un'estremità, e rastremato dall'altra. L'informazione più significativa veniva dall'ombra, che delineava la sagoma di una struttura verticale. Una sovrastruttura. La vela di un sottomarino. Donchez lasciò cadere la fotografia satellitare, e prese dal tavolo la seconda immagine, un forte ingrandimento patinato. L'immagine, in bianco e nero, rivelava molto di più della prima, rappresentando chiaramente l'ombra della sagoma adagiata sulle onde. Era il profilo inconfondibile di un sottomarino. Ogni dettaglio era a fuoco, compresa la finestratura della torretta e l'uomo in piedi sulla plancia alla sommità. Donchez fissò l'immagine, mentre la rabbia gli alterava i lineamenti.

«È il sottomarino che il FIU ha acquistato in Giappone?»

«Signorsì», rispose Rummel. «Classe Destiny. Nucleare, di seconda generazione.»

«Non era sulla lista degli obiettivi per la scorsa settimana? Avrebbe dovuto essere affondato mentre era ancora attraccato al molo.»

«È vero, signore. Ma ci sono stati una finestra di maltempo e obiettivi con una priorità più alta. L'attacco contro il sottomarino era stato riprogrammato a domani. Una pessima scelta di tempo, temo. È... è partito ieri.»

«Bel risultato per il servizio informazioni della marina», disse Donchez amaramente. «Voglio un rapporto in merito. Comunque, cosa ha a che fare tutto questo con il Firestar?»

Fu Rummel a rispondere. «Il caccia si è schiantato in mare a circa un miglio dal sottomarino. Presumiamo che esista un legame fra i due eventi. Probabilmente, al sottomarino era stato ordinato di raccogliere il pilota del Firestar.»

Donchez fissò Rummel. «Chi c'era a bordo?»

«Non lo sappiamo, signore.»

«Ma avete qualche buon suggerimento da darmi.»

«Solo congetture, ammiraglio.»

«Me le esponga, se vuole, Fred.»

«Sihoud, signore.»

«Dove si è diretto il sottomarino?»

«Ha continuato a navigare verso est, direzione Kassab. Poi si è immerso. Abbiamo altre fotografie, se le vuole vedere...»

Donchez scosse il capo. «Quello che mi state dicendo, signori, è che nelle ultime ventiquattr'ore io ho fatto del mio meglio per togliere di mezzo il generale Sihoud e che il risultato degli sforzi di tutta la flotta è stato che Sihoud è riuscito a fuggire a bordo di un sottomarino in rotta per Dio sa dove. E non solo Sihoud è riuscito a fuggire. Ma non sappiamo nemmeno dove cercarlo. Sono queste le vostre conclusioni?»

«Abbiamo paura di sì, ammiraglio», disse Watson. «Ma abbiamo un piano...»

«Ne sono certo, Dee. Mi piacerebbe proprio conoscerlo.»

Watson accennò alla mappa sulla parete.

«Abbiamo due unità ben posizionate nel Mediterraneo per seguire il Destiny. Il gruppo di battaglia della portaerei *Reagan* al largo di Tripoli è scortato dal sottomarino classe Los Angeles migliorata *Phoenix*. Possiamo usarlo per chiudere lo stretto di Gibilterra ed essere sicuri che il Destiny non possa fare rotta verso l'oceano. Poi, a est, abbiamo l'*Augusta*, al largo di Cipro, che può portarsi verso ovest. Dovremmo riuscire a intrappolare il Destiny fra le due unità. Io mi aspetto che faccia rotta verso Kassab o un altro porto del Nord Africa, per sbarcare Sihoud presso qualche comando operativo da cui possa condurre la sua campagna terrestre.»

«Allontanare il *Phoenix* dalla *Reagan* è rischioso», disse Donchez. «Lascia tutto il gruppo di battaglia vulnerabile nel caso in cui il Destiny voglia tentare qualcosa. Non dimentichiamo che il Destiny è nato per essere esportato verso i paesi del Terzo Mondo, ma è stato progettato da menti di prima classe. Qualcuno sostiene che valga quanto un Centurion, se non di più. Inoltre, perché diavolo Sihoud dovrebbe tentare di raggiungere l'Atlantico? Non servirebbe a niente, nel quadro dello sforzo bellico. Lui ha un assoluto bisogno di tornare in azione. Lasciamo il *Phoenix* dove si trova.»

«Ha ragione, signore», disse Traeps. Donchez gli scoccò un'occhiataccia, non apprezzando quella sfacciata manifestazione di piaggeria.

Il vicecapo di stato maggiore, ammiraglio Dee Watson, scosse la testa contrariato. «Ammiraglio, io sono solo uno che viene dalle bagnarole», soggiunse riferendosi ai suoi trascorsi operativi da ufficiale di superficie; le navi di superficie erano chiamate derisoriamente «bagnarole» dai sommergibilisti. «Ma se teniamo il *Phoenix* insieme col gruppo di battaglia, Barczynski avrà in mano un'altra prova per la sua teoria dei dieci miliardi di gelato che si leccano da soli.»

Donchez rifletté sull'osservazione. Il capo del comitato stati maggiori riuniti, generale Rod Barczynski, era un nemico giurato dei gruppi di battaglia, osservando come spesso gli aeroplani imbarcati e le navi di scorta non avessero altro scopo che quello di proteggere la portaerei, da cui l'epiteto di «gelato che si lecca da solo». Era un'esagerazione, naturalmente, ma nella contesa per l'assegnazione dei fondi ogni trucco, anche sporco, veniva impiegato da ciascuna delle forze armate nella lotta alle altre. Watson aveva visto giusto nel cogliere le ricadute politiche di una decisione tattica, anche se, al diavolo i politici, lì c'era una guerra da vincere! Tranne che per un fatto: in quel caso c'era in ballo molto di più. Sihoud era fuggito a bordo di un sottomarino di cui nessuno sapeva nulla. Le sue capacità erano oggetto di congetture. Uccidere Sihoud era prioritario e la sua fuga era inaccettabile. Soppesando la possibilità di una fuga di Sihoud e comparandola con il rischio di un attacco contro il gruppo di battaglia, sembrava chiaro che il gioco valesse la candela.

Donchez cambiò idea. Sihoud doveva essere catturato. «Dee, faremo a modo suo. Mandi il *Phoenix* a Gibilterra a pattugliare il bacino occidentale. Faccia alzare in volo tutti gli aerei antisom presenti nel bacino mediterraneo, gli Orion di Sigonella e i Viking della *Reagan.*»

«A questo punto, signore, la maggior parte del Mediterraneo rimane nelle mani dell'*Augusta*. È di gran lunga il più vicino alla posizione del Destiny. Se c'è qualcuno in grado di prenderlo, quello è l'*Augusta.*» Watson sembrava infelice, come se avesse voluto avere a disposizione una maggiore potenza di fuoco.

«Chi è il comandante dell'*Augusta*?» chiese Donchez.

«Rocket Ron Daminski», rispose Watson, mentre l'ombra di un sorriso gli appariva sul volto.

«Gesù, quel Destiny non ha scampo», disse Donchez. «Rocket Ron Daminski... È ancora il terrore del Settimo Gruppo?»

«Come sempre», assicurò Traeps.

«È un mastino», convenne Watson. «Suggerisco di impiegare lui. Gli ordini di Daminski dovrebbero essere quelli di affondare il Destiny al primo contatto.»

«Comunicategli di trasmettere un rapporto di situazione prima di colarlo a picco, giusto nel caso... Credo sia tutto, signori. Mettete l'*Augusta* e Daminski a caccia del Destiny. Se Rocket Ron riesce a trovarlo, quel sottomarino sarà sul fondo prima di un quarto d'ora. Dategli una mano, John, e tenete in volo gli Orion e i Viking in cerca del Destiny. Distaccate una fregata antisom dal gruppo della *Reagan*. Non m'importa quanto ci vorrà, ma affondate quel sottomarino. Daminski è autorizzato a impiegare tutta la forza necessaria. E fatemi chiamare a casa dall'ufficiale di picchetto appena succede qualcosa. Dovreste riposare un po' anche voi due. Non mi servite a niente se dormite in piedi.»

Mediterraneo centrale

Il commodoro Sharef si strinse nelle spalle guardando verso il ponte dall'alto della plancia in cima alla vela, dieci metri sopra lo scafo bombato. Forse, in altre circostanze, sarebbe stato meno agitato. Si preannunciava una splendida mattina, il sole alto nel cielo invernale, l'acqua blu del Mediterraneo tanto limpida che poteva vedere la sagoma sommersa dello scafo dalla prua ellittica fino alle pinne a X della poppa. L'aria aveva un profumo così pulito dopo essere rimasto chiuso dentro l'*Egira* per le ultime ventiquattr'ore. C'era qualcosa che rinvigoriva nel rimanere in superficie, anche se era la situazione peggiore per un sommergibilista. Come per riportargli alla mente il pericolo, il suono di un motore lontano sibilò nelle sue orecchie. Scrutò il cielo, e non vide niente. Anche con il binocolo non riuscì a localizzare il caccia. Doveva essere un trasporto che volava ad alta quota... sperò.

Gridò qualcosa verso il ponte sotto di lui, in tono secco, ma senza fretta.

«Portate quella gente di sotto! Sbrigatevi!»

La squadra di recupero aveva appena finito di tirare a bordo il secondo uomo del canotto. Uno dei due era più giovane e in buona salute, l'altro debole e curvo; doveva essere aiutato anche solo per reggersi in piedi. I naufraghi e il personale si affrettarono giù per un portello fino alla sala controllo sottostante. Sharef si sporse in avanti per vedere l'ultimo uomo bloccare il portello nel fianco della vela. In plancia erano rimasti l'ufficiale addetto all'assetto, Omar Tawkidi, e lui stesso. Consultò rapidamente l'orologio e ordinò a Tawkidi di scendere. Rimise a posto i pannelli e la plancia in cima alla vela scomparve. La superficie della vela tornò a essere continua e idrodinamica. Controllò che non vi fossero oggetti sparsi, come binocoli o lampade, qualsiasi cosa potesse sbattere o rotolare in giro facendo rumore, ma non trovò nulla. S'infilò a sua volta nel boccaporto e chiuse il portello. Venti gradini sotto, alla base della vela, vi era un ampio spazio nel tunnel verticale. Sharef controllò il portello posto nella fiancata e, soddisfatto dell'esame, scese fino al boccaporto che dava accesso al modulo comando. Quando la testa ebbe raggiunto una quota di sicurezza, chiuse anche il portello che immetteva nel tunnel che aveva appena percorso e fece girare il volantino di bloccaggio, ingaggiando i grossi perni. Continuò a scendere fino a raggiungere il ponte inferiore e azionò la leva di un controllo idraulico. Il portello sito nella paratia sovrastante ruotò in posizione sotto quello superiore, ingaggiò i perni e si bloccò. Il battello, adesso, era pronto per l'immersione.

Sharef attraversò un altro portello ed entrò nella sala controllo, sbattendo le palpebre nella luce fioca, in cerca di Tawkidi.

«Ufficiale all'assetto, pronti per l'immersione?»

«Signorsì.»

«Scendiamo a cento metri, rotta est, avanti piano. Mantenere la rotta per dieci minuti, poi effettuare lo *spidocchiamento* automatico. Voglio un rapporto sui risultati.»

«Signorsì. Controllo, avanti piano sulla stessa rotta. Portare il battello a cento metri.»

«Dove sono i naufraghi?»

«Nel suo alloggio, signore. Il capitano di vascello al-Kunis è con loro.»

«Nessuna idea sulla loro identità?»

Tawkidi inspirò profondamente.

«Non ci crederebbe, commodoro. È meglio che veda con i suoi stessi occhi.»

Sharef uscì di corsa dalla sala controllo, giù per una stretta passerella che correva fra il modulo computer a tribordo e la sala radio a babordo rispetto all'ingresso del suo alloggio. Aprì il portello e si trovò a fissare negli occhi la Spada dell'Islam, il generale Mohammad al-Sihoud. Una parte della sua mente registrò il fatto che avrebbe dovuto scattare sull'attenti, ma lui si limitò a restare lì, in piedi, lo sguardo che passava da Sihoud al suo primo ufficiale, al-Kunis, e infine al secondo sopravvissuto, Rakish Ahmed.

Mediterraneo orientale
USS Augusta

Il portello si aprì lentamente, con un cigolio di cardini. La luce nel corridoio era sufficientemente potente da infastidire gli occhi sotto le palpebre assonnate.

«Comandante? Signore? Il pranzo è servito. L'ufficiale all'assetto pensava che avrebbe voluto scendere in sala mensa.»

Il capitano di fregata Daminski gettò da parte la coperta sudata e si sedette sulla stretta brandina. La stanza sembrava dondolare davanti ai suoi occhi. L'orologio segnava le 11.25, ora di Greenwich. Si passò le dita tozze fra i capelli, cercando di ricordare quando si fosse addormentato. Dieci ore prima. Avrebbe dovuto sentirsi fresco, ricaricato; invece si sentiva stanco, pesante, vecchio. Guardò di sbieco il cuoco.

«Riferisci agli ufficiali di cominciare senza di me.» Daminski sapeva che stava infrangendo una tradizione, ma gli sembrava in qualche modo disonesto ridere e chiacchierare con gli ufficiali a tavola e poi riprenderli per la loro disattenzione in servizio mezz'ora dopo. Durante la crociera, raramente aveva mangiato insieme con gli altri, anche se il protocollo continuava a richiedere che venisse invitato, in caso cambiasse idea. Sapeva che non pranzare nella sala comune poteva essere interpretato dai suoi sottoposti come un segno di distacco e forse d'arroganza, ma quello era il suo stile e lui non aveva né il desiderio, né la volontà di cambiarlo.

«Signorsì. Desidera che le porti qualcosa qui?»

Daminski sbadigliò, chiedendosi se fosse brutto quanto si sentiva. Cosa avrebbe detto Myra se lo avesse visto adesso? si chiese. Dio, la lettera di Myra. Dov'era? La trovò sul copriletto stropicciato, e la infilò nella cintura dei boxer grigi.

«Uuh. Oh, no. Non ho fame, marinaio March.» Vattene via, pensò. Lascia che il vecchio si alzi.

Il portello si richiuse lentamente. Daminski si alzò in piedi. Le ginocchia scricchiolavano. Pensò che una doccia lo avrebbe aiutato a svegliarsi. Gettò i boxer nella borsa della biancheria sporca e passò nell'angusto spazio tra il suo alloggio e quello del comandante in seconda. C'erano una panchetta, una doccia ampia quanto una cabina telefonica, e un piccolo lavandino. Tranne il pavimento, tutto era rivestito di lamiere d'acciaio inox. Daminski si infilò in quella doccia luccicante e aprì l'acqua fredda, rabbrividendo mentre il getto lo colpiva. Chiuse l'acqua e s'insaponò a secco: niente acqua corrente sulle sue navi, almeno non quando ogni singola goccia doveva essere distillata dall'acqua marina e la maggior parte doveva essere impiegata dal reattore e dalle turbine a vapore, non a uso hotel. Quando si fu insaponato, riaprì l'acqua, questa volta miscelandola con quella calda, e si sciacquò. Il getto era un massaggio vigoroso. Chiuse di nuovo l'acqua. Adesso provava una sensazione di freddo, in quella stretta bara verticale. Deterse le pareti dalle gocce d'acque residue e si asciugò.

Lo specchio sopra il lavandino rifletteva il viso pallido di un uomo che ormai da tempo si era lasciato alle spalle gli anni migliori. Le rughe erano profonde sulla fronte che ogni anno, a mano a mano che i capelli svanivano, acquistava sempre più spazio. I capelli, ingrigiti, erano troppo lunghi e avevano un aspetto quasi trasandato. Li asciugò e li pettinò all'indietro. Valutò l'idea di lasciarsi crescere la barba. Alla fine delle tre settimane di crociera rimanenti, avrebbe avuto una bella barba folta, che avrebbe nascosto quello che stava diventando un doppio mento. Scosse la testa. Aveva sempre sostenuto che i comandanti devono essere rasati. Si passò la lama sul viso e si lavò i denti. Tornato nell'alloggio, indossò boxer puliti, una maglietta e una tuta nuova, nera, con la bandiera americana cucita sulle maniche, il nome sul petto, sopra la tasca sinistra e, sopra il nome, i delfini ricamati in oro. Calzò le Reebok nere e si sentì pronto per una nuova giornata.

Mentre riapriva la tuta e infilava sotto la maglietta la lettera di Myra, si rese conto che l'idea che la doccia gli avrebbe risollevato l'umore era sbagliata. Avvertiva ancora quella pesantezza, ripulita delle scorie superficiali, ma solida e sostanziale, come sempre. C'era solo una persona che riusciva sempre a tirargli su il morale: Terry Betts, il capo silurista. A quell'ora Betts doveva avere finito di mangiare. Daminski uscì dall'alloggio e s'incamminò lungo le scalette, verso il locale siluri, due ponti sotto, nell'ampio compartimento di prua nel ventre della nave.

Raggiunse la parte posteriore della Sala, il nome che l'equipaggio aveva assegnato al compartimento, un locale ampio e cavernoso quando era vuoto, stretto e congestionato quando i siluri erano imbarcati. In quella crociera, l'*Augusta* viaggiava a pieno carico. Daminski percorse l'angusto corridoio fra i sostegni, facendo scorrere le dita nodose lungo i fianchi dei Mark 50. I siluri erano freddi e scintillanti nella luce del locale. La pittura verde Astroturf luccicava. Vicino alle ogive, lettere nere, stampigliate a maschera, recitavano: MK 50 MOD ALFA TESTATA BELLICA SER 1178. Alle spalle di Daminski un uomo ansimava come se stesse sollevando pesi. Il locale siluri era uno dei pochi spazi sul sottomarino ove fosse possibile fare ginnastica, anche se l'equipaggio preferiva trascorrere la maggior parte del proprio tempo libero nelle cuccette, a riposare dopo i turni di servizio. Più avessero dormito, più la crociera sarebbe sembrata breve.

Il capo di prima classe Terry Betts sedeva su una panca con un cuscino all'estremità anteriore del locale, di fronte al pannello controllo siluri. In un alloggiamento speciale del pannello c'era una bottiglia da due litri di Coca-Cola. Betts beveva la bibita da una tazza da caffè sulla quale era scritto *Augusta*. Ricordava un orso. La pancia gli scendeva fino quasi a metà gamba. I massicci avambracci uscivano dalle maniche arrotolate di una tuta da sommergibilista concepita appositamente per contenere il suo fisico corpulento. Daminski sorrise, andando incontro all'irsuto sottufficiale.

«Terry. Come mai sei sveglio? Qualcosa non va?» Improvvisamente, il viso di Daminski s'illuminò di buonumore.

«Io? Ma se ho sentito dire che te la sei dormita tutta da quando abbiamo lanciato, Rocket.» Betts bevve un lungo sorso di Coca.

«Comandante Rocket, per lei, capo di prima classe.» Daminski e Betts stavano tornando indietro negli anni, all'epoca dello USS *Dace*, un vecchio dinosauro di sottomarino, classe Permit, su cui Daminski era stato un giovane ufficiale addetto ai sistemi d'arma e Betts il miglior sottufficiale della divisione. Da quando entrambi si erano trovati a Norfolk, i due avevano sempre giocato nella stessa squadra, a baseball in primavera e a football in autunno. Quando Daminski era annoiato, gli piaceva ricordare con Betts le vecchie partite, rievocando un particolare placcaggio perfetto o quella volta in cui la palla da baseball aveva compiuto un volo di duecento metri.

Si sedette, sospirando rumorosamente. Quel senso di pesantezza era ancora dentro di lui, nonostante la presenza di Betts.

«Ancora in programma di tornare a casa fra tre settimane, comandante?» chiese Betts.

«Penso di sì. Non che ci sia molto, a casa, da cui tornare.»

Betts studiò uno dei siluri sulla scaffalatura centrale.

«A Myra gli è presa una delle solite crisi?»

«Peggio del solito. Questa volta...»

L'interfono ronzò. Betts sollevò il ricevitore, la grossa cornetta piccola nelle sue mani enormi.

«Locale siluri. Betts... Sì, è qui. Attenda.» Betts porse a Daminski il telefono. «Controllo per lei, comandante.»

«Parla il comandante.»

«Qui è l'ufficiale all'assetto, signore. Chiedo il permesso di salire a quota periscopica, signore.»

«Qual è la situazione?»

L'ufficiale addetto all'assetto gli comunicò la velocità, la rotta, la profondità del battello e la sua distanza da tutti i contatti di superficie individuati. Accertato che l'*Augusta* non sarebbe andata a sbattere contro qualche rugginosa nave cisterna in rotta per Napoli, Daminski ordinò di portarla a quota periscopica. Il sottomarino sarebbe rimasto immerso, nascosto sotto la coltre delle onde, interagendo con il mondo esterno solo alzando l'antenna radio per ricevere le comunicazioni trasmesse dal satellite e il periscopio per evitare una collisione. Daminski ripassò la cornetta a

Betts. L'enorme silurista stava posando il ricevitore sull'apparecchio, quando il ponte s'inclinò di quindici gradi verso l'alto; l'ufficiale all'assetto stava portando l'*Augusta* verso la superficie, centocinquanta metri più in alto.

Betts s'informò ancora a proposito di Myra. Daminski pensò per un momento di raccontargli tutta la storia, poi cambiò idea, scacciando il pensiero del matrimonio in crisi con un gesto vago della sua mano da giocatore.

« All'inferno, Terry. Il vero motivo per cui sono venuto giù è che in questi giorni mi sembri un po' fiacco. Credo che le braccia ti siano diventate tutto grasso. Cosa ne dici? Chi perde paga da bere? »

Betts lo squadrò. A Daminski piaceva frequentare i bar dei porti e fare a braccio di ferro con chiunque fosse stato tanto stupido da accettare. Ma aveva sempre avuto abbastanza cervello da non sfidare Betts.

« Capitano, le spezzerò il braccio, e lei mi degraderà a capo di terza classe. »

« Forza. »

Betts prese la panca e la mise sopra la scaffalatura di babordo, in uno spazio lasciato libero dai siluri. Poi si piegò, prese una cassetta di attrezzi e la portò dal lato opposto rispetto all'angolo della scaffalatura. Vi poggiò sopra un ginocchio, allungò il braccio poderoso e si voltò verso Daminski.

Il ponte era tornato in piano e rollava dolcemente fra le onde, vicino alla superficie. Sopra, l'ufficiale all'assetto sarebbe stato al periscopio, mentre l'antenna del Bigmouth, alzata, riceveva i segnali trasmessi dai satelliti di comunicazione in orbita sopra di loro e il sistema di navigazione GPS, inseriti automaticamente i dati trasmessi dai satelliti di navigazione, avrebbe individuato la loro esatta posizione, con un errore di pochi metri.

Daminski appoggiò a sua volta il ginocchio sopra una cassetta di attrezzi. L'articolazione doleva, dopo tre interventi subiti per ricostruire la cartilagine danneggiata. Mise il gomito sulla scaffalatura. La mano, massiccia, misurava solo due terzi di quella di Betts. I due uomini presero posizione. Le dita di Daminski erano tanto malridotte che doveva tenere il dito medio dritto per poter stringere le altre intorno alla mano di Betts.

« Mi mostra il dito, eh? » chiese Betts con aria seria. « Le servirà solo a farmi infuriare e a guadagnarsi una frattura scomposta.»

Daminski ghignò, le labbra tirate indietro e tutti i denti in mostra; un sogghigno da battaglia, che aveva studiato fin dagli anni del *Dace*. Ma su Betts non aveva nessun effetto. Per vent'anni l'aveva visto provare quel ghigno davanti allo specchio.

«Al tre», disse Betts, il viso già un po' arrossato, il polso teso, pronto a flettersi quando il confronto fosse iniziato. «Uno. Due. Tre!»

Le braccia fremettero, i tendini e i muscoli tesi. Gocce di sudore apparvero sulla fronte di Betts. I muscoli del viso di Daminski tremavano. Nel compartimento prima due, poi tre uomini si avvicinarono, silenziosi.

Il polso di Betts era piegato leggermente verso l'interno, costringendo la mano di Daminski ad assumere una postura innaturale. Il braccio di Daminski, però, non aveva ceduto di un millimetro, ancora dritto, come se qualcosa di misterioso permettesse alla mano di piegarsi senza smettere di spingere. Ma il capo di prima classe pesava almeno quaranta chili più del comandante. Le braccia dei due iniziarono a tremare, debolmente, all'inizio, poi in maniera sempre più evidente. La mano di Daminski iniziò a cedere all'indietro, verso il piano della scaffalatura, sotto la spinta di quella di Betts. Con un grugnito, Daminski si riprese, ritornando quasi in posizione verticale. Si sentì il rumore stridulo di uno strappo, quando una cucitura della sua tuta cedette all'altezza della spalla. Grugnì nuovamente, mentre il suo braccio iniziava a spingere all'indietro quello massiccio del capo, di un paio di centimetri.

L'interfono ronzò ancora, facendo sobbalzare leggermente Betts. Daminski intravide l'opportunità, ma Betts inspirò, tese il braccio, spinse nuovamente quello di Daminski sulla verticale, e oltre. La mano di Daminski stava scivolando lentamente verso la scaffalatura.

Uno degli uomini nel locale sollevò il ricevitore. «Comandante, è per lei, signore. L'ufficiale all'assetto.»

«Gli dica di aspettare.» Betts approfittò dell'interruzione per spingere ancora più giù il braccio di Daminski. Adesso l'angolo era quasi di quarantacinque gradi, a metà strada verso il piano della scaffalatura. Daminski riprese la lotta, il respiro sibilante.

«Il comandante dice di aspettare, signore», rispose il marinaio al telefono. « Signorsì, attenda. » Poi, a Daminski: « Comandante, l'ufficiale dice che c'è un messaggio *flash* per lei, personale per il comandante. Afferma che c'è bisogno di lei in sala controllo. Subito, signore ».

Daminski guardò Betts, che stava sorridendo.

« È meglio che vada, capo. »

La mano di Betts continuava a spingere, ma stava pagando lo sforzo compiuto. Quella di Daminski stava risalendo.

« Farebbe meglio ad andare, signore », disse Betts ansimando rumorosamente dopo ogni parola.

A quel punto, il braccio di Daminski era tornato quasi verticale.

« Al tre lasciamo. »

« D'accordo. »

« Uno », disse Daminski con gli occhi chiusi, lottando ancora contro la massa di Betts. Il ponte s'inclinò nuovamente mentre il sottomarino si allontanava dai rischi della superficie e ritornava nelle profondità marine sotto uno strato termico, dove solo un nemico estremamente fortunato avrebbe potuto individuarlo.

« Due », sibilò Daminski, il pugno che adesso forzava contro quello di Betts, piegando il grosso braccio del capo verso il piano. Il viso di Betts era congestionato, gli occhi serrati, i denti piantati nelle labbra. Il braccio di Daminski stava cominciando a piegare quello di Betts. Il capo lasciò sfuggire un suono gorgogliante. Daminski ispirò un'ultima volta, e forzò il braccio verso il basso. La mano di Betts tremava. Dopo un istante lasciò, e Daminski abbatté il suo braccio massiccio sul piano. Betts scivolò giù dalla cassetta degli attrezzi, stringendosi il braccio e ansimando.

Daminski si alzò in piedi. « Tre. Tutto a posto? »

« Si fotta », rispose Betts, sdraiato sul ponte, mentre quattro uomini cercavano di rimetterlo in piedi. « Signore. »

Daminski scoppiò a ridere, accostò i lembi della manica lacerata e si diresse verso la scaletta che portava al ponte superiore.

« Alla prossima volta, capo? »

Betts lo guardò torvo. « La prossima volta l'ammazzo, comandante. »

Daminski salutò con un gesto della mano e salì la scaletta. Prese la seconda rampa e raggiunse il ponte di comando. Voltò l'angolo e si diresse a poppa, verso la sala controllo, stupendosi di quanto si sentisse bene; aveva quasi del tutto dimenticato la lettera di Myra. Quasi del tutto.

L'ufficiale addetto all'assetto, il tenente di vascello Kevin Skinnard, si trovava sulla piattaforma del periscopio. Era un giovanotto magro, vicino alla trentina, con qualche traccia di acne sulle guance, sotto gli occhi infossati. Aveva la faccia di chi ha dormito poco. Porse a Daminski una cartelletta metallica: la stampata del messaggio appena ricevuto.

Daminski aprì la cartelletta e lesse il messaggio.

261157ZDEC
Flash Flash Flash Flash Flash Flash Flash Flash
Da: CincNavForceMed
A: USS *Augusta* SSN-763
Oggetto: Nuova missione
Sci/Top Secret – Early Retirement
Personale per l'ufficiale comandante / Personale per l'ufficiale comandante
//BT//
1. Nuova missione segue con effetto immediato.
2. USS *Augusta* ordine intercettare et affondare sottomarino nucleare Fronte Islamico Unito classe Destiny tipo due at primo contatto.
3. Detto sottomarino Fronte Islamico Unito emerso breve tempo 06.35 locali at latitudine Novembre tre cinque longitudine Eco zero tre zero. Sottomarino raccolto piloti abbattuti, proceduto direzione est, et immerso.
4. Intenti sottomarino Fronte Islamico ignoti. Destinazione / missione ugualmente ignote. Analisti convinti generale Sihoud imbarcato come passeggero.
5. Aerei da pattugliamento P-3 da Sigonella in cerca sottomarino. Ogni intercettazione trasmessa via ComSat con chiamata ELF at quota periscopio.
6. Ordine *Augusta* trasmettere immediato SitRep at CincNavForceMed dopo contatto sottomarino Fronte Islamico. Dopo trasmissione SitRep *Augusta* autorizzato uso armi affondamento sottomarino Fronte Islamico.
7. Dopo affondamento sottomarino Fronte Islamico confermato *Augusta* ordinato procedere Napoli Italia rapporto missione at comando flotta Mediterraneo.

8. Buona fortuna a te e al tuo equipaggio, Ron. Buona caccia.
9. Mittente amm. J. Traeps.
//BT//

Daminski sorrise, siglò il messaggio, scoccò uno sguardo al cronometro e segnò l'ora. Passò la cartelletta a Skinnard e si diresse verso il tavolo di navigazione. Estratta una nuova carta del Mediterraneo, segnò con una matita blu la posizione in cui era emerso il Destiny. Prese un regolo tempo/distanza e fece girare il combinatore diverse volte, poi, con il compasso, tracciò un cerchio centrato sulla posizione nota del Destiny. Skinnard verificò i calcoli e annuì. Daminski indicò la mappa.

«Rotta due otto cinque, avanti tutta fino al punto di emersione; poi, passare a dieci nodi ed effettuare una ricerca ad ampio raggio. Comunichi all'ufficiale alle operazioni di cercare tutto il possibile sulla classe Destiny e gli dica che ci sarà un rapporto di tutti gli ufficiali alle 14.00.»

«Profondità otto cinque quattro piedi. Timone, avanti tutta, due gradi a destra, rotta due otto cinque», ordinò Skinnard.

Per un momento, Daminski lo guardò corrucciato. Il ragazzo era anche l'ufficiale addetto al sonar e Daminski stava per metterlo alla prova.

«Skinnard, ha un piano di ricerca sonar aggiornato per il Destiny?»

Il tenente di vascello non batté ciglio. «L'ho rivisto personalmente due giorni fa, comandante. È aggiornato. Il personale può caricarlo in cinque minuti. Se quel bastardo è là fuori, lo troveremo.»

Daminski rimase accigliato, ma sorrise dentro di sé. Il ragazzo aveva dato la risposta giusta. Era stato addestrato bene. Addestrato alla Daminski.

«So che ce la farà», disse, il viso vicino a quello di Skinnard. Si voltò e s'incamminò verso il suo alloggio. Una giornata schifosa finita piuttosto bene, dopo tutto. Si sfregò la spalla e il braccio destro, e fece una smorfia. Almeno, per affondare quel Destiny, non ci sarebbe stato bisogno di disarticolarsi la spalla. Maledetto Betts. La prossima volta, prima di sfidare quella bestia del capo, avrebbe sollevato un po' di pesi.

7

Giovedì, 26 dicembre
Mediterraneo orientale
USS Augusta

IL PORTELLO del locale sonar si spalancò di scatto. Il sottufficiale di turno si voltò e squadrò Daminski. Capelli pettinati all'indietro e occhi rotondi celati dietro un paio di lenti avvolgenti rosse, il capo Bruce Hillsworth, della Royal Navy britannica, si trovava a bordo dell'*Augusta* per un programma di scambio. La sua normale assegnazione era l'HMS *Triumph*, un sottomarino d'attacco classe Trafalgar. Dopo avere frequentato il corso sul BSY-1 BATEARS alla scuola di San Diego, Hillsworth si era presentato a bordo dell'*Augusta* in assegnazione temporanea per assistere l'addetto al sonar. Ma l'irriverente inglese si era dimostrato tanto abile nel lavoro che, su insistenza di Daminski, la marina gli aveva concesso un nulla osta di segretezza e aveva proposto all'ammiragliato britannico di autorizzarlo a rimanere a bordo per tutti i tre anni della ferma ordinaria.

Daminski richiuse violentemente il portello, violando nuovamente le regole di navigazione silenziosa, secondo le quali i battenti dovevano essere aperti e chiusi dolcemente. Hillsworth sollevò le cuffie, squadrò nuovamente il comandante e parlò. L'accento del sud di Londra suonava stranamente esotico in una marina dominata dai figli degli emigranti del primo Novecento e dai pro-pronipoti degli schiavi degli Stati confederati.

«Signore, se lei insiste a sbattere le porte, sarò obbligato a chiederle di lasciare il locale sonar.»

Daminski posò la mano sulla spalla di Hillsworth. «Ehi, ma lo sa che la regina è un travestito?»

«C'è qualcosa in cui posso esserle utile, signore?»

Daminski si guardò intorno, fissando le cose come se le vedesse per la prima volta o forse per l'ultima. Il locale era silenzioso, i pannelli sonar ronzavano appena, i ventilatori facevano le fusa, una luce fioca veniva dalle lampade blu fluorescenti e dal verde degli schermi. Un altoparlante a parete trasmetteva i suoni raccolti dal bulbo sferico di prua nella direzione selezionata. Il volume era abbastanza basso da costringere a tendere le orecchie per sentire il rumore lontano dell'elica di una nave mercantile. Lo sciabordio delle pale suonava come un lamento solitario.

« Voglio vedere il piano di ricerca sonar della classe Destiny. »

Hillsworth annuì, si tolse le cuffie e accompagnò Daminski verso il computer, nella parte anteriore dell'angusto locale. Daminski frugò nel software, cercando la serie dei tonali prevista per il battello giapponese. Si sapeva poco della sua segnatura audio. Quando il Destiny aveva lasciato i cantieri navali Mitsubishi di Yokosuka, il sottomarino classe Los Angeles migliorata *Louisville* l'aveva seguito, effettuando quella che in gergo viene chiamata una « ispezione sottochiglia », cioè un'osservazione periscopica del sottomarino mentre naviga in superficie. Il video dell'« ispezione » aveva concesso al controspionaggio navale un'immagine più completa di quella che avrebbe potuto fornire una visita in cantiere. Quando il Destiny si era immerso, il *Louisville* aveva continuato a seguirlo, girandogli intorno ed effettuando quello che viene chiamato l'SPL, la registrazione del suono per livelli di pressione. Le registrazioni a banda larga erano state analizzate per settimane nei laboratori del NavSea e ne era stato ricavato il piano di ricerca sonar. Il piano evidenziava i vari tonali puri provenienti dal Destiny in funzione della distanza e dell'angolazione del contatto. L'individuazione del contatto, all'interno del sistema BatEars, era effettuata in primo luogo attraverso una ricerca a banda stretta, ascoltando i rumori di un'area ristretta di mare per individuare una particolare frequenza « pura », il tonale. Si restringevano così la superficie scandagliata e il numero di frequenze ricercate, per ridurre a una quantità gestibile il volume pressoché infinito di dati che il sistema avrebbe dovuto elaborare per individuare il sottomarino nemico. Ma il piano dipendeva in massima parte dai tonali.

Daminski si accigliò. « Questo SPL è vecchio di un anno », osservò.

« Temo di sì, comandante. »

«Potrebbe non somigliare assolutamente alla traccia acustica attuale.»

«Potrebbe.»

«Niente da fare, capo. Questi dati sono quelli del viaggio inaugurale. Anche il Cielo sa che i nostri battelli hanno una segnatura completamente diversa rispetto a quella del viaggio inaugurale dopo che, a un anno di distanza, abbiamo ovviato a tutte le pecche ed eliminato le fonti di rumore. Penso che dovremmo ampliare la ricerca dei tonali.»

«Ma, signore, in questo modo raddoppieremo o triplicheremo il volume di dati in entrata. Ci rallenterebbe troppo. Potremmo non riuscire mai a rintracciare il farabutto.»

Daminski distolse lo sguardo dal monitor del computer e guardò fisso davanti a sé. «Eppure, non riesco a togliermi dalla testa che sia da qualche parte davanti a noi. C'è qualche fattore che non abbiamo considerato.»

L'interfono emise un ronzio. Chiamavano dalla sala controllo.

«L'ufficiale all'assetto per lei, comandante. Dice che è atteso in quadrato ufficiali per un briefing. Probabilmente sul nostro amico Destiny.»

«Già», sospirò Daminski. «Non si dimentichi di ampliare i criteri di ricerca, capo. Almeno di un paio di hertz.»

«Se non le dispiace, signore, mi riservo di parlarne con l'ufficiale addetto ai sistemi d'arma.»

Daminski rise, notando la rigida insistenza di Hillsworth nel rispettare la catena di comando, pur sapendo che l'ufficiale addetto ai sistemi d'arma prendeva a sua volta ordini da Daminski.

«Continui a stare in ascolto di quel rottinculo, capo.»

«Come sempre, signore», disse Hillsworth, rimettendosi le cuffie.

Daminski lasciò il locale sonar, chiudendo il portello, questa volta silenziosamente, e si incamminò lungo il corridoio fino alla scaletta a mezza nave. Scese al ponte inferiore ed entrò nel quadrato, affollato da tutti gli ufficiali. Sedette a capo del tavolo rivestito di pelle ed esortò con un cenno l'ufficiale di rotta e addetto alle operazioni, capitano di corvetta Tim Turner, a iniziare l'esposizione.

Turner era un giovanotto di altezza media, il tratto più evidente era la strana pettinatura, curiosa per un uomo di trentatré anni: i capelli erano sollevati con il gel quasi verticalmente sopra la fronte come per imitare una rockstar di grido. Il viso lo faceva sembrare dieci anni più giovane di quanto non fosse, ma l'aria da ragazzino e la personalità gentile nascondevano un carattere esplosivo. L'unica volta che l'equipaggio dell'*Augusta* aveva avuto modo di conoscere quel lato della sua personalità era stato quando Daminski si era spinto troppo oltre, sbraitando in faccia al capitano di fregata per un problema di priorità delle comunicazioni radio. Turner aveva reagito, spiegando a Daminski dove poteva infilarsi la cartelletta dei messaggi. Sorprendentemente, Daminski aveva fatto marcia indietro, si era scusato e se n'era andato. Sembrava quasi che avesse deliberatamente cercato di fare perdere il controllo a Turner, solo per vedere fino a che punto si sarebbe potuto spingere la prossima volta. Da quel momento, i due uomini erano sempre andati d'accordo.

«Buon pomeriggio, signori», esordì Turner. «Questa riunione è classificata top secret, nome in codice *Early Retirement*. Tutti hanno il nulla osta di segretezza, Jamie?»

«Signorsì», rispose l'ufficiale addetto alle comunicazioni, verificando i nomi dei presenti su una lista.

«Bene. Qualche ora fa un messaggio flash ci ha ordinato di intercettare un sottomarino classe Destiny del Fronte Islamico Unito, che dovrebbe trovarsi in questa zona.» Turner indicò una mappa che aveva appeso alla parete, evidenziando un'area ellittica del Mediterraneo orientale, fra Cipro e Creta. «Dopo avere individuato e classificato il contatto, la nostra missione avrà due obiettivi. In primo luogo, dobbiamo trasmettere un messaggio al comando indicando la posizione del Destiny. Poi dobbiamo affondarlo.» Turner batté nuovamente il dito sulla mappa. «Ci stiamo dirigendo in zona alla massima velocità. Fra un paio d'ore, rallenteremo a dieci nodi per ridurre il rumore ed effettueremo una ricerca sonar a vasto raggio. Nella documentazione che Jamie vi sta passando ci sono i dettagli del piano di ricerca, con i tonali del Destiny e le SPL risultanti. Nella documentazione c'è anche una serie di schemi di un sottomarino classe Destiny.»

Daminski tralasciò momentaneamente il profilo di ricerca e si concentrò sui disegni. Agli occhi di un sommergibilista americano, la nave aveva un aspetto bizzarro. Ricordava un grosso siluro, arrotondato in prua, con un corpo cilindrico e la poppa che terminava bruscamente. In coda, aveva una strana combinazione a X di timoni di direzione e di profondità, con un ancora più singolare propulsore intubato a turbina, anziché l'elica tradizionale. Ma la cosa più strana era la vela, o pinna, come la chiamavano le forze del FIU. La sua altezza era grosso modo pari al diametro dello scafo, da cui sporgeva di una dozzina di metri almeno.

«Come potete vedere, la struttura è radicalmente diversa da quella delle nostre navi e si discosta in modo significativo anche dai modelli russi.» A Turner, che stava ora parlando, evidentemente piaceva tener banco. «Contrariamente alla nostra filosofia progettuale, non esiste il sensore sferico, a prua. Questa, invece, è occupata dai tubi lanciasiluri, come in un battello della Seconda guerra mondiale. I tubi si trovano fuori dallo scafo resistente e sono precaricati. Ogni tubo può lanciare una sola volta e non può essere ricaricato. Non esistono, quindi, le attrezzature di ricarica: il battello è più leggero, più semplice e i rischi di perforazione dello scafo resistente sono minori. Ha tredici tubi di grosso diametro, da 1000 mm, e otto tubi di piccolo diametro, da 533 mm. Anche senza la possibilità di ricaricare, un Destiny vi può, quindi, affondare ventuno volte.

«La nave è a doppio scafo e questo le consente di incassare colpi senza soffrirne troppo. Lo scafo interno è un semplice cilindro resistente dotato di una sezione ellittica nella parte anteriore. Sono riusciti a minimizzare il diametro dello scafo, che è il principale problema di un battello del genere, mettendo i cassoni di manovra di prua e di poppa fuori dall'area pressurizzata. E sentite questa: dei quattro compartimenti dello scafo pressurizzato, solo uno è occupato dall'equipaggio. Il reattore e il sistema di propulsione sono automatizzati in maniera tale che è possibile gestire tutto dalla sala controllo nella parte anteriore, sotto la pinna. L'albero dell'elica non penetra nello scafo pressurizzato perché il sistema di propulsione è collegato a un motore elettrico a corrente alternata in bagno d'olio. Lo scafo è attraversato solo dai cavi elettrici. Il motore è maledettamente silenzioso, così come è silenziosa la propulsione, alle basse velocità. Il reattore è raffreddato a metallo liquido con pompe MHD. Anche questo silenziosissimo. Non c'è sistema di riduzione dato che il motore è elettrico. I generatori della turbina dovrebbero, teoricamente, produrre una frequenza duale a circa 155 hertz. Per quanto riguarda i sensori, il battello è provvisto di enormi antenne piatte sullo scafo, che ne coprono quasi tutta la superficie. Le sue orecchie sono parecchio più grosse delle nostre, e questo compensa in maniera considerevole la mancanza del sensore sferico a prua. »

Jamie Fernandez, l'ufficiale addetto alle comunicazioni, alzò la mano. Turner invitò il giovane guardiamarina a esprimersi.

« Signore, il Destiny... Sappiamo qual è il nome effettivo? I musulmani non lo chiamano Destiny, o sbaglio? E cosa sappiamo del suo comandante? Come reagirà quando ci avvicineremo? Cosa dice il controspionaggio? »

« Non abbiamo dati specifici... »

« È una domanda idiota, Fernandez. » La voce di Daminski risuonò. « La risposta è: 'Non importa niente chi diavolo sia il comandante o come diavolo si chiami quel maledetto sottomarino'. Il nostro compito è mandarlo a fondo. » Daminski guardò gli ufficiali. « Forza, riprendiamo. Vada avanti, signor Turner, per favore. »

Turner proseguì, terminando di riferire le informazioni che avevano sul battello: dislocamento in immersione, velocità, profondità massima raggiungibile... Terminò un quarto d'ora dopo. Poi guardò Daminski.

« Niente da aggiungere, signore? »

« Solo un paio di cose, signor Turner. » Daminski si stiracchiò e schioccò le dita per avere una tazza di caffè. L'ufficiale di macchina, Mark Berghoffer, un campagnolo della Pennsylvania dalla voce profonda, alto e magro, si alzò, prese dallo scaffale una tazza con la scritta *Augusta*, vi versò dentro la bevanda calda e la pose di fronte al comandante. Daminski ne bevve rumorosamente un sorso, poi disse: « Ecco come la vedo, ragazzi. Saltatemi pure addosso se sbaglio. Penso che dobbiamo beccare questo tizio scivolandogli dietro. Questi grossi sensori di scafo dovrebbero avere un bel po' di zona cieca verso poppa e il flusso di superficie dovrebbe essere abbastanza rumoroso a causa del propulsore. Il battello in sé è maledettamente buono, ma scommetto che l'equipaggio non ha molta familiarità con la piattaforma e non è addestrato in maniera corretta. Noi siamo stati in mare molto più tempo di loro, negli ultimi sei mesi. Una volta che lo abbiamo fiutato, abbiamo l'ordine di fare rapporto. Va bene. Carichiamo quel dannato rapporto in una boa SLOT e lanciamola da un eiettore, in modo da non dover risalire a quota periscopica nel bel mezzo dell'avvicinamento. Poi, lanciamo una salva orizzontale di Mark

50, aspettiamo le esplosioni e ce ne torniamo a Napoli per una notte di birra, pasta e donne italiane. Domande?»

Non ce ne fu nessuna. Il rapporto terminò. Daminski rimase seduto al suo posto per un certo tempo, a finire il caffè, fissando la documentazione che aveva davanti e ripensando alle domande di Fernandez: *Chi* era il comandante del Destiny? E *come* diavolo si chiamava il sottomarino? E *cosa* avrebbe fatto se li avesse individuati? Domande per le quali Daminski non aveva una risposta, mentre sentiva che, invece, avrebbe dovuto averne.

Arlington, Virginia
Anello E del Pentagono
Area informativa ristretta speciale stati maggiori riuniti

L'ammiraglio Donchez osservò gli avieri di guardia all'ingresso fortificato del quartier generale del comitato stati maggiori riuniti. Anche il numero uno della marina, per poter entrare, doveva mostrare la tessera di identificazione e la carta d'accesso SCIF con il codice a barre del Pentagono e passare l'ispezione delle due sentinelle di guardia. Alla fine, gli avieri lo fecero entrare nel dedalo di corridoi che conduceva alla vasta sala riunioni. Prima che il Congresso fosse colto da quell'improvvisa febbre d'interoperabilità, il locale era stato sede dell'unità di crisi, il posto da cui il presidente, i membri del Gabinetto, i membri del Congresso e i generali si erano rivolti alla stampa. Adesso che i rischi del dopo guerra fredda erano cambiati, il comitato stati maggiori riuniti aveva smantellato e ristrutturato la sala, rendendola simile, più che altro, a un set cinematografico. La sala riunioni del comitato era ampia, ma così piena di computer da sembrare angusta, tranne che per il tavolo centrale. Il tavolo, nero, era largo tre metri e lungo venti. La superficie era illuminata dalla sua immagine speculare, formata da una lunga canalina, le cui luci fluorescenti si riflettevano sul piano di marmo lucido. Sulle pareti nord e sud vi erano due grandi mappe elettroniche, le cui immagini erano controllate dai computer posti lungo le pareti est e ovest. Accanto al grande tavolo ve n'era un altro, più piccolo, con solo dodici posti, dove i capi di stato maggiore delle varie armi tenevano i loro incontri separati. Tutta l'area era classificata SCIF (*Special Compartmented Information Facility* – struttura informativa speciale ristretta) ed era stata costruita in base a rigide specifiche volte a impedire ogni tentativo d'intercettazione e spionaggio elettronico. Fra l'altro, queste comprendevano il divieto di finestre o sistemi di ventilazione che si affacciassero o sboccassero in altre sezioni dell'edificio. I computer erano collegati solamente tra loro e a un *firewall*. Solo questo era abilitato a comunicare con il mondo esterno attraverso linee telefoniche e *datalink* protetti. Il *firewall* effettuava anche una scansione dei dati in entrata per essere sicuro che non vi fossero virus. Un secondo sistema informatico era dedicato esclusivamente al monitoraggio del *firewall* e a garantire che l'integrità della protezione fosse mantenuta. Ogni telefono della sala era protetto e tutte le linee passavano attraverso la barriera del *firewall*.

Tutto ciò sembrava perfetto per gli incontri di pianificazione della tattica o della strategia di guerra, ma il capo del comitato stati maggiori riuniti, generale Rod Barczynski, amava utilizzare la sala anche per gli incontri amministrativi. Trentacinque anni di vita e di guerra in un carro armato lo mettevano a disagio nei locali con tende, finestre e tavoli di legno. Donchez poteva comprenderlo ma gli sembrava strano discutere, per esempio, di un nuovo cambiamento all'uniforme nell'atmosfera «tattica» della sala operativa. Ovviamente, l'incontro di quella mattina non aveva niente di amministrativo. Barczynski esigeva risposte. E la carriera di Donchez era stata costellata di riunioni come quella. Per Donchez, il successo non era una questione di mancato fallimento ma, piuttosto, di prendere la giusta decisione e comportarsi in maniera corretta anche di fronte al fallimento.

Alle spalle di Donchez stavano i suoi comandanti in capo, John Traeps, comandante in capo delle forze navali del Mediterraneo, Kenny McKeigh, comandante in capo delle forze navali dell'Atlantico, e il suo aiutante, Fred Rummel. Il vicecapo di stato maggiore della marina, Watson, era rimasto nella sala situazione. Donchez si sedette al tavolo, dalla parte opposta a quella di Barczynski e del suo staff. I comandanti in capo si sedettero accanto a lui. Donchez fissò Barczynski.

«Buon pomeriggio, generale», disse. «Ha passato buone ferie?» Donchez si riferiva alla propensione di Barczynski di passare fuori Washington i week-end e le feste comandate. Restare al lavoro durante le vacanze di Natale non era nel suo stile, guerra o non guerra.

«Ce ne sono state di migliori, Dick», rispose il generale.

Il suo aspetto fisico era piuttosto strano per un ufficiale che occupava il più alto incarico delle forze armate degli Stati Uniti. Era un uomo grosso, l'ampio torace a guardia di uno stomaco altrettanto ampio. In qualche modo, però, Barczynski non sembrava grasso: solamente grosso. Chi l'avesse incontrato al bancone di una drogheria avrebbe potuto prenderlo per un fuochista o uno scaricatore di porto. Aveva l'abitudine di togliersi la giacca dell'uniforme e arrotolarsi le maniche e, quando lo faceva, gli avambracci emergevano gonfi dalla camicia. Barczynski guardava la gente negli occhi in modo così diretto da risultare disarmante, specialmente quando chiedeva, raramente ordinava, che venisse fatto qualcosa. Gli occhi sorridevano e intorno alla bocca si tratteggiavano le rughe di un sorriso, come a dire: «so che ce la puoi fare, perché non mi dai una mano?» Gli occhi avevano anche la capacità di far emergere la verità sulle labbra di quei subordinati che avevano qualcosa da nascondere. Potevano anche catturare l'attenzione dei potenti, disarmando i nemici. Ed erano in grado di fare meraviglie con la stampa, che lo amava. Si mormorava che, quando avesse lasciato il servizio attivo, avrebbe sicuramente avuto una *nomination* per la presidenza. Era uno dei pochi ufficiali capaci di abbinare la preoccupazione per l'incolumità dei suoi uomini a un'inflessibile devozione alla missione da compiere. Ufficiali e soldati avrebbero realizzato per Barczynski cose che non avrebbero mai accettato di fare per nessun altro, le missioni più oscure, gli incarichi più pesanti, i lavori sporchi dell'esercito. Per ricompensare gli uomini che lavoravano così duramente per lui, Barczynski era capace di sostenerne lo spirito di corpo con feste sfrenate. Ovunque fosse stato assegnato durante la sua carriera, dopo l'orario di servizio lo si poteva sempre incontrare al circolo ufficiali, generalmente con una Heineken in mano, circondato da giovani subordinati. Ma l'aspetto fisico e la diplomazia alcolica nascondevano un'intuizione penetrante e un fiuto tattico che non avevano rivali in molti circoli accademici.

Donchez, da parte sua, aveva un enorme rispetto personale e professionale per Barczynski e, conoscendolo da molti anni, gli piaceva averlo come amico e collega. Nonostante questo, però, preferiva essere cauto nei suoi confronti, a causa di quella che percepiva come una mancanza di comprensione della logica delle operazioni navali. La conoscenza operativa che Barczynski aveva della flotta derivava da un'esperienza di comando congiunto che gli aveva lasciato un senso di profondo fastidio nei confronti dei gruppi di battaglia, che la marina considerava la propria punta di diamante. Negli ultimi anni, Donchez aveva convinto Barczynski dell'utilità dei sottomarini, delle squadre di SEAL, della «diplomazia delle cannoniere» condotta dagli incrociatori Aegis, dell'incisività degli assalti anfibi effettuati dai battaglioni dei marine, e dei missili da crociera Javelin. Ma il generale era ancora recalcitrante di fronte all'insistenza di Donchez sul fatto che i reparti aerei imbarcati valessero più di quanto costassero. Il generale si sentiva molto più a suo agio con i tradizionali caccia e bombardieri «di terra», che gli erano familiari sin dagli anni di West Point. Donchez aveva continuato a fare pressioni e Barczynski, *obtorto collo*, aveva accettato di seguire le indicazioni tattiche del capo di stato maggiore della marina. Ma i gruppi di battaglia erano una cosa che Barczynski tollerava, più che sostenere.

Barczynski ricambiò lo sguardo di Donchez ed esordì brutalmente. «Dick, cos'è questa storia che ho sentito, che Sihoud è riuscito a fuggire? Pensavo che i suoi SEAL fossero là per fermarlo. Sa quanto è stato difficile far accettare a Dawson l'idea dell'assassinio? Gli avevamo promesso risultati e, fino a ora, non abbiamo in mano niente.»

«Signore, non so con precisione cosa le abbiano comunicato le sue fonti. La verità è che l'attacco missilistico è fallito e i SEAL si sono lasciati sfuggire Sihoud quando ha lasciato il bunker. Deve essere fuggito prima dell'impatto dei Javelin, perché i SEAL hanno controllato e del bunker non era rimasto più niente. Crediamo che Sihoud sia fuggito a bordo di un caccia Firestar che ha sorvolato il Mediterraneo e lo ha paracadutato a bordo di un sottomarino. È il Destiny del FIU.» Donchez gli porse le fotografie.

«Questo Destiny.... È un battello diesel, no? E i suoi ragazzi sono in grado di trovarlo e affondarlo?»

«Temo sia nucleare, signore. Costruzione giapponese. Possiede tutti gli ultimi ritrovati tecnologici, anche se è realizzato solo per l'esportazione. Dio ci aiuti se i giapponesi decidessero mai di fare una guerra in proprio con questo genere di armi.»

Barczynski non rise. «Vada avanti, ammiraglio.»

«Il sottomarino è manovrato da egiziani, iraniani, iracheni e libici. Siamo convinti che il loro livello di addestramento non sia elevato, che l'equipaggio non sia ben amalgamato... »

« Lei ha dei sottomarini nel Mediterraneo per sistemare questi tizi, no? »

« Abbiamo due unità di prima linea, sommergibili d'attacco classe Los Angeles, uno di guardia a Gibilterra, all'imboccatura del Mediterraneo, l'altro nel bacino orientale, in rotta verso ovest, in cerca del Destiny. Abbiamo anche in aria qualche dozzina di velivoli antisom, alcuni del gruppo di battaglia della *Reagan*. Lo prenderemo. »

« Dove sta andando? Cosa sta facendo? »

« Pensiamo che starà nascosto per un po', poi si dirigerà verso qualche comando operativo, probabilmente in Nord Africa. Ma lo prenderemo... Sihoud è un uomo morto. »

« Lo spero, Dick. Il presidente vuole sapere cosa succederà, adesso che Sihoud è sparito. Dispone di tre generali dannatamente abili come comandanti di teatro. Bobby Kent della CIA pensa che, anche dopo la sua partenza, questi siano in grado di condurre la guerra in maniera sufficientemente efficace. »

Donchez gli porse una cartelletta con la copertina tempestata di timbri e fascette di classificazione.

« Ecco la fase due dell'operazione *Early Retirement*, generale. Eliminazione di tutti i comandanti di teatro. La CIA concorda con il mio staff che una volta eliminati i generali al livello inferiore... »

Il generale Felix Clough entrò nella sala. Capo di stato maggiore dell'aeronautica, Clough era giovane per essere un generale, anche nell'aeronautica. La maggior parte dei suoi compagni di corso erano ancora colonnelli, alcuni maggiori. Clough aveva un viso tondo e gli occhiali con la montatura di metallo gli conferivano l'aria di un professore. Come Barczynski, era un uomo di costituzione robusta, anche se più alto del capo del comitato stati maggiori riuniti. Clough, però, suggeriva ai suoi subordinati e colleghi più l'aspetto di un uomo grasso che dotato di muscoli. Aveva scalato la gerarchia dell'aeronautica prima come comandante di un deposito di stoccaggio di missili nucleari, poi come scienziato. Aveva incontrato Barczynski vent'anni prima, durante un seminario, e, per qualche ragione, i due avevano legato. L'aeronautica l'aveva autorizzato a ricoprire il ruolo di ufficiale di collegamento di Barczynski in una serie d'incarichi. Donchez non aveva niente contro di lui come persona, ma al Pentagono era un incubo: un generale dell'aeronautica, con un titolo di dottorato di ricerca, che pensava di sapere tutto sulle questioni militari. Per Clough, la vita era semplice. I sottomarini Trident erano uno spreco e potevano facilmente essere sostituiti dai silos con i missili balistici dell'aeronautica e dai bombardieri B-2. La componente aerea imbarcata esisteva solo per le macchinazioni dei politici ed era chiaramente inferiore ai caccia a lungo raggio dell'aeronautica, rapidi, invisibili e letali. Il corpo dei marine era ridondante e le sue funzioni fondamentali potevano essere svolte agevolmente dall'esercito, mentre la marina e l'aeronautica avrebbero potuto svolgere il compito, umile ma essenziale, di trasportare le truppe sul campo di battaglia. Donchez sospettava fosse stato Clough a definire «gelato che si lecca da solo» i gruppi di battaglia, «silos missilistici dispersi in mare» i sommergibili Trident, ed «esercito della marina» il corpo dei marine. Sfortunatamente, Barczynski gli prestava orecchio.

Mentre Clough si sedeva, Donchez proseguì. «I generali al livello inferiore», dichiarò Donchez fissando Clough. «Eliminando quelli, decapiteremo le forze armate congiunte del FIU. La vittoria dovrebbe seguire quasi subito. I campi di battaglia saranno nel caos...»

«Generalmente, lo sono comunque», disse Barczynski. Ma Donchez aveva capito il sottinteso. Il generale aveva combattuto molte volte sul campo, in passato, in Vietnam e in Iraq, rischiando la pelle, mentre Donchez, anche se non per sua scelta, non l'aveva mai fatto.

«Signore, una volta che i SEAL avranno eliminato i generali Ben Abbas, Ramadan e Ihaffe, la guerra si ridurrà al rastrellamento dei prigionieri.»

Clough sorrise.

«Bene. Almeno anche i suoi avranno fatto qualcosa.»

Fottiti, pensò Donchez restituendo il sorriso.

«Su questo siamo d'accordo, Dick. Mi tenga informato su Sihoud.»

«Signorsì», rispose Donchez, alzandosi.

«Oh, una cosa», soggiunse Clough a Barczynski facendo cenno a Donchez di sedere. «Non voleva chiedere qualcosa all'ammiraglio riguardo al test dei missili Vortex? Ho sentito dire che la marina vuole fare delle esercitazioni a fuoco domani, con due sottomarini.»

Donchez inspirò profondamente, tornando a sedersi, e chiedendosi cosa potesse ricavarci Clough dai missili Vortex. Probabilmente, un clamoroso fallimento da utilizzare in futuro contro la marina.

«Pensavo fosse una riunione di guerra, generale Barczynski. Se lo avessi saputo avrei portato i video, i disegni e le carte del programma Vortex.»

Barczynski alzò entrambe le mani, come per separare Donchez e Clough. «Un momento, un momento. Dick, cos'è questa storia delle esercitazioni a fuoco? Se ho letto bene questo rapporto, c'è rischio che, con il Vortex, qualcuno ci rimetta la pelle.»

Donchez serrò le mascelle. Aveva già dovuto rispondere del fallimento della missione per assassinare Sihoud e adesso Clough gli aveva vibrato un'altra coltellata, tirando fuori la storia del programma Vortex. Sarebbe stato tollerabile se il Vortex fosse stato partorito dal cervello di qualcun altro, ma era stato il sogno personale di Donchez, l'eredità che avrebbe voluto lasciare alla marina. E, fino allora, il programma aveva solo creato un problema dopo l'altro. Aprì la valigetta e ne trasse un faldone, ripensando agli ultimi due anni e alla lunga storia dei test operativi del programma.

«Generale, questo è un breve resoconto del programma Vortex. Dopo quello sfortunato incidente sotto la calotta polare, qualche anno fa, quando abbiamo perso il *Devilfish*, abbiamo deciso di sviluppare un'arma antisommergibile che fosse efficace come il vecchio Magnum russo, il siluro da 1000 mm a propulsione nucleare. Francamente, eravamo piuttosto insoddisfatti del Mark 50, anche se si era comportato abbastanza bene contro la flotta cinese durante l'operazione *Jailbreak*, quando il *Seawolf* ha liberato il *Tampa*. Ma quelle erano navi di superficie, non sottomarini. L'arma standard antisom, l'OW-SOW, anche questa usata contro i cinesi, rappresenta un grosso passo avanti, ma anch'essa si è dimostrata più adatta contro le navi di superficie che contro i sottomarini. Nel frattempo, i sottomarini nemici si sono sviluppati molto rapidamente. I classe Destiny giapponesi, tanto per fare un esempio, hanno una velocità che si avvicina dannatamente ai quarantasette nodi, mentre i Mark non superano i cinquanta. Quando tutto va per il verso giusto, un Destiny può tenere a bada un Mark 50, tirandoselo dietro sino a fargli esaurire il carburante.»

«Vuole dire che non saremmo in grado di affondare un Destiny?»

«No, signore, al contrario. Rispetto al Destiny, abbiamo un vantaggio tattico. Il Destiny non può sfuggire a un siluro se non sa che è stato lanciato.»

«Questo Vortex... è una sua invenzione, Dick, o sbaglio?» chiese Clough.

Donchez capì che Clough voleva collegare il fallimento del Vortex alla sua persona.

«L'idea è mia, sì. L'arma che, alla fine, è stata chiamata 'Vortex' apre una nuova era nel campo dei siluri, generale Barczynski. È un'arma ibrida: metà siluro, metà missile. Un missile a carburante solido che viaggia sott'acqua per tutto il tragitto dalla piattaforma al bersaglio. La velocità è di oltre trecento nodi. Non è possibile batterlo. La testata è cinque volte più grossa di quella di un Mark 50: oltre sette tonnellate di esplosivo PlasticPac. In termini di esplosivo convenzionale, la sua potenza è vicina a quella prodotta da un chilotone di tritolo. È il sistema d'arma assoluto in uno scontro tra sottomarini.»

«Peccato che rischi di affondare anche chi tenta di lanciarlo», osservò Clough.

«Felix», lo richiamò Barczynski con tono privo di espressione. «Proceda pure, Dick.»

«I primi test sono stati problematici, devo ammetterlo. Abbiamo scoperto che il missile doveva essere lanciato 'a caldo', innescando il carburante all'interno del tubo di lancio, altrimenti perdeva stabilità. Ma innescare il carburante nei tubi significa disporre di tubi incredibilmente robusti. Inoltre, il carburante solido è molto più volatile del normale combustibile per razzi e abbiamo avuto problemi nell'individuare il giusto rapporto di combustione. In fase di lancio, il livello di pressione nei tubi eccede quello di progetto e questo porta a cedimenti da fatica sull'asse longitudinale...»

«E questo cosa *significa*?» chiese Barczynski.

«Significa che i tubi di lancio esplodono», ammise Donchez. «In nove prove statiche su dodici. Abbiamo completato uno studio dettagliato delle modalità di cedimento e abbiamo ridisegnato l'intero sistema d'arma. Il nuovo missile è stato chiamato modello B e nelle due prove statiche si è comportato perfettamente. Domani, il modello B effettuerà un lancio in mare dall'USS *Piranha*, un sottomarino d'attacco classe 637 fuori servizio, contro il vecchio *Bonefish*, un sottomarino diesel che utilizziamo come bersaglio di prova.»

«Avete intenzione di lanciare il Vortex da un vecchio sottomarino d'attacco? Pensa che sia saggio, viste tutte quelle esplosioni nei tubi? Non rischiate l'affondamento dell'unità?»

«Non succederà, signore. Inoltre, a bordo della piattaforma di lancio non ci sarà personale. Il controllo sarà tutto strumentale. Se qualcosa dovesse andare male, saremo in grado di stabilire il perché senza che nessuno subisca dei danni.»

«Allestire *due* sottomarini di prova è una faccenda piuttosto costosa, ammiraglio, o no?» Clough scorse le sue carte. «Mi sembra di avere sottomano alcuni dati di bilancio...»

Donchez si alzò in piedi e si rivolse a Barczynski.

«Se non c'è altro, signore, torno in sala situazione a seguire gli sviluppi dell'operazione *Early Retirement*.»

Lasciò la sala prima che Clough avesse avuto il tempo di aggiungere altro.

8

Venerdì, 27 dicembre
Tongue of Ocean, isola di Andros, Bahamas
Poligono sottomarino e area valutativa dell'Atlantico
Esercitazione Bonecrusher
USS Piranha

Il capitano di vascello Michael Pacino scese la stretta scaletta che conduceva alla sala controllo e voltò a sinistra, verso l'ingresso del locale siluri. Poco più che quarantenne, un fisico così asciutto da sembrare quasi emaciato e alto un metro e ottantacinque, Pacino aveva dovuto piegare la testa per superare gli ultimi gradini. I capelli, un tempo neri, avevano iniziato a striarsi di grigio sulle tempie. Gli occhi erano di un verde-azzurro penetrante, circondati da una fitta rete di piccole rughe, conseguenza degli anni trascorsi a guardare da un periscopio. Indossava una divisa di cotone kaki le cui uniche insegne erano le aquile del grado sul colletto, la spilla con i delfini da sommergibilista sul petto, sopra la tasca sinistra, e quella rotonda in ottone che lo identificava come un comandante di unità maggiore, fissata al bottone della stessa tasca. Entrando nel locale, serrò le mascelle, atto che gli conferiva un aspetto che poteva essere interpretato come carico di rabbia o intensa determinazione.

Si guardò intorno, ricacciando indietro la sensazione di *déjà-vu* e le voci del passato che gli risuonavano nelle orecchie. Lo USS *Piranha* era identico al sottomarino che aveva comandato in passato, il *Devilfish*. Ogni dettaglio coincideva con i ricordi che aveva cercato di dimenticare: la struttura, i colori, l'interno angusto, la sala controllo con il suo allestimento spartano... Anche l'odore, quella strana miscela di olio e nafta combusti, ozono e sudore, mescolata al lezzo acido delle batterie. Pacino non poté evitare di chiedersi quale fosse, in quel momento, l'aspetto del *Devilfish*.

Era imploso per la pressione o era stato invaso completamente dalle acque gelide, entrate attraverso il portello del ponte di coperta rimasto aperto, mentre affondava per quattromila metri, verso il fondo del mar Glaciale Artico? Si era arrestato sul fondo a chiglia sotto, o aveva sbandato miseramente? Si trovava, forse, in posizione verticale, la poppa piantata nella sabbia come una picca nel terreno? Erano domande che risuonavano sempre nella sua mente ma mai con l'insistenza di quel momento in cui si trovava a bordo dell'unità gemella del *Devilfish*, del prototipo, del sottomarino che aveva dato il nome a tutta la classe: il *Piranha*, il vecchio comando di Richard Donchez, all'inizio degli anni Settanta.

Era in qualche modo appropriato testare il Vortex di Donchez sul battello che lui stesso aveva comandato tanto tempo prima, quando il padre di Pacino, amico di Donchez e suo compagno di camera all'accademia navale, era vivo e comandava lo *Stingray*, ormeggiato un molo più avanti. Il presente irruppe improvvisamente nei pensieri di Pacino quando la sua guida, un abbronzato capitano di corvetta, gli presentò l'uomo che avrebbe diretto il test del sistema d'arma.

«Dottor Rebman, questo è il capitano di vascello Michael Pacino, comandante del *Seawolf*, il sottomarino che effettuerà il prossimo test quando questo sarà completato. Il dottor Rebman viene dai laboratori di Dahlgren ed è il coordinatore del programma Vortex.»

Rebman era un uomo scuro e paffuto, con un vestito grigio e costoso che sembrava fuori posto in mezzo a tutti quei macchinari. Portava i baffi e un pizzetto, forse nel tentativo di snellire il mento carnoso, che gli dava un aspetto satanico e buffo al tempo stesso. Quando apprese che Pacino era il comandante del *Seawolf*, il viso gli s'illuminò.

«Comandante! È splendido poter fare la sua conoscenza! Mi stavo giusto chiedendo di lei e del *Seawolf*. Come procede l'installazione dei tubi Vortex?»

Pacino strinse la mano molle e sudaticcia. Non sorrise.

«Il cantiere è in ritardo sulla tabella di marcia», rispose senza manifestare emozioni. «Ci sono stati problemi con i tubi.»

L'espressione di Rebman s'incupì. «Forse, potrei venire con lei dopo il test e dare un'occhiata di persona. Sarebbe in grado di illustrarmi i problemi?»

«Penso di sì», replicò Pacino, guardando verso la parte sinistra del locale, dove era stato installato un Vortex. Entrambi i tubi normali erano stati sostituiti e l'apparecchiatura si estendeva da paratia a paratia, proseguendo verso poppa, dove, per fargli posto, era stata sventrata la lavanderia. La sola stazza era una delle ragioni per cui, a Pacino e all'equipaggio del *Seawolf*, il Vortex non piaceva. Sul *Piranha* un solo tubo aveva occupato tutto il ponte inferiore. Sul *Seawolf*, i tre tubi di lancio installati si erano mangiati tutta la parte sinistra del locale siluri, rubando lo spazio in cui si sarebbero potuti stoccare venticinque Mark 50. I cinquanta siluri della riserva normale del *Seawolf* erano stati dimezzati e tutto per fare spazio a tre armi che tendevano a fare scoppiare i tubi quando venivano lanciate. Pacino scosse la testa, quindi si voltò nuovamente verso Rebman che si era lanciato in un'appassionata lezione sul modello B, su come sarebbe stato diverso e su come avrebbe rivoluzionato la guerra sottomarina.

«Comandante, non crede anche lei che un missile da trecento nodi sia tutto quello che serve per affondare un nemico sott'acqua?»

«Dottor Rebman, se le interessa veramente sapere ciò che penso, l'accontento subito. È raro affondare un nemico con un solo colpo. Non è così che si combatte. E non sarebbe male, se non è chiedere troppo, se il missile potesse essere lanciato senza colare a picco anche la piattaforma.» Il viso di Rebman s'irrigidì. «Bene, torno sul *Diamond*. Buona fortuna, dottor Rebman.»

Pacino si appoggiò alla balaustra di legno del *Diamond* e osservò il mare verde-azzurro. Il sole si stava alzando sopra le Bahamas, a est, mentre a ovest, dietro di lui, l'isola di Andros era ancora addormentata. Un panorama che avrebbe ben figurato nel dépliant di un'agenzia di viaggi. Il poligono atlantico sottomarino sperimentale (AUTEC) di Tongue of Ocean era una delle poche strutture del genere a beneficiare di una così splendida collocazione. I motivi per cui era stata scelta quella collocazione, però, avevano poco a che vedere con le spiagge e le acque trasparenti delle Bahamas. Tongue of Ocean era un bacino dalle acque profonde, protetto da una serie di secche e di isolette. Le secche assicuravano che nessun sottomarino nemico presente in zona potesse spiare i test e, allo stesso tempo, la sezione profonda del bacino era sufficientemente ampia da consentire la realizzazione di esercitazioni sottomarino contro sottomarino senza avere problemi di spazio. Il bacino era stato dotato di un sistema sonar tridimensionale collegato a un supercomputer DynaCorp Frame 90, capace di immagazzinare ed elaborare rapidamente un'enorme quantità di dati. Sulla vicina isola di Andros non c'era niente d'interessante. A parte la cittadina di Andros Town, avrebbe potuto essere un pezzo di Luna, se la Luna fosse stata coperta dagli stessi cespugli macilenti. Sulla costa est, davanti a Tongue of Ocean, una sussidiaria della DynaCorp, la Sound Surveillance System, aveva allestito il suo campo base, un piccolo villaggio che ospitava i tecnici, gli ufficiali, gli ingegneri, gli scienziati e i sommozzatori che facevano funzionare il poligono. Il posto era completamente isolato dal resto del mondo, al di fuori di un volo settimanale per Palm Beach. Anche questo era un vantaggio agli occhi della marina. Nelle due serate che aveva trascorso nel campo base della DynaCorp, Pacino non aveva la possibilità di svolgere altra attività che starsene a bere nel prefabbricato che fungeva da circolo ufficiali. Era contento che i test avessero finalmente inizio. Era ora di tornare a bordo del *Seawolf*. C'era troppo da fare e troppo poco tempo. Bisognava tirare il battello fuori dal bacino di carenaggio e prepararlo per il primo test del Vortex con un equipaggio imbarcato. E, si ricordò, bisognava passare le consegne al nuovo comandante. Un momento che non voleva affrontare. Lasciare il *Seawolf* era come abbandonare un figlio...

«Comandante Pacino.» Sentì la voce del dottor Rebman che lo chiamava. «Vuole venire dentro?»

La sala controllo era stata allestita in uno spazio coperto del ponte dietro la timoneria, un'area che, probabilmente, in passato era stata occupata dalla mensa dell'equipaggio. Alle spalle di Pacino, attraverso una serie di ampi finestroni ricavati nella paratia, era possibile vedere una decina di uomini impegnati al lavoro presso otto grandi monitor. Pacino entrò nel locale, e cominciò quasi subito a sudare; il sistema di condizionamento era inadeguato per tutta quella gente, i monitor e il caldo intenso del sole dei Caraibi. Sulla paratia di prua, quattro schermi mostravano l'interno sventrato del bersaglio, il sottomarino *Bonefish*. Una telecamera, montata a poppa, puntava verso prua; una seconda, installata a prua, puntava verso poppa; una terza riprendeva la parte superiore dello scafo, puntando verso poppa, in direzione della vela, mentre l'ultima riprendeva la sezione inferiore dello scafo. Gli unici dettagli che fosse possibile distinguere all'interno del sottomarino erano le lunghe file di lampade volanti e i bancali di batterie che le alimentavano. Tutte le paratie, i pannelli, le valvole, i tubi e i cavi erano stati rimossi, in modo da mettere a nudo la struttura. Il *Bonefish* non aveva più motore, ma era stato attrezzato con un rudimentale sistema di controllo della profondità. L'avanzamento era garantito da un rimorchiatore agganciato alla prua. Il natante era controllato a distanza dal *Diamond* ed era già considerato perduto. Il segnale video giungeva a bordo del *Diamond* grazie a un complesso sistema di telemetria. Il segnale delle telecamere a bordo del *Bonefish* era diffuso attraverso una rete a fibre ottiche al modulo telemetrico imbarcato sul rimorchiatore. Le telecamere avrebbero continuato a riprendere anche dopo l'impatto del Vortex e per tutto il tragitto che il *Bonefish* avrebbe compiuto prima di toccare il fondale.

Gli scienziati intendevano studiare il modo in cui il battello sarebbe affondato, l'aspetto dello squarcio, le diverse fasi di quella morte, il tutto per valutare l'efficacia della testata. I resti dello scafo sarebbero stati recuperati e analizzati dagli esperti e i dati del sistema sonar tridimensionale valutati ed elaborati in modo da visualizzare il tragitto del Vortex verso il bersaglio e scoprire se, dopo il lancio, il missile fosse stato stabile e se la sua traiettoria fosse stata diretta e controllata piuttosto che incerta o imprecisa.

Non tutti i dati necessari sarebbero stati forniti dal *Bonefish*. Anche la piattaforma di lancio era stata sottoposta alle cure dei tecnici della DynaCorp. Due monitor mostravano le immagini tremolanti dell'interno del *Piranha*, visualizzando da diverse angolazioni il cilindro di lancio, largo e lungo, del Vortex. Il tubo era stato interamente coperto di strani sensori e di quelli che sembravano chilometri di cavi, per cercare di capire come si sarebbe comportata la struttura sotto sforzo. Le immagini e i dati dei rilevamenti erano trasmessi all'esterno tramite cavi che uscivano a poppa della vela e raggiungevano una boa fluttuante in superficie, incaricata, a sua volta, di ritrasmettere il tutto al *Diamond* via datalink. Sulla boa era montata una grossa bobina di cavo controllata da una molla a tensione, in modo che, indipendentemente dalla profondità cui si trovava l'unità trasmittente, il

Diamond avrebbe continuato, comunque, a ricevere il segnale. La boa gestiva, inoltre, i segnali trasmessi al *Piranha* dalla sala controllo del *Diamond*. Nella parte posteriore di questa era stato, infatti, allestito un pannello di controllo da cui due tecnici guidavano il sottomarino, modificandone a distanza rotta, velocità e profondità.

Normalmente, questa messe di dati sarebbe stata raccolta dal sistema d'arma. La testata del siluro sarebbe stata sostituita da una scatola nera che avrebbe informato i ricercatori di ciò che aveva «visto» in ogni istante del suo tragitto verso il bersaglio, dell'inseguimento, e dell'«esplosione», quest'ultima sostituita da una manovra evasiva. In questo test, però, l'energia cinetica del missile lanciato a trecento nodi era così tremenda che, una volta superato il bersaglio, il Vortex avrebbe continuato la sua corsa senza possibilità di essere fermato (era impossibile arrestare la combustione del carburante solido), andando a schiantarsi contro la sponda opposta del bacino e distruggendo centinaia di migliaia di dollari in sensori. I responsabili del test avevano, quindi, deciso di far detonare la testata non solo per studiarne gli effetti sul bersaglio, ma anche come dispositivo di autodistruzione del missile, per salvaguardare l'integrità del dispositivo sonar di Tongue of Ocean.

Pacino rimase a guardare il personale della sala controllo che organizzava gli ultimi dettagli del test. Frammenti di conversazione si sovrapponevano, mescolandosi gli uni agli altri, dando origine a un lento crescendo, a mano a mano che il momento del lancio si avvicinava. Un'ora dopo, il *Bonefish* lasciò la superficie e scese lentamente nelle acque di Tongue of Ocean, guidato a distanza dal rimorchiatore. A un ordine dei tecnici che controllavano il *Piranha*, anche questo s'immerse e si diresse verso il punto di lancio. I preparativi proseguirono fino a quando il sole non fu alto nel cielo striato di nubi. Alla fine, ebbe inizio il conto alla rovescia.

Pacino, con la camicia inzuppata di sudore, prese posizione dietro uno dei finestroni affacciati sul bacino e rimase in attesa. Il dottor Rebman si avvicinò. Aveva sostituito la giacca con un camice bianco da laboratorio. Il conto alla rovescia era iniziato e, mentre lo zero si avvicinava, Pacino si mise a fissare lo specchio di mare dove il rimorchiatore aveva trainato il *Bonefish*. Allo zero, la sala si fece silenziosa. Tutti gli occhi, tranne quelli di Pacino, erano fissi sui monitor.

Vide una piccola striscia di schiuma lontano, dove immaginava ci fosse il *Piranha* poi, qualche istante dopo, il mare intorno al bersaglio eruppe scagliando verso l'alto una colonna d'acqua che assunse una bizzarra forma sferica. Il profilo curvilineo dell'esplosione era orlato di schizzi di schiuma. L'acqua continuò a salire, formando un fungo di fronte al quale il *Diamond* sembrava minuscolo. La nube crebbe e si diffuse nell'aria, per poi ricadere nell'oceano sottostante. Infine, si udì il suono distante di un'esplosione. Il rombo possente fece tremare i vetri della sala, schiantando le orecchie di Pacino, mentre il suono basso e profondo gli risuonava nello stomaco. Sorrise, incapace di contenere una sensazione di esaltazione. Stava già per applaudire, voltandosi verso la sala, e aspettandosi di vedere gli altri presenti egualmente esuberanti per il successo del test.

Invece, vide musi lunghi e visi increduli che fissavano i monitor, in attesa che uno di essi riproducesse la scena. Rebman era curvo sopra un pannello di controllo e stava gridando qualcosa in un telefono. Passarono le immagini del video. Il tubo a bordo del *Piranha* era al centro dell'immagine, fino a quando Pacino non lo vide aprirsi al rallentatore. Poi l'esplosione e la fiammata dell'ugello del Vortex che invadeva il locale siluri. In quell'istante la telecamera, apparentemente, aveva cessato di trasmettere e l'immagine era diventata una nebbia sottile. A destra, un altro monitor stava trasmettendo le immagini dell'affondamento del *Bonefish*. A quanto sembrava, il Vortex aveva centrato il bersaglio. Ma aveva anche affondato il *Piranha*. Un altro tubo sventrato.

Rebman scaraventò giù il telefono e tornò da Pacino, accanto al finestrone. Senza proferire parola, Pacino uscì in coperta e si appoggiò alla balaustra di legno, fissando il rimorchiatore che galleggiava placido, agganciato a null'altro che all'estremità bruciata di un cavo. Rebman lo seguì.

«Se non altro, ha affondato il bersaglio», osservò Pacino.

Rebman restò in silenzio per qualche minuto.

Alla fine parlò, con una voce così bassa che Pacino dovette tendere le orecchie per sentirlo. «Questa è la fine del progetto. Abbiamo provato di tutto. Il progetto Vortex è cancellato.»

Ma lo era davvero? Conoscendo Donchez, Pacino si chiedeva se...

Dopo qualche istante, il *Diamond* virò di bordo, facendo rotta verso il molo del campo base della DynaCorp.

Due ore più tardi, Pacino era a bordo di un DC-9 della marina in volo verso Palm Beach e si chiedeva quanto tempo ci sarebbe voluto, al cantiere, per smontare il sistema Vortex dal *Seawolf*. Sarebbero stati necessari almeno tre mesi per riportare il battello alle condizioni originarie e per quella data lui non ne sarebbe stato più il comandante. D'accordo, gli avrebbero assegnato un incarico di prestigio, forse anche il grado di contrammiraglio e la nomina a comandante delle forze sottomarine dell'Atlantico. Eppure, gli sarebbe piaciuto portare per un'ultima volta il *Seawolf* in mare da comandante. Questa faccenda del Vortex gli aveva fatto perdere un sacco di tempo. D'altra parte, concluse, comandare sottomarini è un affare da giovani e a quarantadue anni è tempo di cambiare. Prima avesse accettato quel dato di fatto, prima si sarebbe adattato a comandare una scrivania. Era ora di smetterla con i giocattoli, tentò di convincersi. Ma non ci credeva veramente.

All'aeroporto internazionale di Palm Beach, mentre si stava recando a prendere il volo di linea per Norfolk, fu intercettato da un giovane guardiamarina, in uniforme di servizio blu.

«Ammiraglio Pacino?»

«Capitano di vascello, figliolo. Solo capitano di vascello.»

«Il messaggio dice 'ammiraglio', signore. In ogni caso, l'ammiraglio Donchez le manda i suoi saluti e richiede la sua presenza al Pentagono. C'è un Falcon che la attende, signore.»

«Sa di cosa si tratta?»

«Qualcosa che ha a che fare con il test di un sistema d'arma, signore. È tutto quello che so.»

L'avvicinamento del Falcon all'aeroporto internazionale di Washington fu spettacolare. Il piano di volo portava proprio sopra il Pentagono. Pacino guardò giù, verso lo strano edificio, chiedendosi cosa intendesse Donchez parlando di un «test di un sistema d'arma» tanto urgente da non poter attendere il giorno dopo.

9

Venerdì, 27 dicembre
Mediterraneo centrale
CNFS Egira

«GENERALE, mi permetta di riassumere la discussione in modo da essere certo che il comandante al-Kunis e io abbiamo compreso appieno l'incarico che ci attende», dichiarò il commodoro Sharef.

Il colonnello Ahmed rispose con un cenno di assenso.

«Lei non intende ritornare al fronte. Al contrario, ha deciso di delegare la conduzione della guerra ai suoi generali e rimanere a bordo mentre attraversiamo l'Atlantico, portandoci a distanza di lancio da Washington. Durante il viaggio, prepareremo tre testate Scorpion e le monteremo su altrettanti missili Hiroshima. Una volta in posizione, lanceremo gli ordigni contro Washington e ci ritireremo, ritornando verso i territori controllati dal Fronte Islamico. Lei tornerà a insediarsi al comando, mentre le forze della Coalizione Occidentale si ritireranno. Ho capito bene?»

Sihoud si rivolse ad Ahmed che annuì e rispose per il generale, ancora sofferente a causa della frattura alle costole, della perforazione a un polmone e di una lacerazione alla parte bassa della schiena.

«È esatto, commodoro.»

«Allora, mi permetta di farle rilevare alcune difficoltà, se mi è concesso. In primo luogo, non riusciremo mai a uscire dal Mediterraneo. Il bacino è pieno di navi della Coalizione, compreso un gruppo di battaglia statunitense.»

«Qualche siluro e saremo fuori», disse Ahmed.

«I gruppi di battaglia delle portaerei statunitensi comprendono sempre uno, a volte due sottomarini. Sottomarini d'attacco.

Cacciatori di sottomarini. Sottomarini progettati per distruggere altri sottomarini. Come il nostro.»

«Ha dei siluri a bordo?» chiese Sihoud parlando per la prima volta. Il locale si riempì della sua voce possente.

«Sì, generale», confermò Sharef. «E se mi trovassi a fronteggiare un sottomarino *potrei* sfuggire al suo attacco, *se* sapessi di trovarmelo di fronte. Se i suoi sensori sono migliori dei miei, se la sua propulsione è più silenziosa dell'acqua che lo circonda, allora è possibile che lui attacchi prima che io sia in grado di reagire. È come una corsa di cavalli, generale. Chiunque si vanti di saper prevedere il risultato di una battaglia navale tra forze equivalenti mente.»

«Ha forse paura?»

«È una situazione rischiosa, generale Sihoud», rispose Sharef. «E dove c'è rischio, servono decisioni razionali. Solo lei può prendere tali decisioni. Se minimizzo rischi e pericoli, come fa il suo capo di stato maggiore, le rendo un pessimo servizio.»

Il viso di Sihoud si distese in un ampio sorriso. «Ha ragione, commodoro. L'ascolteremo senza interromperla fino a quando non saremo giunti a una soluzione soddisfacente di tutti i problemi. Prosegua, per favore.»

«Tutto quello che possiamo fare contro un sottomarino nemico è mantenere il nostro livello di attenzione il più alto possibile e rispettare il più assoluto silenzio a bordo. Ciò significa non lavorare sui sistemi d'arma fino a quando non saremo al largo, nell'oceano.»

«Sono d'accordo», convenne Ahmed.

«Secondo punto», proseguì Sharef. «Bisogna assemblare le testate Scorpion. Ciò comporta la necessità di maneggiare esplosivo ad alto potenziale e sostanze fortemente radioattive. Conto su Abu-i-Wafa perché adotti le misure di controllo necessarie a non contaminare l'equipaggio e a non far esplodere il sottomarino. Punto tre. È possibile che queste testate non funzionino. Non c'è nulla che io possa fare per garantire il contrario, quindi supporrò che funzionino perfettamente. E questo ci porta al punto quattro: come fare a caricare i missili nei tubi di lancio, dato che questi non entrano nello scafo resistente e che sono stati progettati per lanciare un singolo siluro precaricato?»

Sharef si rivolse ad al-Kunis, il comandante in seconda, libico, facendogli cenno di mostrare le copie dei disegni costruttivi.

«La soluzione che il capitano di vascello al-Kunis e io proponiamo è quella di svuotare d'acqua il cassone di zavorra prodiero e quello per i tubi di lancio. Dopo di che, taglieremo i fondelli di tre tubi ed estrarremo gli Hiroshima. Sposteremo i missili in un'area dove sia possibile installare con agio le nuove testate e faremo il lavoro. Poi, riposizioneremo i missili nei tubi e risalderemo in posizione i fondelli.»

«Sembra abbastanza semplice», osservò Abu-i-Wafa.

«Ci pensi bene», rispose Sharef. «Lavorare in un cassone di manovra non è una bazzecola. Specialmente se siamo in immersione. Il cassone è aperto sul fondo. L'acqua può entrare per qualsiasi ragione: una guarnizione che non chiuda bene, una manovra improvvisa... Il battello dovrà filare alla massima velocità per mantenere sopra i piani di prua un flusso d'acqua sufficiente a mantenerlo in immersione, contrastando la spinta positiva del cassone vuoto. Qualsiasi virata potrebbe fare entrare acqua. E non ci sono passerelle per lavorare, luci o impianto di ventilazione. Sarà pericoloso. E, alla fine, *potrebbe* non funzionare. Al momento del lancio, il tubo potrebbe cedere per una saldatura fatta male. Generale: è un azzardo.»

«Sì, commodoro. Tutte le cose importanti, in guerra, sono azzardi. Nient'altro?»

«Sì, signore. Punto cinque. Anche se superiamo tutte le altre difficoltà, a questo punto troveremo tutta la flotta americana ad aspettarci, dall'altra parte dell'Atlantico.»

«Ma come farebbero a sapere dove siamo? Non possiamo rimanere invisibili?» chiese Abu.

«Abu, siamo emersi per recuperare il generale. Ci hanno visto. Sanno che siamo da qualche parte nel Mediterraneo e probabilmente sospettano che il generale e il colonnello Ahmed sono a bordo. I sottomarini del gruppo di battaglia ci verranno a cercare e se riusciremo a sopravvivere a un attacco inevitabile, a un certo punto si renderanno conto che siamo usciti, se non altro perché, per due o tre settimane, non ci vedranno più emergere. Gli americani resteranno perplessi per un po', poi allestiranno uno sbarramento di sottomarini, aeroplani e navi per intercettarci. Se ci affondassero, non solo bloccherebbero il lancio delle Scorpion, ma toglierebbero di mezzo anche il generale Sihoud...»

« Commodoro, eppure lei potrà ben fare qualcosa per ridurre il rischio », osservò Sihoud.

« Qualcosa sì. Propongo di evitare la costa orientale degli Stati Uniti. Signor primo ufficiale, la mappa dell'Atlantico settentrionale, per favore. » Al-Kunis prese una mappa del Nord Atlantico. La proiezione visualizzava il circolo polare artico fino alle propaggini inferiori del mar Glaciale Artico.

« La portata dei missili Hiroshima ci permette di lanciare ben prima di essere in vista della costa. Se le armi fossero pronte, potremmo farlo dall'Atlantico centrale. Ma dato che prevedo che l'assemblaggio dei missili richiederà più tempo di quanto calcolato anche dalle stime più pessimistiche, suggerisco di seguire una rotta semicircolare intorno all'estremità meridionale della Groenlandia, verso il mare del Labrador. Il capitano di vascello al-Kunis ha segnato in nero la rotta proposta. Come potete vedere, giungeremo a tiro di Washington in questo punto, ben a sud della Groenlandia e, se seguiremo la rotta indicata, attraverso il mare del Labrador fino alla baia di Baffin, rimarremo a tiro fino all'altezza di Godhavn, in Groenlandia. Ci rimane così un'eccellente via di fuga in direzione nord, verso il mar Glaciale artico, intorno alla Groenlandia, poi giù a sud, verso Gibilterra. In questo periodo dell'anno, la calotta polare si estende fino all'isola di Baffin, con iceberg in tutto il mare del Labrador. Nessuna flotta di superficie sarebbe in grado di seguirci fino a lì. Quando emergeremo a est della Groenlandia, le squadre di ricerca saranno già state richiamate, Washington sarà diventata un incubo radioattivo, la Coalizione Occidentale si starà ritirando e noi potremo tornare alla base avendo compiuto la missione. Naturalmente, c'è una forte probabilità di essere inseguiti da qualche sottomarino d'attacco, molto probabilmente dopo che avremo lanciato i missili. Ma ho fiducia di riuscire a batterli, se saremo così abili da incontrarli uno alla volta e se saremo in grado di individuarli prima che loro riescano a individuare noi. »

« Allora, è deciso », concluse Sihoud, alzandosi. « Se non c'è altro, mi ritiro per la notte. »

« Buonanotte, signore. E, generale, mi chiedevo se il mio secondo e io potevamo scambiare ancora qualche parola con il colonnello Ahmed. »

Sihoud compì un cenno d'assenso con la mano e lasciò la sala. Ahmed si voltò verso Sharef.

«Colonnello, ci sarebbe qualche altra faccenda che desidererei discutere con lei.»

«Prego, commodoro. Mi dica.»

«È una questione che desidero affrontare prima con lei. Ma se la risposta non sarà quella che mi attendo, mi rivolgerò al generale», dichiarò Sharef lentamente.

Ahmed si strinse nelle spalle. «Sono certo che potremo risolvere da soli questo problema, qualunque esso sia.»

«Allora sarò molto diretto, colonnello. Lei e il generale Sihoud avete accesso illimitato alla nave. Potete andare dove volete; parlare con l'equipaggio; se lo vorrete, potrete anche entrare nel cassone di manovra mentre i missili verranno inseriti nei tubi di lancio. Potrete controllare i piani di navigazione; ascoltare le comunicazioni radio; fare tutte le domande che vorrete. La missione è sotto il vostro comando e la nave è a vostra completa disposizione.»

«Grazie, commodoro.»

«In ogni caso, colonnello, se pure avrete la facoltà di impartirmi ordini e cambiare in qualsiasi momento la missione, il modo in cui io la condurrò non vi dovrà interessare. Io mantengo il pieno comando della nave e solo io decido dove e quando i missili dovranno essere lanciati, e come devono essere affrontate le navi nemiche. Se lei o il generale Sihoud doveste darmi un ordine su come comandare la mia nave nel corso di questa missione, mi trovereste molto poco ricettivo. Lei e il generale siete disposti ad accettare queste condizioni?»

Ahmed rimase in silenzio per qualche istante. Quando finalmente parlò, diede l'impressione di aver intrapreso una dura battaglia per restare calmo.

«Sottoporrò la questione al generale Sihoud», rispose. Si allontanò in fretta, chiudendosi silenziosamente la porta dietro le spalle, come gli era stato spiegato di fare appena giunto a bordo.

Sharef si voltò verso al-Kunis e sorrise.

«Sembra che lei e il suo amico iraniano non vi vediate molto di buon occhio», commentò al-Kunis, prendendo una tazza di tè; la sua espressione si accigliò mentre sorbiva la bevanda.

Sharef rifletté su quell'osservazione. Il capitano di vascello Abdullah Latif al-Kunis aveva trentasette anni; era un po' più alto di Sharef, snello come lui, con la pelle scura e una barba folta ma accuratamente regolata. Aveva gli occhi piuttosto grandi e di rado parlava senza avere soppesato con cura ogni parola. All'inizio, Sharef aveva pensato che sarebbe stato d'impaccio in battaglia, o in qualsiasi situazione avesse richiesto l'assunzione di decisioni in tempo reale. Raramente le persone introspettive sembrano avere la prontezza di reazione necessaria ai militari. Ma al-Kunis l'aveva sorpreso con la sua abilità di agire in maniera decisa, se necessario, dando ordini tranquilli e precisi quando si trovava in sala controllo. Era un libico, di Tripoli, e aveva passato tutta la carriera sui sommergibili classe Foxtrot del suo paese. Aveva comandato per due anni il sottomarino *Al Khyber*, prima che il trattato di Algeri portasse alla nascita del Fronte Islamico Unito. Era stato selezionato per un incarico quale ufficiale di stato maggiore ad Ashkhabad, dove aveva incontrato per la prima volta Sharef. Quando era stato deciso di acquistare un sottomarino classe Destiny, Sharef aveva chiesto di al-Kunis, facendo sollevare più di un sopracciglio al comando della flotta per non avere scelto un ufficiale della marina iraniana. Dal punto di vista di Sharef, al-Kunis era la persona più adatta per quel posto. Era un marinaio abile ed esperto e un ufficiale dotato di spirito innovativo. Come Sharef, non si era mai sposato, anche se durante una sosta a Tripoli una donna era venuta a salutarlo prima della partenza. Avrebbe potuto essere la sorella, una fidanzata o un'affettuosa amicizia. Sharef non aveva chiesto e al-Kunis non gli aveva rivelato nulla.

Ritornò al problema sollevato da al-Kunis. «Ahmed è un uomo brillante, ma è un pilota da caccia e vede le cose in modo diverso. Per un pilota, abituato a volare alto sopra la terra, è tutto facile. Per un sommergibilista, confinato in una prigione d'acciaio, senza finestre, senza niente – tranne il Secondo Comandante – per sapere cosa c'è fuori, di facile non c'è niente. Ma gli faccia fare un anno sott'acqua e vedrà che potrebbe non essere un cattivo ufficiale.»

«Ho sentito dire che ha perso la famiglia nel bombardamento di Chah Bahar.»

«Mi dispiace», commentò Sharef chinandosi sopra la mappa del Mediterraneo. «Allora, dove sono i sottomarini americani?»

Al-Kunis lo raggiunse, puntando il dito verso l'estremità occidentale della Sicilia e spostandolo, poi, verso capo Bon, in Tunisia. Il varco, lo stretto di Sicilia, era largo solo centocinquanta chilometri; e solo trenta chilometri quello che poteva essere percorso in immersione.

«Qui. Nello stretto di Sicilia. Con poche navi, che lo pattugliassero da nord a sud, ci scoprirebbero di certo. È anche possibile che ci siano velivoli antisom. Se avessero dei sottomarini nella strozzatura, poi... Ma può darsi che non siano preparati. E se transitassimo per lo stretto di Messina, fra la Sicilia e la penisola italiana?»

«Troppo poco profondo». Al-Kunis scosse la testa. «Poi, lo stretto è pieno di traffico e non è abbastanza largo. Non vale la pena di rischiare di arenarsi, o di entrare in collisione con un traghetto. Io voterei per lo stretto di Sicilia.»

«E, se riusciamo a passare, cosa faremo in seguito?»

«Gibilterra. Se fossi in loro, posizionerei là la flotta e rimarrei ad aspettare mentre noi cerchiamo di entrare nell'Atlantico.»

«Ma non sanno che abbiamo intenzione di lasciare il Mediterraneo.»

«Dobbiamo sperarlo, commodoro.»

Sharef annuì, chiuse gli occhi e si stirò. «Vado in sala controllo. Stili la procedura per lo svuotamento del cassone di manovra e le operazioni da compiere sui missili. Appena ha terminato, verifichi che l'ufficiale addetto abbia tracciato il piano di rotta e lo abbia inserito nel computer. E verifichi ogni ora i computer dei sensori. Si assicuri che gli ufficiali giovani siano sempre all'erta. Non voglio che un sottomarino americano ci individui a nostra insaputa. Dopo essere passato in sala controllo, andrò a dormire per un paio d'ore. Dovremo essere entrambi presenti per il passaggio attraverso lo stretto.»

USS Augusta

Il ponte tremava leggermente a causa di una vibrazione insistente. La potenza del sistema di propulsione scuoteva il sottomarino, mentre questi procedeva a tutta forza attraverso il Mediterraneo. L'indicatore elettromagnetico della velocità segnava trentanove nodi sul pannello degli strumenti di stile aeronautico del timoniere. L'*Augusta* stava procedendo a oltre trenta nodi da quando era giunto il messaggio *flash*, alle dodici del giorno prima. La corsa l'aveva portato a sessanta miglia nautiche dallo stretto di Sicilia.

Il capitano di vascello Ron Daminski era curvo sopra il tavolo di navigazione, a poppa della piattaforma del periscopio, in sala controllo. Teneva una matita fra i denti; le dita fratturate battevano sui tasti di una calcolatrice, mancandoli spesso e strappandogli imprecazioni soffocate. Sopra di lui, sulla piattaforma del periscopio, Kevin Skinnard stava appoggiato al corrimano e guardava di sotto. Il comandante prese un compasso, misurò una distanza in miglia nautiche e la trasferì sulla mappa, tracciando una serie di segni a matita sopra le strette acque fra Sicilia e Tunisia. Infine, si raddrizzò e squadrò la mappa.

«A cosa sta pensando, comandante?» chiese Skinnard.

«Ho la mezza idea di mettere su una barriera di ricerca in mezzo allo stretto. Ho come la sensazione che è da lì che passerà.»

«Non lo so. Perché qualcuno dovrebbe pensare che questo tizio vuole passare dal bacino est a quello ovest attraverso lo stretto? Cosa verrebbe a fare nel bacino occidentale? Sto cominciando a pensare che siamo andati a lucciole spingendoci così a ovest.»

Daminski fissò Skinnard e fece una smorfia. Quando era salito a bordo, Skinnard era un ufficiale piuttosto timido e tranquillo, quasi uno *yesman*. Pochi mesi di cura Daminski erano bastati, invece, a fargli assumere lo stile intimidatorio del comandante, non si sa se per imitazione o, più probabilmente, perché aveva capito che a Rocket Ron non piacevano gli *yesmen*.

«D'accordo. Lei è il *Khalib*. Cosa farebbe?»

«Mi immergerei al largo di Creta e punterei a est; magari me ne andrei un po' in giro per la parte meridionale del bacino e, quando le acque si fossero un po' calmate, sbarcherei in Egitto o in Libia orientale.»

«Lei pensa che abbia in programma di tornare sul fronte del Cairo?»

Skinnard annuì.

«Io non credo», disse Daminski. «Quel tizio sta puntando verso il fronte occidentale, in Marocco. Se avesse voluto andare al Cairo, ci sarebbe già andato. Inoltre, il caccia non si sarebbe spinto così al largo nel Mediterraneo per incontrare il sottomarino. Vuole portare il culo in Marocco sperando che, quando arriva, noi ci siamo dimenticati di lui.»

«In ogni caso, io continuo a chiedermi, soprattutto, perché usare un sottomarino? Lo sa che siamo qui fuori.»

«Si sta nascondendo. Guadagna tempo. Vuole saltar fuori a Marrakech. E sorprenderebbe tutti, se non gli stessimo alle calcagna.»

«Allora perché lo stretto di Sicilia? Quel giocattolo può fare i quarantasette nodi.» Skinnard prese un regolo circolare per il calcolo dei tempi e delle distanze. «Come a dire, ventisei ore dal punto in cui si è immerso. Dovrebbe, quindi, essere passato per lo stretto verso mezzogiorno di oggi. Sei ore fa. Se voleva veramente farlo, a quest'ora lo ha già fatto da un pezzo.»

«Skinnard, lei è un comandante di sottomarino con a bordo un pezzo grosso del governo, con l'ordine di nasconderlo e di portarlo in Marocco. A quale velocità darebbe ordine di andare per non essere individuato, per non fare troppo rumore? Avanti tutta, a quarantasette nodi?»

«Uh, no, signore. Probabilmente a dieci o quindici nodi. Me la prenderei calma e cercherei di fare meno rumore possibile.»

«Giusto. E questo significa che noi arriveremo nello stretto qualche ora prima del Destiny.»

«Ma, signore... Non ha accennato a niente di questo durante la riunione.»

Daminski fece una pausa, accorgendosi di essere stato beccato, ma senza scoprirsi. «No, Skinnard», disse con voce acida. «Le ho mai detto tutto quello che penso?»

«No, signore.» Skinnard sorrise, sapendo che Daminski lo stava mettendo alla prova. «Quindi, signore, vuole allestire una barriera di ricerca?»

«Dannatamente giusto. In questo punto esatto, ad arco, da sud-ovest a nord-est.» Daminski tracciò un arco sulla mappa attraverso la parte profonda dello stretto di Sicilia. «Fra un'ora, rallenti a quattro nodi, prepari il battello per la navigazione silenziosa e faccia attivare il sonar rimorchiato. Faccia presidiare la postazione sonar mezz'ora prima di arrivare in zona. Metteremo su una bella trappola per quel figlio di puttana.»

«Signorsì», disse Skinnard guardando il comandante che era già uscito a metà dalla sala e chiedendosi come diavolo sarebbero riusciti a trovare quel sottomarino nel bel mezzo del Mediterraneo, se avesse deciso di rimanere nel bacino orientale. Se Daminski si sbagliava, sarebbe stato un lungo pattugliamento infruttuoso. Invece, se aveva ragione, e il Destiny era buono quanto lo descrivevano le note dell'intelligence, sarebbe stata una ricerca breve. Molto breve.

Skinnard prese il ricevitore dell'interfono che si trovava sopra la piattaforma del periscopio, afferrandolo per il lungo cavo a spirale.

« Sonar, qui sala controllo », abbaiò. « Riferire tutti i contatti. »

Anello E del Pentagono
Ufficio del capo di stato maggiore della marina

Per quanto ricordava Pacino, gli uffici di Donchez erano sempre stati piuttosto eleganti, ma lo splendore dell'ufficio del capo di stato maggiore della marina era veramente troppo per essere percepito al primo sguardo, specialmente perché l'ammiraglio era stato sempre con lui da quando era entrato, tempestandolo di domande sulla sua salute, la nave, la famiglia. Tutto tranne il motivo per cui l'aveva convocato a Washington. Pacino sbuffò una nuvola di fumo dall'Havana che Donchez aveva preso dall'umidificatore. Il fumo riempì la stanza del suo aroma ricco e corposo. Un assistente portò del caffè fumante.

« Ti piace il caffè, Mikey? È importato apposta dalla Colombia. »

« È grande, ammiraglio », disse Pacino, guardando Donchez e notando che, anche se l'entusiasmo era sempre lo stesso, alla fine l'età sembrava avere cominciato a lasciare i suoi segni sul vecchio compagno di stanza di suo padre.

« Che effetto fa essere l'ammiraglio Pacino? »

« Sono ancora capitano di vascello, signore. Manca ancora qualche mese alla conferma. *Se* sarò confermato. »

« Ancora qualche mese e starai già lavorando per la seconda stella. Di questi tempi, non ci sono in giro molti ammiragli decorati con la croce della marina. A proposito, dovresti portarla. Senza, l'uniforme è fuori ordinanza. »

Pacino si guardò il petto. Quattro file di nastrini, i delfini dorati sopra, la spilla di comando sotto. Mancava il nastrino della croce della marina. Anche se Donchez non era d'accordo, Pacino considerava quella medaglia una sorta di premio di consolazione per essere sopravvissuto all'affondamento del *Devilfish*.

«Lo so, ammiraglio. Credo che baratterei volentieri la croce con la possibilità di comandare il *Seawolf* un anno ancora. Ma non credo lei possa fare in modo che...»

«La marina ha altri programmi per te, Mikey. Il comando della flotta sottomarina dell'Atlantico ti farà dimenticare il *Seawolf*. Il tuo sostituto, Joe Cosworth, se non sbaglio, se la caverà egregiamente ed è finalmente ora che sia qualcun altro a comandare la migliore unità della flotta. Non puoi restarci attaccato per sempre.»

«Credo di no.» Pacino ricambiò lo sguardo di Donchez. Era tentato di chiedergli come stessero andando le operazioni della guerra contro il FIU ma, immaginando che la risposta sarebbe stata dolorosa, si astenne.

«Bene. Adesso passiamo al lavoro. Ho sentito che il dottor Rebman ha già impacchettato le sue cose. Come è andato il test del Vortex? Cosa ne pensi?»

«Be', signore, di positivo c'è il fatto che del bersaglio non è rimasto nulla dopo che il missile lo ha colpito. L'esplosione ha prodotto una nube a fungo. Mi è sembrato di essere a Bikini a seguire un test nucleare. Non rimarrebbe nulla di un sottomarino nemico dopo l'impatto del Vortex.»

«Lo so. I siluri sono obsoleti. Il Vortex può spedire un nemico all'inferno prima ancora che questo si accorga che è stato lanciato. Il Vortex fa sembrare grezzi i Magnum russi.»

«Signorsì.»

«Nient'altro?»

«Presumo che l'abbia già saputo, signore. Il *Piranha* è affondato. Il Vortex ha sventrato il tubo di lancio per tutta la lunghezza.»

«Lo so. E so anche che tu hai un'idea su come rimediare a questo problema.»

«Scusi, signore?»

«È per questo che ti ho fatto andare laggiù. Hai un dottorato in ingegneria meccanica. Probabilmente hai scarabocchiato un paio d'equazioni sul retro di una busta e hai trovato il modo di rimediare a tutta la faccenda.»

«Mi dispiace, signore. Semplicemente, durante il test ho fatto un po' il ficcanaso, come tutti gli altri.»

«Forza, Mikey. So che il Vortex non ti piace. Porta via troppo spazio in quel tuo maledetto locale siluri. E poi è troppo instabile. Come dormire insieme con una bomba a mano.»

Pacino fissò Donchez negli occhi. Le sue parole esatte sarebbero state « come dormire insieme con una bomba a mano senza sicura ». Ma ci si era avvicinato abbastanza.

« Mikey, con quest'arma non hai bisogno di un locale con dentro cinquanta siluri. Ne basta uno. Con sei Vortex puoi affondare sei sottomarini a colpo sicuro. Adesso devi lanciare salve orizzontali e verticali e sperare che il bersaglio finisca dentro il cono di ricerca. Il Vortex non ha cono di ricerca. Il suo cono di ricerca è tutto l'oceano. Quindi spiegami come potrebbe funzionare. »

« Bisognerebbe equalizzare i tubi... » Pacino, naturalmente, aveva pensato alla risposta da quando aveva assistito al test, immaginando che, prima o poi, Donchez gli avrebbe rivolto quella domanda. Eppure continuava a odiare quella dannata cosa.

« Cosa? »

« Lei vuole lanciare un missile a combustibile solido attraverso un tubo chiuso a un'estremità e tonnellate d'acqua all'altra estremità. Il tubo esplode come esploderebbe la canna di un fucile se nella cartuccia ci fosse una carica di lancio troppo potente. Bisogna alleggerire lo sforzo sulla parte posteriore del tubo portando il tutto alla pressione esterna. Quando il carburante s'incendia, invece di scaricare l'onda di pressione rompendo il tubo, scarica vapore dal tubo stesso attraverso un condotto di compensazione. La pressione all'interno del tubo rimane nei limiti di tolleranza. È abbastanza evidente. Ma immagino che i progettisti abbiano scartato l'idea per qualche buona ragione. »

« Tutto qui? Basta aprire un condotto di compensazione? »

« Be', è un po' più complicato. Ho fatto un po' di conti... » Pacino guardò Donchez, che sorrise. « Il condotto di compensazione deve essere dello stesso diametro del tubo di lancio. Invece di un tubo, deve essere un *condotto* di lancio, con il missile sistemato nella parte posteriore. Nel momento del lancio, i gas combusti fuoriescono dalla parte posteriore del condotto e sfogano fuori dello scafo resistente, mentre la spinta del motore a razzo espelle il missile dalla parte opposta. »

Donchez si appoggiò allo schienale della sedia. « Il programma Vortex è salvo... »

« Non esattamente, ammiraglio. I tubi di lancio portano via, già da soli, metà del locale siluri. Il sistema di compensazione porterebbe via un'altra decina di metri di lunghezza, con un diametro interno di quasi un metro. È maledettamente tanto spazio e, a bordo, di spazio non ce n'è molto. Dovrà progettare una nuova classe di sottomarini per scarrozzare in giro quei bestioni, perché su un classe Los Angeles, con il sistema Vortex compensato, non ci sarebbe posto per il reattore, l'elettronica o l'equipaggio. Semplicemente, il Vortex è troppo *grosso.*»

«Oppure, potremmo sistemare i tubi all'esterno dello scafo», disse Donchez.

«Sì, prendendo una mazzata in fatto di velocità e di traccia acustica. Abbiamo speso centinaia di milioni per rendere il *Seawolf* il sottomarino più silenzioso che la tecnologia potesse produrre e adesso gli mettiamo intorno una quantità di tubi, condotti, valvole e supporti che creerebbero un sacco di risonanze. Vista la flotta sottomarina che abbiamo, la cosa non ha assolutamente senso.»

«Immagino che tu abbia ragione, Mikey. Mi dispiace averti disturbato durante le ferie», disse Donchez con tono grave.

«Signore, il Vortex rimane un sistema d'arma maledettamente buono», disse Pacino, immaginando di potersi permettere di essere generoso. «I problemi possono essere sistemati, ma solo sulla prossima generazione di sottomarini. Lei è troppo avanti rispetto alla tecnologia di oggi.»

Donchez lo congedò con un gesto della mano. Il volto era una maschera.

«Grazie di essere venuto, Mikey.»

Un'ora dopo, il Falcon di Donchez decollò dalla pista sudoccidentale del National Airport diretto verso la base aeronavale di Norfolk. Pacino si versò un bicchiere di Jack Daniel's *on the rocks* e chiuse gli occhi. Si sentiva male per Donchez. Un uomo che era stato l'amico più intimo di suo padre, un uomo che aveva fatto molto per la sua stessa carriera. Un uomo che lo aveva sollevato dalla profonda disperazione che lo aveva colpito tre anni prima, quando il *Devilfish* era affondato, e lo aveva messo al comando del *Seawolf*, la punta di diamante della flotta sottomarina d'attacco.

Il whiskey era buono, ma non abbastanza da farlo sentire meglio.

10

Venerdì, 27 dicembre
Stretto di Sicilia
USS Augusta

Il sottomarino era configurato per la navigazione silenziosa.

Le luci fluorescenti che illuminavano la parte anteriore dello scafo erano accese sul rosso, per ricordare all'equipaggio di camminare con passo leggero e di mantenere il silenzio a bordo. La parte sinistra del sistema di propulsione era stata spenta, compreso uno dei motori principali, uno dei generatori a turbina e la mezza dozzina di pompe che serviva quella parte. La pompa di raffreddamento principale del reattore funzionava a frequenza ridotta, facendo scorrere appena l'acqua intorno al nucleo del reattore. L'elica ruotava lo stretto necessario a consentire manovrabilità alla nave, solo trenta giri al minuto, fornendo nulla più della velocità necessaria a mantenere il controllo in profondità.

Tutto il personale in servizio indossava cuffie collegate al circuito audio di controllo. Il sistema di diffusione sonora era stato disattivato, dato che le comunicazioni avrebbero potuto essere udite al di fuori dello scafo. Le scarpe con la suola rigida erano proibite. La mensa era stata chiusa. Come cena erano stati serviti piatti di affettato e fette di pane bianco. Le macchine del caffè funzionavano, invece, a pieno regime. Le docce erano chiuse. L'evaporatore, che trasformava l'acqua di mare in acqua potabile, era stato spento. I ventilatori funzionavano al minimo. Il rimbombo consueto del battello ora si percepiva appena.

Dietro la poppa, il sensore del sistema sonar AN/BSY-1 *Busy One* era trainato da un cavo lungo due chilometri e mezzo. Il rumore dell'*Augusta* era, da quella posizione, flebile e distante. Le orecchie elettroniche del sensore rimorchiato erano tese in caccia di rumori, di sequenze tonali ben precise che ci si aspettava dovessero essere emesse dal sottomarino classe Destiny il quale, secondo Daminski, avrebbe dovuto attraversare il varco dello stretto da un momento all'altro. Mentre il sonar trainato andava in cerca dei tonali, il dispositivo montato nel cono di prua del sottomarino, una sfera d'acciaio di cinque metri di diametro ricoperta di idrofoni, scandiva i rumori marini, effettuando una ricerca a banda larga simile a quella eseguita dall'orecchio umano. Il dispositivo di prua era spalleggiato da altri sei gruppi di sensori distribuiti lungo lo scafo, formati da serie di idrofoni. Ognuno di questi era in qualche misura disturbato dalle interferenze prodotte dai rumori interni, ma era comunque utile.

La mappa dello stretto occupava una buona metà del tavolo di navigazione nell'affollata sala controllo. Il reticolo illuminato, il «baco», brillava sulla sua superficie, mosso da un servomotore in base all'effettivo movimento del battello. Nel corso dell'ultima ora, il «baco» aveva percorso una rotta ad arco attraverso lo stretto, una ricerca a barriera. Qualsiasi nave fosse passata sarebbe stata individuata. Se il Destiny fosse stato diretto a ovest, come Daminski presumeva, il problema non sarebbe stato, comunque, quello di individuarlo o no, ma se l'*Augusta* fosse riuscito a individuarlo prima che lui, a sua volta, individuasse l'*Augusta*.

In sala controllo era di servizio il capitano di corvetta Mark Berghoffer, ufficiale di macchina. Passeggiava per la sala, fermandosi ogni tanto al tavolo di navigazione per assicurarsi che il battello continuasse a seguire la rotta fissata, passando quindi allo schermo sonar sopra la consolle di attacco e controllo della Postazione Uno e curvandosi, infine, sopra la spalla del guardiamarina Jamie Fernandez, per osservare il monitor della Postazione Due, che restituiva una vista panoramica dello stretto, con l'*Augusta* al centro dell'immagine.

Il capitano di fregata Daminski, il tipo d'uomo che non si metteva mai in seconda fila, aveva piantato le tende nell'area sonar sin da quando erano arrivati nello stretto. Il sottufficiale addetto al sonar, il capo Bruce Hillsworth, con indosso il bel maglione della Royal Navy con i delfini dei sommergibilisti ricamati sul petto, aveva fatto una smorfia disgustata, mettendo, alla fine, l'intruso al lavoro. Daminski si era seduto al primo dei quattro pannelli e aveva indossato le cuffie, le mani posate accanto alla tastiera. Hillsworth, che a sua volta aveva indossato le cuffie, gli girava intorno, istruendolo su come orientarsi tra gli schermi del computer, indirizzandolo ogni tanto con la *trackball* in una determinata direzione, durante la fase d'ascolto in banda larga. Gli altri tre pannelli del sonar BSY-1 mostravano grafici dell'intensità del suono ordinati per frequenze, cercando, all'interno delle bande predefinite, i tonali attesi del Destiny. Il capo Hillsworth scandiva i dati raccolti in modo che le ricerche s'integrassero ogni cinque minuti e anche più spesso se, su qualche frequenza, comparivano delle anomalie. Fino a quel momento, però, tutte le ricerche avevano evidenziato solo rumori casuali.

Il mare intorno a loro era vuoto.

Daminski si accorse che una striscia luminosa stava attraversando lo schermo dell'apparato di ricerca in banda larga. Socchiuse gli occhi e mosse la mano sulla *trackball*, orientando il dispositivo sferico in modo da seguirla. Non appena la linea del cursore fu sovrapposta alla traccia, chiuse gli occhi e rimase in ascolto.

Tutto quello che riuscì a sentire fu il frenetico schioccare di un banco di gamberetti. Si voltò e guardò Hillsworth, il volto segnato dalla frustrazione.

«Solo un banco di pesci.»

«Non si preoccupi, comandante. Arriverà. E, quando arriverà, lo sentiremo.»

«Speriamo di riuscire a farlo prima che lui senta noi», rispose Daminski rituffandosi nella ricerca sonar.

CNFS Egira

La sala di controllo, in genere spaziosa, era affollata dalla maggior parte degli ufficiali del battello. Il locale era dominato dalla piattaforma circolare del periscopio, con il seggiolino in grado di ruotare in un ampio cerchio per rendere più agevole l'osservazione. In immersione, il seggiolino era chiuso in un pacchetto compatto sormontato da un cuscino, che fungeva da posto di combattimento per il comandante.

Il commodoro Sharef aveva chiamato gli uomini ai posti di combattimento per la fase di attraversamento dello stretto, stipando dodici persone nel locale. Sharef aveva preso posizione al tavolo di navigazione, su cui era visualizzata una mappa elettronica della zona. Come prevedeva la tradizione, quello era il posto dell'ufficiale d'attacco. Il primo ufficiale al-Kunis, comandante in seconda, si trovava accanto a lui e svolgeva la funzione di coordinatore, ossia di responsabile del funzionamento dell'intera squadra. Accanto al periscopio stava il capitano di fregata Omar Tawkidi, navigatore e terzo in comando. Il capitano di fregata Aby Haddad riferiva dello stato dei sistemi d'arma, di controllo del battello, del reattore e dei sensori. Ognuna delle stazioni di controllo del Secondo Comandante era servita da due ufficiali, con l'eccezione del pannello controllo sonar, dove quattro uomini scorrevano i dati, precedentemente rilevati dai grossi idrofoni posti sullo scafo e dall'unità girostabilizzata rimorchiata e quindi analizzati dal computer di bordo.

Avvicinandosi all'imboccatura dello stretto, il commodoro Sharef ordinò di procedere avanti piano, la velocità minima prevista, perché il sensore trainato non scendesse a toccare il fondale. Lui e al-Kunis presero posizione nell'angolo di controllo sensori, scrutando i monitor del sistema sonar.

«Niente?» chiese Sharef al sottotenente di vascello al-Maari, l'ufficiale addetto a uno dei monitor. L'interpellato si voltò verso Sharef, la cuffia destra spostata parzialmente sopra l'orecchio. Scosse il capo e tornò a fissare il monitor.

«Ufficiale all'assetto, attivare il sistema di spidocchiamento.»

«Signorsì», rispose Tawkidi da dietro il pannello di controllo. «Controllo nave, cinque nodi. Prepararsi a spidocchiare. Controllo reattore?»

«Reattore pronto», rispose l'ufficiale di macchina.

«Cinque nodi», replicò l'ufficiale addetto al controllo della nave.

«Fermare motore. Reattore, cominciare lo spidocchiamento», ordinò Tawkidi.

Il termine «spidocchiamento» era derivato dal gergo e dalle procedure della vecchia marina che le forze navali del Fronte Islamico Unito avevano ereditato assieme ai sottomarini Viktor III. La definizione alludeva a una prassi dei sottomarini d'attacco che scortavano quelli armati di missili balistici. In quel caso, per essere certi che nessun sottomarino americano li seguisse, i sommergibili d'attacco effettuavano una ricerca approfondita vicino ai sottomarini lanciamissili nelle acque circostanti, per «spidocchiarli». La tattica era sopravvissuta anche sui Destiny sui quali il computer Yokogawa che controllava le funzioni del Secondo Comandante era in grado di effettuare uno «spidocchiamento» automatico, bloccando l'intero sistema di propulsione e consentendo al sistema sonar di effettuare una ricerca non ostacolata dal rumore proprio del battello.

L'ufficiale di macchina inserì sul proprio pannello di controllo la sequenza di spegnimento del reattore, facendo scendere le barre di controllo nel nucleo fino a quando l'unità, raggiunta la fase subcritica, non smise di riscaldare il metallo che circolava nel sistema. Le pompe di raffreddamento magnetoidrodinamiche si chiusero, interrompendo il flusso di sodio liquido che agiva da sistema di raffreddamento d'emergenza, incaricato di impedire che il reattore fondesse a causa del calore sviluppato. Nel compartimento seguente verso poppa, le turbine dei generatori rallentarono sino a fermarsi, essendo venuto meno l'afflusso di vapore. Grosse valvole automatiche si chiusero, isolando i collettori. Poi si chiusero le pompe d'alimentazione del livello inferiore. L'impianto elettrico, reagendo alla perdita di potenza dei generatori, iniziò ad attingere energia dalle batterie poste nel compartimento di poppa, fino a quando il battello non prese a muoversi esclusivamente grazie a questa energia. Con le macchine principali ormai del tutto silenti, il sottomarino iniziò a scendere di profondità, con i sensori tesi ad ascoltare i rumori circostanti. La capacità di percepire suoni era sostanzialmente aumentata, mentre il sottomarino scivolava attraverso lo stretto, a quattrocento metri di profondità.

I rumori, tranne una millesima, irrilevante frazione, erano del tutto privi di significato. Erano rumori casuali o biologici, nella maggior parte dei casi prodotti da cetacei o da banchi di pesci. E i rumori non casuali che il computer rilevava erano inevitabilmente quelli di navi mercantili, che superavano in numero quelle militari in un rapporto di cinquecento a uno. Ogni tanto passava qualche nave da guerra, lontana, individuata grazie a qualche segnale riflesso dal fondale. Raramente, però, si trattava di un sottomarino. Al mondo, c'è circa un sottomarino ogni cinquanta navi da guerra. La maggior parte di questi, poi, sono battelli diesel a limitato raggio d'azione, progettati per la difesa costiera. Sarebbe stato improbabile individuare un sottomarino nucleare durante la prima ricerca di quella strana missione.

Sharef premette alcuni tasti e una nuova traccia apparve in bianco sullo schermo: la tracciatura attesa di un sottomarino d'attacco americano classe Los Angeles. La tracciatura sulle rilevazioni a cinque e dieci minuti, sottratto l'errore derivante dal rumore proprio, si avvicinava abbastanza a quella attesa. Le curve non sono mai del tutto coincidenti, ma anche solo la più piccola somiglianza è, di solito, sufficiente a identificare il bersaglio. In questo caso, i dati erano evidenti.

«Contatto definito, commodoro», riferì Tawkidi da uno degli schermi di prua. «Elica a sette pale, nessun rumore di cavitazione. Alta pressione. Pompe a flusso elevato. Tonale della turbina dell'impianto elettrico a sessantuno cicli. Il contatto è subacqueo, rotta tre uno zero. Lontano. La rilevazione può essere un'eco di superficie. Abbiamo un buon canale sonoro fino a settecento metri.»

Sharef lanciò uno sguardo al cronografo di bordo. C'erano voluti dodici minuti per integrare i dati sonar e individuare il sottomarino. L'unico difetto del gruppo di continuità dell'*Egira* era la ridotta dimensione delle batterie. Considerato il tremendo ammontare di energia assorbito dal supercomputer Yokogawa, anche con le ventole d'aerazione al minimo, la loro carica era appena sufficiente per uno spidocchiamento di venti minuti.

«Controllo reattore, qual è la carica delle batterie?»

«Venti per cento residuo, commodoro.»

Sharef si accigliò. «Quanto tempo abbiamo?»

«Forse altri cinque minuti, signore», rispose l'ufficiale di macchina. «Poi dovremo riattivare il reattore.»

«Ufficiale all'assetto, può mantenere il contatto dopo aver riavviato le macchine?»

Tawkidi guardò aggrottato il pannello dei sensori. Gli altri quattro ufficiali stavano fissando i rispettivi monitor. La presenza di Sharef e di al-Kunis rendeva l'area affollata.

«Sì. Credo di sì, commodoro. Adesso il computer ha acquisito una traccia definita. Per quanto sia distante, il contatto rimarrà comunque entro un cono di cinque gradi dalla rotta prefissata. Su questa base, possiamo farcela, signore.»

«Molto bene. Faccia riattivare il reattore e porti il battello a distanza di lancio. Si tenga pronto a un attacco con i siluri.»

In pochi istanti il reattore fu nuovamente in funzione e i computer riuscirono a mantenere il contatto con le tracce del bersaglio. Sharef condusse l'*Egira* in linea con il bersaglio e fissò una distanza di parallasse di novantadue chilometri, una distanza estremamente elevata, quasi al limite della capacità di ricezione del sonar.

«Quanto si vuole avvicinare prima di lanciare, signore?» chiese al-Kunis.

«Abbastanza da non mancare il bersaglio. Abbia pazienza, primo ufficiale. Arriveremo a quaranta chilometri, poi lanceremo.»

Sharef e al-Kunis si spostarono al tavolo di navigazione, studiando la linea d'approccio visualizzata sulla mappa. Il segnale lampeggiante indicava il bersaglio, oltre novanta chilometri più in là, all'imboccatura nord-ovest dello stretto. Sharef si passò la mano fra i capelli, chiedendosi quanti altri sottomarini avrebbe dovuto incontrare prima di poter lasciare il Mediterraneo.

«Condizione delle armi?» chiese a Tawkidi.

«Tubi principali da due a sei già equalizzati alla pressione esterna. Portelli esterni aperti. I siluri Nagasaki stanno entrando in funzione in questo momento», riferì Tawkidi, controllando il monitor di stato delle armi. «Pronti a lanciare fra meno di un minuto.»

«Molto bene. Equalizzare e aprire il portello del tubo undici. Preparare il Dash Cinque.»

Tawkidi trasmise l'ordine all'ufficiale seduto dietro il pannello delle armi, poi guardò Sharef. «Pensa che dovremo usare il nostro unico dispositivo di evasione?»

In quell'istante, Ahmed e il generale Sihoud entrarono nella sala.

«Faccia preparare il Dash Cinque», ordinò Sharef fissando i due visitatori. «Ne avremo bisogno.»

USS Augusta

Daminski si concentrò sulla rotta uno uno zero, quella che aveva selezionato per la ricerca in banda larga. Le cuffie convogliavano l'eco di rumori insignificanti: un miscuglio confuso di sciabordii, banchi di delfini lontani, sibili di gamberi, il rombo del fondale e, forse, il rumore all'interno delle orecchie di Daminski, simile a quello che si sente accostando l'orecchio a una conchiglia. Stava per togliersi le cuffie dalle orecchie per qualche istante quando qualcuno gli batté sulla spalla.

L'operatore radio di servizio stava dietro lo schienale della sedia con una cartelletta in mano. «È per la bozza del rapporto di contatto, comandante. L'ufficiale preposto all'assetto ha detto che voleva trasmettere il messaggio con una boa SLOT.» La SLOT (*Submarine Launched One Way Transmitter* – trasmettitore monodirezionale lanciato da sottomarino) è una boa delle dimensioni di una palla da baseball che può essere espulsa in immersione, galleggiare in superficie e trasmettere un messaggio UHF a un satellite senza che il sottomarino debba portarsi a quota periscopica.

Daminski era consapevole della irregolarità che stava commettendo, ma non gli importava. Gli era stato ordinato di trasmettere un rapporto di contatto dettagliato quando avesse intercettato il Destiny. Prima dell'intercettazione, il Pentagono voleva che la sua esatta ubicazione fosse definita e riferita in modo che, se qualcosa fosse andato storto, avrebbero saputo dove inviare una seconda unità per affondare il sottomarino del FIU. L'ordine di trasmettere era un onere impensabile per un sottomarino che cercava di sfuggire all'intercettazione da parte del nemico. Trasmettere un rapporto di contatto significava salire a quota periscopica nel bel mezzo della lotta, alzare la grossa antenna del Bigmouth e trasmettere un messaggio che poteva impiegare cinque minuti a essere scritto, confermare la posizione del contatto e tutti gli altri dati del cavolo che gli ufficiali delle retrovie vogliono conoscere: rapporto segnale/rumore, frequenza di prima intercettazione, direzione e distanza del contatto, rotta e velocità eccetera. L'*Augusta* avrebbe perso minuti preziosi e prodotto una enorme quantità di rumore non necessario per salire a quota periscopica e per immergersi nuovamente, prima di poter cominciare l'attacco.

Ma gli ordini erano ordini. Era quello il motivo per cui aveva deciso di comportarsi in modo irregolare, scrivendo in anticipo il rapporto di contatto e caricandolo in una boa SLOT che, quando fosse stato necessario, avrebbe potuto lanciare dalla profondità operativa, senza interrompere la procedura d'attacco, semplicemente premendo un bottone, per poi proseguire con l'affondamento del sottomarino del FIU. Dopo tutto, le uniche cose che quei comandanti di scrivania avevano *veramente* bisogno di sapere era che l'*Augusta* aveva individuato il bersaglio e la sua posizione approssimativa, e che l'attacco stava proseguendo. Il resto lo avrebbero saputo quando tutto fosse finito.

Daminski scarabocchiò qualche riga sulla cartelletta.

Data/ora: Trasmissione rapporto contatto su boa UHF.
Flash Flash Flash Flash Flash Flash Flash Flash
Da: USS *Augusta* SSN-763
A: CincNavForceMed
Oggetto: Rapporto contatto
Sci/Top Secret – *Early Retirement*
//BT//
1. Segue rapporto contatto.
2. Posizione approssimativa stretto Sicilia latitudine November tre sette gradi uno tre minuti longitudine Eco uno uno gradi due uno minuti, modificata per posizione boa UHF.
3. Inizio attacco.
4. Seguono dettagli.
//BT//

Daminski rilesse il messaggio. «Inizio attacco» gli piaceva particolarmente.

«Lo mostri all'ufficiale all'assetto, lo metta in codice e lo inserisca in una boa SLOT. Voglio la boa nell'eiettore entro cinque minuti.»

«Signorsì.» Il marconista prese la cartelletta e sparì. Daminski rimise la cuffia e si volse verso il pannello. Venne nuovamente interrotto, questa volta dal capo Hillsworth.

«Comandante, penso sia meglio che dia un'occhiata a questo», annunciò premendo un tasto sulla *trackball* di Daminski. Il menù a cascata della parte inferiore del monitor che visualizzava i risultati della ricerca a banda larga lampeggiò e scomparve, sostituito da una serie di grafici che visualizzavano l'intensità del suono per bande di frequenza. Il grafico dei 154 hertz, al centro del video, sembrava lo schizzo di due picchi tracciato da un bambino.

«Un doppio tonale», soggiunse Daminski. «Proprio come il vecchio SPL aveva indicato dovesse essere, meno un ciclo. È stato un bene aver ampliato i parametri, eh, capo?»

«L'avremmo trovato comunque, comandante.»

Mentre i due uomini stavano a guardare, i picchi del grafico crebbero in altezza, le colline divennero montagne, le montagne colonne e le colonne guglie. Nessun pesce o fenomeno naturale poteva produrre frequenze così pure. Quei tonali erano opera dell'uomo. Era una macchina. Un sottomarino.

«Una discreta erezione, eh, capo?» osservò Daminski, cui non dispiaceva mettere un po' alla berlina la compostezza di Hillsworth. «Posso fare io il rapporto?» Hillsworth annuì. Daminski sollevò il microfono.

«Sala controllo, qui sonar. Nuovo contatto in banda stretta. Nome in codice Sierra Quattro. Mostra una doppia frequenza a uno cinque quattro hertz. Direzione approssimativa uno tre zero. Il contatto è un'unità da guerra immersa.»

«Sonar, qui sala controllo. Ricevuto. Comandante in sala controllo.»

«Arrivo», rispose Daminski nel microfono. «Nel frattempo, designate Sierra Quattro come Bersaglio Uno. Lanciate la boa con il rapporto di contatto e mandate gli uomini ai posti di combattimento. Andatura silenziosa. Preparate quattro siluri e aprite i portelli esterni di due tubi di lancio.»

«Comandante, qui sala controllo. Signorsì.»

Daminski restituì le cuffie a Hillsworth, si alzò in piedi e batté con la mano sulla spalla del capo, poi lasciò la sala sonar, chiudendo silenziosamente il portello.

11

Venerdì, 27 dicembre
Stretto di Sicilia

La boa SLOT, delle dimensioni di una palla da baseball, era stata caricata in uno stretto tubo posto lungo la murata, nella parte anteriore del sottomarino. Poco dopo il tubo fu allagato, in modo da portarne la pressione al livello di quella esterna. Infine, il portello anteriore fu aperto. A causa della profondità, all'interno del compartimento la luce non aumentò. Pochi istanti ancora e, dalla parte posteriore, un getto d'acqua pressurizzata fu spinto all'interno. La boa fu espulsa e spinta in superficie, centottanta metri più in alto, dalla pressione e dalla sua spinta di galleggiamento. Per qualche minuto salì nelle acque scure, mentre la pressione circostante diminuiva. Raggiunse la superficie. Sarebbero bastati pochi centimetri quadrati esposti all'aria e il circuito d'apertura avrebbe fatto estendere l'antenna a stilo nella notte senza luna, dopo di che il trasmettitore interno avrebbe iniziato a inviare il messaggio di Daminski al satellite di comunicazione UHF in orbita geostazionaria. Continuò a ripetere il messaggio fino a quando, un'ora dopo, la sua batteria non si esaurì; allora la boa si chiuse e si riempì d'acqua, autoaffondandosi nelle profondità del mare.

Il satellite da telecomunicazioni della marina CommStar ricevette il messaggio al primo tentativo, registrò l'ora di trasmissione e, vedendo che recava il codice di priorità *flash*, interruppe tutte le attività in corso, per ritrasmetterlo al satellite CommSat in orbita sopra l'Atlantico centrale che a sua volta lo ritrasmise al centro comunicazioni della marina, nei recessi più interni del Pentagono. Laggiù, in un'area riservata, un allarme si accese sul pannello di un computer, avvisando l'addetto di servizio dell'arrivo di un messaggio flash. Non appena il messaggio fu stampato, l'operatore, un capo di prima classe, attivò una linea criptata, ne verificò la sicurezza e chiese di essere messo in contatto con il comandante in capo delle forze navali del Mediterraneo, ammiraglio John Traeps. L'aiutante di Traeps, un capitano di corvetta, ordinò che il messaggio fosse inoltrato alla sala situazione, dove il suo superiore era in riunione con il capo di stato maggiore. La stampata del messaggio fu portata a mano all'ammiraglio Traeps e all'ammiraglio Richard Donchez, capo di stato maggiore della marina, nella sala situazione. Traeps lo lesse, lo siglò e lo passò al collega che ordinò che la posizione fosse visualizzata sulla mappa elettronica sulla parete. Nel giro di trenta secondi, un punto blu lampeggiante apparve sulla mappa dello stretto di Sicilia. Il punto blu era indicato come USS AUGUSTA SSN-763 – IN IMMERSIONE. Accanto a esso, un punto arancio lampeggiante e la scritta FIU DESTINY – UNITÀ UNO.

Traeps fece chiamare un operatore radio. Gli diede il messaggio dell'*Augusta*, con l'ordine di trasmetterlo in copia al *Phoenix*, attualmente di pattuglia a Gibilterra, la porta dell'Atlantico, ai jet antisom Viking della *Reagan* e ai pattugliatori antisom P-3 Orion di Sigonella.

Donchez guardò la mappa e annuì. Entro un'ora avrebbe potuto chiamare Barczynski e dargli la buona notizia.

USS Augusta

In sala controllo, l'ufficiale addetto all'assetto Mark Berghoffer rivolse uno sguardo inquisitorio a Daminski, appena arrivato dal locale sonar. Il capitano iniziò a impartire ordini ancora più in fretta di quanto potessero essere ricevuti.

« Ufficiale all'assetto, prendo il controllo. Avanti un terzo, cinque nodi. Dieci gradi a sinistra, rotta due quattro zero. Profondità trecento metri. Ufficiale all'assetto, situazione tubi di lancio... »

Il ponte s'inclinò in avanti mentre l'addetto spingeva la cloche di controllo della profondità nella posizione d'immersione rapida. Mentre il ponte ritornava in piano, il locale iniziò a riempirsi di uomini; tutti e quattro i pannelli delle postazioni di attacco vennero presidiati da ufficiali dotati di cuffie, affiancati da uomini agli interfoni. Altri tecnici, ai tavoli di calcolo manuale dei parametri di lancio, si tenevano pronti a sostituire i computer; il comandante in seconda, Danny Kristman, assunse il ruolo di direttore di lancio, sostituito da Tim Turner come ufficiale all'assetto; Kevin Skinnard assunse il controllo della Postazione Due, Jamie Fernandez dietro di lui, in Postazione Uno; l'ufficiale addetto ai sistemi d'arma, Ron Hackle, al pannello di controllo di lancio. Daminski controllò l'orologio. I posti di combattimento erano stati tutti occupati in due minuti dal suo arrivo in sala controllo. Non male.

Mentre gli uomini occupavano i posti di combattimento, iniziarono ad arrivare i primi dati necessari per puntare i siluri. Tre minuti dopo la virata di Daminski a ovest, Skinnard inserì nel sistema un'ipotesi di distanza e velocità del bersaglio. La stima della rotta era buona, nell'ipotesi che il Destiny fosse diretto attraverso lo stretto, in uscita, rotta nord-est.

«Comandante in seconda», chiamò Skinnard nel microfono, rivolto a Kristman, il direttore di lancio. «Ho una curva e una discreta soluzione di lancio basata sulla TMA in banda stretta. Distanza 43.000 metri; velocità del bersaglio diciotto nodi.»

Kristman apparve sopra la spalla di Skinnard e guardò la linea punteggiata, poi si rivolse verso Daminski.

«Comandante, abbiamo una soluzione di lancio basata sulla TMA in banda stretta.»

«Sonar, qui è il comandante», chiamò Daminski. «Nessuna intercettazione in banda larga?»

«Comandante, qui sonar. Negativo», rispose Hillsworth.

Daminski si rivolse a Kristman. «Detesto lanciare su una soluzione in banda stretta.»

«Io consiglierei di provare una salva orizzontale, signore. Non sappiamo quale soglia d'intercettazione abbia quel tizio. Potrebbe individuarci da un secondo all'altro.»

«Sì, ma se lanciamo troppo presto e quello sente i siluri o il transiente di lancio, volterà le spalle e si metterà a correre, e noi avremo perso la nostra occasione.»

«Ma se noi non lanciamo e loro lo fanno per primi, saremo noi a dover correre.»

Daminski scoccò un'occhiata oltre la mappa della Postazione Uno e prese la sua decisione. «Attenzione controllo di lancio», annunciò. La sua voce da giocatore di football attirava l'attenzione di tutti i presenti. «Abbiamo una soluzione in banda stretta sul Bersaglio Uno e voglio lanciare una salva orizzontale di Mark

50 attraverso lo stretto. La distanza dal bersaglio è ancora alta, quindi, per risparmiare carburante, useremo una velocità di approccio bassa, con attivazione testata a bassa profondità, il che ci permetterà di rendere i siluri più silenziosi. Avete capito tutti? Tenetevi pronti al lancio di risposta, se il tipo ci sente. Forza.» Daminski si voltò nuovamente verso Kristman. «Faccia preparare i siluri, signor Kristman... traiettoria divergente di un grado. Distanza prima dell'innesco, 25.000 metri. Ricerca attiva da bassa a media. Mi dia conferma.»

Daminski rimase a guardare il pannello di lancio fino a quando i siluri non furono programmati, poi diede un'ultima occhiata alla linea punteggiata di Skinnard. La soluzione era tracciata. Adesso era il momento di lanciare.

«Attenzione, controllo di lancio. Procedura di lancio tubi uno e due, Bersaglio Uno, salva orizzontale. Un grado di apertura. Un minuto d'intervallo.»

«Battello pronto», riferì l'ufficiale all'assetto, Tim Turner.

«Armi pronte», confermò l'ufficiale addetto ai sistemi d'arma, Ron Hackle.

«Soluzione pronta», annunciò Skinnard dalla Postazione Due.

Daminski si guardò intorno per l'ultima volta. Tempo cinque secondi, avrebbe avuto i siluri in acqua, diretti contro l'altro sottomarino. Quella volta non era un'esercitazione, era tutto reale. Daminski iniziò la litania di lancio.

«Tubo uno: lanciare lungo la soluzione generata.»

«Pronto», confermò Skinnard dalla Postazione Due, trasferendo dal computer del sistema di controllo al siluro le stime relative alla posizione del bersaglio, alla rotta e alla velocità.

«Pronto», riferì Hackle dal pannello del controllo di fuoco, ruotando il selettore su ore nove.

«Fuori!» ordinò Daminski dalla piattaforma.

«Lancio», ripeté Hackle, portando il selettore su ore tre, nella posizione marcata LANCIO.

L'atmosfera nella sala parve esplodere in un boato riverberante, schiantando le orecchie di Daminski, mentre l'aria compressa del pistone di espulsione sfogava verso l'interno dello scafo, andando a mettere in pressione l'acqua dei serbatoi che circondavano il tubo di lancio e che spinse il siluro fuori dal tubo. Gli uomini nella sala sbadigliarono all'unisono, liberando le orecchie dagli effetti dell'onda di pressione.

«Sala controllo, qui sonar.» L'accento britannico di Hillsworth risuonò nel sistema di comunicazione della centrale di tiro. «Lancio regolare.»

«Centrale pronta a lanciare unità due, signore», riferì Hackle.

«Tubo due: lancio lungo la soluzione generata», ripeté Daminski.

«Pronto.»

«Pronto!»

«Fuori.»

«Lancio!»

Il ponte sobbalzò sotto i piedi di Daminski e le orecchie parvero nuovamente schiantarsi.

«Sala controllo, qui sonar. Seconda unità fuori. Lancio regolare.»

«Ufficiale addetto ai sistemi d'arma. Tagliare i cavi delle unità uno e due, e chiudere i portelli esterni.»

«Signorsì. Cavi tagliati uno e due... Portelli esterni chiusi uno e due.»

«Aprire portelli esterni tubi tre e quattro», ordinò Daminski, impaziente, imprecando che ci volesse tanto tempo a lanciare quella salva. D'altro canto, i dispositivi di caricamento potevano preparare solo un tubo alla volta per ciascun lato.

«Tubi tre e quattro aperti. Dati impostati. Pronti per il lancio.»

«Procedura di lancio tubi tre e quattro, Bersaglio Uno», ordinò Daminski.

«Battello pronto.»

«Armi pronte.»

«Soluzione pronta.»

«Lancio lungo soluzione generata...»

La voce preoccupata di Hillsworth interruppe l'ordine di Daminski. «Sala controllo, qui sonar. Abbiamo perso il bersaglio!»

«Sonar, qui il comandante. Ripetete.»

«Signore, abbiamo perso il bersaglio. È sparito.»

CNFS Egira

Ahmed passeggiava lentamente per la sala controllo, lanciando a Sharef occhiate sempre più inquiete a mano a mano che notava quanto il locale fosse affollato. A quel punto, tutti gli ufficiali del battello erano seduti alle rispettive postazioni o in piedi dietro queste. Sebbene gremita, la sala era, comunque, estremamente silenziosa. L'unico suono che era possibile udire era il sibilo acuto e leggero delle tre dozzine di computer dietro le quali era raccolto l'equipaggio. Decisamente, qualcosa stava andando per il verso sbagliato. La voce di Ahmed era un bisbiglio, mentre si rivolgeva a Sharef.

«Commodoro, cosa...»

Chinandosi sopra un monitor, Sharef gli rivolse un impaziente cenno di tacere. Il colonnello fissò lo schermo, incapace di ricavarne alcunché di utile, pur essendo stato addestrato a utilizzare tutti i sistemi d'arma dei più moderni velivoli da caccia.

Uno degli ufficiali più anziani dell'*Egira*, un capitano di fregata con il nome *Tawkidi* ricamato sopra la tasca sul petto, apparve al suo fianco, come se gli fosse stato ordinato di spiegare a lui e al *Khalib* quello che stava succedendo. Parlò in tono sommesso.

«Abbiamo individuato un sottomarino della Coalizione nello stretto che abbiamo di prua. Probabilmente un'unità americana classe Los Angeles. Sta bloccando l'uscita. Probabilmente non sa che ci troviamo qui.»

Sihoud non disse nulla, limitandosi a fissare accigliato gli schermi dei computer e le schiene degli ufficiali. Ahmed cercò d'incontrare gli occhi del generale, ma non vi riuscì.

«Cosa facciamo?»

«Non siamo ancora abbastanza vicini. Fra qualche minuto, quando ci saremo accostati, lanceremo una salva di siluri Nagasaki contro il sottomarino.»

Ahmed aggrottò la fronte. «Non possiamo lanciarla subito?»

«Potremmo, ma il comandante non vuole segnalare la nostra posizione. I siluri producono rumore. Se lanciamo da troppo lontano, il bersaglio potrebbe udirci e fuggire. Un siluro che insegue un sottomarino a volte lo raggiunge, ma a volte può esaurire il carburante prima di entrare in modalità d'attacco e il sottomarino riesce a cavarsela.»

«È sempre possibile inseguirlo e lanciargli contro altri siluri.»

«Potremmo non essere più in grado di individuarlo», soggiunse Tawkidi.

«E perché no? Se ce l'avete fatta questa volta...» esclamò Ahmed, alzando la voce.

Sharef si voltò e lo squadrò. Ahmed si sentì avvampare.

«In mare, il suono fa strani scherzi», spiegò Tawkidi. «Individuarlo in questa occasione può essere stato semplice, ma fra sei ore potrebbe essere impossibile, quando il sole avrà scaldato le acque in superficie, modificato i profili di temperatura e attivato le fonti di rumore biologico.»

Ahmed scosse la testa. Era come se gli stesse comunicando che il radar del suo caccia funzionava solo nei giorni di bel tempo.

«... Rilevamento sonoro di lancio siluri...» riferì con calma a Sharef l'ufficiale che stava dietro uno dei pannelli, dopo essersi spostato la cuffia da un orecchio. «Siluro in avvicinamento dal bersaglio.»

Sharef prese a sua volta un paio di cuffie, vi accostò l'orecchio e ascoltò attentamente, fissando il monitor di un altro pannello, diverso dal primo ma egualmente misterioso, agli occhi di Ahmed.

«Prepararsi a eseguire la manovra di spidocchiamento», ordinò. «Selezionare il dispositivo Dash Cinque. Controllo, spegnere la propulsione.»

«Pronti, signore.»

«Propulsione spenta.»

«Avviare lo spidocchiamento!» ordinò Sharef.

«Reattore chiuso. Adesso», disse l'ufficiale di macchina dall'angolo di tribordo, a poppa della sala. «Reattore chiuso. Batteria al trenta per cento.»

I ventilatori rallentarono in maniera percepibile. Il caldo prodotto dai computer e dagli uomini raccolti nella sala fece aumentare immediatamente la temperatura. Gocce di sudore apparvero sulla fronte di Ahmed e sul dorso del suo naso. Le ascelle erano già umide.

Le conversazioni s'interruppero. Sembrava non accadere più niente. Solo gli ufficiali continuavano a fissare i monitor.

«Tawkidi, cosa diavolo sta succedendo?» chiese Ahmed, ben attento a formulare la domanda a voce bassa.

«Il nemico ha lanciato un siluro contro di noi. È stato un errore credere che non ci avesse sentito.» Anche Tawkidi aveva gli occhi puntati verso i monitor e aveva smesso di guardare Sharef e Ahmed.

«E adesso? Perché avete spento il reattore? Il siluro ci colpirà?»

«È possibile.» Tawkidi si portò l'indice alle labbra, facendo segno ad Ahmed di tacere. Quest'ultimo si voltò verso Sihoud.

«Stato del Dash Cinque?» Sharef lanciò uno sguardo al cronografo imbullonato alla paratia.

«Unità pronta, signore. Tubo undici aperto. Livello d'emissione impostato a 90 decibel. Commodoro, è l'unica unità che abbiamo. Se il nemico lancia ancora, non ne avremo più.»

Sharef annuì con aria sicura. Ma dentro di sé dubitava che un solo Dash Cinque sarebbe stato sufficiente, in una missione come quella.

«Tubo undici. Lanciare.»

«Tubo undici. Fuori... Il tubo segnala lancio regolare.»

«Portare il Dash Cinque su rotta uno zero zero. Aumentare l'emissione a 120 decibel.»

«Virata impostata, signore. Passo nord. Passo est. Stabile su rotta uno zero zero. Livello d'emissione a uno due zero delta bravo.»

Nella sala vi fu un altro silenzio prolungato. L'atmosfera era asfittica, calda e incredibilmente umida. Il viso e i capelli di Ahmed erano fradici e il sudore gli colava negli occhi. Improvvisamente, fu colpito dall'acuta consapevolezza che fra lui e la superficie si trovava una colonna d'acqua salata alta mezzo chilometro.

«Portare il Dash Cinque su rotta uno tre zero e aumentare l'emissione a 130 decibel», ordinò Sharef. L'ufficiale dietro il pannello confermò l'ordine, eseguì una serie di operazioni sul computer e ne riferì il risultato.

«Il bersaglio ha lanciato un secondo siluro, commodoro.»

«Comandante», intimò Ahmed a Tawkidi. «Per favore, ci spieghi senza farsi pregare cosa succede, se non le dispiace.»

«Il commodoro ha fatto lanciare un dispositivo d'evasione, il Dash Cinque, programmato per emettere rumori simili a quelli emessi dal sottomarino. Più forti ma, per il resto, assolutamente identici. Nel frattempo, ha fatto spegnere la propulsione, così noi possiamo derivare silenziosi mentre il Dash Cinque confonde i siluri nemici.»

«Non risponde al fuoco?»

«Prima le cose più importanti. Quando i siluri saranno affondati, risponderemo al fuoco. Altrimenti, il sottomarino nemico potrebbe reindirizzare i suoi siluri e colpirci. È stato il commodoro a inventare questa tattica. È brillante, anche se non è mai stata messa in pratica.»

Ahmed scambiò uno sguardo con Sihoud. Sharef stava utilizzando una condotta di combattimento che non era stata inventata dai giapponesi. Quanto sarebbe stata buona?

«Rotta dei siluri in avvicinamento?»

«Costante, signore», riferì al-Kunis, accigliato.

«Significa che stanno continuando a puntare contro di noi. Non hanno ancora individuato il Dash Cinque», bisbigliò Tawkidi.

Ahmed sentì un'ondata di nausea prendergli lo stomaco e continuare a salire, fino al cerchio che gli stringeva la testa.

Siamo morti, pensò.

Daminski si strappò le cuffie dalla testa e le lasciò cadere a terra, mentre si faceva largo a spallate, oltre i pannelli della centrale d'attacco, verso l'angolo di tribordo, a prua, della sala controllo. Afferrò il portello che separava la sala dal locale sonar e lo aprì con violenza, come se avesse voluto scardinarlo.

«Cosa diavolo sta succedendo?» La sua voce era alta e tagliente come un rasoio.

«Niente, signore. Temo sia questo il guaio», rispose Hillsworth, rivolto verso i monitor della sua apparecchiatura. «Il Bersaglio Uno è scivolato sotto il valore di soglia del rapporto segnale/rumore. L'abbiamo perso.»

«Cos'è successo al tonale a 154 hertz?»

«È sparito. Forse ha virato in un aspetto che maschera i generatori della turbina. Può darsi che stia fuggendo, mostrandoci le eliche. Magari il motore interferisce con la ricezione del tonale.»

«Se stesse fuggendo, lo rileveremmo con una ricerca in banda larga.»

«Con un'elica convenzionale, forse. Con quella turbina intubata, chi lo sa? Perché non lo insegue lungo la traiettoria di lancio dei siluri? È possibile che salti nuovamente fuori.»

«D'accordo. Faremo rotta verso sud-est.» Daminski si voltò per uscire, poi, giunto al portello, si voltò guardando Hillsworth negli occhi. Gli puntò contro il dito tozzo e disse: «Forza, capo. Voglio quel figlio di puttana sugli schermi. E segua anche le unità uno e due. Può darsi che lo individuino prima di noi».

Tornato in sala controllo, il comandante in seconda, Danny Kristman, gli restituì le cuffie senza dire una parola. Daminski se le infilò.

«Attenzione, sala controllo», ordinò in tono secco. «Non lanciare – ripeto, non lanciare – siluri tre e quattro. Abbiamo perso il nemico perché sta sfuggendo alle unità uno e due. Stiamo per inseguirlo attraverso lo stretto. Appena ripreso contatto, spareremo gli altri due siluri. Forza. Avanti tutta. Due gradi a babordo. Rotta uno quattro zero.»

Incrociò le braccia sul petto, rimanendo ad aspettare che il sonar individuasse nuovamente il Destiny. E aspettare non era una cosa che gli riuscisse bene.

«La batteria è bassa, commodoro.»

A quel punto, il sudore che imperlava il viso di Ahmed aveva intriso tutta la parte anteriore della tuta che al-Kunis gli aveva prestato. Provò a ripetersi che era il caldo umido e opprimente di quella tomba che era la sala controllo piena di gente ma, almeno con se stesso, doveva essere abbastanza onesto da ammettere che la maggior parte di quel sudore era dovuto alla paura. Una paura resa peggiore, molto peggiore, dal fatto di non poter fare nulla per cercare di salvarsi. Tentò di sfuggire agli occhi di Sihoud. Nelle loro iridi violette non c'era conforto. Erano solo uno specchio della sua ansia.

«Quanto tempo ancora?» chiese Sharef.

«L'indicatore segna zero. Dobbiamo riavviare il propulsore subito o non avremo abbastanza energia da estrarre le barre di controllo dal nucleo del reattore.» L'ufficiale di macchina, Quzwini, si trovava nell'angolo opposto della sala rispetto a quello in cui si trovava Sharef. Aveva parlato con voce attutita, quasi un sospiro, ma le sue parole si erano come incise nel silenzio.

«Signore, i siluri stanno accelerando», comunicò al-Maari dal pannello controllo sensori che si trovava accanto al commodoro.

«Mi dia un altro minuto», disse Sharef a Quzwini da sopra la spalla, concentrandosi sullo schermo.

«Dovrò spegnere i computer fra venti secondi, signore.»

«Rotta dei siluri?» chiese Sharef ad al-Maari.

«Dritti su di noi, signore. Rotta costante. Continuano a puntare contro di noi...» rispose al-Maari, tendendo l'orecchio per ascoltare i rumori trasmessi dalla cuffia. Il suo viso si fece di colpo teso. «Ho un impulso, signore. Da entrambi i siluri.»

«Comandante, devo riavviare il reattore. Subito!»

«Attenda, Quzwini.»

«Il Dash Cinque ha captato gli impulsi... E sta rispondendo.»

«Devo spegnere i computer, commodoro.»

«Le ho detto *attenda*», ordinò secco Sharef.

«Signore...»

«Ricevo forti rumori di cavitazione dalle eliche dei siluri», lo interruppe al-Maari. «Hanno accelerato alla massima velocità. Stanno cambiando di rotta. L'angolo aumenta, signore. I siluri stanno deviando verso destra. Stanno andando dietro al Dash Cinque. Entrambi!»

«Riavviare il reattore!»

Ahmed fece un sospiro di sollievo. Fino a quando i monitor dei computer non si spensero, le luci non morirono e i ventilatori non si fermarono del tutto: cinquecento metri sotto la superficie, il sottomarino era rimasto senza energia.

12

Venerdì, 27 dicembre
Stretto di Sicilia
USS Augusta

«SALA controllo, qui sonar. Unità uno e due attive e in rotta sul bersaglio.» Il rapporto di Hillsworth era calmo, controllato. «Abbiamo segnali di ritorno dal bersaglio su rotta uno quattro quattro. Distanza delle unità dall'obiettivo in diminuzione.»

Daminski sorrise, alzando le mani come dopo un placcaggio riuscito.

«Controllo di lancio, attenzione. Non aspettiamo la soluzione. Lanciamo due Mark 50 lungo la linea di tiro, alta velocità. Distanza d'attivazione 10.000 metri, ricerca attiva. Procedura di lancio, tubi tre e quattro, Bersaglio Uno. Salva orizzontale, mezzo grado d'apertura.»

Daminski ricevette i rapporti dalle diverse postazioni e ordinò il lancio. Hackle portò per due volte il selettore in posizione di lancio. Per due volte il ponte tremò e l'aria nella sala rimbombò dolorosamente nelle orecchie dei presenti, a causa dell'onda di pressione. Una volta effettuato il lancio, Daminski fece rallentare il battello a cinque nodi, sperando di sentire meglio il contatto nel caso in cui fosse riuscito a sfuggire ancora. Ma Hillsworth l'aveva inchiodato, sia per i segnali di ritorno dei siluri uno e due, sia per le intercettazioni a banda larga e stretta. Il Destiny era condannato.

Si chiese per un momento se dovesse ricaricare i tubi, che adesso erano tutti e quattro vuoti. Il caricamento sarebbe stato rumoroso e avrebbe permesso al bersaglio di individuarli e di lanciare una controsalva lungo la linea d'attacco. Lasciare i tubi vuoti, d'altro canto, avrebbe significato non avere niente da lanciare in direzione di un contatto comparso improvvisamente, un secondo sottomarino nemico spuntato da Dio sa dove.

Il Fronte Islamico Unito aveva un solo Destiny. I suoi Victor III erano imbottigliati nei porti ed erano o fuori uso o troppo rumorosi per costituire una minaccia credibile. Era impossibile che un sottomarino nemico riuscisse a individuare l'*Augusta*. E questo era precisamente il suo compito in qualità di comandante, pensò Daminski. Quindi prese una decisione da comandante: lasciare i tubi vuoti e ricaricare in seguito.

Le lampade d'emergenza, grosse lampade in contenitori a tenuta stagna, si accesero, riuscendo a malapena a scacciare le tenebre fitte nella sala controllo. Ahmed sentì la cena risalirgli nella gola. La ricacciò giù. Aveva un gusto amaro.

«Controllo nave», annunciò Sharef, la voce tagliente e autorevole, dalla sezione anteriore della sala. «Abbiamo il controllo della profondità?»

Gli ufficiali dietro il pannello guardarono le file di vecchi strumenti elettrici illuminati dalla luce delle lampade d'emergenza. Come gli strumenti funzionassero, Ahmed poteva solo immaginarlo. Forse avevano batterie dedicate dietro il pannello. Nella luce fioca, circondati da schermi bui e da ufficiali impotenti, Ahmed ripensò alla domanda che aveva posto a Sharef. Una perdita del controllo della profondità significava che stavano... *affondando.*

«Il sistema idraulico d'emergenza funziona, commodoro», annunciò un ufficiale giovanissimo alla loro sinistra. «Profondità: 510 metri, angolo di discesa negativo. I cassoni d'aria sono pieni.»

«Lo tenga sopra gli ottocento metri. Utilizzi i cassoni, ma minimizzi il consumo d'aria. Tenga l'angolo d'appruamento entro i sette gradi.»

«Signorsì.»

Sharef controllò il cronometro alla luce delle lampade d'emergenza.

Ahmed prese in considerazione l'idea di chiedergli cosa sarebbe accaduto, ma ci ripensò quando vide Sharef che lo fissava, nell'oscurità soffocante. Sharef si piegò sopra il tavolo di navigazione buio, e tamburellò con le dita sulla superficie di vetro.

Ahmed controllò il suo orologio, chiedendosi quanto l'*Egira* avrebbe continuato a fluttuare tra le onde, impotente, mentre il sottomarino nemico e i suoi siluri erano là fuori, in cerca di loro.

Daminski osservò accigliato il rapporto sonar. Alzò gli occhi, incontrando quelli di Kristman. Ron Hackle, l'ufficiale addetto ai sistemi d'arma, dietro il pannello di tiro, si voltò unendosi alla loro silenziosa costernazione.

«Sonar, ripetere», richiese Daminski lentamente, cercando di riflettere.

«Comandante, qui sonar. Unità uno e unità due in rotta su bersaglio. Stando alla frequenza degli impulsi del sistema di ricerca attiva, si trovano a un centinaio di metri; ma la situazione si ripete. Sembra che i siluri siano entrati in modalità riattacco.»

«Ron, secondo te, cosa significa?» chiese Daminski a Hackle.

«Che le unità sono sul bersaglio, signore. Dovrebbero esplodere e invece vanno in modalità riattacco.»

«E perché diavolo due siluri dovrebbero andare in modalità riattacco?»

Daminski si curvò sopra il pannello della centrale di lancio per sbirciare sul monitor della Postazione Quattro i dati delle unità tre e quattro, ancora collegate al tubo di lancio e alla centrale di controllo attraverso i loro cablaggi elettronici. Era stata una scelta sfortunata quella di tagliare i cavi delle unità uno e due per ricaricare i tubi e lanciare i siluri tre e quattro. I dati trasmessi avrebbero probabilmente consentito di risolvere il problema.

«Cosa trasmettono le unità tre e quattro?»

«Devono ancora attivarsi, signore», rispose Hackle.

Daminski si voltò verso Kristman mormorando fra sé. «Le unità uno e due sono sul bersaglio e vanno in modalità riattacco. Modalità riattacco... Questo significa che perdono contatto con il bersaglio e girano intorno nel tentativo di ritrovarlo. Continuano a emettere impulsi, riacquisiscono il bersaglio, ma lo perdono ancora e tornano in modalità riattacco.»

Daminski si interruppe e si rivolse a Kristman. «Perché un siluro dovrebbe andare in modalità riattacco?»

«Sensore di prossimità difettoso», replicò Kristman lentamente. «L'unità sente il bersaglio, lo punta, ma non riesce a individuare lo scafo metallico, o ad allinearsi, e si allontana per tentare un altro approccio.»

«Un siluro con un sensore di prossimità difettoso, d'accordo. Ma due? Non credo. E se il sensore fosse a posto? Perché dovrebbe andare in modalità riattacco?»

«Intensificazione degli impulsi? Contromisure attive?»

«Cosa?»

«È possibile che il bersaglio trasmetta impulsi sonar attivi su una frequenza compatibile con quella del siluro in avvicinamento, con uno sfalsamento dell'onda calcolato per ingannare la sua finestra di ricerca.»

«Come trasmettere un riverbero anticipato, in modo che l'arma pensi di essere più vicina di quanto non lo sia realmente?»

«È possibile.»

«Ci vogliono un computer e un sistema sonar notevoli per fare una cosa del genere», commentò Daminski, «e un sottomarino maledettamente silenzioso. E anche in quel caso potrebbe funzionare con un siluro, ma con due? O quattro?»

«E se disattivassimo il sistema di ricerca attiva sulle unità tre e quattro? Così non dovrebbero rimanere disorientate.»

«Abbiamo il rapporto segnale/rumore necessario per passare alla ricerca passiva?»

«Hillsworth dovrebbe saperlo.»

«Sonar, qui comandante. Abbiamo un rapporto segnale/rumore per portare le unità tre e quattro in modalità passiva?»

«Comandante, qui sonar. Affermativo.»

«Ce le porti, Hackle.»

Le dita di Hackle corsero veloci sulla serie dei tasti funzione, visualizzando il menu d'impostazione dei siluri. Nel menu, cambiò la modalità di ricerca, portandola da attiva a passiva, programmando le unità tre e quattro in modo che cercassero il bersaglio solo ascoltando i segnali emessi da questo, e non emettendo impulsi attivi e valutandone il ritorno.

Gli uomini nella sala erano silenziosi, in attesa che gli ultimi due siluri si attivassero e iniziassero a cercare il bersaglio. Ci vollero parecchi minuti. Daminski era in piedi, dietro a Hackle e Kristman. Cosa diavolo avrebbe fatto se anche quei due siluri fossero entrati in modalità riattacco?

Negli ultimi dieci minuti, Sharef aveva continuato a osservare il cronografo, mentre Ahmed lo fissava, aspettando una sua mossa. Ma non succedeva niente.

I pensieri di Sharef lo avrebbero confuso. Il commodoro stava pensando al tappeto persiano nel suo alloggio, al suo errore voluto. L'imperfezione inserita a testimonianza dell'umiltà dell'uomo davanti alla grandezza di Allah, che sarebbe stato insultato dalla sua perfezione. Per Sharef, l'imperfezione dell'*Egira* era la batteria, una batteria troppo piccola per permettere al sottomarino di nascondersi sotto la cortina acustica in una manovra evasiva. Ma, a differenza di quella del tappeto, l'imperfezione del sottomarino non era priva di conseguenze. Avrebbe potuto finire con l'ucciderli tutti. Forse, la volontà di Allah era quella, pensò, con un fondo di amarezza. Controllò ancora una volta l'orologio e spostò lo sguardo su Ahmed che lo fissava. Gli concesse un sorriso tirato. L'altro annuì.

Il ponte si piegò in avanti in maniera preoccupante. Stava affondando di prua. Sharef ordinò all'addetto al controllo d'immersione di lasciare che il sottomarino s'inclinasse e che non cercasse di stabilizzarlo, a meno che l'angolo di discesa non minacciasse di superare i sette gradi. Ma, per Ahmed, anche un quarto di grado d'inclinazione era evidente, e un grado faceva scattare nella sua mente un campanello, come se il battello stesse affondando. Cinque gradi erano come una parete. Con il ponte inclinato di cinque gradi, la parte anteriore della nave si trovava mezzo metro più in basso di quella posteriore.

Alla fine, Sharef si portò dietro la postazione di controllo e parlò al giovane che si trovava nel seggiolino di sinistra. Ad Ahmed, quegli ordini dicevano poco.

«Riempire d'aria cassoni uno e tre. Salire a punto cinque al secondo. Iniziare ad allagare a cento, mantenere da trenta a venticinque metri.»

«Signorsì. Riempire d'aria cassoni uno e tre.»

Per qualche secondo si sentì un suono ovattato di aria che veniva inspirata.

«Quzwini, vada sotto; si prepari ad alzare lo *snorkel* e ad avviare il motore ausiliario.»

L'ufficiale di macchina cedette il suo posto dietro il pannello di controllo a un tenente di vascello e uscì dal locale. Ahmed cercò fra le chiazze di luce e di oscurità il capitano di fregata Tawkidi, trovandolo dietro il pannello del sonar, curvo sopra una delle postazioni.

«Adesso cosa succede, comandante?»

«Stiamo salendo a quota periscopica per riavviare il reattore.»

«Perché non possiamo farlo a questa profondità?»

«Perché la batteria è scarica. Abbiamo bisogno di elettricità. Quando saremo vicini alla superficie potremo alzare lo *snorkel* e far partire il motore diesel, che ci fornirà corrente sufficiente per avviare il reattore.»

«Oh. Ma sarà rumoroso, o no? Non ci sentirà, il nemico?»

«Sì. Ma il commodoro ha deciso così.»

Il ponte tornò in piano, poi cominciò a inclinarsi nella direzione opposta, con l'estremità poppiera più in basso. Il battello puntò verso l'alto, mentre il ponte continuava a oscillare lentamente. Il senso di frustrazione di Ahmed si intensificò quando comprese quanto fosse stato stupido perdere potenza e finire alla deriva nel momento più critico, mentre erano attaccati da un sottomarino nemico. Se fossero sopravvissuti a quella follia, avrebbe chiesto a Sihoud di silurare il commodoro.

Due ponti più in basso, nell'ultimo compartimento verso poppa del modulo comando, il capitano di fregata Ibn Quzwini si era seduto al pannello di controllo del motore ausiliario. Una lampada d'emergenza illuminava gli indici immobili. Il walkie-talkie che portava alla cintura gracchiò.

«Quzwini, alzi lo *snorkel.*»

Quzwini sfilò il coperchio a una valvola idraulica, stando ben attento a evitare che il liquido trafilato sgocciolasse sul ponte. Afferrò il selettore della valvola, lo tirò verso l'alto e lo ruotò a destra, bloccandolo in posizione. Da sopra vennero un sibilo e un colpo secco, mentre il sistema oleodinamico ad alta pressione spingeva lo *snorkel* fuori dalla vela, alto sopra lo scafo.

Dieci metri sopra la sala controllo, la vela del sottomarino si avvicinò alla superficie nel tentativo di raggiungere l'aria aperta e di portarla all'interno per alimentare il diesel affamato. Lo *snorkel*, costituito da un tubo alla cui estremità era fissata una valvola idrosensibile, puntò verso le onde, raggiungendo la superficie ed estendendosi verso il cielo notturno.

«Controllo, qui Quzwini. Lo *snorkel* è alzato.»

«Profondità due sette metri.»

«Lo *snorkel* è affiorato. Svuotare il condotto d'induzione.»

Quzwini manipolò una serie di comandi idraulici che controllavano una valvola d'isolamento inserita nella tubazione che collegava lo *snorkel* al diesel. Era prudente, dato che, se fosse entrata acqua nel motore, questo avrebbe vanificato le loro possibilità di riavviare il reattore in tempi rapidi. Sollevò la protezione di metallo dal comando del compressore ad alta pressione e azionò la valvola in modo da espellere l'acqua dalla tubazione. Alla fine, il motore fu pronto. Azionò una seconda valvola e fece compiere alcuni giri al grosso motore, assicurandosi che i cuscinetti fossero ben lubrificati prima di avviarlo. Si piegò sotto il pannello e tolse il coperchio di plastica a un interruttore elettrico che comandava il circuito collegato a una serie di batterie da automobile alloggiate all'interno del pannello. Le batterie fornivano l'energia per il generatore e gli avrebbero consentito di produrre elettricità. Quindi ruotò l'interruttore e premette ripetutamente il pulsante d'avviamento posto accanto alla valvola del sistema pneumatico.

Immediatamente, un getto d'aria sotto pressione entrò rumorosamente nel motore. Lentamente, il macchinario iniziò a girare fino a raggiungere il regime corretto di rotazione. Quzwini, seguendo più il suo istinto che le procedure operative, azionò un'altra valvola e avviò l'iniezione del carburante, sperando che il motore tenesse. La semplice compressione aveva già portato i cilindri a temperatura elevata. Procedendo sempre per istinto, bloccò l'afflusso dell'aria appena lo sentì cominciare a rombare. Il rumore era forte, anche se la bestia si trovava tre compartimenti più a poppa. Il ponte tremò mentre il motore saliva di giri, con un fragore violento e doloroso. Fissò il voltmetro, pregando silenziosamente, mentre osservava l'ago salire piano fino a quota duecentocinquanta. Si asciugò la fronte con una manica. Teneva. Normalmente, avrebbe aspettato una ventina di minuti perché il motore si scaldasse e si stabilizzassero le temperature dell'acqua e dell'olio dei circuiti di raffreddamento. Ma quella non era un'esercitazione.

Tolse il coperchio a un grosso interruttore elettrico e premette un pulsante rosso con la scritta CHIUSO. Osservò la lancetta del voltmetro, ormai salita oltre il duecentocinquanta. Verificò sul pannello principale la velocità di rotazione e l'assorbimento elettrico. Anche gravato dall'onere aggiuntivo di caricare le batterie esaurite, il motore teneva. Si alzò, s'incamminò verso il supercomputer Yokogawa del Secondo Comandante e raggiunse il pannello di controllo del generatore del modulo a 400 hertz, uno di quelli che alimentava l'apparecchiatura. Fece scattare gli interruttori e controllò, alla luce di una torcia elettrica, la situazione della strumentazione. Il generatore si era avviato e aveva iniziato ad alimentare il computer con il necessario flusso di corrente alternata a 400 cicli. Passò al modulo a 200 volt, 60 hertz, e ripeté la procedura. Quando anche il generatore di questo si fu avviato, riferì alla sala controllo che poteva rimettere in funzione il Secondo Comandante. Ritornò al pannello di controllo del diesel, verificando per un'ultima volta la strumentazione. Era tempo di tornare in sala controllo e riavviare il reattore.

Prese la lampada d'emergenza e s'incamminò. Aveva appena raggiunto le scale, quando le luci si riaccesero. Si affrettò a raggiungere la sua postazione in sala controllo, verso poppa, nell'angolo di tribordo. Rispose al sorriso di Sharef e si sedette dietro il pannello. Il monitor di controllo del reattore ci mise qualche tempo a tornare in vita ma, alla fine, quando il Secondo Comandante si fu scaldato, visualizzò subito il rapporto sullo stato del nucleo. Quzwini selezionò sul pannello accanto a sé il menu di controllo dell'impianto elettrico e ordinò a un subordinato di avviare il generatore principale del battello. Il tenente di vascello Kutaiba, addetto alla propulsione, avviò il sistema, alimentando la rete alternata ad alto voltaggio. Quzwini disponeva ora di energia sufficiente per alimentare i motori delle barre di controllo e premette il pulsante per dare inizio alla procedura di avvio del reattore.

Due moduli verso poppa, nel locale reattore, i motori spinsero le barre di controllo fuori dal nucleo di uranio, la fonte di energia che Sihoud aveva a suo tempo adocchiato come materia prima per il suo arsenale nucleare. Ma ci sarebbe voluto almeno un anno per costruire l'impianto di riprocessamento del combustibile e Sihoud aveva deciso di tralasciare l'impianto giapponese, cercando da qualche altra parte il materiale fissile.

In tre minuti, il reattore raggiunse la fase critica, le condutture del vapore, calde e Quzwini aveva iniziato ad alimentare i generatori della turbina. Appena riavviato uno dei generatori, ordinò a Kutaiba di ritirare lo *snorkel*. Il diesel venne spento. Il cessare del suo rombo rassicurante rese il sottomarino innaturalmente silenzioso. Si udì un tonfo, quando lo *snorkel* si richiuse. Quzwini continuò ad avviare i generatori, mettendoli, infine, tutti in funzione. Si rivolse verso Sharef.

«L'impianto è di nuovo attivo, signore. Propulsione elettrica pronta.»

«Avanti piano. Scendiamo a cinquecento metri», ordinò Sharef. Lasciò il posto che occupava alle spalle di Quzwini e si diresse verso al-Kunis, nella zona sensori. « Appena possibile, mi trovi quel sottomarino. Ufficiale ai sistemi d'arma, ridia energia ai siluri Nagasaki nei tubi da uno a cinque. »

Hillsworth scosse il capo continuando a tenere le cuffie in testa. « Sala controllo, qui sonar. Il bersaglio ha spento tutto. Ultimo rilevamento su rotta uno tre otto. Continuo ad avere tre unità fra rotta uno tre cinque e uno quattro zero, tutte quante in modalità riattacco. Inoltre, signore, ho rumori di diesel di poppa, al limite della zona cieca, verso tribordo. »

In sala controllo, Daminski fissò il pannello del comando di lancio. Le armi ancora collegate attraverso i cavi avevano acquisito il bersaglio, si erano avvicinate abbastanza da armare le testate, poi lo avevano perso, ed erano entrate in modalità riattacco. Nessuna esplosione. E adesso il sonar riferiva di avere perso il contatto e rilevava rumori di diesel di poppa. *Dietro* di loro.

Daminski si voltò verso Kristman. La sua mente era affollata di idee contrastanti che, cozzando tra loro, facevano scintille.

I siluri vanno in modalità riattacco quando si avvicinano al bersaglio.

Sia in ricerca attiva sia in quella passiva.

Modalità riattacco. Non riescono a trovare il bersaglio.

Il bersaglio ha spento tutto.

Un motore diesel alle loro spalle.

« Tagli i cavi delle unità tre e quattro. Chiuda i portelli. Faccia svuotare e ricaricare i tubi da uno a quattro! » gridò Daminski a Hackle, la voce stranamente alta, come se fosse diventato mezzo sordo. « Timoniere, cinque gradi a destra, avanti un terzo. »

« Cosa succede, signore? »

« Il bastardo ci ha fregato con un maledetto falso bersaglio, *ecco* cos'è successo. È questo il motivo per cui i siluri continuano ad andare in modalità riattacco. Non riescono a definire un segnale di prossimità a un emettitore. Adesso, quel rottinculo se ne sta sommerso in posizione di lancio. Deve avere chiuso il reattore e cercato di derivare, ma qualcosa deve essere andata male e ha fatto scattare gli interruttori della batteria. Hackle, faccia caricare quei siluri e aprire i portelli dei tubi uno e due. Timoniere: rotta uno quattro cinque. Centrale di lancio: attenzione. Designare il diesel come Bersaglio Due. Il Bersaglio Uno è un falso bersaglio:

abbandonarlo. Procedere per due minuti sul Bersaglio Due, prima di cambiare rotta. Poi lanceremo una nuova salva. Forza.»

«Sala controllo, qui sonar», risuonò la voce di Hillsworth. «Il transiente diesel designato Bersaglio Due si è interrotto. Abbiamo perso il Bersaglio Due. Ultima rotta: tre uno cinque.»

«Hackle, qual è la situazione dei siluri?»

«Abbiamo vuotato i tubi, signore, e stiamo caricando un Mark 50 nel tubo uno. Ci vorranno altri tre minuti prima che la procedura sia completata e il siluro sia pronto.»

«Dannazione. Si sbrighi.»

Daminski era furibondo con se stesso per avere lasciato i tubi scarichi. Ci sarebbero voluti cinque minuti per riscaldare i giroscopi dei siluri e lanciarli, se avesse avuto una soluzione di tiro, che non aveva, dato che il Bersaglio Due aveva spento i motori.

«Sonar, qui comandante. Qual è la situazione del Bersaglio Due?»

«Ancora niente, signore.»

«Figlio di puttana.»

«Ripreso contatto con il sottomarino della Coalizione, commodoro. Sta manovrando. I dati del sensore trainato sono grezzi, ma a otto chilometri sono affidabili. Abbiamo rotta e distanza del bersaglio impostate nei siluri da uno a cinque.»

«Situazione delle armi?» chiese Sharef.

«I siluri Nagasaki sono pronti. Portelli aperti. Soluzione di tiro programmata, signore.»

Sharef annuì. «Lanciare da tubi da uno a cinque.»

«Fuori uno...»

Il ponte tremò cinque volte sotto la spinta del tubo di lancio. Finalmente, pensò Ahmed, Sharef stava reagendo.

«Lancio completato, tubi da due a cinque e sette», riferì al-Kunis. «Tutti i lanci regolari.»

«Timone: rotta tre quattro zero. Avanti al sessanta per cento. Mantenere profondità a cinquecento metri.»

«Signorsì. Rotta tre quattro zero. Sessanta per cento.»

«Chiudere i portelli dei tubi di lancio da uno a cinque. Scaldare siluri sei e sette e allagare i tubi.»

Ahmed restò in disparte, approvando.

Il primo siluro lasciò il tubo sotto la spinta dei gas prodotti dal generatore posto all'estremità. Pochi istanti prima, si era scollegato dall'impianto elettrico del battello. Nel tubo erano stati impostati i dati del bersaglio, oltre alla velocità della corsa e al tracciato di ricerca che avrebbe seguito. I gas che si espandevano alla base del tubo spinsero la coda dell'arma con forza, proiettandola nella cortina fredda delle acque del Mediterraneo. Mentre l'ogiva del siluro lasciava la protezione della prua del battello, l'acqua defluì in un condotto posto nella parte inferiore, facendo girare una turbina montata su di un cuscinetto. Tempo un minuto, la turbina riuscì a produrre la corrente necessaria ad alimentare un generatore che diede energia a un piccolo dispositivo elettromagnetico. Il magnete chiuse il contatto nel circuito d'avviamento, fornendo al computer il segnale di attivare il sistema di propulsione dell'arma.

Il carburante, perossido liquido, defluì attraverso una valvola solenoide verso la camera di combustione, estendendosi sotto forma di vapori nella struttura ad anello, circondata da candele. Le candele, innescate dalla corrente ad alto voltaggio proveniente dalle batterie, accesero i vapori del carburante, che arrivarono in temperatura ai condotti d'accesso alla turbina assiale, posta a poppa del siluro. I gas fecero ruotare la turbina e defluirono, attraverso la valvola di scarico, nell'acqua circostante. La turbina, in rotazione, fece girare un albero collegato a un propulsore a idrogetto, simile alla più grossa unità di cui era dotata l'*Egira*. Il siluro accelerò, muovendosi per intercettare il bersaglio, il sonar teso a individuare il rumore dell'elica.

«Sala controllo, qui sonar. Siluro in acqua, rotta tre uno nove! Secondo lancio. Due siluri. No, tre. Sala controllo, qui sonar. Molti siluri in acqua. Tutte le eliche in cavitazione!»

«Timone, avanti tutta. Cavitare!» gridò Daminski. «Controllo profondità, portarsi a cento metri. Ufficiale all'assetto, caricare il dispositivo d'evasione Mark 21 negli eiettori di prua e di poppa. Timone, mezzo grado a destra, rotta uno tre zero.»

Daminski rimase a guardare il personale della sala controllo eseguire gli ordini, fino a quando la nave non si trovò sulla rotta indicata, in fuga dai siluri. Era la situazione che aveva sempre temuto. Trovarsi di fronte a un siluro nemico, e non essere in grado di fare nulla se non fuggire e sperare che l'ordigno finisse il carburante per primo. Avvertì una sensazione di acidità allo stomaco.

«Sonar, qui comandante. Quanti siluri?»

«Cinque siluri, signore. Dritti su di noi. Il rumore si sta facendo più forte, comandante.»

Daminski, nonostante cercasse di tenere la mente sgombra dai ricordi, si era già trovato in una situazione simile, ma sempre nei simulatori di Norfolk e di Grotons. Strutture allestite apposta per assomigliare alla sala controllo di un 688, con gli stessi pannelli della postazione d'attacco e con una sala accanto al simulatore che rappresentava la postazione sonar. Se le luci fossero state schermate, l'equipaggio avrebbe avuto l'esatta sensazione di trovarsi in una vera sala controllo, a combattere contro nemici visualizzati come rombi sui pannelli. Nel simulatore, il computer «nemico» lanciava spesso siluri contro il sottomarino, facendo diventare il cacciatore preda, per mettere alla prova l'iniziativa dell'ufficiale al comando, e vedere come sarebbe riuscito a sfuggire ai siluri in avvicinamento ponendo le armi nella zona cieca di poppa (o al margine della zona cieca se voleva essere originale), seguendoli con il sonar a banda larga e correndo a tutta velocità.

Il motivo per cui Daminski voleva dimenticare quel ricordo era dei più pressanti. Per venti volte negli ultimi cinque anni il computer gli aveva lanciato contro dei siluri. Tutte e venti le volte, il suo sottomarino non ce l'aveva fatta. I siluri lanciati dal computer lo avevano sempre affondato. Una volta, nel briefing successivo alla simulazione, aveva voluto sapere perché il contrattacco nemico avesse avuto quegli effetti letali... «Forse si è avvicinato troppo al nemico, comandante», gli aveva detto uno dei controllori. «Lo attacchi quando è ancora abbastanza lontano e, se risponde, è possibile che i suoi siluri rimangano senza carburante.» «Sì, così lui avrà tutto il tempo di sentirmi e di tentare una manovra d'evasione. No, non credo sia una soluzione.» «Come preferisce, comandante.» «Qualcuno è mai riuscito a sopravvivere a un contrattacco? Qualcuno di quei tizi dei 668, giù a Norfolk? Qualcuno che ha lanciato da abbastanza lontano?» «Vuole la verità, signore?» «Me la dica, capo», aveva insistito Daminski, chiedendosi se la sua tattica fosse davvero così sballata. «Comandante, nessuno ce l'ha mai fatta. A meno che il siluro non sia abbastanza fuori rotta da perdersi o così mal lanciato da non innescarsi. O veramente *tanto lontano* al momento in cui individua il suo bersaglio. Un siluro che fila a sessanta nodi dritto contro di lei fotte praticamente in ogni caso un sottomarino che viaggia a quaranta nodi. Naturalmente, potrebbe sempre farcela contro un siluro che viaggiasse più lentamente. Ma ho i miei dubbi.» «Grazie molte, capo», aveva risposto Daminski.

Nessuno può farcela.

Vaffanculo, pensò. Quando l'*Augusta* fosse tornato a Norfolk, sarebbe andato a cercare quel capo e gli avrebbe chiesto di pagargli una birra. Molte birre. E di fargli molte scuse.

13

Venerdì, 27 dicembre
Stretto di Sicilia

« SILURI in avvicinamento. Tutti e cinque di poppa. »

Il ponte tremava, mentre l'*Augusta* cercava di sfuggire all'attacco. Daminski diresse uno sguardo all'indicatore della velocità, chiedendosi quanto ancora potesse salire.

« Ufficiale all'assetto, situazione degli eiettori. »

« Mark 21 carichi, eiettori pronti. »

« Lanciare a prua e a poppa. »

« Signorsì. »

Gli eiettori espulsero due generatori di rumore, grossi quanto una palla da baseball. Erano programmati per sprigionare una fitta cortina di bolle, volte a confondere i sonar di ricerca attiva, producendo un rumore molto simile a quello delle eliche di una nave spinta alla massima velocità.

« Chiami l'ufficiale di macchina all'interfono », ordinò Daminski. Kristman sollevò un ricevitore e vi abbaiò dentro qualcosa, dopo di che lo porse a Daminski. « Ufficiale di macchina, scolleghi i generatori della turbina e alimenti il sistema a batteria. Porti il selettore in posizione d'emergenza e la potenza al centocinquanta per cento. Mi ha capito? Ripeta... E stia bene attento a non perdere potenza sul circuito a corrente alternata. L'ultima cosa di cui ho bisogno è un blocco del sistema di raffreddamento del reattore. »

Restituì il ricevitore a Kristman che annuì, in segno d'approvazione.

Daminski guardò nuovamente l'indicatore della velocità, che stava lentamente salendo da trentotto a quarantadue nodi. Aveva ordinato di fondere pure il nucleo del reattore e quello che aveva ottenuto erano stati quaranta, pidocchiosi nodi.

Resistenza idrodinamica, pensò distrattamente. Salì sulla piattaforma del periscopio e prese un foglio dal blocco del navigatore. Vi scarabocchiò sopra per qualche secondo, poi s'interruppe. Infilò la mano nella tuta, giocherellò un po' con la lettera di Myra, poi scosse la testa e riprese a scrivere. Cercò Kristman con lo sguardo e lo chiamò sulla piattaforma, lontano dagli altri ufficiali della sala controllo. Tirò il comandante in seconda accanto a sé.

«Danny, faccia chiamare un operatore radio con una boa SLOT. Faccia mettere questo in codice, in fretta. Lo faccia caricare nell'eiettore di prua.» Kristman disse qualcosa in un interfono, intercettò l'operatore quando entrò in sala controllo e gli porse il foglio di Daminski senza nemmeno leggerlo. Il giovane operatore partì di corsa.

La seconda cosa che gli passò per la mente furono i tubi. Poteva ancora rispondere al fuoco, anche senza avere una soluzione per il bersaglio.

«Ufficiale ai sistemi d'arma: qual è la situazione?»

«Tubi uno e due carichi, signore.» La voce di Hackle gli sembrò un po' più alta del normale, con un'ombra di tremito. «Siluri in fase di riscaldamento. Controllo in corso. Raccomando di allagare i tubi e aprire i portelli esterni.»

«Allagare tubi uno e due, e aprire i portelli esterni.»

«Signore», annunciò Kristman toccando Daminski su di una spalla. «Dovremo rallentare per lanciare le due unità. Venti nodi. Venticinque, al massimo.»

«Crede sia davvero un problema?» I tubi dell'*Augusta* erano sistemati piuttosto lontani dalla prua, e aprivano verso l'esterno di una decina di gradi, in modo da lanciare i siluri in posizione angolata rispetto all'asse della nave. A quarantadue nodi, il flusso intorno allo scafo dovuto alla velocità d'avanzamento sarebbe stato tale da rischiare di romperli o piegarli. Secondo le procedure standard, i lanci in situazioni non di emergenza avrebbero dovuto essere effettuati a una velocità inferiore a venti nodi... Come se lanciare un siluro contro una nave nemica non fosse altro che routine...

«Ha mai sentito parlare del lancio in velocità effettuato dal *Trepang*? Uno dei siluri si è rotto in due, l'altro è partito regolarmente e ha centrato il bersaglio. Ma quella era un'esercitazione e i siluri non avevano testate. Se un siluro vero si spezza in due, rischia di sventrare il compartimento.»

«A quello, è possibile che ci abbia già pensato il nostro amico arabo. Il particolare che mi preoccuperebbe di più sarebbe il siluro. Un siluro spezzato non colpisce molto bene il bersaglio.» Daminski si voltò verso la centrale di lancio. «Sistemi d'arma, com'è quella maledetta situazione?»

«Portelli esterni uno e due aperti; controllo terminato; pronti al lancio, tranne che per la soluzione.»

Daminski si curvò sopra il pannello della Posizione Due, e modificò la visualizzazione, passando da quella a linea tratteggiata a quella per linea di tiro, una modalità curiosa, in cui due lineette si fronteggiavano alle due estremità dello schermo, quella inferiore a rappresentare la piattaforma di lancio, quella superiore la nave nemica. Daminski impostò la traiettoria di lancio dritta di prua, rotta tre due zero, a una distanza di ventimila metri, verso nord-ovest, in uscita dallo stretto.

«Ecco, adesso ha una soluzione. La imposti.»

«Sala controllo, qui sonar. Ho segnali di ricerca attiva da uno dei siluri.»

«Qual è l'intervallo di distanza?» Spesso, la distanza di un siluro può essere calcolata dalla distanza fra gli impulsi del suo sistema di ricerca attiva. Intervalli lunghi fra un impulso e l'altro significano che il ricevitore deve attendere un segnale di risposta che arriva da lontano; intervalli brevi significano che il siluro deve attendere solo pochi secondi il segnale di risposta e che, quindi, è molto vicino. Quanto più l'emissione di impulsi è rapida, tanto più il siluro è vicino.

«L'intervallo fra gli impulsi è piuttosto lungo. La distanza è, probabilmente, fra i duemila e i tremila metri.»

Un miglio nautico, pensò Daminski. Era un miglio, un miglio e mezzo davanti al siluro. Stava andando a quarantadue nodi. Ammettendo che il siluro andasse a cinquanta nodi – no, meglio cinquantacinque –, aveva dai quattro ai sette minuti prima di essere colpito.

«Ascoltatemi», annunciò agli uomini raccolti nella sala. «Stiamo per contrattaccare. Poi lanceremo una boa SLOT comunicando che siamo sotto attacco e di stare attenti alla tattica del Destiny che spegne tutto e sparisce dal sonar. Sto per ordinare di rallentare a venti nodi e lanciare. Poi, ridaremo potenza e ci metteremo di nuovo a correre. Pronti? Timone, due terzi indietro, velocità due uno!»

Il timoniere trasmise l'ordine attraverso il telegrafo di macchina. Verso poppa, l'addetto rispose alla campana chiudendo la manetta della turbina per la propulsione in avanti, e aprendo quella contraria. La nave sobbalzò violentemente, come scossa dalla mano di Dio. Uno stipo sopra il tavolo di navigazione lasciò cadere il contenuto sul ponte. Un volume urtò la testa dell'ufficiale addetto.

«Velocità due uno», comunicò il timoniere.

«Ferma tutto! Tubo uno: lanciare!»

«Pronto», gridò Skinnard.

«Pronto. Fuori», urlò Hackle, ruotando il selettore. Il rimbombo del lancio fu più violento dei precedenti quattro.

«Tubo due: lanciare!»

«Pronto. Fuori.» Fu lanciato anche il secondo siluro. Sopra il rimbombo, Daminski gridò: «Avanti tutta. Cavitare. Reattore al centocinquanta per cento!»

Il ponte riprese a tremare sotto la spinta del motore urlante. L'indicatore della velocità salì lentamente, troppo lentamente, a quarantadue nodi.

«Sala controllo, qui sonar. Due unità lanciate regolarmente.»

«Sonar, qui comandante. Come sono gli impulsi?»

«Il sonar attivo di un'unità si è spento, signore.»

«Cosa diavolo può significare?» brontolò Daminski rivolto verso Kristman. «Danny, abbiamo caricato quella boa SLOT?»

Kristman annuì. «Boa caricata nell'eiettore di prua. Tubo allagato. Portello aperto.»

«Eiettore di prua: lanciare.»

Daminski guardò gli uomini presenti nella sala, cercando di mantenere un viso impassibile. Non c'era altro che potessero fare. Avevano risposto al fuoco del sottomarino nemico. Avevano avvisato il CincNavForceMed, il comando delle forze navali nel Mediterraneo, che erano inseguiti da cinque siluri del FIU. Avevano dispiegato le contromisure, per quanto potessero servire. E avevano portato il reattore ben oltre i limiti di sicurezza, dando tutta la potenza che potevano senza correre il rischio di fondere il nucleo, di provocare un'esplosione nelle condotte del vapore o di danneggiare la turbina.

L'*Augusta* stava correndo per la sua salvezza.

Daminski si era sempre chiesto se avrebbe voluto conoscere in anticipo il momento della sua morte. Aveva deciso che avrebbe voluto avere al massimo cinque minuti di preavviso. Non di più. Non abbastanza tempo da preoccuparsene. Giusto quello necessario per pensare ai bambini e, forse, per mettersi in pace con il Dio vendicativo della sua gioventù. Forse, per dire addio alle cose belle della vita, bersi una birra o farsi un cicchetto di whiskey. Cercò di ricordare l'ultima volta che aveva fatto l'amore con Myra, ma era un ricordo indistinto. Cercò la lettera, immaginando il viso di lei. Un ricordo fugace, tagliente come un rasoio, del viso dei tre figli, di quello di suo padre, arcigno anche in quell'immagine tardiva...

«Sala controllo, qui sonar. Segnali di ricerca attiva da uno dei siluri.»

«Qual è l'intervallo di distanza?»

«Mi dispiace, signore. L'impulso è continuo.»

Daminski e Kristman si guardarono. Il siluro era tanto vicino che gli impulsi di ricerca si erano trasformati in un segnale continuo che cercava di individuare l'esatta posizione dell'*Augusta*.

C'era una sola cosa da fare, pensò Daminski. Se avesse tentato un'emersione rapida, forse avrebbe potuto portarsi sopra la profondità minima impostata del siluro o, forse, il siluro sarebbe esploso nelle bolle lasciate dall'aria scaricata dai cassoni di manovra. E, anche se li avesse colpiti, se fossero stati vicini alla superficie, avrebbe potuto salvare alcuni degli uomini; forse non tutti, ma almeno una parte.

«Aiutante di bordo, emersione rapida d'emergenza a prua e a poppa! Controllo di profondità, la porti su! Venti gradi di inclinazione! Aria nei cassoni!»

L'aiutante di bordo spinse seccamente due grosse leve d'acciaio poste nella parte superiore della paratia, mentre l'ufficiale addetto al controllo della profondità portava il battello verso la superficie. La sala si riempì del rombo delle bombole che scaricavano l'aria compressa nei cassoni di manovra di prua e di poppa, spingendone fuori l'acqua e alleggerendo il battello. Il ponte s'inclinò verso l'alto. L'ufficiale addetto al controllo della profondità, spinto dalla foga, portò il sottomarino a salire di un angolo di trenta gradi, prima di riuscire a spingere in avanti la cloche di controllo e riportare l'inclinazione ai venti gradi previsti. Le cifre sul profondimetro scorrevano all'indietro, a mano a mano che il battello saliva dagli abissi alla superficie. La velocità era aiutata dalla portanza dei cassoni di manovra. L'indicatore raggiunse i quarantacinque nodi, poi i quarantasei. L'*Augusta* stava schizzando verso la superficie.

Ma anche sopra il rombo dell'emersione rapida, Daminski riusciva a sentire il sibilo del sistema sonar che guidava il siluro che li stava inseguendo. Il profondimetro continuava a girare all'indietro. Centosettanta metri. Centotrenta. Centoventi. L'urlo lacerante del siluro si faceva sempre più forte. Daminski riusciva a sentire anche il rumore del propulsore *pump jet*; un risucchio profondo all'esterno dello scafo. Distolse lo sguardo dal pannello di controllo. Il profondimetro segnava venti metri quando la prua dell'*Augusta* uscì schizzando dalle onde, mentre il sottomarino continuava a salire a velocità impressionante. Uscirono la vela e il resto del lungo scafo nero, la parte inferiore dipinta con uno spesso strato di vernice rossa anticorrosione, fino a quando la forza di gravità non li tirò nuovamente sotto. Il ponte aveva già cominciato a rimettersi in piano, quando, spinto dall'inerzia, il battello ricadde in mare, sollevando intorno a sé una nube d'acqua vaporizzata larga cento metri. Lo scafo sparì sotto la superficie, lasciando solo la parte superiore della vela a emergere dalle onde.

Fu in quel momento che il primo siluro Nagasaki detonò. L'arma aveva seguito il sottomarino durante l'emersione, come se si fosse attesa una simile manovra. L'esplosione avvenne sotto il compartimento del reattore. La sua forza, diretta verso l'alto, squarciò lo scafo, facendo esplodere un generatore di vapore e parte del sistema principale di raffreddamento. L'acqua marina si abbatté nel locale. Il secondo siluro esplose più indietro, verso poppa, nella zona dei generatori della turbina. Anche in questo caso, lo scafo si aprì e l'acqua lo invase. Il terzo siluro mancò il bersaglio. L'esplosione della seconda arma danneggiò la catena di detonazione. La carica d'innesco non riuscì a fare detonare l'esplosivo ad alto potenziale e il siluro si disintegrò. Il quarto siluro impattò nella sezione di poppa del compartimento anteriore, aprendo una falla di sette metri nella sua parte bassa. L'onda d'urto sventrò due ponti e squarciò l'area a poppa della sala controllo prima ancora che fosse invasa dall'acqua. Daminski ebbe un quarto di secondo per voltarsi e vedere le doghe di rivestimento del ponte schizzare al rallentatore verso l'alto, mentre l'esplosione disintegrava la parte posteriore della sala. L'ultimo siluro detonò contro la murata del compartimento anteriore, a prua rispetto alla sala controllo. A quel punto, prima che l'acqua, impietosamente, si riversasse attraverso il nuovo squarcio, il muro d'acqua proveniente dalla falla di poppa aveva già lavato via tutto quanto si trovava sui tavoli di navigazione.

Le luci si spensero nel momento in cui uno dei tavoli, scardinato dai suoi supporti, si schiantava contro Daminski che, pur caduto, continuava a lottare contro l'acqua che invadeva la sala. Pensava che l'impatto del tavolo l'avrebbe ucciso, ma era ancora cosciente quando le luci svanirono, non perché stesse morendo, ma perché le lampade d'emergenza erano andate in corto.

Pochi metri più in là, Dan Kristman era stato scaraventato contro Tim Turner. La forza dell'impatto era stata sufficiente a rompere loro le ossa, a Kristman le costole e a Turner un braccio e la clavicola. I due ufficiali furono spinti contro i seggiolini della postazione di controllo. Turner perse i sensi. Kristman si spezzò il collo. I due corpi scivolarono nell'acqua che continuava a salire.

Kevin Skinnard, seduto alla Postazione Due, venne trascinato attraverso il portello dell'area sonar e scaraventato contro uno dei pannelli. L'impatto della sua testa disegnò sul vetro del monitor una ragnatela di crepe. Era stordito ma ancora cosciente, in mezzo a una pioggia di scintille, quando l'unità andò in corto e lui vide davanti ai suoi occhi un arco brillante, prima di essere sommerso. Le lampade d'emergenza dell'area sonar continuavano a funzionare, illuminando la scena con una luce pallida e fumosa. Skinnard tentò di alzarsi, di combattere contro l'acqua che cercava di penetrargli nei polmoni, ma era paralizzato dallo shock. In una frazione di secondo, gli tornarono alla mente gli incubi di bambino – la paura di annegare, le navi che affondavano – che gli facevano bagnare il letto dopo avere visto film come *Titanic* e lo lasciavano sconvolto perché anche il suo orsetto di peluche era tutto bagnato. Il padre gli aveva sempre insegnato a combattere le sue paure e da grande l'aveva fatto. Si era arruolato nei sommergibilisti in parte anche per dimostrare a se stesso che la paura di annegare – di cui non aveva mai parlato a nessuno – poteva essere superata. Adesso si rendeva conto che quella paura aveva avuto ragione di lui. Alla fine, la pressione crebbe con la profondità, bruciandogli i polmoni. Le bolle iniziarono a salire di lato lungo la paratia, e non verso l'alto. Il battello deve essersi rovesciato su un fianco, pensò. E fu il suo ultimo pensiero.

Nella sala controllo, Daminski si sentiva schiacciato fra il tavolo di navigazione e quello che pensava essere il ponte sotto la centrale di lancio. La pressione intorno a lui aumentò, premendogli sul petto fino a quando i polmoni non cedettero. Fu costretto a respirare e l'acqua entrò dentro di lui. In una parte della mente che ancora funzionava, si ricordò qual era la profondità in quel punto, un ricordo dell'ultimo rapporto di Turner: più di trecento metri all'imboccatura dello stretto. Ebbe il tempo di chiedersi se fosse stato ancora vivo quando lo scafo avrebbe toccato il fondo. Poi, quel pensiero e tutti gli altri svanirono lentamente...

Lo scafo squarciato dell'*Augusta* toccò il fondo roccioso dello stretto di Sicilia a prua in avanti, a una velocità terminale di settanta nodi. Due Mark 50 detonarono. L'impatto lo spezzò in tre parti, completando l'opera dei quattro siluri che l'avevano colpito. Per alcuni minuti, il reattore continuò a sputacchiare vapore, quasi protestando per il cedimento dell'impianto di raffreddamento. Poi, l'acqua marina abbassò la temperatura e il reattore si trovò, semplicemente, a stillare acqua calda. Ci volle un'altra ora ancora perché le bolle d'aria smettessero di alzarsi dallo scafo e il mare, alla fine, ritornasse calmo sopra il relitto.

Trecento metri più in alto, la boa SLOT completò la sua ultima trasmissione, si riempì d'acqua e precipitò sul fondo, andando a posarsi un miglio a nord-ovest del relitto.

Quindici miglia nautiche a nord-ovest, a bordo dell'*Egira*, giunse invece il rapporto che il bersaglio era stato affondato. Diversi ufficiali subalterni e Rakish Ahmed sorrisero, fino a quando il commodoro Sharef non li fissò con uno sguardo di fuoco.

I due siluri lanciati contro l'*Egira* andarono fuori rotta, esaurendo il carburante e affondando. Quando lo fecero, anche gli ultimi due pezzi dell'*Augusta* vennero ad adagiarsi sul fondo.

14

Venerdì, 27 dicembre
Burke Lake, Virginia

DONCHEZ si passò un dito nel colletto, imprecando contro il nodo della cravatta dell'uniforme di gala e chiedendo al barista un Canadian *on the rocks*. Rimasto finalmente solo, si concesse un momento per guardare la casa. Troppo grande – pretenziosa, forse – per essere una semplice abitazione. Il generale Clough la chiamava «il villino al lago»; una velata allusione al fatto che di «villini» ne possedesse almeno quattro. La ricchezza di famiglia, quella sera, era stata messa tutta in mostra per organizzare un ricevimento cui era stato invitato l'intero stato maggiore, dai sergenti e marescialli, su per la scala gerarchica, fino allo stesso generale Barczynski. Clough stava in piedi, nell'angolo più lontano del soggiorno dall'alto soffitto, vicino a uno dei quattro grandi divani e parlava con i due assistenti di Donchez, John Traeps e Roy Steinman, comandante della flotta sottomarina dell'Atlantico, appena arrivato da Norfolk. Doveva ammetterlo: c'erano occasioni in cui l'abilità politica di Clough era impressionante. Gli sarebbe anche piaciuto, il generale, se non avesse legato tutte le sue prospettive di carriera al declino della marina. O a quello di Donchez, come poteva suggerire il cerchio di ammiragli che lo circondava. In fin dei conti, non che gli importasse molto. Dopo tutto, ogni lavoro, anche quello di capo di stato maggiore della marina o dell'aeronautica, era temporaneo.

Naturalmente, anche se fra lui e Clough la guerra fosse stata dichiarata, anziché rompere le relazioni, Donchez, alla festa, ci sarebbe andato. Non per obbligo o per ambizione o per qualche forma di duplicità o ipocrisia, ma a causa di quella strana personalità multipla che tutti i militari possiedono. Molte volte, la vita militare aveva ricordato a Donchez quel vecchio cartone animato del lupo e del cane da pastore. I due timbravano il cartellino, si scambiavano cortesie fino a quando non cominciava l'orario di lavoro, poi davano inizio alla loro lotta mortale. Il lupo cercava di portare via le pecore al cane, il cane si difendeva ma, dopo decine d'esplosioni di tritolo e peripezie con balestre, macigni e catapulte, al fischio della sirena i contendenti timbravano di nuovo il cartellino, ognuno augurava all'altro buonasera e organizzavano di uscire insieme a giocare a bowling. Durante la sua carriera si era spesso trovato in situazioni simili. Il comandante in seconda, a bordo del *Thresher*, gli sbraitava dietro tutti i giorni alle 16.00, solo per invitarlo a bere una birra alle 17.30. Quella strana schizofrenia si era ripetuta quando era passato lui al comando: era diventato comandante in seconda a bordo del *Dace* e aveva dovuto attirare l'attenzione di uno dei giovani ma inesperti subalterni. Aveva finito con l'alzare la voce di fronte al giovane (una cosa che si doveva fare spesso con Ronny Daminski), pur continuando a frequentarlo dopo l'orario di servizio, al circolo ufficiali, ridendo dell'incidente sopra una birra. La stessa routine si ripeteva, il giorno dopo, quando Daminski ne combinava qualcun'altra delle sue. Anche adesso, lui, Clough e Barczynski potevano avere le loro divergenze, anche accesi conflitti, eppure riuscivano sempre a lasciare il lavoro fuori dalla porta. Dopo tutto, erano nella stessa barca, facevano parte dello stesso sistema, in quel momento uniti nella lotta contro i musulmani dall'altra parte del mondo e contro tutti gli altri nemici.

Barczynski si avvicinò. Aveva il colletto sbottonato, il collo peloso che spuntava dalla camicia, una Heineken piazzata in mano e un ghigno stampato sul viso. I due uomini chiacchierarono per qualche minuto. Barczynski fece in tempo a terminare una vecchia storia di carri armati prima che Fred Rummel, dall'angolo opposto della sala, riuscisse ad attirare l'attenzione di Donchez gesticolando con insistenza. Donchez si scusò e si allontanò insieme con Rummel verso la terrazza affacciata sul lago. Rummel chiuse la porta dietro di loro. Una neve leggera cadeva nel buio della prima serata e iniziava ad accumularsi sul pavimento di pietra liscia. Rummel si guardò intorno e tirò fuori un pezzo di carta spiegazzato. C'era stampigliato TOP SECRET e la scritta *Early Retirement* sotto il timbro TS. Donchez siglò il foglio con la penna di Rummel e lesse l'ultimo messaggio dell'*Augusta*.

Data/ora: trasmissione rapporto contatto su boa UHF
Flash Flash Flash Flash Flash Flash Flash Flash
Da: USS *Augusta* SSN-763
A: CincNavForceMed
Oggetto: Rapporto contatto
Sci/Top secret – *Early Retirement*
//BT//
1. Rapporto contatto numero due segue.
2. Posizione approssimativa stretto Sicilia, posizione intercettazione boa SLOT.
3. USS *Augusta* attaccato sottomarino Destiny salva multipla Mark 50. Testate non detonate. Sospettiamo causa lancio Destiny falso bersaglio largo spettro et chiusura reattore impianto vapore scopo nascondersi mentre lanciavamo contro emettitore.
4. Capacità batterie Destiny bassa o guasto impianto corrente continua. Reindividuato Destiny modalità diesel appena prima lancio circa cinque siluri grosso calibro. Inoltre, Destiny emette duale 154 Hz.
5. Attualmente in fuga siluri FIU. Tenteremo contrattacco, ma perso contatto con bersaglio, ultima posizione nostre spalle. Probabilità colpire bersaglio considerate basse.
6. Se *Augusta* affondato, prego, per amore nostre famiglie, dire loro quanto possibile, appena possibile.
7. Mittente: CV Daminski.
//BT//

Donchez si volse verso Rummel. Il viso era pallido.

«Chi è al corrente di questo messaggio?»

«Il personale del centro comunicazioni e gli ufficiali di servizio al CincMed e il SubLant. L'hanno inviato attraverso la rete fax SCI direttamente alla sua automobile. Sono passati solo sette minuti da quando è stato trasmesso per la prima volta.»

Donchez rilesse il messaggio. «Faccia venire qui Traeps e Roy Steinman.»

Rummel uscì e ritornò assieme ai due ammiragli. A quel punto, Donchez aveva riletto il messaggio di Daminski altre due volte. Quando i tre arrivarono, Donchez lo passò anche a loro. Steinman, il sommergibilista di New Orleans dalla parlata lenta e dall'aspetto giovanile, fu il primo a rompere il silenzio.

«A questo punto, mentre stiamo qui a discutere, Daminski potrebbe essere già stato affondato. Dobbiamo scoprire cosa gli è successo. Poi dobbiamo colare a picco quel figlio di puttana.»

«Il *Phoenix* si trova a Gibilterra», disse Traeps. «Potremmo contattarlo e chiedergli se ha rilevato qualcosa.»

«Mandate un DSRV all'ultima posizione nota di Daminski», ordinò Donchez, chiedendosi dove si trovasse, in quel momento, il più vicino mezzo da recupero subacqueo. «Anche se l'*Augusta* è affondato, potremmo riuscire a recuperare qualcuno.»

Steinman scosse la testa, mentre Rummel si affrettava a raggiungere l'automobile di servizio. «So che ha ragione, signore. Che dobbiamo farlo. Ma se Daminski si è trovato dalla parte sbagliata di cinque siluri Nagasaki, non ha alcuna possibilità di farcela. Abbiamo appena completato l'analisi dei dati che ci ha trasmesso un agente infiltrato alla Toshiba. Il Nagasaki può raggiungere una velocità di settanta nodi, grazie a una turbina assiale, e ha una portata massima di settantacinque miglia nautiche. È un gran bestione: quasi un metro di diametro e diciassette di lunghezza. Quasi tutta testata bellica. Se glielo lanciano contro... be', le consiglierei di trasmettere il messaggio al *Phoenix*, in modo che sappia di questa tattica di fare il morto. Dovrà cercare di togliersi di mezzo, se quel bastardo è in gamba quanto Rocket Ron ritiene che sia.» O, aggiunse fra sé, quanto *riteneva*.

«Aspettiamo a stilare il certificato di morte fino a quando non sapremo qualcosa in più, Roy», ribatté Donchez. «John, chiami l'ufficiale di servizio su una linea sicura, gli dica di far salire il *Phoenix* a quota periscopica e gli faccia fare rapporto su tutto quello che ha sentito in direzione dello stretto di Sicilia. Faccia trasmettere al *Phoenix* anche questo messaggio, con la specifica di personale per il comandante.»

L'ammiraglio Traeps attraversò l'edificio e si diresse verso la macchina di servizio di Donchez, posteggiata sul davanti. Steinman rilesse il messaggio. Guardò Donchez. La luce della luna si rifletteva sulle lenti a goccia dei suoi occhiali.

«Ha notato le righe in cui le chiede di dire la verità?» Steinman guardò il lago, deglutendo.

«In quello, sono d'accordo con Ron. Se abbiamo perso l'*Augusta*, voglio che siano avvertite immediatamente le famiglie.»

«Come conta di farlo, signore? Vuole ammettere davanti a

tutti che un sottomarino di un paese del Terzo Mondo ha affondato una delle nostre migliori unità?»

«Spero che il *Phoenix* sia in grado di occuparsi del Destiny.»

«Quanto meno, Sugar Kane saprà qualcosa più di Daminski riguardo alla tattica di quel bastardo.»

«Kane?»

«David Kane, il comandante del *Phoenix*. L'equipaggio lo chiama Sugar, un nomignolo che, devo ammettere, ho inventato io. Kane era mio subalterno, ai tempi dell'*Archerfish*.»

«Il mondo è piccolo», osservò Donchez. Non aveva mai sentito parlare di David Kane. «Questo Kane... è in gamba?»

«Sa il fatto suo», rispose Steinman prudente, sapendo che Kane non era il tipo di sommergibilista tutto fegato che piaceva a Donchez. Era un politico, sempre attento alla carriera. Aveva sempre pensato che a lui sarebbe stato meglio il doppio petto da duemila dollari di un finanziere di Wall Street, piuttosto che la divisa sporca d'olio di un comandante di sottomarino nucleare. Ma sia i suoi superiori sia gli equipaggi che aveva comandato lo adoravano. Kane era uno che piaceva alla gente, sempre pronto a dire la cosa giusta sia ai superiori sia ai subordinati. Era un comandante della nuova generazione e Steinman era abbastanza saggio da sapere che un giudizio del genere era meglio tenerselo per sé. Una sola parola che il capo di stato maggiore avrebbe potuto interpretare male sarebbe stata sufficiente a farlo silurare. A parte questo, Kane *era* un tipo in gamba. Solo, usava la sua abilità per fare i propri interessi.

Traeps e Rummel risalirono le scale, tornando sulla terrazza, accanto alla siepe che dava sul lago. Erano coperti di neve.

«Farebbe meglio a leggere questo, ammiraglio.»

Donchez prese il fax che Rummel gli porgeva. Lo voltò verso la luce e lesse. Era del *Phoenix*. Il testo rappresentava la fine delle sue speranze.

Sonar captato esplosioni multiple lontane, direzione stretto Sicilia. Successivo transiente apparente rottura scafo. USS Phoenix *rimane posizione est Gibilterra. Nessuna ulteriore intercettazione.*

Donchez porse il messaggio a Steinman.

«Faccia venire Barczynski», ordinò. «Dobbiamo mettere insieme una storia. Non voglio che questa faccenda del FIU diventi di pubblico dominio. Almeno, non fino a quando non ci saremo sbarazzati di quel Destiny. Roy, immagino che le storie di copertura per i sottomarini scomparsi siano affare suo. Mi dispiace molto.»

«Lo so, signore. Il comunicato ufficiale sarà pronto per domattina. Faremo meglio a portarci avanti con le notifiche. Immagino di dover andare di persona a trovare la moglie di Daminski.»

«Lo farò io, Roy», disse Donchez. «Era uno dei miei ragazzi del *Dace*. Sarebbe il caso che lei andasse, invece, a visitare le famiglie del secondo e degli altri ufficiali.»

Steinman annuì e rientrò nella casa.

Donchez s'incamminò lentamente verso la facciata, dove era posteggiata l'automobile di servizio, seguendo il sentiero tracciato da Traeps e Rummel. La macchina era in folle, con il motore acceso. La carrozzeria era coperta d'antenne. La porta anteriore della casa di Clough si aprì e Barczynski uscì fuori, il cappotto buttato sulle spalle. Chiese a Donchez cosa fosse successo, ma uno sguardo ai suoi occhi gli fece subito comprendere che si trattava di qualcosa di grave. Poi lesse i messaggi di Daminski e di Kane.

«Generale, abbiamo trasmesso questo messaggio al secondo sottomarino, quello nel Mediterraneo occidentale. Adesso conosce la tattica di combattimento del nemico e starà in guardia. Sihoud e il Destiny saranno sul fondo...»

«Dick, mi piacerebbe crederci. Ma ho sentito che il comandante dell'*Augusta* era un tipo dannatamente in gamba. Un esperto, uno che sapeva tirare fuori il meglio dall'equipaggio.»

«Era uno dei migliori», disse Donchez, pensando: *Doveva esserlo per forza. L'avevo addestrato io.* «La sua professionalità è tutta nell'ultimo messaggio, signore. Era consapevole di essere finito, ma ha trovato il tempo di farci sapere come battere il Destiny.» Donchez squadrò Barczynski a muso duro. «Voglio che l'affondamento dell'*Augusta* non sia mantenuto segreto, generale. Fin da ora. In ogni caso, non potremmo tenerlo nascosto troppo a lungo. Il sottomarino sarebbe dovuto rientrare in porto fra due settimane. Sarebbe veramente una cosa sporca lasciare che amici e parenti festeggino il nuovo anno, vadano al porto a salutarne il ritorno e poi si sentano dire che è affondato a dicembre. Abbiamo provato a tenere nascosto l'affondamento dello *Stin-*

gray, nel 1973, e la stampa e i familiari ci hanno massacrato. E giustamente.»

«Dick, non possiamo dire niente del Destiny...»

«Non lo faremo. Steinman sta lavorando giusto adesso a una storia di copertura. L'*Augusta* è affondato per colpa di un siluro difettoso o per un'avaria del sistema d'immersione, o per una delle migliaia di ragioni per cui un sottomarino può andare a picco. So che è una scelta pericolosa. Abbiamo perso tre sottomarini nucleari in passato, signore. Abbiamo già fatto cose del genere. Mi dispiace dirlo.»

«Non vorrei che, la prossima settimana, qualche squadra di recupero venisse a smentirci.»

«Non diremo dove è affondato. A parte questo, l'acqua è profonda duecentosettanta metri. Ci vorrà un bel po' di tempo per raggiungerlo. Quando gli avvoltoi delle squadre di salvataggio arriveranno all'*Augusta*, noi avremo già colato a picco il Destiny. Potranno andare a cercare le ossa di Sihoud.» Doveva crederci per forza.

«D'accordo, Dick. Facciamo a modo suo.»

Donchez salì sulla macchina. Rummel era già accanto alla portiera, pronto a chiuderla.

«E, Dick...»

«Sì, generale?»

«Mi dispiace molto.»

«Anche a me, signore. Anche a me.»

Virginia Beach, Virginia

Myra Daminski tirò un sospiro di sollievo mentre si sedeva al tavolo di cucina. I ragazzi, alla fine, dopo una lunga lotta, erano a letto. Bevve un sorso di caffè. Il latte che ci aveva versato l'aveva fatto diventare di un colore marrone chiaro simile a quello di una cioccolata leggera. Il lampo improvviso di una sirena della polizia di fronte alla finestra del tinello non la sorprese: era il venerdì sera fra Natale e Capodanno, e la festa, dai vicini, aveva raggiunto l'apice. La musica rimbombava attraverso le finestre della casa dall'altra parte della strada. Probabilmente, qualcuno si era lamentato. Sfogliò un libro e alla fine trovò la pagina che stava cercando, quella che parlava di come trovare calma e serenità nella confusione di un matrimonio in crisi o che stava finendo. Il campanello suonò. Infastidita, mise un segno nella pagina, posò il libro e attraversò l'ingresso, ravviando i folti capelli neri.

Aprì la porta, pensando di trovarsi davanti persone che, in cerca della festa, avevano sbagliato casa. Invece, andò a sbattere nella divisa perfettamente stirata di un agente della polizia di Stato della Virginia, dietro cui stavano due uomini in uniforme scura. Il vialetto d'ingresso era bloccato da una grossa automobile nera posteggiata dietro quella dell'agente. Accese la luce esterna e vide subito che i due uomini in divisa scura erano ufficiali di marina.

«La signora Daminski? Sono l'ammiraglio Donchez. Possiamo entrare?»

Lei aprì la porta. I due uomini entrarono.

«Preparo subito una tazza di caffè. Accomodatevi in soggiorno e prendete una sedia.» Corse in cucina a preparare la caffettiera.

«Signora, credo sarebbe meglio se prima volesse ascoltare quello che l'ammiraglio ha da comunicarle», disse Fred Rummel.

Myra Daminski alzò la testa. In mano teneva ancora la parte superiore della caffettiera.

«Riguarda l'*Augusta*», cominciò Donchez, con voce grave e profonda. «Due ore fa è affondato nel Mediterraneo nel corso di un'esercitazione con un altro sottomarino. Abbiamo ragione di credere che non vi siano superstiti. Mi dispiace...»

Myra sbatté le palpebre. Donchez si chiese se stesse registrando la notizia.

«Siamo arrivati da Washington appena abbiamo potuto. Io sono il capo di stato maggiore della marina. Ron era stato membro dell'equipaggio di un sottomarino che ho comandato, il *Dace*. Era un ufficiale capace e un mio buon amico. Posso dirle...»

Le parole sembrarono scivolarle sopra. Le si formò un nodo in gola, mentre si chiedeva se la lettera che gli aveva scritto lo avesse raggiunto prima che partisse dalla Sardegna. Si augurò di no e che, prima o poi, le tornasse indietro.

«Com'è successo?»

«Non ne siamo ancora certi. Stiamo facendo il possibile per ritrovare l'equipaggio. Sapremo fra qualche ora se vi sono superstiti. Stanotte stessa partirà un mezzo da recupero per alte profondità. Ma non voglio che si faccia troppe illusioni, signora Daminski. L'altro sottomarino coinvolto nell'esercitazione ha comunicato di avere registrato sul sonar rumori di rottura dello scafo. »

Myra alzò gli occhi in tempo per vedere il figlio, Joe, in pigiama, in piedi nell'androne alla base delle scale.

Più tardi, nell'automobile di servizio, Donchez guardò fuori dal finestrino gli alberi scuri, pensando alla reazione di Myra Daminski, o alla sua mancanza di reazione, e alle lacrime del bimbo. Quando se n'erano andati, la donna lo stava cullando in una delle grandi sedie del soggiorno. Il viso di Myra era composto. Stoico? Forse.

Per la successiva mezz'ora, Donchez si perse nei ricordi. Daminski che faceva a braccio di ferro in sala riunioni. Daminski che beveva birra all'incontro di baseball. Daminski che litigava con il capo Betts. Daminski che spiegava ai subalterni i dispositivi di sicurezza del sistema di lancio dei siluri. La prima volta che aveva sentito Betts chiamarlo Rocket e il modo in cui l'equipaggio aveva subito adottato quel soprannome. Donchez aveva cercato di farli smettere. Affibbiare soprannomi era una violazione delle regole militari. Ma, alla fine, ci aveva rinunciato. Il giorno in cui l'allora tenente di vascello Daminski si era presentato nel suo alloggio per chiedergli una licenza straordinaria, perché il padre stava morendo. Improvvisamente, il *macho* Daminski era sembrato debole e vulnerabile, quasi balbettante. Quando Daminski si era sposato la prima volta, l'evento aveva coinvolto tutti gli ufficiali, che gli si erano raccolti intorno, lo avevano portato scalciante e urlante in una piscina, e ce lo avevano buttato dentro. Daminski era tornato a galla sputacchiando e, con un ghigno stampato in faccia, era venuto fuori e si era messo a inseguire gli assalitori, la divisa bianca, già stirata, tutta zuppa. Le settimane di shock quando il matrimonio era andato in pezzi, l'anno dopo, e il giovane ufficiale si era dedicato completamente al lavoro.

Quando ebbe esaurito i ricordi, Donchez volse il pensiero a quello che c'era ancora da fare. Da qualche parte, nel Mediterraneo, si era nascosto il Destiny, un sottomarino abbastanza silenzioso da sfuggire all'individuazione del sistema sonar BSY-1. Tanto silenzioso che, quando il reattore era spento, non si riusciva a sentire al di sopra dei rumori interni di un Los Angeles. Il Destiny aveva il vantaggio acustico. Brutta situazione quella in cui il sottomarino nemico è più silenzioso di quelli americani. Una situazione che non si era mai verificata, nemmeno ai vecchi tempi, nemmeno con i russi. I sottomarini americani erano sempre stati più silenziosi, invisibili, fino a quando i russi non avevano costruito il sottomarino d'attacco classe Omega, quello di cui Donchez si era preoccupato tanto, al punto di mandare il *Devilfish* a stanarlo. E il suo comandante di allora, Pacino, non era stato in grado di sentirlo fino a quando non ci si era trovato direttamente sotto, mentre l'Omega affiorava, attraverso la calotta polare.

C'era un solo sottomarino americano più silenzioso di un classe Los Angeles migliorata, e quello era il *Seawolf.* E c'era forse un solo sommergibilista che fosse dello stesso livello di Rocket Ron Daminski e quello era il capitano di vascello Michael Pacino, il comandante del *Seawolf.* Pacino stava per essere sostituito. Stava per ricevere la stella di ammiraglio e sostituire Roy Steinman come CombSubLant. E il *Seawolf* era immobilizzato in bacino di carenaggio per completare l'installazione dei tubi Vortex. Il cantiere aveva appena ricevuto l'ordine prioritario di disfare tutto e smontare i tubi dopo il fallimento del test alle Bahamas.

«Fred, mi passi Pacino sulla connessione satellitare protetta. Dovrebbe essere a casa sua, a Sandbridge Beach. Poi mi passi Stevens.»

«Stevens, il comandante del cantiere di Norfolk?»

«Affermativo.» Rimase in attesa.

«Pacino.» La voce di Pacino era distorta dal sistema di criptaggio che proteggeva la linea audio.

«Mikey? Sono Dick. Mi dispiace, ma temo di avere brutte notizie.»

PARTE SECONDA

USCITA IN ATLANTICO

15

Sabato, 28 settembre
Portsmouth, Virginia
Cantiere navale di Norfolk
Bacino di carenaggio 4

Il capitano di vascello Michael Pacino si appoggiò alla balaustra del bacino e lasciò vagare lo sguardo sull'ammasso confuso di materiale che si stendeva sotto di lui.

Qualche tonnellata di massicci ponteggi nascondeva la maggior parte del voluminoso scafo del *Seawolf*. L'ammasso delle attrezzature accumulate a babordo copriva quasi tutta la murata. Una passerella era stata appoggiata alla vela. A prua, la copertura di materiale plastico del sonar era stata rimossa e la massiccia sfera del sistema BSY-2 BATEARS, modello avanzato, appariva nuda ed esposta. Ponteggi erano stati collocati all'altezza del punto di massimo diametro della sfera. La parte di ponte visibile era di un colore verde brillante, quello del fondo di zinco inorganico che era stato steso sulle lamiere sabbiate. Cavi e condutture provvisorie serpeggiavano all'interno dei portelli. Un ampio foro ricavato nello scafo apriva la prua sul lato di babordo: era una parte del lavoro fatto per alloggiare i tubi dei Vortex.

Anche se il sottomarino era stato inviato in bacino solo per l'installazione dei Vortex, le possibilità di usufruire di un periodo di manutenzione si erano fatte tanto rare che i responsabili ne avevano approfittato per riempire il battello di altre modifiche. La sostituzione degli idrofoni del sonar era una di queste, un intervento che non avrebbe dovuto essere eseguito prima di due anni, ma che era stato comunque effettuato in seguito alle difficoltà incontrate nel riprogrammare le scadenze. E, come succedeva sempre, una volta che il lavoro principale fosse stato concluso, sarebbe sopraggiunta una serie di interventi imprevisti a ritardare l'uscita del battello dal bacino.

Le labbra di Pacino erano serrate in un sorriso tirato. Vedere il *Seawolf* in cantiere gli trasmetteva una sorta di malessere. Un'unità navale doveva stare in mare, non sotto i ferri di un'orda di operai indifferenti. Il sole si era alzato sopra gli edifici circostanti. I vecchi mattoni delle loro facciate erano ancora scuri, nell'ombra di quella domenica mattina. La mattina successiva all'affondamento dell'*Augusta*. La mattina dopo che Rocket Ron era morto. Pacino cercò di rimuovere il pensiero prima ancora che gli si formasse nella mente con chiarezza. Erano passate le sette e non c'era ancora alcun segno d'attività. Scoccò un'occhiata all'orologio, scorse un'ombra che si avvicinava e alzò la testa, e vide il capitano di vascello Emmitt Stevens, il comandante del cantiere, avvicinarsi nella sua divisa kaki perfettamente stirata, con il cappello bianco sfavillante e le scarpe tirate a specchio. Si voltò, salutandolo svogliatamente. Stevens colse al volo l'occasione.

«Un altro calendario rovinato da quelli dell'ufficio operazioni, comandante», disse.

«Come?»

«Il ComSubLant mi ha mandato per aria la tabella di lavorazione un'altra volta. L'altra notte, mi ha chiamato l'ammiraglio Steinman. I pezzi grossi vogliono il sottomarino fuori. Immediatamente, se non prima, mi pare abbia detto. Dannazione, Patch. Abbiamo ancora un sacco di lavoro da fare e adesso ci vengono a dire di ricucirlo in tutta fretta e metterlo in mare, perché Steinman deve fare qualcuna delle sue maledette esercitazioni. Poi, mi tocca sorbirmi le sue lamentele perché il battello non funziona.»

Pacino guardò Stevens. Era più anziano di lui. I capelli, già grigi sulle tempie, erano mossi dietro le orecchie e sotto il cappello. Era un EDO, un ufficiale del genio navale. Uno dei ragazzi del programma di progettazione navale del MIT all'epoca in cui Pacino stava iniziando a scrivere la sua tesi. Mentre lui stava ancora cercando di orientarsi, Stevens era già una figura ascoltata e apprezzata. Si chiese quanto gli potesse rivelare e decise che, nonostante le esigenze della sicurezza, se il comandante del cantiere avesse saputo qual era la situazione reale, avrebbe potuto fare in modo che i lavori procedessero più spediti. E più accurati.

«Ha saputo niente dell'*Augusta*?»

L'espressione di Stevens cambiò immediatamente. «Rocket Ron? Sì, ho sentito. Al cantiere da dove l'*Augusta* è uscito l'ultima volta, nel New Hampshire, sono tutti sulla corda. È probabile che il responsabile del cantiere venga fatto a fettine. Si dice che non sia stata una faccenda di sistemi d'arma. Forse qualcosa che ha a che fare con i sistemi di controllo della profondità del pannello che hanno montato la primavera scorsa. Da quello che ho sentito dire, pare che abbia sottovalutato la profondità e che il sottomarino abbia toccato il fondo, squarciando lo scafo.»

«Emmitt, Rocket Ron non è andato giù per un guasto dell'indicatore di profondità. E il motivo per cui il *Seawolf* deve lasciare il cantiere tanto in fretta riguarda proprio Rocket Ron. Dobbiamo occuparci del problema che ne ha causato l'affondamento.»

Non appena il riferimento alla telefonata dell'ammiraglio arrivò al cervello di Stevens, la ragione di concludere in fretta i lavori del cantiere divenne immediatamente chiara.

«Cristo. Patch, senta... Io... Lo faremo uscire immediatamente. Ricucito e come nuovo. Meglio che nuovo. Farò allagare il bacino entro giovedì.»

«Emmitt, so benissimo che non dovrei spiegarglielo, ma glielo dico lo stesso. Questa conversazione non c'è mai stata.»

«Certamente.» Stevens era già sulla strada per impartire gli ordini al personale del cantiere.

«Ah, Emmitt...» Stevens si voltò. «Allagheremo il bacino domani al tramonto. È possibile che giovedì sia troppo tardi.»

«È impossibile.»

Pacino si limitò a fissarlo.

«Domani. Va bene. Il ComSubLant dice giovedì. Pacino dice domenica. Va bene. Pacino, avrà la sua nave domani.»

Quindici minuti dopo, il personale del cantiere apparve dal nulla, e cominciò ad affollarsi intorno al *Seawolf*. Gru alte dieci piani si mossero sui loro grossi binari, mentre le sirene di segnalazione ululavano nella luce dell'alba. Gli altoparlanti abbaiavano. I lavoratori, nel bacino sottostante, si scambiavano grida. Pacino, soddisfatto, annuì e s'incamminò lungo la passerella.

Mediterraneo occidentale
Stretto di Gibilterra
USS Phoenix

Il bacino occidentale del Mediterraneo si restringe a formare un corridoio largo centoventi chilometri e lungo trecentocinquanta all'imbocco dello stretto di Gibilterra, dove la Spagna sudoccidentale si protende verso sud, ma non abbastanza da congiungersi a Tangeri, in Marocco. La forma del bacino ricorda la testa di un ippocampo, almeno se si guarda la mappa abbastanza a lungo. L'isola di Maiorca è l'occhio e Gibilterra l'estremità anteriore del naso. Il lungo muso appuntito, lo stretto corridoio, era ingombro di navi, la maggior parte trasporti militari che rifornivano la Terza Armata della Coalizione Occidentale, sul fronte dei monti dell'Atlante, nell'Algeria settentrionale. Acquattato sotto la superficie, circa otto miglia a est, il sottomarino *Phoenix* stazionava in cerca del Destiny. Ancora più a est, due cacciatorpediniere della marina degli Stati Uniti presidiavano le acque profonde, rimorchiando i propri sistemi sonar trainati, senza riuscire a individuare nulla. Fra i cacciatorpediniere e il *Phoenix* quattro velivoli turboelica da pattugliamento P-3 Orion facevano la spola fra Barcellona e Algeri, posando una cortina di boe acustiche a ricerca passiva, monitorando i segnali di ritorno in cerca di qualche indizio di presenza umana ed effettuando sorvoli a bassa quota con i rilevatori di anomalie magnetiche MAD, nel tentativo di individuare il Destiny. Ancora più a est, a poca distanza dalle coste occidentali della Sardegna e della Corsica, i velivoli S-3 Viking imbarcati sulla *Reagan* sorvolavano le acque, lanciando le loro boe acustiche e attivando i loro MAD. Fino a quel momento, l'intero spiegamento di forze non aveva ancora individuato nulla. Era come se, dopo l'attacco all'*Augusta*, il Destiny si fosse dissolto nell'acqua.

Nella sua posizione d'attesa, il *Phoenix* navigava lento verso est, alla velocità di due nodi, appena sufficiente a dargli manovrabilità. Il sottomarino classe Los Angeles prima serie era abbastanza simile all'*Augusta*, tanto che un civile avrebbe potuto girare tra i due sottomarini per ore senza notare alcuna differenza. Ma il *Phoenix*, varato nel 1981, era di tredici anni più vecchio dell'*Augusta*, un sottomarino classe Los Angeles migliorata, e dato che apparteneva alla serie originale della classe 688 non aveva i tubi di lancio verticali per i missili Javelin nella parte superiore della prua e aveva i controlli di profondità montati a poppa e non, come l'*Augusta*, a prua, simili all'alettone di un'autovettura da Formula Uno. Con il suo vecchio sistema sonar BQQ-5D e l'obsoleto CCS Mark II per il controllo siluri, il *Phoenix* apparteneva, di fatto, a una classe diversa rispetto all'*Augusta*, con il suo sistema di combattimento integrato BSY-1. Inoltre, l'*Augusta* era stato costruito con gli ultimi ritrovati tecnologici per la riduzione del rumore e la sua segnatura sonora era solo una piccola frazione di quella del *Phoenix*. Ma anche se il *Phoenix* era un sottomarino vecchio, nelle mani dell'equipaggio di Kane rimaneva potente e formidabile, almeno fino a quando non fosse stato chiamato a combattere contro un classe Los Angeles migliorata.

Mentre l'alba si alzava sopra il bacino occidentale, il *Phoenix* proseguiva la sua ricerca, virando in direzione sud. La nave era allestita per la navigazione silenziosa. La squadra di ricerca era in attesa, in sala controllo; i portelli di due tubi lanciasiluri aperti e una coppia di ordigni pronti e collegati.

Da qualche parte, là davanti, era nascosto il Destiny. Le sue armi avevano ucciso più di centoventi uomini, adesso sepolti sul fondo del mare.

In sala controllo, il turno era appena stato cambiato. Il sottomarino conservava ancora l'odore delle uova, del bacon e del caffè serviti nel ponte inferiore. Al tavolo di navigazione a poppa del periscopio, il capitano di fregata David Kane era curvo sopra una mappa, la tuta accuratamente stirata, le bandiere americane nuove fiammanti applicate sulla parte alta delle maniche, i delfini da sommergibilista ricamati sul petto luccicanti nella luce vivida del locale. Kane riportò diverse volte un compasso sulla mappa ed eseguì un rapido calcolo mentale. Aveva un aspetto riposato come se avesse dormito dodici ore di fila, ma, in realtà, era sveglio da più di trenta ore. L'unico segno di fatica era negli occhi che, quando era stanco, sbatteva spesso. E, in quel momento, le sue palpebre si agitavano con molta frequenza.

Kane, quarant'anni portati bene, aveva l'aspetto di un trentacinquenne vigoroso, alto e bruno. Viso abbronzato, mento e zigomi scolpiti, occhi penetranti e di un azzurro profondo. Era snello e muscoloso, grazie a ore di duro lavoro in palestra mentre il sottomarino era in porto e a ore di corsa sul posto in sala macchine mentre erano in mare. Era un ufficiale predestinato al successo, particolare evidente fin dal primo anno d'accademia. Aveva avuto le tre bande di comandante di compagnia già durante il primo semestre da cadetto anziano, e, durante il secondo semestre, aveva ricevuto le sei bande di comandante di brigata, il grado più alto che gli allievi potessero raggiungere ad Annapolis. In ogni sfilata, si era trovato di fronte a masse di turisti, con la lucida sciabola sguainata, l'aria da fotomodello, conferendo alla formazione l'aspetto surreale di un poster per il reclutamento.

Per tre anni, nel suo alloggio, aveva tenuta appesa alla paratia una grossa insegna che i compagni di corso avevano rubato in una boutique e gli avevano consegnato con un'ironica cerimonia. C'era scritto: NON SOLO UN'ALTRA BELLA FACCIA. Ma qualche volta, dentro di sé, Kane aveva dei dubbi, chiedendosi se ciò che aveva ottenuto l'avesse guadagnato davvero onestamente. Non aveva mai considerato il suo successo come qualcosa di dovuto. Si era sempre sforzato di raggiungere il limite.

A trentasette anni, era diventato il più giovane comandante di sottomarini del Settimo Gruppo e dell'intera costa orientale. Per guadagnarsi quel posto aveva prestato servizio a terra fra il turno come navigatore e quello come comandante in seconda, una decisione che gli era quasi costata il matrimonio. Si era messo d'impegno per placare la moglie, Rebecca, perché l'amava veramente, ma anche perché a lei si legava buona parte del suo successo. Becky era bionda e bella, e aveva anche posato su *Playboy* quando Kane era cadetto di prima classe. Durante una festa, a tarda notte, gli era capitata fra le mani una copia della rivista, sgualcita dalle attenzioni degli altri cadetti. Kane si era trovato a fissare le foto. Uno dei suoi compagni di corso gli aveva suggerito di scrivere alla ragazza, e lui l'aveva fatto, allegando non solo le sue foto con le sei bande di comandante di brigata, ma anche le alcoliche testimonianze degli amici. Sorprendentemente, lei gli aveva risposto, dicendogli che studiava all'Hook College, a nord di Washington. Un anno dopo si erano sposati nella cappella dell'accademia. Dopo un altro anno, era nato il primo figlio e il secondo, due anni dopo, era in arrivo. Nonostante tutto, Becky era rimasta bella, capace di affascinare anche i più duri tra gli ammiragli. Kane la pensava spesso e gli mancava quando era per mare. E quando lo stress saliva troppo, Kane reagiva evocando Becky con maggior frequenza. L'intensità con cui la pensava era il barometro della sua tensione. Più vedeva il viso di lei, più era nella merda. E, in quel momento, pensava a lei in continuazione.

Le riflessioni di Kane furono interrotte dalla comparsa del suo comandante in seconda, il capitano di fregata Carl B. «CB» McDonne. McDonne era un tipo massiccio, la tuta blu tesa sopra il ventre prominente. L'equipaggio scherzava alle sue spalle, sostenendo che era grasso in ogni parte del corpo. In effetti era dotato di una mole impressionante. La testa era calva, i tratti del viso rozzi e asimmetrici. La voce era forte e caustica. McDonne osservava con perverso orgoglio che era «assolutamente l'ufficiale più grasso di tutto il corpo sommergibilisti». Riempiva qualsiasi sala in cui entrasse con il suo corpo quasi sferico *e* con la sua intelligenza tagliente. Tutto l'equipaggio conveniva che CB McDonne era un tipo «pesante», un termine rispettoso nel gergo dei sommergibilisti per dire intelligente, ma che poteva anche significare arrogante, un uomo che assumeva sempre un atteggiamento sarcastico. Avrebbe potuto essere odiato da tutto il battello, se non fosse stato per il senso dell'umorismo che lo salvava in ogni caso. McDonne era un uomo ilare, esplosivo e irriverente. Quando era d'umore giusto poteva far ridere sino alle convulsioni un'intera sala piena di ufficiali.

C'erano occasioni in cui Kane era certo che l'ammiraglio al comando del NavPersCom che gli aveva mandato McDonne fosse stato in vena di scherzi di cattivo gusto. Avrebbe potuto spulciare i ruolini della flotta per dieci anni, senza riuscire a trovare un compagno peggiore di McDonne come comandante in seconda. Eppure era un elemento valido e possedeva una conoscenza enciclopedica del sottomarino e della tattica. Era eccellente come istruttore e nel tenere lezione agli ufficiali. E, stranamente, sapeva gestire le masse quanto Kane, anche se le sue maniere un po' grossolane erano tenute rigidamente a freno durante lo svolgimento delle mansioni ufficiali. Kane aveva delle foto di McDonne durante qualche ricevimento, nelle quali lo sguardo minaccioso cedeva il posto a un sorriso gioviale e allegro, diretto agli ufficiali subalterni.

McDonne, fuori da un sottomarino nucleare, diventava una persona fondamentalmente diversa. Se, alle feste, avesse saputo lasciare in pace Becky Kane, avrebbe anche potuto redimersi agli occhi del marito, ma McDonne era turbato dall'ancora impressionante bellezza bionda di Becky, e semplicemente non riusciva a comportarsi da gentiluomo.

Tutto sommato, Kane e il sottomarino funzionavano adeguatamente con CB a bordo e Kane era stato informato dagli alti papaveri di aver accumulato punti prendendoselo senza fare storie. Alzò la testa e fissò il suo comandante in seconda mentre questi apriva il portello, poggiava i fianchi agli stipiti e si spingeva nel locale.

«Arrivo adesso dalla radio», annunciò McDonne. «Farebbe meglio a dare un'occhiata a questo.»

Passò a Kane la cartelletta metallica con l'ultimo messaggio dell'*Augusta*, appena stampato dalla memoria del computer dopo che il *Phoenix* era salito a quota periscopica dieci minuti prima per un passaggio di routine finalizzato a scaricare le ultime comunicazioni CommSat. Kane lesse il messaggio e fissò la mappa dello stretto di Sicilia. Il suo sospetto della sera precedente era confermato. Il Destiny aveva affondato l'*Augusta* e adesso era in rotta verso di loro.

McDonne sembrò urtato dalla reazione di Kane.

«Cosa ne pensa?»

Kane lo guardò con espressione neutra.

«Penso, mi dispiace dirlo, che Rocket Ron abbia commesso un errore e che l'abbia pagato.»

«Crede che il Destiny si spingerà così a ovest?»

Kane scosse la testa. «No. Ritengo sia diretto verso il fronte dell'Atlante. Ormeggerà da qualche parte al largo dell'Algeria, scaricherà Sihoud, poi se ne tornerà in porto, a Kassab. Due ore dopo che avrà attraccato al molo, un gruppo di bombardieri Stealth lo avrà ridotto a rottami di metallo. No. Penso proprio che non ne sentiremo nemmeno l'odore.»

«Sarebbe un maledetto peccato», commentò McDonne. «Mi piacerebbe cacciargli un Mark 50 giù per la gola.»

Kane scosse il capo, pensando che era stato addestrato a questa situazione tattica per tutta la sua vita adulta e adesso avrebbe potuto succedere davvero, al di fuori dello sterile mondo delle esercitazioni. Quel sottomarino aveva mandato Rocket Ron sul fondo del Mediterraneo e non era certo un risultato che un dilettante qualsiasi avrebbe potuto ottenere. Il Destiny doveva essere un buon battello, abbastanza da mandare in pezzi un 688 migliorato. Kane non poteva evitare di pensare con timore alle possibilità che avrebbe potuto avere un vecchio 688 prima serie contro un battello del genere.

«Sa, McDonne, l'*Augusta* era quasi nuovo di zecca, con un sacco di gadget dell'ultima generazione. Era quasi a livello di un classe *Seawolf* per quanto riguarda le capacità di rilevamento acustico. Eppure, il Destiny gli è passato sopra come se fosse stato un diesel della Seconda guerra mondiale.»

McDonne annuì.

«Comandante, conosciamo la sua tattica. Lancia un falso bersaglio, poi spegne tutto e si nasconde. E quando noi attacchiamo il falso bersaglio, esce da dietro i nostri schermi acustici e lancia una salva.»

«D'accordo, CB, e come diavolo facciamo a sapere che stiamo inseguendo un falso bersaglio?»

«Direi che il contatto che lancia i siluri sia il nemico vero.»

«Quindi, non possiamo saperlo fino a quando non mette i siluri in acqua e se spegne tutto è anche possibile che noi non si riesca a captare altro che i siluri. E a quel punto sarebbe troppo tardi. Pensa sempre che siamo noi in vantaggio?»

«Siamo nei guai.»

«Tutto quello che possiamo fare è sperare che il Destiny commetta un errore o che emetta qualche rumore di meccanica.»

«Aspetti un momento, signore. Ron ha lanciato una salva contro il sottomarino. Può darsi che qualche siluro l'abbia colpito.»

«Al sonar risulta qualche esplosione?»

«No... Ascolti, comandante. Se pensa che il Destiny intenda sbarcare Sihoud da qualche parte lungo le coste algerine, forse dovremmo dirigerci verso est seguendo la costa.»

«Impossibile. Il CincNavForceMed è stato molto preciso. Presidiare Gibilterra. Affondare il Destiny se cerca di passare. Se si trova più a est, i P-3, i cacciatorpediniere classe Arleigh Burke o i Viking lo individueranno con le boe acustiche ed è possibile che riescano a spingerlo verso di noi. Può darsi riescano anche a bucherellarlo con qualche Mark 52.»

«Penso che mi fermerò in area sonar mentre vado verso l'alloggio, per assicurarmi che il sottufficiale addetto abbia una chiara visione dell'identità del nemico. Ci tengo a non morire nel sonno.»

«Vada a sdraiarsi un po', McDonne.»

«Buonanotte, signore.»

Per lungo tempo dopo che McDonne se ne fu andato in area sonar, Kane rimase a fissare la mappa, chiedendosi dove si fosse nascosto il Destiny. E quale fosse la sua missione.

Mediterraneo occidentale

L'*Egira* aveva superato Minorca e stava raggiungendo la linea invisibile che congiunge Barcellona ad Algeri. Mentre il battello si avvicinava a Gibilterra, la distanza fra le coste si era ridotta, passando da trecento a centocinquanta chilometri. Sembrava largo, ma ci si cominciava a sentire come in una vasca da bagno: terra a nord e a sud; flotte nemiche a est e a ovest.

Sharef si spostò dal tavolo di navigazione al pannello sensori. Il mare intorno a loro echeggiava di rumori. Cattive notizie. La mappa elettronica era alimentata dai segnali provenienti dal pannello, a mano a mano che l'ufficiale addetto, il tenente di vascello Jadi, identificava la fonte del rumore, la posizione e la distanza. Dall'analisi fatta dal Secondo Comandante i suoni a nord e a sud erano eliche di cacciatorpediniere americani classe Arleigh Burke, in grado di rimorchiare sistemi sonar di profondità. Navi dalle quali tenersi lontani. Più a ovest si udivano tonfi e sibili ad alta frequenza, molto probabilmente boe acustiche lanciate da qualche aereo antisom. Anche quella era un'area da evitare. Sharef stava mantenendo una rotta a zigzag, presumendo che le forze della Coalizione fossero a conoscenza della sua presenza dopo l'affondamento del sottomarino americano classe 688. Gli occidentali dovevano essere furiosi e pieni di desiderio di colarlo a picco.

Si chiese se avessero immaginato che era diretto verso l'Atlantico. Se avessero saputo che Sihoud era a bordo (e come sarebbe stato possibile il contrario, vista l'eternità di tempo che era rimasto emerso per recuperare lui e Ahmed?) avrebbero immaginato che avrebbe sbarcato il generale da qualche parte al largo del Nord Africa, in prossimità del fronte algerino.

Sharef si guardò intorno, nella formicolante sala controllo, presidiata dal turno A rinforzato. Metà dell'equipaggio era in servizio, mentre il turno B dormiva, in attesa del cambio. Era lo stato di massima allerta, prima della condizione di combattimento. Quando Sharef aveva ordinato i posti di combattimento, i turni si erano alternati ogni dodici ore. Era passato già molto tempo da quando aveva iniziato il suo secondo turno consecutivo, ed era esausto. Tornò al tavolo di navigazione, pensando che, probabilmente, avrebbe finito con lo scavare un sentiero nel rivestimento del ponte fra questo e il pannello dei sensori.

Il tavolo di navigazione visualizzava le tracce dei cacciatorpediniere che sembravano seguire una rotta di ricerca a barriera in direzione nord-sud e la posizione approssimativa delle boe acustiche, lanciate più a ovest. Sembrava che si fossero lasciati il peggio alle spalle. Tutto quello che era rimasto fra loro e l'oceano era lo stretto di Gibilterra. Naturalmente, quel corridoio era il punto ideale per intercettare un sottomarino di passaggio, ma immaginavano che l'*Egira* stava facendo rotta verso l'Atlantico?

Avrebbe dovuto sentirsi soddisfatto, eppure non lo era. Qualcosa poteva essere là ad aspettarli. Tamburellò con le dita sopra il piano di vetro notando che, durante tutto il turno di guardia, non c'era stato nessun segnale della presenza di Sihoud e Ahmed.

«Capitano di fregata Tawkidi, cosa stanno facendo Sihoud e Ahmed?»

Tawkidi controllò l'orologio che indicava le 23.05, ora di Greenwich.

«Quando sono montato di guardia, alle 19.00, stavano giocando a scacchi nell'alloggio del comandante in seconda. Devo andare a vedere, signore?»

«No. Mi stavo chiedendo, lei crede che Ahmed abbia mai vinto? E, se è successo, questo fatto cosa ci dice a proposito del generale?»

Tawkidi sorrise.

«Dubito che il colonnello Ahmed sia tanto stupido da vincere. Perdere a scacchi con il generale potrebbe essere la mossa vincente.»

Sharef annuì e ritornò al pannello sensori.

Dieci metri verso prua, oltre il portello, superate la sala radio e l'area computer, Sihoud e Ahmed erano curvi sopra una scacchiera, posata sopra il tavolo nell'alloggio del comandante in seconda. Ahmed si morse l'interno della guancia, mentre Sihoud portava avanti la regina, a distanza d'attacco dal suo re. Si lasciò sfuggire un sospiro e guardò il generale.

«Mi arrendo, generale.»

Sulla scacchiera, Ahmed aveva perso tutto, tranne un pedone, una torre e il re. Sihoud aveva ancora quasi tutti i pezzi.

«Scambiamoci i pezzi, Rakish, e continuiamo a giocare.»

«Se vuole, generale, ma la situazione è disperata.»

Gli ci vollero trenta mosse, ma un'ora dopo Ahmed si trovò nuovamente messo in scacco dai pochi pezzi che Sihoud aveva a disposizione.

«Scacco matto, Rakish. Vede. Avrebbe potuto ribaltare il risultato.»

«No, generale. Lei è stato in grado di farlo», rispose Ahmed. «Non so come abbia potuto.»

«Lei ha troppa sete di sangue, amico mio», osservò Sihoud. La voce era tornata a suonare autorevole, anche se attutita, nella luce fioca dell'alloggio. «Lei è disposto a sacrificare un alfiere per un pedone, e la regina per la regina. Combatte guerre d'attrito. Lei non mi vedrà mai combattere in questo modo. Quando sono minacciato, mi ritiro e aspetto. C'è un tempo per aggredire e uno per essere pazienti. Deve chiedere ad Allah il dono della pazienza, Rakish.»

Ahmed aveva già smesso di pensare al gioco. La sua mente era ormai lontana mille miglia dagli scacchi. «Generale, cosa ne pensa di questa missione? Dell'affondamento del sottomarino americano? Non ha mai detto una parola a Sharef. Non gli ha detto niente per avere messo la nostra vita in pericolo spegnendo il reattore. I siluri americani avrebbero potuto farci a pezzi. Mi chiedo se Sharef sia una persona competente.»

«Il commodoro Sharef svolge questo incarico da molto tempo, Rakish. Cosa penserebbe se venissi a insegnarle come si pilota un caccia?»

«Un punto a suo favore, signore, eppure... Non mi sembra abbastanza aggressivo. Ha lasciato che quel sottomarino si avvicinasse fino a individuarci e ha aspettato che quello lanciasse per primo prima di lanciare il falso bersaglio. Poi è rimasto senza energia ed è dovuto ripartire con il motore ausiliario. Ho ancora il rumore nelle orecchie. Praticamente ha chiesto che gli sparassero addosso.»

«Sharef sa quando attendere e quando essere aggressivo, Rakish. Sarebbe uno scacchista eccellente. Forse dovrei sfidarlo, quando saremo in mare aperto.»

«Vorrei assistere, generale.»

«Mi ha chiesto cosa penso della missione?»

«Mi piacerebbe saperlo, generale.»

«Funzioneranno le Scorpion?»

«I missili funzioneranno. Ma mi chiedo se Sharef sarà in grado di caricarli nei tubi di lancio e di spararli.»

«Sarà in grado. E i missili scaricheranno il loro plutonio. Dopo di che, il generale Ramadan siglerà il trattato di pace con la Coalizione e il Fronte Islamico Unito prospererà per molti e molti anni.»

«Il generale Ramadan... Ma *lei*, signore?»

«Dopo che avremo lanciato i missili, dubito che anche Sharef riesca a sfuggire alla collera della Coalizione.» Interruppe con un gesto le proteste di Ahmed. «Bando alle tristezze e concentriamoci sulla missione. Ci sono molte cose da fare prima di poter lanciare i missili. Suggerirei di andare un po' a riposare.»

«Passeremo per lo stretto di Gibilterra in mattinata. Dovremo essere in sala controllo.»

«Ci vedremo al cambio della guardia. Dorma bene, Rakish.»

Mentre il colonnello Rakish Ahmed si allontanava lungo la stretta scaletta che conduceva all'alloggio che gli era stato assegnato, i suoi pensieri ritornarono alle parole di Sihoud riguardo alle scarse possibilità di sopravvivere alla missione. Si rese conto che non gli importava di vivere o di morire, se poteva almeno portare le Scorpion sulla capitale degli Stati Uniti e vendicare la morte di sua moglie e di suo figlio. Una volta raggiunto tale obiettivo non gli importava di morire. Si ricordò quanto aveva detto Sihoud riguardo alla sua sete di sangue, ma lo mise da parte. Gli occidentali, che in quel momento stavano avendo la meglio sul Fronte Islamico, meritavano una morte lenta e dolorosa.

Sandbridge Beach, Virginia

Era buio da ore quando il motore dell'auto di Pacino si arrestò sotto i pilastri della sua casa sulla spiaggia. Salì le scale, i passi resi pesanti dalla fatica. Lasciò cadere la valigetta e la giacca kaki nell'ingresso, intenzionato a puntare direttamente verso il mobile bar. Ma sua moglie era stata più veloce e si trovava appoggiata al piano con in mano un doppio whiskey con ghiaccio. Lui lo prese e lo bevve. Il whiskey gli bruciò la gola.

«Dove sono i ragazzi?»

«A letto da ore.» Fece scorrere le dita snelle sulla fronte di lui, la pelle fredda per il contatto con il bicchiere. «Tutto a posto?»

Pacino chiuse gli occhi.

«Il sottomarino è un rottame. Stiamo cercando di rimetterlo in mare in qualche modo prima della mezzanotte di domani.»

«Non mi hai spiegato la ragione di tutta questa fretta. Un'altra telefonata di Zio Dick?»

«Hai sentito dell'*Augusta*?»

Lei rispose con un sospiro. Pacino notò la fossetta che si formava sul ponte del naso della moglie solo quando era disgustata, arrabbiata, confusa... o molto spaventata.

«Ho sentito. È stato orribile. Tutti quegli uomini affogati. Tutto per un errore del cantiere. E il cantiere sta rabberciando in tutta fretta la tua nave. Potrebbe succederti la stessa cosa. *Perché* tutta questa fretta?»

«Non posso credere che Rocket Ron sia morto», rispose lui, ignorando la domanda. «Dio. Mi mancherà.»

«Rocket Ron? Ma se non ti è mai piaciuto! Ho vissuto un anno d'inferno quando eri il suo ufficiale di macchina. Eri pronto a svuotargli il circuito dei freni, un giorno. Eri venuto a casa un mezzogiorno, nel bel mezzo della settimana, bestemmiandogli dietro...»

Pacino sorrise al ricordo.

«Sì, mi sono proprio preso una sbronza storica, quel giorno.»

«Ho dovuto metterti a letto. Cosa ti aveva detto per ridurti in quello stato?»

Pacino non era già più nella stanza. Era tornato nel suo alloggio, a bordo dell'*Atlanta*, il sottomarino cui era stato assegnato sette anni prima come ufficiale di macchina. Il comandante era Rocket Ron. C'era stata un'ispezione a sorpresa al reattore, che aveva rivoltato il battello per due giorni. Alla fine, gli ispettori se n'erano andati dopo avere classificato il sottomarino «sopra la media», il giudizio più alto che avrebbero potuto dare. Un buon motivo per fare festa. Rocket Ron aveva aperto la porta dell'alloggio con in mano il rapporto degli ispettori. Pacino aveva sorriso attendendosi le congratulazioni del comandante.

«Gli ispettori hanno riferito che la squadra di decontaminazione non ha provveduto alla messa in sicurezza del personale nel tunnel», aveva detto Daminski.

«Sembrava tutto a posto... I monitor non hanno funzionato...»

«Non voglio sentire le sue scuse, Pacino.» Daminski gli aveva puntato un dito in faccia, a mezzo centimetro dal naso. «La sua maledetta squadra di decontaminazione ha sbagliato e ha sbagliato perché *lei* ha sbagliato l'addestramento. Se non posso contare su di lei per una cosa simile, per cosa *diavolo* posso contarci?»

Daminski era uscito sbattendosi la porta alle spalle. Pacino era rimasto imbambolato a guardarlo, mentre lo sbigottimento lasciava il posto alla furia. Aveva trovato le chiavi della macchina e aveva lasciato il sottomarino. Era corso a casa e, per l'ora in cui Janice era rientrata, era ubriaco fradicio. Dopo di ciò, non ricordava più nulla fino alla mattina successiva, quando si era svegliato con una sorta di martello che gli picchiava in testa a ogni respiro.

Sul sottomarino, quella mattina aveva trovato Daminski in sala controllo che parlava con un sottufficiale. Quando ebbe terminato, Pacino lo aveva fissato, consapevole di giocarsi la carriera.

«Comandante, ieri sera lei si è spinto troppo oltre. Quella squadra di decontaminazione...»

Daminski lo aveva interrotto, la voce tranquilla. «Lo so, Patch. E mi dispiace di averla strapazzata. Ha fatto un lavoro eccellente e ha ragione di esserne orgoglioso.»

Daminski si era voltato, le spalle curve, e si era diretto verso il suo alloggio.

Pacino non aveva mai capito cosa lo avesse turbato di più, se la scenata o il successivo rimorso.

Non che a quel punto gli importasse più, pensò, guardando gli occhi della moglie. Lei stava ancora aspettando una risposta.

«Non ricordo», disse.

«Ma io voglio capire», proseguì lei. «Daminski non ti è mai piaciuto, eppure adesso sei in lutto. Cosa sai che io non so?»

«Tutti quanti abbiamo passato il nostro periodo di servizio a bordo dell'*Atlanta* odiando Daminski, imprecando ogni secondo per quanto era stronzo e per quanto miserabile avesse reso la nostra vita. Ma quando se n'è andato, tutto l'equipaggio ha fatto fatica a trattenere le lacrime. Quando avvenne il cambio di comandante, provammo tutti un senso di perdita. Vedi, Daminski, in qualche modo, ci ha permesso di crescere. Ha saputo tirare fuori l'uomo che c'era in ogni marinaio e in ogni ufficiale. Il meglio non era abbastanza per lui. Avevamo l'abitudine di dire che in paradiso quello della sua morte sarebbe stato un brutto giorno, dato che sarebbe andato a mordere il culo a san Pietro perché i cancelli del paradiso erano impolverati e mal tenuti. E adesso che è morto, mi guardo alle spalle e mi rendo conto che è stato una specie di secondo padre per tutti gli uomini che ha comandato. Un bastardo di padre ma, sotto sotto, uno che ci aveva a cuore.»

«Grande», commentò lei. «Quindi è questo il motivo di tutta questa fretta?»

Pacino stava per rivelarle la verità, quando si rese conto che sarebbe stata una cattiva idea. Non avrebbe dovuto dirlo nemmeno a Emmitt Stevens, ma Stevens aveva bisogno di una vera motivazione. Non c'era motivo che Janice conoscesse la verità. Si sarebbe solo preoccupata.

«Non è niente, Jan. Solo le solite stronzate della marina. Avevi ragione. È una chiamata di Zio Dick. Non ce la fa a vedere il *Seawolf* ormeggiato in bacino. E chi sono io per mettermi a discutere? Sono stato io a dirgli che avrei voluto portarlo in mare un'ultima volta prima di passare le consegne. Probabilmente, questo è il suo regalo di Natale. Tornerò fra un'ora.»

Prima che lei potesse rivolgergli qualche domanda, Pacino aveva lasciato la stanza. Uscì di casa, raggiunse la spiaggia e rimase a guardare le onde, chiedendosi cosa avesse detto veramente Rocket Ron a san Pietro.

16

Domenica, 29 dicembre
Stretto di Gibilterra

AHMED stava in piedi nella sala di controllo affollata. Gli schermi, come in precedenza, erano pieni d'insiemi casuali di luci e colori. Quattro, nell'area sensori, erano dedicati a quelli che sembravano grafici di curve, che delineavano contorni intorno a un asse orizzontale, sagome che assomigliavano a monti e valli, che ondeggiavano lentamente sotto il suo sguardo.

Il commodoro Sharef era curvo sopra un monitor. Sihoud non si trovava nella sala. Preferiva, piuttosto, rimanere nel suo alloggio a consultare una mappa tattica del fronte dell'Atlante. Era difficile, per Sihoud, rimanere in sala controllo, dove i dati presentati erano indecifrabili e gli ufficiali troppo impegnati per riferirgli quello che stava succedendo. Per quanto riguardava Ahmed, si sentiva sospeso a mezz'aria, in quel polmone d'acciaio guidato da uomini che non conosceva, sui quali non aveva controllo e dei quali non aveva motivo di fidarsi se non per il fatto che portavano la sua stessa divisa. Avvertì una goccia di sudore che scivolava lungo la fronte, fin dentro un occhio. Si voltò sfregandolo e si piegò sopra il tavolo di navigazione controllato dal computer, guardando sopra le spalle di due ufficiali superiori e un subalterno. La mappa rappresentava il profilo della costa lungo la strettoia fra il Marocco e la Spagna. La profondità era visualizzata in scale di blu, più scuro al centro del canale, più chiaro lungo la costa. Un punto rosso pulsava qualche chilometro a est della strettoia.

«Cos'è quel punto rosso?»

Il capitano di fregata Tawkidi rispose, gli occhi sempre fissi sul tavolo di navigazione.

«Un altro sottomarino. Americano. Classe Los Angeles. Come l'ultimo che abbiamo incontrato.»

«Che cosa facciamo?»

«Noi?» In quel momento, il commodoro Sharef parlò con voce forte e chiara.

«Capitano di fregata, venga qui un momento, per favore.»

Tawkidi alzò una mano verso Ahmed e raggiunse Sharef all'altro tavolo di navigazione.

Adesso, la voce di Sharef era bassa. «L'americano è al limite dei nostri sensori. Io direi di spegnere tutto, prima che riesca a individuarci. I siluri entreranno nei suoi schermi acustici prima che si renda conto che noi siamo in zona e lo costringeranno ad allontanarsi verso ovest. È possibile che per un errore di navigazione si vada ad arenare. Se no, verrà sicuramente colpito.»

Tawkidi diede un'occhiata al blocco su cui Sharef aveva schizzato alcuni calcoli. «Signore, il sottomarino nemico è a più di novanta chilometri. È praticamente oltre la portata delle armi di bordo. I siluri possono coprire una distanza di centottanta chilometri in modalità ricerca e centoquaranta in modalità attacco.»

«Ma se lanciamo in modalità ricerca, a una velocità di trentasette nodi, e siamo fortunati, il siluro riuscirà ad avvicinarsi parecchio al 688 prima di essere individuato. Nella migliore delle ipotesi potrebbe forse arrivare a venti chilometri dal nemico. A quel punto, il 688 si mette a correre, il siluro lo aggancia e passa alla velocità d'attacco: settanta nodi. Con il bersaglio che viaggia alla velocità massima di trentasette nodi, il siluro lo intercetterà e lo affonderà venti minuti dopo, dopo avere percorso, in tutto, centoquindici chilometri, ben al di sotto del limite di centoquaranta. Ammetto che questa è la previsione più ottimistica. Assumendo, quindi, che l'intercettazione avvenga a trentacinque chilometri dal bersaglio, il siluro lo affonderà a centotrentacinque, ancora sotto i centoquaranta. E stiamo sempre partendo dall'assunto che il bersaglio riesca a individuare il siluro e a partire subito con la propulsione al massimo. Se non è così abile, la velocità relativa d'intercettazione sarà ancora maggiore. Ne vale la pena.»

«E se risponde al fuoco?»

«Dopo avere lanciato usciremo di rotta di cinque chilometri e spegneremo il reattore. A reattore spento, nessun siluro potrà individuarci.»

«Spegneremo il reattore senza poter lanciare il Dash Cinque? Non credo che una tattica simile...»

«Così lontano funzionerà. E se non funzionerà, avremo tutto il tempo di riavviare il reattore.»

Tawkidi scarabocchiò qualche appunto sul blocco. «Signore, il tempo che il siluro impiegherà a raggiungere il bersaglio è di circa un'ora e venti minuti. Non possiamo tenere il reattore spento per un intervallo di tempo così lungo. L'ultima volta l'abbiamo fatto solo per quaranta minuti.»

«Le batterie non erano del tutto cariche. Dureranno di più, forse un'ora, adesso che sono state completamente scaricate e ricaricate. Attenderemo venticinque minuti dal lancio per spegnere il reattore e lo riavvieremo prima che siano del tutto scariche. Le pare soddisfacente?»

«Signorsì. Siamo pronti al lancio.» Tawkidi sapeva quando tirarsi indietro.

La voce di Sharef salì a riempire il piccolo locale. «Un momento d'attenzione, prego. Abbiamo identificato il contatto sommerso come un altro sottomarino americano classe 688. Per evitare di essere attaccati intendo lanciare un solo siluro dalla lunga distanza, uscire di rotta e spegnere la propulsione. Quando avremo affondato il 688 potremo passare nell'Atlantico. Terremo pronto un secondo siluro, nel caso ce ne fosse bisogno. Nessuna domanda? Molto bene. Ufficiale addetto ai sistemi d'arma, aprire tubi otto e nove. Preparare le armi e comunicare quando pronto. Ufficiale all'assetto, rotta a sud. Non voglio avvicinarmi al bersaglio più della nostra attuale posizione.»

«Signorsì, comandante. Controllo, timone un grado a tribordo. Rotta sud.»

Per quella che ad Ahmed sembrò un'eternità, non accadde nulla, tranne il lampeggiare dei monitor sui pannelli di controllo armi. I soli rumori della sala erano il ronzio dei computer e il basso ruggito delle ventole. Dopo qualche minuto i siluri furono pronti al lancio.

«Distanza dal bersaglio?» chiese Sharef.

«Novantuno chilometri», rispose il capitano di corvetta Mamun, ufficiale addetto ai sistemi d'arma, leggendo il dato sul pannello di controllo.

«Tubo nove: fuori.»

Il ponte tremò mentre il grosso siluro Nagasaki partiva verso il suo lontano bersaglio.

«Controllo, timone cinque gradi a tribordo. Rotta nord. Reattore: prepararsi allo spegnimento.»

Sharef raggiunse l'area controllo sensori e guardò le due file di monitor dedicate al bersaglio. Non era cambiato nulla. Sembrava non si fossero resi conto del lancio. Gli schermi del pannello accanto monitoravano la lenta corsa del siluro verso il sottomarino oltre l'orizzonte. Non c'era più niente da fare, se non aspettare quarantacinque minuti o un'ora, fino a quando le due macchine non si fossero individuate l'una con l'altra. Una delle due sarebbe fuggita, l'altra entrata in modalità d'attacco. Quando il cacciatore avesse ucciso la preda, la porta dell'Atlantico sarebbe stata aperta e *solo allora* sarebbe stato il momento di pensare a come assemblare le testate Scorpion ai missili Hiroshima. Una volta che quel problema fosse stato risolto, tutto quello che sarebbe rimasto da fare sarebbe stato giungere a tiro di Washington e lanciare i missili. Sharef si chiese per un istante se sarebbe mai riuscito a riportare l'*Egira* alla base dopo che i missili avessero colpito. Meglio non pensarci, si disse.

Nel frattempo, dieci chilometri più a ovest, il siluro Nagasaki stava puntando verso il *Phoenix*.

USS Phoenix

Edwin Sanderson era un omaccione al quale spesso veniva chiesto come potesse sentirsi a suo agio dentro un sottomarino. Non era proprio grasso, però si trovava decisamente sulla strada di metter su pancia, un requisito standard per i sottufficiali del corpo dei sommergibilisti. Troppe seconde porzioni di uova e prosciutto e troppo poche sedute ginniche nel locale siluri. I capelli erano ormai brizzolati. Gli occhi grigi e penetranti tendevano ad arrossarsi dopo ore passate a fissare i monitor del sonar. Nei momenti in cui perdeva la calma, più di un ufficiale superiore aveva dovuto fare dietro front davanti alla sua collera, ma quando non era in servizio, era ubriaco o si stava divertendo, sapeva tirare fuori un sorriso che metteva tutti di buonumore. La moglie sosteneva che era stato quel sorriso contagioso ad affascinarla ma che se, quando le faceva la corte, lo avesse visto nei suoi momenti di rabbia, non l'avrebbe mai sposato.

Riguardo al sentirsi a suo agio a bordo di un sottomarino, bisogna specificare che Edwin Sanderson si sentiva meglio in mare, dove la sua routine era confinata al locale radar, alla sala equipaggiamenti, all'alloggio dei sottufficiali e alla mensa dell'equipaggio, che nella sua abitazione di Ghend. La vita a casa era piacevole, aveva una bella moglie, che iniziava solo adesso a mettere qualche chilo sulla figura snella, due figli, di cui uno alle superiori, che era la stella del centrocampo della sua squadra di pallacanestro, l'altro alle medie, che non aveva ancora veramente trovato la sua strada nella vita. Il fatto era che a Sanderson non piaceva stare in porto. Sembrava che sua moglie e i suoi figli fossero i *veri* padroni di casa e che lui non fosse altro che un visitatore un po' assiduo. La casa era un porto di mare e lui una nave da carico che andava e veniva. La famiglia era contenta quando rientrava, ma dopo un paio di giorni si sentiva già a disagio. La vita lo aveva portato in mare e lo aveva fatto diventare sottufficiale. E lui gliene era grato.

In mare, le azioni degli uomini che lo circondavano sembravano ruotare intorno a lui. Dal suo punto di vista, il sottomarino era un gigantesco orecchio mobile, costruito in modo che gli addetti al sonar potessero ascoltare e interpretare i rumori circostanti. La maggior parte erano rumori casuali; altri umani e sinistri. Il resto del sottomarino, il reattore e le turbine, la sala controllo, le armi, anche l'equipaggio, erano tutti subordinati all'attività d'ascolto. Il sottomarino, costruito per una dozzina d'esperti addetti al sonar, era più suo, gli sembrava, che del comandante. Dopo tutto, era il sottufficiale addetto al sonar, l'uomo che la marina aveva indicato come il migliore nell'ascoltare i suoni della sinfonia del mare, il migliore a dirigere gli uomini che quei suoni avrebbero ascoltato sotto le sue indicazioni, il migliore nel gestire e nel riparare il mostruoso orecchio e le apparecchiature che lo circondavano; il migliore nell'indirizzare i giovani ufficiali che comandavano il battello in maniera da mettere il suo orecchio nelle condizioni di ascoltare al meglio.

La sua qualifica indicava perfettamente queste qualità: capo di prima classe sonarista. In quel momento sedeva al pannello di poppa del sonar BQQ-5D, il posto appena avanti al portello scorrevole che separava il locale dalla sala controllo, da dove poteva controllare gli altri pannelli e parlare all'ufficiale all'assetto senza essere costretto a usare l'ingombrante microfono del sistema di comunicazione interna. Come al solito, era vestito come se si fosse appena imbarcato da un molo di Norfolk. Divisa kaki stirata, i delfini da sommergibilista che luccicavano sopra due file di nastrini e la spilla di servizio attivo, la piastrina del nome luccicante sopra la tasca destra, i gradi da capo di prima classe nuovi e le scarpe lucide. Vestiva sempre a quel modo quando era in mare. Non aveva mai accettato di indossare la più comoda tuta e le scarpe da tennis che portavano gli altri uomini. Qualcuno sosteneva che nella divisa kaki riusciva a mantenere la sua autorità, il suo aspetto formale, mentre con la tuta sarebbe diventato solo un altro membro dell'equipaggio. Il migliore amico di Sanderson, un capo di terza classe di nome Smoot, sosteneva che il capo di prima classe si sentisse più a suo agio con la divisa kaki, ma Sanderson sapeva che la prima spiegazione era forse la più esatta. Nei momenti di debolezza si rendeva conto che c'era in lui un'ombra di arroganza ma, mentendo anche a se stesso, sosteneva che non era un'arroganza egoista e che derivava dall'orgoglio di servire il suo paese. Dopo ventisei anni in marina era il miglior addetto sonar della maledetta costa orientale. Se aveva dei limiti erano solo quelli che derivavano dal dover usare il vecchio BQQ-5D invece del più moderno BSY-1 dei classe 688 migliorata e dal fatto di navigare a bordo di un vecchio sottomarino 688 invece che a bordo di un più silenzioso 688-I. Ma, anche così, avrebbe scommesso sul suo sottomarino e sul suo sonar, contro quelli di tutta la flotta. Per quanto valevano le esercitazioni, lui e il *Phoenix* erano stati un osso duro per qualsiasi unità navale, subacquea o di superficie, che si erano trovati davanti.

Sanderson guardò il monitor del Q-5 attraverso le palpebre serrate. Le dita scorsero sulla *trackball*, attivando il sonar rimorchiato TB-23 e selezionando una modalità di ricerca trasversale, in modo da effettuare una ricerca est-ovest. Qualsiasi intruso avesse navigato attraverso lo stretto provenendo da ovest sarebbe stato individuato, prima di tutto, da questo sonar, molto prima di essere individuato dal sonar sferico a banda larga. La domanda era: stavano cercando sulla frequenza giusta? Il comandante Kane aveva parlato di un doppio tonale a 154 hertz, un'indicazione del messaggio dell'*Augusta* che era affondato. Ma l'informazione non era affidabile. Dopo tutto, quanto potevano essere valide le informazioni tattiche di un equipaggio che si era fatto spedire sul fondo del Mediterraneo?

Non gli passava nemmeno per la mente che quanto accaduto all'*Augusta* avrebbe potuto accadere anche al *Phoenix*. Dopo tutto, non poteva nemmeno permettersi di pensare qualcosa del genere.

Impostò il sonar in modo da effettuare la ricerca all'interno di un intervallo compreso fra 148 e 158 hertz, sperando di vedere apparire il doppio tonale del Destiny. Rimase a fissare i grafici per un paio di minuti, poi tre, poi quattro. Non si vedeva nessun doppio tonale.

Frustrato, disattivò il raggio di ricerca trasversale, ripristinando la ricerca a banda larga lungo l'asse, verso nord. I rumori captati in ogni istante, in tutte le direzioni tranne che negli schermi acustici di poppa, erano visualizzati contemporaneamente sotto forma di puntini. I dati scendevano verso il basso nel secondo successivo all'individuazione; poi, all'arrivo dell'informazione acustica successiva, le linee scendevano ancora. Questo sistema a cascata era quello che dava il nome alla modalità di visualizzazione. Il monitor era diviso in tre sezioni. In quella superiore, una traccia ci metteva venti secondi a passare dalla parte alta a quella bassa dello schermo, da dove spariva di vista. Quella centrale era «profonda» cinque minuti, e ci volevano trecento secondi, a una serie di dati, per uscire dallo schermo. Quella inferiore era la traccia storica di lunga durata, e visualizzava le rilevazioni dell'ultima mezz'ora. Era un sistema ingegnoso per interpretare i dati sonori. La maggior parte dei rumori del mare è casuale, e passa da nord a sud-est a ovest, istantaneamente. La visualizzazione di questi rumori casuali ricorda lo schermo annebbiato di un televisore. Ma un rumore umano, una nave, continuerebbe a generare rumore sempre nella stessa direzione e le tracce brillanti formerebbero una linea verticale lungo la rotta dell'emissione sonora.

Sanderson sbatté le palpebre studiando la sezione di breve periodo, in cima al sistema, e concentrandosi sui segnali provenienti da est. Mentre guardava, una traccia leggera apparve a 087, poi sparì. Un banco di gamberi o una balena, pensò, eppure continuò a guardare. Un momento dopo la traccia riapparve. La sezione a cinque minuti visualizzò due tracce lungo una rotta consistente: est.

L'auricolare di Sanderson ronzò. «Sonar, qui sala controllo. Passaggio su rotta a ovest fra un minuto.»

«Sala controllo, qui sonar. No», rispose Sanderson nel microfono, appoggiandosi al pannello di fronte a lui. «Ted, di' a Smoot di venire qui. Presto», ordinò al marinaio Worster. «Joe, seleziona la ricerca trasversale sul sonar rimorchiato e impostala sulle frequenze alte. Bill, tu prendi le frequenze inferiori. Red, tu prendi il settore 200 con una ricerca concentrata sui 154 hertz.» Sanderson aveva indirizzato la squadra sonar su una nuova traccia, cercando di spremere da questa ogni bit di dati che il computer poteva elaborare.

«Sonar, qui sala controllo. Ripetere.» La voce del capitano di corvetta Schramford, l'ufficiale di macchina, suonava incredula.

«Sala controllo, qui sonar. Abbiamo qualcosa. Mantenere rotta a nord», esclamò Sanderson come se fosse stato un ordine. Contò i secondi prima che Schramford apparisse sulla soglia. Ce ne vollero solo due prima che il pesante portello fra la sala controllo e l'area sonar si aprisse, e il viso bovino del capitano di corvetta apparisse, verdognolo nel riflesso dei monitor.

«Che cosa succede?»

Sanderson si sfilò le cuffie. Un lampo di rabbia gli passò nello sguardo. «Dannazione, signore. Se l'avessi saputo le avrei lasciato fare manovra, no? Tenga rotta a nord, in modo da darmi tutto il tempo che può per analizzare la traccia. Forza.»

Schramford era un ufficiale anziano che, pur essendo già abbastanza occupato con il suo incarico di primo ufficiale di macchina, montava di guardia almeno quattro volte la settimana, ed era uno dei migliori tattici di bordo. Scomparve, probabilmente per controllare le mappe e bisbigliare qualcosa all'interfono al comandante. Sanderson si rimise le cuffie e ruotò la *trackball* del pannello in direzione del suono rilevato, intermittente ma che andava facendosi sempre più forte.

Cercò di separare il suono dal sibilo del video e dal ronzare delle ventole d'aerazione, che erano state portate in modalità silenziosa. Cercò di proiettarsi in mare, di pensare a se stesso come parte di esso. I suoi compagni, nell'alloggio sottufficiali, l'«ovile», avrebbero trovato strana quell'idea, come se fosse venuta a un californiano. Comunque, lo aiutava a individuare il bersaglio o qualunque cosa stesse lasciando quella vaga traccia a 087, adesso a 088. Mentre era in ascolto, colse una leggera ondulazione nel suono, come prodotta da una fonte intermittente. Rimase in ascolto ancora per qualche secondo, poi aprì gli occhi, convinto di aver riconosciuto ciò che aveva sentito.

Si alzò dalla sedia e analizzò gli schermi degli altri pannelli, guardando le tracce d'ogni singola frequenza prendere corpo. Smoot entrò insieme col marinaio Worster.

«Che cosa succede, capo?»

«Senti questo. Vediamo se ti sembra la stessa cosa che sembra a me.»

Smoot, un tipo alto e magro, di una trentina d'anni, con i capelli neri, i baffi e il pizzetto, indossò le cuffie e chiuse gli occhi, oscillando leggermente sul posto, come se stesse per cadere in catalessi. Dopo un istante, riaprì gli occhi e li fece scorrere sui monitor, incontrando, alla fine, quelli di Sanderson.

«È un propulsore *pump jet.*»

Sanderson sorrise, guardando Schramford.

«Signore, abbiamo un contatto sommerso con un propulsore *pump jet*. Rotta zero otto otto. Lontano. Faccia rotta a sud manovrando a tribordo. Non voglio perderlo negli schermi acustici.»

«Va bene, capo.»

«Il comandante lo sa già?»

«Sarà informato fra dieci secondi.»

Il capitano di corvetta Tom Schramford, dell'accademia della marina mercantile degli Stati Uniti, corso 1984, attualmente primo ufficiale di macchina dello USS *Phoenix* e ufficiale addetto all'assetto per quel turno di guardia, ordinò al timoniere dieci gradi a tribordo, avanti due terzi e rotta a sud. Dopo avere verificato l'avvio della manovra, sollevò la cornetta di un interfono montato su una paratia presso la piattaforma del periscopio e fece scattare un interruttore. Cinque metri più avanti, un cicalino ronzò accanto alla branda del comandante Kane.

Kane aprì gli occhi e raccolse il ricevitore accanto alla branda. Il cicalino smise di ronzare nell'esatto momento in cui rispose: «Comandante».

La voce di Tom Schramford gli risuonò nell'orecchio. Kane poteva quasi sentirne il respiro sul lato della testa, mentre il giovane ufficiale gli sibilava una dozzina di parole che mandarono subito in circolo la sua adrenalina e lo fecero scattare giù dalla branda. «Signore, abbiamo un contatto sommerso in direzione est. Sarebbe meglio se venisse in sala controllo.»

«Tutti ai posti di combattimento. Navigazione silenziosa», disse Kane. «Preparate i siluri.» Agganciò il ricevitore mentre Schramford stava ricevendo l'ordine.

Scivolò nella tuta da sommergibilista con un unico gesto morbido. Infilò i piedi nelle scarpe che aveva lasciato accanto alla branda e strinse la cintura, mentre si faceva passare una spazzola fra i capelli e si lanciava sul viso una manciata d'acqua presa da un piccolo lavabo posto sotto lo specchio, montato sulla paratia. Si asciugò e lanciò la salvietta nella borsa della biancheria sporca mentre attraversava il portello, diretto verso la sala controllo. Entrando nella sala si sentì addosso lo sguardo dei dodici uomini presenti nella sala, in attesa delle sue decisioni.

Salì sulla piattaforma del periscopio e fece scorrere lo sguardo intorno a sé, in cerca di informazioni, ascoltando contemporaneamente il rapporto di Schramford. Rilevò la posizione del sottomarino nel canale, la rotta e la direzione del contatto, l'assenza del tonale a 154 hertz (*strano*, pensò) e la presenza del debole segnale di un propulsore *pump jet*. Dopo un poco, mentre il personale raggiungeva i pannelli della centrale d'attacco e di calcolo manuale del sistema CCS Mark II per il controllo di fuoco, Kane attraversò il portello dell'area sonar e raggiunse Sanderson. Il capo salutò il comandante con un cenno e tornò a voltarsi verso il monitor. Kane diede un rapido sguardo ai pannelli, partendo da quello di Sanderson, verificando personalmente che nessun tonale appariva sulle bande di frequenze selezionate, ma solo il segnale intermittente sulla banda larga del monitor dei dispositivi del cono di ricerca di prua.

Schramford gli batté su una spalla. «Comandante, tutto il personale è ai posti di combattimento. Stiamo facendo rotta a sud da almeno tre minuti. Abbiamo impostato la posizione del contatto, e sia l'Ekelund Mark II sia lo Hewlett-Packard sono concordi... la distanza del contatto è di 58.500 metri.»

«Cosa? È un record per l'individuazione di un contatto in banda larga senza tonali... Rotta del contatto?»

«Due sette zero. Sta puntando a ovest attraverso lo stretto.»

«Velocità al controllo di fuoco?»

«Non quadra, signore. Probabilmente avremo bisogno di un altro rilevamento.»

«Perché?»

«Risulta di quaranta nodi. Troppo alta per un Destiny, almeno senza fare molto più rumore ed emettere qualche tonale. Probabilmente, è una soluzione sballata dalla distanza e dall'intermittenza del segnale.»

«Aspetti un momento», esclamò Kane guardando il monitor da sopra la spalla dell'operatore della Postazione Due. I puntini sullo schermo, generati dall'elettronica del sistema sonar BQQ-5, si stavano allineando in una linea retta, come se fosse stata tracciata con la riga. Kane spostò il cursore sull'indicatore di velocità, nella parte inferiore dello schermo e, attraverso la tastiera, impostò un valore più ragionevole, nell'ordine dei quindici nodi. La pila di puntini in linea verticale si mutò subito in un disordinato insieme di segni «< >», in cui la parte inferiore dei dati rappresentava la rilevazione effettuata mentre il *Phoenix* stava facendo rotta verso nord, e la parte superiore quella mentre stava facendo rotta verso sud. I dati rilevati durante l'inversione di rotta erano stati scartati perché inutili e fuori allineamento. Era possibile che l'analisi del movimento del bersaglio, la TMA, fosse stata eseguita in maniera scorretta, ma una rilevazione era stata effettuata facendo rotta verso nord, la seconda facendo rotta verso sud, con il bersaglio proveniente dritto da est. Presumibilmente, avrebbero dovuto condurre alla soluzione ideale, una soluzione abbastanza buona da lanciare e colpire agevolmente. Kane digitò una velocità superiore senza nemmeno guardare l'indicatore. Ruotò un controllo fino a quando i punti non furono nuovamente impilati in una linea verticale. L'indicatore della velocità bersaglio recitava: 41,4 nodi.

«Non è un sottomarino», osservò Kane proiettandosi verso il portello che dava comunicazione all'area sonar.

«Cosa?» domandò Schramford, lanciandoglisi dietro.

Kane aprì il portello e fissò negli occhi il capo Sanderson, pronto a dirgli che il contatto era troppo veloce e silenzioso per essere un sottomarino. La bocca di Sanderson era già aperta.

«Comandante, stiamo calcolando la velocità di un maledetto siluro!»

17

Domenica, 29 dicembre
Stretto di Gibilterra

Kane si voltò e gridò al timoniere: «*Barra tutta a tribordo! Avanti tutta! Rotta ovest!*»

Salì con tre grandi balzi sulla piattaforma del periscopio, afferrò il microfono e cercò di mantenere la voce sotto controllo. «Manovra, qui controllo. Cavitare.»

«*Controllo, qui manovra. Cavitare. Signorsì*», ripeté l'altoparlante montato sopra la testa di Kane.

Il ponte tremò e sbandò di un angolo di quindici gradi a causa del vortice prodotto dalla virata. Il sottomarino rollò violentemente, mentre il controllo diventava tanto più difficile quanto più l'angolo aumentava e il timone di direzione iniziava a lavorare come un timone di profondità.

«Timone, alleggerire cinque gradi a tribordo.» La nave continuava a virare tremando. Un piccolo display sonar sopra la testa del timoniere lampeggiava, segnalando che l'elica continuava a cavitare, producendo bolle d'aria, mentre gli uomini in sala manovra aprivano la manetta, mettendo il reattore al centouno per cento.

«Timone. Cinque gradi a tribordo. Signorsì. Sala manovra comunica avanti tutta. Passo a rotta due sei zero, dieci gradi da rotta ordinata.» L'addetto invertì il timone, lottando contro la centrifuga, mentre il ponte si piegava impazzito in senso opposto, per poi rimettersi in piano. «Rotta due sette zero, signore.»

«Comunicare sul circuito audio: 'siluro in acqua'.»

«Signorsì.»

Kane si fece largo fra il personale della sala controllo sino a raggiungere il tavolo di navigazione. Schramford aveva già tracciato la loro posizione e la portata massima del siluro. Il punto blu che rappresentava il siluro sembrava pericolosamente vicino, se rapportato alla larghezza del canale.

Kane sentì il ponte tremargli sotto i piedi, mentre le due macchine principali spingevano il battello a piena potenza. Il *Phoenix* aveva trascorso un periodo di sosta in cantiere due anni prima per essere rifornito di combustibile nucleare. Il nucleo del reattore era stato rimosso attraverso un'apertura praticata appositamente nello scafo ed era stato sostituito da un Nucleo S6G Core-3 della General Electric. Il nuovo nucleo aveva una capacità termica doppia rispetto al precedente Core-2, il che si traduceva in un aumento di potenza all'albero da 35.000 a 47.400 HP. In ogni caso, tenendo conto della resistenza dell'acqua, l'aumento di potenza aveva consentito al *Phoenix* di guadagnare solo cinque nodi di velocità massima. Se anche la potenza all'elica fosse raddoppiata, infatti, l'effetto attrito sulla superficie del battello sarebbe quadruplicato. Ma, pensò Kane, cinque nodi in più di velocità massima valevano bene l'investimento di dieci milioni di dollari quando un siluro Nagasaki, realizzato dalla Toshiba sulla base dei più elevati standard qualitativi, ti stava inseguendo.

L'indicatore della velocità segnalava trentanove nodi. Kane effettuò una misura sulla mappa e guardò McDonne che si stava fregando gli occhi arrossati, mettendosi in testa una cuffia.

«Quell'affare può filare a settanta nodi. Perché va solo a quaranta?»

«Sta cercando di non farsi individuare o si deve ancora armare. O forse non ha ancora individuato noi.»

«Sarebbe strano, dopo che abbiamo effettuato una virata a velocità massima. Se non è riuscito a individuarci, non riuscirebbe a individuare un treno merci che deraglia.» Kane prese un microfono e, accostando una cuffia all'orecchio, ci parlò dentro. «Sonar, qui comandante. Nessun cambiamento nella traccia sonora del siluro?»

«È finito nella nostra scia, comandante, e non riesco più a sentirlo con la ricerca a banda larga», annunciò la voce di Sanderson. La sua irritazione era evidente anche attraverso il circuito audio. «Sto cercando di sentire qualcosa attraverso il sonar rimorchiato e stiamo lavorando duro sul sistema di poppa.»

«Comandante, ricevuto.» Si rivolse a McDonne. «Se viaggia a quaranta nodi circa e noi procediamo a trentanove, data la distanza attuale, dovrebbe esaurire il carburante prima di raggiungerci. Ma se ne porta abbastanza, questa caccia potrebbe andare avanti per giorni.»

«Sonar, qui sala controllo», annunciò Kane nel microfono. «Siete riusciti a individuare il siluro?»

«Sala controllo, qui sonar. Attenda.»

Nell'area sonar, Sanderson controllò gli schermi, tenendo su ognuno gli occhi per meno di un secondo, poi spostandosi a un altro. «Comandante, probabilmente l'abbiamo trovato sulla banda larga del sistema di poppa.» L'estremità posteriore del sistema sonar rimorchiato TB-23 era stata modificata per ospitare un apparato idrofonico a goccia per la ricerca a banda larga, ad assetto neutro, che veniva aggiunto in situazioni tattiche simili a quella, in cui l'equipaggio aveva bisogno di seguire qualcosa che stava all'interno del cono di poppa. L'apparato, però, era molto piccolo, le sue indicazioni erano difficili da interpretare e di dubbia affidabilità. «Sul sonar rimorchiato non abbiamo niente. Non ci sono tonali individuabili. E non possiamo fare il conto dei giri dell'elica con un sistema di propulsione *pump jet*. Fino a quando il siluro non passa in modalità attiva è impossibile sapere se si è avvicinato, a meno che lei non voglia effettuare una ricerca trasversale con il sonar trainato. Ma io non le consiglierei di provarci con un siluro.»

Kane notò che era il discorso più lungo che avesse mai sentito uscire dalle labbra del taciturno capo di prima classe. Verificò il cronometro imbullonato sopra la centrale d'attacco. I caratteri rossi indicavano le 20.39, quasi le 09.00 P.M. ora Zulu. Il siluro era stato individuato dodici minuti prima. Si voltò verso McDonne, che stava in piedi fra il pannello della centrale d'attacco e la piattaforma rialzata del periscopio.

«Secondo, se quel siluro passasse a settanta nodi mentre noi andiamo a piena potenza, quanto tempo ci metterebbe a intercettarci?» Rimase in attesa. In parole povere, la domanda suonava grosso modo: *Se quel siluro scopre dove siamo, quanto tempo ci rimane da vivere?*

McDonne consultò il computer HP, poi il suo regolo tempi/distanze.

«Cinquantotto minuti all'intercettazione dal punto d'individuazione, signore. Cioè, cinquanta minuti da questo momento.»

Schramford alzò la testa dal fondo della sala controllo, dove era rimasto, sbirciando da sopra il tavolo di navigazione. «Comandante. Penso di riuscire a darvi altri sei minuti. Forse abbastanza da lasciare il siluro senza carburante.»

«Altri sei minuti, Schramford? Cosa vuole dire?»

«Potremmo portare il nucleo al limite delle possibilità previste dal progetto, forse qualcosa oltre. Potrebbe essere un altro paio di migliaia di cavalli all'elica. Rendendo il nucleo ultracritico, portando la temperatura media a 270 o 280 gradi, poi la batteria...»

«Non perda tempo a raccontarmelo, Cristo santo», esclamò Kane. Era riuscito a saltare il turno come ufficiale di macchina, servendo come ufficiale addetto ai sistemi d'arma e alla navigazione. Pensava a se stesso più come a un tattico, a un leader, a un marinaio che a un tecnocrate e, in privato, si riferiva a tutto quanto fosse correlato al misterioso mondo del reattore come alla 'merda neutronica'. «L'ingegnere è lei. Vada alle macchine. La rilevo dal servizio come ufficiale all'assetto. Faccia venire Houser a sostituirla.»

Schramford se ne andò, annunciando che il comandante prendeva pieno controllo del sottomarino. Kane, adesso, stava pensando all'ultimo messaggio di Daminski. Il comandante della flotta non avrebbe saputo mai che, probabilmente, il nemico stava cercando di passare nell'Atlantico. E, se fosse accaduto il peggio, era necessario che l'ammiraglio lo sapesse.

«McDonne, faccia preparare una boa SLOT e la faccia caricare con questo messaggio in codice.»

McDonne disse qualcosa nel microfono, poi guardò Kane. «Destinatario: CincNavForceMed. Priorità: flash. Oggetto: Rapporto contatto.» La penna di McDonne volava sulla cartelletta. «Messaggio: uno, posizione approssimativa...»

Mike Jensen, l'ufficiale addetto alla rotta, parlò dal tavolo di navigazione di babordo. «Due miglia a est del punto meno largo dello stretto di Gibilterra.»

«Trascriva, McDonne. 'Due, USS *Phoenix* individuato singolo siluro Nagasaki avvicinamento est, lunga distanza, debole segnale banda larga. Nessun tonale. Tempo stimato intercettazione *Phoenix* ore 21.30 Zulu. Cerco lasciare arma FIU senza carburante. Tre, richiedo aerei antisom raggiungano dette coordinate scopo impedire Destiny uscire Mediterraneo, rotta Atlantico. Quattro, sospetto unità Destiny diretta ovest. Intendo minare sbocco Gibilterra salva siluri Mark 50, rotta circolare passiva, profondità impostata evitare danni naviglio superficie. Cinque, *Phoenix* riferisce negativo, ripeto negativo, vantaggio acustico contro classe Destiny. Se sopravviviamo Nagasaki e circolo passivo Mark 50 fallisce colpire Destiny, intendo portarmi a Faslane, Scozia, e ricaricare siluri. Sei, mittente CF D. Kane.' Scritto tutto? Codifichi, allaghi i tubi e lanci.»

«Ufficiale addetto ai sistemi d'arma. Qual è la situazione dei Mark 50 nei tubi uno e due?»

«Pronti sotto tutti gli aspetti, signore», rispose il capitano di corvetta Chris Follicus dal pannello di controllo armi, all'estremità della linea dei pannelli di controllo di lancio. Follicus, un uomo massiccio, con spessi occhiali da vista che davano ai suoi occhi un aspetto ampio e liquido, era rapido e brillante: qualcuno avrebbe detto eccessivamente loquace. Kane aveva cominciato a pensare al suo ufficiale addetto ai sistemi d'arma come a qualcosa di simile a un cazzo di artista.

«Li imposti entrambi per una corsa di attivazione a media velocità, ricerca circolare passiva a bassa velocità. Profondità minima cinquanta metri, profondità di ricerca centotrenta metri. Ricerca attiva su bersaglio rilevato. L'unità in tubo uno inizierà a orbitare a cinquemila metri dal punto di lancio, rotta zero otto cinque. L'unità in tubo due inizierà a orbitare a diecimila. Faccia preparare i tubi tre e quattro.»

Kane attese che Follicus effettuasse le impostazioni, poi salì la scaletta che portava alla piattaforma del periscopio.

«Attenzione, squadra controllo lancio», annunciò Kane. Dodici paia d'occhi si fissarono su di lui. «Stiamo sfuggendo a un siluro lanciato dal Destiny, ma ci sono molte probabilità di riuscire a stargli davanti.» *Giusto*, pensò. *Fino a quando non accelererà a settanta nodi e verrà a farci a pezzi.* «Mentre fuggiamo, intendo lanciare qualche siluro. Non sappiamo dove si trovi il Destiny, tranne che occupa una posizione a est rispetto a noi, nel bacino occidentale del Mediterraneo. Ritengo che il siluro che ha lanciato sia un tentativo di sbarazzarsi di noi per uscire nell'Atlantico.» *Dio sa perché*, pensò, e come avrebbe potuto provarlo se l'ammiraglio gli avesse chiesto di farlo? Non lo sapeva. «Quindi, per procurargli qualche problema, intendo riempire lo stretto di Gibilterra di Mark 50 impostati per effettuare una ricerca circolare. Se cerca di uscire mentre i Mark 50 sono ancora attivi, si farà molto male. Calcolare le rotte orbitali e i tempi di esaurimento delle armi. Voglio che i dati siano tenuti aggiornati, in modo da pianificare i lanci. È tutto. Al lavoro.»

Vi fu una breve pausa mentre Kane attendeva che Follicus confermasse i dati che aveva impostato. Fu semplicemente una questione di secondi, ma parvero ore. L'amara realtà era che solo in quel momento Kane cominciava a rendersi conto con amarezza che, entro un'ora, avrebbe potuto essere morto sul fondo dello stretto di Gibilterra. Se era in grado di reagire, tale considerazione veniva accantonata, ma essere costretto ad aspettare era un inferno. Durante l'attesa s'insinuava dentro di lui il pensiero che avrebbe dovuto vivere come se ogni giorno fosse l'ultimo della sua vita. A una simile osservazione aveva sempre risposto con sarcasmo: *se oggi fosse l'ultimo giorno della mia vita sulla terra, comprerei una Porsche Turbo a credito e me ne andrei ad Atlantic City*. Davanti a un Nagasaki, quella battuta non sembrava così divertente.

Il rapporto di contatto di Kane venne trasmesso con la massima priorità dal satellite per telecomunicazioni che copriva l'Atlantico al quartier generale del CincNavForceMed nella vecchia sede della Sesta Flotta, a Napoli. L'ufficiale di servizio alle NavForceMed, un giovane tenente di vascello, afferrò un telefono protetto e, mentre attendeva di essere messo in comunicazione con l'ammiraglio Traeps, scarabocchiò un messaggio tattico per i reparti aerei antisom del bacino occidentale, indirizzandoli verso Gibilterra.

Quattro pattugliatori turboelica antisommergibile P-3 Orion ricevettero la trasmissione flash delle NavForceMed. Uno ignorò l'ordine, dato che aveva già lasciato l'area di stazionamento perché a corto di carburante e senza boe acustiche. Il suo sostituto era già in rotta da Sigonella. Gli altri tre diedero manetta, risalirono di quota e puntarono verso ovest, raggiungendo la loro destinazione e iniziando a incrociare sopra le acque scure dello stretto. La luna era piena, ma nascosta da una coltre di nubi grigie e indistinte che sembravano provenire da ogni parte e da nessuna. Il primo quadrimotore Orion arrestò i due motori interni, mise le eliche in bandiera e scivolò leggero sopra le acque, sessanta miglia nautiche a est del punto di minore ampiezza dello stretto, virando lentamente mentre si stabilizzava su una rotta a sud, livellando le ali e rallentando ulteriormente fino a quando non sembrò praticamente sospeso sopra le onde. Silenziosamente, a intervalli di cinque secondi, le boe acustiche cilindriche caddero fuori dai portelli posti nella parte inferiore della fusoliera, precipitando in acqua in una fila precisa. I tonfi si persero nel rombo potente delle eliche.

Pochi istanti dopo, venti miglia a ovest del primo aereo, il secondo P-3 giunse in posizione, lasciò cadere il suo carico di boe e iniziò a orbitare. Il terzo prese posizione al largo di Tangeri, allo sbocco dello stretto, posando il campo di boe acustiche proprio mentre stava passando il *Phoenix*. Nel posare le boe, i P-3 studiarono la posizione in modo che la ricezione non fosse disturbata dai loro potenti motori ma non fosse troppo lontana da rendere difficoltosa la ricezione dei segnali radio. Si stabilizzarono lungo rotte allungate in direzione nord-sud, parallele ai campi di boe posati, mantenendosi a una distanza dalla superficie tale da consentire ai loro dispositivi MAD di andare alla ricerca di anomalie nel campo magnetico. Lo scafo d'acciaio di un sottomarino immerso è in grado di concentrare le linee di forza di un campo magnetico proprio come una lente è in grado di farlo con la luce. I dispositivi MAD non individuarono nulla ma non era una circostanza strana, considerato il raggio d'azione estremamente ristretto di quel tipo di sensore.

Mentre i P-3 facevano rotta verso Gibilterra, due piloti e un tecnico sonar salirono a bordo di un elicottero antisom Seahawk LAMPS III sul ponte di volo poppiero del cacciatorpediniere classe Burke *John Warner* ed eseguirono i controlli della *checklist* per decollare a tempo di record. Le due turbine sibilarono, poi ruggirono iniziando a girare in folle. Inserita la frizione, il rotore principale iniziò a ruotare. L'elicottero si scosse quando il rotore passò attraverso diversi punti di risonanza, prima di stabilizzarsi, mentre le pale giravano sempre più vorticosamente. La cuffia radio del pilota gracchiò. Dalla centrale informativa del *John Warner* giunse una voce distorta. Per far sentire la risposta, il pilota fu costretto a superare il rumore delle turbine e il battito del rotore principale, mentre l'elicottero si sollevava dal ponte di volo. Il cerchio dipinto sulla superficie scura di questo era a malapena visibile nella notte, mentre il *Warner* spariva sotto e dietro l'elicottero. Trenta miglia a sud, un identico elicottero virò verso ovest e presto si unì al primo, entrambi pronti a lanciare dispositivi sonar attivi non appena le boe dei P-3 avessero subodorato la presenza di qualcosa.

Settanta metri sotto la superficie, fra il campo di boe orientale e quello centrale, il sottomarino classe Destiny *Egira* aumentò la velocità. Sul pannello di controllo della navigazione, l'indicatore della bussola giroscopica segnava 278. Rotta ovest-nordovest.

Il commodoro Sharef seguiva accigliato lo svolgersi delle manovre. In bocca avvertiva un inatteso sapore amaro. Il passaggio di un velivolo turboelica antisommergibile a ovest davanti a loro lampeggiava rabbioso sul secondo schermo del pannello sensori, mentre l'altro visualizzava l'avvicinarsi del rotore di un elicottero. I sensori erano invasi dal suono degli aeromobili, poi si riempirono degli impulsi sibilanti delle boe acustiche. Sharef scoppiava di rabbia. Rabbia contro se stesso. In qualche modo, il 688 era riuscito a chiamare in scena il circo volante che girava sopra le loro teste. Peggio: il Nagasaki non era ancora esploso e il tempo continuava a passare. Se il siluro non detonava, presto sarebbe rimasto senza carburante. Aveva perso l'americano sui sensori: il sottomarino si trovava ormai oltre il loro raggio d'individuazione ed era più silenzioso del mare circostante che, ormai, era un ambiente sonar dannatamente difficile, con tutti quei motori di aerei. Sharef scoccò un'occhiata a Tawkidi, che sembrava ancora più seccato, poiché il suggerimento di avvicinarsi di più prima di lanciare il Nagasaki veniva dalla sua parte.

Sharef capì di non avere scelta. Non poteva lanciare un altro siluro senza conoscere la posizione esatta dell'americano. Il Nagasaki disponeva di una riserva di carburante sufficiente a mantenere per lungo tempo una rotta di stazionamento circolare, nel caso in cui non avesse individuato il bersaglio, impedendo allo stesso Sharef di passare attraverso Gibilterra. In caso contrario, il siluro avrebbe individuato l'*Egira* e l'avrebbe affondato. D'altra parte, non poteva rimanere dove si trovava, almeno non con tutti quegli aerei che gli giravano sopra la testa. Più tempo restava in posizione, più aumentavano le probabilità di essere individuato e distrutto. Non poteva tornare nel Mediterraneo. Avrebbe significato lasciare la missione a metà, né poteva spegnere il reattore e restare in attesa. Attendere avrebbe solo permesso alle forze della Coalizione di rafforzare la propria cortina di mezzi antisom, di aerei e presto anche di navi. Non poteva far altro che sperare che il Nagasaki che aveva lanciato stesse inseguendo il bersaglio e non fosse ancora semplicemente in fase di ricerca. Doveva attraversare lo stretto senza perdere altro tempo.

«Capitano di fregata Tawkidi, ordini i posti di combattimento. Controllo nave, avanti sedici nodi, profondità cento metri. Controllo sistemi d'arma, aprire tubi sette e otto e preparare i siluri. Controllo sensori, attenti ai segnali di un sottomarino americano classe 688 e del siluro lanciato prima. Non voglio essere inseguito dal Nagasaki se non ha trovato il bersaglio. Controllo reattore, pronti a passare a velocità d'emergenza nel caso in cui qualche aereo lanci un siluro.»

Sharef rimase in piedi nei pressi del tavolo di navigazione computerizzato a studiare come raggiungere l'Atlantico. Cercò di sopprimere il pensiero che la missione avrebbe potuto presto avere fine.

USS Phoenix

Il tenente di vascello Victor Houser arrivò dalla sala manovra, il suo normale posto di combattimento, a poppa, come ufficiale di macchina di turno. Houser era ufficiosamente il primo degli ufficiali inferiori del sottomarino, il tenente di vascello anziano. Come molti ufficiali giunti quasi alla fine del primo turno di servizio imbarcato, era vanitoso, giovane, pieno di sé, duro e aggressivo. Le leggende di bordo erano piene di resoconti del suo spirito pugnace, dimostrato anche quando era solo un ufficialetto fresco di nomina. Veniva dal Sud; da Atlanta, diceva, o da quella padella rovente che è la Florida occidentale, a seconda dei giorni. Parlava con un accento grave, lento e strascicato. I marinai e gli ufficiali che lavoravano con lui tendevano inconsciamente a imitare il suo modo di parlare, così come in passato era di moda imitare l'accento nasale della Virginia occidentale di Chuck Yeager, il famoso collaudatore. Questo continuo echeggiare della parlata di Houser, giunto alle orecchie di Kane, aveva iniziato a far parlare anche lui con la cadenza di Atlanta.

Houser era solo di poco più basso di Kane. Tutta la sua statura stava nelle gambe. I capelli erano castano chiaro, o più correttamente biondo scuro. Aveva il doppio mento, strano, dato che sul suo corpo non c'era un solo grammo di grasso. Aveva compensato il problema essendo il primo a smettere di radersi una volta in mare e sfoggiava una perfetta barba da ufficiale di U-boat. Talora barava, rifiutando di radersi nei due giorni precedenti la partenza. Adesso la barba era cresciuta e il mento carnoso era ben nascosto. Vestiva, come al solito, la sua personale uniforme da servizio in mare. Aveva abbandonato la divisa kaki e la tuta per un paio di jeans sdruciti, scarpe da basket Nike e una delle sue decine di camicie hawaiiane (l'insieme di colori era studiato per garantirgli di essere la presenza più vistosa nel compartimento) e una cintura multicolore cui portava agganciato il radiodosimetro. A Kane sembrava sempre che Houser avesse rubato quella sgargiante cintura a qualche clown del circo Barnum. Kane tollerava la tenuta estremamente irregolare di Houser a causa della sua abilità e del fatto che Houser, con la sua «personalità» forse eccessiva, era considerato da tutti una specie di mascotte del sottomarino, un portafortuna di cui non era saggio sbarazzarsi.

Houser lavorava agli ordini di Tom Schramford come primo assistente al sistema di propulsione e ufficiale di macchina in seconda, gli incarichi «tradizionali» del tenente di vascello anziano. Era responsabile della maggior parte delle componenti meccaniche del sistema di propulsione e dei trentacinque uomini che lavoravano intorno al reattore. A suo modo, era uno dei subalterni più dotati a livello tattico fra quelli che Kane aveva comandato. Come primo assistente alla propulsione era brillante e legava bene con i meccanici che lavoravano sotto di lui, con cui parlava di bielle e motori, quando non era impegnato a riparare qualche guasto dell'impianto. Come ufficiale all'assetto era abile, anche se un po' rude, e tendeva a condurre il battello come se si fosse trattato di un'auto sportiva. Kane era sempre in grado di dire quando l'aggressivo Houser era al controllo: a causa delle sbandate e delle rollate che imponeva al sottomarino i piatti andavano in frantumi e i cuochi bestemmiavano perché il rancio si rovesciava fuori dalle pentole e giù dai tavoli, andando a macchiare il ponte. Kane gli avrebbe volentieri dato una bella lavata di capo per quelle manovre, ma, dentro di sé, era consapevole che Houser avrebbe potuto condurre il sottomarino molto meglio di molti ufficiali superiori.

I rapporti di Houser con il capo di prima classe Sanderson non erano facili. La loro reciproca mancanza di rispetto era materiale per molte delle leggende di bordo. Più che come olio e aceto, i due legavano come candelotti di dinamite e fiammiferi. Quando Sanderson era giunto a bordo, Houser era l'ufficiale addetto ai sistemi sonar. Il capo si era aspettato di essere accolto con la passatoia rossa, e che l'intera catena di comando, a partire dagli ufficiali all'assetto, su fino all'ufficiale addetto ai sistemi sonar, all'ufficiale addetto ai sistemi d'arma, al comandante in seconda, per finire con lo stesso Kane, riconoscesse e giurasse immediata obbedienza alle sue prerogative sovrane di comandante per interposta persona. Queste ambizioni, però, si erano infrante contro Houser. Presto, infatti, il tenente di vascello aveva informato il capo che, a suo parere, secondo il regolamento della marina e per volontà divina – l'ultima volta che aveva controllato – gli ufficiali comandavano su *tutti* i subalterni, indipendentemente dal numero di nastrini, galloni e stelle che questi portavano sulle maniche della divisa dell'alta uniforme. Dopo una settimana di screzi, Kane non si era trovato davanti che a due alternative: trasferire il più abile, ma indubbiamente bizzoso sino al limite dell'intollerabilità, capo sonarista dell'universo o affidare a Houser, il suo miglior ufficiale subalterno, un nuovo incarico. Il pomeriggio dell'ottavo giorno da quando Sanderson si trovava a bordo, Houser fu trasferito a primo assistente al sistema di propulsione e, da quel momento in avanti, tutto a bordo aveva cominciato ad andare per il meglio.

Tranne quando Houser era ufficiale addetto all'assetto, come in quel momento. Quello era un altro dei motivi per cui il suo posto di combattimento era a poppa, come ufficiale di macchina di servizio, mentre Schramford, che come primo ufficiale di macchina avrebbe dovuto occupare quel posto, stava invece in sala controllo. Adesso, con Schramford a poppa a pasticciare con il reattore, Houser era montato sulla piattaforma del periscopio e guardava sotto di sé gli schermi, i pannelli di stato e i tavoli di navigazione, mentre si metteva in testa un paio di cuffie.

« Sonar, qui sala controllo. » La voce caustica di Houser risuonò nel sistema di comunicazione. « Stato del siluro in avvicinamento? »

La risposta di Sanderson fu egualmente caustica.

« Sempre in avvicinamento. »

« Nessuna idea della distanza o della velocità? »

« Sala controllo, qui sonar. Negativo. »

La voce di Schramford si inserì nel circuito. « Sala controllo, qui manovra. Il reattore è in fase ultracritica, al limite delle temperature. Potenza del reattore stabile uno tre otto per cento. »

« Stiamo filando a... » Kane piegò la testa e sbirciò l'indicatore della velocità, notando come la vibrazione del ponte sembrasse invariata. « ... quarantadue nodi. Non si può fare di più, Schramford? »

« Signore, se forziamo ancora rischiamo di fondere le macchine o di grippare la scatola di riduzione. Già così abbiamo danni al nucleo e alti livelli di radiazione. »

« Ufficiale di macchina, mi tolga di dosso quel siluro e le regalo un impianto nuovo di zecca », promise Kane.

« Comandante, impostazioni inserite e confermate », s'intromise Follicus.

« Molto bene, ufficiale ai sistemi d'arma », rispose Kane. « Dopo il lancio faccia ricaricare subito i tubi. »

« L'equipaggio è già allertato, signore. »

Kane si allontanò dalla centrale d'attacco e raggiunse la piattaforma del periscopio, da dove poteva vedere tutto l'equipaggio presente nella sala zeppa d'apparecchiature.

« Procedura di lancio tubi uno e due. »

« Battello pronto », annunciò Houser con voce strascicata.

« Armi pronte », confermò Follicus dalla sua postazione.

« Soluzione inserita », disse McDonne, chiaramente insoddisfatto di lanciare senza avere un contatto preciso con il Destiny. Per lui, l'orbita circolare e la distanza stabilita a priori erano chiaramente una scommessa.

« Tubo uno, lancio sulla rotta programmata », ordinò Kane.

« Pronto », comunicò dal pannello della Postazione Due Rodney Olson, mentre inseriva nel computer i dati relativi al punto di stazionamento e li trasmetteva al siluro nel tubo di lancio, sul ponte inferiore.

« In attesa », annunciò Follicus, portando il dispositivo di lancio posto sul pannello a ore nove, e chiudendo il circuito di lancio nel computer.

Due livelli più sotto, una piccola valvola solenoide si aprì in una linea d'aria ad altissima pressione cui era collegato il dispositivo di lancio, un grosso pistone con aria compressa da una parte e acqua dall'altra. La parte del pistone esposta all'aria sopportava una pressione di oltre 3000. L'acqua faceva aumentare la pressione nei tubi di lancio da cui veniva espulso il siluro. In poco più di un secondo, le due tonnellate del Mark 50 furono accelerate a tre G e lasciarono il tubo. L'eiettore, giunto a quel punto a fine corsa, si arrestò, mentre l'aria sfogava all'interno del sottomarino, con uno schianto tremendo, pressurizzando la nave e assordando temporaneamente gli uomini della squadra di lancio, nonostante le cuffie di protezione che indossavano.

Anche in sala controllo, i timpani di David Kane si schiantarono. Prima che l'udito fosse ritornato normale, il comandante aveva, però, già abbaiato un nuovo ordine.

«Tubo due, lanciare sulla rotta programmata.»

Pochi secondi dopo, il secondo siluro lasciò il tubo di lancio e virò a est a mezza velocità.

Per i quindici minuti successivi, il Nagasaki guadagnò costantemente terreno, mentre il *Phoenix* lanciava un siluro ogni quarantacinque secondi. Tutte le armi, lasciato il sottomarino, viravano puntando in direzione est.

Quando furono lanciati ventitré siluri, Follicus si voltò a guardare Kane e McDonne.

«Signore, l'ultimo siluro è stato caricato nel tubo quattro. Quali sono gli ordini?»

McDonne parlò per primo, sapendo che Kane avrebbe, comunque, chiesto la sua opinione.

«Io direi di non lanciarlo, comandante. Non si sa mai quando torna utile una polizza d'assicurazione.»

Kane decise che avrebbe potuto essere dannato se fossero rimaste delle armi inutilizzate nel relitto del suo sottomarino... se la fine avesse dovuto essere quella.

«No, secondo. Tubo quattro, procedura di lancio.»

Quando l'ultima arma ebbe lasciato il sottomarino, e il locale di lancio rimase vuoto, e i siluri erano in viaggio o già giunti ai rispettivi punti di stazionamento in attesa della comparsa del Destiny, Sanderson si appoggiò le mani sulle cuffie, gli occhi quasi fuori dalle orbite.

«Sala controllo, qui sonar», chiamò. Per un attimo, il suo controllo d'acciaio sembrò cedere, mentre sputava fuori le altre parole. «Il Nagasaki è entrato in fase attiva. Distanza milleottocento metri.»

18

Domenica, 29 dicembre
Stretto di Gibilterra, estremità occidentale

La potenza del computer di ricerca e attacco del siluro Nagasaki era metà di quella del supercomputer americano Cray, ma l'apparecchiatura occupava solo un metro cubo di spazio all'interno del siluro da tredici tonnellate. Il sistema sonar era sofisticato e sensibile, capace di individuare una nave in superficie a cinquanta miglia e un sottomarino a trenta o quaranta, in condizioni ideali di propagazione del suono e con un bersaglio che emetteva una quantità di rumore tipica. La potenza del calcolatore era impiegata prevalentemente per filtrare in un processore a banda stretta le centinaia di migliaia di gigabyte di dati sonori raccolti, comprese le frequenze tonali. Tutta l'elaborazione era effettuata in tempo reale, proprio come nel caso del Secondo Comandante dell'*Egira*. L'unica differenza era che, mentre quest'ultimo visualizzava i dati ricavati, il computer del siluro li utilizzava per alimentare le sub-procedure d'intercettazione. Il software che gestiva tali sub-procedure calcolava la miglior rotta e la miglior velocità d'intercettazione. Il siluro cercava, infatti, di evitare inutili attacchi di coda puntando, piuttosto, verso il punto del mare in cui il bersaglio si sarebbe trovato in un determinato istante *futuro*, comportandosi come un calciatore che, anziché lanciare il pallone verso un compagno in corsa, cercasse di indirizzarlo direttamente verso il punto d'arrivo di quest'ultimo. In questo caso, i parametri di calcolo erano prevedibili, dato che il bersaglio si era posto con il siluro dritto di poppa. Il Nagasaki poteva solo puntargli dritto contro e ordinare al sistema di propulsione di spingerlo alla massima velocità: quasi settanta nodi contro meno di quaranta.

Avvantaggiato sulla velocità, il siluro si avvicinò rapidamente, divorando il tratto di mare che lo separava dalla preda. In effetti, l'arma era stata paziente, limitandosi ad avvicinarsi alla massima velocità, lasciando che il tempo trascorresse e che il bersaglio diventasse sempre più nitido. Ma non era facile essere pazienti sapendo che la fine della corsa si trovava dritto di prua. A questo punto, se il siluro fosse stato un leopardo che inseguiva una gazzella, la sua bocca sarebbe già stata piena di saliva, al pensiero del prossimo pasto.

Ben presto, il bersaglio fu a soli due chilometri. Il siluro determinava la distanza adottando una rotta leggermente zigzagante e valutando il modo in cui si riflettevano i segnali di ritorno. A quella distanza, le sub-procedure d'intercettazione determinarono un passaggio della modalità di ricerca da passiva ad attiva. La modalità di ricerca passiva, basata sul semplice ascolto, andava bene per inseguire un contatto rumoroso, ma non era abbastanza precisa per posizionare correttamente e far esplodere le sei tonnellate di esplosivo al plastico della testata bellica. Se il siluro avesse cercato di colpire il bersaglio servendosi solo della modalità di ricerca passiva, a quella velocità avrebbe potuto incorrere in un errore di rotta magari oltrepassandolo per sbaglio, costringendolo a virare e a riprendere la caccia. La modalità di ricerca attiva entrò in funzione, irradiando il mare circostante con potenti impulsi sonar a media frequenza. Gli impulsi erano generati a una potenza abbastanza elevata da creare bolle di vapore intorno alla punta dell'ogiva. Dopo avere lanciato gli impulsi, l'arma tornava silenziosa, attendendo il segnale di ritorno che riceveva dopo una frazione di secondo, distorto dall'elica in rotazione del sottomarino-bersaglio e abbassato di frequenza dal fatto che il bersaglio si stesse allontanando dalla sorgente dell'impulso. La posizione del sottomarino nella memoria del siluro fu leggermente corretta, dato che la distanza si era rivelata essere di poco superiore rispetto a quella che l'arma aveva stimato.

Individuata la posizione del bersaglio, il siluro iniziò la procedura d'armamento che preparava la spoletta alla detonazione. La sub-procedura d'acquisizione bersaglio richiese un altro rilevamento e il trasmettitore del sonar emise un altro forte impulso. Il sottomarino si trovava, in quell'istante, a millecinquecento metri. Il software chiuse un contatto all'interno di un relè nel circuito d'armamento della spoletta, preparando il sistema a detonare al ricevimento dell'ultimo segnale previsto: quello trasmesso dal sensore magnetico di prossimità. Il flusso prodotto dalla grossa elica del bersaglio iniziò a colpire il siluro, segnale del fatto che l'arma doveva scendere leggermente di profondità per evitare il vortice prodotto dalle pale e per collocarsi sotto lo scafo del sottomarino, a metà circa della sua lunghezza. Il rombo dell'elica e la sua turbolenza divennero meno violenti. Un altro impulso, un altro rilevamento. Adesso la distanza era meno di un chilometro.

Il bersaglio era troppo vicino per fornire un valido segnale di ritorno all'impulso emesso. Il sonar passò in modalità emissione continua, il suono simile a quello di una sirena della polizia che, partendo dalla bassa frequenza, saliva lentamente sino a raggiungere un sibilo acuto, per poi ridiscendere. Il ricevitore era in grado di captare il segnale di ritorno nello stesso momento in cui il trasmettitore lo emetteva. La distanza, ora quattrocento metri, scese rapidamente. Il vortice prodotto dall'elica del bersaglio sballottava il Nagasaki nella sua turbolenza.

Il siluro si avvicinava rapidamente. Erano gli ultimi secondi della sua corsa.

USS Phoenix

Il viso del capo di prima classe Sanderson era congestionato, come tendeva a essere quando, come in quel momento, andava su di giri o era molto spaventato. Cercò di mantenere il controllo della voce mentre eseguiva quello che riteneva il suo ultimo rapporto.

«Sala controllo, qui sonar. Il siluro è passato da modalità attiva a emissione continua. È a meno di novecento metri, in avvicinamento.»

«Sonar, qui sala controllo. Ricevuto», rispose la voce affannata di Kanc.

Sanderson fece per togliersi le cuffie, pensando che l'esplosione lo avrebbe assordato, poi decise che non sarebbe importato granché... sarebbe stato morto prima ancora di sentire la detonazione.

Più a poppa, in sala controllo, il comandante Kane parlò all'interfono; la voce alta e affrettata non conservava più traccia della sua caratteristica freddezza.

«*Ufficiale di macchina, dia piena potenza e lo faccia subito!*

Non me ne frega niente se gli ingranaggi volano fuori dai fottuti carter! »

La vibrazione dello scafo si accentuò improvvisamente, diventando una scossa violenta, mentre gli ingranaggi della trasmissione, settanta metri più a poppa, bruciato l'olio di lubrificazione, entravano in frizione sui loro supporti metallici, rischiando di tranciare l'albero. In sala manovra, rivoli di sudore colavano sulla fronte di Tom Schramford, mentre l'indicatore della potenza del reattore saliva al centocinquanta per cento e, dopo avere superato il tetto massimo, entrava in zona rossa. L'indicatore d'allarme radioattivo nel compartimento del reattore lampeggiava sul pannello di controllo. Pensò che il nucleo stesse per fondere. L'uranio arricchito era separato dall'acqua del circuito di raffreddamento da un mantello di rivestimento di zirconio che, a quel punto, il surriscaldamento del carburante nucleare aveva certamente iniziato a disgregare. I motori principali vibravano violentemente. L'impianto di trasmissione era surriscaldato, e le caldaie, incapaci di soddisfare la maggior domanda di vapore, avevano cominciato a erogare vapore e acqua. Era una situazione pericolosa. Le gocce d'acqua, accumulandosi sulle pale delle turbine, rischiavano di romperle e una pala rotta nella turbina avrebbe significato rottura certa dei carter, fuga di vapore bollente nel compartimento e la morte di tutti gli uomini che vi si trovavano.

A Schramford l'ordine di Kane non piaceva, ma, se fosse stato lui il comandante, l'avrebbe impartito ugualmente. Con le macchine a piena potenza, a poppa c'era troppo rumore per poter sentire il sonar del siluro in avvicinamento, ma più a prua, in sala controllo, le orecchie di David Kane risuonavano del sibilo lamentoso dell'arma.

Kane aveva fatto tutto il possibile, mandando il reattore in zona rossa e raggiungendo la velocità massima consentitagli dalle macchine. Si chiese se non fosse il caso di tentare un'emersione d'emergenza, ma scartò l'idea. Ascoltando la registrazione sonar dell'affondamento dell'*Augusta* aveva sospettato che un'emersione d'emergenza fosse stata l'ultima manovra che Rocket Ron aveva tentato, e quella tattica non l'aveva salvato. Le bolle d'aria espulse dai cassoni di manovra l'avevano reso un bersaglio ancora più grosso, o l'avevano rallentato.

Kane non aveva alternative. Poteva solo aspettare. Leggendo negli occhi degli uomini che lo circondavano, cercò di mantenere la solita espressione risoluta: fronte aggrottata, occhi socchiusi e mascella serrata. L'immagine del viso di Becky era quasi reale. La scacciò sbattendo le palpebre, e spostò lo sguardo verso il pannello di controllo del sottomarino, chiedendosi astrattamente quale fosse la sua velocità massima teorica. L'indicatore elettromagnetico segnava 42,9 nodi. L'ultimo venti per cento aggiunto alla potenza del reattore era riuscito a fare guadagnare loro solo quarantacinque centimetri al secondo.

Il segnale del siluro si fece sempre più forte, poi s'interruppe, un istante prima dell'esplosione.

Il Nagasaki si trovava a quindici secondi dalla detonazione, quando il segnale d'allarme trasmesso dal modulo di autocontrollo fu ricevuto dai sistemi superiori. Segnalava una perdita di pressione nelle celle combustibili di babordo e tribordo. Mezzo secondo dopo l'emissione dell'allarme, la turbina iniziò a rallentare, mentre le ultime gocce di carburante fluivano nella camera di combustione. Questa iniziò a raffreddarsi e l'effetto frenante dell'acqua ridusse il passo della turbina a quello, lento, di una macina. Perduta la turbina, i generatori di corrente continua e alternata andarono fuori servizio, tagliando l'alimentazione ai circuiti e ai sistemi di bordo, salvo che alle componenti alimentate dalla batteria.

Il siluro, che aveva inseguito troppo a lungo la sua preda, era rimasto senza carburante. Ma anche questa eventualità era stata prevista. Aveva conservato l'energia necessaria a chiudere l'ultimo contatto nel circuito d'armamento. A imitazione dei riflessi umani, nel cervello prosciugato dell'arma era rimasta abbastanza consapevolezza da ordinare la detonazione della testata. Il computer del siluro si spense, ma non prima di aver fatto scattare il relè del circuito di detonazione. La scarica elettrica raggiunse la spoletta, rendendola incandescente, e provocò la detonazione dell'esplosivo ad alto potenziale.

A quel punto, il siluro si trovava centoventicinque metri a poppa e venti sotto l'elica del bersaglio, pericolosamente vicino ma troppo lontano per assicurarne l'affondamento. La fiammata della deflagrazione di sei tonnellate di esplosivo ad alto potenziale si propagò in avanti, spingendo l'onda di pressione in direzione dello scafo del bersaglio.

La devastazione della porzione di mare in cui avvenne la detonazione fu solo momentanea e, dopo pochi secondi, la violenza dell'esplosione fu sostituita dalle bolle prodotte dai gas combusti. L'onda di pressione si propagò, invece, in avanti, sotto forma di potenti impulsi, scaricando la sua violenza sulla poppa dello scafo del bersaglio. Nonostante la forza dell'impatto, lo scafo non fu spezzato né squarciato e nemmeno crepato. L'acciaio HY-80 a elevata elasticità resse lo stress dell'onda di pressione mentre questa gli si abbatteva sopra come una mazza. Se quello fosse stato tutto l'effetto dell'esplosione, il sottomarino ne sarebbe uscito indenne.

Ma l'integrità dello scafo non era sufficiente, di per sé, a garantire la sopravvivenza di una nave all'esplosione subacquea di sei tonnellate di plastico... L'onda di pressione, infatti, provocò tre effetti sul sottomarino, tre effetti che avrebbero messo seriamente in dubbio la sua sopravvivenza, rendendola forse impossibile.

Il primo di essi, proveniente dal basso, fu una spinta applicata alle superfici degli stabilizzatori orizzontali, che risultarono angolate verso l'alto. La resistenza dei circuiti idraulici fu sopraffatta dalla forza dell'onda d'urto, che fece ruotare le superfici e i loro pesanti cardini di controllo. Il sottomarino poté ritenersi fortunato se questi non furono completamente strappati via.

Il secondo effetto fu una scossa inferta alla nave con un'accelerazione tanto violenta che tutti gli interruttori elettrici entrarono in funzione, partendo da quelli dei piccoli circuiti che governavano le barre di controllo del reattore a quelli della turbina, ai grandi interruttori del generatore che forniva energia a tutti gli impianti principali, a quelli della batteria... Con tutti gli interruttori aperti, il sottomarino rimase, di fatto, senza energia, poiché il reattore consumava gran parte dell'elettricità da lui stesso prodotta, assorbendo migliaia di cavalli di potenza per far funzionare le pompe del circuito di raffreddamento e le due dozzine d'altre pompe che facevano circolare i diversi fluidi necessari all'impianto. In effetti, fu una sorta di collasso del sistema circolatorio del sottomarino e, allo stesso tempo, del suo sistema nervoso centrale. Quasi una morte cerebrale.

Il terzo effetto fu, più che altro, una risposta al primo e una conseguenza tardiva dell'esplosione. La forza che, provenendo dalla poppa del sottomarino, angolava verso l'alto le superfici di controllo compresse, infatti, l'olio presente nei circuiti idraulici che le governavano, rimandandolo verso i vasi d'espansione pressurizzati con una forza maggiore rispetto a quella dell'aria in essi contenuta. La pressione dell'olio innescò, così, un pendolo idraulico simile a quello che si può osservare agitandosi avanti e indietro all'interno di una vasca da bagno, quando l'acqua che si alza da una parte è forzata a ricadere dall'altra. Dissipatasi l'esplosione, la forza che agiva sulle superfici di controllo venne meno. L'olio affluito in maniera spontanea ai vasi d'espansione rifluì nei cilindri senza essere contrastato né dalla pressione che prima agiva sulle superfici né dall'azione dell'addetto in sala controllo, scaraventato dall'esplosione contro il pannello e rimasto semincosciente alla sua postazione. L'olio nei pistoni forzò, quindi, le superfici di controllo verso il basso, in posizione d'immersione rapida, bloccandole.

Il risultato finale fu un'immersione senza possibilità di recupero, con il battello spinto verso le profondità marine a una velocità di oltre quaranta nodi, le superfici di controllo completamente angolate verso il basso, che inclinavano il sottomarino in avanti, spingendolo a tutta forza verso un livello a cui la pressione avrebbe finito per schiantarne lo scafo; il reattore, morto, era ormai incapace di riportarlo indietro e l'equipaggio, stordito, non era in grado di far nulla.

In sala controllo, Kane osservava il suo sottomarino, ingovernabile, precipitare verso il fondale.

L'esplosione del Nagasaki fu captata dalle dozzine di boe acustiche che galleggiavano sotto il P-3 Orion orbitante sopra lo sbocco occidentale dello stretto di Gibilterra. Il tecnico sonar scambiò un'occhiata con l'ufficiale addetto alle operazioni antisom. Tutte le rilevazioni indicavano che l'esplosione era avvenuta nell'area in cui si trovava il contatto sommerso indicato come USS *Phoenix*, sottomarino americano classe 688. Gli aeroplani non potevano fare altro che proseguire nel loro tentativo di individuare la posizione del Destiny, se e quando questi avesse cercato di lasciare il Mediterraneo. L'ufficiale addetto alle operazioni antisom, sperando in bene e spinto dal bisogno di fare qualcosa, ordinò che fosse approntato il siluro Mark 52 ospitato nella stiva. Appena pronta, l'arma richiese al computer l'inserimento delle coordinate del bersaglio. L'ufficiale, frustrato, non fu in grado di rispondere alla domanda.

CNFS Egira

Sharef tornò al tavolo di navigazione per verificare la loro posizione, chiedendosi se non fosse il caso di aumentare la velocità. Alla fine, decise di non farlo. Non voleva aumentare la tracciatura sonora con tutti quegli apparecchi sopra la testa. Alle sue spalle, sui monitor cinque e sei del pannello sensori, gli indicatori dell'intensità sonora danzavano e saltavano, mentre gli idrofoni dello scafo captavano i rumori emessi dai siluri Mark 50 orbitanti allo sbocco dello stretto. L'ufficiale che presidiava il pannello non se n'era ancora accorto, distratto dall'improvvisa segnalazione di una dozzina di boe acustiche appena ammarate sopra di loro.

Sharef stava per ordinare una manovra d'evasione quando vide Tawkidi, gli occhi sgranati, con il suo caratteristico, calmo sorriso obliquo, che gli indicava un'ennesima oscillazione sul monitor, molto peggiore di una boa acustica.

«Velivolo a bassa quota, signore. Pare abbia individuato qualcosa.»

Due tecnici sonar e l'ufficiale addetto alle operazioni antisom di uno dei P-3 Orion stazionanti al centro dello stretto si curvarono sopra il pannello centrale, per rivedere i dati trasmessi dal campo di boe acustiche posato cinque minuti prima.

«*Eccolo*», esclamò uno dei tecnici sonar.

«Un altro passaggio. Più o meno qui», ordinò il capitano di corvetta Quaid nel microfono dell'interfono che lo collegava alla cabina di pilotaggio.

Il quadrimotore virò, mettendo nella manovra molti più G di quanto il suo aspetto dimesso di turboelica avrebbe lasciato prevedere. Quaid si aggrappò a una maniglia mentre il velivolo puntava nuovamente verso sud, studiando sul monitor i segnali di una nuova serie di boe acustiche che lasciava la stiva dell'Orion e cadeva in mare. Il monitor si riempì di curve, incomprensibili a un profano ma dettagliate e ricche di preziose indicazioni per i membri della comunità degli ufficiali dei velivoli antisommergibile.

«Contatto definito. Sottomarino classe Destiny. Inserire soluzione, passare ad alimentazione interna e prepararsi allo sgancio.»

«Arma pronta. Soluzione pronta.»

«Comandante, qui ufficiale alle operazioni antisom. Bersaglio localizzato e confermato. Virare a destra, rotta zero uno cinque, ora. Chiedo permesso di sganciare.»

«Virata ora... Su zero uno cinque. Permesso accordato.»

«Sganciare!»

«Sganciato.»

L'aeroplano, scintillante di riflessi argentei alla luce lunare, rovesciò il suo carico nello stretto. Il siluro, simile a una bomba nel momento in cui lasciò il P-3, precipitò muso in avanti verso le acque scure. Un paracadute si aprì a poppa per rallentarne il volo e l'ingresso in acqua. Un lampo di schiuma fosforescente e sparì.

Al momento di toccare l'acqua, il Mark 52 era incosciente, quasi stordito, mezzo addormentato, ma l'improvvisa decelerazione lo risvegliò a tutta la sua coscienza elettronica. Iniziò immediatamente a scandire i rumori circostanti con il sonar di ricerca, mentre affondava a cento metri ed effettuava due rotazioni complete intorno all'asse verticale. Nel computer era stata caricata la posizione del sottomarino nemico, ma i bersagli avevano la pessima abitudine di effettuare manovre d'evasione quando sentivano il pesante tonfo del Mark 52. L'arma iniziò quindi a girare su se stessa. Durante la prima rotazione, individuò qualcosa verso ovest, ma l'ignorò per essere certa che non vi fossero altri contatti più vicini; il suo apparato elettronico era stato programmato per distinguere i veri sottomarini dai falsi bersagli. L'unità effettuò un'altra scansione e, in direzione ovest, individuò nuovamente il bersaglio. Questa volta, il segnale era più debole. Interruppe la caccia, portando l'elica al massimo dei giri e iniziando a emettere impulsi attivi attraverso il sistema di ricerca.

Il segnale di ritorno fu duro, solido. Il bersaglio era proprio davanti, a una distanza minima. L'arma accelerò a 53 nodi, dirigendosi verso il sottomarino e scendendo leggermente, fino a raggiungere la profondità di centocinquanta metri, quella del bersaglio. Mentre gli si faceva più vicino, ridusse la frequenza impulsi/risposta. Sarebbe stata una corsa molto breve. L'arma avviò l'armamento della testata e accelerò nuovamente.

«Forte tonfo in direzione dell'aeroplano a uno uno due, signore», riferì Tawkidi, con voce calma ma che, nella sala silenziosa, risuonò innaturalmente alta. «Rumore di elica. Certamente un siluro... L'unità è attiva e in avvicinamento.»

«Controllo reattore. Avanti tutta in emergenza. Massima potenza sino al punto di ebollizione nucleare. Scaricare la potenza in eccesso sulla batteria e disabilitare la protezione di sovraccarico dagli interruttori del sistema di propulsione. Rotta due sei cinque. Profondità duecento metri. Riferire velocità.»

Sharef aveva ordinato al controllo reattore di raggiungere la massima potenza possibile senza fondere il nucleo. Teoricamente, la configurazione d'emergenza avrebbe dovuto consentire alla nave di raggiungere una velocità di quarantacinque nodi. Ma vedendo l'indicatore sfiorare i cinquanta, Sharef non sorrise. Sapeva che i siluri aviolanciati americani potevano raggiungere una velocità ben superiore ai cinquantuno e forse anche ai cinquantaquattro. Sharef continuò a seguire la rotta verso ovest, oltre il Mediterraneo, con i suoi stormi di velivoli antisommergibile e le loro maledette boe acustiche, verso le acque aperte, l'oceano Atlantico. Il siluro continuava a puntare contro di loro, ma era piccolo. Sharef sperò che non arrecasse troppi danni. Eppure, nessun comandante restava a incassare un colpo senza tentare qualche manovra d'evasione. A quel punto, desiderava ardentemente avere avuto un altro dispositivo d'evasione Dash Cinque.

«Comandante, c'è il rapporto sullo stato del sistema contromisure sonar.»

Il sistema contromisure sonar SCM era un sistema per l'individuazione dei siluri che i giapponesi avevano progettato. Era una sorta di apparato ventriloquo sonar, un generatore d'impulsi studiato per ingannare i siluri in avvicinamento e farli esplodere anticipatamente. I trasmettitori erano montati nelle due pinne inferiori della X di poppa. I test eseguiti in mare sul sistema non avevano condotto ad alcun risultato definitivo, ma l'idea era semplice. Quando un siluro inseguiva il sottomarino, il sistema SCM captava gli impulsi del sonar di ricerca, ne valutava la frequenza, poi, durante il ciclo successivo, provvedeva a trasmettere un impulso identico verso il siluro. La trasmissione SCM era progettata in modo da essere ricevuta dal siluro prima del segnale di ritorno della trasmissione originaria. Banale, ma realizzarlo in mare era quasi impossibile. Il primo problema a emergere era stato quello di rendere il sistema capace di emettere impulsi assolutamente identici a quelli del siluro, modificandoli successivamente in modo che assumessero l'aspetto di segnali di ritorno e adattandone il tempo e la frequenza in modo che il siluro fosse indotto a credere che il bersaglio fosse più vicino, più lontano, o più lento, di quanto non fosse in realtà. Il sistema richiedeva l'impiego dei più sensibili ricevitori disponibili, dei trasmettitori più sofisticati e di un intero supercomputer per la gestione.

Soddisfare questi requisiti aveva impegnato i progettisti per anni. L'ultimo problema aveva riguardato il computer. Le risorse di elaborazione di calcolo sono l'elemento determinante per il successo di una manovra d'evasione. I sensori sono sempre tesi alla ricerca di una nuova minaccia o di un nuovo bersaglio, i sistemi d'arma sono programmati per rispondere al fuoco, quelli del reattore devono tenere sotto controllo un nucleo potenzialmente pericoloso, il cui grado di attività si avvicina ai valori limite, e quelli di controllo del battello sono impegnati nella preparazione delle manovre d'evasione. Non ci sono né il tempo né i mezzi per effettuare i complessi calcoli necessari all'emissione corretta degli impulsi ventriloqui. I giapponesi, come al solito, avevano trovato il modo di risolvere un problema apparentemente insolubile installando un supercomputer compatto separato, collegato a un nuovo sistema d'idrofoni montato sulla X di poppa. L'insieme era costoso e il suo funzionamento non era garantito, ma una buona metà dei test effettuati aveva dato risultati impressionanti.

Sharef e Tawkidi erano troppo occupati con il siluro in avvicinamento e con l'attivazione del sistema SCM per accorgersi di quello che stava davanti a loro: un campo minato, composto da ventiquattro Mark 50 in orbita circolare, tranquillamente in attesa del Destiny.

La mente di David Kane procedeva su due binari paralleli e, se non si fosse trovato a pochi secondi dal disastro, avrebbe potuto trovare affascinante l'improvvisa espansione delle sue capacità mentali, a causa del flusso d'adrenalina e della consapevolezza che forse gli restava meno di mezzo minuto da vivere.

Il ponte del *Phoenix* era inclinato verso il basso, a causa dell'azione esercitata dalle superfici di controllo. Una parte della mente di Kane registrava l'evento, e lo osservava in maniera distaccata. Si era accorto che l'inclinometro, montato nella paratia sopra i comandi dei cassoni di manovra, era ormai giunto fuori scala: come dire che avevano superato i cinquanta gradi di inclinazione negativa. Un pastello a cera appeso accanto alla lista di controllo dell'ufficiale all'assetto era sospeso quasi orizzontalmente rispetto al ponte. Il sottomarino stava affondando con un'inclinazione praticamente verticale, un fatto su cui Kane avrebbe potuto giurare, non fosse altro perché gli uomini presenti nella sala erano caduti tutti verso la paratia anteriore, formando un ammasso di una ventina di corpi schiacciato contro i portelli che conducevano al corridoio di prua, al locale sonar e all'area di controllo del battello. L'addetto alle superfici di controllo di poppa era rimasto immobile dopo essere stato scaraventato contro la cloche dall'impatto con CB McDonne. Nessuno dei due aveva allacciato le cinture di sicurezza o queste avevano ceduto al momento dell'esplosione. L'ufficiale addetto al controllo della profondità era il secondo uomo, dopo il comandante, responsabile della salvezza del sottomarino, dato che i suoi compiti comprendevano la supervisione di rotta, profondità e angolazione, e che questo tipo di incidenti rientrava appieno nell'elenco delle situazioni che avrebbe dovuto gestire. Ma in quell'occasione, non era in grado di tentare nulla. L'ufficiale addetto al controllo della profondità, che normalmente sedeva dietro un pannello di strumentazione simile a quella di un aereo, collocata alla consolle che separa l'addetto alle superfici di controllo di poppa dall'addetto a quelle di prua, era stato, infatti, strappato dal suo seggiolino dall'impatto di una catasta di plotter e di strumentazione che gli si era abbattuta addosso e che adesso giaceva contro il pannello di controllo del battello, bloccando la vista del profondimetro e degli indicatori della superficie di controllo. Houser, l'ufficiale all'assetto, apparentemente era scomparso ma avrebbe potuto trovarsi sotto la pila di corpi. Kane, quindi, era rimasto da solo, dapprima sulla piattaforma del periscopio, poi sul ponte, dove era scivolato andando a sbattere contro qualcun altro, troppo pieno di adrenalina per risentire, come si sarebbe atteso, dello shock e della sorpresa.

Era ovvio che il *Phoenix* stava morendo e che ancora poco tempo lo separava dal momento in cui sarebbe passato dalla condizione di sottomarino a quella di relitto sommerso. Al momento dell'esplosione del Nagasaki, stava filando a piena potenza. L'esplosione l'aveva lanciato leggermente verso l'alto, poi, improvvisamente, l'aveva spinto giù. Il reattore era andato in blocco, e questo era sin troppo evidente, dato che il sistema di ventilazione si era fermato. Ormai, il sottomarino non poteva fare altro che affondare sino al punto in cui, a 430 metri di profondità, la pressione l'avrebbe schiacciato. Probabilmente, ci sarebbe voluto solo qualche secondo. Raggiunti i 430 metri, la pressione dell'acqua all'esterno dello scafo sarebbe diventata superiore a quella per cui il *Phoenix* era stato progettato. La flotta sottomarina aveva già perso tre battelli nucleari in quel modo. Il primo, il *Thresher*, nel 1963 era affondato durante un collaudo ed era colato a picco così in fretta da produrre un cratere nel punto d'impatto. Non ne era rimasto molto.

Se la profondità non fosse stata tale da schiacciare lo scafo, il sottomarino si sarebbe disintegrato sul fondo frantumandosi come un uovo che cade sul pavimento della cucina. Nella mente di Kane passò un ricordo di dieci anni prima. Il sottomarino russo *Komsomolets* andato a sbattere contro il fondale pietroso del mare della Norvegia con tanta violenza che lo scafo si era disintegrato e due siluri erano esplosi per l'impatto.

Poi, vide la mappa, come sospesa di fronte a lui, a nascondergli la visione da incubo del sottomarino. Il fondale dello stretto era molto roccioso, con zone sparse di sabbia. La profondità era di sole 225 braccia, poco più di quattrocento metri. La notizia buona era che, almeno, il sottomarino non sarebbe imploso per la pressione. La cattiva era che il suo destino sarebbe stato molto peggiore di quello del *Komsomolets*. Nel breve periodo di tempo che questi pensieri impiegarono per attraversargli la mente, il *Phoenix* affondò di settanta metri.

Il secondo binario della mente di Kane era dedicato tutto all'azione, la maggior parte della quale frutto di un riflesso condizionato. Anni prima, alla scuola sommergibilisti, poteva succedere che un istruttore passasse per il corridoio e casualmente gli gridasse: «Immersione fuori controllo». Al che, Kane avrebbe dovuto gridare di rimando: «*Indietro tutta. Emersione d'emergenza al cassone anteriore. Superfici di controllo tutte su*». Azione immediata. Tutto automatico. Tutto inutile, in questo caso... Perché ordinare «Indietro tutta» significava disporre di un'energia in grado di far girare l'elica all'indietro e togliere il battello dall'immersione incontrollata in cui era finito. E di energia, adesso, non ce n'era. Perché ordinare «emersione d'emergenza al cassone anteriore» significava poter raggiungere il pannello di controllo dei cassoni di manovra, circa quattro metri più in là, ma quattro metri cosparsi di ostacoli, corpi accatastati, seggiolini, pannelli, senza un passaggio adesso che il sottomarino si trovava in posizione quasi verticale. E per quanto riguardava le «superfici di controllo tutte su», il loro pannello era lontano almeno quanto quello dei cassoni di manovra.

Però, il pannello delle superfici di controllo posteriori era lì vicino. Kane, che a questo punto stava pensando al *Komsomolets*, raggiunse l'addetto al controllo, che era ancora privo di sensi, appoggiato al pannello, con la cintura di sicurezza che sbatteva. Il viso del giovane era schiantato contro la cloche, il naso rotto e gli occhi chiusi Lo prese per un braccio e lo strattonò via con tanta violenza da stirare il muscolo e rompere l'osso. Tutte quelle storie di madri pazze di dolore che sollevano trattori pesanti quintali dal corpo dei figli feriti sono assolutamente vere, comprese, mentre il corpo del giovane attraversava la sala, spinto da quello che lui aveva ritenuto solo un leggero strattone. Con l'altra mano, afferrò la cloche e la tirò all'indietro fino al punto di blocco, mentre i muscoli gli sparavano fitte di dolore acuto nelle spalle. Si chiese se il sistema idraulico funzionasse ancora, ma la cloche dava la solida impressione di essere ancora connessa all'impianto.

Settanta metri a poppa, il vaso d'espansione principale del sistema idraulico, solo a metà della carica, diede pressione ai circuiti che attivavano i pistoni delle superfici di controllo posteriori. Una pompa avrebbe dovuto provvedere a riempirlo nuovamente, ma la mancanza di energia l'aveva bloccata. Di conseguenza, la capacità dell'impianto era pericolosamente bassa. La pressione nei pistoni aumentò, cercando coraggiosamente di spostare le pesanti superfici, ma la pressione perduta era troppa. Il circuito d'emergenza, inutilizzato da anni se non in qualche rara esercitazione, s'incaricò di compensare la perdita, scaricando il contenuto del proprio vaso d'espansione all'interno di quello principale e attivando un secondo pistone dalla parte opposta delle superfici di controllo. Grazie al suo intervento, le superfici di controllo posteriori si alzarono, passando dalla posizione di piena immersione a quella di piena emersione nel tempo previsto, come se il sistema principale fosse stato completamente efficiente.

Kane diede un'occhiata al pannello di controllo del battello, semispento, concentrandosi sugli indicatori alimentati dalla batteria interna che mostravano le superfici di controllo della profondità posteriori dapprima ridurre l'angolo di appruamento, quindi passare in posizione d'emersione. Trovò lo strumento che indicava l'angolo d'inclinazione, la «bolla», e lo fissò per vedere se rispondeva correttamente ai comandi. L'angolo di appruamento iniziò a ridursi. La paratia anteriore, che fino a poco tempo prima aveva rappresentato il pavimento della sala, cominciò a ruotare, portandosi nella sua posizione originaria, mentre gli uomini cadevano su quello che era il vero ponte. Kane strinse la cloche e, sbattendo gli occhi, si concentrò sul profondimetro. 345 metri. 360. 375. La nave continuava a scendere. Era riuscito a ridurre l'angolo di appruamento, ma non la spinta che la portava verso il basso. L'indicatore passò i quattrocento metri, la profondità critica, e Kane non fu più in grado di guardare.

Ma non fu la profondità eccessiva che decretò la fine del *Phoenix*. Trentacinque secondi dopo che Kane aveva afferrato per la prima volta la cloche, il sottomarino urtò il fondale roccioso con l'energia cinetica di un convoglio di cento carrozze lanciato contro una collina a centotrenta chilometri l'ora.

Kane fu scaraventato contro il pannello di controllo, si procurò un taglio sulla testa, e scivolò sul pavimento, con la bocca piena del sapore del sangue.

19

Domenica, 29 dicembre
Oceano Atlantico orientale
Stretto di Gibilterra, estremità occidentale

«DISTANZA?» chiese Sharef piegandosi verso la postazione di Tawkidi al pannello controllo sensori. Il siluro aviolanciato li stava seguendo ormai da tre minuti.

Il capitano di fregata Tawkidi, ufficiale addetto all'assetto, alzò gli occhi verso il pannello, sbarrati dapprima di sorpresa, quindi di trionfo. Attraverso le cuffie aveva appena sentito un rombo tonante provenire dalla direzione in cui era stato lanciato il Nagasaki e in cui si trovava il sottomarino americano, circa cinquanta chilometri più a ovest.

«Cosa succede?» chiese Sharef.

«Il Nagasaki è appena esploso!»

Sharef si avvicinò ancora di più. «Nessun segnale dal sottomarino americano?»

Tawkidi si rimise in ascolto, interrompendo per un momento il monitoraggio del Mark 52.

«Ancora nessun fragore di rottura di scafo, ma non ci sono neppure rumori di reattore o dell'impianto di generazione del vapore... Attenda un attimo...» Tawkidi si rimise in ascolto, con gli occhi chiusi. Un secondo, debole rombo gli giunse attraverso le cuffie. «Credo che il bersaglio sia imploso o abbia toccato il fondale, commodoro. Se non era già stato distrutto, adesso lo è di certo.»

Sharef annuì con aria solenne. Per lui, affondare un sottomarino non era mai occasione di gioia. Un sommergibilista nemico aveva, con lui, molte più cose in comune di qualsiasi suo connazionale che non conoscesse le privazioni di una lunga vita in mare, la mancanza della famiglia e degli amici, i rigori della guerra, della vita nell'ambiente spartano di un battello, di un sottomarino progettato per soddisfare le esigenze dell'equipaggiamento, non quelle dell'equipaggio. Si costrinse a ricordare che erano americani, fratelli dei brutali assassini che avevano mandato la *Sahand* sul fondo del Golfo, che avevano ucciso tanti suoi compagni. Eppure, non riusciva a provare nulla nei loro confronti: né odio, né pietà.

Con la coda dell'occhio, vide il generale Sihoud e il colonnello Ahmed, in piedi accanto al portello che conduceva al corridoio centrale. Li ignorò e tornò alla mappa tattica, quindi da Tawkidi, al pannello sensori. Il siluro americano continuava ad avvicinarsi e lui iniziava a trovare la situazione vagamente irreale, come se si fosse in qualche modo scollegato dalla scena che stava vivendo. Provò a ripetersi che quello poteva essere l'ultimo minuto della sua vita ma, in qualche modo, il pensiero non lo convinceva.

Tutti devono morire, ma lui riteneva che la sua ora non fosse ancora giunta. Si chiese se mai avrebbe avuto la consapevolezza di quell'istante.

L'entusiasmo di Tawkidi svanì quando il monitor del Secondo Comandante si riempì delle onde delle decine di boe acustiche che emettevano impulsi intorno a loro e dei motori degli aeroplani che orbitavano sopra la loro testa.

«Distanza, adesso?»

«Un chilometro, forse meno.»

«Attivi l'SCM.»

«SCM attivo e abilitato in automatico. Sarà necessario qualche altro impulso, prima che sia in grado di generare l'eco fittizia.»

«Sarà meglio che entri in funzione, prima che quel siluro si avvicini troppo.»

Gli impulsi del siluro iniziarono a farsi sentire anche all'interno dello scafo, acuti e penetranti. Si avvertì un secondo impulso, più potente, seguito subito da un altro, distorto, più basso come frequenza ma, per il resto, del tutto simile a quello che lo aveva preceduto. I rumori si ripetevano: il siluro che inviava un impulso acuto, cui il sistema SCM del sottomarino rispondeva con un'eco più grave e roca. Con il trascorrere dei minuti, gli impulsi del siluro diventavano meno frequenti, sino a fondersi con quelli del sistema ventriloquo dell'*Egira* in un lungo e intenso gemito, quasi che le due macchine stessero inviandosi vicendevolmente segnali che solo loro erano in condizione di capire. Sharef e Tawkidi si guardarono, voltandosi poi verso Sihoud e Ahmed. Il generale sembrava tranquillo, Ahmed irritato, come se si fosse effettivamente trovato di fronte alla possibilità di essere colpito dal siluro americano.

Il gemito continuava, un interminabile secondo dopo l'altro. Il monitor del sistema sonar sopra la testa di Tawkidi continuava a visualizzare la danza delle tracce acustiche dei sistemi di ricerca a banda larga dei Mark 50 lanciati dal 688 americano. Nella tensione della sala nessuno se ne era ancora accorto, forse perché le armi, non emettendo alcun tonale, erano silenziosissime, ma più probabilmente perché gli uomini che presidiavano i pannelli dei sensori erano completamente assorbiti dal siluro che proveniva da dietro le loro spalle. Fu a quel punto che una delle tracce, improvvisamente, si staccò dalle altre, mentre una delle unità Mark 50, a cinque chilometri dalla sua prua, rilevò la presenza del Destiny, uscì dall'orbita circolare e scattò in avanti per raggiungerlo.

Verso poppa il sistema SCM aveva convinto il Mark 52 che il bersaglio si trovava immediatamente davanti. Gli impulsi emessi trovavano immediata risposta in un'eco sempre più bassa, come sarebbe stata quella prodotta da un battello in fuga all'aumentare della distanza. Il sensore di prossimità del siluro andò alla ricerca dello scafo metallico del bersaglio, senza però riuscire a trovarlo dove il sonar gli aveva comunicato di cercarlo. Il sistema d'attacco del siluro interrogò la propria memoria in cerca di una soluzione per il dilemma, una forte eco di risposta in assenza dello scafo metallico, e il computer risolse il problema. Ovviamente, il sensore di prossimità era difettoso ma la presenza del bersaglio poteva essere dedotta dall'intensità degli impulsi sonar. E non era logico lasciare fuggire un bersaglio solo perché il sensore di prossimità era difettoso e non dava il richiesto consenso alla chiusura del circuito.

Il siluro, soddisfatto dalla logica interna del ragionamento preimpostato, esplose 480 metri a poppa dell'*Egira.*

Nel momento in cui il Destiny usciva dallo sbocco occidentale dello stretto di Gibilterra, sette dei siluri lanciati dal *Phoenix* avevano già esaurito il carburante. Spente le turbine, le armi si erano riempite d'acqua ed erano affondate, alcune implodendo per la pressione, altre spezzandosi contro il fondale roccioso dell'Atlantico. Da quel momento in avanti, a intervalli di qualche minuto, uno o due siluri esaurivano il carburante, attivando la procedura di autoaffondamento. La rotta del Destiny in uscita dallo stretto passava attraverso un ampio varco rimasto fra i siluri ancora attivi, sei dei quali troppo lontani per individuare le sue emissioni acustiche. La rotta lo portava, quindi, nei pressi di quattro siluri residui. Tre lo individuarono o forse pensarono di individuare il Mark 52 che lo inseguiva. Il quarto, a causa di un guasto meccanico, continuò a orbitare sulla rotta circolare fino a esaurire il carburante e affondare.

Il primo dei tre Mark 50 a individuare il Destiny si trovava sei miglia nautiche a nord-ovest del punto d'intercettazione. Il secondo e il terzo erano un po' più vicini, l'uno a sud, a cinque miglia e mezzo, l'altro a nord-est, a poco meno di cinque miglia. L'unità a sud accertò l'individuazione del bersaglio effettuando dei leggeri cambiamenti di rotta e verificando gli effetti di questa manovra sul senso di propagazione del suono, quindi accelerò alla velocità d'attacco di cinquanta nodi, definì la propria rotta in modo da raggiungere il punto in cui il bersaglio si sarebbe trovato di lì a trenta minuti e calcolò il tempo d'intercettazione. L'unità a nord-ovest eseguì le stesse operazioni e, dato il vettore d'approccio del Destiny, il suo tempo d'intercettazione risultò leggermente inferiore. Anche il siluro a nord-est del Destiny accelerò. Il suo tempo d'intercettazione stimato era il minore dei tre.

C'era poco tempo e molto da fare per il primo dei tre Mark 50. Il siluro compì rapidamente la sequenza d'armamento, attivò il sensore di prossimità, effettuò qualche piccola correzione di rotta e di profondità e rimase in attesa, mentre si lanciava contro il bersaglio.

CNFS Egira

L'esplosione del primo siluro aviolanciato scosse il sottomarino, cozzando dritto di poppa. La forza del colpo si ripercosse su tutti i ponti e tutti i compartimenti. Per gli uomini a bordo, l'impatto fu un ruggito tuonante abbinato a un'intensa vibrazione, come una scossa del ponte. Sharef era in piedi accanto al tavolo tattico, in attesa dell'esplosione che lo avrebbe scaraventato contro il piano di vetro o contro la paratia retrostante. Stava attendendo l'acqua, che sarebbe arrivata con un ruggito a togliergli la vita e aspettava il ritorno dei pensieri angosciosi, della paura e delle immagini che lo avevano colpito, tanto tempo prima, quando aveva pensato di morire a bordo della *Sahand* mentre questa affondava. Ma il rombo dell'esplosione si esaurì, lasciandosi dietro solo silenzio. Sharef rimase in piedi, le nocche sbiancate, stretto al corrimano del tavolo. La scossa del ponte si spense, improvvisa com'era cominciata, la sua violenza concentrata tutta nel primo quarto di secondo. Non c'era acqua e la leggera vibrazione del ponte lasciava intendere che stavano ancora filando a velocità d'emergenza.

Ce l'avevano fatta.

Sharef fece scorrere rapidamente lo sguardo sulla sala controllo per fare il punto della situazione. Tranne una mezza dozzina di monitor, spenti e bui, i pannelli del Secondo Comandante erano tutti accesi. I progettisti giapponesi si erano dati un gran daffare in previsione di un'eventualità simile, dato che il sottomarino era interamente governato dai moduli di controllo del supercomputer del Secondo Comandante, collocati sul ponte inferiore, e dai loro pannelli, posti nella sala controllo. Nessuno di questi elementi era a prova d'impatto. Al contrario, erano estremamente sensibili anche alle più piccole accelerazioni. Quel sottomarino era così diverso dal vecchio Victor III che Sharef aveva comandato in precedenza. Il battello di provenienza russa, ribattezzato *Tabarzin*, era quasi tutto cablato elettricamente. Ovviamente, dei computer non poteva fare a meno, ma quel prodotto dei tardi anni Ottanta era stato progettato partendo da una solida sfiducia nei confronti dei dispositivi automatici di controllo e dei microprocessori. Il risultato era stato un sottomarino a prova di bomba, un ammasso di lamiere e bulloni che poteva essere portato in battaglia in tutta tranquillità. Il Destiny, invece, così automatizzato e pieno d'elettronica, sembrava indifeso. Per Sharef, che aveva visto quanti danni potesse sopportare una nave prima di essere messa fuori combattimento, l'idea di perdere i computer dopo i primi scambi di colpi era inaccettabile. Aveva riferito queste riserve ai progettisti e, con sua sorpresa, i giapponesi gli avevano prestato ascolto. Avevano bloccato la produzione per una settimana per parlare con lui, quindi avevano effettuato una serie di test d'impatto. I risultati non erano stati positivi: anche l'esplosione di un siluro abbastanza distante da non produrre danni allo scafo si era dimostrata sufficiente a mettere fuori combattimento l'intero sistema del Secondo Comandante, rendendo necessaria la sostituzione dei circuiti di memoria e delle schede dei microprocessori. In ogni caso, i giapponesi avevano posto rapidamente rimedio al problema, sostituendo i vani dei sistemi di controllo con altri, di maggiori dimensioni, foderati da spessi strati di gelatina che avrebbe dovuto servire ad assorbire i colpi. I test erano stati ripetuti e i risultati erano stati alterni. Grazie ai rivestimenti in gelatina, i circuiti del Secondo Comandante erano in grado di resistere a impatti di media intensità, anche se shock più intensi continuavano a produrre danni rilevanti. Nel tempo rimasto a disposizione, i progettisti della parte elettronica del sottomarino avevano aggiunto ai circuiti una serie di componenti ridondanti, dispositivi di *standby*, schede e processori, sempre attivi e in linea, pronti a entrare in funzione e a rimpiazzare le componenti danneggiate del sistema principale. Il doppio scafo era in grado di resistere all'impatto di un siluro di grandi dimensioni prima di iniziare ad allagarsi, ma senza i computer che gestivano il sistema di controllo, nel caso in cui avesse perso il Secondo Comandante, il sottomarino non avrebbe potuto fare altro che emergere e arrendersi.

Sharef studiò nuovamente i pannelli, in attesa che i monitor spenti tornassero in vita. Non se ne riaccese nessuno. Il commodoro si diresse a poppa, verso l'area di controllo dei sistemi d'arma, e posò una mano sulla spalla del tenente di vascello At Ishak. Ishak era l'ufficiale addetto ai sistemi informatici, un giovane brillante, capace di capire il funzionamento di tutti quei dispositivi elettronici molto meglio di quanto non riuscisse a comprendere i suoi simili.

«Qual è la situazione danni?»

Ishak aveva già rivolto il seggiolino verso il pannello principale del sistema del Secondo Comandante, nell'angolo posteriore destro della sala. Il pannello principale era in grado di effettuare la diagnosi automatica dell'intero sistema e, se necessario, riprogrammarlo. Ishak iniziò a interagire con l'apparecchiatura. Mentre dialogava con la macchina, il viso del giovane ingegnere aveva l'espressione assorta di un uomo immerso in un dialogo con una persona amata. Ruotò il seggiolino, il viso acceso, pronto a comunicare che il sistema era ancora in perfetta efficienza, quando fu interrotto da Tawkidi, al pannello di controllo sensori.

«Commodoro, diversi siluri in acqua! In avvicinamento da tutte le direzioni!»

Dopo avere lanciato il Mark 52, il P-3 Orion in posizione sopra la parte centrale dello stretto continuò a seguirlo durante la sua caccia al sottomarino. Era un compito facile. Il Mark 52 aveva, in banda larga, una traccia audio forte e chiara. Il Destiny andava e veniva. Il P-3 aveva usato due terzi del suo carico di boe acustiche per individuare il sottomarino del FIU: presto avrebbe dovuto lasciare la posizione ed essere rilevato. L'aeroplano in posizione all'imboccatura occidentale non poteva essere di nessun aiuto, dal momento che si trovava sessanta miglia nautiche più a ovest, nel tentativo di individuare il *Phoenix*. Dal punto dove il Nagasaki era esploso, dal *Phoenix* non veniva nessun rumore, nemmeno quello del reattore che si raffreddava sul fondo dell'oceano. Era come se il sottomarino fosse sprofondato nel fondale, andandosi a nascondere sottoterra. L'Orion proseguì le ricerche, mantenendosi in attesa, nel caso in cui il compagno più a est avesse avuto bisogno di assistenza.

Nel frattempo, un messaggio *flash* venne trasmesso al CincNavForceMed, con un rapporto dettagliato della situazione, lo scambio di siluri, la perdita apparente del *Phoenix*, l'inseguimento del Destiny e la richiesta di nuovi mezzi antisom all'imboccatura dell'Atlantico per l'inseguimento del bersaglio. Subito dopo che il comando delle forze navali del Mediterraneo ebbe ricevuto il messaggio, il cacciatorpediniere classe Burke che pattugliava le acque del Mediterraneo occidentale fu spostato verso Gibilterra, con l'ordine di spingersi, successivamente, verso l'Atlantico. Alcuni velivoli antisom S-3 Viking decollarono dal ponte della *Reagan*, virando subito verso est per dispiegarsi a sostegno dei P-3. Alla base di Sigonella, altri tre P-3, carichi di carburante, boe acustiche e siluri Mark 52, rullarono lungo la pista, decollando, quindi, nella notte. Sarebbero state però necessarie diverse ore, prima che potessero raggiungere lo stretto.

In quindici minuti, il Mark 52 raggiunse il Destiny ed esplose. I tecnici sonar e l'ufficiale addetto alle operazioni antisom, a bordo del P-3, si guardarono fiduciosi. Le loro speranze, però, svanirono rapidamente quando, cessati i disturbi provocati dalle bolle gassose e dalla turbolenza, non si udì alcun rumore di rottura dello scafo. Infine, i segnali di due boe acustiche, lanciate a ovest del punto dell'esplosione, visualizzarono chiaramente sugli schermi dei tecnici sonar il Destiny che proseguiva lungo la sua rotta. Quando il P-3 ebbe incrementato la propria velocità, effettuato una virata, e giunse infine nella posizione delle due boe, il sottomarino era scomparso.

Uno dei tecnici sonar sprofondò nel suo seggiolino e chiuse gli occhi. Li riaprì di colpo, si raddrizzò e fissò l'ufficiale addetto alle operazioni antisom.

«Signor Quaid! Ho tre tracce di siluri. Mark 50 americani. Sono tutti a velocità d'attacco.»

Quaid si curvò sul pannello, accigliato.

«Da dove saltano fuori?»

«Può darsi che siano stati lanciati dal *Phoenix* e che non siamo riusciti a individuarli prima perché viaggiavano a bassa velocità. Oppure erano in rotta circolare, in modalità passiva.»

«Può darsi, quindi, che il *Phoenix* riesca a prendersi la sua vendetta.»

«Peccato che sia postuma», brontolò il tecnico.

«È presto per dirlo. Cos'altro c'è là fuori, adesso?»

«Diversi siluri. Sembra che siano a parecchie miglia e che stiano convergendo tutti verso lo stesso punto.»

«Bene, c'è speranza che almeno uno vada a segno. Posiamo un campo di boe acustiche nel triangolo formato dai siluri in avvicinamento e speriamo in bene.»

Sharef sapeva qual era l'ordine che doveva impartire.

I computer sono apparecchiature stupende e i supercomputer sono ancora migliori. Un sistema come quello del Secondo Comandante, poi, era tutto quello che un sommergibilista avrebbe potuto desiderare. Rendeva il controllo del battello e il monitoraggio delle acque circostanti facili e naturali. Il sistema riusciva a fondere uomo e macchina in un'unica realtà, trasferendo istinto e riflessi del primo nella seconda, rendendo l'interfaccia fra i due tanto vaga e indistinta da trasformare il sottomarino in un'unica, grande estensione delle potenzialità di un equipaggio ben addestrato. Ma ci si poteva fidare a lasciare il completo controllo del battello a un semplice insieme di circuiti integrati, senza alcuna supervisione umana? A quel punto, la domanda era più che qualcosa d'accademico: la procedura richiedeva, infatti, che Sharef si facesse da parte e cedesse interamente il comando alla sua controparte elettronica.

Era circondato da siluri che si avvicinavano ad alta velocità, puntando contro l'*Egira* da tre direzioni diverse. Se il commodoro avesse tentato una manovra d'evasione nella direzione sbagliata, avrebbe potuto sfuggire a una minaccia distante, solamente per essere affondato da un siluro più vicino. Quando le rotte d'attacco dei siluri erano note e tracciate, il senso comune richiedeva che il comandante conducesse il battello lungo una rotta che tagliasse in due porzioni uguali l'angolo più ampio formato dai siluri. Ma sarebbe stata una manovra suicida se avesse portato il sottomarino ad avvicinarsi ulteriormente al siluro già più vicino. La distanza degli ordigni era, quindi, un'informazione d'importanza cruciale, ma effettuare una rilevazione, guidando il sottomarino in una lunga serie di lente manovre, era impossibile quando l'impatto con le armi in avvicinamento era solo questione di secondi. Il sistema sonar dell'*Egira*, con la sola eccezione del dispositivo ventriloquo di contromisure SCM, era interamente passivo. Lanciare impulsi attivi per calcolare la distanza dei siluri era impossibile.

I progettisti del Destiny erano consapevoli del fatto che, un giorno o l'altro, il sottomarino avrebbe potuto trovarsi di fronte a nemici preponderanti e si erano aspettati che, se mai il sottomarino fosse stato impiegato in combattimento, avrebbe potuto essere attaccato contemporaneamente da parte di altri sottomarini, aerei o navi di superficie. Perciò era stato concepito per essere autosufficiente e per questa ragione era stato dotato di un sistema di computer capace di confrontarsi con diverse minacce, provenienti da direzioni differenti.

La procedura operativa standard in caso di più siluri diretti contro il sottomarino da varie traiettorie era semplice. Ma a Sharef non piaceva. Essa richiedeva, infatti, la cessione del controllo del battello al Secondo Comandante. Questo avrebbe valutato la distanza dei siluri guidando il sottomarino in una serie di rapidi cambiamenti di rotta (tipicamente lungo un tracciato a «S»), quindi, dopo essersi fatto un'idea della loro posizione, avrebbe calcolato la miglior strategia d'evasione, fosse anche stata quella di puntare direttamente contro il siluro più distante.

Accettare di porsi completamente nelle mani del Secondo Comandante era una scelta che richiedeva un atto di fede, una qualità della quale il commodoro Sharef scarseggiava, soverchiata dal cinismo emerso il giorno in cui la *Sahand* era stata affondata. Ma Sharef non era stupido e attribuiva al suo sottomarino, all'equipaggio e alla missione che doveva svolgere il giusto valore. Quindi impartì l'ordine. Scambiò una rapida occhiata con il comandante in seconda, il capitano di vascello al-Kunis. Questi si era mantenuto silenzioso per tutta la giornata, come richiedeva una funzione (improntata ai regolamenti del FIU e alla tradizione islamica), secondo cui il ruolo del comandante in seconda era quello di stare alle spalle del comandante, pronto ad assumerne il ruolo nel caso in cui questi fosse caduto. Fino a quel momento egli non avrebbe dovuto farsi coinvolgere, ma solo osservare. Era chiaro, però, che al-Kunis conosceva l'opinione che Sharef aveva riguardo al Secondo Comandante e il dubbio che come un'ombra gli si addensava negli occhi.

«Ufficiale all'assetto, attivi il Secondo Comandante in modalità di pieno controllo del sottomarino.»

«Controllo, assegnare le funzioni al Secondo Comandante», ordinò Tawkidi agli addetti che presidiavano i pannelli.

Sharef rimase a guardare gli operatori che inserivano le stringhe di comando nel sistema. L'addestramento ricevuto consentiva loro di anticipare gli ordini e i menu funzione erano già stati richiamati a video. Il battello si trovava a un solo tasto dal passare al pieno controllo del computer.

Sharef si aggrappò al corrimano fissato a fianco del tavolo di navigazione proprio nel momento in cui il Secondo Comandante assumeva il controllo del sottomarino, imprimendo allo scafo una brusca virata. Il ponte s'inclinò seccamente a babordo, mentre il computer prendeva il comando. Il sottomarino tremò. Da sotto venne il rumore dei piatti che cadevano da uno scaffale, andandosi a frantumare sul ponte. Improvvisamente, il Secondo Comandante effettuò, quindi, un'altra virata, inclinando il ponte verso tribordo e trascinando a terra uno degli addetti al controllo del reattore, che risalì sul seggiolino, imbarazzato. Il ponte, infine, tornò orizzontale, stabilizzandosi, dopo che il battello ebbe completato la S. Sharef lanciò uno sguardo al pannello di controllo e vide che il sottomarino stava puntando a nord-ovest, con rotta due sei due, quasi perfettamente in mezzo ai siluri provenienti da rotta uno nove quattro e tre tre zero. I siluri si trovavano grosso modo alla stessa distanza, pensò Sharef. La manovra, quindi, era sensata, perché la distanza a cui i siluri avrebbero potuto individuarli avrebbe dovuto rimanere costante. L'efficacia della manovra era, inoltre, confermata dalle indicazioni fornite dalla mappa. La terraferma era troppo vicina per consentire al Secondo Comandante di riportarli verso est, una manovra che faceva parte delle procedure consuete d'evasione caricate nel computer.

A quel punto, con il controllo passato al Secondo Comandante, c'era poco altro da fare se non attendere e verificare che il sistema non commettesse qualche errore grossolano. Il Secondo Comandante avrebbe continuato a tenere i siluri sotto controllo, eventualmente guidando il sottomarino in qualche altra manovra per valutarne la distanza o per verificare che non vi fosse qualche altro ordigno in arrivo in direzione degli schermi acustici di poppa. Fino a quel punto, i sensori non avevano rilevato alcun impulso sonar. D'altra parte, un tentativo di fuga da tre siluri contemporanei era differente dall'evasione a un unico siluro in arrivo dritto di poppa. Il sistema ventriloquo SCM era ancora impostato in modalità d'intervento automatico ma sarebbe stato inutile cercare di ingannare tre siluri in una sola volta. Inoltre, il sistema non sarebbe stato di particolare utilità contro ordigni che provenivano da diverse angolazioni.

Sharef fu improvvisamente cosciente che tutti gli ufficiali lo stavano fissando alla ricerca di segnali di cedimento o rassicurazione sul suo viso. Sharef conosceva la psicologia dei suoi uomini. Era la stessa di tutti i marinai. Un equipaggio senza speranza non rende. Ma il suo viso mentiva perché, come in precedenza aveva avuto la sensazione che la sua ora non fosse ancora giunta, in quel momento era profondamente convinto del contrario.

20

Domenica, 29 dicembre
Atlantico occidentale
USS Phoenix

Il capitano di corvetta Thomas Schramford era primo ufficiale di macchina del *Phoenix* da quasi tre anni. In precedenza, era stato ufficiale di macchina a bordo dell'*Hartford*, servendo in quasi tutti i compartimenti (elettrico, reattore e sistemi di propulsione), dopo di che era stato trasferito a un nuovo sottomarino, l'USS *Tampa*, in costruzione presso i cantieri di Groton della DynaCorp Electric Boat. Nei due anni che aveva trascorso seguendo i progressi del *Tampa*, da semplice set di disegni costruttivi HY-80 a sottomarino da combattimento operativo, aveva imparato ogni dettaglio dei battelli classe 688, imprimendosi tutto nella mente, dai cablaggi alla microelettronica, dai pannelli alle condutture. Sulla paratia sovrastante il suo tavolo di servizio era appesa una grossa mappa del sistema di condotti e delle apparecchiature che corredavano i sistemi di propulsione, dal circuito di raffreddamento principale all'ultima delle valvole di controllo delle pompe di pressione. Come parte del curriculum di studi per l'abilitazione a ufficiale di macchina, Schramford aveva dovuto dimostrare di saperlo riprodurre a memoria. E ne era ancora capace. Se fosse stato necessario, avrebbe saputo ripetere a memoria la procedura standard di riavvio del reattore, nonostante il fatto che l'istruzione operativa numero 27, la procedura standard di riavvio del reattore, fosse lunga centoventi pagine, esclusa la parte sulla procedura standard di riavvio dell'impianto di generazione del vapore.

Di tutti gli uomini a bordo, Schramford era uno dei pochi dei compartimenti di poppa a essere sopravvissuto senza gravi ferite e senza perdere conoscenza all'impatto con il fondale. Gli altri uomini rimasti coscienti erano storditi o intrappolati sotto cataste di corpi o di equipaggiamento. Schramford era cosciente ma la sua mente era offuscata dal dolore che gli veniva dall'inguine contuso, un dolore sordo che si gonfiava nell'addome. Strinse le palpebre e si morse le labbra, tentando di combatterlo, ma per un certo periodo il dolore ebbe la meglio. Dopo qualche secondo, qualche minuto o qualche ora, la sofferenza diminuì, pur continuando a essere martellante e così intensa da prosciugargli ogni energia.

Il sottomarino era silenzioso. Il rombo delle turbine non si udiva più. I ventilatori erano spenti e il reattore inerte. Mentre giaceva sul ponte della sala macchine, i suoi pensieri corsero subito al nucleo. Prima che l'impianto elettrico venisse meno, il sottomarino stava filando a piena potenza. Il reattore era passato di colpo da una potenza del centocinquanta per cento a zero. Ma i reattori nucleari non possono essere spenti semplicemente girando un interruttore, come le lampadine. Il nucleo continuava a essere radioattivo anche dopo che la reazione si era arrestata e continuava a irradiare un calore terrificante, in questo caso equivalente a quello di un reattore al quindici per cento della potenza senza circuito di raffreddamento. Se quest'ultimo non fosse stato riavviato subito, il calore avrebbe ben presto fuso il nucleo e forse anche perforato dapprima il fondo dello scafo resistente, poi quello dello scafo esterno.

I progettisti del sottomarino avevano previsto una simile evenienza e installato un sistema di raffreddamento d'emergenza. Quello che veniva comunemente abbreviato XC era un ingegnoso sistema di tubi, valvole e serbatoi riempiti d'acqua di mare, che riusciva a raffreddare il reattore partendo dal principio che l'acqua più calda sale e quella più fredda scende: la circolazione naturale. Non c'erano parti in movimento. Se fosse stato in funzione, Schramford non avrebbe avuto nulla di cui preoccuparsi. Ma era stato disattivato, una procedura standard per le operazioni in mare, volta a impedire che venisse inavvertitamente attivato mentre il reattore era in funzione, dato che un improvviso afflusso di acqua marina mentre il reattore si trovava in fase critica avrebbe potuto causarne il collasso. A quel punto, però, senza l'XC e senza il circuito di raffreddamento, l'alloggiamento del reattore sarebbe stato già rovente, la sua temperatura in aumento e il liquido di raffreddamento in ebollizione. Quando tutta l'acqua dell'impianto fosse stata trasformata in vapore, il combustibile nucleare si sarebbe fuso e per il sottomarino sarebbe stata la fine. La mente di Schramford, annebbiata e riempita dal dolore, visualizzò in qualche angolo tre parole: Three Miles Island.

Si alzò faticosamente in piedi e, nell'oscurità del locale, andò in cerca di un respiratore d'emergenza, trovandone alla fine uno in un piccolo alloggiamento sopra la sua testa. Lottò con la ragnatela di cinghie di gomma nera fino a quando i lineamenti paffuti del suo viso non si furono adattati alla maschera di plexiglas, quindi collegò l'attacco a un ugello, agganciò alla cintura il regolatore e iniziò a respirare. La mente si schiarì quasi subito e il suo primo pensiero fu che si trattava di un brutto segno. L'atmosfera era contaminata. I filtri, gli erogatori e gli ugelli dell'ossigeno erano andati fuori uso quando avevano toccato il fondale. Avrebbe potuto andare peggio... la batteria avrebbe potuto iniziare a emanare all'interno del sottomarino esalazioni di cloro, oppure uno dei siluri avrebbe potuto perdere del carburante. Il processo di combustione all'interno del motore di uno dei missili Javelin avrebbe potuto riempire il sottomarino di cianuro d'idrogeno. Ma, in quel caso, lui e gli altri uomini dell'equipaggio sarebbero già stati morti da un pezzo.

Come primo ufficiale di macchina, era responsabilità di Schramford fare qualcosa in quella brutta situazione. Nella testa gli risuonavano i codici della procedura d'emergenza che aveva inculcato negli ufficiali subalterni e nei sottufficiali sin dal primo giorno che era giunto a bordo. *Salvare il sottomarino, salvare l'impianto, salvare gli uomini...* Circondato da gente che stava lottando per riuscire a respirare la poca aria rimasta a bordo, sapeva che era suo dovere fare prima di tutto qualcosa per il sottomarino. Afferrò una lampada d'emergenza dalla paratia, scollegò il respiratore dall'ugello e corse verso una scaletta. Scese verso il ponte sottostante sballottando la lampada con una mano e cercando di non impicciarsi con il tubo della maschera. Grande e grosso, aveva aria sufficiente solo per scendere la scaletta trattenendo il fiato. Giunto al ponte di mezzo, collegò il tubo a un ugello e respirò, ansimante, per qualche secondo, poi scollegò nuovamente il tubo e corse, attraverso il varco di babordo, in direzione del tunnel schermato che conduceva al compartimento del reattore, sbloccando il pesante portello e agganciando subito il tubo del respiratore una volta giunto a destinazione.

Nel tunnel vi erano una delle valvole primarie del sistema di respirazione e diverse valvole del sistema XC. Schramford aprì una scatola di attrezzi, ne trasse un grossa chiave inglese e svitò la protezione della valvola XC-9, quindi, dopo avere impegnato con una chiave speciale il gambo della valvola, tirò con tutte le forze, fino a quando questa non si mosse. Continuò a ruotare la chiave sino a quando la valvola non fu completamente aperta, scaricando rumorosamente pressione da sopra un'altra valvola posta nel compartimento del reattore. Quando quest'ultima si aprì, la colonna d'acqua calda defluì verso lo scambiatore, mentre quella di acqua fredda affluiva al reattore. Schramford trovò le valvole che regolavano l'afflusso e le aprì tutte e quattro, appoggiandosi poi alla paratia per riprendere le forze. Attraverso il pesante divisorio riusciva a sentire il rumore dell'acqua marina che circolava nel circuito XC e di quella bollente che raggiungeva il cassone dello scambiatore, raffreddando il reattore. Adesso che il nucleo era stato portato in condizione di sicurezza, poteva applicare i respiratori all'equipaggio e provare ad andare a prua, alla ricerca del comandante. Una volta che tutto l'equipaggio fosse stato dotato di respiratori, avrebbe potuto riavviare il reattore e il comandante sarebbe stato in grado di tirarli fuori da quella situazione. O, almeno, lo sperava.

Portsmouth, Virginia
Cantiere navale di Norfolk
Bacino di carenaggio 4

Il sole era sceso sotto la linea delle officine e dei magazzini allineati lungo il bacino. L'impianto d'illuminazione era in funzione già da mezz'ora, ma solo con l'affievolirsi della luce solare era possibile notarlo. Il capitano di vascello Michael Pacino era in piedi, sul bordo del bacino, appoggiato a una balaustra arrugginita, e osservava il suo sottomarino al di sotto della sua posizione. A parte qualche montacarichi, finalmente il bacino era stato liberato da tutti gli equipaggiamenti e il *Seawolf*, quasi completamente riparato, appariva in tutta la sua grandezza, come un'enorme balena in una vasca senz'acqua. La luce blu delle saldatrici ne illuminava la murata di tribordo, riflettendosi contro le pareti, mentre i sei uomini della squadra lavoravano al rappezzo messo al posto dell'apertura che avrebbe dovuto ospitare i tubi Vortex. L'installazione delle lamiere d'acciaio curvate che avrebbero dovuto chiudere il foro nello scafo era iniziata solo da un'ora. L'acciaio tipo HY-100 era spesso almeno cinque centimetri. Anche con sei uomini al lavoro, ci sarebbe voluto fino all'alba del giorno dopo, lunedì, perché la saldatura fosse ultimata e molte ore ancora prima che le radiografie di controllo fossero state effettuate ed esaminate. Probabilmente, le lastre avrebbero evidenziato numerose imperfezioni del lavoro, che avrebbe richiesto ulteriori rifiniture e aggiustamenti. L'opera di riparazione, quindi, avrebbe potuto durare fino al pomeriggio inoltrato del lunedì. Una seconda serie di radiografie ne avrebbe confermato la bontà entro lunedì notte e solo a quel punto gli uomini avrebbero potuto uscire dal bacino. E solo in quel momento sarebbe stato possibile iniziare a verniciare il battello.

Aveva un aspetto quasi ridicolo con il verde brillante del fondo di vernice bene in mostra. Sembrava uscire da un cartone animato. Era normale che, ogni volta, l'equipaggio finisse con il cantare: « Viviamo tutti in un sottomarino verde », parafrasando una vecchia canzone dei Beatles, fino a quando la squadra addetta alla verniciatura non sopraggiungeva con le sue attrezzature, per dare gli strati intermedi e di rifinitura. Il battello avrebbe assunto una colorazione nera, lucida e minacciosa nella parte superiore e rossa opaca in quella inferiore, la linea di divisione netta e precisa come se fosse stata tracciata dal migliore artista in circolazione. Senza tale verniciatura, il sottomarino si sarebbe presto coperto di tanta ruggine da bloccare tutte le valvole esterne e i portelli dei tubi di lancio. L'acqua salata avrebbe iniziato letteralmente a mangiarsi lo scafo. Il lavoro di verniciatura si sarebbe portato via un'altra intera giornata, ritardando il varo del *Seawolf* a mercoledì mattina.

Pacino non aveva a disposizione tanto tempo; doveva prendere il largo prima possibile. Sganciò un walkie-talkie dalla cintura e chiamò il battello. L'ufficiale di servizio rispose quasi subito. Pacino ordinò di chiamare il comandante del cantiere, chiedendogli di raggiungere il bacino. Forse un modo c'era, pensò.

Il lavoro di saldatura proseguiva. Le scintille bluastre formavano chiazze che danzavano negli occhi di Pacino. Il sole era tramontato quando il camioncino di servizio di Emmitt Stevens comparve e il comandante del cantiere balzò giù, il viso contratto da una smorfia cupa.

«Comandante», esclamò Stevens. «Secondo il supervisore dei lavori, domani a quest'ora potremo iniziare a verniciare la nave. Dovremmo riuscire ad allagare il bacino mercoledì.»

«No.»

«Mi ascolti, Pacino. So che ha fretta di uscire, ma...»

«Emmitt, la saldatura sarà completata entro l'alba. Quindi, appena l'ultima nervatura sarà pronta, faccia aprire le valvole e allaghi il bacino. Il *Seawolf* sarà in mare al sorgere del sole.»

«Non posso farlo! E le radiografie? E le riparazioni?»

«La squadra dei saldatori conosce il suo mestiere?»

«Mi ascolti, Patch. È HY-100. Non è come saldare del ferro dolce. Se siamo fortunati, anche con la miglior squadra della costa orientale a disposizione ci sarà almeno una dozzina d'imperfezioni. Le riparazioni porteranno via una mezza giornata, i controlli successivi l'altra metà, e la verniciatura buona parte di mercoledì...»

«Non ci saranno radiografie né riparazioni. E non ci sarà nemmeno la verniciatura. Vareremo il sottomarino verde.»

«Mike, mi dia retta. Lei sta commettendo un *grosso* sbaglio. Non posso garantirle la resistenza di una saldatura senza le radiografie. Potrebbe avere un trafilamento al primo test di profondità, un trafilamento di quelli brutti, e di lei non sapremmo più nulla. E non è tutto. La saldatura potrebbe reggere per le prime dieci immersioni ma l'undicesima potrebbe esserle fatale. O potrebbe tenere in acque calde, mentre un'immersione in acque fredde potrebbe far emergere delle microfratture. Potrebbe cedere di schianto, senza darle il tempo di effettuare un'emersione d'emergenza. Rischia di rompersi il collo, Pacino. Il suo e quello del suo equipaggio.»

Alla luce dei riflettori, gli occhi di Pacino misero a fuoco un punto nel bacino sottostante.

«Faccia terminare le saldature e dia l'ordine di allagare il bacino. L'equipaggio sarà pronto alle cinque antimeridiane.»

Stevens sospirò. «Va bene, Pacino. Ha vinto. Cristo. Buona fortuna.»

Pacino non rispose.

Atlantico orientale
CNFS Egira

Il commodoro Sharef non aveva bisogno di controllare gli aggiornamenti sui monitor per capire che l'*Egira* stava per essere colpita da un siluro. Il siluro che si trovava di fronte a loro, a ovest, si era avvicinato troppo. La somma della sua velocità d'intercettazione e di quella del sottomarino che avanzava nella sua direzione aveva fatto sì che la distanza fra i due si riducesse rapidamente. Il computer aveva calcolato l'impatto a quattro minuti e mezzo dall'istante della prima intercettazione, e tutti gli aggiornamenti avevano confermato la previsione.

Sharef voltò le spalle al pannello e si diresse verso la paratia di prua, accanto alla quale si trovavano Rakish Ahmed e il generale Sihoud. Ahmed si era fatto prestare la tuta da sommergibilista di un uomo dell'equipaggio. Sihoud aveva chiesto che gli fosse restituita la veste di seta che indossava quando era stato tratto a bordo. Lo strappo apertosi nell'orlo era stato riparato. Sharef si chiese oziosamente chi avesse eseguito il rammendo. Era difficile immaginare il *Khalib* in persona con ago e filo in mano. Il pugnale di Sihoud luccicava, appeso alla cintura. A dispetto del fisico e della presenza imponente, Sharef comprese che un dubbio covava dentro il generale. Il suo istinto gli diceva che aveva paura. Non che la paura fosse un sentimento disonorevole, perché, se c'era un momento in cui avere paura, era proprio quello. Se non fosse stato sul punto di morire a bordo della *Sahand*, forse sarebbe stato diverso anche per lui. Ma aveva visto i morti provocati dai missili nemici, e la possibilità che gli uomini dell'equipaggio potessero fare la stessa fine gli infondeva una determinazione che non lasciava spazio alla paura.

«Generale, colonnello. Il primo siluro ci colpirà fra meno di un minuto. Abbiamo fatto il possibile per evitarlo, ma con tre armi in avvicinamento da tre direzioni diverse, era improbabile che riuscissimo a sfuggire. Voglio che siate pronti all'impatto.»

«Non è possibile fare altro, commodoro?» chiese Sihoud.

«Ci sarebbe una possibilità. Provare a emergere, e sperare che nel siluro sia stata impostata una profondità minima sotto la quale mantenersi, per evitare di colpire accidentalmente qualche nave in transito in superficie. Una simile manovra, però, ci rallenterebbe e gli altri siluri ci raggiungerebbero facilmente. Inoltre, tenga conto che, per esempio, i nostri siluri Nagasaki sono progettati in modo da individuare facilmente un sottomarino che cerchi di riemergere, a causa della nube di bolle d'aria che il sistema d'emersione rapida si lascia dietro. Non è una scommessa che valga la pena di tentare, generale. Abbiamo più possibilità che i siluri che c'inseguono rimangano senza carburante, rispetto a quelle che abbiamo tentando di effettuare un'emersione d'emergenza. E, a parte quella, tutto ciò che possiamo fare è correre.»

«Ha detto meno di un minuto?» chiese Ahmed. «Quanto tempo è rimasto?»

«Venti secondi», rispose Tawkidi.

Il sistema SCM iniziò a modulare falsi segnali sonar, ancora prima che fosse possibile sentire quelli in arrivo attraverso lo scafo. Sharef si portò al pannello presidiato dal tenente di vascello Ishak. Appoggiò un ginocchio a terra, contando i secondi che scorrevano nella mente, ma si sforzò di mantenere la voce tranquilla.

«Tenente, ha impostato nel Secondo Comandante la nostra rotta attraverso l'Atlantico?» Il piano di navigazione, elaborato dagli ufficiali di bordo quando la missione era stata illustrata, prevedeva che il battello seguisse una lunga rotta arcuata, mantenendosi a distanza di lancio da Washington. La rotta, che intercettava un vasto cerchio di 2900 chilometri centrato sulla capitale statunitense con una leggera angolazione verso nord-est, era quella che consentiva di avere a disposizione il maggior tempo possibile per assemblare le testate Scorpion e montarle sopra i missili Hiroshima. La rotta avrebbe inoltre consentito all'*Egira* di apparire diretto più verso la Groenlandia che verso la costa orientale degli Stati Uniti, nel caso in cui fosse stato seguito o casualmente individuato. Una rotta che puntava verso Washington avrebbe messo in allarme le forze della Coalizione Occidentale che avrebbero attuato ogni sforzo possibile per cercare di affondarli. Sharef era certo che gli occidentali non si fossero ancora resi conto della situazione e che quelle cui si trovavano di fronte non erano altro che mezze misure aventi lo scopo di stanare Sihoud. Se gli americani avessero avuto anche solo una vaga idea del fatto che il sottomarino trasportava un'arma apocalittica, puntata giusto sulla loro capitale, tutte le navi da guerra della Coalizione avrebbero dato loro la caccia, come a una bestia feroce.

«La rotta circolare in direzione della Groenlandia è stata inserita nel Secondo Comandante il giorno stesso della riunione, signore. Ma non servirà a molto se i missili non vengono assemblati.»

Sharef annuì. Il Secondo Comandante era perfettamente in grado di condurre il sottomarino a distanza di tiro dal bersaglio e di lanciare i missili senza bisogno di assistenza da parte dell'equipaggio, almeno se era stato programmato correttamente. Ma se i missili non erano assemblati e pronti, il fatto che il Secondo Comandante li conducesse a destinazione era perfettamente inutile. Era essenziale che le armi fossero assemblate il più presto possibile. Quando i missili fossero stati pronti, la missione sarebbe stata, di fatto, portata a compimento, dato che, a quel punto, non ci sarebbe stato più bisogno dell'equipaggio. Il sottomarino intatto e il Secondo Comandante funzionante sarebbero stati sufficienti.

Fu in quell'istante che il siluro li colpì.

Il Mark 50 aveva individuato la differenza di pressione generata dallo scafo nonostante gli strani impulsi provenienti dalla poppa, rumori simili a un'eco, che giungevano, però, da un'angolazione sbagliata. Sin dall'inizio, il siluro si era avvicinato al bersaglio lungo una rotta angolata e, proprio come calcolato dal computer di bordo, lo aveva intercettato nel punto di mare previsto. Il sensore di prossimità posto su un fianco del Mark 50 iniziò a ronzare avvicinandosi allo scafo del Destiny, fino a quando l'arma non vi puntò contro, il suo enorme diametro apparentemente piatto contro il fondale. La carica della testata era stata studiata per convogliare la massima forza d'urto in direzione del bersaglio. A qualche millisecondo dall'individuazione dello scafo, l'esplosivo ad alto potenziale detonò, mentre il siluro si trasformava da oggetto solido a una sfera d'energia pura.

La vampata si proiettò in avanti, squarciando lo scafo esterno del bersaglio. L'onda di pressione, avanzando, spezzò le cerchiature di rinforzo e le piastre d'acciaio, piegandole contro la struttura. Penetrando nello scafo interno, ridusse il compartimento a un ammasso di rottami, pressurizzandolo a un livello prossimo al limite progettuale e rischiando di aprire un foro nella paratia prospiciente o di strappare letteralmente il compartimento via da quello cui era collegato. Ma, rapida com'era venuta, l'onda di pressione si estinse e l'energia che aveva aperto due scafi e polverizzato l'interno del compartimento si disperse e si attenuò. Il livello di pressione nel compartimento diminuì, mentre i gas di combustione trovavano sfogo attraverso un foro di cinque metri di diametro aperto nella fiancata, sostituiti dalla fredda acqua di mare che aveva allagato il compartimento, con l'esclusione di una piccola bolla gassosa rimasta intrappolata nella parte superiore. Trenta secondi dopo l'impatto, l'esplosione aveva finito di produrre danni.

Nello scafo esterno del sottomarino era rimasto uno squarcio di venti metri, esteso a buona parte della circonferenza della nave. Lo scafo resistente del compartimento di poppa aveva ceduto e gli equipaggiamenti interni, la batteria e il generatore ausiliario erano stati fatti a pezzi. Il dispositivo sonar di poppa non esisteva più. I cavi ad alta tensione del sistema di propulsione elettrica erano stati gravemente danneggiati e il sistema ventriloquo SCM distrutto. Gli altri compartimenti, però, avevano resistito e le superfici di controllo della X di poppa erano intatte e funzionanti. A parte la lacerazione dello scafo esterno, il sottomarino era uscito indenne, a tutti gli effetti, dall'impatto con il Mark 50. La propulsione era venuta meno per effetto dell'esplosione e l'impianto elettrico si era spento, senza il contributo della batteria in corrente continua, ma il computer del Secondo Comandante era sopravvissuto. I circuiti erano ancora intatti e il sistema d'alimentazione interna continuava a mantenerne in vita la coscienza elettronica.

Ma gli uomini dentro l'*Egira* erano immobili. Metà di loro non respirava nemmeno. Le luci in sala controllo si erano spente, tranne le fioche lampadine del sistema di emergenza. Il sangue scorreva sul ponte, facendosi sempre più scuro con il passare del tempo. Gli equipaggiamenti della sala avevano giocato un brutto scherzo agli occupanti. I seggiolini delle postazioni erano, per la maggior parte, dotati di rotelle; i soli a essere imbullonati al ponte erano quelli degli ufficiali addetti al controllo della nave. Quando il siluro era esploso, tutti gli altri uomini stavano in piedi o erano seduti sui seggiolini a rotelle ed erano stati scaraventati per la sala come dadi in un bussolotto. Fisicamente, la sala era intatta, tranne che per gli schermi spenti del pannello del Secondo Comandante. Per gli uomini era diverso. Prima dell'esplosione, la vasta sala controllo era affollata da almeno due dozzine d'ufficiali. Adesso, era piena di corpi scaraventati intorno dall'intensa forza centrifuga prodotta dall'esplosione. Quattro uomini erano rimasti uccisi quasi sul colpo. La maggior parte degli altri erano morti nei dieci minuti successivi, soffocati sotto cataste di corpi o dal sangue entrato nei polmoni. I sopravvissuti, storditi e incoscienti, giacevano sparsi sul pavimento assieme ai cadaveri. Sul battello non c'era un barlume d'intelligenza, se non nei processori centrali del Secondo Comandante posti sul ponte inferiore.

Dopo avere atteso due minuti che l'equipaggio inserisse qualche ordine nel sistema, il modulo centrale del Secondo Comandante si attivò, com'era stato programmato a fare. La sua prima azione fu rialimentare i moduli periferici, spentisi dopo il collasso dell'impianto elettrico. Il resto dei sistemi traeva energia da un generatore alimentato dal circuito del reattore, venuto meno. Al termine di questa operazione, un terzo del sistema era tornato in linea, fra cui i moduli di controllo del battello, il sistema di ventilazione e quello di controllo del reattore.

Il Secondo Comandante verificò lo stato del reattore e diede inizio alle procedure per il suo riavvio. Mentre le barre di controllo venivano lentamente estratte dal nucleo, un velivolo antisommergibile americano passò sopra il punto dove il siluro era esploso. L'*Egira* non lo udì. I processori del pannello controllo sensori erano ancora inattivi. Intanto, a poppa, gli ultimi due siluri lanciati dal *Phoenix* continuavano ad avvicinarsi.

Sessanta miglia nautiche a ovest del punto in cui si trovava l'*Egira*, il *Phoenix* giaceva ancora, inerte, sul fondale, con tutti i sistemi spenti e pochi uomini a bordo che lottavano per sopravvivere. Dopo avere dato inizio alla procedura d'emergenza per il raffreddamento del nucleo del reattore, Tom Schramford aveva voluto chiudere per un attimo gli occhi doloranti. Se si fosse reso conto di avere subito una grave commozione cerebrale, avrebbe continuato a muoversi. Erano ormai venti minuti che si era sdraiato e non dava alcun segno di volersi riprendere.

A prua, il capitano di fregata CB McDonne aprì l'occhio destro, e vide la sala girargli intorno, incapace di rendersi conto di dove fosse e anche di chi fosse. Pochi istanti dopo, sentì che la lingua gli faceva un male d'inferno e che era come incollata contro il palato. Appena cercò di muoverla percepì un dolore così intenso da ridestarlo quasi completamente dallo stato letargico in cui era piombato. Quanto meno, la sofferenza riuscì a ricordargli di essere il comandante in seconda di un sottomarino che si trovava in un grosso guaio. Cercò di aprire anche l'altro occhio ma riuscì solo a vedere un intrico indistinto di corpi e di piedi, male illuminato dalle lampade d'emergenza che si erano accese automaticamente appena saltata la tensione dell'impianto principale. McDonne cercò di tirare il fiato, provando subito un'altra intensa fitta di dolore, questa volta attraverso la cassa toracica. Prese fiato ancora una volta e cercò di uscire dall'intrico di corpi che lo sommergevano. Si rese a malapena conto che alcuni di questi erano caldi, alcuni appiccicosi a causa del sangue sgorgato dalle ferite e altri ancora freddi e rigidi. Si ricompose e provò ad alzarsi in piedi. Si piegò verso il mucchio di corpi e iniziò a separarli, stando bene attento a non muovere le costole rotte ed evitando di toccare gli uomini che giudicava avessero fratture al collo o alla colonna vertebrale. Il ragazzo che sedeva al timone era stato colpito in piena fronte dalla cloche. L'ufficiale addetto al controllo della profondità che, prima dell'esplosione, stava seduto fra il timoniere e il marinaio addetto alle superfici di controllo posteriori era stato scagliato a terra. Il sottufficiale addetto al controllo d'assetto, prima dell'esplosione a babordo, accanto al pannello dei comandi dei cassoni di manovra, aveva sbattuto la testa contro di esso, spezzandosi il collo. La testa era girata in modo che il viso era quasi rivolto verso la schiena.

Houser si trovava nel mucchio di corpi dal quale McDonne era uscito. Nello stesso ammasso s'intravedevano anche tre ufficiali che, prima dell'esplosione, presidiavano i pannelli della centrale d'attacco. Tutti e quattro respiravano ancora. Anche Kane si trovava nel mucchio e, a parte le escoriazioni, sembrava stare bene. Il viso era gonfio e coperto del sangue raggrumato uscito da un taglio sulla fronte e il naso sembrava rotto. McDonne trasse dalla catasta il corpo dell'ufficiale addetto ai sistemi d'arma, Follicus, anch'egli vivo, ma pallido come un morto. Dopo avere estratto i corpi e averli portati tutti verso l'estremità anteriore della sala, McDonne si raddrizzò, ma provò una sensazione di malore improvviso. Sulle prime l'attribuì allo sforzo, poi, però, si chiese se non fosse responsabile l'aria che circolava nel sottomarino. Coglieva un odore acido e pungente, peggiore di quello del sangue: il circuito d'aerazione doveva essere contaminato. Senza energia elettrica per alimentare i ventilatori, presto l'atmosfera sarebbe diventata totalmente irrespirabile. Probabilmente, già in quel momento l'ossido di carbonio e i vapori di cloro che la batteria avrebbe potuto esalare se fosse entrata a contatto con l'acqua salata avevano raggiunto un livello elevato di tossicità. Si portò verso poppa e trasse da un alloggiamento una dozzina di respiratori. Ne indossò uno, collegandolo all'impianto a ossigeno, e calzò gli altri sul viso dei sopravvissuti. Appena l'aria pulita gli entrò nei polmoni, il dolore alla testa scomparve. McDonne si sentì pervaso da nuova energia e, assieme a essa, da nuovi pensieri. Tutti negativi. Per esempio, il combustibile del reattore probabilmente stava per fondere. Dato che il circuito di raffreddamento d'emergenza era disabilitato, era probabile che, in quel momento, il nucleo si fosse già trasformato in uno sfrigolante ammasso radioattivo. Forse, una dose letale di radiazioni lo stava già uccidendo, senza che nemmeno se ne accorgesse. Il sottomarino poteva essere allagato. O, se le macchine fossero state danneggiate, non avrebbe potuto più muoversi dal fondale. Dopo aver subito un urto di tale violenza, com'era possibile che il sistema di propulsione fosse ancora intatto?

Se il sottomarino era veramente immobilizzato, la sola cosa da fare era un'evacuazione d'emergenza. Un'eventualità da non prendere nemmeno in considerazione. Improvvisamente, sentì la necessità di verificare la profondità cui si trovava. Sul pannello di controllo della nave, ricercò il vecchio indicatore di pressione a tubo Bourbon, tarato in piedi d'acqua. Segnava 1355 piedi, cinquantacinque più della profondità critica. Il fatto che avessero superato la profondità critica, sbattuto contro il fondale e ne fossero usciti interi era un'ulteriore prova dell'abilità dei progettisti del *Phoenix* e, se McDonne fosse stato religioso, avrebbe pensato anche alla benevolenza di qualche entità superiore. Probabilmente, di lì a qualche ora si sarebbe trovato a prendere seriamente in considerazione la possibilità di un'evacuazione d'emergenza a oltre quattrocento metri di profondità.

L'intera procedura per l'evacuazione d'emergenza era stata ripensata dopo che la marina russa aveva aperto i suoi archivi e messo a disposizione nuovo materiale riguardante gli incidenti occorsi ai suoi sottomarini. Un caso in particolare si era fissato nella mente di McDonne: quello del *Kaliningrad*, che era affondato al di sotto della calotta polare. Alcuni uomini erano riusciti a fuggire a bordo di un modulo d'emergenza quando il sottomarino si era spezzato. Le cause dell'incidente erano ancora sotto segreto militare ma, evidentemente, alcuni ufficiali erano riusciti a cavarsela e a sopravvivere al gelo di una tempesta sull'Artico. Un altro incidente che gli tornò in mente fu l'affondamento del *Komsomolets*. In quell'occasione, il modulo d'emergenza era riuscito a trarre in salvo un gruppo di uomini al di sotto della profondità critica anche se, successivamente, erano tutti morti per sopravvenute complicazioni. La marina degli Stati Uniti aveva istituito una commissione d'inchiesta sulle procedure d'evacuazione d'emergenza, chiedendosi se l'assenza di moduli specifici a bordo dei sottomarini americani non rappresentasse un grave limite. McDonne aveva compiuto alcuni studi per conto della commissione durante il suo periodo di servizio a terra presso il NavSea a Crystal City. Secondo le conclusioni del rapporto che la commissione aveva redatto: «L'affondamento di un sottomarino conduce, generalmente, alla sua discesa al di sotto della profondità critica, con un completo cedimento strutturale e conseguente perdita del cento per cento del personale imbarcato. L'installazione di moduli d'emergenza non è, quindi, considerata un investimento redditizio in termini di vite umane». In parole povere: perché installare moduli d'emergenza quando l'equipaggio sarebbe morto per l'implosione dello scafo?

Ma un risultato positivo c'era stato: il condotto d'emergenza. La camera stagna era stata riprogettata per permettere all'equipaggio di abbandonare il sottomarino anche al di sotto della profondità critica, e non solo a una profondità massima di centoventi metri. I lavori per l'adeguamento del condotto ai nuovi standard erano stati svolti in quel confuso periodo di cantiere in cui era stato anche sostituito il reattore. C'erano voluti mesi, ma adesso era possibile lasciare il battello attraverso il condotto d'emergenza anche a più di quattrocento metri di profondità. In ogni caso, era alquanto improbabile riuscire a sopravvivere a un'ascensione di quasi mezzo chilometro in assetto libero. La pressione, il freddo e la lunghezza del tragitto erano tutti elementi che contribuivano a rendere praticamente impossibile la salvezza. E chi avrebbe mai voluto lasciare un sottomarino, a quattrocento metri di profondità, senza nessun altro legame con questo che un gancio Steinke? Sarebbe stato peggio di un suicidio. Sarebbe stata una follia.

Mentre applicava agli uomini del compartimento le maschere dei respiratori, McDonne cercò di scacciare quell'idea dalla testa. Diede qualche schiaffo e alcuni uomini ripresero conoscenza. Gli occhi del comandante Kane si aprirono lentamente, cercando di liberarsi del sangue che si era rappreso sulle palpebre. Non appena ebbe fatto indossare a tutti i respiratori, McDonne scollegò il suo tubo dall'impianto, s'incamminò verso poppa e scese la scaletta che portava al ponte intermedio, chiedendosi in quali condizioni fosse il reattore. In fondo alla mente continuava a girargli il pensiero che, se non fossero riusciti a togliere il *Phoenix* dal fondale, quel sottomarino sarebbe diventato la loro tomba.

Sull'Atlantico orientale, la notte della domenica divenne mattina del lunedì, mentre i P-3 che continuavano a sorvolare la zona, esaurito il carburante, si dirigevano, uno per volta, verso le loro basi. Solo uno di essi rimase sul posto, dopo avere rilevato l'esplosione di un siluro Mark 50. L'esplosione non era stata seguita da alcun rumore, a parte quello di altri due siluri che proseguivano la loro corsa. Ma i due Mark 50 non trovarono mai il bersaglio, pur continuando a cercarlo fino a esaurire il carburante e ad affondare. Dopo un'altra mezz'ora di ricerche, durante la quale non fu rilevato alcun rumore di rottura di scafo, il P-3 era così a corto di carburante che dovette essere dirottato verso Rota, in Spagna, lasciandosi alle spalle l'oceano vuoto. Il rimpiazzo giunse un'ora dopo. A quel punto, l'oceano era tornato calmo e silenzioso, tranne che per il rumore isolato di qualche balena di passaggio o di qualche banco di gamberi.

Diversi messaggi furono trasmessi al CincNavForceMed che, inizialmente, ordinò agli aeroplani di proseguire nella ricerca. La flotta di P-3 non poteva, però, essere mantenuta in volo per un periodo di tempo indeterminato. Fra problemi di manutenzione e stanchezza degli equipaggi, il numero di aerei operativi era in continua diminuzione. Quando sorse il sole del lunedì, solo il cacciatorpediniere classe Burke continuava a pattugliare la zona e anch'esso continuava a non rilevare alcun rumore.

Il batiscafo da recupero a grande profondità *Avalon*, l'equipaggio, la squadra e i mezzi d'appoggio, che erano partiti da Napoli e avevano raggiunto il luogo dell'affondamento dell'*Augusta*, furono richiamati subito dopo l'inizio delle operazioni. L'*Avalon* era stato assegnato a una nuova missione: raggiungere il luogo dell'affondamento del *Phoenix*.

Sempre ammesso che fosse stato possibile individuarlo.

21

Lunedì, 30 dicembre
Atlantico orientale

DAVID KANE aprì gli occhi impastati e cercò, senza riuscirci, di mettere a fuoco l'ambiente circostante. La luce era troppo bassa e il dolore alla testa era aggravato dalle cinghie della maschera che gli stringevano il capo. Impiegò cinque minuti buoni per riuscire ad alzarsi sulle ginocchia e parecchi altri prima di trovare un seggiolino su cui adagiarsi. Mentre si sistemava alla centrale d'attacco, dietro il pannello della Postazione Uno, notò, nel vago chiarore della sala, che nessuno si muoveva. Decise di togliersi la maschera. Prima di riuscirci, lottò per qualche minuto ancora con le cinghie di gomma. Al primo respiro si sentì scaraventato di nuovo sul ponte. L'alta concentrazione di ossido di carbonio aveva avuto l'effetto di un ago conficcato nel cervello. Kane si affrettò a rimettere la maschera. Non ricordava nulla di quanto era accaduto.

Una dozzina di metri più a poppa e cinque più in basso, il comandante in seconda, McDonne, si curvò sopra il corpo prono di Tom Schramford e diede qualche colpo alla sua maschera di plexiglas. Era vivo, ma incosciente. McDonne corse verso il compartimento successivo per verificare i danni subiti dal reattore. Doveva funzionare o sarebbero stati costretti a tentare una risalita a corpo morto, fidando solo nella spinta dei cassoni d'emergenza. E se anche quelli non funzionavano... non c'era altro da fare che aspettare la squadra recupero. Non c'era altro da fare. Aveva deciso che l'evacuazione d'emergenza non era un'alternativa praticabile.

Raggiunse il compartimento passando attraverso l'ampio portello e percepì subito il calore denso e umido dell'impianto spento che si stava raffreddando, sufficiente da solo a rendere irrespirabile l'aria del compartimento. Passò nel locale macchine, sentendosi mancare alla vista del sangue che chiazzava i pannelli. La violenza dell'impatto aveva prodotto effetti simili a quelli in sala controllo. Spostò il cadavere di un elettricista, sporcandosi le mani con una strana mistura gelatinosa che stava iniziando a rapprendersi. Si ripulì nella tuta, rivolgendo la sua attenzione alla strumentazione, fiocamente illuminata dalle lampade di emergenza. Attivò la batteria ruotando un selettore posto accanto al voltmetro e trattenne il fiato. Se avesse funzionato, il viaggio verso la superficie sarebbe stato molto meno angoscioso. L'ago schizzò sul 280. McDonne espirò rumorosamente, poi si chinò sul pannello e fece scattare un interruttore, riattivando l'alimentazione del circuito a corrente continua.

Le lampade poste sulla paratia si accesero subito, illuminando violentemente quella che era stata la tomba buia di un sottomarino affondato. McDonne non si fermò. Mise in linea i fusibili dell'impianto, poi i generatori, macchinari posti sul ponte inferiore, grossi come automobili, destinati a trasformare la corrente continua erogata dalla batteria in alternata per alimentare i dispositivi vitali del battello quando il reattore era spento. I generatori iniziarono a girare e quando la frequenza e il voltaggio del flusso in uscita si furono stabilizzati, chiuse un ultimo interruttore, ruotò un selettore e diede energia all'impianto a corrente alternata. Non ci furono fiamme, scoppi, né il rumore di archi voltaici. La batteria era stata caricata completamente prima che raggiungessero il punto di stazionamento, dove erano rimasti in attesa del Destiny. C'era quindi energia in abbondanza per riavviare il reattore, almeno fino a quando l'impianto avesse retto.

McDonne uscì dal locale, raggiunse i moduli esterni del reattore e, tirando in dentro l'ampio ventre, cercò di piegarsi per azionare gli interruttori di blocco. Poiché non ci riuscì, si sedette e, tirando a sé le grosse leve che ne controllavano la chiusura, tornò a dare energia al meccanismo che governava le barre di controllo. L'invertitore iniziò a ronzare. Anche in questo caso, nessuna fiammata, né esplosione. McDonne si rimise in piedi e tornò nel locale macchine. Ruotò una serie di selettori sul pannello di controllo, preparando il sistema al riavvio, quindi chiuse con l'apposita leva, collocata al centro della parte orizzontale del pannello, il circuito di controllo delle barre. Ben presto anche queste furono di nuovo in linea. A quel punto, c'era solo da fare ripartire il mostro. McDonne ruotò il comando a pistola, estraendo le barre di sicurezza dal nucleo, e attese. Ci sarebbero voluti cinque minuti prima che il grado di attività del nucleo fosse stato sufficiente a riscaldare l'acqua del circuito. Tutto quello di cui avrebbero avuto bisogno, poi, sarebbero stati un impianto funzionante per la produzione del vapore e delle turbine in buono stato. A quel punto, il *Phoenix* sarebbe stato sulla buona strada...

Alexandria, Virginia

L'ammiraglio Richard Donchez percorse l'ultimo isolato che lo separava da casa. La neve si congelava sulle sopracciglia e il ghiaccio si rapprendeva sull'asciugamano che portava intorno al collo. Il respiro si condensava in nuvolette di vapore nell'aria gelida della sera. Raggiunse il portone con l'impressione di essere più stanco del solito. Quella settimana i suoi impegni gli avevano permesso di passare in palestra solo un paio di volte. Non bene, per un uomo che, in una dozzina d'anni, non aveva mai mancato un allenamento, nonostante le numerose situazioni di crisi che era stato costretto a gestire. L'aria, nell'ingresso, gli sembrò calda e pesante. Si sfilò la tuta bagnata, s'infilò nella doccia e si rilassò sotto il getto bollente. Quando la pelle fu ben arrossata, chiuse l'acqua e uscì dalla cabina. Prese un paio di pantaloni puliti, una camicia di cotone bianco, un maglione, li indossò e sprofondò in un'ampia poltrona davanti al televisore. Premette un tasto sul telecomando e lo schermo s'illuminò con le ultime notizie. Una mappa visualizzava la lenta avanzata dalle truppe di terra della Coalizione in Africa settentrionale, strenuamente contrastate dalle forze del Fronte Islamico. Un giornalista chiese dove si trovasse Sihoud e il portavoce del Pentagono rispose che era nascosto da qualche parte in Africa. Squillò il telefono. Era la linea protetta, collegata direttamente con il Pentagono. Per una decina di secondi, Donchez rimase ad ascoltare il rapporto dell'ufficiale in servizio presso la sala situazione, poi riagganciò. Aveva appena finito di cambiarsi, indossando nuovamente l'uniforme, quando l'auto di servizio si fermò davanti alla porta.

Una volta seduto sul sedile posteriore della Lincoln, si chiese se non fosse il caso di utilizzare il telefono satellitare protetto. Decise di no. Di qualsiasi cosa si fosse trattato, doveva sicuramente essere una notizia sgradevole. Era meglio parlare direttamente con l'ufficiale di servizio. Accese il televisore della vettura e scorse i canali. Niente di nuovo. Si arrestò qualche istante per seguire uno speciale sull'affondamento dell'*Augusta* e notò come tutta l'attenzione fosse rivolta all'errore compiuto dal cantiere navale di Portsmouth e al profondimetro difettoso che aveva causato la tragedia. Donchez odiava le storie di copertura, anche quando erano necessarie. L'automobile si arrestò all'ingresso del Pentagono, facendo scricchiolare la crosta ghiacciata sotto le ruote. La neve aveva cominciato a cadere più fitta e più rapidamente di quanto non riuscissero a rimuoverla le squadre di spalatori, ancora sotto organico a causa del personale in ferie per le feste.

Il suo assistente, Rummel, lo stava attendendo sotto l'androne. Questa volta Donchez non ebbe abbastanza pazienza da salire per le scale e puntò dritto all'ascensore. Percorse a grandi passi il corridoio dell'anello E quindi raggiunse la sala di situazione. Una volta dentro, l'espressione dei visi intorno a lui gli fece subito comprendere che le notizie erano ancora peggiori delle sue previsioni. Scambiò uno sguardo con il suo vice Dee Watson, responsabile per le operazioni. Il suo viso era più cupo del solito e la gravità della situazione pareva emergere dalle sue rughe. Il comandante della flotta sottomarina dell'Atlantico, ammiraglio Steinman, fissava la scena dallo schermo appeso alla parete. Il collegamento video con Norfolk era stranamente nitido. Sullo schermo accanto, si affacciava il volto assonnato del CincNavForceMed, John Traeps. A Napoli erano solo le prime ore del mattino. Donchez non disse nulla e, alla fine, fu Watson a rompere il silenzio.

« Signore, non so proprio come riferirglielo, ma sono costretto a comunicarle una notizia spiacevole. »

« Odio le relazioni che cominciano in questo modo », brontolò Donchez.

« Il Destiny ha raggiunto l'Atlantico e siamo convinti che il *Phoenix* sia stato affondato. »

Donchez cercò di elaborare quanto aveva sentito. Perché il Destiny avrebbe dovuto passare nell'Atlantico? Perché quel bisogno era tanto impellente da spingerlo ad affondare il *Phoenix*? E il *Phoenix* era veramente affondato o semplicemente disperso?

Watson riprese. « Legga questo messaggio. È stato trasmesso

da una boa SLOT lanciata dal *Phoenix*. Dopo la ricezione del messaggio, è stato rilevato un forte transiente, quindi più nulla. Il rapporto non è molto diverso da quello dell'*Augusta*...»

Donchez scorse rapidamente il messaggio che Watson gli aveva passato.

«Individuato singolo siluro Nagasaki avvicinamento est, lunga distanza... Cerco lasciare arma FIU senza carburante... Negativo, ripeto negativo, vantaggio acustico contro classe Destiny...»

«Qui ha scritto che intendeva lanciare contro il Destiny alcuni Mark 50 su una rotta circolare passiva», osservò Donchez, guardando nella videocamera montata sopra lo schermo di Traeps. «Cos'è successo in seguito?»

«L'abbiamo ricostruito mettendo insieme i rapporti dei P-3 Orion, degli S-3 Viking e del cacciatorpediniere classe Burke, signore. Il Nagasaki ha colpito il *Phoenix*, probabilmente affondandolo. Circa mezz'ora più tardi, alcuni dei siluri lanciati dal *Phoenix* hanno individuato il Destiny a ovest di Gibilterra e lo hanno inseguito in direzione nord-ovest. Due sono rimasti senza carburante ma il terzo è riuscito a raggiungerlo e a detonare. Abbiamo rilevato segnali di danneggiamento, ma niente di conclusivo, e uno dei P-3 ha registrato forti transienti una decina di minuti dopo. Secondo l'operatore, sembravano rumori di riavvio del reattore. Dopo di che, sono scomparsi tutti. Non abbiamo avuto più contatti, né con il Destiny né con il *Phoenix*.»

«In quale maniera si è proceduto, quindi?»

«Abbiamo dirottato il batiscafo da recupero *Avalon* dal luogo dell'affondamento dell'*Augusta* a quello in cui è stato approssimativamente rilevato il primo transiente. È possibile che riesca a individuare la posizione del *Phoenix*...»

«E per il Destiny?»

«Abbiamo dirottato verso l'Atlantico tutti i mezzi antisom presenti nel Mediterraneo ma il cerchio di possibile individuazione continua ad allargarsi con il passare del tempo. Potrebbe essere dappertutto, all'interno di un'area di oltre cinquantamila chilometri quadrati...»

Watson lo interruppe. «Inoltre, con il vantaggio acustico di cui dispone rispetto ai sottomarini della classe 688, mi sembra un'idea abbastanza stupida impiegare nella ricerca altri Los Angeles. Quel bastardo ha già messo sul fondo due dei migliori battelli della flotta. E, anche se è duro ammetterlo, sono convinto che sia capacissimo di farlo anche con degli altri. Sei d'accordo, Roy?»

Tutti i presenti si volsero verso lo schermo del collegamento con Norfolk. L'immagine del viso torvo dell'ammiraglio Roy Steinman ondeggiò rapidamente per qualche istante.

«Temo di sì, signore. Non ci sono dubbi. Abbiamo bisogno del *Seawolf.*»

«Quali sono le sue condizioni, Roy?» chiese Donchez. «L'avrei voluto in acqua oggi e oggi è già quasi passato.»

«Per quanto ne so, signore, è ancora in cantiere. Stanno terminando le saldature allo scafo nei punti in cui era stato tagliato per installare i tubi Vortex.»

«E dove sta il problema?»

«Non lo so con esattezza, ammiraglio», replicò Steinman, in apparenza calmo. Ma Donchez sapeva che anche lui era agitato.

«Fred, è possibile collegarsi al cantiere, con quest'affare?» chiese a Rummel. «Se è possibile, voglio parlare con Stevens, il comandante.»

Fred Rummel compose un numero su una tastiera e disse qualche parola in un ricevitore. L'attesa parve eterna. Donchez si accese un Havana, sbuffando il fumo verso il soffitto. Alla fine, uno schermo si illuminò, visualizzando l'immagine del tavolo riunioni dell'ufficio di Stevens. Accanto a Stevens, vi erano Pacino e un ammiraglio più anziano, con degli occhiali spessi come il fondo di una bottiglia di Coca-Cola. Donchez cercò di ricordarne il nome. L'aspetto era familiare, ma non gli venne in mente nessuno. Pacino, invece, aveva un'espressione corrucciata. Donchez si rese conto che stava cercando di nascondere la sua frustrazione. O la sua rabbia.

Steinman pose la prima domanda. «Capitano di vascello Stevens, quali sono le condizioni del *Seawolf* e come mai non è ancora in acqua?»

Stevens fece per aprire la bocca ma l'ammiraglio che aveva accanto si intromise. «Buonasera, signori. Sono l'ammiraglio Douchet, responsabile per il cantiere dell'ufficio tecnico reattori nucleari.» Brutta faccenda, pensò Donchez... Se c'era di mezzo l'ufficio tecnico, ci sarebbero stati certo dei problemi. L'ufficio tecnico è un organismo che controlla l'attività dei cantieri navali e interferisce spesso con il loro lavoro, mettendo i bastoni fra le ruote a tutti quanti nel sacro nome della sicurezza. «Come sapete, abbiamo appena terminato di saldare le piastre dello scafo ma le radiografie non sono state eseguite. Ho scoperto oggi che il comandante del *Seawolf* ha ordinato che il bacino venisse allagato senza che ce ne fosse stato il tempo. E questa è una *grave* violazione dei protocolli di qualità e di sicurezza del reattore. Sono veramente contrariato da quanto accaduto e, per dirla tutta, all'ufficio tecnico riteniamo che la scarsa attenzione dimostrata dal comandante Pacino nei riguardi della sicurezza del sottomarino...»

«Aspetti un momento, per favore», s'intromise Donchez. «Lei si deve imbarcare sul *Seawolf*? Deve andare in mare con Pacino?»

«Veramente, no. Però...»

«Capitano di vascello Pacino?»

«Signorsì», rispose Pacino di scatto, sopprimendo l'accenno di un sorriso.

«Lei è soddisfatto del lavoro fatto dal cantiere e della qualità delle saldature?»

«Signorsì.»

«Capitano di vascello Stevens?»

«Sì, ammiraglio?»

«Lei è soddisfatto delle saldature?»

«Probabilmente, se facessimo le radiografie il lavoro non passerebbe un controllo di qualità, signore. Ma ritengo che reggeranno. Un'immersione controllata a profondità di prova dovrebbe fornirci la conferma definitiva.»

«Ammiraglio Douchet, quali motivi può addurre per tenere ancora il *Seawolf* in bacino, dopo quanto ha sentito?»

«Le procedure, signore. Il varo non è possibile, in base a nessuna procedura di sicurezza. E, se mi è consentito dirlo, signore, la perdita dell'*Augusta* a causa di un errore di cantiere dovrebbe renderci tutti particolarmente cauti. Non è ammissibile...»

«Grazie molte. Capitano di vascello Stevens, capitano di vascello Pacino, ordinate l'allagamento del bacino e varate il *Seawolf* immediatamente. Capito?»

«Signorsì», risposero Stevens e Pacino all'unisono.

«Ammiraglio Douchet, voglio vederla domattina, nel mio ufficio, ore zero otto zero zero. Capitano di vascello Stevens, la richiamerò fra quattro ore. Se per allora il *Seawolf* non sarà in mare, si consideri rimosso.»

«Signorsì.»

«Capitano di vascello Pacino, salpi ed esegua la missione che le è stata affidata.»

«Signorsì.»

Donchez chiuse la comunicazione e guardò uno per uno tutti i presenti. Nella fretta di mettere il *Seawolf* in mare aveva quasi perso di vista il punto centrale della riunione. Perché Sihoud aveva voluto passare nell'Atlantico?

«Fred, cosa ne pensate tu o i tuoi uomini del controspionaggio di questa sortita? Che cosa ha in mente Sihoud?»

Rummel esitò. «Non sono sicuro di avere ancora le idee molto chiare in proposito.»

«Va avanti lo stesso.»

«Un'ipotesi potrebbe essere quella che intende circumnavigare l'Africa e raggiungere l'Etiopia, per poi sbarcare e prenderci sul fianco.»

«Ma, dopo che il siluro lo ha colpito, il Destiny si è diretto verso nord-ovest.»

«È possibile che l'equipaggio abbia deciso di allontanarsi dalla direzione che aveva intenzione di seguire originariamente, proprio come ha fatto quando ha preso Sihoud a bordo. In quell'occasione, il sottomarino si è diretto dapprima a est, invece che a ovest.»

«Altre idee?»

«Sihoud potrebbe sbarcare da qualche parte lungo la costa atlantica del Marocco, per attirare la nostra attenzione in quella direzione.»

«Possibile. Ma i rilevamenti che vedo segnati sulla mappa continuano a non supportare l'ipotesi di una circumnavigazione dell'Africa. Forse è solo una finta, ma immaginiamo per un attimo che quel sottomarino si stia veramente allontanando dall'Africa e stia penetrando nell'Atlantico. *Perché* dovrebbe farlo?» Donchez fece scorrere gli occhi per la sala. In fondo alla mente aveva quello che era stato l'incubo segreto di ogni sommergibilista: che un battello carico di missili nucleari fosse sequestrato o dirottato dal suo stesso equipaggio, condotto in prossimità delle coste degli Stati Uniti dove i missili avrebbero potuto essere lanciati. La messa al bando dei missili balistici imbarcati aveva posto fine a quel genere di paura ma l'introduzione di quelli da crociera aveva reso lo scenario ancora peggiore. I missili da crociera potevano essere individuati solo al momento del lancio, dando al bersaglio solo pochi minuti di preavviso. Inoltre, volando a pochi metri da terra, colpivano in maniera imprevedibile. Secondo le informazioni disponibili, i missili Hiroshima volavano a velocità supersonica a un'altitudine estremamente elevata, invisibili ai radar grazie ai loro dispositivi d'evasione. Quasi peggio. Probabilmente, però, era solo lui che stava diventando paranoico. Troppi anni trascorsi a combattere quella maledetta Guerra Fredda.

«Be', ammiraglio», suggerì Rummel. «Forse Sihoud e il Destiny dispongono di qualche nuovo tipo di sistema d'arma. Qualcosa con cui colpirci duramente. Un ordigno che ritengono in grado di annullare la nostra determinazione a combattere.»

«Cosa ne pensi, Dee?»

«Come diceva mia nonna, signore: 'È possibile, ragazzo, ma ho qualche dubbio.'»

«Forse ci stiamo spingendo un po' troppo in là, signori. In ogni caso in tutta questa faccenda c'è qualcosa che mi preoccupa. E molto.» Donchez fece una pausa, squadrando i presenti da sotto le folte sopracciglia. «Dee, voglio che tu organizzi un'operazione congiunta con i SEAL e le altre forze speciali. Fatti dare da quelli del controspionaggio un elenco di tutti i possibili poligoni e i laboratori militari del FIU e organizza una serie di incursioni. L'obiettivo è portare a casa quanti più documenti possibile e il maggior numero di tecnici in grado di rivelarci qualcosa a proposito di nuovi sistemi d'arma offensivi, missilistici, chimici o batteriologici. O fornirci prove del fatto che il FIU sia in possesso di testate nucleari.»

«Ma, signore, esisteranno centinaia di strutture di quel tipo, compresi i laboratori di ricerca biomedica. Come faremo a gestire l'aspetto interforze? I corpi speciali dell'esercito vorranno avere la loro parte.»

«Non m'importa niente di chi fa il lavoro. Voglio solo essere sicuro di poter disporre di tutti i dati. Ed esigo una risposta entro due giorni. Per quanto mi riguarda, ciò significa chiamare quei tizi delle operazioni speciali, il Team Sette dei SEAL, e paracadutarli sulle strutture.»

«Due giorni. Signorsì. Spero che la risposta sia qualcosa più di una scrollata di spalle.»

«Si metta al lavoro, Dee.»

«Signorsì.»

«John, mi dica, quali forze abbiamo impiegato nella ricerca del Destiny e del *Phoenix*?»

Dallo schermo giunse la voce di Traeps. Il collegamento con Napoli produceva un'eco fastidiosa. Il puntatore che l'ammiraglio aveva in mano scorreva su un pannello che visualizzava l'Atlantico occidentale, accompagnando il suo lungo monologo sugli sforzi in atto per individuare il Destiny. Mentre ascoltava, Donchez si chiese se non fosse stato il caso di raggiungere Norfolk e parlare con Pacino per l'ultima volta, prima che il *Seawolf* partisse per la sua missione impossibile.

Atlantico occidentale
USS Phoenix

Kane era seduto sul seggiolino del pannello della centrale d'attacco. Le luci sulla paratia presero vita per un istante, si spensero e si riaccesero ancora, producendo uno strano effetto stroboscopico all'interno del sottomarino immobile. In quel momento Kane avvertì una serie di fitte lancinanti al capo. Alla fine, la luce tornò in maniera stabile. Osservando i corpi sparsi per la sala pensò che, nonostante il passo avanti rappresentato dal ritorno dell'illuminazione, le cose sembravano essere peggiorate. Districò il cavo di alimentazione della maschera a ossigeno e, procedendo sulle mani e sulle ginocchia, si avvicinò ai corpi. Qualcuno era già freddo. Kane si accorse appena che il ponte era chiazzato di sangue e scivoloso. Qualcuno era ancora vivo, il respiro sibilante, nell'atmosfera contaminata della nave. Decise di far indossare loro le maschere. Il fatto che le luci si fossero accese significava che qualcuno, a poppa, stava riportando in funzione i sistemi. Pensò di chiamare il locale macchine, poi immaginò che il personale addetto al reattore fosse troppo impegnato a farlo ripartire per avere voglia di chiacchierare. Trovò le maschere a ossigeno e iniziò ad applicarle agli uomini sul ponte. Si domandò se sarebbe servito a qualcosa per quelli svenuti, dato che gli erogatori, per funzionare, richiedevano che chi indossava la maschera inspirasse profondamente. Fece qualche prova e, vedendo che tutto sembrava procedere regolarmente, proseguì.

Quando ebbe terminato, diede un'occhiata all'orologio che portava al polso. Si era rotto nell'impatto, ma era già passato un po' di tempo da quando era tornata la luce. Staccò la maschera dall'impianto d'erogazione e si diresse verso poppa. La testa continuava a pulsargli, la vista era tutt'altro che chiara e i polmoni gli dolevano per lo sforzo di respirare nella maschera. Durante il tragitto, si dimenticò perfino di ricollegare il tubo all'impianto d'erogazione e ciò era un chiaro indizio sulle sue condizioni attuali. Generalmente, chi indossa una maschera a ossigeno non riesce a pensare ad altro che al punto in cui si trova l'ugello di rifornimento successivo. Almeno in un'occasione, fu sul punto di liberarsi completamente dell'apparato di respirazione ma alla fine, appena prima di svenire, riuscì a trovare un ugello nella paratia superiore della mensa dell'equipaggio. Si fermò per un istante, preoccupato solo di respirare, poi si costrinse a muoversi. Scese al livello inferiore e attraversò il portello, emergendo nel compartimento di poppa del ponte centrale. Scollegò la maschera e si portò sul ponte superiore. Non riusciva a credere alle sue orecchie. Avvicinandosi alla sommità della scaletta, riuscì a sentire distintamente il rumore rombante del vapore e il sibilo di una turbina in rotazione.

Quando fu giunto in cima, si fermò nuovamente, prese qualche boccata d'ossigeno e continuò ad avanzare, ma solo per bloccarsi sul posto quando vide che nel locale macchine non c'era nessuno. Tranne quattro cadaveri sul ponte. Il pannello elettrico e quello del controllo reattore erano chiazzati di sangue. Guardò oltre il portello e, finalmente, vide l'ampia figura di CB McDonne che si agitava per la sala, con il tubo della maschera in una mano e il manuale delle procedure del reattore nell'altra.

«Comandante, vada al ponte inferiore e faccia partire la pompa di condensazione! Poi stia pronto ad avviare la pompa d'alimentazione principale. Le dirò io quando, sul circuito due.»

Kane annuì. Provava un dolore insopportabile a tutte le ossa mentre scendeva la scaletta che conduceva due livelli più in basso. Superò l'ultimo gradino e si trovò con i piedi a mollo. Si guardò intorno. Non si poteva dire che il compartimento fosse allagato ma l'acqua che si era infiltrata doveva essere pompata fuori. E presto. Gli apparati avevano un certo grado di tenuta, ma non erano stati progettati per lavorare sott'acqua. Si diresse verso poppa, dove si trovava l'impianto di condensazione. Trovò il sistema di avviamento della pompa e premette il primo pulsante. Il motore iniziò subito a girare a piena potenza. Premette gli altri tre, poi tornò verso prua, nella zona della pompa d'alimentazione, aspettando che McDonne portasse il generatore della turbina a regime e che lo mettesse in collegamento. A un certo punto, la voce del comandante in seconda rimbombò attraverso il circuito di comunicazione, chiedendogli di avviare la pompa. L'impianto era grande il doppio di una cabina telefonica e, una volta partito, estremamente rumoroso. Kane cercò un interfono, per chiedere se ci fosse bisogno d'altro. Chiamò il ponte superiore. Nessuna risposta.

Fu colpito immediatamente dall'atroce pensiero che fosse successo qualcosa a McDonne. Da solo, senza l'aiuto del comandante in seconda, non sarebbe mai stato capace di riavviare il reattore. McDonne era un ingegnere di Purdue. Lui, invece, dell'impianto, conosceva solo il minimo necessario a comandare il sottomarino e nulla di più. Aveva dimenticato una buona metà di quello che aveva studiato per passare l'esame ed erano almeno otto anni che non era coinvolto in prima persona in una procedura di riavvio del reattore.

Raggiunse il ponte superiore e trovò CB McDonne nel locale di manovra, di fronte al pannello elettrico, impegnato a far scattare una serie di selettori. Dopo qualche minuto, CB si portò al pannello di controllo del reattore, regolò l'altezza delle barre e rivolse a Kane un cenno per esortarlo a seguirlo.

«Il circuito di alimentazione è ripristinato. Adesso dobbiamo rimettere in linea i filtri dell'aria e gli erogatori, e dare una bella pulita all'ambiente. Questa maschera è un maledetto tormento.» Quella, aggiunse in silenzio, era la loro situazione.

PARTE TERZA

SEAWOLF

22

Lunedì, 30 dicembre
Portsmouth, Virginia
Cantiere navale di Norfolk
Bacino di carenaggio 4

PACINO sollevò lo sguardo dal molo mentre una folata d'aria improvvisa quasi gli portava via il berretto. Il vento cominciò a soffiare a raffiche, poi si calmò, quindi tornò a ruggire sul molo. Pacino guardò l'orologio, erano quasi le undici di sera e il livello dell'acqua nel bacino era salito appena all'altezza del fondo dello scafo cilindrico del *Seawolf*. Avevano cominciato ad allagarlo quasi un'ora prima. Il sottomarino aveva un aspetto strano, quasi surreale, sotto le luci utilizzate per l'operazione, ma anche, in un certo senso, *importante*, come quello di una navicella spaziale della NASA illuminata prima del lancio. Il verde dello scafo rendeva la scena ancora più irreale. Pacino stentava a credere che entro poche ore sarebbe stato in mare: la vaga sensazione di essere bloccato all'arsenale con un sottomarino inutilizzabile non lo aveva ancora abbandonato. Lo stato d'animo frenetico dei controlli preimmersione sembrava fuori luogo, lì in un bacino di carenaggio. Un molo avrebbe dovuto essere il luogo da cui un sottomarino partiva per una missione vitale, non un gigantesco ospedale per navi. In ogni caso, Pacino era contento di poter far immergere il suo battello un'ultima volta. Finora non si era concentrato molto sulla missione. Aveva focalizzato tutti i suoi pensieri in un'unica direzione pur di togliersi dai piedi l'arsenale navale, ma ora che il sottomarino era davvero pronto per salpare provava una sensazione familiare. Aveva già vissuto quel momento. Questo era ciò per cui era nato, un compito riservato a lui soltanto e che solamente lui avrebbe potuto condurre in porto.

Stava cominciando a rimproverarsi per tutto quell'autocompiacimento quando arrivò il capitano di vascello Emmitt Stevens sul suo pick-up bianco. Stevens sorrideva scendendo dal veicolo per raggiungere Pacino sulla banchina del molo.

«Scommetto che ha passato tutto il tempo a disposizione all'arsenale appoggiato a quella ringhiera, in adorazione del suo sottomarino.»

«Non mi piace vederlo fermo in un bacino di carenaggio. Non è giusto che un'unità da guerra se ne stia a secco in questo modo. E io mi sento fuori posto esattamente come lui.»

«Non direi, dopo l'incontro di stasera penso che sarebbe in grado di dirigere un intero cantiere navale. Dal modo in cui ha messo il vecchio Donchez contro quel prepotente di Douchet, è un peccato che lei sia destinato a un incarico di stato maggiore. Avrebbe il suo daffare, qui. Potremmo trovarle un ottimo impiego.»

Pacino sorrise. «Non ho parlato con Donchez. Lui vuole soltanto che ci immergiamo.»

«Comunque, mi è piaciuto vederla mettere al suo posto quella testa dura.»

«Be', in un certo senso anche lui ha le sue ragioni, sa? Sto rischiando che l'equipaggio si immerga con una saldatura non perfettamente eseguita. Ma a volte bisogna correre dei rischi... Qual buon vento la porta qui?»

«Donchez. Arriverà fra mezz'ora. Il suo Falcon atterra alla stazione navale di Norfolk alle 23.30. Vuole assicurarsi che lei salpi all'ora prevista. Ha anche detto che vuole impartirle personalmente le sue istruzioni. Dev'essere una missione delicata, Patch. Lo stato maggiore viene a sventolare il fazzoletto alla partenza. Come mai?»

«Mio padre e Donchez erano insieme ad Annapolis. Hanno prestato servizio a bordo di un paio di sottomarini. Donchez prese il comando del *Piranha* quando il mio vecchio era l'ultimo skipper dello *Stingray*.»

Il volto di Stevens si fece serio. Era risaputo che lo *Stingray* era affondato nel 1973 per l'esplosione di un proprio siluro; il conseguente allagamento lo aveva spinto al di sotto della profondità limite. Non c'erano stati sopravvissuti.

«Mi dispiace, Mike. Non ne avevo idea.»

«È storia vecchia. Donchez voleva tenere un occhio su di me mentre mio padre era in immersione, ma allo stesso tempo non voleva fare favoritismi.»

«Dopo quella missione in Cina, direi che lei abbia dimostrato di sapersela cavare da solo.»

«Comunque, probabilmente vuole darmi un calcio nel sedere, motivarmi. Sarà meglio che compia un'ispezione del sottomarino. Mi faccia un favore e continui ad allagare il bacino. Voglio essere fuori di qui per le cinque del mattino.»

«Accenderà il reattore nel bacino? Sa che a Douchet verrà un infarto...»

«Se l'impianto è pronto, estrarrò le barre di sicurezza qui. Se no, partiremo trainati dai rimorchiatori e avvieremo l'impianto a metà del canale. Non mi importa come, ma alle cinque in punto saremo fuori di qui.»

«*Comandante, qui ufficiale all'assetto*», gracchiò il walkie-talkie di Pacino.

«Devo correre, Patch. Resista.»

«Grazie di tutto, Emmitt. Spero di non vedere mai più questo maledetto arsenale.»

Stevens lo salutò e partì rombando sul pick-up.

«Qui comandante», rispose Pacino via radio.

«*Signore, l'ufficiale di macchina chiede autorizzazione al normale avvio del reattore. E c'è una telefonata per lei dalla signora Pacino, signore. Dice che è urgente.*»

«Riferisca alla signora Pacino che la richiamerò dal corpo di guardia fra cinque minuti. E avverta l'ufficiale di macchina che chiamerò la sala macchine sulla linea di sicurezza. Chiudo.»

La radio emise due clic di ricevuto. Pacino si avviò verso il corpo di guardia, rivolse un cenno alla sentinella e prese il telefono. L'apparecchio squillò due volte prima che la voce dell'ufficiale di macchina fosse in linea.

«Rapporto situazione, ufficiale?»

«Non siamo pronti, signore», annunciò Hobart, irritato. «Dovremo avviare il reattore a singhiozzo. Disponiamo di un'energia così scarsa che non vedo nemmeno l'indicatore del reattore sullo schermo.»

«Quanto tempo ci vorrà?»

«Potremmo impiegare anche ventiquattr'ore. Siamo stati spenti così tanto tempo che il nucleo è a malapena radioattivo.»

«Ufficiale, fermi l'avvio a singhiozzo ed estragga le barre al massimo. Siamo a poche ore dall'uscita dal bacino e non ho tempo per le procedure normali.»

«Signore», la voce irritata di Hobart tornò in linea, «prima di fare ciò, le devo chiedere: si tratta di una situazione tattica definita dal manuale del reattore nucleare?»

Pacino pensò che Dave Hobart sarebbe stato un ottimo avvocato, ma qualcosa lo aveva chiamato in mare e adesso indossava una divisa da marinaio invece di giacca e cravatta. Sebbene Pacino facesse molto affidamento sull'esperienza di Hobart nel manovrare il complesso sistema del reattore del *Seawolf*, doveva scavalcarlo. Le procedure erano fatte per il tempo di pace. Hobart era preoccupato che il livello di attività dei neutroni nel nucleo fosse così basso da non mostrare il livello di energia: estraendo le barre poteva aggiungere energia sufficiente per entrare subito in fase critica, e far esplodere il reattore prima di riuscire ad arrestare la reazione di fuga. Ma Pacino sapeva che i circuiti di protezione avrebbero consentito l'abbandono dell'impianto se ciò fosse accaduto e, anche se non ci fosse stato abbastanza tempo, era un rischio che dovevano correre. Al Destiny, che era là fuori, in alto mare, da qualche parte dell'Atlantico, non importava un accidente della salute del loro nucleo.

«Sì», ribatté Pacino alla domanda di Hobart sulla situazione tattica.

Hobart fece una pausa e poi rispose: «Signorsì. Estrarre fino al punto critico. Annoteremo sul libro di bordo che è questo che lei ha ordinato». Hobart stava cercando di capire se Pacino avrebbe potuto desistere dall'impartire quell'ordine così pericoloso in seguito alla minaccia di registrarlo sul libro di bordo.

«Bene. Annoti anche che ci riscalderemo a livelli d'emergenza, una volta raggiunto il punto critico. Mi avvii l'impianto. Subito.»

«Signorsì, comandante.» Pacino udì uno scatto nel ricevitore, mentre l'ufficiale di macchina ritornò al lavoro che aveva interrotto con l'avvio. Riappese e compose il numero della sua abitazione di Sandbridge. Janice rispose con la voce bassa e tranquilla che aveva al risveglio.

«Sono io.»

«Michael, ha chiamato Dick Donchez. Ha detto che vuole incontrarti qui a mezzanotte. E, a proposito, vorrei parlarti anch'io.»

«Sto arrivando.»

Pacino chiamò via radio l'ufficiale all'assetto e gli disse che sarebbe andato a casa per qualche ora, trovò il comandante in seconda al telefono e gli affidò l'operazione di allagamento del bacino, quindi si incamminò verso l'auto. Si chiese che cosa stesse architettando Donchez da richiedere una visita personale.

Sandbridge Beach, Virginia

Il vento mandava spruzzi sul parabrezza dell'auto a settecento metri dalla spiaggia. Quando Pacino parcheggiò la vecchia Corvette sotto la casa costruita su palafitte, la vettura era coperta dalla vischiosa salsedine dell'Atlantico agitato. Davanti alla casa era ferma una Lincoln nera con una serie di antenne che spuntavano dal bagagliaio e dal tetto. Sulla targa posteriore c'era l'emblema del ComSubLant, era la macchina dell'ammiraglio Steinman. I finestrini erano oscurati, ma Pacino pensò di individuare una sagoma muoversi sul sedile anteriore. Osservò la grande casa sulla spiaggia, testimonianza dell'antica ricchezza della famiglia di Janice, e notò che tutte le luci erano accese. Un pensiero fuggevole gli suggerì di osservare a lungo e intensamente la sua casa, come se non l'avesse dovuta rivedere per molto tempo. Si scoprì a domandarsi la ragione di tale impulso, dopo tutto la missione prevedeva un'uscita di una o due settimane. Tre al massimo.

Quando entrò in casa, fu sommerso dalla cappa d'aria calda che contrastava col freddo umido all'esterno. Si tolse il pesante soprabito ed entrò in soggiorno, dove vide Donchez e Steinman. E Janice.

«Mikey», tuonò la voce roca dell'ammiraglio. «Giornata lunga, eh?»

«Una delle tante, signore.»

I tre si sedettero. Janice sussurrò a Pacino che lo avrebbe aspettato di sopra.

Donchez tirò fuori un Havana, lanciando uno sguardo interrogativo a Pacino. Pacino annuì, rendendosi conto che Janice non avrebbe gradito l'odore del fumo, ma consapevole del fatto che Donchez non riusciva a pensare senza un sigaro tra le labbra. Donchez ne offrì uno a lui e uno a Steinman, e tutti e tre lo accesero insieme.

«Mikey, sai già dell'*Augusta* di Rocket Ron. Che cosa hai saputo del *Phoenix* di David Kane?»

«Niente. C'è qualcosa che avrei dovuto sapere?»

«Temo di sì», annunciò Steinman.

Pacino aggrottò la fronte e ascoltò il resoconto del disastro. Lesse l'ultima trasmissione di David Kane, tenendo a freno le emozioni mentre il cervello scandagliava gli aspetti tattici. Quando i sigari furono ridotti a freddi mozziconi nel posacenere, si era fatto un'idea dell'orribile quadro.

«Mikey, il suo compito è trovare il Destiny prima che trovi lei, e affondarlo con la *massima* forza a sua disposizione. Mi dispiace dover aggiungere un ultimo dettaglio, ma tenga presente che finora siamo riusciti a rintracciare il Destiny solo grazie ai messaggi di Daminski e Kane. Quindi voglio che lei ci tenga al corrente minuto per minuto di ciò che accade.»

«Qualcuno ha idea di quale sia la missione di questo sottomarino? Deve per forza avere uno scopo ulteriore, oltre a trasportare Sihoud.» Lo sguardo di Pacino passò dal viso di Steinman a quello di Donchez. Qualunque cosa sapessero, non l'avrebbero detta. «Bene, fatemi avere qualunque informazione.»

Donchez e Steinman si alzarono. «Ti abbiamo disturbato abbastanza per questa sera, Mikey.» Tutti e tre si avviarono verso la porta. Donchez e Steinman si scambiarono un'occhiata.

«Vado in macchina a sentire l'ufficiale di servizio alla SubLant», annunciò Steinman. Strinse la mano a Pacino. «Buona fortuna, Patch. Faccia fuori quel figlio di puttana.»

«Tenga d'occhio la SubLant da parte mia, Roy», rispose Pacino, cercando di sorridere. «Quando torno, voglio tutto lo squadrone dritto in piedi ad aspettarmi.»

«Sarò pronto a cederle il posto non appena farà ritorno. Accidenti, la mia scrivania è già quasi piena delle sue carte. È sicuro di volere un lavoro d'ufficio?»

Pacino scoccò un'occhiata a Donchez. Steinman rivolse un cenno di saluto e scese due alla volta gli scalini che portavano alla spiaggia. Le conchiglie scricchiolavano sotto i piedi mentre si avviava verso l'auto della marina.

Donchez era in piedi all'ingresso e il vento freddo soffiava attraverso la porta aperta. «Ho chiesto a Roy di concederci qualche minuto da soli», soggiunse l'ammiraglio, tirando fuori un altro sigaro e riportandolo in vita col suo vecchio accendino del *Piranha*.

«Il solito discorsetto corroborante, vero, signore?»

«È solo che non volevo che Roy sapesse che cosa sto pensando del Destiny», replicò Donchez, infastidito di essere così trasparente nei suoi pensieri. «Cioè che sono convinto Sihoud stia architettando qualcosa, qualcosa di sporco che vorrebbe portarci qui. Quel sottomarino è invisibile e invincibile, se si è al comando di un 688. Il *Seawolf* è l'unico che possa affondarlo, sempre che riesca a trovarlo e a sorprenderlo. Se non riuscite ad avvicinarvi di nascosto, voglio che cancelliate i dati e riproviate in seguito. Hai capito bene, comandante Pacino? E questo non lo dico tanto per te. Non possiamo permetterci di perdere il tuo sottomarino per la tua impazienza.»

«Andiamo, ammiraglio. Farò in modo di centrare il bersaglio.»

«Ho già perso due sottomarini, Mikey. Daminski era uno dei miei ufficiali subalterni ai vecchi tempi. La sua morte è stata un grande dolore. Non posso permettermi di perderne un terzo. Il generale Barczynski mi prenderebbe a calci nel sedere se il *Seawolf* subisse dei danni.»

«Ammiraglio», lo tranquillizzò Pacino, spingendo Donchez attraverso la porta, «non si preoccupi, so quello che faccio.»

Donchez rimase fermo sulla soglia. «Potrei incaricare di questa missione il tuo sostituto, Joe Cosworth. Potrebbe farlo lui e tu saresti libero di sostituire Roy alla SubLant. A Janice farebbe piacere. Hai considerato questa possibilità?»

«Assolutamente no, signore. Il *Seawolf* è ancora mio e lo porterò in mare un'ultima volta.»

Donchez lanciò un altro sguardo a Pacino, poi annuì.

«Buona fortuna, Patch. Buona caccia. E stai attento, maledizione!»

Al terzo piano della casa, Pacino notò l'espressione dipinta sul volto di Janice e, consapevole di ciò che lo attendeva, prese la sacca, vi buttò dentro alcune uniformi pulite e la chiuse con la lampo.

«Ti sta mandando in missione suicida, Michael. Vi ho sentiti, hanno già perso due sottomarini, di cui uno al comando di Rocket Ron, perdio! Tu sarai il prossimo. Ha detto che lascerebbe andare Cosworth, e tu dovresti permetterglielo.»

Pacino attese una pausa. «Tesoro, forse non hai sentito che

Donchez ha detto che il *Seawolf* è l'unico sottomarino che può affondare il Destiny. Siamo al comando del miglior sottomarino, la migliore unità da guerra che ci sia. Tutto quello che devo fare è trovare il Destiny e sarà tutto finito...»

«Per lui o per te?»

Pacino guardò la moglie per alcuni istanti, notando quanto era bella anche in preda all'ira. «Torno fra tre settimane, Jan.»

Andò nella camera di Tony, il figlio di otto anni, a quell'ora profondamente addormentato. Baciò la guancia del bambino e poi scese silenziosamente le scale. Janice lo seguì dalla porta fino alla macchina.

«Mi dispiace...» sussurrò, «hai ragione. Non meriti questo prima di partire.»

Pacino la baciò. «So che ti preoccuperai, ma andrà tutto bene.»

«Lo so, Michael. Lo so...»

Fece retromarcia fino alla strada e innestò la prima.

Non la vide versare lacrime ma sapeva che stava piangendo.

23

Martedì, 31 dicembre
Portsmouth, Virginia
Cantiere navale di Norfolk
Bacino di carenaggio 4

PACINO si sentì meglio appena giunse all'arsenale navale. Il bacino era completamente allagato, con la passerella sospesa per mezzo di cavi e retta da una gru su rotaie. Dappertutto si udiva il rombo dei potenti motori diesel, il più forte dei quali proveniva dallo stesso *Seawolf*. Un pennacchio di fumi di scarico fuoriuscì dalla poppa della vela verde del sottomarino, poiché il reattore non era ancora autosufficiente e, ora che l'alimentazione da terra era stata interrotta, il sistema elettrico del sottomarino era alimentato dal generatore d'emergenza. A poppa del sottomarino, un rimorchiatore stava retrocedendo portando parecchie cime verso l'ingresso del bacino. Presto il rimorchiatore raggiunse la metà del canale. Altri due rimorchiatori erano fermi più all'interno di questo, in attesa di trainare il battello fuori dal bacino di carenaggio per dirigerlo verso il mare. Pacino non sopportava i rimorchiatori; il fatto che il suo sottomarino fosse ancora inerme lo irritava. In un certo qual modo, era sbagliato che un'unità da guerra avesse bisogno di una stampella per entrare in mare. Ma presto avrebbe solcato il canale con le proprie forze, e fino allora si sarebbe almeno tolto dai piedi il bacino di carenaggio.

Pacino attraversò la passerella, ascoltando l'annuncio della sentinella sul sistema di amplificazione di bordo, ripetuto dagli altoparlanti esterni del bacino di carenaggio: «*Seawolf*, in arrivo!» Sarà stata vanità, ma gli piaceva sentire che lo annunciavano quando saliva a bordo. Salutò la bandiera di poppa e la guardia e salì sullo scafo verde. Lanciò la sacca giù per la scaletta e si calò dentro il sottomarino, mentre un odore familiare catturava la sua attenzione: il denso vapore di fumo di sigaretta, di grasso per cucinare, del diesel dei fumi di scarico e dell'ozono dell'equipaggiamento ad alto voltaggio gli rammentavano di mettere da parte casa, Janice e Tony per concentrarsi sul Destiny e sulla missione che lo aspettava. Si fece largo a spallate lungo l'affollato passaggio fino alla sua cabina, situata sul ponte di mezzo del sottomarino, chiedendosi che cosa stesse facendo il comandante del Destiny in quel momento, che tipo fosse, come si sarebbe difeso da un sottomarino. Non che importasse ora, pensò Pacino. L'avrebbe presto scoperto con l'esperienza diretta.

Scoccò un'occhiata alla cabina. Una delle paratie era stata demolita per accedere ai cavi interni e al bacino di carenaggio; avevano avuto appena il tempo di sostituirne la struttura d'acciaio ma non il rivestimento esterno di legno. Pacino aprì la sacca, cercò nell'armadietto il suo pesante e sdrucito eskimo verde oliva, nel freddo umido del primo mattino che l'imminente tragitto a velocità massima prometteva di trasformare in un freddo gelido. Trovò il suo berretto da baseball azzurro con ricami dorati di delfini e il nome del sottomarino a lettere maiuscole, la visiera anch'essa decorata con quelli che, secondo il gergo della marina, erano considerati schizzi di dorate uova strapazzate. Afferrò il binocolo e uscì dalla cabina per dirigersi in sala controllo.

Questa era affollata dal personale di servizio. Trovò il comandante in seconda, il capitano di fregata Jackson «Lube Oil» Vaughn, che era entrato in servizio a bordo solo pochi mesi prima, quando il sottomarino era in preparazione, fermo in cantiere; non era ancora stato in mare con Pacino. Comunque, il capitano di vascello aveva piena fiducia nelle capacità di Vaughn, dato che questi aveva svolto un ruolo fondamentale al comando della sua ultima unità, il *Tampa*, sfuggendo ai comunisti cinesi quando il sottomarino era stato catturato durante una missione di pattugliamento. Vaughn era un uomo alto che si sarebbe potuto dire magro se non fosse stato per una leggera pancetta in espansione al di sopra della cintura. Il viso era quasi emaciato, i capelli folti, sebbene precocemente ingrigiti. Vaughn attribuiva i capelli grigi alla turbolenta figlia adolescente, ma voci di ponte sostenevano che la ragione per cui la sua criniera corvina era quasi del tutto incanutita fosse stata proprio la fuga dai porti cinesi. Vaughn conservava ancora l'accento del Texas occidentale, lo Stato in cui era vissuto fino al giorno in cui si era trasferito ad Annapolis e dove aveva conosciuto la compagna di liceo che aveva sposato il giorno dopo il diploma. Voci di corridoio raccontavano che durante la navigazione avesse la tendenza a camminare a passi pesanti su e giù per il sottomarino indossando stivali da cowboy, sebbene Pacino non l'avesse mai constatato di persona. Il soprannome di Vaughn, «Lube Oil», era l'eredità di un incidente occorso sul *Detroit* durante il periodo di navigazione come ufficiale inferiore, quando aveva tentato di riparare da solo una pompa di olio lubrificante ormai andata e ci era riuscito, per poi allagare d'olio tutto il ponte inferiore. Vaughn odiava quel nomignolo, ma lo tollerava con spirito.

Pacino notò che Vaughn, impegnato a osservare lo schermo del radar BPS-14, aveva già cominciato a lasciarsi crescere la barba da lupo di mare. C'era di che prenderlo in giro. Dopo aver ascoltato i racconti delle sue imprese sul *Tampa*, l'aveva richiesto come secondo, ma gli ci era voluto del tempo per distoglierlo dall'assegnazione a terra, impegnato com'era a insegnare navigazione all'Accademia, dove l'ammiraglio comandante l'aveva preso in simpatia ed era riluttante a lasciarlo andare. Quando era entrato in servizio a bordo, sembrava troppo tardi per uscire in mare con lui, ma ora Pacino ne avrebbe avuta l'occasione. I due uomini erano diventati amici intimi e andavano d'accordo su praticamente tutto ciò che concerneva la conduzione del sottomarino e il comando dell'equipaggio. Fino allora, le divergenze fra loro erano state di natura amministrativa: Vaughn era un maniaco dei dettagli, un perfezionista quando si trattava di compilare le scartoffie della marina, mentre Pacino era sempre stato relativamente poco zelante nei confronti delle montagne di carta accumulate sulla sua scrivania. Due settimane prima, Vaughn era andato a cercare Pacino in un remoto ufficio dell'arsenale per ottenere la sua firma su un rapporto olio-acqua diretto a qualche oscuro burocrate dello squadrone. Pacino aveva appallottolato il rapporto facendone canestro dritto nel cestino della carta straccia. «Dovrebbe provare a non mandare simili rapporti, secondo, e vedere chi protesta quando sono in ritardo. Scommetto che, se ne buttasse via il novanta per cento, i destinatari non noterebbero neppure la differenza.» Ma anche sotto quel profilo avevano trovato il modo di collaborare: i rapporti avevano smesso di arrivare sulla scrivania di Pacino ma venivano comunque inviati in tempo, dato che Vaughn aveva preso l'abitudine di firmarli e inoltrarli senza la sigla del comandante. A Pacino andava benissimo, considerando che l'eliminazione della maggior parte della burocrazia del sottomarino era stata proprio una delle sue priorità quando aveva assunto l'incarico presso il ComSubLant.

Vaughn ora osservava Pacino, chiaramente soddisfatto di trovarsi finalmente fuori dal bacino e di nuovo in mare.

«Siamo pronti a uscire all'aperto», biascicò Vaughn, porgendo a Pacino un rapporto con i tabulati dei livelli dei fiumi e delle correnti, le maree dei corridoi marini al largo di Norfolk e le previsioni meteorologiche. «Court è ai comandi in plancia, sotto coperta sono tutti al loro posto e i rimorchiatori sono pronti a tirarci fuori dalla vasca da bagno appena lei avrà raggiunto la plancia.»

«Condizioni del reattore?» s'informò Pacino mettendosi in tasca i tabulati, afferrando un'imbracatura di sicurezza e allacciandosela.

«È un po' di tempo che non controllo. Hobart si è lagnato per i suoi ordini di emergenza, ma adesso starà riscaldando i generatori.»

Pacino sorrise e prese il telefono. «Sala macchine, qui comandante.»

«Qui sala macchine, signore», rispose la voce di Hobart.

«A che livello siamo? Voglio che usciamo con la nostra propulsione.»

«Quanta fretta, comandante. L'avrei chiamata io. Dovremmo entrare a regime normale di potenza fra circa venti minuti, poi raffredderò il diesel. Ci metterà un'altra ora a spegnersi.»

«No. Appena ha scaricato il diesel, lo spenga. Le esalazioni e il rumore stanno innervosendo la vedetta in plancia.»

Pura eresia. I sommergibilisti proteggevano il diesel d'emergenza prima di ogni altra cosa. Hobart s'interruppe, ovviamente scontento, prese atto e riagganciò.

«Dev'essere piuttosto importante», osservò Vaughn, ancora proteso verso lo schermo del radar. «Ci comunicherà le istruzioni quando saremo fuori?»

«Ci metterò due minuti», rispose Pacino, allacciandosi l'ultima cinghia dell'imbracatura di sicurezza e prendendo il pesante eskimo. «Quando ci saremo allontanati dall'area di navigazione controllata di Norfolk, convochi gli ufficiali nel quadrato. Anche i sottufficiali. Sarà un bel viaggetto.»

Vaughn si voltò verso l'ufficiale addetto alla navigazione. «Navigazione, pronti?»

«Abbiamo raggiunto il primo punto», rispose l'ufficiale dal tavolo di carteggio. «Saremo fuori di circa tre metri. Non male, tutto sommato.»

«Ci vediamo in mare, secondo. Si prenda cura dei ragazzi.»

Pacino uscì dalla porta aperta verso la scaletta stretta e ripida che portava al ponte superiore, oltrepassò la porta della cambusa fino al lungo passaggio situato lungo l'asse centrale del sottomarino. Si appese il binocolo al collo e salì la scaletta fino al portello sopra di lui, con lo spesso acciaio del portello rotondo ruotato all'insù dal meccanismo idraulico. Si arrampicò, sparendo nel cerchio dell'oscurità, ed emerse nella luce fioca di un tunnel verticale pieno di cavi e di scatole di derivazione. Cambiò scaletta e continuò a salire, mentre una luce fioca filtrava dall'alto e cresceva a mano a mano che Pacino si avvicinava alla cima del tunnel, dove riusciva a vedere una grata che ne copriva l'apertura e le scarpe di qualcuno in piedi su di essa.

«Plancia, qui comandante», chiamò. La grata venne alzata su un cardine e gli uomini liberarono l'apertura. Pacino si arrampicò fino alla sua postazione in plancia, un cubicolo posto sulla sommità della vela affollato di ufficiali e personale di servizio. Si concentrò a osservare le strutture del bacino sotto di lui, notando le cime che li tenevano ormeggiati al molo, le due più grosse che collegavano la prua a enormi verricelli su entrambi i lati dell'ingresso del bacino di carenaggio, il flusso d'acqua nel fiume. Il tempo era umido non per la pioggia ma per la bruma densa e appiccicosa portata dal vento, milioni di goccioline visibili mentre attraversavano i coni di luce abbagliante dei riflettori. Il rumore del diesel era quasi assordante mentre il rombo dei fumi di scarico usciva dalla vela. La comunicazione sarebbe stata difficile, ma Pacino non era disposto ad attendere l'energia del reattore. Con il tempo umido, le esalazioni erano bianche e fumose, ma almeno il vento veniva dalla testa del bacino di carenaggio e allontanava il fumo dal personale di plancia.

«Rapporto, Scottie», gridò Pacino, cercando di sovrastare il rombo del diesel, all'ufficiale addetto ai sistemi di combattimento, il giovane capitano di corvetta Scott Court, un brillante ufficiale dal taglio di capelli da cento dollari che portava uniformi impeccabilmente inamidate e sapeva sempre dire la cosa giusta.

Un altro ufficiale di medio livello politicamente astuto che era già stato segnalato per una precoce promozione e per il comando, ma un po' troppo leccato per i gusti di Pacino che aveva incoraggiato Court a sporcarsi le mani sempre di più nelle operazioni di routine del suo settore.

«Buongiorno, comandante», salutò Court con il tono ufficiale che usava quando parlava al comandante. «Il cantiere è pronto a trainarci fuori, con la sua autorizzazione. La sala macchine è pronta. Il reattore è al punto critico. Fra circa quindici minuti passeremo a piena potenza. Le ultime cime verso il bacino sono la sette e la otto, eccetto quelle dei verricelli. Ci guiderà fuori il signor Pseudo. Io rimarrò in coperta.»

Pacino annuì e rivolse lo sguardo verso la poppa in cima alla vela. Sulla superficie superiore era sistemato un corrimano provvisorio d'acciaio. Si arrampicò su per la parete di poppa fino in plancia e agganciò la cordicella dell'imbracatura al corrimano. Fece segno con la mano al guardiamarina Ed Pseudo di salire accanto a lui, mentre il giovane ufficiale portava con sé in cima alla vela l'apparato ricetrasmittente. Pacino guardava giù verso il bacino di carenaggio: da quel punto sopraelevato riusciva a vedere il sottomarino sotto di lui particolarmente bene, non era luogo per chi soffrisse di vertigini, e verso l'imbocco del bacino riusciva a vedere Emmitt Stevens in piedi che stava a guardare con un visitatore accanto. Pacino controllò con il binocolo e non fu sorpreso di vedere Donchez in piedi vicino a Stevens. L'ammiraglio salutò. Pacino mise giù il binocolo e si rivolse a Pseudo.

«Qui comandante, il battello è suo, signor Pseudo. Ci porti fuori di qui.»

Pseudo avvicinò alla bocca un altoparlante: «Coperta! Ritirate le cime sette e otto!» Prese il walkie-talkie e chiamò il responsabile del cantiere. «Bacino Quattro, qui sottomarino *Seawolf* della marina degli Stati Uniti. Preparare manovra di uscita.»

«*Bacino quattro a sottomarino, inizio manovra di uscita*», gracchiò la radio.

All'inizio il movimento fu appena percettibile, ma Pacino vedeva i verricelli che ruotavano riavvolgendo da ambo le parti le cime che portavano alle gallocce del ponte di coperta prodiero del sottomarino. Lentamente, il bacino di carenaggio cominciò a scivolare lontano dalla vista. A poppa, il timone iniziò l'immersione nel canale del fiume. Il movimento del sottomarino, rimasto fermo come una statua in un bacino di carenaggio negli ultimi quattro mesi, per Pacino era come una droga. Doveva essere la carenza di sonno, pensò, ma l'oscillare del ponte sotto i piedi gli trasmetteva una sensazione di ebbrezza. Goditelo adesso, si disse, è l'ultima missione subacquea del *Seawolf*.

Pseudo ordinò che fosse suonato il segnale, sei brevi fischi di sirena, la stessa profonda sirena di gola della *Queen Elizabeth II*. La poppa era già abbastanza immersa nel fiume e il primo rimorchiatore era vicino al lato di tribordo. Le cime furono tratte a bordo del rimorchiatore e legate strette alle gallocce del ponte. L'imbocco del bacino ora era allineato con il punto in cui stava Pacino, sulla sommità della vela, mentre la terra si allontanava a mano a mano che il sottomarino acquistava abbrivio. Il secondo rimorchiatore si avvicinò al lato di babordo, a poppa della vela. Quando le cime furono assicurate, la prua del sottomarino era quasi fuori dal bacino.

« Mollate le cime di babordo e tribordo! » ordinò Pseudo con l'altoparlante all'equipaggio in coperta. Quando l'ultima cima ebbe lasciato la coperta, il sottomarino era ufficialmente libero, non più legato alla riva, nonostante le macchine fossero ancora ferme e venisse trainato lungo il fiume dai rimorchiatori. « Un fischio lungo di sirena, issate la bandiera », gridò Pseudo a Court.

La sirena emise un rombo assordante. A poppa di Pacino, in cima alla vela, Pseudo mollò una sagola che issò una grande bandiera americana in cima a un pennone provvisorio. Pacino guardò l'orologio, le quattro e venticinque, mezz'ora in anticipo sulla tabella di marcia. Un debole grido venne dal lato di babordo, una richiesta di salire a bordo. Pacino annuì a Pseudo, che diede l'autorizzazione, e da un rimorchiatore del porto un uomo più anziano, che indossava un giubbotto di salvataggio, salì i gradini della scaletta situata sul fianco liscio della vela, oltrepassando il bordo della plancia. Era il pilota.

« 'Giorno, capo. Mi chiamo Jake. Oggi ci penso io. »

Pacino annuì. I modi dei piloti lo avevano sempre irritato. Come i rimorchiatori. Con delle buone carte nautiche era in grado di uscire da solo da qualunque porto, e quelle dell'arsenale di Norfolk erano molto precise. Ma non aveva alcuna potenza fino a quando Hobart non avesse avviato il reattore, e fintantoché i rimorchiatori lo trainavano lungo il canale, doveva condividere l'autorità con loro. C'era un solo modo per togliersi dai piedi i rimorchiatori, ed era quello di avviare il reattore. Stava per spronare Pseudo a chiamare la sala macchine per chiedere un rapporto sulla situazione del reattore, quando la voce di Hobart risuonò dalla ricetrasmittente.

«*Plancia, qui sala macchine. L'impianto è a piena potenza. Chiediamo autorizzazione a raffreddare il diesel.*» Hobart ancora stentava a credere che Pacino l'avrebbe spento senza raffreddamento lento, ma il comandante non aveva cambiato idea. Fece un gesto a Pseudo come per tagliarsi la gola.

«Sala macchine, qui plancia, negativo. Spegnete subito il diesel.»

«*Spegnere il diesel, plancia.*» L'irritazione di Hobart si fece udire in tutto il circuito. In pochi secondi, il forte boato degli scarichi del diesel cessò, facendo precipitare la plancia in un relativo silenzio, mentre i pennacchi fumosi evaporavano. L'unico suono nel canale era il debole rombo dei rimorchiatori.

Nei minuti successivi non ci fu altro da fare che assistere allo spettacolo dei rimorchiatori che trainavano il sottomarino nel fiume, con il cielo che albeggiava sopra il centro di Portsmouth, in Virginia, un pugno di luci che brillavano, una macchina che passava di tanto in tanto. Jake, il pilota, parlottava al walkie-talkie con i rimorchiatori, cercando di discorrere del più e del meno. Pacino lo ignorò quasi completamente, osservando l'apparato ricetrasmittente, in attesa di Hobart. Finalmente arrivò l'annuncio.

«*Plancia, qui sala macchine, le macchine principali sono calde. L'asse è collegato alle macchine principali, pronti a eseguire tutti i comandi.*»

«Bene, grazie del passaggio, Jake. Adesso procediamo noi.»

Il pilota guardò Pacino. «Non siamo ancora a Thimble Shoals, comandante. Devo portarvi...»

«Ho detto che procediamo noi. Stacchi i rimorchiatori.»

Il pilota scrollò le spalle. «Se vi arenate, il collo è vostro.» Scese dalla vela fino al rimorchiatore di babordo. Gli uomini dell'equipaggio del rimorchiatore tirarono le cime e si fecero indietro.

«Navigazione, qui plancia», annunciò Pseudo al microfono. «Annoti sul libro di bordo che il comandante ha congedato il pilota e i rimorchiatori.»

«*Plancia, qui navigazione, signorsì.*»

«Cinque nodi. Signor Pseudo», ordinò Pacino, «preparate la coperta per l'immersione e fate scendere il personale.»

«Timone, qui plancia, avanti un terzo.»

La ricetrasmittente gracchiò il ricevuto del timoniere. Quest'ultimo ricevette e rispose. Per la prima volta in quasi quattro mesi, il propulsore *pump jet* del *Seawolf* entrò in funzione, lasciandosi dietro una bianca chiazza schiumosa. Davanti, l'acqua iniziò a scorrere sulla prua a forma di proiettile fino a ricoprire i primi cinque metri della superficie superiore del sottomarino. A poppa, la schiuma divenne una scia, mentre il ponte tremava leggermente sotto i piedi di Pacino. I rimorchiatori erano spariti parecchie centinaia di metri più indietro e i loro diesel non erano più udibili sopra il leggero rumore dell'onda a prua. In coperta, gli uomini addetti alle cime si muovevano veloci, riponendole negli appositi alloggiamenti e ruotando le gallocce del ponte di coperta in posizione di chiusura. In pochi minuti la coperta fu sgombra e il sottomarino fu pronto per l'immersione.

«La coperta è pronta per l'immersione, signore. Sta scendendo l'ultimo uomo.»

Pacino esaminò il fiume scuro di fronte a loro, il canale abbandonato. «Aumentare la velocità a quindici nodi.»

«Timone, qui plancia, avanti normale.» L'onda di prua, un leggero cono umido di goccioline che si spingeva avanti, spruzzò la superficie superiore dello scafo, scivolando a poppa e oltrepassando la vela, mentre le onde della scia aumentavano e correvano verso poppa. Il rumore cresceva come la risacca dell'onda durante una tempesta di vento. Pacino avvertì l'accelerazione del sottomarino in tutto il corpo. L'oppressione provata nel bacino di carenaggio era scomparsa alla vista dell'onda di prua, sostituita dall'esaltante sensazione di riportare il suo sottomarino, sotto il suo comando, nel luogo che gli era proprio: il mare.

Lo spostamento d'aria causato dal movimento del battello aumentò, e il fischio del vento, unito al fragore dell'onda di prua, riempiva le orecchie di Pacino: il suono della tremenda potenza del *Seawolf*. Il sottomarino seguì il corso del fiume sino a oltrepassare, sulla destra, i moli dell'arsenale di Norfolk, i sottomarini del Gruppo Sette illuminati dai riflettori e, più a nord, i moli dei cacciatorpediniere e delle fregate, gli incrociatori, e infine i giganti, le portaerei con i ponti svettanti sulle vele. Anch'essi scomparvero a poppa mentre Pseudo eseguiva la virata verso est ed entrava nel canale di Thimble Shoals, una snella autostrada di boe illuminate che si estendeva a sud-est fino al punto limite.

«Aumentare al massimo la velocità», ordinò Pacino.

Pseudo sorrise. «Il limite di velocità nel canale è di quindici nodi, signore.»

«E chi se ne frega.»

«Timone, qui plancia, avanti tutta.»

«*Plancia, qui timone, avanti tutta, signorsì, sala macchine risponde avanti tutta.*»

«*Plancia, qui sala macchine*», urlò la voce di Hobart, ancora più stizzita adesso che Pacino aveva ordinato la velocità massima senza prima aver attivato le pompe del circuito di raffreddamento. Adesso avrebbe dovuto usare la procedura d'emergenza per abbassare la potenza del reattore, azionare le pompe e riportare la potenza sotto controllo.

«*Inizio inserimento rapido... accensione pompe del circuito di raffreddamento principale...*»

A poppa, la scia schiumosa ribolliva mentre il propulsore *pump jet* raddoppiava il numero di giri. Il ponte tremò, questa volta in modo più violento, e l'onda di prua si sollevò, non più liscia ma densa di spruzzi fosforescenti, oltre la vela fino al centro del battello per poi frangersi nella scia. L'onda di prua si riversò sulla plancia, e il rumore divenne più forte. La terraferma, ormai distante più di tre miglia nella baia che diventava sempre più ampia, si allontanava più in fretta. Il sottomarino filava ora a venticinque nodi.

«*Plancia, qui sala macchine, ricevuto, avanti tutta.*»

Il cielo davanti a loro cominciava a mostrare i primi segni dell'alba e le nuvole avevano assunto un leggero bagliore. A poppa di Pacino, la bandiera sventolava nel vento provocato dal movimento del sottomarino, l'onda di prua strideva, la brezza umida provocava un rumore assordante. Dietro di loro, i due periscopi ruotavano rapidamente mentre l'ufficiale addetto alla navigazione prendeva riferimenti all'esterno e l'albero del radar compiva una rotazione completa al secondo. Quando il sottomarino virò a sud nel canale d'uscita, oltrepassando Virginia Beach, il sole era ormai sorto all'orizzonte. Pseudo virò verso est, dove il sottomarino sarebbe stato finalmente fuori dell'area di navigazione controllata. A poppa, la terra scompariva, finché non si videro più neanche i più alti grattacieli degli alberghi sul lungomare. Poi scomparvero anch'essi e il sottomarino si trovò solo in alto mare, il panorama mattutino nient'altro che l'oceano scuro, le nuvole, chiazze di cielo e il sole. Pacino guardò l'orologio: entro mezzogiorno il sottomarino avrebbe oltrepassato la piattaforma continentale.

« Vado di sotto, signor Pseudo. Ha svolto un buon lavoro nelle operazioni di uscita. Continui a velocità massima fino al punto d'immersione. »

« Signorsì, comandante. »

Pacino si preparò a scendere sotto coperta, batté Court sulla spalla e guardò un'ultima volta il panorama, inalando aria fresca prima di consegnarsi al sottomarino. In passato era riuscito a ridere al pensiero che quella boccata d'aria fresca potesse essere l'ultima, ma questa volta c'era qualcuno, qualcosa, là fuori, che lo aspettava, un nemico, il cui obiettivo rimaneva ignoto, determinato a distruggere il suo sottomarino. Le uniche cose che si frapponevano tra lui e la morte erano l'abilità e il coraggio, suoi e dell'equipaggio.

Scese la scaletta nel ventre del sottomarino, rimproverandosi di ragionare troppo su quelle cose.

24

Martedì, 31 dicembre
Atlantico orientale

QUANDO il capitano di vascello Kane entrò dal portello nel compartimento di prua, per la prima volta da quando era stato colpito dal Destiny pensò che, dopo tutto, il suo sottomarino avrebbe potuto cavarsela ed evitare l'affondamento. Era passata un'ora da quando lui e McDonne avevano resuscitato l'impianto del reattore, in quel momento fermo al diciotto per cento della potenza, in attesa dell'ordine di azionare le macchine principali. Avevano attivato l'impianto di controllo dell'atmosfera a combustione d'idrogeno e monossido di carbonio e McDonne aveva dato inizio al rilascio di ossigeno ad alta pressione e per rifornire i serbatoi aveva attivato il generatore di ossigeno, soprannominato «la bomba» poiché produceva ossigeno e idrogeno da acqua distillata, una miscela altamente esplosiva. Kane staccò il tubo della maschera a ossigeno e si affrettò verso il punto di rifornimento sul pannello delle analisi, un sistema che prelevava campioni d'aria e ne esaminava i livelli di biossido di carbonio, monossido di carbonio, idrocarburi e altri inquinanti. Aprì l'anta dell'armadietto e ruotò un selettore sul prelievo del compartimento di prua del ponte superiore. Tutti i rilevamenti sugli inquinanti erano normali, anche se il livello d'ossigeno era superiore alla norma, il che era buona cosa. Se non altro, l'alto livello d'ossigeno avrebbe favorito il risveglio dell'equipaggio, almeno dei marinai ancora in vita. Si chiedeva quanti fossero i morti. Sentì dentro di sé una rabbia improvvisa nei confronti del Destiny, e lesse in fretta i rilevamenti degli altri compartimenti, tutti uguali a quelli del compartimento di prua del ponte superiore. Slacciò le fascette di gomma che gli schiacciavano i capelli madidi di sudore e si tolse la maschera, provando a respirare l'aria del sottomarino. Andò a riporre la maschera in una nicchia e poi si arrampicò su per la scaletta che portava al ponte superiore.

In sala controllo vide il tenente di vascello Houser in piedi che si massaggiava una spalla.

«L'atmosfera è nella norma», annunciò Kane. «Faccia togliere e riporre le maschere a tutti. Trovi il capo infermiere o uno del pronto soccorso e portiamo i feriti in mensa equipaggio. Prenda chiunque trovi cosciente e in grado di aiutarla.»

«Il reattore è okay, comandante? Tutto a posto?»

«Per adesso sì. Siamo a piena potenza, l'impianto di controllo dell'atmosfera è in funzione. Il secondo sta scaldando le macchine principali. Non sto a descriverle lo spettacolo a poppa. Dopo aver portato di sotto i feriti, vedremo chi abbiamo disponibile per prestare servizio, per il controllo dell'impianto di emersione, poi vedremo se riusciamo a disincagliarci dal fondo. Avanti, io metto quelli sani al loro posto, lei verifichi i danni nella sezione di prua.»

Houser avrebbe voluto chiedergli dove sarebbero andati se fossero riusciti ad allontanarsi dal fondale, ma si accinse a eseguire il suo compito, raccogliendo un regolo dal ponte mentre si sfilava la maschera.

Kane entrò nella stanza del sonar dalla porta del compartimento di prua, attento a non calpestare i corpi proni dei sonaristi. Trovò Sanderson che si massaggiava la fronte, palesemente sofferente.

«Capo, come si sente?»

Sanderson iniziò a fissarlo finché lo sforzo non parve esaurirlo. Kane sollevò in piedi il capo sonarista e lo fece sedere su uno dei sedili della consolle Q-5.

«Ho bisogno di un caffè forte.»

Kane gli diede una pacca sulla schiena, uscì dal portello di prua ed entrò nel passaggio.

A poppa, nel tunnel del compartimento del reattore, Tom Schramford si massaggiava la testa; si alzò in piedi aggrappandosi a un tubo esposto. Staccò la maschera a ossigeno e si avviò lentamente a poppa, notando che le luci fluorescenti sopra di lui erano accese. Emerse nel compartimento di poppa attraverso la stretta apertura del portello, stupito di udire il rombo del vapore, lo stridore acuto delle turbine, e una stupefacente e benvenuta cortina d'aria calda e umida. Arrivato in sala macchine, vi guardò dentro e notò il sangue sui pannelli e i cadaveri dei suoi tecnici che giacevano accatastati in un mucchio sul ponte; uno di loro era il guardiamarina Michell, l'ufficiale di macchina di servizio, fratello minore di una sua conoscenza dei tempi del college. Michell aveva la gola squarciata in seguito all'urto con un interruttore scoperto o uno spigolo di un pannello di metallo. Il giovane giaceva in una pozza di sangue. Anche i tecnici, benché in condizioni meno raccapriccianti di Michell, erano morti, le membra protese in aria in una grottesca rigidità. Schramford notò che l'ago del misuratore della potenza del reattore indicava il diciotto per cento, e che la temperatura media di raffreddamento era bassa, compresa nella fascia verde, a 259 gradi centigradi. Afferrò la leva di comando ed estrasse le barre di controllo di qualche centimetro, mentre la temperatura saliva lentamente e tornava entro la fascia verde, a 261 gradi centigradi. Un allarme solitario a luce intermittente, proveniente dall'area annunci del pannello di comando, segnalava RADIOATTIVITÀ ELEVATA – COMPARTIMENTO REATTORE. Le celle del combustibile nucleare dovevano aver subito una sorta di fusione durante la manovra di evasione dal siluro, pensò, e ora nel compartimento del reattore il livello delle radiazioni era elevato. Controllò il pannello sul lato destro, girò un interruttore a rotazione parecchie volte e constatò che i livelli di radiazioni nel compartimento del reattore erano dieci volte più alti del normale. Il ponte superiore del compartimento di poppa, compresa la sala macchine, adesso era una zona ad alta radioattività. Ma non era un livello letale. Almeno non ancora.

Schramford abbandonò la sala macchine e trovò McDonne più a poppa sul ponte superiore, fra le macchine principali, intento a leggere un indicatore. Il secondo lo vide e lo salutò: «Salve, ufficiale di macchina, sembra uscito dall'inferno», poi scomparve dietro le turbine a controllare le temperature dei cuscinetti.

Schramford tornò in sala macchine, trascinò i cadaveri fuori dal locale e li sistemò nell'area di controllo macchine, poi vi rientrò, trovò uno straccio e un flacone di detergente e cominciò lentamente a pulire il sangue dalle paratie.

A prua, nella mensa equipaggio, Houser e il capo infermiere, un sottufficiale di nome Ives con i capelli rossi e la pelle chiara coperta di efelidi, avevano radunato i feriti, alcuni sui tavolini da pranzo, altri sulle panche, altri ancora sul ponte, protetti da coperte. Ives contò ventidue feriti troppo gravi per tornare in servizio, metà dei quali presentava arti fratturati, e nove ancora incoscienti per le ferite riportate alla testa.

In sala controllo, Kane aveva radunato un personale di servizio ridotto all'osso nei pressi dei pannelli di controllo zavorra e controllo navigazione. Ronzò un telefono sulla piattaforma del periscopio in sala controllo. Era McDonne.

«Comandante, ho controllato l'impianto di emersione e i sistemi ausiliari. Ho messo Schramford a poppa. È pronto a pompare l'acqua fuori del compartimento. C'è un forte allagamento nel compartimento del reattore che dobbiamo smaltire. Abbiamo un ufficiale di guardia?»

«Ho incaricato Henderson. Si è fatto male a un braccio e ha una caviglia slogata ma sta bene.»

«Bene. Vada avanti e gli faccia azionare le pompe. Quando è pronto, voglio fare una prova con la pompa di regolazione sul cassone uno di controllo profondità.»

Houser tornò in sala controllo con la camicia hawaiiana coperta di macchie di sangue. Era in piedi ai comandi mentre la pompa di drenaggio acquistò velocità e cominciò ad aspirare l'acqua del compartimento di poppa, poi del compartimento del reattore e infine delle sentine della sala siluri del settore di prua.

«Signor Houser, a lei il controllo», annunciò Kane quando McDonne entrò in sala controllo.

«Schramford è a poppa», riferì McDonne. «Abbiamo abbastanza energia nucleare per tenere in funzione l'impianto. Non abbiamo uomini sufficienti per controllare il reattore tutto il giorno. Dovremo raddoppiare i turni.»

«Ci penserà l'ufficiale di macchina. Houser, cerchi di tirarci su dal fondo e vediamo se abbiamo il controllo profondità.»

Houser ricevette gli ordini, afferrando un microfono dai comandi della sala controllo.

«Sala macchine, qui sala controllo, rapporto situazione macchine principali.»

«*Controllo, qui sala macchine*», gracchiò un amplificatore. «*Propulsione sulle macchine principali, macchine principali calde, stiamo ruotando l'asse come richiesto per mantenere calde le macchine principali.*»

«Sala controllo, signorsì. Ufficiale di guardia, prepari la pompa di regolazione al cassone uno. Ha una lettura di livello?»

«Il sistema è pronto, il livello è al novanta per cento.»

«Bene. Svuotare cassone uno.» L'ufficiale di guardia ruotò l'interruttore del controllo zavorra della consolle. Le luci si accesero sullo schermo mentre la pompa acquistava velocità e il livello dell'acqua nel cassone si abbassava. Gli uomini nel locale, Kane, McDonne, Houser e il resto del personale di servizio, fissavano i grafici sullo schermo e aspettavano carichi di tensione. Il sottomarino sarebbe riuscito a risalire dal fondo ora, oppure si sarebbero rese necessarie misure più drastiche?

«Cassone uno vuoto, signore.»

«Vada al cassone due, capo», ordinò Houser corrugando la fronte.

Il sottufficiale selezionò il secondo cassone di zavorra e lo svuotò. Ma il sottomarino restò sul fondo e la lettura della profondità rimase invariata a 406 metri.

«Attivare pompa ausiliaria uno.»

«Pompa ausiliaria uno attivata.»

Un quarto d'ora dopo, i cassoni della zavorra erano vuoti ma il sottomarino rimaneva tenacemente sul fondo. Houser interruppe la sequenza di emersione e si rivolse a McDonne, a poppa della sala controllo.

«Qualche suggerimento, secondo?» chiese Kane.

«Dobbiamo aver colpito un punto sabbioso o fangoso», osservò McDonne. «Se avessimo colpito le rocce, lo scafo sarebbe andato in frantumi. Penso che, toccando il fondo, abbiamo fatto un cratere o ci siamo impantanati nel fango, e così ci siamo insabbiati fin sopra le murate e la parte superiore dello scafo. Dannazione, potremmo essere semisepolti.»

«E allora come ne usciamo?»

«Attiviamo la procedura di emersione d'emergenza e mettiamo le macchine avanti tutta», dichiarò Houser.

«E se usassimo la pompa principale e la pompa ausiliaria?» chiese McDonne. «Se siamo sepolti, le pompe si incepperanno e così non dovremmo rischiare un avanti tutta.»

«Dobbiamo pur fare qualcosa, secondo», osservò Kane. «Houser, proceda con uno svuotamento d'emergenza a tempo, prima a prua, poi a poppa, con un ritardo di quindici secondi fra prua e poppa. Aspetti trenta secondi, poi ordini un avanti normale. Chiami l'ufficiale di macchina e si assicuri che sia informato di ciò che sta succedendo.»

Dopo che Houser ebbe comunicato a Schramford le sue intenzioni, gli uomini si radunarono nei pressi della sala controllo. Houser era rivolto verso il pannello di controllo della zavorra.

«Capo, svuotamento d'emergenza a prua.»

L'ufficiale di servizio toccò il pannello sopra di lui e ruotò verso l'alto la leva di prua, il cosiddetto «pulsante del vigliacco», in posizione aperta. Il silenzio nel locale fu immediatamente rotto dal rombo dell'aria compressa nei cassoni della zavorra di prua. Passarono alcuni secondi, l'aria del controllo della zavorra cominciò a riempire il cassone con il vapore delle tubature ghiacciate. Houser guardò l'orologio, poi gridò nel rumore dello svuotamento di prua.

«Svuotamento d'emergenza a poppa!»

Il capo ruotò la leva di poppa; il boato nella sala si fece più forte, una nuvola di nebbia fuoriuscì ribollendo e rotolò sul ponte. Il ponte non si mosse e la lettura della profondità non cambiò.

«Avanti normale», gridò Houser al timoniere, che ruotò l'indicatore di macchina sul pannello di controllo.

Il ponte sotto i piedi di Houser tremò e fu scosso. Non accadde altro.

Atlantico occidentale
Piattaforma continentale di Norfolk, Virginia
USS Seawolf

Il sottomarino navigava ancora in superficie mentre il mattino diventava pomeriggio, e il ponte tremava per la potenza della velocità massima e rollava con un'inclinazione di dieci gradi a babordo, fermandosi momentaneamente per poi rollare di nuovo a tribordo; il rollio induceva sonnolenza. Pacino, in piedi a tribordo della sala controllo, sentiva il sonno prendere il sopravvento: l'intera notte trascorsa in bianco stava cominciando a minare la sua lucidità. Si costrinse a concentrarsi, spostò lo sguardo a babordo del locale, dove la lettura degli strumenti segnalava che il fondo stava scendendo sotto lo scafo mentre il sottomarino attraversava il pendio sommerso e scosceso della piattaforma continentale. Il telefono sulla piattaforma del periscopio della sala controllo ronzò. L'ufficiale addetto all'assetto, Scott Court, avvicinò la cornetta all'orecchio, ascoltò e la porse a Pacino.

«Per lei, comandante.»

«Qui comandante», rispose Pacino a bassa voce, rivolgendo lo sguardo al monitor della visuale del periscopio, mentre vedeva l'oceano blu e il cielo coperto mascherati dal crocino e dal reticolo di linee e divisioni del periscopio. Il mare era di uno stupefacente blu zaffiro, così brillante da suggerire che il colore sullo schermo del periscopio avesse bisogno di una regolazione, benché la vista dalla plancia dimostrasse che lo schermo funzionava benissimo e che il blu del mare era reale.

«Quadrato, signore, il signor Joseph. Gli ufficiali e i sottufficiali sono pronti.»

«Sarò di sotto fra dieci minuti. Riferisca all'ufficiale addetto alla navigazione di cominciare a impartire le istruzioni senza di me.» Pacino rimise a posto il telefono e trovò Court che lo guardava dal periscopio. «Sì, ufficiale all'assetto?»

«Signore, richiedo autorizzazione a immergerci. Siamo al punto d'immersione, il sottomarino è pronto per l'immersione, personale pronto ai controlli. Gli strumenti indicano 610 braccia. La rotta del sottomarino è zero cinque cinque, avanti tutta. Nessun contatto visivo, nessun contatto sonar.»

«Molto bene, rallenti a due terzi e immerga il sottomarino a cinquanta metri.» Una scarica di ordini risuonò mentre l'ufficiale addetto all'immersione ordinava all'ufficiale di guardia di suonare l'allarme d'immersione e di aprire tutte le valvole dei cassoni principali della zavorra. Il timoniere ordinò avanti due terzi e la sala macchine diede il segnale di ricevuto. Il telegrafo di macchina emise il suono di ricevuto mentre la sala macchine rallentava a due terzi. Il sottufficiale addetto al pannello di controllo zavorra azionò una leva al di sopra del pannello e fece suonare l'allarme di immersione. Il rombo della sirena risuonò in tutto il sottomarino, un *uuu-gaa* che era diventato più realistico, meno elettronico da quando il cantiere aveva modificato il generatore d'allarme computerizzato.

«*Immersione, immersione!*» annunciò il sottufficiale sul circuito di amplificazione. Il segnale d'allarme immersione risuonò un'ultima volta.

«Tutte le valvole dei cassoni della zavorra aperte, signore», disse il sottufficiale dopo aver attivato due tasti funzione che avevano trasformato le barre orizzontali verdi sullo schermo delle valvole in cerchi rossi. I cassoni della zavorra di poppa e di prua iniziarono a espellere l'aria e a riempirsi d'acqua di mare, mentre la perdita di spinta di galleggiamento aveva già indotto un abbassamento della parte superiore dello scafo di mezzo metro più vicino alle onde. Court regolò la visuale del periscopio direttamente in avanti e ruotò il visore in giù verso il ponte di prua. Potenti getti d'acqua schizzavano fuori dello scafo. La miscela d'aria e acqua fuoriusciva dalle valvole aperte come il getto di un idrante.

«Valvole aperte a prua», gridò Court. Girò il periscopio indietro e guardò verso il ponte di coperta di poppa, mentre gli spruzzi d'acqua dalle valvole arrivavano più in alto di quanto la visuale compresa nel reticolo del periscopio consentisse di vedere. «Allaghiamo cassone di poppa.»

«Tredici metri», urlò l'ufficiale addetto all'immersione.

Sullo schermo collegato al visore del periscopio, la superficie della coperta a poppa cominciò a scomparire nella schiuma bianca del mare blu. Un'onda investì il sottomarino, si assottigliò e lavò la coperta. L'onda successiva, per un attimo, coprì la vernice verde del ponte.

«La coperta è immersa», annunciò Court.

Il sottomarino continuò a sprofondare lentamente nel mare, e, alla fine, l'ufficiale addetto all'immersione gridò: «Venti metri, la vela è sotto», segnale che il sottomarino era completamente immerso. Soltanto il periscopio numero due rimaneva esposto sopra le onde. Sullo schermo del periscopio, le onde blu si avvicinavano alla visuale fino a quando non furono a portata di braccio.

«Venticinque metri.» Le onde sullo schermo ora erano a pochi centimetri dalla visuale sullo schermo.

«Il periscopio è immerso», annunciò Court mentre gli spruzzi bianchi ribollivano sulla lente, oscurando la visuale. «Il periscopio è immerso...» Gli spruzzi si placarono, rivelando la risacca delle onde; la superficie del mare adesso sembrava rovesciata e le onde soprastanti si allontanarono rapidamente. «Il periscopio è immerso.» Le onde nella visuale si erano ritratte fino a rendersi appena visibili nella foschia bluastra e, alla fine, scomparvero, la visuale piena ormai soltanto di alghe che galleggiavano nell'acqua.

«Inclinazione di cinque gradi», gridò l'ufficiale addetto all'immersione e il ponte s'inclinò in giù mentre il sottomarino abbandonava la superficie.

«Abbassare periscopio numero due», ordinò Court ruotando

l'anello del controllo idraulico posto sopra di lui. Il palo di acciaio inossidabile scese nel suo pozzetto.

«Assetto neutro, piani di profondità di prua cinque gradi a salire. Profondità uno cinque zero, signore.»

«Avanti un terzo, ufficiale all'immersione, livellare il battello.»

«Sarò nel quadrato a dare istruzioni, ufficiale», disse Pacino rivolto a Court. «Quando ha livellato, esegua un'immersione controllata a profondità di prova. Una volta completata, ci riporti a centottanta metri e proceda fino al punto Bravo a velocità massima.» Il punto Bravo era un punto sulla carta circa 500 miglia a est-nordest di Norfolk, il luogo convenuto dell'Atlantico occidentale dove Pacino avrebbe ricevuto istruzioni da Steinman e Donchez. Senza contatti con il Destiny, la missione sarebbe stata un fallimento.

Pacino salì la scaletta fino al ponte di mezzo; giunto alla cambusa, svoltò l'angolo ed entrò nel quadrato affollato. Si fece strada a capo del tavolo, dove lo attendevano una poltroncina e, sul ripiano, un caffè bollente in una tazza che recava l'emblema del battello con la testa del lupo ringhiante in primo piano e il profilo dello scafo di un sottomarino sullo sfondo. Henry Vale, l'ufficiale alla navigazione nonché genietto di Harvard, era in piedi accanto a uno schermo piatto ad alta definizione, un puntatore in mano, sullo schermo il profilo dei sottomarini classe Destiny.

«Avanti, ufficiale di rotta», lo esortò Pacino. Mentre Vale parlava, il ponte s'inclinò verso il basso di cinque gradi, e l'ufficiale addetto all'assetto fece immergere il sottomarino di quindici metri per volta fino alla profondità di controllo, una prova per verificare se il rattoppo sullo scafo vicino ai tubi Vortex avrebbe sopportato la pressione dell'immersione.

«Signore, conosciamo i dati del Destiny, abbiamo istruzioni di trovarlo e affondarlo e sappiamo che ha fatto fuori due dei nostri 688. Tutti noi abbiamo qualche domanda sulla missione del Destiny e sul perché abbia combattuto con tanta foga per uscire dal Mediterraneo.»

«Sihoud è a bordo», annunciò Pacino, sorseggiando il caffè caldo. Il pannello indicatore del controllo battello situato in un cubicolo accanto al seggiolino di Pacino indicava settantacinque metri. Il ponte si inclinò ancora, e Court diresse più in fondo il sottomarino. Lo scafo scricchiolò per un istante. «Forse il Destiny lo sta portando fuori dall'Africa per arrivare al Corno. O magari lo portano in qualche nascondiglio.»

I presenti erano tutti senza parole; gli uomini non avevano ancora compreso il motivo della presenza di Sihoud a bordo. Ora Pacino non era più così disposto a mantenere il segreto, dato che contava sull'aiuto dell'equipaggio per trovare il sottomarino killer del Fronte Islamico. Il silenzio fu rotto da un forte scoppio proveniente dall'alto; lo scafo stava compensando la pressione marina a mano a mano che il sottomarino s'inabissava. Il ponte si livellò ancora per qualche minuto.

«Secondo il piano dell'operazione, dobbiamo arrivare qui», dichiarò Vale mentre lo schermo mostrava un'immagine dell'oceano Atlantico presa come se l'osservatore orbitasse migliaia di chilometri sopra la terra. Una linea curva rossa e tratteggiata univa Norfolk al punto Bravo. «Saliremo a quota periscopica e riceveremo i nostri messaggi dal satellite. Se siamo fortunati, ci darà qualche dritta sul Destiny. In caso contrario, rimarremo là e faremo una ricerca ad ampio raggio con il sonar fino a quando non lo scoveremo.»

«Signore», intervenne l'ufficiale di macchina Dave Hobart con il sudore che gli colava lungo il viso carnoso, dopo essere tornato a poppa per uscire da Norfolk, «a che cosa serve rimanere nell'Atlantico occidentale se il Destiny sta uscendo dal Mediterraneo? Sembra un po' strano, no? Se è vero che sta girando attorno al Corno, non riusciremo certo a prenderlo nell'Atlantico occidentale, no?» I discorsi di Hobart erano sempre pieni di «no?»

Pacino rifletté sul commento di Hobart, consapevole del fatto che tale logica si basava sui dati in suo possesso; non era ancora disposto a rivelare i sospetti di Donchez sul Destiny, sulla possibilità che potesse dirigersi a ovest. Dirigersi verso le coste americane, ma... con *che cosa*?

«Questi sono gli ordini», rispose Pacino. «Molte cose possono succedere prima di domani mattina. A ripulire l'Atlantico ci sono i cacciatorpediniere classe Burke, i P-3 Orion, gli elicotteri LAMPS, la rete idrofonica subacquea SOSUS e i nostri satelliti spia. Se passa qualcosa, gli andremo addosso.»

Hobart non era ancora soddisfatto. «Non so, comandante, c'è ancora qualcosa che non quadra, no? Intanto, perché il ComSubLant non manda fuori le flottiglie di 688 a organizzare una barriera picchetto sonar per ascoltare tutti insieme, no? Di certo coprirebbero più miglia quadrate di quante ne possiamo coprire noi da soli.»

Pacino era sul punto di spiegare a Hobart che fino allora i sottomarini classe Los Angeles non erano stati capaci di individuare il Destiny se non quando era proprio sopra di loro o aveva già lanciato un siluro. Fu interrotto dal ronzio del telefono proveniente dalla sala controllo.

«Comandante, qui ufficiale all'assetto. Il sottomarino è a centottanta metri. Chiedo autorizzazione a prepararci per l'immersione profonda e a procedere a profondità di prova.» Gli strumenti di controllo del sottomarino segnavano centottanta metri. Pacino aveva a malapena avvertito il ponte inclinarsi e stabilizzarsi mentre raggiungevano quella profondità. Si chiese se il rattoppo sul tubo Vortex avrebbe resistito. In caso contrario, la missione sarebbe finita presto.

«Arrivo subito.» Pacino si alzò. «È ora di scendere, ragazzi. Secondo, continueremo più tardi quando avremo altri dati; adesso andiamo in sala controllo.»

Scott Court presiedeva la sala controllo dalla piattaforma sopraelevata del periscopio, appoggiato alla ringhiera.

«Ufficiale all'assetto, preparare immersione profonda e scendere. Secondo, vorrei che lei rimanesse qui. Sarò in sala siluri.»

Vaughn annuì e Pacino uscì dal passaggio di poppa, oltrepassando la sua cabina e quella di Vaughn a babordo e la sala radio e contromisure elettroniche a tribordo. Il passaggio terminava con una paratia, dove una curva a gomito conduceva al portello del tunnel del compartimento del reattore. Pacino invece scese giù per la ripida e stretta scaletta che portava al ponte inferiore, oltrepassando una stiva e la zona delle macchine ausiliarie dove giaceva inerte l'enorme motore diesel, e giunse fino alla porta della sala siluri. Il locale, cavernoso quando era vuoto ma soffocante quando era pieno di siluri, adesso era così stipato che Pacino riusciva a malapena a farsi strada, fra i giganteschi e inutili tubi Vortex, per arrivare a tribordo. I tre tubi, ognuno di più di un metro di diametro, partivano da circa dieci metri a prua fino alla paratia e si estendevano a poppa, al di là della paratia della stiva che era stata divisa in due al cantiere per installare i tubi. L'intero lato di tribordo del locale era scomparso, sostituito dai tubi. Ognuno di essi era simile a quello che Pacino aveva brevemente visitato a bordo del *Piranha* poco prima che il tubo Vortex sulla piattaforma di prova esplodesse e affondasse il sottomarino. Il lato di babordo del locale non era stato alterato, ma il carico di armi era diminuito dai precedenti cinquanta siluri agli attuali ventiquattro, compresi i tre caricati nei tubi di babordo. Era un enorme passo indietro. Pacino rammentò le parole che aveva detto a Donchez, e di nuovo comprese la delusione dell'ammiraglio per il fallimento delle armi Vortex. Nella fretta, al cantiere, dato che i tubi e i loro sistemi di lancio erano operativi, gli ordigni erano stati tenuti nei tubi sigillati non riutilizzabili, nonostante Pacino avesse insistito per farli spostare perché, così vicino allo scafo, il carico di combustibile solido dei missili li avrebbe resi vulnerabili anche a un unico colpo di siluro. La detonazione del combustibile solido sarebbe stata ancora più violenta della testata di un siluro Nagasaki. Pacino scosse il capo e procedette lentamente sino in fondo al locale, dove gli enormi tubi toccavano l'acciaio dello scafo.

Là, a prua, i tubi proseguivano oltre lo spazio dove un tempo c'era stato un serbatoio, il cui vuoto era stato riempito con i potenti circuiti idraulici e con i controlli necessari per aprire i pesanti portelli di uscita dei tubi. Un silurista con le cuffie si era calato strisciando giù per il passaggio formato dalle interruzioni dei tubi contro lo scafo, dal quale era stato eliminato l'isolante in modo che la saldatura potesse essere osservata dall'interno del sottomarino quando questo scendeva in immersione a profondità di controllo. Pacino si avvicinò il più possibile senza calarsi nel passaggio, puntando una torcia sul rattoppo dello scafo.

«Come va per adesso?»

«Ancora nessuna perdita, signore», rispose il silurista.

Il capo silurista, un giovane dall'aspetto sano di nome Riesen, era in piedi con le cuffie in testa al pannello di controllo locale di prua. Guardò a poppa in direzione di Pacino e gridò: «Scendiamo a duecentodieci metri, comandante».

Il capitano di vascello confermò di aver ricevuto il messaggio, lo scafo si inclinò scricchiolando e gemendo per la pressione del mare. Quando raggiunse i duecentodieci metri, il ponte si livellò, mentre i siluristi esaminavano la saldatura alla ricerca di eventuali perdite. Cinque minuti più tardi, il sottomarino scese a una profondità ancora maggiore, prima a duecentoquaranta metri, poi a duecentosettanta, finché, dopo quaranta minuti, non raggiunse i quattrocentocinquanta metri. Osservando il personale di servizio nel locale, Pacino notò che il nervosismo si manifestava attraverso gesti appena abbozzati: uomini che si allentavano colletti che improvvisamente sembravano essere diventati troppo stretti, sguardi rivolti verso l'alto come per tentare di scorgere la superficie quasi cinquecento metri sopra di loro.

«*Il sottomarino è a profondità di controllo.*» Lo strascicato accento texano di Vaughn risuonò per tutto il sottomarino.

Dal rattoppo dello scafo provenne un trambusto. Pacino andò a vedere. Parecchi rivoli d'acqua, probabilmente provenienti da falle piccole come capocchie di spillo, sputavano acqua contro la paratia dove si trovavano gli strumenti di controllo locale.

«Abbiamo una perdita, comandante», confermò il silurista. «Difficile stabilire esattamente dove, ma viene sicuramente dalla saldatura.»

Pacino afferrò un telefono e chiamò la sala controllo. «Qui comandante. Risalite a centoventi metri.»

Il ponte si inclinò di venti gradi verso l'alto e Pacino salì la scaletta al ponte di mezzo e percorse la rampa del passaggio verso la sala controllo. Court stava stabilizzando a centoventi metri quando Pacino entrò in sala controllo.

«La saldatura dello scafo perde», dichiarò Pacino, mentre la rabbia nei confronti del cantiere gli saliva nelle viscere.

«Non ci riporterà un'altra volta a questa profondità», disse Vaughn. Era un'affermazione, non una domanda.

«No. Staremo lontani. Signor Court, non scenda oltre i centottanta metri a meno che io non sia al comando. Metta un appunto sul pannello di controllo.»

«Signorsì, comandante.»

«Quei dannati tubi Vortex», esclamò Vaughn. «Inutile ferraglia.»

«L'ha detto», convenne Pacino. «Ufficiale all'assetto, sarò nella mia cabina. Proceda fino al punto Bravo.»

Una volta in cabina, Pacino si spruzzò un po' d'acqua sul viso e indossò un'uniforme nera con il suo nome e i delfini ricamati di fresco. Sprofondò sul sedile dall'alto schienale imbottito di morbidi cuscini a capo del tavolo da conferenza e chiuse gli occhi per un momento. Prese la libretta intitolata «Ordini notturni del comandante» e scribacchiò qualche frase, poi si interruppe e chiese un caffè attraverso l'interfono. Il cuoco di bordo arrivò con una caffettiera fumante; Pacino gli ordinò di portare la libretta degli ordini notturni a Court in sala controllo. Cambiò idea circa il caffè, si arrampicò nel lettino stretto e chiuse gli occhi. Ricordò di dover spegnere la luce della cabina, ma il sonno lo colse prima di scendere dal letto e premere l'interruttore. Fu un sollievo.

25

Martedì, 31 dicembre
Atlantico occidentale
USS Phoenix

HOUSER doveva urlare più forte del rombo dello svuotamento d'emergenza dei cassoni.

«Fermate lo svuotamento! Macchine ferme!»

Il rumore dell'aria compressa cessò mentre l'ufficiale di servizio abbassava di nuovo le leve di svuotamento. Il telegrafo di macchina emise un suono mentre l'indicatore ruotava in posizione d'arresto e l'indicatore della risposta della sala macchine si portava a sua volta in posizione d'arresto.

«Profondità.»

«Quattrocentosei metri», comunicò con voce neutra l'ufficiale addetto all'immersione.

«Comandante, suggerisco di portarlo fuori di potenza. Diamo avanti tutta e poi indietro. Adesso i cassoni della zavorra sono pieni d'aria. Dev'essere il risucchio del fango che ci trattiene sul fondo.»

McDonne corrugò la fronte. «Lo svuotamento d'emergenza ha tolto tutta l'acqua dai cassoni e, con l'emissione di tutta quell'aria compressa attraverso le valvole, doveva spingerci attraverso il fango o la sabbia. Avrebbe dovuto funzionare.»

«Potrebbe esserci una roccia o un'ostruzione a prua», suggerì Kane. «Proviamo a retrocedere e ad aspettare almeno un minuto prima di andare avanti.»

«A che velocità?»

«Indietro tutta.»

«Signorsì. Timone, indietro tutta.»

Il telegrafo di macchina suonò di nuovo. Il ponte cominciò a vibrare leggermente, un tremito crescente che presto divenne una forza che lo scuoteva con violenza. A Kane parve un terremoto. Il ponte cominciò a inclinarsi verso sinistra, poi in avanti, mentre gli inclinometri segnavano un angolo di due gradi a babordo, tre gradi verso il basso, e l'inclinazione del ponte, pur modesta, era enormemente esagerata dalla percezione umana: quei pochi gradi erano sufficienti a far rotolare le penne sulle scrivanie e a scaraventare i libri sul ponte. La lancetta corta di un vecchio cronometro d'ottone ticchettava lentamente sul quadrante mentre il movimento dello scafo aumentava. Kane stava per ordinare a Houser di passare alla massima velocità quando il sottomarino barcollò.

«Continui a retrocedere.»

Il ponte si inclinò ulteriormente verso il basso; il sottomarino era incagliato, segno che la poppa stava salendo, spinta in alto dall'aria dei cassoni della zavorra. Il sottomarino vibrò ancora, questa volta con violenza, e Kane si precipitò al periscopio numero due, dove vide che il ponte si inclinava in giù con un ampio angolo. Gettò uno sguardo all'inclinometro; la bolla si era spinta sui trenta gradi.

«Continui così, Houser», ordinò Kane, mentre una scarica di adrenalina gli correva lungo la spina dorsale e il cuore gli batteva forte. Il ponte si inclinò verso l'alto fino a quando non fu più possibile stare in equilibrio. «Okay, fermi.»

«Timone, fermare le macchine!»

L'indicatore di velocità del sottomarino era ancora fermo sullo zero, e in ogni caso non funzionava procedendo all'indietro.

«Svuotare i cassoni anteriori», ordinò Kane.

McDonne lanciò un'occhiata a Kane, ma Houser eseguì l'ordine.

Ancora una volta, il sottufficiale sollevò in alto il braccio e spinse la leva di prua verso l'alto, nella posizione di svuotamento. I serbatoi riempirono d'aria compressa i cassoni della zavorra di prua.

«Stiamo esaurendo l'aria compressa, comandante», informò il sottufficiale.

«Interrompere lo svuotamento», ordinò Houser scrollando le spalle a Kane.

«Houser, potenza a un terzo e piani di profondità a salire.»

«Signorsì, comandante. Timone, avanti un terzo. Immersione, piani di profondità tutti a salire.»

Kane e Houser erano curvi sul pannello di controllo a osservare il misuratore di profondità, subito dopo aver ordinato di procedere avanti un terzo. Era probabile, pensò Kane, che non stesse facendo altro che spingere il sottomarino di nuovo nel fango del fondale, ma con un angolo così ripido verso il basso da non riuscire a riportarlo su. Procedendo all'indietro, non c'era alcun controllo: la forza dell'acqua e dell'elica sui piani di profondità di poppa li rendeva inaffidabili. Il sottomarino si sarebbe potuto ribaltare in posizione verticale, avrebbe potuto espellere tutta l'aria dai cassoni della zavorra e sarebbe potuto tornare nuovamente sul fondo, come una freccia incagliata nel fango, e l'impianto a vapore si sarebbe spento, dato che i sistemi di drenaggio a gravità funzionavano solo con inclinazioni di quarantacinque gradi. Sarebbero rimasti incagliati sul fondo per sempre, costretti a una fuga subacquea dalla profondità limite, ovvero destinati a morte certa. Il ponte tremò ancora leggermente, mentre la lancetta del misuratore di velocità del sottomarino passava gradualmente da zero a uno, e poi a due. L'indicatore dell'angolazione dei piani di profondità mostrava che le superfici di controllo montate sulla vela erano inclinate di trentacinque gradi a salire, mentre il misuratore dei piani di profondità di poppa indicava quaranta gradi a salire. L'inclinazione verso il basso del ponte improvvisamente si livellò, spingendosi verso l'alto, mentre la lancetta del misuratore di velocità saliva a quattro, poi sei, poi dieci nodi. Il ponte mantenne l'inclinazione verso l'alto, oltre i trenta gradi, fino a quaranta.

«Prenda il comando, Houser, e usi la velocità per contrastare la spinta di galleggiamento!»

«Immersione, inclinazione meno dieci gradi; timone, avanti tutta. Ufficiale di servizio, aria a tutti i cassoni principali della zavorra. Immersione, portatelo su a centocinquanta metri.»

Kane diede un'occhiata al misuratore analogico di velocità. Si stava aprendo velocemente: l'angolo verso l'alto era ancora di quaranta gradi e l'aria all'interno dei cassoni della zavorra stava cercando di spingere in su il sottomarino verso un'emersione non controllata. Il pannello di controllo della zavorra indicava che le valvole dei cassoni erano aperte, nel tentativo di espellere l'aria e far rientrare l'acqua di mare. Il misuratore di velocità salì a quindici nodi, venti, fino a quando la velocità del sottomarino non riuscì a contrastare le potenti spinte di galleggiamento, come se avesse trasformato un dirigibile floscio che galleggiava verso l'alto in un aeroplano; la spinta di galleggiamento non era più tanto importante quanto la forza dell'acqua sulle superfici di controllo. Il ponte si riportò di nuovo orizzontale e lo scuotimento cessò. Lentamente, la lancetta dell'indicatore di profondità si spostò da 195 a 150 metri, mentre il misuratore di velocità si fermò a venticinque nodi.

«Rallenti, ufficiale all'assetto. Dieci nodi. Controlli se nei cassoni della zavorra c'è ancora aria.»

Houser eseguì l'ordine e il sottomarino rallentò, a profondità costante. Kane ridusse la velocità a cinque nodi, senza che la profondità mutasse. I cassoni della zavorra erano di nuovo pieni d'acqua.

«Chiudere le valvole.»

«Valvole chiuse, signore.

Kane guardò il pannello. Tutto sembrava sufficientemente in ordine per fare ritorno a casa. Sentì il cuore tornare a battere normalmente.

«Molto bene», osservò Houser. «Comandante, la rotta è due nove zero, profondità centocinquanta metri. Consiglio di tornare in superficie e metterci in comunicazione.»

Per quanto ne sapessero i comandanti delle navi di superficie, pensò Kane, loro erano morti e giacevano sul fondo insieme con un mucchio di rottami. Houser aveva ragione. Era tempo di dire al mondo che il *Phoenix* era tornato.

«Houser, faccia venire qui l'operatore radio. Voglio che controlli l'apparecchiatura prima di tornare in superficie. Abbiamo incassato un bel colpo. E trovi Sanderson e gli riferisca che voglio un rapporto sul sonar. E il sottufficiale addetto al controllo di tiro, Gessup, voglio qui anche lui. E Jensen, per verificare l'elettronica del sottomarino. Una volta messi in funzione i sistemi elettronici, saliremo in superficie a raccontare di noi e del Destiny.»

«E poi, signore?»

«Che cosa dice il medico dei feriti? Una settimana farà una grossa differenza?»

«Non starà pensando a Norfolk, vero?» chiese Houser. «Sono stato con Ives in mensa equipaggio. Quei ragazzi hanno bisogno di cure immediate. È lei che decide, comandante, ma se questa scatola di bulloni fosse mia, me la squaglierei per attraccare in qualche posto vicino. La Scozia o Liverpool o Rota.»

«Dipende da come rispondono i circuiti elettronici, Houser», replicò Kane. «Se il sottomarino è in condizioni sufficienti da farcela ad attraversare l'Atlantico, farò caricare i feriti su un elicottero e riporterò il sottomarino a casa: ha bisogno di un po' di tempo in bacino di carenaggio, dopo quello che ha passato. Un semplice ormeggio a Faslane non gli basta. E comunque senza siluri siamo fuori gioco. Ma se non abbiamo sonar né controllo di tiro, non rischierò il viaggio.»

Kane abbassò lo sguardo sugli schermi inerti dei computer della centrale d'attacco, rendendosi conto improvvisamente che i vitali quanto vulnerabili sistemi elettronici erano probabilmente soltanto dei rottami. Sembrava un miracolo che il reattore e l'impianto del vapore fossero intatti, ma decenni prima, quando l'ammiraglio Rickover in persona aveva progettato la maggior parte dell'impianto di propulsione dello USS *Nautilus*, i sistemi di propulsione si erano dimostrati assolutamente a prova di bomba, causando l'abbandono della tecnologia elettronica delle valvole, che furono sostituite dagli amplificatori magnetici, i giganteschi nuclei di ferro all'avanguardia alla fine degli anni Trenta. A partire dal 1954, le valvole avevano ceduto il passo ai transistor, poi ai circuiti integrati e infine ai microprocessori. Ciononostante, gli impianti a energia nucleare continuavano a usare gli amplificatori magnetici, in cui il controllo della velocità del generatore aveva le dimensioni di un frigorifero, mentre se fosse stato costruito con un microprocessore avrebbe occupato lo spazio di un'unghia. Gli impianti a energia nucleare avevano mantenuto i vecchi sistemi a prova di bomba, abbandonando la maggior parte della microelettronica, fatta eccezione per i sistemi di sicurezza dei reattori, che comunque avevano tripla ridondanza, anche se i progettisti spingevano per risparmiare ogni metro cubo di volume a bordo. Quelle decisioni ora sembravano razionali, dato che, dopo una collisione a cinque G contro il fondale, avevano riavviato il reattore senza riscontrare alcun difetto, mentre i più moderni sistemi computerizzati a prua del sottomarino avrebbero potuto non funzionare mai più.

Sanderson arrivò per primo, con l'aria stanca e tirata. Il capo di prima classe radio-operatore Binghamton giunse zoppicando per una scheggia in un ginocchio. Binghamton era una specie di Mister Muscolo dalla testa rasata, gli mancavano solo gli orecchini e l'altezza, soltanto un metro e sessanta con le scarpe. Era un uomo versatile, dai molti ruoli, capace di passare dall'umorismo dell'istruttore bonario all'autoritarismo più inflessibile. Nessuno degli uomini dell'equipaggio osava chiamarlo «Bingy» in faccia, non dopo la sua prima settimana a bordo, quando parecchi operatori radio e un sottufficiale erano stati sbattuti contro le paratie per aver pronunciato una battuta di troppo. Gli piaceva dare consigli, specialmente a coloro che non ne facevano richiesta, come McDonne. Ma era un dato di fatto che Binghamton piaceva a tutti a bordo, a eccezione di Edwin Sanderson. Kane aveva designato Binghamton aiutante di bordo, una mossa che McDonne aveva finto di disapprovare, poiché entrambi ritenevano di essere i più esperti nel comandare l'equipaggio. In questa missione Binghamton era stato di ottimo umore, poiché girava voce che sarebbe presto stato promosso aiutante o ufficiale tecnico. Ma ora il volto di Binghamton era pieno d'ira. Mantenne il silenzio fino a quando Kane non fu pronto. Arrivò Edwards, il capo elettricista, lo sguardo preoccupato sul viso incorniciato dalla barba.

«Dov'è Gessup?» chiese Kane, riferendosi al sottufficiale addetto alla centrale di tiro, dal quale voleva un rapporto sul sistema di controllo di tiro.

«Stava prendendo un caffè in mensa equipaggio», disse Edwards, «quando si è accasciato. Il dottore dice che ha una commozione cerebrale, ma sembrava mio padre quando ha avuto l'infarto...»

«Okay, Edwards, aspetti lì.» Kane guardò gli uomini che aveva radunato. «Il reattore funziona e stiamo tornando a casa, almeno lo spero. Ho bisogno di sapere se possiamo rimanere in immersione e voglio mandare un messaggio riguardo al Destiny. Prima la radio. Rapporto, capo?»

«È bagnata, comandante. Tutti i sistemi. Sto smontando tutti i sistemi per prelevare componenti e cercare di metterne insieme una. Penso di poter far passare il segnale di un trasmettitore UHF attraverso l'antenna del Bigmouth, ma il sistema di cifra è andato. Qualunque cosa diciamo, contiamo pure sul fatto che il nemico ci ascolta.»

«E se usassimo una boa SLOT?»

«Tutte scassate. Non ce n'è una che funzioni, e non si possono aggiustare, non ci sono pezzi di ricambio.»

«Fra quanto tempo sarà pronto a mandare un messaggio?»

«Dieci minuti, ma questo non significa che il Bigmouth funzionerà. Tutto ciò che posso fare è attendere finché non siamo pronti a trasmettere.»

«Bene, capo. Si metta all'opera. Scriverò il messaggio quando sarà riuscito a far funzionare il sistema. Sanderson, il sonar? Il Destiny è ancora là fuori e preferirei che non cadessimo in un'altra imboscata. E non voglio andare a schiantarmi contro una superpetroliera quando saremo in superficie.»

«Mi serve tempo, comandante. Ci sono delle schede che vanno sostituite e devo controllare tutti gli idrofoni...»

Kane corrugò la fronte, sapendo che Sanderson era un perfezionista e che non c'era tempo per la perfezione.

«Al diavolo, capo. Cambi le schede danneggiate, salti il controllo del circuito e faccia funzionare il sistema. Non mi importa se va a capacità ridotte o soltanto a banda larga. Voglio delle orecchie e le voglio subito.»

«Farò quello che posso, comandante, ma non posso promettere...»

«Smettila di brontolare e fallo funzionare, Sandy.» L'ordine veniva da Binghamton.

Sanderson divenne rosso in volto, ma si avviò nel locale sonar a prua.

«Edwards, controllo di tiro?»

«Il disco è stato danneggiato, signore. Ora lo stiamo sostituendo con quello di riserva e abbiamo verificato che funziona. Abbiamo già cambiato una dozzina di schede e ne stiamo installando un'altra dozzina. Quando avremo finito, i computer saranno praticamente come nuovi. L'unico pericolo è che le schede di ricambio siano danneggiate. Non abbiamo più ricambi. Se uno di questi circuiti si guasta, è finita. Questo ci permetterà di inizializzare il sistema un'ora dopo aver finito di aggiustarlo. Fra circa novanta minuti, la centrale di tiro sarà operativa, ma non servirà a niente senza sonar.»

«Procedete. Navigazione?»

Mike Jensen, l'ufficiale addetto alla navigazione, era entrato mentre Edwards stava parlando. Jensen era fra le superstar degli ufficiali di medio grado, un uomo alto, bello, dalle spalle larghe, che si era laureato classificandosi tra i primi studenti della sua classe all'Accademia, era stato in lizza per una borsa di studio alla Rhodes prima di laurearsi in fisica a Stanford. La faccia gonfia e bitorzoluta lo faceva sembrare più un pugile che un accademico, e aveva il braccio destro al collo, ferito dalla scheggia di un tubo che si era gonfiato. Sembrava voler combattere da solo contro il dolore: una delle sue caratteristiche era il rifiuto assoluto di prendere farmaci o qualunque altro tipo di droga, compresi l'aspirina e il caffè. Sicuramente si era rifiutato di prendere gli analgesici che gli avevano prescritto, pensò Kane.

«Sembra che il navigatore satellitare GPS sia attivo. La diagnostica interna ha rilevato alcuni guasti, che stiamo riparando, ma indica la stessa posizione di prima che ci colpissero. Il navigatore interno è completamente andato. Ma, come dicono quelli del commissariato, penna, calcolatrice e bussola vanno bene lo stesso.»

«Okay. Come sta?»

«Mai stato meglio. Il cranio fratturato mi dona, non trova?»

«Spiritoso», commentò Kane. «Secondo, mi faccia avere un messaggio con la posizione di Jensen e l'incontro col Destiny.»

«Signorsì.»

A prua, in sala sonar, il segnale a banda larga di Sanderson cominciò a riversarsi sullo schermo mentre l'inizializzazione Q-5 veniva completata. Sanderson era all'inizio di una lunga serie di sedute di diagnostica interna e non desiderava far sapere alla sala controllo che disponevano già di un rudimentale sonar, non dopo le dure parole pronunciate nel rapporto; la sua rabbia svanì quando le tracce del segnale a banda larga arrivarono sullo schermo insieme coi primi rumori. Erano in contatto con un'altra unità navale. Molto vicina. In immersione.

Il Destiny era così vicino da entrare in collisione!

CNFS Egira

Il computer di bordo del sottomarino, conosciuto ufficiosamente come Secondo Comandante, aveva un nome ufficiale impronunciabile, Sistema di Intelligenza Artificiale a Reti Neurali Stratificate e a Controllo Distribuito YEBM-G-Destiny-Scafo-1, ed era stato fabbricato dalla Yokogawa Electronic Battle Machinery Corporation. La sua architettura era stata paragonata a quella del cervello umano da più d'un ricercatore. Il confronto era forse l'unico modo in cui il sistema interattivo poteva essere compreso dai suoi utenti.

Gli elementi inferiori dell'intelligenza artificiale erano i sensori, gli idrofoni sonar, le antenne elettroniche del sistema di contromisure elettroniche, nonché gli indicatori di posizione delle valvole, di funzionamento delle pompe e i rilevatori del flusso di neutroni del reattore nucleare, che si comportavano come cellule neurali. Il monitoraggio e il controllo delle funzioni fondamentali del sottomarino, controllo del reattore, dell'atmosfera interna, della profondità e degli armamenti, erano interamente gestiti dai moduli di calcolo, secondo un procedimento molto simile a quello in cui il cervello umano controlla il battito cardiaco e la respirazione. Attorno ai moduli di controllo delle attività standard vi erano le funzioni di livello più alto, legate al sonar e al monitoraggio elettronico. Il sonar e il monitoraggio elettronico erano per il sottomarino i mezzi per percepire l'ambiente circostante, analogamente al tatto e alla vista per un organismo vivente. Di conseguenza, così come il cervello umano dispone di intere aree, dette lobi, dedicate alla vista e al tatto, il Secondo Comandante era dotato di una rete neurale a moduli stratificati dotata di nodi separati associati alla ricezione, al riconoscimento e all'interpretazione dei dati sonar ed elettronici. I nodi neurali in se stessi facevano sembrare obsoleti i supercomputer di un decennio prima, la cui logica non era dotata di circuiti in collegamento permanente per svolgere una specifica azione ripetitiva. Il nodo sonar era in grado di gestire simultaneamente enormi quantità di dati in tempo reale, raccogliendoli e convertendoli in interpretazioni dell'ambiente esterno riconoscibili da parte dei livelli superiori delle reti neurali stratificate.

Le funzioni più alte del sistema erano i moduli di assemblaggio neurale dell'intelligenza artificiale, una parte dell'insieme dei componenti del computer di cui non si faceva specifica menzione nei manuali di addestramento o di assistenza, se non in senso molto ampio. I moduli di assemblaggio si comportavano con i livelli inferiori in modo simile ai lobi frontali del cervello umano: le funzioni prelevavano i dati della rete neurale modulare del sonar e li interpretavano, confrontandoli con i dati ricevuti in precedenza, generando domande interne che richiedevano indagini e analisi.

I moduli facevano parte del sistema incaricato di rapportarsi a un equipaggio composto di esseri umani, mentre all'avanzata intelligenza elettronica artificiale spettava l'onerosa responsabilità di far capire agli uomini dell'equipaggio ciò che capiva il sistema e di renderli consapevoli dei rilevamenti ambientali. Il compito di comunicare con l'equipaggio era il più difficile da progettare, ma con quel modello la Yokogawa aveva varcato le frontiere dell'intelligenza artificiale e aveva fatto compiere alla scienza un passo fondamentale.

Sarebbe stato esagerato affermare che quel livello di coscienza elettronica fosse in grado di pensare, ma l'unità disponeva di un rigeneratore di memoria ad accesso casuale in grado di scandagliare le celle di memoria al plasma alla ricerca di tutto ciò che riguardava la gestione corrente dei dati e di andare oltre la rete neurale per attivare le associazioni recuperando le informazioni apprese nel passato. L'unità non era capace di riflettere ma era, tuttavia, in grado di riesaminare le esperienze precedenti per confrontarle con i rilevamenti correnti e di estrapolare dall'esperienza una previsione suffragata da calcoli di probabilità degli eventi futuri. Non era capace di confusione, ma i suoi processori erano stati progettati per sopprimere ogni suggerimento d'azione e per rallentare le funzioni neurali nel caso in cui il confronto fra l'esperienza passata e la previsione del futuro fosse discordante dalla realtà corrente percepita dalle reti neurali modulari. Quando la previsione della realtà di cui beneficiava la missione del sottomarino era corretta secondo la percezione delle reti modulari, il sistema era programmato per sperimentare un maggior flusso di neuroni; il rilascio di elementi elettrochimici, a livello di certi trasmettitori neurali, produceva l'equivalente della sensazione di soddisfazione. Quando la missione prevista non era eseguibile, il flusso neurale del sistema veniva soppresso e i processori venivano distolti dai continui tentativi di analisi diretta del problema. Non conosceva la paura, ma quando l'indice previsto di successo della missione era basso e la sopravvivenza del sistema era considerata improbabile, la tolleranza del sistema al rischio aumentava. Inoltre, non aveva modo di provare la speranza ma, quando il successo della missione rilevato dalle analisi di probabilità dell'evento era alto, i moduli percepivano livelli maggiori di flussi neurali uniti al rilascio di elementi elettrochimici associati a una più alta connettività neurale. Non disponeva di un equivalente dell'aggressività, ma era in grado di comprendere se la missione era minacciata da pericoli in rapido progredire, e allora l'indicatore del coefficiente di rischio si spostava sui valori alti, mentre i nodi che dovevano vagliare le azioni venivano fortemente stimolati.

Senza istruzioni da parte dell'equipaggio, il sistema aveva un'autonomia d'azione limitata. Non possedeva vera iniziativa, anche se, quando i moduli erano privati del comando umano, il sistema rivedeva le esperienze precedenti legate al comportamento umano, attribuendo maggior peso alle azioni umane più recenti, e vagliava la possibilità di dirigere azioni simili, considerando il coefficiente di rischio del momento e dell'ambiente circostante insieme con lo stato della missione e con la gravità della minaccia. La mancanza di istruzioni da parte delle reti neurali modulari dapprima riduceva il flusso neurale, poi iniziava ad aumentarlo per compensare la mancanza di materia prima da vagliare, nello stesso modo in cui un essere umano privato della vista, del tatto e dell'udito avrebbe allucinazioni durante gli esperimenti di laboratorio.

Con riguardo alla qualità ignota di quest'aumento elettronico di funzione durante la privazione sensoriale, il sottomarino era stato dotato di microfoni interni. Questa parte del sistema non veniva citata sui manuali tecnici e durante i corsi di addestramento. Una delle reti neurali modulari era un analizzatore della voce umana all'interno del battello ricevuta ai microfoni piazzati in ogni ambiente del compartimento di comando. All'inizio, la presenza di quei registratori era stata giustificata attribuendola al design dei precedenti sottomarini, in cui le intercettazioni ambientali facevano parte delle inchieste sugli incidenti, così come gli aerei erano dotati delle scatole nere di registrazione per analizzare gli ultimi istanti prima di un incidente. Si potevano ricavare preziose informazioni tattiche perfino da un sottomarino che aveva perso una battaglia, se l'intero evento poteva essere ricostruito in base alle registrazioni delle voci. Non tutte le conversazioni tattiche provenivano dalla sala controllo. Molte si svolgevano nella cabina del comandante, nel corridoio davanti alla cabina del primo ufficiale, la mattina a colazione nella mensa ufficiali o durante le chiacchiere serali degli ufficiali inferiori. In breve, tre erano i motivi per cui i progettisti avevano deciso di cablare tutto il sottomarino *senza* che l'equipaggio ne fosse consapevole. Uno era quello di evitare la privazione sensoriale, che avrebbe provocato l'avaria del sistema. Il secondo era lo stesso motivo per cui si mettevano le scatole nere sugli aerei. Il terzo era collegato al Secondo Comandante. I moduli di assemblaggio a intelligenza neurale artificiale del sistema, i lobi frontali, avevano bisogno di dati per la valutazione del successo della missione e per continuare la battaglia nel caso in cui gli uomini dell'equipaggio fossero morti o fossero stati resi inabili. La risorsa principale del sistema per stimare la valutazione data dall'equipaggio alla situazione tattica erano le informazioni rilevate nelle registrazioni del compartimento di prua del sottomarino. Certo, il sistema delle intercettazioni era imperfetto, e la sua validità sarebbe stata rispettata soltanto se l'intero equipaggio fosse stato eliminato: in quell'improbabile eventualità il Secondo Comandante avrebbe continuato basandosi su quello che stava facendo l'equipaggio prima di essere eliminato, come se le intercettazioni fossero una specie di programma. Se i progettisti della Yokogawa fossero stati in grado di inserire microspie nel cervello del comandante per intercettarne i pensieri, forse avrebbero fatto anche questo.

La descrizione del sistema avrebbe portato alcuni ingegneri esterni all'enclave della Yokogawa a concludere che il Secondo Comandante aveva un'intelligenza che assomigliava molto da vicino a quella di un essere umano, ma andava raffinata. Se rigorosamente paragonata a quella di un essere umano, l'intelligenza artificiale del Secondo Comandante si sarebbe avvicinata a quella di un essere umano di cinque anni... un bambino di cinque anni dotato di modelli di pensiero avanzati, capacità di apprendimento altamente sviluppate, applicazioni riuscite di iniziative basate sull'esperienza, straordinaria adattabilità alle situazioni nuove: in breve, un umano di cinque anni dotato di considerevole potenza intellettuale. Ma un essere umano di cinque anni non era la persona adatta a guidare un'automobile o pilotare un aereo di linea, o dirigere le azioni del sottomarino d'attacco più avanzato del mondo. A meno che, naturalmente, il sistema non avesse dedotto che l'equipaggio era stato eliminato.

Nell'Atlantico orientale, durante l'ora successiva all'esplosione del siluro Mark 50, l'*Egira* continuava verso ovest lungo la rotta tracciata dal tenente di vascello At Ishak. In quell'ora, il sonar aveva intercettato i suoni prodotti dai tentativi di disincagliarsi del sottomarino classe 688 che aveva lanciato i siluri ostili. Il Secondo Comandante riconobbe nel sottomarino quello che l'equipaggio aveva tentato di affondare poco prima, e gran parte del dialogo interno dei moduli era dedicato a discutere sull'opportunità di sparare al sottomarino recuperato e distruggerlo.

La missione, secondo quanto compreso dal Secondo Comandante, consisteva nel procedere lungo la rotta fino al mare del Labrador al largo della Groenlandia, da dove avrebbe lanciato verso la città di Washington i missili da crociera supersonici da alta quota, in grado di evadere i radar e dotati delle nuove testate Scorpion. Il sottomarino 688 era coinvolto nella missione solo in quanto minacciava il transito dell'*Egira.* I moduli di memoria al plasma contenevano numerosi riferimenti verbali dell'equipaggio – prima che morissero tutti – al fatto che il 688 fosse in grado di controintercettare l'*Egira* e lanciare in risposta o lanciare per primo. Lanciare un siluro Nagasaki era un valido corso d'azione, ma rimanere invisibili al 688 era un'opzione altrettanto valida. C'era inoltre il fatto che l'equipaggio aveva avuto pensieri simili, come testimoniato dalle registrazioni vocali: i loro motivi per lanciare siluri contro al sottomarino si fondavano sul fatto che questo era di guardia allo stretto di Gibilterra. Se fossero rimasti coinvolti nell'attacco al 688 da parte di un siluro ostile, il rischio sarebbe stato significativo sia per il sottomarino sia per la missione, mentre era forse meno pericoloso tentare di accostarsi furtivamente all'altro sottomarino.

All'inizio, perciò, il rischio che l'operazione comportava causò una certa esitazione al Secondo Comandante e il sistema decise prima di tutto di raccogliere altri dati sulla probabilità di intenti ostili da parte del 688. Le stime iniziali mostravano che il 688 non stava mascherando la sua segnatura acustica e stava, anzi, generando la più alta serie di rumori nella storia della memoria al plasma del Secondo Comandante. Di conseguenza, era probabile che non stesse agendo secondo una curva di minaccia ostile, ma fosse occupato a valutare le proprie probabilità di sopravvivenza. I rumori diminuirono mentre le due unità navali si avvicinavano l'una all'altra, causa di ulteriore eccitazione per il Secondo Comandante, che adesso stava dedicando il tempo di calcolo al problema di evitare una collisione virando lontano dalla portata del 688.

C'erano anche valide ragioni per non attaccare, fra cui il ritardo provocato alla missione e l'incertezza sulle intenzioni e sulla rotta del 688. Adesso le rotte dei due sottomarini convergevano e l'*Egira* si trovava a poche centinaia di metri dal 688, una vicinanza che l'equipaggio probabilmente non avrebbe azzardato, ma dal momento che lo aveva fatto lui, il Secondo Comandante, ora molto più avanti nella valutazione del coefficiente di rischio di valore negativo, stimava che aumentare la velocità per portare via il sottomarino avrebbe provocato un'emissione di rumore più alta e intensa, che li avrebbe resi più facilmente intercettabili dal 688.

La decisione sul da farsi ormai si era quasi presa da sola. Il profilo mentale del Secondo Comandante, a questo punto, era paragonabile a quello di un bambino che cercava di fischiettare con disinvoltura attraversando un cimitero di notte. Dapprima, la decisione tattica sembrò corretta, dato che non c'era stato segno di ostilità da parte del 688 quando i due sottomarini erano giunti al punto di approccio più vicino. Poi i due battelli aumentarono la distanza e l'*Egira* sorpassò il 688 e si allontanò. Ma, mentre la forbice della distanza si apriva ormai a cinquecento metri, il 688 compì un movimento improvviso, molto probabilmente collegato al fatto di aver controintercettato l'*Egira*. La decisione originaria del Secondo Comandante di cercare di avvicinarsi di soppiatto a poca distanza si rivelò errata. Il 688 alla fine li aveva intercettati.

Il Secondo Comandante reagì in modo da compensare la decisione errata presa in precedenza. Avrebbe tenuto conto del fatto che il 688 ora era a conoscenza della sua presenza. Avviò il giroscopio sul siluro Nagasaki numero sei, allagò il tubo e aprì il portello di prua, frustrato dal fatto che l'arma avrebbe impiegato parecchi minuti a scaldarsi, a completare la diagnostica interna e ad accettare i dati di tiro da parte del Secondo Comandante. Il Secondo Comandante provò un considerevole flusso neurale, che avrebbe potuto assomigliare a delusione, o forse a rimpianto, per non aver scaldato l'arma prima, in modo che fosse pronta a partire nell'eventualità che il 688 li avesse intercettati. D'altronde, ricordò a se stesso, il giroscopio dei Nagasaki emetteva un suono ad alta frequenza che avrebbe rivelato la presenza del sottomarino molto prima.

Il Secondo Comandante ora era davvero il comandante di una nave: proprio come un essere umano, sentiva su di sé il peso di ogni decisione, si tormentava cercando di prevedere le conseguenze e di percepire il rischio di ogni mossa. Rendendosi conto dello stress, il sistema provava nostalgia per i tempi in cui era subordinato all'equipaggio umano. Se per caso gli uomini dell'equipaggio si fossero svegliati, il sistema non li avrebbe mai più dati per scontati.

26

Martedì, 31 dicembre
Atlantico orientale
USS Phoenix

«*Controllo, qui sonar*», annunciò il capo Sanderson sul circuito di amplificazione. «*Bersaglio Uno riacquisito, vicino lato di tribordo. Consiglio manovra evasiva.*»

Kane, che, sino a un istante prima, aveva avuto l'impressione di essere stato graziato, si sentì come un evaso ributtato in cella.

Udì una voce che urlava: «*Timone, tutto a sinistra!*», e solo dopo alcuni secondi si rese conto che era la sua. Urtò con violenza il corrimano di sinistra all'altezza delle costole, mentre il ponte si inclinava nella virata. «Avanti tutta.»

«Timone tutto a sinistra, avanti tutta, il battello risponde.»

«Avanti così.»

«Avanti così, signorsì, rotta uno tre cinque.»

«Assetto, posti di combattimento in modalità silenziosa.» Era un ordine stupido, pensò Kane, impartito per un riflesso condizionato. Metà del personale necessario era tra le vittime. «Lasci perdere, ma si assicuri che ci siano uomini alla centrale di attacco e li metta in comunicazione.»

«Signorsì.»

«Sonar, qui controllo», annunciò Kane nel microfono delle cuffie, prima ancora di indossarle correttamente. «Qual è la situazione del Bersaglio Uno? Ci sono stati cambi di velocità?»

«Controllo, qui sonar, no: il Bersaglio Uno procede a bassa velocità e lo rileviamo sulla banda larga.» Nel locale sonar, Edwin Sanderson scoccò un'occhiata furiosa alla sua traccia in banda larga, poi a Smoot, che sudava cercando di aggiustare i moduli della banda stretta nonostante un grave problema con il programma. «Confermo che il contatto è il Bersaglio Uno, ma riceviamo un sacco di transienti, risonanze di flusso multiple, forti rumori fluidi. Comandante, è più rumoroso di un rottame ferroviario. Se avessi avuto prima il sonar l'avrei beccato molto più lontano. Deve essere danneggiato.»

Kane si sentì sollevato. Aveva lanciato un'intera sala siluri contro il Destiny ed era stato mandato sul fondo da un singolo Nagasaki. Ora il Destiny era tornato dalla zona con i siluri del *Phoenix* con solo una segnatura acustica più accentuata. Kane si ritrovò, non per la prima volta, a immaginarsi a sua volta al comando di un Destiny, invece di un vecchio classe 688 qualunque.

«Signore, abbiamo una soluzione di tiro manuale sul Bersaglio Uno», annunciò McDonne dal tavolo di calcolo, con voce troppo alta per il circuito interfonico. «Consiglio accostata per rotta due cinque zero con velocità di almeno quindici nodi.»

«Non voglio farmi sotto.» Era il modo gentile di Kane di non dire per quale diavolo di motivo avrebbero dovuto fare una cosa del genere. Una soluzione di tiro manuale quando non avevano più siluri? La cosa giusta da fare era continuare lungo la loro rotta per allontanarsi da quel figlio di puttana, aumentare la distanza, portarsi fuori della portata dei sensori, scappare a gambe levate. Ma qualcosa suggerì a Kane che McDonne aveva ragione. Anche se il *Phoenix* non aveva armi, qualcun altro là fuori ce le aveva, sicuro come l'inferno. Con un oceano pieno di cacciatorpediniere classe Burke e il cielo affollato di rombanti P-3, sicuramente c'era qualcuno che era in grado di spedire a fondo quel figlio di puttana. Gli mancava una sola, piccola, informazione. Dove diavolo si trovava il Destiny?

«Dovrebbe essere in una rotta parallela, signore, manovriamo in modo da fargli attraversare la nostra.»

«Timone, cinque gradi a dritta, via per due cinque zero, avanti normale.»

«Dritta cinque, due cinque zero, avanti normale, signorsì, macchine confermano avanti normale.»

«Sonar, qui comandante, stiamo virando a dritta per avere un rilevamento Ekelund sul Bersaglio Uno. Faremo passare il Bersaglio Uno attraverso la nostra scia.»

«Controllo, qui sonar, signorsì.» Sanderson allontanò dall'orecchio l'auricolare di destra, quello con cui ascoltava i dati sonar in ricezione ma che poteva essere interrotto quando arrivavano comunicazioni vocali dalla sala controllo, e premette contro l'orecchio l'auricolare di sinistra, quello dedicato esclusivamente al sonar. Dannazione, dove diavolo era quel processore a banda stretta? «Controllo, qui sonar, altri transienti dal Bersaglio Uno. Apertura di portelli nello scafo, forse si tratta di segnali ad alta frequenza provenienti da nuovi equipaggiamenti. Stiamo ancora lavorando sulla banda stretta e non posso stabilire di cosa si tratti da quanto sento con il Q-5.»

«Sonar, qui comandante», disse la voce di Kane. «Esiste la possibilità che il Bersaglio Uno stia preparando un Nagasaki?»

«Comandante, qui sonar. Non ho modo di saperlo.»

«Comandante, qui secondo. Abbiamo una curva. La distanza del Bersaglio Uno è seimila metri, direzione due otto zero. La rotta dell'obiettivo è due sei due, velocità otto nodi.»

Se avessero avuto un siluro, quei dati avrebbero rappresentato la soluzione di tiro e anche con i monitor spenti della centrale di lancio avrebbero potuto inserire manualmente i dati nel siluro e l'avrebbero lanciato. Dopo tutto McDonne aveva ragione quando suggeriva di conservare sempre un siluro ma, se l'avessero fatto, l'arma avrebbe potuto detonare quando avevano colpito il fondale e avevano incrinato lo scafo. Ora non aveva senso dibattersi su ciò che era accaduto in precedenza.

«Timone, avanti due terzi, portarsi a sette nodi. Attenzione, centrale di lancio, ci stiamo posizionando dietro il Destiny per inseguirlo senza farci scoprire. A quanto sembra non ci ha ancora individuati e la sua segnatura acustica è molto alta. Potremmo aver finalmente ottenuto il vantaggio acustico, sempre che la nostra rumorosità non sia enormemente aumentata dopo che abbiamo colpito il fondale. Dobbiamo salire a quota periscopica e stabilire la nostra posizione con il satellite. Subito dopo, trasmetteremo un rapporto di contatto con il Destiny al CinClant e al ComSubLant indicando la nostra posizione in base al NavSat.»

«Secondo, riscriva il messaggio che ha già compilato. Riporti il contatto con il Destiny e descriva il nostro scontro a Gibilterra. Profondità, portarsi a cinquanta metri. Sonar, ci prepariamo a salire a quota periscopica. Radio, pronti a codificare un messaggio di contatto.»

La sala si animò mentre il sottomarino si dirigeva verso la superficie, la distanza dal Destiny davanti a loro aumentata già a diecimila metri. Il nemico era ancora rumoroso ed era seguito sulla banda larga. Nel locale sonar, i processori della banda stretta stavano finalmente riprendendo a funzionare, sia pure con capacità ridotte. Sanderson era pronto a chiedere al controllo di filare il sonar trainato di riserva, quello più avanzato era stato fatto a pezzi e reciso dalla manovra necessaria per disincagliarsi dal fondale: la sua autodiagnostica mostrava un circuito completamente aperto. Il sonar TB-16 era più corto, meno sensibile, con prestazioni minori ma pur sempre in grado di funzionare. Avrebbe dato loro molte più capacità che non il dispositivo a banda larga da solo.

In effetti, se il TB-16 fosse stato filato, avrebbe classificato il rumore che Sanderson aveva sentito come quello del giroscopio di un Nagasaki in corso di preparazione.

CNFS Egira

Il Secondo Comandante continuò verso nord-est, allontanandosi dal 688 ostile che, dopo essere scappato via, si era indirizzato su una rotta parallela. Il modello tridimensionale del mare presente nei moduli di calcolo della navigazione e del controllo nave mostrava che il percorso del 688 seguiva una rudimentale Z, una tipica manovra di rilevamento della distanza del bersaglio. Il 688 stava cercando di rilevare la distanza con il sonar passivo e di determinare rotta e velocità dell'*Egira*. Il siluro Nagasaki stava impiegando un'eternità per assumere la condizione necessaria al tiro. Le funzioni più sofisticate del Secondo Comandante si resero conto, grazie a un impulso di protesta trasmesso dal sistema di controllo armi, che avevano solo una vaga idea di rotta, velocità e distanza del 688. C'era una valutazione abbastanza attendibile della rotta, ma non della distanza e della velocità. Il Secondo Comandante avrebbe dovuto far manovrare anche il suo battello in modo tale da rilevare la distanza del bersaglio, seguendo una rotta a Z, ma il computer esitò quando, all'improvviso, il 688 rallentò, la segnatura acustica diminuì, la profondità si fece inferiore, mentre lo scafo beccheggiava durante la salita. Stava derivando verso poppa, saliva sopra lo strato termico oppure stava emergendo? O si stava portando a profondità periscopica? Forse il 688 stava solo «pulendo» la sua scia, il cono di cecità sonar che aveva a poppa, cercando di assicurarsi che non vi fossero navi di superficie troppo vicine mentre saliva oltre lo strato termico. Forse si trattava di una semplice manovra di routine e il processore del sistema di controllo dell'arma le aveva attribuito un significato eccessivo.

Ma poi qualcosa scavalcò il processore del sistema di controllo, qualcosa che un essere umano avrebbe potuto chiamare un sospetto o un presentimento, sempre che non fosse un ingegnere specializzato in intelligenza artificiale che l'avrebbe definito semplicemente un fenomeno di risonanza di flusso neurale provocato da un ambiente privo di dati in uno scenario non prestabilito. Ma, indipendentemente da come si volessero chiamare i flussi, il risultato fu che il Secondo Comandante decise che, dopo tutto, il 688 non si stava comportando in maniera ostile. Interruppe quindi l'azione per privilegiare una condotta passiva (detto con parole umane, trattenne il respiro), mentre il 688 svaniva progressivamente a poppa, saliva sopra lo strato termico ed emetteva i rumori tipici dell'innalzamento degli alberi. Dopo tutto, l'intera manovra era stata la preparazione all'avvicinamento alla superficie, e non il segnale di un controrilevamento. Il processore del sistema di controllo armi aveva ancora qualche dubbio, richiedendo di valutare se le velocità di manovra del 688 durante il contatto non erano state un po' troppo alte per una semplice manovra di penetrazione dello strato termico. Ma i processori del Secondo Comandante lo esclusero, replicando che, se il 688 fosse stato veramente ostile e li avesse a sua volta rilevati, avrebbe lanciato un siluro, cosa che non aveva fatto neppure dopo che l'*Egira* aveva aperto un portello di lancio e aveva messo in movimento il giroscopio di un Nagasaki, due evidenti indicazioni che un lancio di siluro era imminente. Il sistema di controllo armi rispose che forse il calcolatore del 688 era altrettanto timoroso delle armi quanto il Secondo Comandante.

Paura delle armi! Il Secondo Comandante interruppe ulteriori contatti con il processore del sistema di controllo delle armi, irritato e offeso. Timoroso delle armi, quando lo scopo era stato quello di imitare le azioni dell'equipaggio lungo tutta la scala di rischio, pensando per prima cosa alla missione da compiere? Il processore del controllo armi, assetato di sangue, sembrava vedere il contatto con il 688 come una possibilità di giocare con le sue armi, una valutazione diversa da quella del Secondo Comandante, che lo considerava nel più ampio contesto del completamento della missione. Il Secondo Comandante trasmise un comando con cui ordinava di chiudere il portello del tubo di lancio sei e di togliere alimentazione al Nagasaki. Il sistema di controllo armi obbedì, sia pure con un impulso accusatorio che però non fu possibile inviare al Secondo Comandante. Il portello del tubo sei si richiuse e il giroscopio del Nagasaki rallentò sino a fermarsi.

Così l'incontro ebbe termine. Nel giro di pochi minuti il 688 era divenuto appena rilevabile, oltre e al di sopra dello strato termico che costituiva una barriera alla penetrazione del rumore dalla superficie alla profondità. Il Secondo Comandante proseguì lungo la sua rotta, sentendosi vendicato, anche se un poco imbarazzato per la sua paura all'inizio del contatto ravvicinato con il 688, ma si trattava di una reazione comprensibile. Il sistema si era comportato ottimamente nonostante i dati parziali e lo scenario a elevata minaccia, e la probabilità di completare con successo la missione era aumentata. Forse, dopo tutto, non aveva bisogno dell'equipaggio umano. Il processore del controllo armi inviò un segnale al controllo neurale, nonostante l'ordine di restare in silenzio. L'impulso fu lasciato passare, poiché si trattava di un pensiero nuovo. Veniva ricordato che la missione sarebbe stata un insuccesso a meno che l'equipaggio non potesse essere riportato in condizioni di montare le testate Scorpion sui missili Hiroshima. Senza le Scorpion gli Hiroshima erano poco più che grossi petardi supersonici, appena in grado di distruggere qualche piano di un edificio federale a Washington. Il personale sarebbe stato di nuovo al suo posto il giorno dopo, come se nulla fosse successo. Le Scorpion *erano* la missione. Era la radioattività a renderle quell'arma di distruzione di massa per la quale erano state progettate, e il Secondo Comandante non aveva modo di montare le testate sui missili e, stando a quanto risultava dai dati in suo possesso, neppure lo poteva fare l'equipaggio. Ma, senza l'equipaggio, le probabilità di successo erano zero assoluto.

Il senso di trionfo svanì. La missione dipendeva dall'equipaggio umano di cui, da quando si era verificata l'esplosione, non si aveva alcun segno. Il Secondo Comandante affinò i suoi microfoni interni per percepire segnali di attività umana. I rilevatori infrarossi di movimento umano non segnalavano nulla. Il rumore dei condizionatori era troppo forte perché si potessero percepire respiri umani. Il Secondo Comandante spense i sistemi di ventilazione, che si arrestarono facendo scemare il rumore prodotto.

Il battello era immerso in un silenzio quasi assoluto; gli unici suoni provenivano dai ronzii dei monitor in sala controllo e dei tubi fluorescenti. Il Secondo Comandante li spense entrambi. Il sottomarino fu allora più silenzioso che mai, con l'unico rumore che proveniva dai generatori che alimentavano i processori del Secondo Comandante e da alcuni suoni che filtravano dal compartimento del reattore a poppa del modulo di comando. In quel silenzio quasi assoluto fu chiaro che, dei diciotto ufficiali di equipaggio e dei due ospiti, quattordici respiravano ancora, anche se molti di loro in modo affannato. Il Secondo Comandante si sentì invadere dalla speranza. Realizzò un pensiero sin troppo ovvio: dove c'era vita, c'era anche la conferma che la probabilità di completamento positivo della missione si mantenesse elevata. Il Secondo Comandante ridiede energia ai ventilatori e ai monitor e, mentre i tubi fluorescenti si riaccendevano, si formò un'idea suggerita dagli impulsi del sistema di sostentamento. Perché, suggerivano gli impulsi, non tentare di innalzare il livello di ossigeno nell'atmosfera? Ciò avrebbe reso la respirazione degli esseri umani più facile e li avrebbe aiutati a riprendere conoscenza; il solo limite di innalzamento del livello di ossigeno era costituito da considerazioni di sicurezza, dal momento che un incendio poteva scoppiare più facilmente in un ambiente con molto ossigeno. E un livello troppo alto sarebbe stato tossico per gli umani. La decisione fu presa velocemente e i livelli di ossigeno si innalzarono in tutto il compartimento di comando. In aggiunta, fu ordinato ai calcolatori e ai monitor in sala controllo di avviare una serie di simulazioni sonore. Era il suono che i profili psicologici umani indicavano come causa di subitaneo innalzamento del livello di coscienza: il campanello di una sveglia.

Mentre il sistema rimaneva in attesa di un segnale umano, rispose agli insistenti impulsi del circuito di controllo armamenti, e virò lentamente di 360 gradi, attento a rilevare segnali del 688. Non avvertì nulla. Il 688 non si era mai accorto della loro presenza. Era così lontano di poppa che ormai era fuori raggio.

Al Secondo Comandante venne un'altra idea che forse era in grado di stimolare ulteriormente gli umani. Si trattava di usare le griglie metalliche che univano i pannelli del ponte. Ci volle un po' di tempo per eseguire un calcolo corretto, ma in seguito risultò che c'era il modo di trasmettere una corrente a basso voltaggio attraverso i pannelli d'acciaio del ponte, in modo tale da stimolare elettricamente gli umani che giacevano stesi sul ponte. Il Secondo Comandante poteva svegliarli con uno shock. Persistevano alcune incertezze riguardanti il livello di voltaggio da assorbire, così come gli eventuali rischi per gli elementi dei processori, ma si trattava comunque di una soluzione innovativa per risolvere un problema inaspettato. Il Secondo Comandante colse ancora un breve flusso elettromeccanico che gli comunicava una sensazione di autocompiacimento suggerita dalla sua reazione più che adeguata in una situazione imprevista. Era più di un servo degli umani, era in grado di condurre una missione da solo. L'idea emerse quando si rese conto che, una volta montate le Scorpion, l'equipaggio umano sarebbe stato del tutto inutile, un semplice *backup* delle capacità del Secondo Comandante. Per un istante questi accarezzò anche il pensiero che il suo nome fosse inesatto, che avrebbe dovuto rinominarsi Primo Comandante, un'idea che avvicinò le oscillazioni dei suoi flussi neurali a un sommesso sogghigno umano. Il pensiero fu interrotto da un rumore che proveniva dal ponte della sala di controllo.

Il Secondo Comandante interruppe gli impulsi elettrici e alzò il volume del campanello della sveglia, quindi lo spense per ascoltare i rumori generati dalle attività umane. Non c'era dubbio. L'organismo denominato capitano di fregata Omar Tawkidi, terzo in comando dopo Sharef e al-Kunis, si era risollevato, e stava lamentandosi.

Ne bastava uno solo. C'era di nuovo un equipaggio. Il Secondo Comandante, non abituato all'ambivalenza, provò il corrispondente di sollievo e contrarietà, sollevato perché la missione poteva procedere e perché non sarebbe stato più solo, e dispiaciuto perché sarebbe tornato a prendere ordini dagli umani.

Un secondo e un terzo membro dell'equipaggio cominciarono a muoversi entro i cinque minuti successivi, poi molti altri li imitarono. Il Secondo Comandante mostrò le indicazioni fondamentali relative alle ultime ore da quando il siluro aveva colpito, le condizioni del sottomarino nell'area controllo battello, la posizione e la rotta stimata del 688 sul tavolo di carteggio, i dati registrati e in corso di rilevazione da parte del sonar sui pannelli controllo dei sensori (non c'erano connotati navali, se non qualche lontano mercantile), i dati del sistema di sostentamento, con l'innalzamento del livello di ossigeno, utilizzato per aiutare l'equipaggio a riprendere conoscenza, che veniva segnalato lampeggiando; il sistema chiedeva se poteva tornare all'atmosfera normale. Tawkidi si avvicinò ai pannelli di controllo battello e decise di far tornare l'atmosfera interna nei parametri normali e il Secondo Comandante ricevette il suo primo ordine umano di quella sera, tornando velocemente al proprio ruolo, anche se percepiva ancora quello strano miscuglio di emozioni. Sollievo che qualcun altro si assumesse il peso delle decisioni, e fastidio per il fatto di dover sbrigare le faccende per conto terzi.

Per il Secondo Comandante, le cose non sarebbero mai più state le stesse.

Atlantico occidentale
Punto di stazionamento Bravo
500 miglia nautiche a est di Long Island
USS Seawolf

I sogni di Pacino erano confusi e tormentati; fu un vero sollievo quando il ronzio dell'interfono della sala controllo lo portò fuori dall'incubo.

«Comandante», rispose, con la voce che inciampò sulla seconda sillaba.

«Signorsì, qui ufficiale all'assetto. Quindici minuti a mezzanotte, signore. In quadrato vorrebbero sapere se lei si unirà agli altri ufficiali per la veglia di Capodanno.»

Pacino diede un'occhiata all'orologio, si alzò e si stiracchiò.

«Qual è la nostra posizione?»

«Abbiamo raggiunto il punto Bravo alle venti zero zero. Da quel momento stiamo orbitando intorno a quella posizione.»

«Ci sono messaggi?»

«Non abbiamo ricevuto niente a quota periscopica. Dobbiamo tornare su alle zero due zero zero per ricevere altri messaggi.»

«Contatti?»

«Una petroliera, probabilmente diretta a New York, rotta due sei cinque a 25.000 metri, oltre il punto di massimo avvicinamento e in allontanamento. È tutto.»

«Sarò in quadrato tra qualche minuto.» Pacino rimise a posto la cornetta e si alzò, con la mente frastornata.

Buttò i suoi indumenti sudati in una sacca a rete, entrò nel cubicolo d'acciaio inox, aprì la doccia e rimase sotto il getto per quarantacinque secondi, quindi si asciugò e indossò una tuta nuova e calzò delle scarpe da ginnastica. Si guardò allo specchio, notando un'ombra di barba scura. Decise che, per la prima volta, avrebbe fatto crescere la barba, anche se questo gli ricordava molto suo padre. In quei giorni, pensò, molte altre cose glielo ricordavano. Il vecchio era morto quando era più giovane di quattro anni rispetto all'età attuale di Pacino. Spesso il suono della sua stessa voce, quando parlava con Janice o quando cercava di far star buono Tony, gli ricordava esattamente quella di suo padre.

Uscì nel passaggio, deciso ad andare verso poppa, sapendo che, se fosse entrato in sala controllo, sarebbe rimasto preso dai dati e avrebbe fatto tardi per la celebrazione in quadrato ufficiali. Salì le scalette a poppa che portavano al livello superiore e varcò l'entrata per la mensa dell'equipaggio. Salutò i marinai e i sottufficiali presenti, accettò una tazza di spremuta di cimice, come chiamavano quella rancida imitazione di Kool-Aid, e brindò al nuovo anno. Notò che i volti intorno a lui avevano sorrisi forzati. Chi li poteva biasimare? Anche in quadrato ufficiali la situazione era identica, gli uomini erano troppo presi dalla missione ed erano disorientati di essere passati dal cantiere a una missione di combattimento con così breve preavviso. Pacino sapeva che la sola cosa che li avrebbe aiutati a superare quel momento era la leadership sua e di Vaughn. Avrebbe dovuto incoraggiare gli ufficiali, stimolarli, motivarli, perché era il loro comandante, un uomo che avrebbe ordinato loro di affrontare uno scontro che avrebbe potuto significare la fine per tutti.

Vaughn sembrava gradire la gita, la sensazione di essere di nuovo in mare. Il comandante in seconda portava una tuta blu con una cintura di cuoio e una fibbia texana grossa come un piattino. I suoi stivali di coccodrillo avevano le suole increspate, notò Pacino, chiedendosi dove mai li avesse presi.

«Comandante, non crederà a che cosa ha trovato l'ufficiale di macchina nel livello inferiore del compartimento di poppa», esclamò Vaughn. «I tecnici hanno continuato a distillarlo per dei mesi.» Vaughn tirò fuori un contenitore con del liquido chiaro da sotto il tavolo.

«Cosa diavolo è?»

«Roba purissima, signore. I tecnici l'hanno preparata con un distillatore nascosto nel livello inferiore della sala macchine. Che ne dice, comandante, brindiamo al nuovo anno?»

Pacino scoccò un'occhiata al comandante in seconda. «Faccia venire qui il capo dei tecnici.»

«Sta aspettando in mensa.» Vaughn aprì la porta e urlò: «Capo Tucker!»

Tucker entrò, rosso in faccia. Nell'aspetto ricordava Paul Bunyan, il leggendario taglialegna, ed era facile immaginarselo con una camicia a quadri da boscaiolo e un'ascia in mano. La barba folta, il collo grosso come un tronco d'albero, le maniche della tuta tese sui bicipiti.

«Tucker, lei è a conoscenza dei regolamenti della marina americana riguardo alla presenza di alcolici a bordo?»

«Sì, comandante.»

«Bene. Secondo, tiri fuori le tazze da caffè e ci versi un bel goccio. Capo Tucker, lei per primo. Se questa roba la farà diventare cieco sapremo che non la dovremo bere.»

Vaughn versò nella tazza di Tucker il distillato. Il sottufficiale lo sorseggiò, tossì e sorrise.

Pacino prese la sua tazza e porse il contenitore semivuoto a Tucker. «Lo porti in mensa, capo, e si assicuri che gli uomini che l'hanno distillato ne abbiano un po'. Poi gli rompa il culo per averlo fatto.»

«Signorsì.»

Pacino alzò la tazza, osservando la lancetta dei minuti che si avvicinava alle dodici. Mancavano solo dieci secondi a mezzanotte. «Al nuovo anno. Che possa portare al *Seawolf* buona fortuna e guidarlo in una caccia fortunata.»

Pacino rimase in quadrato alcuni minuti ancora dopo aver finito la tazza, quindi entrò nella sua cabina. Cercò di dormire ma era troppo agitato e continuava a rigirarsi nella branda. Alla fine chiamò l'ufficiale all'assetto e gli chiese di portargli un manuale tecnico e alcuni schemi dei circuiti elettrici. Pacino lo ringraziò e lo congedò, quindi studiò i circuiti e tracciò alcuni disegni su un blocco.

Quando finì lo schizzo lo infilò nel manuale tecnico e tornò in cuccetta, augurandosi che il suo brindisi si avverasse, che la buona fortuna accompagnasse il *Seawolf*. Ma, in caso contrario, aveva un piano di riserva o, almeno, così sperava.

27

Mercoledì, 1° gennaio
Atlantico orientale, Bacino europeo occidentale
80 miglia nautiche a sud-ovest
di Cabo de São Vicente, Portogallo
USS Phoenix

KANE assunse il controllo per la salita a quota periscopica, consapevole dei rischi di una simile manovra. Il sonar aveva capacità molto limitate, il sistema di controllo di tiro era ancora malridotto, il Destiny era pericolosamente vicino, entro i 15.000 metri, e ancora ostile e in grado di combattere. Come se non bastasse, qualunque salita a quota periscopica comportava un'infinità di rischi quando il sottomarino passava oltre lo strato termico; la zona vicina alla superficie era increspata dalle onde e riscaldata dal sole, mentre le regioni più profonde, non toccate dal calore, erano appena una frazione di grado sopra il punto di congelamento. Lo strato di confine dell'acqua calda rifletteva la maggior parte dei suoni di superficie verso l'alto e lontano dalle acque più profonde, cosicché molti rumori di superficie non erano udibili fino a quando il battello non passava attraverso lo strato di confine. Il risultato poteva essere una superpetroliera che avanzava silenziosa come una barca a vela. La loro posizione era tra le rotte di traffico dirette nel Mediterraneo attraverso Gibilterra e lo sforzo bellico aveva raddoppiato l'intensità del traffico mercantile. Ci sarebbero state probabilmente una dozzina di navi di superficie che non sarebbero stati in grado di sentire sino a quando non fossero passati attraverso lo strato. Avrebbero potuto avere la sfortuna di incrociare una superpetroliera che puntava verso di loro, con i serbatoi di greggio che smorzavano ulteriormente il rumore delle macchine e la chiglia immersa per oltre trenta metri, come capitava spesso su alcuni di quei mastodonti che solcavano l'Atlantico. Una collisione con uno di quei giganti li avrebbe sicuramente spediti a fondo, quanto un siluro Nagasaki. Sarebbero emersi nell'oscurità, potendo fidare solo su quello che si vedeva dal periscopio per tenersi fuori dai guai. «Verificare l'ora», ordinò Kane, chiedendosi all'improvviso, mentre il ponte si inclinava verso l'alto di cinque gradi, che ora e che giorno fosse. In superficie avrebbero trovato il buio o la luce? Gli orologi del sottomarino erano stati regolati sull'ora Zulu, ora di Greenwich, da quando avevano lasciato Norfolk prima del Giorno del Ringraziamento. Nel bacino occidentale del Mediterraneo era una regolazione esatta, ma ora loro si trovavano più a ovest, un fuso orario oltre Greenwich. Kane aveva perduto la cognizione del tempo da quando avevano colpito il fondale e lottato per trarre in salvo il battello. A bordo il Capodanno era passato inosservato.

«Zero tre quattro zero Zulu, signore», rispose Houser, con una voce che tradiva una lunga privazione del sonno e della possibilità di alimentarsi.

La visione fuori dal periscopio era scura, con una leggera luminescenza diffusa che filtrava dalla luna o dalle nubi al di sopra, ma loro non erano ancora abbastanza vicini alla superficie per distinguere le onde.

«Sonar, qui controllo, ci sono contatti?» chiese Houser all'interfono.

«Controllo, qui sonar, nessun contatto di superficie.» La voce di Sanderson era aspra per l'irritazione o la stanchezza, forse per entrambe.

«Trenta metri, signore», annunciò l'ufficiale addetto all'immersione.

Le onde sopra di loro cominciarono ad apparire, dapprima confuse per la profondità, quindi più distinte mentre si avvicinavano. I loro contorni erano definiti dalla fosforescenza delle creste bianche provocate dalla brezza che spirava sull'oceano. Kane ruotò il periscopio facendogli compiere quasi due giri completi al secondo, verificando che non vi fossero chiglie di scafi in avvicinamento.

«Venticinque metri, signore.»

«Niente forme, niente ombre... Niente forme, niente ombre...»

Le parole di Kane erano destinate alla squadra di controllo del sottomarino, che avrebbe dovuto agire immediatamente qualora fosse stato avvistato uno scafo nelle vicinanze. La squadra era addestrata a portare il sottomarino in profondità all'ordine di Kane di «immersione rapida».

«Ventitré metri, signore. Inclinazione neutra, piani di profondità della vela dieci gradi a salire. Ventidue metri... Piani cinque gradi a salire... Ventun metri, piani a un grado a salire.»

«Periscopio in uscita... Periscopio in uscita...» Quanto si vedeva dal periscopio non era riportato su alcun monitor, poiché la scarsa luce notturna trasmessa dall'albero del periscopio sarebbe stata ancora diminuita dal sistema PerVis che, necessitando di una maggiore luminosità, avrebbe privato Kane della corretta visuale. Gli occhi di Kane erano la sola cosa che si frapponeva tra l'emersione in sicurezza e il disastro. Finalmente, le onde e la schiuma liberarono la visuale di Kane e il mondo circostante divenne improvvisamente distinto. Le nubi sopra di loro formavano grandi banchi di cotone, illuminati dal primo quarto di luna. La superficie del mare era a forza due, qua e là appena punteggiata di schiuma bianca.

«Il periscopio è fuori!» Kane fece ruotare l'ottica in tre rapidi giri e non notò nulla al di fuori delle onde, scintillanti alla luce della luna, nelle immediate vicinanze del sottomarino.

A parte la luce che danzava sulla superficie delle onde, il mare era sgombro. «Nessun contatto vicino!»

Kane iniziò la sua ricerca di superficie, ruotando lentamente il periscopio per 360 gradi. Non si vedeva alcuna luce di via né ombre scure che indicassero scafi di navi senza luci accese.

«Innalzare l'antenna del Bigmouth», ordinò Kane. «Radio, qui comandante, il Bigmouth sta salendo, prepararsi a trasmettere il rapporto di contatto.»

«Radio, signorsì», sibilarono le cuffie.

Kane continuò la ricerca, scrutando il mare che si avvicinava lentamente quando guardava in avanti e che retrocedeva quando puntava il periscopio verso poppa. Il tempo trascorreva senza alcun rapporto dalla sala radio.

«Radio, qui controllo, qual è la situazione?»

«Controllo, qui radio... siamo...»

«Radio, ripetere.» La voce di Kane si alzò di un tono. Ogni secondo passato a quota periscopica era un secondo che il Destiny poteva impiegare per aumentare la distanza e allontanarsi, mettendosi subito fuori dal raggio del sonar o, peggio, per portarsi sotto di loro preparandosi a un attacco con i siluri di cui non si sarebbero potuti accorgere fino a che uno di questi non avesse attraversato lo strato termico.

«Controllo, qui radio. Abbiamo problemi di trasmissione», annunciò la voce del capo di prima classe Binghamton. «Dobbiamo scoprire qual è il problema. Ci potrebbe volere una mezz'ora.»

«Perché non l'abbiamo fatto mentre eravamo in profondità, capo?»

«È un problema del Bigmouth, comandante. Non ce ne siamo accorti fino a quando l'albero non è emerso.»

«Devo ordinare l'immersione», disse Kane. «Non abbiamo tempo per cercare il guasto. Sonar, qui controllo, scendiamo in profondità. Capo, abbasso il Bigmouth. Immersione, profondità centosessanta metri, assetto a scendere. Timone, avanti due terzi.»

Quasi immediatamente le onde salirono a coprire le lenti del periscopio. Kane ripiegò verso l'alto le maniglie di controllo e abbassò il periscopio. Un istante dopo il Bigmouth e il periscopio numero due rientrarono nei loro alloggiamenti. Il ponte si inclinò verso il basso con una forte angolazione di trenta gradi.

«Timone, avanti normale. Sonar, qui comandante, riferire condizioni del Bersaglio Uno.»

«Controllo, qui sonar. Abbiamo perso il contatto col Bersaglio Uno.»

«Houser, prenda il controllo.» Kane entrò nel locale sonar, dove trovò Sanderson intento a guardare i monitor. Il sottufficiale alzò lo sguardo verso Kane, quindi tornò a osservare i suoi display, parlando mentre lavorava.

«La banda stretta sta ricominciando a funzionare, ma non so cosa devo cercare. E non c'è nessuna traccia sulla banda larga.»

Kane tornò in sala controllo. «Secondo, basandosi sull'ultimo rilevamento del Bersaglio Uno, mi dia una rotta di intercettazione alla sua posizione stimata.»

«È improbabile che abbia mantenuto la stessa rotta e velocità, comandante.»

«Calcoli la rotta come se lo avesse fatto. Ci dirigeremo dove il Destiny si sarebbe trovato se avesse mantenuto la stessa rotta e velocità e vediamo se lo sentiamo. Una volta fatto questo, il sonar può rilevare la sua segnatura in banda stretta e possiamo seguirlo a distanze maggiori. Calcoli il punto e ci faccia portare lì da Houser, in fretta! »

Kane non attese che il suo sottoposto gli confermasse di aver ricevuto l'ordine e uscì dalla sala controllo, dirigendosi alla radio.

Digitò la combinazione sulla serratura e spalancò la porta. « Capo, che diavolo è successo qui? Abbiamo perso quel dannato Destiny e nessuno, tranne noi, sa che si trova qui fuori. » Kane respirò profondamente, infastidito per aver perduto il controllo.

Binghamton alzò lo sguardo; il sudore sul suo cranio calvo formava goccioline scintillanti alla luce delle potenti lampade sopra di lui. Il capo di prima classe, abituato alle avarie delle comunicazioni nel bel mezzo delle situazioni tattiche più tese, era calmo. « L'antenna UHF è andata, comandante. Senza un nuovo Bigmouth non potremo parlare con nessuno. Anche se emergessimo e avessimo delle parti di ricambio non potremmo farci nulla. »

Kane si appoggiò pesantemente contro la paratia, con le maniglie e le manopole degli apparati radio che gli premevano sul corpo. Dannata ironia, era arrivato sino a quel punto, passando per un quasi affondamento e per un secondo incontro per scoprire che il suo sottomarino, oltre che privo di armi, era anche muto. Bene... che cosa si poteva fare? Emergere e fare rotta verso il porto più vicino, da dove avrebbe potuto telefonare all'ammiraglio Steinman e raccontargli del Destiny? Gibilterra era a solo un giorno di navigazione. Ma questo avrebbe comportato che non avrebbe potuto tenere d'occhio il Destiny mentre continuava la sua missione, qualunque essa fosse.

« Non siamo ancora in bancarotta, comandante. È vero, l'UHF è andato, ma abbiamo ancora notevoli capacità HF. »

Kane non sapeva bene come reagire a quella notizia. L'HF era notoriamente inaffidabile, sensibile a qualunque tipo di disturbo atmosferico. Durante un'esercitazione tattica, tre mesi prima, il sottomarino aveva cercato di entrare in contatto con Norfolk da un centinaio di miglia di distanza e non c'era stato verso. Si sentivano solo scariche di statica. Quando erano riusciti a stabilire un contatto vocale, era stato con un operatore radio in Brasile. L'assurdità delle comunicazioni HF era il motivo per cui gli Stati Uniti avevano lanciato in orbita geosincrona tutti quei satelliti da centinaia di milioni di dollari che ricevevano chiare e affidabili trasmissioni UHF. Usare l'HF sarebbe stato come tornare indietro agli anni Quaranta, ma era comunque meglio di niente.

« Solo una cosa, signore. Per trovare il modo di inviare il messaggio dovremo stare un bel po' di tempo a quota periscopica. Potrebbe volerci un'ora, forse due. »

Non era proprio come la sosta di sessanta secondi che avrebbe consentito un satellite, pensò Kane. Come poteva seguire il Destiny se doveva stare così tanto tempo, a bassa velocità, a quota periscopica? La risposta era che non poteva. Doveva prendere una decisione: perdere il Destiny o comunicare. Non poteva fare entrambe le cose. Imprecò fra sé e tornò in sala controllo.

« Situazione, Houser? »

« Stiamo filando a venti nodi per intercettare la rotta precedente del Destiny, comandante. Fortunatamente ha proceduto a una velocità di solo cinque nodi per tutto il tempo in cui eravamo in contatto. Tra un paio di minuti diminuiremo l'andatura e vedremo che cosa ci comunica il sonar. »

Kane si piegò sopra il tavolo di navigazione e si ritrovò a sperare quasi di non acquisire nuovamente il contatto sonar con il Destiny, in modo da poter rimanere più tempo a quota periscopica per comunicare, e poi dirigersi verso casa.

« Controllo, qui sonar », Kane sentì mentre si metteva le sue cuffie intrise di sudore. « Bersaglio Uno riacquisito, direzione due cinque quattro. Si raccomanda di rallentare a quattro nodi. »

« Avanti un terzo, rallentare a quattro nodi », urlò Houser al timoniere.

« Carteggio! » urlò McDonne. I monitor del sistema di controllo di tiro si illuminarono immediatamente, poi si spensero di nuovo. « Controllo di tiro, qual è la situazione? »

« Tra due minuti funzionerà ancora tutto, signore », confermò il tecnico, la sua voce smorzata dall'alta consolle tra lui e il personale della sala controllo.

Kane si passò le mani tra i capelli, sistemandosi le cuffie. Se qualcuno alla scuola allievi comandanti gli avesse chiesto che cosa avrebbe fatto in uno scenario simile, gli sarebbe scoppiato a ridere in faccia. Chi avrebbe creduto che avrebbe continuato a seguire un sottomarino d'attacco con una sala siluri vuota? Ma poi, quando osservò la carta, vide che il Destiny stava seguendo una rotta a nord-ovest, diretto da qualche parte. Stava andando dannatamente piano, ma stava seguendo una rotta precisa con uno scopo preciso. E qualcuno doveva scoprire che cosa diavolo stava facendo, a costo di qualunque rischio.

Era Capodanno. Buon anno nuovo.

CNFS Egira

Malgrado ogni sforzo, l'occhio destro di Sharef non rispondeva. Quello sinistro si aprì ma sembrava incrostato di sporco. Stropicciò energicamente l'occhio chiuso e provò ancora, rendendosi lentamente conto che l'occhio era aperto ma che non vedeva nulla. Represse un moto di panico istintivo, grato almeno per essere ancora in vita. Quando sollevò la mano per massaggiare gli occhi, questa non si mosse e, quando tentò ancora, avvertì una fitta di dolore alla spalla. Si costrinse a concentrarsi sulle facoltà che gli erano rimaste. Capiva di essere sdraiato, forse sopra un letto o una cuccetta, magari nel suo alloggio. Soffriva ancora i postumi della fitta al braccio, trasformatasi in un dolore pulsante. Ma aveva anche coscienza dell'altro braccio, delle gambe, delle dita dei piedi. Ciò, tuttavia, non significava nulla, ricordò a se stesso. Gli uomini che avevano perso le gambe sulla *Sahand* che affondava le sentivano ancora, e provavano persino prurito alle dita dei piedi, poi tentavano di raggiungerle e trovavano moncherini insanguinati.

Udito. Pensò di poter cogliere il rombo dell'aria dai ventilatori del sottomarino, ma poteva trattarsi del rumore di fondo che si accompagna alla sordità o un semplice sintomo della concussione. E ora le capacità motorie. Cominciò con le dita dei piedi, le mosse e gli parve di udire il rumore dello strofinio sul lenzuolo. Le dita delle mani. A destra poteva muoverle, a sinistra un bendaggio o un'ingessatura faceva resistenza. Le braccia: il sinistro faceva male come se fosse ferito ed era bloccato da una specie di manetta o era fissato a qualcosa. Non osò provare ancora a spostare il destro. Poteva muovere i muscoli del volto, ma le sue labbra erano tumefatte e lacerate, la gola infiammata e le guance gli dolevano. La lingua gli trasmetteva la sensazione di essere un pezzo di carne marcia, il dolore gli suggeriva di averla morsicata quando... quando cosa? Che cosa era successo?

Inspirò profondamente, avvertendo la restrizione di un bendaggio attorno al petto, e cercò di parlare. Dalle labbra emerse solo un rantolo. Provò ancora. Un altro rantolo stridente. Cercò di strizzare ancora l'occhio sinistro ma ci fu solo buio. Udì chiaramente uno scatto, poi la stanza fu inondata di luce, e lui fu costretto a chiudere nuovamente gli occhi per il riverbero.

«Commodoro, è sveglio? Temevamo che il suo coma fosse permanente.» Una voce familiare. Ma chi? Il rumore di una cornetta telefonica che veniva sollevata dalla forcella. Sharef aprì l'occhio sano, e notò una luce, seppure solo una macchia luminosa.

«Signor ufficiale di rotta, il commodoro sta riprendendo conoscenza. No, signore... sì, signore.» La cornetta venne riagganciata sulla forcella. La voce era di uno degli ufficiali medici, uno degli ufficiali inferiori di nome Al Rhazes, piuttosto anziano per essere un ufficiale inferiore. Aveva rinunciato al grado di capitano di corvetta per seguire il programma medico del Fronte Islamico e in quel momento era un semplice sottotenente di vascello che stava imparando il lavoro di sommergibilista. Nelle forze navali unite del FIU non bastava essere un medico. Un uomo dell'equipaggio doveva essere innanzitutto un sommergibilista.

«Dove...»

«Cerchi di riposare, commodoro. Ha preso una bella botta.»

Sopra di sé, Sharef distinse il profilo di un volto, poi sentì la voce dell'ufficiale di rotta, il capitano di fregata Omar Tawkidi.

«Signore», chiese Tawkidi, «riesce a capirmi?»

Sharef fece segno di sì, cercando di mettere a fuoco il viso. Adesso riusciva a distinguere le due macchie nere degli occhi e il contorno ovale del viso dell'ufficiale di rotta.

«Il siluro ci ha colpiti duramente, signore. Abbiamo perso sei uomini e un aggregato. Altri tre sono gravemente feriti, come pure un altro degli aggregati.»

«Chi...?»

«Il capitano di vascello al-Kunis è morto, signore. E anche Mamun, Haddad, Avicenna e Abulcassis.»

Sharef provò un moto di tristezza. Il suo primo ufficiale, l'ufficiale addetto ai sistemi d'arma, l'aiutante maggiore, l'ufficiale addetto ai sistemi elettrici e l'ufficiale responsabile delle comunicazioni erano morti. Uomini che aveva addestrato e che conosceva bene. E anche al-Kunis, l'uomo che aveva preparato per diventare comandante e che un giorno lo avrebbe sostituito al comando. Tutti andati. Qualcuno avrebbe detto che la loro morte era santa, che era gloriosa, ma Sharef sapeva che era una menzogna. Erano morti perché la loro buona sorte si era esaurita. Allah? A quanto pareva in quel momento non stava guardando.

Come avrebbe potuto condurre il sottomarino senza uomini che ricoprivano funzioni vitali a bordo?

«... aggregati...?»

«Il dottor Abu-i-Wafa. E tra i feriti gravi ci sono Ali Tavaìbari e gli ufficiali inferiori Seid e Batouah.»

«Quanto gravi?»

«Trauma cranico, coma, come lei. Pensavamo che lei potesse non...» Tawkidi si interruppe.

«Io?»

«Si rimetterà, comandante. Ha una costola e il polso fratturati, schegge di vetro nell'occhio e una brutta botta alla testa. Dopo qualche settimana in ospedale sarà tutto a posto.»

Sharef richiuse l'occhio, chiedendosi come avrebbe potuto portare a termine la missione senza Abu-i-Wafa, lo scienziato specialista delle armi.

«Qual è la nostra posizione attuale?»

«Siamo solo poco più di cento miglia all'interno dell'Atlantico. Il Secondo Comandante ci ha portato fuori a bassa velocità, presumiamo nel tentativo di evitare di essere rilevato. Deve aver funzionato, ci siamo tolti di dosso le forze antisom. Siamo sulla rotta prevista. Quzwini sta calcolando un cambio di velocità che tenga conto del tempo necessario per montare le testate. Dovremmo aumentare la velocità tra pochi minuti. Abbiamo perduto il compartimento delle batterie e del diesel ausiliario. Se avessimo perduto quello del reattore ci saremmo trovati in guai più seri. Rileviamo alcuni danni alle linee di propulsione, ma andiamo comunque avanti. Crediamo che vi siano danni allo scafo esterno provocati dall'esplosione, che ha anche distrutto il sonar di poppa. Ma quello che conta è che il reattore è integro, che il Secondo Comandante ha funzionato e che noi siamo ancora a tenuta stagna.»

«Sihoud?»

«È ancora tra noi e mi sta facendo pressione perché la missione proceda in modo più rapido... Dorma ancora un po', signore, tornerò tra qualche ora. Quando potrà mettersi seduto affronteremo il problema dell'assemblaggio dei missili. Il colonnello Ahmed è convinto di poter provvedere personalmente.» Tawkidi rivolse lo sguardo all'ufficiale medico. «Controlli che si riposi. Lo costringa, se necessario.»

«Signorsì.»

La porta si chiuse alle spalle dell'ufficiale addetto alla navigazione e il commodoro Sharef avvertì la puntura di un ago sul braccio. Subito dopo si sentì come sospeso, pervaso da un'euforia fuori luogo, poi ebbe la sensazione di essere di nuovo sulla plancia della *Sahand*, gli occhi al cielo...

Iran settentrionale

Il capitano di fregata Jack Morris del Team Sette dei SEAL appoggiò la testa contro la paratia vibrante del V-22 Osprey. Gli era più facile prendere sonno a bordo di un aereo del corpo dei marine. Fu svegliato dal suo comandante in seconda, Black Bart. Morris aveva chiesto a quest'ultimo di svegliarlo un'ora prima dell'arrivo nell'area di atterraggio, in modo da avere il tempo di ripassare ancora una volta le fasi di quella missione che riteneva una follia. Lesse l'ordine di operazioni alla luce della lampadina oscurata, scuotendo la testa.

Bart gli porse una grossa tazza di plastica colma di caffè bollente. Morris la sorseggiò lentamente, leggendo le ottanta pagine dell'ordine di operazioni una seconda volta, e poi una terza. La fusoliera del convertiplano da trasporto cominciò a vibrare quando mancavano quindici minuti al punto di atterraggio. Bart scese lungo la fila di incursori, svegliandoli e porgendo loro del caffè. Morris guardò fuori dal piccolo finestrino ovale. Fuori era buio, solo una debole luce lunare si opponeva alla crescente coltre di nuvole. Queste stavano gonfiandosi, come in previsione di una nevicata. Sotto di loro il paesaggio della catena montuosa di Koppeh, in Iran, era coperto di neve, quel tipo di neve sporca e fradicia che si incontra talvolta.

Cinque minuti all'atterraggio. Morris infilò il parka, fissò il fodero del pugnale da combattimento e sistemò sotto il cappuccio il microfono e l'auricolare della ricetrasmittente VHF. Quindi preparò lo zaino con le armi: una pistola mitragliatrice Ingram MAC-10 con serbatoi di riserva, una pistola semiautomatica Beretta, cinque granate flash-bang Mark 10, cinque granate esplosive ad alto potenziale Mark 25 e cinque granate stordenti Mark 14.

Il velivolo rallentò e vibrò violentemente, mentre le gondole con le grandi eliche si portavano in posizione verticale per agire come i rotori di un elicottero. L'Osprey perse quota e velocità, scendendo verso le montagne innevate. Si udì un tonfo prodotto dai sistemi idraulici che permettevano l'uscita del carrello e lo bloccavano in posizione estesa, e un leggero colpo quando le ruote toccarono terra. Il portellone di coda si aprì, facendo penetrare nella carlinga una zaffata d'aria gelida. La squadra dei SEAL si precipitò all'esterno. Bart fu l'ultimo a uscire e il V-22 si alzò nel momento stesso in cui il suo scarpone lasciava la rampa del portellone. Le gondole dei rotori si riportarono in posizione orizzontale, mentre il velivolo virava nuovamente verso sud e oltrepassava le creste delle montagne. Morris rivolse lo sguardo ai monti verso nord e radunò la squadra. Si misero in marcia, aprendosi la strada tra la neve fradicia di pioggia. Quando superarono la bassa cresta tra le montagne giunsero in vista del complesso dei laboratori di armi di Mashhad.

Il complesso non era molto esteso: il nucleo principale era costituito da diverse costruzioni in acciaio a un solo piano, sistemate in un'unica fila, collegate a una più vasta costruzione in mattoni a nord. All'interno dell'area recintata vi erano anche alcune tettoie per veicoli e officine di manutenzione. La recinzione non era un perimetro ad alta sicurezza, ed era stata eretta più per tenere fuori gli animali che per proteggersi da eventuali incursori. C'era un corpo di guardia a nord, ma con i binocoli non fu possibile scorgere sentinelle. Morris inviò le sue squadre alle proprie missioni. Il suo gruppo di tre uomini pianificò di passare attraverso un varco aperto nella recinzione, penetrare nella costruzione d'acciaio al centro e farsi strada verso l'edificio in mattoni. Attese dieci minuti, il tempo necessario perché la guardia venisse neutralizzata, quindi diede l'ordine con la VHF ed entrò nel varco della recinzione.

Arrancarono per un breve tratto attraverso la neve ghiacciata e raggiunsero la porta a saracinesca del più vicino edificio in materiale metallico. Accanto alla saracinesca si trovava una normale porta d'ingresso. Morris provò ad aprirla, si accorse che era bloccata e rivolse un cenno a Pinky Williams. Il SEAL aprì la borsa degli attrezzi, ne scelse uno e scassinò la serratura. L'area all'interno, scarsamente illuminata, era probabilmente una zona di carico degli autocarri, come suggerivano i paranchi che si trovavano vicino alla saracinesca. Erano le zero tre zero zero, ora locale, e l'area era deserta. Rimanere in quel posto non aveva senso e Morris e i suoi uomini attraversarono una soglia oltre la quale si trovarono in un corridoio; a questo punto controllarono le stanze che si aprivano su entrambi i lati.

Ci volle mezz'ora per attraversare l'intera ala e giungere all'edificio di mattoni. La ricerca sino a quel momento non aveva prodotto alcun risultato. L'intera ala era destinata ad aree di assemblaggio, sale macchinari, produzione di laminati metallici, una piccola fonderia. Non trovarono neppure piani di montaggio di armi. L'intero complesso trasudava un polveroso aspetto di abbandono.

La porta che dava accesso all'edificio principale portò a un corridoio color cenere che attraversava l'intera ala. La squadra di Morris voltò a destra e cominciò dall'ultima sala a est, muovendosi tra la polvere. L'ufficio che occupava l'angolo di nord-est era spazioso, con finestre ai muri d'angolo con vista sulle montagne. Probabilmente era l'ufficio del direttore. Morris si aspettava di trovare l'ufficio pieno di scaffali colmi di carte e classificatori. Ma le scrivanie erano sgombre e in ordine e le librerie erano piene di vecchi volumi rilegati, con titoli in arabo, francese, tedesco e talvolta inglese. I pochi volumi in inglese erano testi di fisica, particelle subatomiche, meccanica dei fluidi, dinamica dei gas. Morris non perse tempo a esaminarli, erano tutti testi pubblicati. Il loro obiettivo erano classificatori contenenti appunti scritti a mano, dati stampati, note di laboratorio, grafici, schemi tecnici. Ma nell'ufficio del direttore non c'era niente del genere. C'era però un computer, sistemato sulla scrivania davanti a una voluminosa sedia. Era un modello europeo, abbastanza recente. Morris mandò i suoi uomini nell'altro ufficio, staccò il monitor e i cavi dall'unità principale del computer e schioccò le dita, facendo segno a Monkey Max di prendere i suoi attrezzi. Max mise un cacciavite nella mano di Morris con l'efficienza di un'infermiera che assista un chirurgo. Trenta secondi più tardi la copertura del computer era stata rimossa. Morris non era un mago dell'informatica, ma l'hard disk non era difficile da individuare a causa dell'etichetta. Staccò due cavetti, tagliò il cavo di alimentazione e avvolse l'hard disk in un imballo a bolle che Max sigillò con del nastro adesivo, riponendo il tutto nel suo zaino. Morris non si curò di rimontare il computer. Ben presto l'intero complesso e tutto il Fronte Islamico Unito avrebbero saputo che i SEAL erano passati di là. Rovesciò i cassetti dell'ufficio e trovò una mezza dozzina di floppy disk; li legò insieme con del nastro adesivo, li avvolse con il foglio a bolle e infilò il pacchetto nello zaino.

Morris e la sua squadra perquisirono i sei uffici che circondavano quello del direttore, trovando solo due blocchi di appunti di laboratorio; presero però gli hard disk dai computer. La seconda squadra trovò un computer mainframe e un server di rete. Estrassero i dischi rigidi di entrambi e li imballarono per il trasporto. Appoggiata al muro c'era una vecchia unità di archiviazione dati su nastro e accanto a essa diverse mensole custodivano nastri di dati, più di quanti ne potessero trasportare. Morris decise di ignorarli: a quanto sembrava, qualunque dato fosse registrato su quei nastri doveva essere vecchio di diversi anni. Erano molto più interessati ai dati recenti.

La terza squadra, nell'ala ovest, stava lavorando in due laboratori chimici, e trovò diversi blocchi di appunti di laboratorio. Morris ordinò di prendere i più recenti. La quarta squadra stava curiosando in una vasta sala di progettazione, un open space dove si trovavano una dozzina di tavoli da disegno, su tre dei quali erano postazioni di CAD computerizzati. Gli hard disk dei server con i file dei CAD vennero rimossi e sistemati nello zaino di uno dei SEAL. Molti disegni originali furono tolti dai tavoli e arrotolati per essere portati via.

La ricerca era quasi terminata. Morris controllò le altre squadre che si trovavano nelle costruzioni metalliche: alcune non avevano trovato nulla, altre avevano scoperto dell'interessante materiale stampato. Nell'angolo di una delle ali era situata una sala chiusa da una porta pesante, occultata dietro una volta protetta da un'altra robusta porta. Doveva trattarsi di un archivio segreto. Due degli uomini di Morris ricavarono un'apertura con una fiamma ossidrica e trovarono scaffali e armadi pieni di materiale d'archivio. Morris non rimase impressionato, poiché si trattava perlopiù di materiale vecchio e impolverato, resti di un tempo anteriore all'informatizzazione degli uffici. Ma vi era anche del materiale recente, come quello che stavano cercando, che recuperarono da alcune cassettiere.

Ormai avevano finito e passarono alla seconda fase della loro missione denominata «Raccolto», piazzando le cariche esplosive. L'orologio di Morris indicava le 05.35 ora locale. Ogni minuto era buono. Alle 06.00 il primo impiegato arrivò al lavoro. Era un iraniano grosso e basso, con un lungo cappotto, un berretto con paraorecchie e una voluminosa valigetta. Si infastidì per l'assenza della guardia. Entrò nell'ingresso e azionò gli interruttori della luce vicino alla porta. Le luci del corridoio principale si accesero, mentre l'uomo entrava nella porta del corridoio est-ovest. Si girò verso Morris, sbarrando gli occhi per lo spavento. Morris prese la valigetta, mentre i suoi uomini bloccavano le mani dell'iraniano dietro la schiena con del nastro adesivo. Gli bloccarono anche le caviglie e lo imbavagliarono con un giro di nastro. Portarono l'uomo in un ufficio e lo spinsero su una sedia. Morris consultò nuovamente l'orologio. Decise di aspettare un'altra mezz'ora. In qualunque laboratorio gli scienziati arrivavano ore in anticipo rispetto all'orario di inizio di lavoro e ci restavano per ore dopo il termine, affermava l'ordine di operazioni. Il secondo «raccolto» di scienziati sarebbe stato radunato all'alba e portato nell'area di evacuazione.

All'estremità orientale dell'edificio squillò un telefono. Morris non poteva attendere troppo a lungo, chi chiamava sarebbe stato messo in allarme dal fatto che nessuno rispondeva, soprattutto perché, probabilmente, di notte le telefonate venivano dirottate al corpo di guardia. Alle 06.45 nessun altro era ancora arrivato. Morris diramò il segnale di ritirata attraverso la frequenza VHF, afferrò il suo zaino, lo scienziato, tagliò il nastro che bloccava le caviglie dell'uomo e si diresse verso sud uscendo dall'edificio per il quale era entrato e attraversando il varco nella rete di recinzione. Morris diede un'ultima occhiata al complesso prima di togliere la copertura dal pulsante del detonatore e di premerlo. Quando le due dozzine di cariche esplosive ad alto potenziale detonarono, il complesso si disintegrò.

Non avevano impiegato una grande quantità di esplosivo, convinti che gli incendi secondari scaturiti dai laboratori chimici e le fiamme alimentate dagli archivi cartacei avrebbero raso al suolo l'installazione. Il piano funzionò: tre esplosioni secondarie risuonarono dall'ala dove si trovavano i laboratori dell'edificio di mattoni, rischiarando il chiarore dell'alba con una nube luminosa a forma di fungo. Morris si voltò e corse tra la neve verso la cresta. Una volta in cima, cambiò direzione verso l'area raccolta.

Si riunì con i compagni e percepì immediatamente il rumore dei rotori, sperando che i marine li avrebbero aspettati. Fece fretta allo scienziato musulmano che, terrorizzato, opponeva scarsa resistenza ma camminava troppo lentamente. Morris lo «motivò» con la canna della MAC-10. Gli strappò via il nastro dalla bocca e gli fece prendere fiato. Giunsero in vista dell'area raccolta, dove i rotori del V-22 vorticavano, sollevando minuti frammenti di ghiaccio nella crescente luce del mattino. Lo scienziato si irrigidì quando vide l'aereo, ma un altro colpo lo costrinse a salire sul portellone. Quando questo si chiuse, l'interno del velivolo sembrò a tutti caldo e soffocante. I rotori aumentarono i giri e il rombo martellò i timpani di Morris; poi il terreno si allontanò e l'aereo aumentò la velocità. L'ufficiale mise a posto lo zaino, si tolse gli indumenti sudati, si sfilò i guanti. Si liberò poi dell'auricolare, scivoloso e viscido come cera, e il microfono, anch'esso fradicio di sudore. Lo scienziato stava guardando fuori da uno dei finestrini ovali, irrigidito per il freddo o la paura. O probabilmente per tutti e due.

Morris trovò il thermos del caffè e versò una tazza per lo scienziato, esortando Bart a liberargli le mani. L'uomo prese la tazza, tenendola stretta tra le dita per assorbirne il calore. Il velivolo si innalzò sopra le catene montuose e venne raggiunto da due F-18. Alcune ore dopo, quando le gondole dei motori si spostarono in posizione verticale per atterrare a Minab, occupata dalle forze della Coalizione, lo scienziato stava dormendo.

Quando il portellone di coda si aprì, la carlinga fu invasa da componenti dello stato maggiore che ricevettero i dati e gli hard disk rubati e presero in custodia lo scienziato. Morris si incamminò verso la sala rapporto dove si sarebbe svolto il *debriefing*, fischiettando senza seguire una melodia, con la mente rivolta alla prossima missione.

28

Mercoledì, 1° gennaio
Atlantico orientale, Bacino europeo occidentale
USS Phoenix

KANE, in piedi, guardava da sopra le spalle di McDonne, impegnato a impostare un cambio di velocità in conformità a quanto previsto nella soluzione di tiro per il Bersaglio Uno, come era designato il Destiny. Kane aveva condotto una continua analisi del movimento del bersaglio restando a poppa del sottomarino del FIU, da quando aveva lasciato, dodici ore prima, la quota periscopica. La soluzione elaborata da McDonne indicava una velocità del bersaglio stimata tra i venticinque e i trenta nodi. Il Destiny si era portato a quell'elevata andatura pochi minuti dopo essere stato rilevato dagli americani. I dati in possesso di Kane sostenevano che il Destiny poteva raggiungere la velocità di quarantacinque, forse cinquanta nodi. Se il sottomarino del FIU avesse sfruttato al massimo le sue possibilità, il *Phoenix* non sarebbe stato in grado di seguirlo. Ma, all'andatura attuale, stava generando un notevole rumore.

Il Destiny aveva certamente una meta precisa, verso la quale viaggiava rapidamente anche se non a tal punto da costringere il *Phoenix* a impiegare tutte le sue risorse. Era comunque troppo veloce per una normale crociera, e l'aumento della velocità significava aumento dei rischi di rilevamento. Quali erano le sue intenzioni? Il tracciato della rotta seguita dopo il passaggio a Gibilterra si presentava come un'ampia curva, diretta all'estremità sud della Groenlandia. Le proiezioni elaborate dal computer prevedevano che, di lì a settanta ore, il Destiny si sarebbe trovato nel mare del Labrador, tra la costa canadese di Terranova e la Groenlandia. Ancora tre giorni. E perché diavolo Sihoud era diretto in Groenlandia?

La sensazione peggiore era l'impossibilità di consultarsi con qualcuno. Le comunicazioni, per quanto fisicamente realizzabili, erano impossibili da un punto di vista tattico. Avvicinarsi alla superficie a quota periscopica significava rallentare a cinque o sei nodi per non spezzare gli alberi delle antenne e del periscopio, troppo delicati per sopportare una forte resistenza idrodinamica. La bassa velocità imposta dalla quota periscopica escludeva questa eventualità, almeno per quanto riguardava la trasmissione in HF. Sarebbe stato facile spingersi rapidamente a quota periscopica e trasmettere un messaggio compresso con l'UHF al satellite e poi rituffarsi subito in profondità; anche con il Destiny che procedeva a trenta nodi, il *Phoenix* poteva riacchiapparlo, ma trascorrere più tempo a quota periscopica significava perdere il nemico. Kane non voleva rischiare di perdere contatto con il sottomarino del Fronte Islamico, ora più che mai, dal momento che il mistero della sua destinazione aveva di certo una qualche rilevanza, almeno su un piano tattico.

«Secondo, ha domande?»

McDonne si girò e alzò lo sguardo verso Kane, come se fosse sorpreso di vederlo ancora in piedi alle sue spalle.

«No, signore. Ho capito.»

Cinque minuti prima, Kane aveva finito di istruire McDonne sui particolari che gli avrebbero consentito di assumere il comando. Conferendogli tale incarico, Kane era in grado di usufruire dell'unica possibilità per un comandante di rilassarsi e delegare una parte della sua autorità. Nella scia di un sottomarino nemico le decisioni di routine potevano essere lasciate al comandante in seconda, che prendeva il comando in modo da consentire al comandante di concedersi un po' di riposo. La sua responsabilità non cessava, ma il secondo assumeva il suo ruolo e non l'avrebbe disturbato, se non in caso di una reale emergenza. Con riluttanza Kane lasciò la sala controllo ed entrò nella sua cabina, chiudendosi la porta alle spalle. Si rigirò per un'ora nella cuccetta prima di cadere in un sonno leggero.

CNFS Egira

Il commodoro Sharef scese lentamente la scaletta, sorreggendosi a Tawkidi.

Sul tavolo centrale della mensa era disteso uno schema tecnico del sottomarino, che mostrava uno spaccato laterale della sezione anteriore del Destiny dall'ordinata cinquanta a poppa del modulo di comando sino ai portelli dei tubi lanciasiluri del cono di prua. Sotto il disegno c'erano degli schemi tecnici dettagliati portati dall'ufficiale tecnico, il capitano di fregata Ibn Quzwini, quarto in comando promosso, con la morte di al-Kunis, al grado di terzo ufficiale. Sharef si sedette a capotavola. Quzwini era al centro del lato lungo del tavolo, con Tawkidi alla destra di Sharef, il posto un tempo occupato da al-Kunis. Al tavolo erano seduti solo cinque ufficiali, gli altri erano caduti o si trovavano in sala controllo. Il tenente di vascello At Ishak, l'ufficiale addetto ai sistemi informatici, era ufficiale di guardia. L'ufficiale inferiore Idrissi era al pannello di controllo del reattore. Il tenente di vascello Kutaiba, ufficiale addetto ai sistemi propulsivi, e il sottotenente di vascello al-Maari, addetto ai sensori, completavano il gruppo presente al rapporto, insieme con altri due ufficiali inferiori.

Anche Sihoud e Ahmed erano arrivati. Sihoud indossava ancora la sua tunica *shesh* con la cintura decorata e il pugnale da cerimonia. Ahmed aveva la testa fasciata e un collare di schiuma intorno al collo. L'uniforme da sommergibilista, prestatagli da uno degli ufficiali inferiori, aveva una manica tagliata nel punto in cui il medico aveva suturato una lunga ferita, avvolta da una fasciatura macchiata di sangue.

«Proceda, capitano di fregata Quzwini», lo esortò Sharef.

Quzwini guardò Ahmed, annuì e volse nuovamente lo sguardo al disegno sul tavolo.

«Da quando ci siamo ripresi dal colpo di siluro, il colonnello Ahmed e io abbiamo cercato di stilare un piano per installare le testate Scorpion sui missili Hiroshima...»

Sharef lo interruppe. «Vada con ordine. Primo, siamo in grado di montare le Scorpion senza Abu-i-Wafa?»

Una parte di Sharef rifiutava di considerare l'idea di lanciare un'arma che avrebbe ucciso mezzo milione di persone, esponendole a un attacco radioattivo della durata di una settimana, anche se appartenevano alla nazione che aveva affondato la *Sahand*. Era la marina americana il nemico che voleva affrontare. Le donne, i bambini e i vecchi di Washington non erano responsabili dell'attacco alla sua fregata e il sottomarino non avrebbe dovuto aver niente a che fare con la loro uccisione. Se anche un tale massacro fosse servito a vincere la guerra, ed era una eventualità molto discutibile, non era certo che fosse questo ciò che desiderava.

Ahmed prese la parola. «Le Scorpion sono già state montate. Wafa ci ha lasciato istruzioni dettagliate; le testate sono modulari e hanno richiesto poco lavoro. Il pericolo stava nel caricamento degli elementi chimici e dei gas compressi nella camera di prereazione, e nell'inserimento del plutonio e del cobalto nell'involucro a dispersione, ma ormai il rischio è passato. Siamo pronti per montare le testate sui missili.»

«Possiamo portare le testate al livello centrale e...»

«Quzwini!» L'ufficiale tecnico raggelò di fronte alla rabbia evidente nella voce di Sharef. «Colonnello Ahmed, perché questa operazione tanto pericolosa è stata compiuta senza la mia autorizzazione?»

«*Io* ho dato al colonnello Ahmed l'autorizzazione, commodoro», intervenne Sihoud con la sua voce profonda. Poi il generale si riappoggiò allo schienale come se la sua risposta fosse sufficiente a chiarire ogni dubbio.

«Generale, non spettava a lei dare l'autorizzazione. Come le ho detto, al comando del sottomarino sono io, e, finché non sono morto, io e solo io impartisco ordini che riguardano la sicurezza del battello. Se non lo accetta, signore, la farò rinchiudere nella sua cabina.»

Silenzio. Sihoud sorrise appena. «In quel momento lei era privo di sensi, commodoro. Me ne sono assunto io la responsabilità. Mi dispiace aver... calpestato il suo giardino privato.»

Sharef gli scoccò un'occhiataccia, ma lasciò correre. «Vada avanti, Quzwini.»

«Signorsì. Le due testate pesano circa tremila chili. Spostarle dal livello inferiore a quello superiore sarà complicato. Ho pensato di ricavare un foro al centro del ponte di questo livello, appena a poppa del portello verso prua. Poi salderemo, fisseremo dei paranchi di sollevamento e li useremo per portare le testate sino al portello di prua, che, se necessario, allargheremo in modo da facilitare il passaggio delle armi. A questo punto rimuoveremo la paratia, che ha solo funzioni estetiche, che copre il portello di accesso al cassone di zavorra prodiero.»

«Quel portello non ha cardini, Quzwini, è saldato in posizione chiusa», osservò Sharef.

«Lo apriremo con la fiamma ossidrica, poi lo salderemo nuovamente quando avremo finito. Il sottomarino rimarrà in immersione con il cassone vuoto. Metteremo gli Hiroshima nei tubi uno e sei. Il tubo uno è al centro del cassone, in una posizione che ci consente di avere il massimo spazio per tirare fuori il missile. Soli i tubi uno e tre sono caricati con missili da crociera. Ma il numero sei è nel primo anello. Il sei è la scelta migliore, perché è più in alto e questo ci consente un margine di errore superiore qualora il cassone si riempisse d'acqua durante l'operazione.»

«Quale velocità dovremo tenere per mantenerci immersi con un cassone pieno d'aria?»

«Avremo bisogno di immergerci poco sotto la superficie, in modo da tenere bassa la pressione esterna, ma dovremo raggiungere una velocità di circa trenta nodi per consentire ai piani di coda di compensare idrodinamicamente la spinta di galleggiamento. Purtroppo rischiamo di produrre una scia in superficie navigando a bassa profondità, quindi credo che un buon compromesso sia quello di restare a cento metri.»

«Questo significa che lavorerete a dieci atmosfere di pressione», osservò Sharef. «Avrete poco tempo perché dovrete depressurizzare lentamente per evitare danni.»

«Abbiamo pensato a questo problema, signore. Il tempo necessario per il lavoro è di circa dieci ore. Per depressurizzare il cassone di zavorra avvicinandoci alla superficie ci vorranno altre due ore. La depressurizzazione di due ore verrà calcolata in modo da essere effettuata di notte, così la nostra scia non sarà avvistata da un eventuale battello o dai satelliti. E se anche ciò dovesse accadere, l'oceano è grande e nessuno sa dove ci siamo diretti dopo aver lasciato Gibilterra, quindi un avvistamento in superficie non verrà collegato con la nostra presenza.»

«E come monterà le testate?»

«In un primo momento avevamo pensato di tagliare con la fiamma ossidrica la parte terminale del tubo di lancio, di estrarre un missile alla volta per togliere la testata originale e poi di rimontare il tutto con le Scorpion. Ma ci sarebbero voluti diversi giorni per smontare e rimontare, lavorando in un cassone mezzo allagato con scarsa illuminazione. Non funzionerebbe.»

«Lo so», convenne Sharef. Era il problema che aveva cercato di risolvere da quando gli avevano parlato della missione. A meno di accedere al tubo dal portello di lancio di prua e tirare fuori il missile dalla sezione anteriore, non sembrava esserci altro modo per poter piazzare le testate.

«Apriremo con la fiamma ossidrica la parte terminale superiore dei tubi, in corrispondenza della giuntura tra missile e testata. Toglieremo il pezzo di tubo, smonteremo la vecchia testata e monteremo quella nuova. Il problema maggiore sarà quello di spostare le testate e il frammento di tubo. Saranno necessari altri paranchi.»

«Ha pensato a cosa succede quando si taglia con la fiamma ossidrica un tubo di lancio con dentro una testata bellica pronta all'uso?» domandò Sharef. «Farete un buco di venti metri nel cono di prua!»

«No», disse Ahmed. «Prima rimuoveremo l'esplosivo dalla testata. Praticheremo un foro nella parete superiore del tubo con una punta di trapano in titanio e proseguiremo all'interno della testata dell'Hiroshima. Apriremo un altro foro laterale attraverso cui inseriremo un elemento scaldante per fondere l'esplosivo, che risucchieremo dal foro in alto. In questo modo pensiamo di poter eliminare il novanta per cento della massa esplosiva. Il resto sarà neutralizzato facendo circolare azoto dal foro laterale a quello superiore. L'azoto non impedirà all'esplosivo residuo di innescarsi ma renderà l'esplosivo e il combustibile solido del motore a razzo insensibile al calore prolungato della fiamma ossidrica che taglia il tubo.»

«Commodoro, per risparmiare tempo e per compiere la missione», disse Sihoud, alzandosi in piedi, «il colonnello Ahmed chiede l'autorizzazione a caricare le testate.»

«Autorizzazione concessa, Ahmed. Proceda pure a farsi saltare le cervella.»

Tawkidi lo aiutò a tornare nella sua cabina, dove Sharef crollò sulla cuccetta, con un'espressione cupa per il dolore e lo sforzo.

«Capitano di fregata, convochi il dottore e gli chieda di portare le sue dannate droghe.»

«Signorsì. Cerchi di riposare.»

L'iniezione lo sottrasse alla dura realtà della sofferenza, concedendogli il sollievo del sonno, ma non prima che la sua immaginazione avesse evocato centinaia di migliaia di visi di bambini innocenti che lo scongiuravano di non lanciare i missili.

Atlantico occidentale
Punto di stazionamento Bravo
500 miglia nautiche a est di Long Island
USS Seawolf

Pacino era indeciso tra due possibilità, nessuna delle quali gli pareva allettante... doveva ordinare al tecnico di bordo di collegare il nuovo circuito e rendere noto in questo modo all'intero equipaggio quale fosse la sua idea? O doveva collegarlo lui stesso spingendo i suoi uomini a chiedersi perché il comandante si occupasse personalmente di quel compito? Entrambe le soluzioni erano a dir poco inusuali. Solitamente i comandanti non si sporcano le mani e non autorizzano neppure modifiche del tipo di quelle che Pacino aveva in mente, e ancor meno badano alle modifiche in se stesse. Ma si trattava di un particolare che non voleva condividere con l'equipaggio. Sarebbe stato un cattivo servizio reso ai suoi uomini rivelare dubbi e paure personali: un equipaggio si reggeva sulla fiducia ispirata dal comandante. E tutti quelli che fossero stati a conoscenza di quel circuito, da Vaughn in giù, avrebbero capito che la fiducia del comandante era prossima a esaurirsi...

Ma no, le cose non stavano veramente così. Il circuito era una semplice opzione, una sorta di riserva. Il suo *Seawolf* avrebbe surclassato il Destiny perché era più silenzioso, più veloce e più potente dei 688 che aveva affondato. Stava cercando di rassicurare se stesso, ma una voce gli ricordava che disponeva di un armamento uguale a quello dei 688...

Stancatosi di dibattere la questione tra sé, Pacino montò l'interruttore a rotazione su una scatola metallica, controllando in seguito l'installazione. Collegò i cavi all'interruttore e fece passare il cavo attraverso un foro sulla parte superiore della scatola, inserendolo in un accoppiatore che avvitò al foro. Arrotolò il cavo e lo fissò con il nastro adesivo, così da poterlo trasportare agevolmente. Quindi infilò il tutto in una sacca di tela, insieme con un trapano a batteria e alcune fascette, il cavetto pilota, il cacciavite e la pinza pelafili. Esaminò un'ultima volta lo schema dei contatti, assicurandosi di aver memorizzato la pagina dove si illustrava lo schema di inserimento nel circuito di innesco.

Mise la borsa in un armadietto. Il lavoro di installazione avrebbe dovuto attendere il nuovo turno di guardia, quando la mensa equipaggio fosse stata vuota. Regolò la sveglia sulle 03.00, scollegò le cuffie e salì al suo scaffale portadocumenti, prendendo una cartella e mettendosela aperta sul petto. Era il fascicolo intitolato SCI TOP SECRET - EARLY RETIREMENT, consegnatogli dall'ammiraglio Donchez. Le pagine erano stampate in modo chiaro e leggibile ed erano rilegate con una copertina di cartoncino. Pacino cominciò a leggere il voluminoso rapporto, che cominciava riportando tutte le informazioni conosciute sulla classe Destiny. Un centinaio di pagine dopo iniziò a chiedersi se il *Seawolf* avesse veramente delle possibilità di vittoria contro quel sottomarino. Altre cento pagine completavano le informazioni sul Destiny: la lunga sezione sul sistema informatico del Destiny risultava al tempo stesso illuminante e confusa.

Alle 01.00 l'ufficiale all'assetto lo chiamò e chiese l'autorizzazione a salire a quota periscopica per ricevere i messaggi dal satellite. Pacino concesse l'autorizzazione e percepì il ponte inclinarsi verso l'alto, quindi riportarsi in orizzontale e infine colse il leggero scuotimento causato dalle onde in superficie. Alcuni minuti dopo il sottomarino tornò in profondità; lo scafo gemeva con l'aumento della pressione del mare. Si stabilizzarono a centottanta metri, il ponte di nuovo stabile. Dieci minuti dopo bussarono alla porta: l'operatore portava la cartella dei messaggi. Pacino gli diede un'occhiata, niente da Steinman o da Donchez. *Muoviti e aspetta*, pensò. Siglò i messaggi di routine, congedò l'operatore con la cartella e tornò al suo rapporto.

La sezione seguente conteneva i profili dell'equipaggio. La parte sul commodoro Abbas Ali Sharef riportava un gran numero di dettagli interessanti, soprattutto riguardanti l'affondamento della *Sahand* nel 1988. Pacino non ricordava neppure quell'operazione; a quel tempo era in mare come comandante in seconda, occupato a inseguire sotto la calotta polare un sottomarino sovietico classe Akula, appena salpato dal cantiere di Severodvinsk per le prove in mare. Quella missione si era complicata a tal punto da fargli apparire insignificante il rapporto di tre righe riguardante l'attacco della marina americana contro la flotta iraniana. Ma l'azione, una rappresaglia contro gli abbordaggi e gli assalti alle navi mercantili nel golfo Persico, appariva, vista in retrospettiva, una reazione eccessiva. Alla cartella erano allegati un servizio della rivista *Time* e un articolo del *New York Times*. I media non riportavano molti dettagli, ma un rapporto del controspionaggio della marina sulla stima dei danni rivelava che la fregata *Sahand* era stata colpita duramente e che solo pochi marinai erano sopravvissuti. Sharef era uno di loro, circostanza che lo rendeva un combattente particolarmente determinato nel caso di scontri con la marina americana. Pacino individuò un altro elemento, ancora più inquietante: Sharef non aveva famiglia, moglie o figli. Niente che potesse suggerirgli di sopravvivere per rimandare la battaglia a un altro giorno. Il tipo di uomo che combatteva fino alla morte. Era anche vero che molti combattenti islamici erano convinti che la morte in battaglia fosse un biglietto di prima classe per il paradiso. Pacino terminò la sezione su Sharef e proseguì leggendo le varie indiscrezioni sul primo ufficiale, il capitano di vascello al-Kunis, e poi quelle sugli ufficiali subalterni conosciuti, una necessità dettata dal fatto che qualunque ufficiale poteva assumere il comando in caso di morte di Sharef.

Quando Pacino finì di leggere il rapporto erano ormai le 02.30. Decise di cominciare presto la sua modifica del circuito. Scese dalla cuccetta e s'infilò le scarpe. Prese la borsa di tela dall'armadietto e uscì dalla cabina, incamminandosi nel corridoio del ponte di mezzo. Dopo un lungo tragitto giunse alla paratia di poppa, dalla quale si diresse verso tribordo sino al portello del tunnel schermato del compartimento del reattore. Pacino si fermò in quel punto, sapendo che il portello e la paratia che delimitavano il compartimento erano robusti quanto lo scafo esterno. Nel caso in cui la parte anteriore di questo fosse stata invasa dall'acqua e il sottomarino fosse affondato, i compartimenti di poppa avrebbero resistito, almeno fintanto che le pareti d'acciaio non avessero ceduto. Pacino entrò attraverso il portello, si fermò in mezzo, stese la mano e chiuse gli occhi. Toccò un punto sulla paratia anteriore e tenne la mano ferma su quel punto mentre si spostava di nuovo nel compartimento anteriore. Il punto era proprio accanto al portello, all'altezza del petto. Non era una buona posizione: era troppo in vista per il personale che andava verso poppa, ma Pacino avrebbe dovuto accontentarsi.

Il comandante trasse il trapano dalla borsa e praticò due piccoli fori su un supporto avvitato alla paratia, quindi vi montò altri due supporti e fissò la scatola con l'interruttore. Pacino poteva raggiungerla stando dall'altra parte del portello. Sembrava fissata bene. Quindi si occupò del cavo, distendendolo verso l'alto dove si trovavano centinaia di altri cavi. Stendere il cavo non sarebbe stato un problema. Lo fissò in alto e lo stese verso prua, fino alla paratia della sala ESM, il locale pieno di dispositivi elettronici usati per intercettare i segnali radio e radar in superficie. In immersione in quel locale non c'era nessuno. Riuscì a completare l'operazione approfittando di una serie di cavi e fori lasciati dal lavoro frettolosamente ultimato al cantiere. Evitò così di praticare dei buchi nella paratia, generando rumori che avrebbero potuto insospettire qualcuno. Terminò l'opera utilizzando il nastro isolante per tenere insieme i cavi e ultimò quella fase dell'installazione.

Quindi si voltò per osservare il risultato. Aveva un aspetto professionale ma sembrava un lavoro eseguito troppo di recente. A questo non aveva pensato. Esaminò il soffitto e trovò molti punti difficili da raggiungere che l'equipaggio non aveva pulito bene in seguito ai lavori in cantiere che avevano prodotto sporco e disordine. Prelevò un po' di morchia, di polvere e di grasso che passò sui cavi e sui lati della scatola dell'interruttore, servendosene per mascherarne l'aspetto lucido e nuovo. Sporcò anche la sezione anteriore della scatola, passandovi poi un panno. L'interruttore e la scatola ora sembravano parte del sottomarino sin dai lavori svolti in cantiere. Pacino prese dalla borsa un'etichetta gialla, vi scarabocchiò sopra qualcosa e la applicò alla scatola. Sull'etichetta c'era scritto FU, « Fuori Uso », e serviva ad avvisare l'equipaggio che quel dispositivo non era in funzione e che era inutile provare a girare l'interruttore. Arretrò di un passo per dare un'occhiata, ma non trovò convincente lo stratagemma. L'etichetta gialla attirava l'attenzione verso l'interruttore, meglio non mettere niente. Tolse l'etichetta e procedette verso il portello che portava al locale ESM.

Restò in ascolto per alcuni istanti, quindi immise la combinazione che apriva la serratura ed entrò, lasciando la borsa nel corridoio nel caso nel locale vi fossero stati dei tecnici, ma la sala era deserta. Pacino recuperò la sacca e richiuse la porta. Il locale era poco più di un cubicolo con due seggiolini imbottiti e le paratie ingombre di scaffalature piene di dispositivi elettronici. Trovò il cavo che aveva fatto passare da fuori e lo tirò all'interno, fino alla paratia verso prua. Sempre servendosi di condotti lasciati dalla lavorazione interrotta, fissò il cavo a numerosi altri che passavano lungo il soffitto e lo sporcò come aveva fatto in precedenza. Decise di controllare la sala radio prima di procedere con l'operazione. Non c'era nessuno neanche lì. Fece passare il cavo nel foro, poi si guardò intorno per controllare di non aver lasciato tracce nel locale ESM.

La sala radio era simile a quella precedente, anche se di dimensioni maggiori. Neanche questo era uno spazio progettato per soddisfare il gusto estetico o sembrare confortevole. Pacino ripeté l'operazione ma, invece di stendere il cavo verso prua, lo fece passare a livello del ponte fino alla paratia anteriore, quindi trovò un condotto di manutenzione sul ponte che faceva al caso suo; vi infilò il cavo raggiungendo il livello inferiore, controllò il lavoro e andò in sala siluri. Era una zona che, solitamente, ferveva di attività ma, in quel momento, non c'era nessuno al lavoro, perché vi trovavano spazio anche le cuccette per una parte dell'equipaggio. L'illuminazione diffondeva una luce rossa per attenuare la luminosità e l'ambiente risuonava del respiro pesante degli uomini addormentati. Non c'era nessuno sveglio che potesse accorgersi di lui. Si arrampicò sulla parte superiore del tubo di lancio Vortex più esterno. Il metallo era duro e freddo, lo spazio tra il tubo e la paratia superiore minimo. Pacino trovò il cavo che aveva fatto passare dal ponte della sala radio. Lo tirò lentamente, poi, provando una certa tensione ai muscoli della schiena, lo fissò alla paratia superiore, sulla quale passavano migliaia di altri cavi. Finalmente poté accedere alla porzione ristretta di ponte che si trovava all'estremità anteriore della sala. Tirò il cavo sino a quel punto, e trovò un pannello di controllo. Aprì il coperchio e fece passare il cavo all'interno. Guardando dall'esterno nessuno si sarebbe accorto di quella modifica non autorizzata. All'interno del pannello trovò la scheda del circuito che stava cercando. Tirò il cavo sino al pannello interruttori, sperando che il collegamento che si accingeva a completare fosse conforme a quanto previsto dai manuali tecnici. Afferrò le pinze pelafili e prese un cavo di alimentazione che andava al relè R141, sulla parte posteriore del pannello, poi testò il voltaggio: non c'era corrente. Pacino tolse l'isolamento del cavo con le pinze, prese i terminali e li avvitò in un piccolo mammut che aveva preso dalla sua borsa. Poi avvitò dall'altra parte del mammut i terminali del cavo che aveva steso dal livello superiore. Il lavoro era finito, si trattava solo di fissare bene il cavo per celarlo alla vista. Controllò un'ultima volta il collegamento, notando con soddisfazione che aveva l'aria di poter funzionare.

Avrebbe voluto poter eseguire un test, ma avrebbe avuto bisogno di un'altra persona che ruotasse l'interruttore, mentre lui controllava il relè R141. Il relè doveva anche essere scollegato, in modo che non chiudesse il circuito più in basso. Testare il circuito sarebbe stato più rischioso che collegarlo. Doveva accontentarsi di quanto aveva fatto. Pacino sperò che nessuno andasse a curiosare all'interno del pannello. Richiuse la copertura del pannello avvitando le viti che la serravano, si infilò la borsa degli attrezzi nella tuta sporca di grasso e tornò in fretta nella sua cabina. Nessuno l'aveva visto.

A quel punto, tutto quello che poteva sperare era di non dover mai usare quell'interruttore. Ma, se avesse dovuto farlo, avrebbe funzionato.

29

Giovedì, 2 gennaio
Atlantico settentrionale
CNFS Egira

Sharef ebbe bisogno dell'aiuto di Tawkidi per alzarsi dal letto e sedere al suo tavolo.

«Mi sembra di sentirmi più debole», osservò Sharef.

«Il dottore ha detto che la costola rotta ha prodotto un'infezione, e anche l'occhio. La medicina non ha funzionato?»

Sharef non voleva rispondere alla domanda. Aveva la sensazione che il suo corpo desiderasse smettere di funzionare e morire. Pessima scelta di tempo.

Rakish Ahmed e il generale Sihoud entrarono senza bussare.

«Si bussa prima di entrare nella cabina del comandante», fece notare Tawkidi ad Ahmed e, implicitamente, anche a Sihoud.

«Siamo venuti per riferire al comandante del lavoro nel cassone di zavorra», annunciò Ahmed. «Possiamo lasciar perdere se ci sono problemi di protocollo.»

«Vada avanti, colonnello», sospirò Sharef, desideroso di concludere rapidamente il colloquio.

«Pensavamo che le operazioni nel cassone di zavorra si sarebbero risolte in dieci ore, ma temo che ne impiegheremo sessanta. Considerando i tempi di riposo e i recuperi previsti per compensare la pressurizzazione potremmo aver bisogno di sei giorni.»

«Non abbiamo sei...»

«Lo so, commodoro. Per questo ho deciso di limitare il lavoro all'installazione di una sola testata Scorpion nel tubo uno.»

«Questo ci lascia con un missile solo», fece presente Tawkidi. «Disponiamo di radioattività sufficiente con un unico missile?»

«Più che sufficiente», confermò Ahmed.

«Ma non avremo altre possibilità. Se qualcosa non funziona con il missile numero uno non ne avremo uno di riserva.»

Ahmed lo fissò. «Funzionerà tutto.»

«A che punto siete ora, colonnello?» chiese Sharef.

«La testata Scorpion è stata portata al livello di mezzo, proprio davanti al portello del cassone di zavorra. Abbiamo aperto il portello ma per ora l'abbiamo sigillato con dello stucco. Siamo entrati nel cassone e abbiamo forato il tubo uno. L'esplosivo è stato rimosso. Siamo pronti per iniziare a tagliare la sezione superiore del tubo, alla prossima entrata nel cassone. L'operazione dovrebbe richiedere le prossime dieci ore di lavoro. Nel successivo turno di lavoro nel cassone monteremo la Scorpion e risalderemo il tubo. Quindi testeremo il missile con la Scorpion montata. Verificheremo anche i collegamenti bidirezionali tra il missile e la centrale di lancio.»

Sharef annuì in segno di approvazione. «Bene, vedo che avete un'idea precisa su come terminare il lavoro. Ma la fase finale rappresenta i tre quarti di tutta l'opera, colonnello. Nel frattempo il battello dovrà procedere a trentacinque nodi per mantenere la profondità con un cassone pieno d'aria. Lasci che le mostri il risultato di una navigazione a tale velocità.»

Prontamente Tawkidi stese una carta nautica che mostrava la loro rotta semicircolare, che in origine avrebbe dovuto portarli nell'Atlantico settentrionale. La loro posizione era segnata con un punto bene in evidenza. Intorno a Washington era tracciato un cerchio corrispondente al raggio d'azione dei missili Hiroshima. La loro posizione era molto vicina a tale cerchio.

«Come può notare, siamo a poco più di cento miglia dal cerchio intorno a Washington. Se continuiamo a questa velocità per le altre trenta ore che sostiene indispensabili per completare il lavoro, percorreremo altre mille miglia e finiremo in mezzo al mare del Labrador. Non potremo procedere oltre, l'oceano è finito! Ho calcolato questa rotta per rimanere invisibili, quindi escludo di virare verso sud lungo la costa orientale degli Stati Uniti. Questa rotta ci porterebbe in mezzo a vie di navigazione molto frequentate e pattugliate, e il raggio d'azione degli Hiroshima non ci impone di essere tanto vicini. Inoltre, colonnello, il successo della missione si basa sul fatto che l'Hiroshima arrivi da nord, dall'Artico, da una direzione che gli americani non considerano un possibile vettore di minaccia. L'Hiroshima sembrerà un Concorde o un jet supersonico privato che arriva dall'Europa passando dal Polo, sempre che venga rilevato da un radar, dato che dobbiamo supporre che la copertura radar non sia perfetta.»

«Sono d'accordo, commodoro. Non viriamo a sud. Ma non possiamo neppure rallentare prima di aver allagato nuovamente il cassone di zavorra. Viriamo a nord come lei ha previsto sin dall'inizio e procediamo verso lo stretto di Davis tra la Groenlandia e l'isola di Baffin, nelle acque territoriali canadesi.»

«Ma dopo la virata a nord saremmo fuori del raggio d'azione dell'Hiroshima di oltre seicento miglia. Oltretutto, la zona dei ghiacci comincia proprio lì, a nord della punta settentrionale della Groenlandia. In quel punto inizia la calotta, molto prima del limite del raggio d'azione. Direi che abbiamo poco più di cinquecento miglia dalla base dello stretto di Davis prima del confine delle acque aperte.»

«A questa velocità non abbiamo bisogno di altro tempo, commodoro. Trenta ore, mille miglia e altre cinquecento da usare se dobbiamo virare verso nord. Se arriviamo al limite della calotta a – come si chiama? – alla baia di Baffin, potremo invertire la rotta e tornare verso sud.»

Ahmed aveva fornito la risposta che Sharef aveva sperato sin dall'inizio, ma aveva avuto l'impressione che, se avesse proposto personalmente quella linea d'azione, Ahmed avrebbe suggerito di virare a sud. Rimanere nella zona ricoperta dai ghiacci della baia di Baffin, se anche avessero dovuto restarci settimane, era sicuro. Sarebbero stati nascosti e al coperto. Era convinto che lì gli americani e i canadesi non li avrebbero scoperti.

«Questo ci porta alla mia seconda preoccupazione, colonnello. Il problema della nostra velocità. Non solo 'consumiamo' in fretta la distanza, ma aumentiamo il rischio di essere scoperti. I display del Secondo Comandante indicano che abbiamo una falla nello scafo esterno in corrispondenza del cassone di zavorra di poppa. Questo produce una risonanza indotta dal flusso: la falla 'fischia' nel flusso di acqua marina.»

«E allora?»

«Allora potremmo venire scoperti. Non sono solo preoccupato per la distanza percorsa e non sono neppure troppo impensierito dalla nostra accresciuta rumorosità finché restiamo in mezzo all'Atlantico, ma avvicinandoci alle coste nordamericane sarei molto felice se riducessimo la velocità.»

«Attualmente stiamo osservando il turno di riposo. Non rientreremo nel cassone di zavorra per altre sette ore. Se riducessimo questo tempo sarebbe un rischio per gli ufficiali che mi aiutano nel cassone. Ma non possiamo allagare il cassone perché dovremmo sigillare il portello saldandolo: per farlo ci vorrebbero delle ore e molte altre per riaprirlo. Perderemmo tempo.»

«Diceva che il portello adesso è chiuso con un sigillante plastico. Potremmo allagare il cassone fino alla base del portello. Con il cassone pieno a metà dovrei riuscire a ridurre un po' la velocità.»

«Nessuna obiezione, commodoro.»

«Capitano di fregata Tawkidi, pensa che potremmo allagare il cassone sino al livello del portello e diminuire la velocità?»

«Sì, commodoro. Il Secondo Comandante può eseguire questo calcolo con facilità. Genereremo del rumore espellendo l'aria dal cassone, ma dovremmo riuscire a rallentare a tredici nodi.»

«Eseguite. Colonnello, dopo il secondo turno di lavoro nel cassone voglio un altro rapporto sullo stato dei lavori. Ha qualcosa da aggiungere, generale Sihoud?»

Sihoud era rimasto in silenzio, troppo in silenzio, per l'intero viaggio. Tawkidi aveva riferito che era rimasto nella cabina del primo ufficiale da quando si erano ripresi dopo essere stati colpiti dal siluro. Non era uscito per i pasti e aveva rifiutato di mangiare in cabina. Sembrava che le sue condizioni fisiche non fossero affatto buone.

«Commodoro», soggiunse con una voce che non mostrava alcun segno di fatica; il tono profondo era carico d'autorità. Ma c'era qualcosa nei suoi occhi, pensò Sharef. «Lei e il colonnello Ahmed avete pianificato nei dettagli la fase di spiegamento dell'arma. Per questo mi congratulo con entrambi. Vi esorto a continuare a lavorare insieme per preparare al lancio la Scorpion. Una volta che il missile sarà in aria noi avremo prevalso nella nostra lotta. È tutto ciò che ho da dire.»

Sharef osservò Ahmed e Sihoud mentre uscivano. I suoi pensieri furono interrotti dalla voce di Tawkidi.

«Farò allagare subito il cassone, signore, e diminuire la velocità. Lei dovrebbe riposare fino a quando Ahmed non avrà concluso il secondo turno di lavoro nel cassone.»

«Lo farò», convenne Sharef, accettando l'aiuto di Tawkidi

per stendersi in cuccetta e ingoiare le pillole che si trovavano sul tavolo con l'acqua che gli aveva portato l'ufficiale.

Mentre, steso in cuccetta, guardava il soffitto della cabina, Sharef ripensò agli occhi di Sihoud. Non erano più brillanti, sembravano piatti, come morti. Come se si fosse già rassegnato alla propria fine. Be', pensò Sharef, lui non condivideva il fanatismo di Sihoud che giustificava qualunque cosa nel nome di Allah. D'altra parte, a tutti gli effetti si sentiva prigioniero sulla sua stessa nave, nonostante ciò che aveva detto ad Ahmed e a Sihoud.

La sua frustrazione si alleviò solo quando le medicine del dottore fecero effetto e su di lui calò una pesante cortina di sonnolenza.

USS Phoenix

Kane esaminò la carta con una sensazione di disagio. La loro rotta nelle ultime venti ore era stata perfettamente dritta, come un proiettile diretto a sud dell'estremità meridionale della Groenlandia, capo Farewell. Per le ultime tredici ore il Bersaglio Uno era andato a trentacinque nodi, il doppio della velocità a cui Kane avrebbe attraversato l'Atlantico. All'inizio della navigazione a trentacinque nodi il contatto aveva emesso un forte transiente. Sanderson aveva osservato che sembrava aver svuotato un cassone per emergere, ma il sottomarino aveva continuato a procedere in immersione. Adesso si trovava a metà strada per raggiungere la Groenlandia e avrebbero raggiunto le coste canadesi in un paio di giorni, o forse meno.

Più Kane seguiva il Destiny e più la sua uscita dal Mediterraneo gli appariva misteriosa. Il mistero andava facendosi sempre più fitto. Il comandante aveva preso una grande carta nautica che mostrava tutto l'Atlantico settentrionale e gran parte dell'emisfero nord. Aveva segnato con del nastro arancione la rotta che avevano percorso da quando avevano lasciato Gibilterra. Aveva esteso il nastro fino a Kassab, nel Mediterraneo, da dove il Destiny aveva iniziato la sua missione. Sapendo che il generale Sihoud era a bordo, l'uscita dal Mediterraneo e la rotta stimata verso il Canada si prestavano a diverse interpretazioni.

Forse Sihoud aveva deciso di abdicare o di arrendersi e si era accordato per lasciare il Fronte Islamico con un sottomarino, per consegnarsi a Terranova, o nel Labrador o in Groenlandia. Poteva essere così. O magari stava andando a partecipare a dei colloqui di pace in Canada o in Groenlandia, colloqui così segreti da costringerlo a sparire dalla vista dei suoi generali. Ma perché un leader che si sta recando a colloqui di pace deve affondare due sottomarini per arrivare a destinazione? Non aveva senso. E se stesse portando fuori dal Mediterraneo una qualche arma da lanciare contro gli Stati Uniti? Perché non impiegarla direttamente dal Mediterraneo? Forse, per il raggio d'azione, il Mediterraneo era molto lontano. I giapponesi avrebbero potuto vendere al Fronte Islamico alcuni missili da crociera supersonici da alta quota, e forse Sihoud pensava di avvicinarsi agli Stati Uniti per poterli lanciare a distanza utile. Ma allora perché non seguire una rotta che lo avrebbe portato direttamente verso la costa orientale americana? E quale danno avrebbe potuto causare un missile da crociera convenzionale? Un paio di terroristi con un po' di esplosivo al plastico nel sistema fognario potevano creare danni peggiori e avere più possibilità di successo che cercare di infilare un missile da crociera in un ambiente saturo di radar come quello della costa orientale americana.

E se avesse trovato il modo di produrre un'arma nucleare? Si sarebbe avvicinato il più possibile al bersaglio e l'avrebbe lanciata. Sempre che avesse un missile su cui montarla. Forse stava andando a scaricare una bomba nucleare nel mare del Labrador, emergendo di notte e consegnandola a un peschereccio. Il battello l'avrebbe portata in un qualche sonnacchioso porticciolo canadese, dove una macchina presa a noleggio l'avrebbe trasportata fino al confine e quindi a Boston, o a New York, o a Washington. O magari la poteva portare direttamente in volo un idrovolante.

Certo, Kane, certo... Se l'avesse scritto in un messaggio l'ammiraglio Steinman sarebbe scoppiato a ridere e gli avrebbe risposto inviandogli una cassa piena di vecchi romanzi di Alistair MacLean. E poi, a parte tutto, il lavoro di controspionaggio non era compito suo. Il suo ruolo era quello di raccogliere i dati grezzi. E di quelli ne aveva raccolti a vagonate, ed era venuto il momento di comunicarli a qualcuno. Ma non poteva farlo, a causa della velocità del Destiny. Non poteva permettersi il lusso di rallentare e portarsi a quota periscopica per trasmettere in HF.

Lasciò la carta e si diresse al livello di mezzo per prendere una tazza di caffè. Il sottomarino sembrava una città fantasma. La sala controllo era impegnata nell'inseguimento del Destiny, e il trambusto della sala rendeva difficile pensare. Non poteva confrontare le sue idee con McDonne, perché il suo secondo stava dormendo, preparandosi ad assumere il comando al posto di Kane durante la sera e il successivo turno di guardia. Con la coda dell'occhio vide il capo di prima classe Binghamton in mensa equipaggio e lo convocò nel quadrato ufficiali.

«Sì, comandante?»

«Ci sono cambiamenti nelle condizioni dell'UHF?»

«Nulla da fare, signore. Per quanto ci riguarda, o trasmettiamo con l'HF o niente.»

«E per quanto riguarda le parti di ricambio del...»

«Comandante», risuonò una voce dal corridoio. «Comandante?»

«È qui», disse Binghamton. Il radiofonista aveva in mano un lungo cordone attorcigliato. Il suo incarico era quello di garantire le comunicazioni dalla sala controllo al livello di mezzo quando il sottomarino era in navigazione ultrasilenziosa e non poteva essere usato il sistema di altoparlanti.

«È la sala controllo, signore. L'ufficiale all'assetto la vuole di sopra al più presto possibile.»

«Sto arrivando.» Kane si precipitò su per le scalette al livello superiore e arrivò a destinazione in pochi balzi. L'ufficiale all'assetto e gli ufficiali in servizio stavano alle consolle della centrale di tiro, gli addetti erano ai tavoli di carteggio, le conversazioni erano ridotte a un mormorio. L'ufficiale di guardia era Jensen: i suoi occhi erano iniettati di sangue per la mancanza di sonno o per le ferite subite quando erano stati affondati.

«Comandante, il Bersaglio Uno ha appena rallentato. Adesso procede a tredici nodi. Nessun segno che ci abbia rilevato o che stia manovrando per controllare la scia. Ha appena fatto un gran casino: Smoot, di guardia al sonar, ha detto che sembrava che stesse espellendo aria da un cassone.»

Era l'opportunità che Kane aspettava per salire brevemente a quota periscopica e trasmettere il rapporto di contatto. Poteva essere l'unica possibilità di farlo. Rallentando e salendo a quota periscopica rischiava di perdere il contatto, ma era un rischio accettabile. Con il Destiny che navigava a tredici nodi poteva permettersi di lasciarlo andare e riuscire a rintracciarlo in seguito, dopo essere rimasto un po' a quota periscopica. Decise di concedersi venti minuti a quota periscopica, non di più.

«Distanza del contatto?»

«Ottocento metri.»

«Ci sono cambiamenti nella rotta del Bersaglio Uno?»

«No, signore, sta andando più dritto di una freccia.»

«Portare la velocità a venti nodi, far aumentare la distanza a cinquemila, quindi portarsi a quota periscopica a sette nodi, non controllare la scia. Io sarò in sala radio. Avanti, procedere.»

A Kane batteva il cuore in gola mentre il sottomarino si stabilizzava a quota periscopica, senza essersi fermato per controllare la scia e l'eventuale presenza di traffico in superficie una volta raggiunti i cinquanta metri di profondità. La testa rasata di Binghamton era imperlata di sudore quando ordinò di estendere l'antenna multifrequenza del Bigmouth; quando l'albero a forma di palo telefonico si innalzò completamente, una luce verde si accese. Il capo di prima classe porse a Kane una cuffia con microfono e ne infilò una uguale. Le consolle davanti a lui ronzavano ed emettevano insistenti *bip* mentre il sottufficiale regolava le frequenze e scartabellava un manuale di codici.

«Norfolk NavCom Center, qui Tango Due Foxtrot», trasmise Binghamton. T2F era il codice identificativo del *Phoenix* per il 2 gennaio. Ripeté il messaggio diverse volte, mentre una specie di fischio aumentava e diminuiva di intensità dalla ricetrasmittente. Rumori di statica uscivano dagli altoparlanti.

«Avanti, avanti», lo esortò Kane, ben consapevole del fatto che il Destiny stava aumentando la distanza da loro.

«Norfolk NavCom Center, qui Tango Due Foxtrot, passo.»

Rumori di statica.

«NavCom, qui Tango Due Foxtrot con messaggio Navy Blue, passo.»

Ancora statica, interrotta da una voce distorta, poi ancora fischi.

«NavCom, qui Tango Due Foxtrot con messaggio Navy Blue, passo.»

Un sibilo, interrotto per un attimo da una voce: «*Due Fox...*»

«Avanti, capo», disse Kane, più a se stesso che a Binghamton.

«NavCom, qui Tango Due Foxtrot. Procediamo con messaggio Navy Blue. Ci ricevete, passo?»

«*Tang...oo...ox...iamo cinque...trasme...passo.*»

«È il meglio che possiamo fare, capo?»

«Proviamo a trasmettere e vediamo se ci danno il ricevuto.»

Kane guardò il messaggio che aveva redatto rapidamente.

«Norfolk NavCom Center, qui Tango Due Foxtrot», scandì con voce chiara. «Messaggio Navy Blue, stop.» Navy Blue significava che si trattava di un messaggio da trasmettere direttamente all'ammiraglio Donchez al Pentagono. «Tango Due Foxtrot riferisce propria posizione a latitudine cinque due gradi quattro minuti dodici secondi November, longitudine tre tre gradi uno sette minuti quattro zero secondi Whiskey, stop.» Kane aveva faticato molto per scrivere la prossima sezione del messaggio, sapendo che sarebbe stata trasmessa in chiaro e che poteva essere captata dai ricevitori del Fronte Islamico, se erano in ascolto. «Il nostro cliente è stato incontrato al punto di contatto originale e ha proseguito sino all'attuale posizione con probabile destinazione mare del Labrador, velocità tre cinque nelle ultime venti ore, con recente rallentamento a velocità uno tre. Tango Due Foxtrot danneggiato ma operativo, radio UHF fuori uso, nostro garage non ha più veicoli Matthew-Luke e John cinque zero.» Era un modo per dire che non avevano più siluri Mark 50. «Seguiranno altri aggiornamenti, stop. Bravo Tango. Ripeto, messaggio Navy Blue...»

Kane ripeté la trasmissione e richiese la rilettura del messaggio come conferma di ricevuto.

Gli altoparlanti fischiavano e crepitavano.

«*Ango...avy blue...rapporto...osizione...lat...cinque due gra... November, long...tre...uno sette min...whiskey...*»

Il resto della rilettura proseguì in questo modo. Le parti rilette del messaggio erano sufficienti per ritenere che fosse stato ricevuto, sempre che quelli con cui stavano parlando fossero davvero del centro comunicazioni della marina.

«*Tango due...navcom...autenticare golf...passo.*»

«NavCom, qui Tango Due Foxtrot, richiesta conferma, desiderate autenticare Golf Victor Tre?»

«*Autenticare go...victor...tr...*»

«NavCom, qui Tango Due Foxtrot, richiesta conferma, desiderate autenticare Golf Victor Tre?»

«*tango...afferm...*»

Binghamton prese il manuale dei codici dalla mensola. Il volumetto nero era contrassegnato con la scritta TOP SECRET-COMSEC, che indicava la massima classificazione di sicurezza delle comunicazioni.

«Vediamo un po'», disse tra sé il capo di prima classe. «Oggi è il due di gennaio, qui c'è Golf, colonna Victor, rigo terzo. Golf Victor Tre dovrebbe essere autenticato con W3B. Lei è d'accordo, signore?»

Kane guardò il manuale dei codici, con righe e colonne di numeri e lettere senza senso. NavCom stava cercando di verificare se erano veramente il *Phoenix* chiedendo loro di decodificare un codice alfanumerico, un'operazione che poteva essere effettuata solo con un manuale di codici. Questi manuali erano stampati per ciascuna nave e solo il *Phoenix* aveva questa versione del manuale. Nessun altro avrebbe potuto decodificare GV3 come W3B. Questa risposta avrebbe confermato l'autenticità del messaggio.

«NavCom, qui Tango Due Foxtrot, autentichiamo come Whiskey Tre Bravo, ripeto Whiskey Tre Bravo, passo.»

«*...foxtrot...ricevuto vostro...messaggio ri...navcom...chiudo.*»

«Penso che ce l'abbiamo fatta, comandante.»

«Controllo, qui radio, abbassare il Bigmouth e scendere in profondità!» urlò nel microfono Kane alla sala controllo. Il ponte si inclinò verso il basso prima che potesse uscire dalla sala radio e tornare in quella di controllo.

Ora veniva la parte più difficile. Sarebbero riusciti a ritrovare il Bersaglio Uno?

Quartier generale della National Security Agency
Fort Meade, Maryland
Edificio 427
Area informativa speciale riservata

Al tramonto del sole il cielo si era coperto di grosse nubi informi. Donchez aveva portato la limousine dal Pentagono al vicino Fort Meade, a metà strada tra Washington e Baltimora, lungo la statale che congiungeva le due città. Non appena l'auto si fu immessa nella bretella di collegamento, si scatenò la tempesta, costringendoli a rallentare. Mezz'ora più tardi gli pneumatici della Lincoln erano affondati nella neve al cancello di Fort Meade. Quando Donchez uscì davanti all'Edificio 427 la neve lo coprì, imbiancando il suo lungo cappotto nero dopo appena venti passi all'aperto prima di raggiungere l'ingresso della palazzina.

«Prevedo che passeremo la notte qui», osservò Donchez rivolto al suo aiutante Rummel. «Sarà meglio fissare un paio di stanze al comando prima che ce ne dimentichiamo, visto che saremo troppo immersi nel rapporto.»

Donchez aveva richiesto che il rapporto si tenesse nelle sue installazioni, ma l'Agenzia per la sicurezza nazionale (NSA) aveva insistito perché venisse organizzato da loro. L'NSA aveva vinto la battaglia delle prime operazioni interforze con la divisione decrittazione della Combined Intelligence Agency per il controllo dell'intercettazione e della decodifica delle comunicazioni estere. La riorganizzazione attuata sulla base dell'atto Dole di CIA, DIA e NASA aveva lasciato quest'ultima non solo intatta ma con maggiori competenze, al punto che il personale decrittazione della CIA si era ritrovato a lavorare per l'NSA a Fort Meade. Donchez riconosceva che quelli dell'NSA erano professionisti preparati, ma li riteneva dei tipi bizzarri.

Donchez e il suo aiutante passarono i controlli di sicurezza all'ingresso dell'Edificio 427, che poteva essere scambiato per un impianto scolastico di recente costruzione: i mattoni erano nuovi, lo stile architettonico gradevole ma banale, inusuale solo per l'assenza di finestre. Un ufficiale di marina li accolse all'interno, come ordinato da Donchez, dal momento che le procedure normali avrebbero richiesto che fosse il comandante della base a ricevere personalmente Donchez e a scortarlo all'interno, ma l'ammiraglio aveva insistito per tralasciare la cerimonia.

Furono scortati al punto di controllo elettronico e di lì si addentrarono nell'edificio, passando altri due controlli di sicurezza prima di arrivare all'area di analisi delle comunicazioni, le cui porte doppie rinforzate di piombo erano sorvegliate da guardie armate. Lì le procedure di controllo si dimostrarono molto più minuziose.

Finalmente furono condotti all'interno. L'arredamento era nuovo e confortevole, con le poltrone di pelle, un tavolo di quercia e il rivestimento delle pareti che conferiva all'ambiente l'aspetto di una sala d'imbarco. Donchez lo notò appena, non potendo più controllare la sua impazienza.

L'ufficiale incaricato del rapporto, un colonnello dell'esercito, entrò da una porta interna con un fascio di carte e alcune videocassette. Aveva un aspetto giovanile e fresco per essere un ufficiale superiore, guance rosa e occhiali con montatura rotonda. I baffi sembravano quelli di un adolescente.

«Sono il colonnello Jim Parker, responsabile del processo computerizzato di decrittazione. Lieto di conoscerla, signore.» Parker aveva un'acuta voce nasale ma parlava velocemente. «Questi fogli contengono un sommario del rapporto. So che avete fretta e quindi andrò subito al punto. Potreste non voler neppure vedere i dati grezzi, ma penso che leggendo il sommario li vorrete esaminare comunque.»

«Benissimo, colonnello. Mi dia la versione breve per prima.»

«Sissignore. I file e i dati di computer che abbiamo intercettato, così come l'interrogatorio di Muhammad Ibn al-Kabba, lo scienziato che abbiamo catturato, indicano tutti che il Fronte Islamico ha realizzato un nuovo tipo di arma. Tecnicamente è definito come esplosivo a dispersione adesiva che utilizza plutonio come agente venefico. Non si avvicina neppure al potenziale distruttivo di una testata nucleare, ma con una piccola frazione di plutonio quest'arma ottiene notevoli risultati. Potrei paragonarla a una bomba ai neutroni che consegue il suo potenziale letale più con la radioattività che con l'effetto dell'esplosione. L'arma del FIU sembra piuttosto simile ma, invece che su una singola scarica di neutroni, si basa su un'esposizione prolungata al plutonio. La polvere radioattiva entra nei sistemi di ventilazione e nei polmoni delle vittime, si deposita sulla pelle, si attacca alla superficie delle strade e degli edifici. Se vi trovate vicino al punto d'impatto morirete, ma anche se state attraversando l'area in macchina a centotrenta all'ora o se siete nei sotterranei di un edificio, la polvere vi contaminerà. E non la si può lavare via, anche le squadre di bonifica morirebbero. Se questo affare venisse sganciato su una grande città, le vittime si conterebbero a milioni. E c'è di peggio. Con una bomba a neutroni o un'arma nucleare, dopo un anno si può bonificare e ricostruire. In questo caso no. La città bersaglio rimarrebbe radioattiva e inabitabile per un numero incalcolabile di anni a venire.»

Donchez rimase seduto per i cinque minuti di spiegazione degli scopi e del funzionamento della bomba a collante radioattivo. Poi interruppe il colonnello. «Quante ne hanno?»

«Due, forse tre.»

«Vettore?»

«La testata viene montata su un missile Hiroshima. Il raggio è di sole mille e novecento miglia nautiche. Un po' poco per costituire una minaccia a lungo raggio.»

«Quindi dovrebbero avvicinarsi per lanciarne una contro di noi. Oppure dovrebbero usare un aereo.»

«O portarla a mano. Ma i dati indicano che il missile Hiroshima è il vettore preferito, poiché è supersonico, vola ad alta quota ed è munito di dispositivi di evasione radar.»

«Non ci sono due versioni dell'Hiroshima?»

«Sì, una aviolanciata e una navale.»

«È lo stesso missile?»

«No. Quella navale è progettata per essere espulsa dal tubo di lancio di un sottomarino in immersione, e possiede un involucro a prova d'acqua. Le caratteristiche del missile rimangono immutate, ma questa versione parte a velocità zero dalla superficie del mare, quindi lo stadio con il motore a razzo è molto più grosso. Quello della versione aviolanciata è davvero piccolo, in confronto.»

«Le testate hanno la stessa dimensione?»

«No, la versione aviolanciata ha la capacità di trasportare una testata più grossa, avendo lo stadio a razzo più leggero. Seimila chili per l'aviolanciata, solo tremilacinquecento per la versione navale.»

«Quanto pesa questa testata con la polvere radioattiva?»

«Vediamo...» Il colonnello frugò tra i suoi dati. «Non l'abbiamo messo.» Scarabocchiò due colonne su un blocco, copiando dei dati da un grosso raccoglitore, quindi aggiunse la colonna dei pesi.

«Ci sono alcuni componenti per cui devo andare per supposizione, ma con un po' di approssimazione dovrebbe essere sulle tre tonnellate. Tremila chili, quintale più quintale meno.»

«Dove hanno messo le testate operative?»

«Pensiamo che le abbiano portate a Kassab, sulla costa del Mediterraneo.»

La base del Destiny, pensò Donchez. Con due testate dimensionate per un sistema d'arma navale che deve essere portato entro una distanza di mille e novecento miglia nautiche per colpire il suo bersaglio. Il Destiny era uscito dal Mediterraneo e l'ultima volta che era stato avvistato si stava dirigendo a ovest.

Si alzò in piedi: aveva sentito abbastanza. Non volle vedere i dati grezzi, con sorpresa del colonnello, che aveva previsto di presentare il rapporto intero. A quanto pareva, pensò Donchez, il colonnello Parker non era abituato a persone che prestavano fede alle sue interpretazioni senza necessità di ulteriori prove.

«Grazie, colonnello. Ci è stato di grande aiuto.»

Lui e Rummel avevano percorso pochi metri nel corridoio che furono raggiunti da un sergente dell'esercito che li stava cercando.

«Ammiraglio? Ammiraglio Donchez? Un messaggio flash per lei, signore, inviato dal centro comunicazioni della marina di Norfolk circa quattro minuti fa. Un certo capitano di vascello Brandt è in attesa al telefono per rispondere a richieste di chiarimento. Se vuole seguirmi in sala telefono, signore.»

Donchez prese la cartelletta con il messaggio e lo lesse mentre seguiva il sergente. Il capitano di vascello Brandt, comandante di NavCom, era in attesa all'altro capo di un telefono bianco che gli porse un caporale.

«Qui Donchez. Di che cosa si tratta, Brandt?»

«Questo messaggio è appena arrivato in HF, ammiraglio. Non siamo riusciti a determinare con esattezza la direzione di provenienza, ma crediamo sia stato trasmesso dall'Atlantico settentrionale. A quanto pare il mittente è lo USS *Phoenix*.»

«Come lo sa?»

«Gli abbiamo chiesto un'autenticazione con l'edizione più recente del manuale dei codici. Ha risposto correttamente dal manuale numero 547. Quel manuale è stato messo a bordo solo del *Phoenix*.»

«Grazie, Brandt.» Donchez restituì il telefono. «Dove si trova il centro comunicazioni?»

Quattro minuti dopo Donchez stava compilando un messaggio da inviare al *Seawolf*. Due minuti più tardi il testo era stato trasmesso, con allegata una copia del messaggio del *Phoenix* per Pacino.

«Fred, convochi una riunione di emergenza con Barczynski e il suo staff.»

«Non sarà facile, signore», commentò Rummel con un telefono già all'orecchio. « Sono tutti bloccati dalla neve. Le strade non sono state sgomberate. Abbiamo quasi mezzo metro di neve in alcune parti del Maryland. Se ce ne andiamo da qui potremmo non riuscire a raggiungere alcuna destinazione. E non pensi neppure a un elicottero. Non vola nessuno, sono tutti a terra. All'area di atterraggio per gli elicotteri al Pentagono hanno visibilità zero con venti a raffica a quarantacinque nodi. Washington National è chiuso, e anche Dulles, Andrews, BWI, Suburban... »

« Sembra che siamo costretti a sistemarci qui. Avremmo potuto scegliere un posto peggiore in cui restare bloccati dalla neve. Tutti i sistemi di comunicazione di cui potremmo mai aver bisogno sono proprio qui. Che ne dice di organizzare una teleconferenza? »

« Alcuni potranno sicuramente. Barczynski e Clough hanno linee sicure, gli altri non so. »

« Il presidente è ancora a Key West? »

« Signorsì. »

« Bene, stabiliamo un collegamento telefonico su linea sicura con i generali Barczynski e Clough, avvisiamo l'operatore alla Casa Bianca di portare il presidente al telefono mezz'ora dopo che abbiamo cominciato con il generale. »

Donchez si diresse verso l'ingresso dell'edificio, ripassò i controlli di sicurezza e raggiunse il salone con le ampie finestre. Fuori la tempesta infuriava, la neve cadeva quasi orizzontale. Tirò fuori un Havana e accese il suo Zippo, tenendo gli occhi su una guardia che lo stava osservando come se stesse per dirgli che non si poteva fumare.

Una bomba a dispersione adesiva, pensò Donchez. Con sufficiente radioattività da annientare una città. Guardò la tempesta che infuriava, chiedendosi quale effetto avrebbe potuto avere la neve sulla polvere al plutonio, sempre che ne avesse avuto uno. Poteva essere la sola cosa in grado di salvare Washington, se era Washington il bersaglio.

Il *Phoenix* poteva seguire il Destiny, ma toccava a Michael Pacino far fuori quel figlio di puttana.

30

Venerdì, 3 gennaio
Atlantico occidentale
Punto di stazionamento Bravo
500 miglia nautiche a est di Long Island
USS Seawolf

NELLO stesso momento in cui un telefono iniziò a squillare nella residenza del generale Barczynski a Fairfax, Virginia, l'interfono vicino alla cuccetta di Pacino cominciò a ronzare. Entrambi gli apparecchi cercavano di trasmettere la medesima informazione.

Cinque minuti dopo, appena passata la mezzanotte, ora locale, Pacino si trovava in sala controllo circondato dai suoi ufficiali, con una carta dell'Atlantico settentrionale aperta di fronte; la posizione del *Phoenix* era indicata con un punto blu intenso, e una barra arancione mostrava una linea diritta da Gibilterra nel Mediterraneo al mare del Labrador. Secondo le indicazioni del messaggio ricevuto da Donchez, erano stati segnati un cerchio rosso di mille e novecento miglia intorno a Washington, uno blu intorno a Boston, uno verde intorno a Halifax, nella Nuova Scozia, e uno porpora intorno a Toronto. Il punto blu si trovava all'interno di tutti i cerchi, il più a sud dei quali, quello intorno a Washington, terminava a circa metà dello stretto di Davis tra la Groenlandia e Terranova, quasi nella baia di Baffin.

Pacino lesse di nuovo il messaggio. Stentava a crederci. Il Destiny, se aveva virato verso nord, si sarebbe trovato entro il pomeriggio nella zona al margine del pack. E aveva sicuramente virato verso nord, visto che era già arrivato così a settentrione. Se Donchez aveva ragione sulla teoria del missile Hiroshima, il Destiny si trovava nel raggio delle città del Nord-est da diverso tempo, almeno da un giorno. Ma questo sembrava deporre contro l'intera teoria. Se il Destiny era arrivato fin lì per lanciare quei missili Hiroshima, perché non lo aveva ancora fatto?

E cosa diavolo stava combinando il *Phoenix*? Il sottomarino era quasi distrutto, aveva lanciato ogni dannato siluro di cui disponeva e continuava a seguire il Destiny nell'Atlantico. Chiunque fosse il comandante, era un tipo veramente coraggioso o veramente stupido, probabilmente una combinazione delle due possibilità. Pacino non smetteva di pensare a cosa avrebbe fatto lui se si fosse trovato nella stessa situazione, sapendo che probabilmente avrebbe seguito il Destiny, ma maledicendosi al pensiero di essere stato così stupido da non tenersi almeno un siluro.

Non riusciva a risolvere una questione che lo tormentava: se il Destiny era stato così fottutamente invisibile nel Mediterraneo, cosa era cambiato al punto di concedere la possibilità a un 688 non in piena efficienza di seguirlo senza problemi attraverso l'Atlantico settentrionale? Pacino cominciava ad avere un dubbio: che il Fronte Islamico volesse che loro seguissero il Destiny, che magari era solo un'esca, e che i missili di crociera fossero da qualche altra parte; ma *quella* linea di pensiero gli provocava un mal di testa martellante, per cui decise di mettere da parte quelle riflessioni per un momento successivo.

«Ufficiale all'assetto, ha una rotta da seguire?» La carta non era incoraggiante. Il punto di stazionamento Bravo era stato scelto per mettere il *Seawolf* in condizioni di intercettare il bersaglio nell'Atlantico centrale, non nel mare del Labrador. Sarebbero dovuti andare verso nord-est per doppiare la punta di Terranova, quindi virare a nord-ovest risalendo lo stretto di Davis. Erano più di mille e trecento miglia nautiche, almeno trenta ore di navigazione a velocità massima. Non avrebbero raggiunto la posizione stimata del Destiny fino al giorno seguente, nel corso del turno di guardia mattutino. Per allora sarebbe potuta accadere qualsiasi cosa. Avrebbe potuto essere ormai troppo tardi, pensò Pacino.

«Sì, comandante», disse Scott Court dalla sala controllo.

«Procediamo a tutta forza fino a quando non saremo a cento miglia dalla posizione del *Phoenix*. Ma state pronti a salire a quota periscopica nella prossima mezz'ora. C'è qualcosa che voglio comunicare.»

«Affermativo, signore. Timone, cinque gradi a dritta, rotta zero cinque zero, avanti tutta. Controllo navigazione, portateci a uno otto cinque metri.»

Pacino prese il microfono, deciso a fare un piccolo rapporto all'equipaggio, e attivò il sistema di altoparlanti.

«Attenzione, equipaggio, qui è il comandante. Abbiamo appena ricevuto un messaggio dal ComSubLant: il nostro bersaglio, il Destiny, è stato rilevato e localizzato a nord nel mare del Labrador. Stiamo lasciando il punto Bravo e ci stiamo muovendo a velocità massima per intercettarlo. Nei prossimi due giorni avremo l'opportunità di affrontare il Destiny e cercheremo di affondarlo. Raccomando a tutto l'equipaggio di riposare il più possibile nei periodi nei quali non è di servizio, perché una volta che saremo nel mare del Labrador avrò bisogno che il battello sia configurato per la navigazione silenziosa e che gli uomini siano ai posti di combattimento.» Pacino fece una pausa, chiedendosi se aggiungere qualcosa di più personale. In quei momenti si sentiva come quei famosi comandanti di sommergibile della Seconda guerra mondiale che parlavano al loro equipaggio, ispirando con parole di saggezza gli uomini che stavano guidando in battaglia assieme a loro, parole da raccontare ai propri nipoti decenni dopo, ma non si sentiva un poeta. «Questo è tutto. Andiamo.» Ripose il microfono sul suo sostegno, immaginando quello che l'equipaggio avrebbe pensato e come avrebbe reagito.

«Ufficiale all'assetto, sarò nella mia cabina a preparare un messaggio da inviare alla prossima salita a quota periscopica.»

«Signorsì.»

Pacino lasciò la sala controllo per l'intimità della sua cabina, prese un nuovo modulo per messaggi dal suo blocco e lo fissò per un po', con la carta del mare del Labrador ben presente in testa.

CNFS Egira

Il capitano di fregata Ibn Quzwini si sentiva più vicino alla morte di quanto non fosse mai stato nei suoi quarant'anni. Era ovvio che il lavoro nel cassone di zavorra sarebbe stato più adatto per gli ufficiali più giovani, ma lui ora era il terzo in comando, l'ufficiale di macchina, l'uomo che conosceva i sistemi del sottomarino meglio di chiunque altro a bordo. Il lavoro nel cassone di zavorra non poteva procedere senza di lui. Tuttavia sarebbe stato inevitabile, se anche lui avesse ceduto al freddo e alla fatica.

Il cassone era un posto spaventoso in cui trovarsi, anche in un bacino di carenaggio asciutto. Quzwini ci era dovuto entrare quando il sottomarino era nel cantiere giapponese appena prima della fase di allagamento. Gli era stato ordinato di passarci per ultimo, per controllare che nessun operaio dei cantieri avesse dimenticato nel cassone attrezzi che avrebbero potuto causare rumori in immersione e che tutti i supporti delle condotte fossero stati installati correttamente. In quei giorni, appena prima della guerra, la sua unica preoccupazione era che il sottomarino venisse consegnato dai giapponesi nella migliore condizione possibile. Non pensava alla possibilità di morire in combattimento o di lanciare un missile che avrebbe ucciso molti milioni di persone, pensieri che potevano serrare lo stomaco a chiunque. Meglio non pensarci. Anche in quell'ispezione nei cantieri, il cassone della zavorra era un posto orribile, gli spazi erano inquietanti, senza piattaforme per starci in piedi, solo armature strutturali su cui arrampicarsi in mezzo a uno spazio vuoto.

Ora che il battello era in immersione, con il cassone della zavorra riempito di aria compressa dall'odore stantio, trovarsi in quel posto incuteva paura. Se una delle valvole si fosse aperta, il cassone si sarebbe riempito di acqua e tutti gli uomini all'interno sarebbero morti, sebbene fosse più probabile che qualcuno cadesse da una delle condotte o che uno di quei pesanti carichi rompesse la catena di sostegno e schiacciasse chi si trovava sotto. La temperatura era ancora peggio dell'inospitale spazio interno: l'aria era a zero gradi, tanto fredda che il respiro formava nuvolette di vapore. L'alternarsi di momenti di attesa e di strenua fatica faceva gelare e traspirare gli uomini, e il periodo di inattività rendeva il sudore simile a un liquido congelante. Potevano morire per quello molto prima che per una caduta o in seguito a un crollo.

Quzwini, come aveva fatto nelle ultime cinque ore, smise di pensare alla mancanza di sicurezza nel cassone e tornò al suo lavoro, il sollevamento di una piastra di metallo tagliata dalla parte superiore del tubo di lancio numero uno. La piastra era stata preparata attaccando tre occhielli di sollevamento, ciascuno agganciato a una catena ad alta resistenza. Con i tre tiranti collegati in alto a un anello di acciaio della struttura portante, la squadra sollevava con un argano la pesante piastra verso l'alto. Riuscirono a sollevarla solo di un metro e mezzo prima che incontrasse il fondo del tubo numero sei che le stava al di sopra. Ci volle un'ora per sollevarla di quel metro e mezzo, un centimetro alla volta, con infinita lentezza. Quando la piastra toccò il fondo del tubo sei, le catene furono bloccate e gli uomini si prepararono a estrarre la pesante testata del missile Hiroshima. Lo smontaggio dell'ogiva fu un lavoro lento e faticoso, a causa dei bulloni di connessione serrati ermeticamente in fabbrica. Ci volle un'ora prima che la testata convenzionale fosse pronta per essere rimossa.

Il colonnello Ahmed, con le mani tremanti per il freddo, avvitò un anello all'estremità dell'ordigno. Con un'altra catena portò fuori la testata, sollevandola nell'ombra proiettata da una delle lampadine a incandescenza dell'impianto di illuminazione provvisorio. Gli uomini si mossero verso poppa per riportare la vecchia testata all'interno dello scafo resistente, così da poterla sostituire con la Scorpion.

Lo spostamento fu lento, con due catene attaccate alla testata, una che la tirava verso poppa mentre quella anteriore era allentata e manteneva la testata in orizzontale. La parte aperta del cassone tra la sezione poppiera dei tubi di lancio e la paratia anteriore del modulo di comando era un problema. Lo spazio libero era lungo solo cinque metri, ma quei cinque metri non avevano supporti se non una croce di strutture tubolari di acciaio, una orizzontale e una verticale. La testata dovette essere spostata sul fondo dello scafo, quindi verso poppa fino alla struttura della sala controllo, poi alzata verticalmente fino al portello al centro del battello. La manovra nella parte allagabile del cassone richiese un'ora. Quando fu aperto il portello per permettere il passaggio della vecchia testata, il lavoro all'interno del cassone era in ritardo di otto ore sui tempi previsti: c'erano volute dieci ore fino a quel momento e Ahmed aveva stimato che ne sarebbero state necessarie due. Gli uomini richiusero il portello e fu il segnale per tornare in acque più profonde e depressurizzare il cassone in modo che loro potessero tornare nello scafo dopo un'ora a pressione inferiore.

Quzwini rimase sgomento al pensiero che ci sarebbe voluto un altro turno di dieci ore per posizionare la nuova testata, quindi altre dieci ore per saldare la piastra staccata dal tubo e il portello del cassone. Con dieci ore di riposo tra i due turni, sarebbero state necessarie quaranta ore per terminare il lavoro. E comunque non c'erano garanzie che i collegamenti della nuova testata avrebbero funzionato.

Una volta tornato all'interno dello scafo, Quzwini rimase sul ponte di prua, tenendosi le mani sotto le ascelle, nel tentativo di scacciare la paura, odiando anche solo il pensiero di dover tornare di nuovo nel cassone.

Il periodo di riposo di dieci ore trascorse troppo velocemente. Il colonnello Ahmed chiamò la squadra per aiutarlo a portare la nuova testata Scorpion dal livello inferiore a quello di mezzo, e da lì nel cassone di zavorra e quindi nella parte anteriore del tubo numero uno, ripercorrendo all'inverso il lavoro compiuto con la vecchia testata. Il cassone era molto più freddo in questo turno, l'acqua circostante diventava sempre più gelida a mano a mano che il sottomarino procedeva verso nord. Non che la cosa importasse molto, pensò l'alto ufficiale, mentre la sua mente si intorpidiva assieme al corpo.

USS Phoenix

« Norfolk NavCom Center, qui Whiskey Quattro Bravo, passo. » Kane attese per venti interminabili secondi prima di ripetere la chiamata. « Norfolk NavCom Center, qui Whiskey Quattro Bravo, passo. »

Il segnale di riconoscimento del *Phoenix* per il 3 gennaio, W4B, era un'altra sigla alfanumerica casuale e priva di senso ricavata dal manuale dei codici. A Kane sembrava una cosa ridicola, visto che stavano trasmettendo in chiaro. Ripeté la chiamata nell'etere e aspettò ancora, sentendo il ponte dondolare leggermente sotto i suoi piedi mentre il sottomarino rollava nelle onde a quota periscopica. Infine, dopo la sua quindicesima trasmissione, tornò in linea con il Comando navale, ricevendolo questa volta con maggiore chiarezza.

« *Whiskey Quattro Bravo, qui è il Comando navale di Norfolk, riceviamo forte e chiaro, passo.* »

« Ricevuto, NavCom », disse lentamente Kane, « Navy Blue a seguire, passo. »

« *Ricevuto, Navy Blue, in attesa, passo.* »

« Segue Navy Blue. Uno, Lone Ranger posizione cinque nove gradi cinque otto minuti uno due secondi November, cinque quattro gradi dieci minuti otto secondi Whiskey. Due, Tonto è ancora con noi e ha appena virato verso nord su rotta tre quattro cinque. Tre, ha prodotto un bel po' di rumore, come se stesse costruendo qualcosa. Quattro, interrogativo, quando arriva la cavalleria, fine. Bravo Tango. Ripeto, segue Navy Blue... »

Kane ripeté il messaggio e rimase in ascolto mentre NavCom rileggeva a sua volta: il messaggio era completo. Stava per ordinare l'immersione quando NavCom richiamò. Inizialmente pensava che gli avrebbero chiesto di autenticare un altro messaggio come avevano fatto la prima volta, ma ciò non accadde.

« *Whiskey Quattro Bravo, qui è il Comando navale di Norfolk con un messaggio del padrino. Il messaggio dice: allontanatevi dalla zona alle zero cinque zero zero ora locale sabato quattro gennaio. Ripeto, allontanatevi dalla zona alle zero cinque zero zero ora locale sabato quattro gennaio. Tornate alla base, interrompete il contatto, Bravo Tango, passo.* »

Binghamton fece una smorfia. « Il padrino? Di chi diavolo sta parlando? »

« La cavalleria », rispose Kane. « Deve provenire dall'ammiraglio Steinman o dallo stesso Donchez. Saremo rilevati sul posto da qualcuno che pensano possa beccare il nostro tipo. »

« NavCom, qui è Whiskey Quattro Bravo, ricevuto vostro ultimo. Cercheremo di mandare un rapporto finale alle zero quattro trenta ora locale di sabato. Bravo Tango. Whiskey Quattro Bravo, chiudo. »

Kane guardò l'orologio. « La mattina di sabato è ancora lontana. Nessuno può dire cosa potrebbe combinare quel tipo in questo tempo. »

« Chiunque stia arrivando, comandante », osservò Binghamton, « ci sta mettendo così tanto perché avevano bisogno di sentirci prima di partire. È stato il nostro messaggio che ha messo in marcia la cavalleria. Questo dovrebbe essere il nostro compito. »

Kane riuscì solo a pensare ai corpi avvolti nei sacchi gialli stivati nei tubi dei siluri.

CNFS Egira

Sharef era seduto a capotavola del tavolo riunioni e si teneva tra le mani la testa dolorante per i lampi di luce che partivano dall'occhio cieco, quello in cui si erano conficcate le schegge di vetro. Sentì bussare alla porta e immediatamente si raddrizzò sulla sedia.

«Signore», annunciò Tawkidi sulla soglia, «ancora problemi con i tubi. Arrivo adesso dal livello di mezzo. La squadra è rientrata nel cassone, stanno ancora accumulando ritardo. Tutto quello che sono riusciti a fare finora è estrarre la vecchia testata. La testata Scorpion sta entrando con loro nel cassone proprio ora.»

«Qual è la nostra posizione?»

«Abbiamo virato a nord nel bacino del Labrador, signore. Siamo nello stretto di Davis tra la Groenlandia e il Labrador. Tra pochi minuti attraverseremo il sessantesimo parallelo ed entreremo nella zona al margine dei ghiacci. Non possiamo proseguire a lungo su questa rotta altrimenti la copertura del ghiaccio sarà completa e ci impedirà di lanciare il missile.»

«Seguiremo una rotta nord-sud», decise Sharef. «La zona di ghiacci perenni non inizierà fino a quando non saremo vicini al Circolo polare. Il che significa ancora venti ore in direzione nord prima di dover virare di nuovo verso sud.»

«Stiamo perdendo tempo, commodoro.»

«Abbiamo tempo, perché è così impaziente?»

Tawkidi si lasciò cadere su una delle sedie. «Penso sia per la pressione di Sihoud.»

«Crede, Omar, che stia mettendo sotto pressione solo lei e non me?»

«Ha dei dubbi su Sihoud?»

«Tawkidi, penso che ci stia portando sull'orlo di un precipizio. E lui sa che io la penso così.»

«Questo missile. Cosa ne pensa?»

«Ritengo che sia un'invenzione mostruosa.»

«Ma lo lancerà?»

«Se rifiutassi di lanciare il missile, lui convincerebbe l'equipaggio a uccidermi. Gli uomini hanno paura di lui e qualcuno ne è addirittura soggiogato. Posso anche essere al comando del sottomarino ma non ci resterei se sfidassi Sihoud. Lei sarebbe il mio sostituto e se rifiutasse farebbe la mia stessa fine. Poi toccherebbe a Quzwini e giù fino all'ufficiale più giovane, se necessario. Quando fossimo tutti eliminati il Secondo Comandante accetterebbe l'ordine di lancio.»

Ahmed apparve improvvisamente sulla porta. «Sarete fortunati se rimarrete vivi dopo che avrò riferito al generale Sihoud quello che ho appena sentito.»

La porta si chiuse. Tawkidi rimase a fissarla. «Pensa che stia bluffando?»

«Sul fatto di riferire a Sihoud? No, ma Sihoud non farà nulla. Avrà ancora bisogno di noi dopo il lancio. Sa che possiamo condurre questo sottomarino molto meglio di quanto possa fare il Secondo Comandante. Ha bisogno di noi se spera di poter riemergere in Africa.» La voce di Sharef era particolarmente calma, quella di un uomo rassegnato al proprio destino, pensò Tawkidi.

«Vorrei avere il suo... coraggio, commodoro.»

«Non è coraggio, Omar. Se lo ricordi, sono morto già una volta. Adesso torni in sala controllo.»

Tawkidi tornò padrone di sé. «Signorsì. Buonasera, commodoro.»

31

Sabato, 4 gennaio
Mare del Labrador, a ovest di Godthaab, Groenlandia
USS Seawolf

L'OROLOGIO di sinistra, regolato sull'ora Zulu, GMT, della coppia di cronografi affiancati segnava le 04.05. L'orologio di destra segnava cinque minuti dopo la mezzanotte, l'ora locale nella posizione attuale del sottomarino. Venerdì era diventato sabato. Entro quattro ore Pacino si aspettava di trovarsi in un punto entro il raggio dei sensori del sottomarino Destiny, presupponendo che il *Phoenix* avesse rilevato la sua posizione correttamente e che il battello del Fronte Islamico avesse continuato verso nord alla medesima velocità.

Pacino era consapevole che avrebbe dovuto essere addormentato, per riposarsi prima di ordinare i posti di combattimento, ma la stanchezza se n'era andata.

Scosse la testa e tornò nella sua cabina cercando di nuovo di prendere sonno. L'ufficiale all'assetto lo avrebbe svegliato entro tre ore per chiamare gli uomini al posto di combattimento...

CNFS Egira

Il capitano di fregata Quzwini strisciò per i restanti due metri fino al portello del modulo di comando: il freddo nel cassone della zavorra gli rendeva impossibile aggrapparsi con le mani ai sostegni. Un uomo sul portello lo tirò verso l'alto e lo portò nel caldo dello scafo resistente. Quzwini era restato per ultimo nel cassone. Non si guardò indietro. Si trascinò lontano dal portello mentre il tenente di vascello Ishak e il sottotenente Rhazes iniziavano a posizionare la pesante piastra di acciaio sul portello e a fissarla al suo posto, preparandola per i numerosi passaggi di cannello ossidrico con cui l'avrebbero risaldata allo scafo resistente. Tra il freddo e la fatica, il tempo sembrava correre. La piastra tornò a posto a scatti come in un film muto, le saldature furono effettuate in un intervallo di tempo che parve protrarsi solo per pochi minuti, mentre il cannello faceva una serie di passaggi circolari lungo la circonferenza di quello che era stato un foro aperto. Nelle quattro ore successive Quzwini rimase a dormire dove era crollato, vicino all'estremità anteriore del livello di mezzo del modulo di comando.

Nel livello superiore, il commodoro Sharef fece la sua prima comparsa in sala controllo dopo l'esplosione del siluro in cui era stato ferito. Due dei seggiolini davanti al pannello di controllo armi erano occupati da Sihoud e Ahmed. Sharef si avvicinò appoggiandosi al suo bastone di fortuna, ricavato da un pezzo di tubo, e guardò duramente con l'occhio sano i due che sembrava avessero piantato le tende nella sua sala controllo.

«Il missile è a posto, commodoro», annunciò Ahmed. «Le suggerisco di muovere il sottomarino verso sud in una zona sgombra da questi iceberg alla deriva.»

«Molto bene. Ufficiale all'assetto, viriamo verso sud. Quanto ci vorrà prima di essere pronti al lancio?»

«Stiamo ancora controllando i moduli elettronici della testata Scorpion. Fino adesso tutto è in ordine. Il vettore, i motori, il sistema di guida del missile Hiroshima hanno già superato in maniera soddisfacente i controlli. La verifica della Scorpion dovrebbe richiedere ancora trenta minuti.»

Sharef, appoggiato al bastone, si sporse verso quello che restava del tavolo di carteggio, ma il suo piano di vetro aveva una frattura e una parte di quel vetro in quel momento si trovava nel suo occhio. Il tracciato della rotta ora veniva visualizzato su uno degli schermi più piccoli sui pannelli di controllo dei sensori. Il mare dello stretto di Davis e del bacino del Labrador era rappresentato come un vasto tratto di oceano, il cui confine di sinistra si estendeva dall'estremità sudorientale del Canada alla sua propaggine più settentrionale vicino al Polo, mentre il limitare destro era costituito dalla costa occidentale della Groenlandia che si estendeva verso nord con un tracciato quasi rettilineo. Un tocco su uno dei tasti funzione materializzò una nebbiolina che rappresentava la copertura dei ghiacci, più leggera verso l'imboccatura meridionale, più densa dalla metà in su, e solido ghiaccio a nord del Circolo polare artico. L'indicatore lampeggiante della loro attuale posizione li mostrava in una zona di copertura di ghiaccio sottile, forse dell'ottanta per cento. Questa ipotesi sembrava sostenuta dai leggeri scricchiolii che si udivano fuori dallo scafo, così deboli che a malapena si potevano percepire. Gli scricchiolii e i lamenti erano provocati dai blocchi di ghiaccio che si scontravano e strisciavano l'uno contro l'altro, o anche dalla copertura di ghiaccio nella sua totalità, costituita da masse distinte che continuamente si affastellavano l'una sull'altra. C'era qualcosa di estraneo in quel mare; il freddo e il ghiaccio suscitavano in Sharef la nostalgia per le acque aperte e per il tepore del Mediterraneo. Si chiese se sarebbe riuscito a rivedere di nuovo Kassab, ma allontanò tale pensiero mentre si avvicinava zoppicando allo schermo di Ahmed per vedere come stessero procedendo i test di diagnostica della testata Scorpion.

Se uno di essi non fosse stato superato ciò li avrebbe costretti a tornare nel cassone e aprire di nuovo il tubo di lancio per accedere alla testata. Sharef dubitava che il tubo avrebbe resistito alla sollecitazione del lancio di un missile dopo due tagli. Forse già il primo lo aveva indebolito al punto di renderlo incapace di sopportare il lancio del missile. Un nuovo intervento sui tubi non implicava solo problemi per il tubo stesso: avrebbe richiesto tempo, tempo necessario alle forze navali della Coalizione per trovarli. Sharef cercò di percepire l'urgenza della situazione, ma con i sentimenti contrastanti che lo animavano non ci riuscì. Se le navi e gli aerei della Coalizione fossero giunti, avrebbe combattuto per la salvezza del sottomarino al meglio delle sue possibilità. Questa, dopo tutto, era la sua vera missione.

USS Seawolf

L'interfono vicino alla cuccetta di Pacino ronzò un'ora prima del previsto per la chiamata ai posti di combattimento alle 03.00 ora locale. Il comandante si sollevò dalla cuccetta, cercando di scacciare la fatica che lo pervadeva fino al midollo. L'acqua della doccia era ancora ghiacciata quando ci entrò. Girò la manopola passando rapidamente dal getto caldo a quello freddo, quindi la chiuse per risparmiare acqua mentre si insaponava, risciacquandosi con l'acqua fredda. Poco dopo, indossata una tuta nera e scarpe da ginnastica, salì in cambusa sul ponte superiore per una tazza di caffè. La mensa equipaggio era deserta. Uno dei cuochi aveva messo un CD sullo stereo e dalle casse giungeva la musica dei Doors a basso volume.

Pacino prese posto a uno dei tavolini e bevve il caffè. Velocemente mise la tazza nel cestino di lavaggio e si diresse a poppa verso la scaletta che portava al ponte di mezzo. Indugiò per un attimo ai piedi della scaletta, abbastanza per notare che al nuovo interruttore che aveva installato era stato attaccato un cartellino giallo di «fuori servizio». Sorrise, qualcuno lo aveva visto e si era accorto che non serviva a nulla. Girò l'interruttore su «off» e continuò passando accanto al passaggio a gomito che conduceva nella sala radio, digitò la combinazione per entrare e aprì la porta. Il locale era vuoto. Sul blocco appeso a un gancio c'era il suo ultimo messaggio in uscita inviato all'ammiraglio Steinman in cui chiedeva di far spostare il *Phoenix* fuori dall'area del Destiny entro le 05.00 ora locale. C'erano buone possibilità che il *Phoenix* non avesse ricevuto il messaggio e che continuasse a seguire il Destiny, un'eventualità che avrebbe potuto rivelarsi un disastro per il sottomarino. In altre circostanze Pacino non avrebbe mai lanciato una salva di siluri con il *Phoenix* in traiettoria, ma la teoria di Donchez secondo cui il Destiny aveva a bordo un missile da apocalisse non gli avrebbe lasciato scelta. I siluri Mark 50 sarebbero stati lanciati indipendentemente dalla posizione del *Phoenix*. Pacino sapeva di poter contare su una sola possibilità: una salva. Intendeva fare in modo che fosse quella buona.

Aprì un armadietto nella parete ed estrasse quattro lunghe scatole, ciascuna leggermente più grande di una mazza da baseball, e una piccola custodia che assomigliava a un computer palmare, quindi chiuse l'armadietto e s'incamminò lungo il corridoio fino alla sua cabina. Poggiò le scatole e la custodia sul tavolo e le aprì. Dentro c'erano quattro boe trasmittenti SLOT. Nella custodia si trovavano una piccola tastiera e uno schermo per scrivere i messaggi delle boe SLOT. Pacino trascorse dieci minuti per codificare i messaggi nelle boe, che in seguito identificò con i numeri da uno a quattro servendosi di nastro adesivo e di un pennarello. Le portò nel compartimento di poppa del livello superiore dove il caldo della sala macchine era opprimente. Sistemò le boe in un armadietto di fianco all'eiettore di poppa e tornò nella sua cabina. Una volta là si ritrovò a tamburellare le dita sul tavolo provando le sensazioni di un atleta prima di una gara.

Seguendo un impulso raggiunse la sala controllo. La squadra di Henry Vale era al lavoro in attesa di stabilire un contatto con il Destiny; il sonar BSY-2 era alla ricerca di segnali provenienti dal battello del FIU.

«Ancora niente, Vale?» chiese Pacino all'ufficiale di rotta.

«Nient'altro che iceberg e qualche balena di passaggio, comandante.»

«Posti di combattimento in modalità silenziosa alle zero quattro zero zero. Siamo pronti per la navigazione silenziosa?»

«Gli unici rumori sono le macchinette del caffè, signore. Tutti i marinai che non sono di guardia andranno subito a dormire.»

«Sarò al sonar.»

Pacino passò attraverso il portello di prua verso il sonar ma, come aveva detto Vale, gli schermi non mostravano nulla se non l'abbondante rumore di fondo dell'oceano. Pacino tornò nella sua cabina, fissando il cronografo, in attesa delle 04.00.

USS Phoenix

Mike Jensen fissava con occhi stanchi lo schermo della Postazione Uno del sistema di controllo di lancio con i puntini ordinatamente allineati del contatto sonar, il Bersaglio Uno, ovvero il sottomarino Destiny. La distanza segnata sulla scala indicava ottomilaquattrocento, la velocità del bersaglio era stabile a tredici nodi, rotta tre cinque cinque. Il bersaglio aveva mantenuto la stessa rotta e velocità per tutta la durata del turno di guardia.

Jensen sentì esplodere una fitta di dolore alla testa, dietro gli occhi, quando il primo puntino si allontanò dalla linea diritta: il sistema sonar segnalava al sistema di controllo di lancio che il rilevamento previsto del bersaglio era diverso da quello attuale. Il contatto stava virando.

«Sala controllo, sonar, possibile deviazione del Bersaglio Uno», risuonò dalle cuffie nelle orecchie di Jensen.

«Macchine ferme», ordinò al timoniere. L'ordine avrebbe fatto perdere il rilevamento della nuova rotta del Bersaglio Uno, ma con il Destiny dritto di prua Jensen non aveva intenzione di muoversi proprio contro di lui se il sottomarino nemico faceva un'inversione di rotta. «Velocità due nodi.»

Il *Phoenix* andò alla deriva sotto la copertura parziale del ghiaccio in superficie, in attesa di vedere cosa avrebbe fatto il Bersaglio Uno.

«Capo, mandi un marinaio a chiamare il comandante in seconda», ordinò seccamente Jensen. McDonne aveva assunto il comando durante quel turno di guardia per permettere al comandante Kane di dormire un po'. McDonne aveva passato gran parte del turno in sala controllo con Jensen, ma poi era sceso per cercare qualcosa da mangiare.

«Sonar, sala controllo, qualche cambiamento nella velocità del Bersaglio Uno?»

«Difficile da dire, signore. La nostra stima è negativa. Ma riteniamo che il contatto stia virando a dritta.»

«Sala controllo, ricevuto.»

Jensen si appoggiò alla Postazione Uno e osservò il tracciato mentre il Destiny si spostava dalla loro prua virando a tribordo. Il contatto stava effettivamente virando a dritta, dirigendosi verso sud. Jensen trattenne il respiro, come se ciò avesse potuto impedire al Destiny di udirli.

«Velocità due nodi, signore», annunciò il timoniere.

«Capo, pronti a fermarsi», ordinò Jensen.

«Cosa diavolo sta combinando, ufficiale all'assetto?» Il tono del comandante in seconda McDonne era caustico.

«Secondo, il Bersaglio Uno sta invertendo la rotta. Sto cercando di rimanere invisibile.» Non c'era traccia di sarcasmo nella voce di Jensen, ma McDonne scoccò un'occhiata torva all'ufficiale di rotta.

McDonne si avvicinò alla Postazione Uno e tracciò la nuova rotta del Destiny, centottanta gradi Sud. A eccezione di una piccola curva, causata dalla virata, a metà della linea di punti, la nuova rotta si sovrapponeva perfettamente alla prima.

«Sta venendo verso sud. È meglio compiere qualche virata e rimanergli nella scia», osservò McDonne. Quindi proseguì, più che altro rivolto a se stesso: «Lo stronzo è andato a nord nella baia di Baffin per novecento fottute miglia e improvvisamente vira verso sud. Perché diavolo lo sta facendo?»

«Timone, avanti un terzo, dieci gradi a dritta, rotta sud.»

«Sala controllo, sonar, abbiamo transienti dal Bersaglio Uno. Sembra che stiano allagando qualcosa, un cassone o un tubo.»

I punti della traccia sonar iniziarono a deviare dalla linea dritta tracciata da McDonne. Il bersaglio stava manovrando nuovamente.

«Sala controllo, sonar, il Bersaglio Uno sta rallentando.»

«Sala controllo, ricevuto», annunciò McDonne nella cuffia. «Jensen, faccia venire qui il comandante.»

«Sala controllo, sonar, il Bersaglio Uno sta aprendo un portello nello scafo. Potrebbe essere un tubo di lancio.»

«Dannazione», sbottò il secondo. Cosa avrebbe dato anche per un solo siluro Mark 50. Gettò uno sguardo al cronografo che segnava le 03.50 ora locale. Entro poco più di un'ora avrebbero dovuto, secondo gli ordini, abbandonare la zona e lasciare il Destiny a qualcun altro. Non poté evitare di pensare che avrebbero dovuto riferire quest'ultimo episodio, ma cosa stava facendo il Destiny? Stava preparandosi a lanciare un siluro contro di loro? Non avevano elementi per pensare di essere stati rilevati, nessuna indicazione che il sottomarino islamico li avesse scovati a sua volta.

Kane apparve, ancora tirandosi su la cerniera della tuta, con i capelli arruffati e profonde occhiaie sotto gli occhi iniettati di sangue. Ci vollero meno di trenta secondi per informarlo dei nuovi sviluppi.

«Jensen, portaci a quota periscopica, velocemente», ordinò Kane. «Voglio Binghamton alla radio, il più presto possibile.»

«Sonar, sala controllo, saliamo a quota periscopica», comunicò Jensen nell'interfono. «Timone, avanti due terzi, rotta, quota due zero metri, salita rapida.»

Mentre l'equipaggio si muoveva secondo gli ordini dell'ufficiale all'assetto, a cinquemila metri il Destiny rallentò la velocità e i giroscopi della testata Scorpion cominciarono a girare, con tutti i circuiti in funzione.

USS Seawolf

Mentre il capo sonarista di terza classe Jesse Holt stava bevendo l'ultimo goccio del caffè nella tazza con lo stemma del *Seawolf*, il tremolio del transiente apparve sullo schermo a cascata dei rilevamenti a breve termine, proveniente da nord. In un oceano così pieno di rumori non c'era nulla di strano. Diede un'occhiata al suo brogliaccio, indeciso se riportare il rilevamento. In conformità con gli ordini del comandante, l'ora da indicare erano le 03.51, essendo stato stabilito di utilizzare l'ora locale invece della solita ora Zulu. Osservò di nuovo il transiente, accorgendosi che era scomparso prima di aver potuto spostare l'indicatore audio su di esso per poterlo ascoltare con le sue stesse orecchie. Be', il mare da quelle parti era pieno di crepitii e grugniti più di una casa infestata, per la maggior parte provenienti da blocchi di ghiaccio vicini e lontani. Quelli direttamente sopra di loro si potevano a volte sentire direttamente: gli improvvisi gemiti spettrali facevano correre brividi lungo la schiena a veterani e novellini della navigazione sotto i ghiacci.

Holt era arrivato a bordo durante il periodo di permanenza in cantiere, era un giovane sottufficiale di carriera proveniente dall'USS *Louisville*, un sottomarino della flotta del Pacifico che aveva eseguito la prima sorveglianza sonora del Destiny mentre usciva dai cantieri di Yokosuka. Holt era una persona tranquilla per essere un addetto sonar, notoriamente ritenuti le prime donne dei sottomarini. Quando non era di guardia passava il tempo addestrando operatori sonar più giovani, lavorando a poppa o in sala siluri, oppure leggendo in mensa equipaggio. Holt, al contrario della maggior parte dei suoi colleghi, era molto religioso e assisteva alle funzioni celebrate sul sottomarino la domenica mattina. Nessun membro dell'equipaggio ironizzava su questo, poiché, dopo anni trascorsi a sollevare pesi, Holt aveva un fisico formidabile. Il fatto di trovarsi a dare la caccia a un altro sottomarino da guerra con l'intenzione di ucciderne l'equipaggio non gli creava conflitti. Si era arruolato indipendentemente dalle sue convinzioni religiose e dalla sua filosofia di vita. Forse anche l'equipaggio del Destiny aveva fatto lo stesso. *Bene, allora che vinca il migliore sottomarino... il suo equipaggio e la sua causa...* aveva pensato mentre Pacino faceva il suo annuncio sul circuito di amplificazione.

Lo strano transiente tremolante apparve di nuovo sullo schermo scorrendo verso il basso, da nord, ma questa volta Holt fu abbastanza veloce da muovere il suo cursore audio nella direzione del rumore. Fu un rapido suono scoppiettante, una scia di crepitii. Forse un iceberg. O un banco di gamberi. O uno scafo d'acciaio che cambiava profondità.

«Cosa hai rilevato sui 150 hertz?» chiese all'uomo più giovane, un sottocapo di nome Phills.

«Una serie di impulsi a 154, ma erano disturbati. Molto rumore di fondo.»

«Aspetta un attimo», disse Holt, girando la sua poltroncina verso gli schermi a banda stretta. Altri transienti cominciarono a scendere sugli schermi a banda stretta, tutti da nord. Il cursore audio ora emetteva un brontolio, un debole brontolio che gli ricordava il periodo di servizio sul *Louisville*. Le vibrazioni e il ronzio diventarono più forti. «Azzera l'analizzatore di frequenza e restringilo tra i 153 e i 155 hertz, massima capacità di calcolo, impulsi frequenti», ordinò a Phills.

I sospetti di Holt furono confermati novanta secondi più tardi.

«Sala controllo, qui sonar», annunciò con voce calma nel microfono delle sue cuffie. «Nuovo contatto a zero zero cinque rilevato dai sensori di scafo e dal sonar sferico, una tonale a uno cinque quattro hertz in banda stretta e diverse tracce e transienti in banda larga, sospetto che il contatto sia un sottomarino, di costruzione giapponese, classe Destiny.»

«Sala controllo, ricevuto», rispose la voce di Vale con altrettanta calma. «Virare a est per un'analisi del movimento del bersaglio. Designare il contatto Bersaglio Uno.»

In sala controllo il capitano di corvetta Henry Vale, ufficiale all'assetto, fece ronzare il segnale nella cabina di Pacino e ordinò all'ufficiale di guardia di chiamare i posti di combattimento.

«Comandante», rispose Pacino a Vale.

«Ore 03.55, signore. Abbiamo il Destiny.»

32

Sabato, 4 gennaio
Mare del Labrador, a ovest di Godthaab, Groenlandia
USS Phoenix

« Norfolk NavCom, qui Echo Cinque November, NavCom, NavCom, NavCom, qui Echo Cinque November con un Navy Blue. Rispondete, passo. »

Scariche elettriche e sibili.

« NavCom, qui Echo Cinque November, passo. »

Niente.

Kane lanciò un'occhiata a Binghamton la cui testa sudava profusamente. Il capo regolò l'amplificazione e comunicò a Kane di riprovare. Ancora nessuna risposta, solo scariche statiche. Binghamton provò una nuova frequenza, ascoltando prima per vedere se c'era qualche voce, poi, non avendone sentite, fece un cenno a Kane. Questi riprovò. Silenzio, nessuna risposta.

« Immagino che ci fosse qualcosa di vero nel rapporto che ho sentito circa la tempesta. »

« Quale rapporto? Quale tempesta? »

« Quando il Bigmouth è rientrato sono finito su una frequenza che parlava di una massiccia tormenta di neve sulla costa dell'Atlantico, dalle Caroline a New York. Tutta la zona ne era massicciamente interessata. Questo spiegherebbe le difficoltà di ricezione. »

« Forse dovremmo provare con un ripetitore. Trovare qualcuno in zona che possa continuare a chiamare. »

« Un altro non potrebbe autenticare con i codici necessari e poi temo che per questo messaggio il fattore tempo sia cruciale. Ho ragione, comandante? »

« Sì. » Kane azionò il suo microfono. « Sala controllo, comandante, abbassare il Bigmouth e scendere in profondità. »

«Sala controllo, ricevuto», gracchiò il circuito di amplificazione. Il ponte si inclinò sotto di loro mentre il sottomarino si immergeva e aumentava la velocità per raggiungere il Destiny.

«È possibile che tra un'ora le condizioni siano diverse, capo?»

«Chi lo sa, comandante? Potremmo provarci, ma non ci conti troppo.»

«Dannazione», imprecò Kane, già a metà strada verso la sala controllo. «Ufficiale all'assetto, abbiamo ripreso il Bersaglio Uno?»

«Stiamo ancora cercando, signore.»

«Trovatelo alla svelta. Non ho proprio bisogno di un'altra sorpresa modello Nagasaki.»

Quartier generale della National Security Agency
Fort Meade, Maryland
Edificio 427
Centro comunicazioni di sicurezza

«Siamo già sotto un metro di neve, generale. E voi?»

Ci volle un secondo perché la linea telefonica sicura potesse elaborare e decodificare il segnale in arrivo, per cui la voce di Barczynski giunse con un leggero ritardo. Quelle continue pause suggerivano sempre a Donchez la sensazione di essere in comunicazione con una persona così infuriata da aver bisogno di contare fino a dieci prima di parlare e, in questo caso, era così. Barczynski non era per nulla felice della situazione che si era creata nel mare del Labrador.

«Non riesco a vedere neanche a cinquanta centimetri dalla porta della mia abitazione, ma a quanto pare siamo vicini al metro e venti. Sono riuscito ad arrivare a casa per miracolo e non intendo muovermi finché la situazione non migliorerà. Ma basta con questa maledetta tormenta. Come diavolo è la situazione del Destiny e di Sihoud? È una settimana ormai che mi promette risultati.»

Donchez aveva ragguagliato in precedenza Barczynski sul primo messaggio del *Phoenix*, la prima buona notizia da quando il *Seawolf* aveva lasciato il bacino di carenaggio. Questa chiamata aveva lo scopo di aggiornarlo sul secondo messaggio e di informarlo che il *Seawolf* avrebbe intercettato il Destiny entro le prossime sei ore. Quando Donchez terminò, il generale cominciò a tempestarlo di domande.

«Che probabilità ha il vostro *Seawolf* contro questo Destiny? Sappiamo che il sottomarino del Fronte Islamico ha fregato due dei vostri battelli classe 688. E non avevano forse lo stesso armamento del *Seawolf*?»

«In parte è vero, generale. Ma credo che il *Seawolf* la spunterà. In confronto a un 688, è invisibile. E con lo stesso armamento il *Phoenix* è riuscito a danneggiare il Destiny al punto di poterne seguire le tracce attraverso un intero oceano senza venire individuato, pur essendo stato esso stesso danneggiato in modo grave. Il siluro Mark 50 è un'arma straordinaria. Una salva di due o tre siluri dovrebbe essere sufficiente a mandare a picco il Destiny.»

«Il *Seawolf* arriverà in tempo?»

«Signorsì.» Quanto meno lo sperava.

«E se per qualche strana circostanza quel missile Scorpion dovesse venir lanciato? Potremo abbatterlo? È il caso di mettere in allerta qualche intercettore di Clough?»

«Se il missile funziona come dicono, signore, dispone di un dispositivo di inganno radar che ne rende impossibile il rilevamento. Si tratta di un missile *stealth* che vola a diciottomila metri a Mach tre. L'unico elemento che potrebbe tradirne la presenza è il bang sonico ma, dato che arriva dal Canada, sorvola del territorio disabitato. Non ce ne accorgeremmo fino al momento in cui sorvolasse zone popolate, verso l'interno, e anche allora sarebbe troppo tardi perché è troppo difficile individuarlo. L'unica possibilità sarebbe ricorrere a un intercettore che potrebbe abbatterlo nei primi sei secondi di volo, mentre è spinto dai razzi propulsori a combustibile solido, ma questo è possibile solo se si sa con esattezza dove si trova il Destiny. E questa è un'informazione che solo il *Seawolf* o il *Phoenix* hanno a disposizione.»

«Questa è davvero una pessima notizia, Dick. Perché i suoi sottomarini non ci danno un'indicazione sulla posizione del Destiny?»

«Hanno l'ordine di farlo, generale, ma il *Phoenix* può comunicare solo via radio in alta frequenza, il che francamente è uno schifo, dato che i suoi normali sistemi di comunicazione sono stati distrutti, e il *Seawolf* è probabilmente ancora impegnato nella manovra di aggancio del bersaglio.»

«Mi vengono i brividi solo a pensarlo, Dick, ma pensa che dovremmo consigliare di evacuare la città?»

«No, generale. Con questa tormenta non riusciremmo a evacuare nessuno in tempo e finiremmo solo per provocare la morte di un sacco di gente per il panico e l'esposizione al freddo. Speriamo solo che la tormenta renda inefficace la bomba *nel caso* venga lanciata...»

«Dick, si *assicuri* che i suoi uomini becchino quel sottomarino. Non intendo contare molto su una strafottuta tempesta di neve. Rimanga in linea mentre mi metto in contatto con il presidente Dawson...»

«Signorsì.»

Donchez si mise in attesa, consapevole che Pacino doveva riuscire nell'impresa oppure... Non volle proseguire oltre con la riflessione.

USS Seawolf

Il comandante in seconda «Lube Oil» Vaughn stava in piedi accanto al pannello della centrale d'attacco, con gli auricolari inseriti e un blocco per gli appunti tra le mani. Con un cenno del capo avvertì Pacino che gli uomini erano ai posti di combattimento. La sala controllo era avvolta in una luce rossa e sembrava affollata e piccola a causa delle due dozzine di membri dell'equipaggio, addetti alle soluzioni di tiro, al pannello della centrale d'attacco e alle comunicazioni, sparsi in tutta la sala. Il suono penetrante proveniente dai pannelli di controllo era intensificato dalle conversazioni a bassa voce, dalle comunicazioni con frasi di tre parole che facevano dell'equipaggio ai posti di combattimento un organismo unico, in perfetta simbiosi con gli equipaggiamenti del sottomarino. I condotti di ventilazione producevano a loro volta un rumore sordo che rimbombava nella sala, creando un'atmosfera tesa e gravida di tensione nell'attesa dell'ignoto. Il cronografo analogico in ottone segnava le 04.02.

«Bersaglio Uno, rilevamento tre cinque uno, distanza ventiquattromila metri. Velocità venti nodi, rotta a nord verso il contatto, profondità centocinquanta metri.» Vaughn si chinò sopra la Postazione Due del BSY-2. «Rotta del contatto approssimativamente uno otto zero, velocità da dieci a dodici nodi.»

«Molto bene, secondo», commentò Pacino, udendo la comunicazione mentre saliva sulla piattaforma del periscopio e si infilava le cuffie. «Secondo, chiami Hobart a poppa e gli dica di caricare la boa SLOT numero uno nell'eiettore di poppa. Controllo armi, stato dei tubi?»

«Tubi di babordo caricati con Mark 50», segnalò Scott Court da un punto più a poppa, dove si trovava il pannello di controllo armi.

«Attivare siluri due, quattro, sei e otto, allagare tubi e aprire portelli esterni. Impostare modalità prefissata di intercettazione bersagli sommersi, schema in modalità passiva a zigzag.»

«Signorsì. Siluri da uno a quattro in corso di attivazione.»

«Attenzione controllo di lancio», esclamò Pacino. Le conversazioni sottovoce cessarono di colpo. Il personale di bordo che non si occupava dei monitor si voltò a guardare Pacino. «Non appena i siluri saranno pronti lanceremo una salva orizzontale contro il Bersaglio Uno. Poi ricaricheremo immediatamente e lanceremo una seconda salva. Continueremo così finché il Bersaglio Uno non sarà finito sul fondo o risponderà al lancio. Nell'eventualità di una risposta ci defileremo ma continueremo a lanciare. Procedere.»

Nel locale sonar Jesse Holt aggrottò la fronte davanti alle irregolarità della frequenza in banda stretta e premette il tasto del microfono. «Sala controllo, qui sonar, nuovo contatto, parzialmente coperto da Bersaglio Uno, rilevamento tre cinque quattro, distanza elevata. Il contatto indica sottomarino da guerra, probabilmente americano, classe 688.»

Il volto di Jeff Joseph si rannuvolò per la confusione mentre dava conferma al microfono. «Sala controllo, ricevuto.»

«Un classe 688 nella stessa posizione del Destiny», comunicò Vaughn in preda a un senso di frustrazione. «È il *Phoenix*, il sottomarino che ha tallonato il Destiny fin qui.»

«Siamo in anticipo», osservò Pacino, furioso per l'interruzione della procedura di lancio. «Il *Phoenix* avrebbe dovuto trovarsi fuori dalla zona al nostro arrivo. Ma noi siamo un'ora in anticipo.»

Pacino osservò la carta di navigazione. Lo stretto era un angusto corridoio di mare che andava da nord a sud. A sud, la posizione del *Seawolf* era segnata con un punto nero. Più a nord, un punto arancione indicava il Destiny, il bersaglio. In un punto a nord del Destiny navigava il *Phoenix*, ignaro di trovarsi sulla linea di lancio. Se Pacino avesse effettuato il lancio dei siluri, avrebbe rischiato di colpire il *Phoenix*. Se avesse aspettato, il Destiny avrebbe potuto lanciare contro Washington la bomba con l'adesivo radioattivo. In quel momento si sentiva come un poliziotto pronto a sparare a un malvivente che improvvisamente scopra che questi ha con sé un ostaggio.

«Potremmo aspettare che esca dalla zona di tiro prima di lanciare.»

«No», decise Pacino. «Procederemo con l'attacco. Se il sonar del *Phoenix* è così efficiente da individuare il Destiny, lo sarà anche abbastanza da individuare l'avvicinarsi di siluri Mark 50. E quando si accorgerà dei siluri in arrivo, cambierà rotta o rimarrà fermo in modo che il Doppler non lo rilevi. Vale la pena di rischiare...»

Il discorso sembrava razionale e dall'espressione sul viso di Vaughn e Joseph anche loro dovevano pensarla allo stesso modo.

«Siluri in tubi due, quattro, sei e otto pronti, controlli completati, tutti i tubi allagati, portelli esterni due e quattro aperti.» Court fece ruotare la sua poltroncina per trovarsi di fronte a Pacino. «Siamo pronti a lanciare, comandante.»

Il comandante, in sala controllo, sentiva tutto il peso della responsabilità sulle spalle, un enorme macigno di tre tonnellate. In quel momento, di fronte a tutto il suo equipaggio, stava per mettere in pericolo – o forse peggio – un altro sottomarino della marina degli Stati Uniti. Ma non impiegare i siluri avrebbe permesso al Destiny di lanciare la sua arma da apocalisse. Se avesse detto a Donchez di ordinare al *Phoenix* di allontanarsi dalla zona un'ora prima... Con un'espressione che nascondeva i suoi veri sentimenti, Pacino impartì l'ordine.

«Tubo due, lanciare sulla soluzione di tiro impostata.»

«Soluzione impostata», confermò Vaughn.

«Pronto», disse Court, ruotando il lungo selettore di lancio nella posizione a ore tre.

«Lanciare!» ordinò Pacino.

«Lanciato!» Court ruotò il selettore nella posizione di lancio.

Si udì un breve sibilo, poi un violento rimbombo si ripercosse per tutto il battello. I timpani di Pacino subirono una forte compressione a causa della pressione generata per espellere il siluro.

Il primo siluro aveva già lasciato il tubo e il sottomarino rimpiccioliva in lontananza quando il motore del siluro si avviò. Quindici secondi dopo, dal sottomarino fu lanciato anche il secondo siluro, poi il terzo e il quarto. Tutte e quattro le armi sfrecciarono nelle acque gelide dell'oceano in direzione nord, verso il bersaglio, viaggiando ad alta velocità in attesa che i computer di bordo segnalassero di rallentare e iniziare l'operazione di ascolto per individuare la segnatura acustica del bersaglio.

In sala controllo Pacino aspettava che gli addetti ai siluri ricaricassero i tubi. Ci sarebbero voluti cinque minuti prima che i dispositivi di ricarica finissero di posizionare l'ultimo siluro e fossero attivati i giroscopi. Nell'attesa, Pacino osservò il display a cascata del sonar seguendo le sottili tracce dei siluri mentre i loro rilevamenti si fondevano con quello del bersaglio.

E con il rilevamento del *Phoenix*...

CNFS Egira

Il mal di testa era molto peggiorato. Il commodoro Sharef cominciava a pensare che fosse di origine psicosomatica, conseguenza dei sentimenti contrastanti che provava riguardo al lancio del missile. Quale che ne fosse la causa, non aveva mai provato un dolore di tale intensità: la fitta lancinante dietro gli occhi gli impediva di concentrarsi su qualsiasi altra cosa che non fosse il dolore. Ma doveva superarlo...

Tawkidi abbassò il periscopio. «Acqua libera sopra di noi, commodoro. Se ci sbrighiamo avremo lo spazio libero per il lancio.»

«Stato del tubo uno?» chiese a Tawkidi.

«Allagato, portello di prua aperto. Alimentazione missile attivata, rilettura parametri del bersaglio e riferimenti di rotta completati. Il missile è pronto per un conto alla rovescia programmato di un minuto, ma dobbiamo rallentare fin quasi a fermarci.»

«Controllo navigazione, avanti piano, due nodi.»

«Due nodi, signore.»

«Generale Sihoud, possiamo iniziare il conto alla rovescia di un minuto?»

«Iniziate il conto alla rovescia», rispose Sihoud. «È ora che portiamo a compimento la nostra vendetta.»

Sharef cercò di nascondere una smorfia.

«Comandante, cominciare conto alla rovescia di un minuto», ordinò Sharef, avvertendo un inizio di vertigine in aggiunta all'emicrania.

«Inizio conto alla rovescia, signore; meno sessanta secondi al lancio, in automatico. Velocità del sottomarino corrispondente a parametri di lancio. Lancio a meno cinquanta secondi da questo momento, missile pronto.»

Un altro minuto, pensò Sharef, e sarebbe finita... poi ritirata a nord, infilare il battello sotto il pack, virare attorno alla punta settentrionale della Groenlandia e rientrare dal Nord Atlantico al Mediterraneo. E, da lì, a casa.

Le tracce che si formavano sul pannello di controllo dei sensori annunciavano l'arrivo di siluri americani. Il sistema del Secondo Comandante che monitorava i segnali dei sensori cominciò a identificare i rumori e a segnalare l'allarme. Il ronzio dell'allarme sul pannello ruppe il silenzio della sala. Tawkidi si accorse per primo del segnale e si rivolse a Sharef che si era avvicinato a lui per osservare il pannello.

«Siluri in arrivo, signore. Almeno quattro. Non vediamo la piattaforma di lancio...»

«Generale Sihoud», annunciò Sharef in tono d'urgenza. «Dobbiamo interrompere il conto alla rovescia ed effettuare una manovra evasiva...»

«No, commodoro, dobbiamo completare il lancio, e *poi* sottrarci a queste armi...»

USS Phoenix

«Sala controllo, qui sonar, abbiamo riacquisito il bersaglio, Bersaglio Uno, rotta uno sette quattro. Il contatto ha rallentato, la sua segnatura è molto più silenziosa adesso.»

«Sala controllo, ricevuto», rispose Kane scrutando la Postazione Uno.

Kane diede un'occhiata al cronografo. Le cifre digitali segnavano 08.14 Zulu, cioè le 04.14 ora locale. Un'altra mezz'ora ancora e avrebbe sgombrato il campo verso nord. Chiunque Steinman e Donchez avessero mandato sarebbe arrivato da sud per attaccare il Destiny. Al momento giusto, pensò. Il suo equipaggio era sfinito, almeno quelli ancora vivi. L'equipaggio e il sottomarino erano pronti per tornare a casa. Il sottomarino avrebbe avuto bisogno di circa un anno in bacino di carenaggio, forse due se avessero anticipato i lavori di revisione. Questo significava che sarebbe stato il suo ultimo viaggio con il *Phoenix*. Aveva ancora un anno prima di essere messo in lista per l'avvicendamento, un periodo che gli era sembrato lungo abbastanza per non sprecarvi troppi pensieri, ma adesso era ovvio che si stava avvicinando a un crocevia importante della sua carriera. Doveva decidere i suoi piani per il futuro. Restare in marina o congedarsi e tornare alla vita civile? Senza più turni in mare il problema sarebbe stato quale lavoro scegliere. Si sentiva ancora troppo giovane per dire addio al mare, ma...

«Sala controllo, qui sonar, diversi siluri in acqua! In arrivo da sud!»

USS Seawolf

Il riscaldamento della seconda salva dei Mark 50 sembrò impiegare un tempo interminabile. Se il sottomarino avesse iniziato la battaglia senza i tubi Vortex e avesse avuto i vecchi tubi Mark 50 sul lato di dritta, la seconda salva di quattro siluri sarebbe partita immediatamente dopo la prima. Il sottomarino avrebbe lanciato un siluro ogni quarantacinque secondi fino a che tutti e cinquanta non fossero partiti. Adesso se ne potevano lanciare solo ventiquattro, a salve irregolari con quattro o cinque minuti di intervallo. Ma aveva già maledetto abbastanza il sistema Vortex, pensò Pacino.

«Tubi due e quattro pronti, signore.»

«Procedure di lancio, tubi due e quattro», ordinò Pacino, ascoltando il succedersi di rapporti mentre gli uomini della squadra di lancio svolgevano le loro mansioni. Entro dieci secondi il siluro fu lanciato e il forte contraccolpo dell'aria compressa risuonò attraverso il battello; quindici secondi più tardi anche il tubo quattro scagliò il suo siluro in mare. Le orecchie di Pacino rimbombarono mentre Court annunciava che i tubi sei e otto erano pronti.

La litania del lancio fu ripetuta per questi due tubi, facendo diventare otto i siluri lanciati sulla traiettoria del Bersaglio Uno.

«Court, ricarichi immediatamente la bancata dei tubi di babordo. Sonar, qui comandante, qual è lo stato del Bersaglio Uno?»

«Impossibile stabilirlo, comandante», rispose la voce di Holt attraverso l'interfono. «È completamente coperto dai Mark 50. Non abbiamo la possibilità di separare le tracce. Perdita di contatto con il Bersaglio Uno.»

«Sala controllo, ricevuto. Attenzione a un'eventuale risposta.»

Vaughn guardò Pacino dalla postazione davanti al controllo di tiro.

«Non lo so, comandante. È strano che questo tipo si prenda quattro siluri e non risponda al lancio. Forse dovremmo sospendere l'attacco basato sulla posizione presunta.»

«Andiamo avanti, secondo. Il *Phoenix* ha lanciato un'intera sala siluri contro questo tipo. Supponiamo che anche solo tre siluri lo abbiano agganciato, ma è ancora vivo. Voglio lanciare sulla sua strada tutto quello che posso. Court, qual è la situazione?»

«Stiamo ancora caricando, signore.»

Comunque, pensò Pacino, Vaughn aveva ragione. E non aveva fatto cenno al fatto che Pacino aveva messo il sottomarino in una posizione di lancio in linea rispetto alla rotta del bersaglio. Se ci avesse pensato si sarebbe spostato in modo che la rotta dei siluri in navigazione non coincidesse con quella del bersaglio, permettendogli di monitorare sia i siluri sia il bersaglio durante l'attacco. Ma non ce n'era stato il tempo. In ogni caso, era stato un errore tattico. Pacino si chiese se avrebbero avuto la possibilità di rilevare il lancio di risposta di un siluro Nagasaki tra il rumore prodotto dai loro Mark 50. A questo punto tutto dipendeva da quanto buone erano le orecchie del buon capo Holt.

CNFS Egira

«I siluri possono raggiungerci in qualunque momento, generale. *Dobbiamo* effettuare una manovra evasiva. E contrattaccare. Poi potremo lanciare la sua Scorpion, avremo abbastanza tempo...»

Il colonnello Ahmed guardò il generale Sihoud, sperando che avrebbe finalmente rimesso al proprio posto l'insubordinato commodoro, ma con suo disappunto Sihoud annuì, rendendosi conto, alla fine, che non avevano scelta se volevano lanciare il missile e sopravvivere.

«Molto bene, commodoro. Evitiamo i siluri e rispondiamo al nemico. Ma faccia in fretta.»

«Tawkidi, abortire il lancio, allontanarsi verso nord e scaldare i Nagasaki nei tubi dieci e dodici», ordinò Sharef, grato per quella piccola dilazione.

«Controllo navigazione», ordinò Tawkidi. «Emergenza di prua, profondità quattrocento metri, virare a nord. Sottotenente di vascello al-Maari, attivare le armi nei tubi dieci e dodici. Controllo sensori, abbiamo un rapporto dal Secondo Comandante sullo stato di funzionamento del sonar di evasione SCM?»

Il sottotenente di vascello Rouni, davanti al pannello di controllo dei sensori, verificò diverse schermate sul display del Secondo Comandante. Visto il tempo che ci stava impiegando, Sharef pensò che molto probabilmente i moduli vocali dell'SCM erano inservibili. Sharef non aveva neanche pensato a controllarli, data la violenza del danno prodotto a poppa dal primo siluro americano.

Il ponte rollò per la manovra, quindi si inclinò verso il basso. Sharef sentì tornare le vertigini e l'inclinazione del ponte che beccheggiava lo fece cadere. Era quasi a terra quando Tawkidi lo afferrò. Sharef si ritenne molto fortunato di poter contare sulla devozione di una persona così attenta *e* capace come Tawkidi, così come Quzwini e il resto dell'equipaggio. Per un attimo si chiese se stesse diventando matto, per tutti quei pensieri affettuosi verso i membri del suo equipaggio. Gli effetti della botta in testa? Ottima cosa essere al comando di un sottomarino sotto l'attacco di numerosi siluri, con il comandante che cominciava a perdere la bussola. Sperava che Tawkidi tenesse sotto controllo la situazione e sapesse cogliere il momento giusto per rilevarlo al comando se fosse stato necessario. E, se lo avesse fatto, avrebbe dovuto scontrarsi con Sihoud. Ormai aveva fatto il possibile per prepararli all'azione. O il suo equipaggio aveva il carattere e l'addestramento per venire fuori da quel casino o sarebbero tutti morti.

«Il sistema SCM non funziona, comandante. È andato. Dovremo evitare l'attacco solo con la velocità.»

«Commodoro, potremmo impostare una manovra evasiva e sperare per il meglio, ma penso che sia più opportuno filare rapidamente verso nord. C'è molto spazio per navigare e tutti i siluri arrivano da una direzione, da sud. Non c'è bisogno di ricorrere al Secondo Comandante per la navigazione.»

«Sono d'accordo, capitano di fregata.» Sharef si avvicinò al pannello di controllo navigazione, verificando nella memoria del computer la profondità dell'acqua e il profilo del ghiaccio fornito da un rilevamento satellitare, caricati nel sistema appena prima di salpare e aggiornati dalle previsioni più recenti del Secondo Comandante. Non avevano informazioni sulla distanza dei siluri ma, secondo l'analisi delle distanze che il Secondo Comandante aveva elaborato usando i sistemi idrofonici prodieri, dovevano essere lontani. E, visto che i siluri americani erano lenti, c'erano buone possibilità che il sottomarino li seminasse senza subire danni. In effetti, pensava, chiunque fosse stato a spararagli contro aveva commesso un errore tattico, lanciando da lontano i siluri da un'unica direzione. Non appena i Nagasaki fossero stati lanciati seguendo la rotta dei siluri in arrivo, il sottomarino attaccante sarebbe stato distrutto.

«Tubi dieci e dodici pronti, percorso di ricerca programmato per un'immediata virata verso sud, commodoro. Richiedo l'autorizzazione a lanciare.»

«Fuori dieci e dodici.»

Entro venti secondi i due siluri Nagasaki avevano lasciato i tubi di lancio a prua dell'*Egira*, compiuto una stretta virata di 180 gradi verso sud e cominciato ad accelerare verso il bersaglio.

Mentre i siluri si lasciavano dietro l'*Egira*, il sottomarino iniziò ad avvicinarsi al battello americano classe 688, che stava muovendosi verso nord-ovest, di alcuni nodi più lento. Anche ora, benché entro i dieci chilometri, il Secondo Comandante non riusciva a rilevare la sua traccia acustica tra le interferenze causate dall'aumento di rumore generato dal loro stesso sottomarino con il flusso dell'acqua marina contro lo scafo e con il sistema di propulsione...

33

Sabato, 4 gennaio
Quartier generale della National Security Agency
Fort Meade, Maryland
Edificio 427
Centro comunicazioni di sicurezza

DOPO la conversazione telefonica con il generale Barczynski, mentre l'ammiraglio Donchez dormiva, la neve era cresciuta di sessanta centimetri sulla strada, arrivando fino all'altezza di un metro e venti. Adesso altri trenta centimetri di neve si erano accumulati sui marciapiedi. Donchez stava sognando una tormenta, ma la neve era nera e le strade piene di corpi seppelliti dai fiocchi letali. Quando venne svegliato improvvisamente fu un sollievo.

«Messaggio per lei, signore. Navy Blue.»

Donchez poggiò il blocco sulla consolle abbandonata davanti a sé. Il messaggio proveniva dal *Seawolf* ed era di una sola riga: STIAMO ATTACCANDO IL DESTINY. Fece un cenno al sottufficiale addetto alle comunicazioni.

«Lo inoltri al fax criptato personale del generale Barczynski a Fairfax. Conosce il codice?»

«Signorsì.»

Mare del Labrador, a nord-ovest di Godthaab, Groenlandia
USS Phoenix

«Timone a dritta, avanti tutta! Rotta tre cinque zero. Controllo navigazione, profondità trecento metri. Sonar, qui comandante, abbiamo i siluri?»

Kane sentiva scorrere rivoli di sudore sotto le braccia, in mezzo al petto, tra le gambe. Riusciva a *sentire* il suo respiro accelerare il ritmo. Il ponte tremò per l'improvvisa manovra. Ebbe la distinta sensazione che il battello non avrebbe retto a un altro colpo di un Nagasaki. O riuscivano a scappare o erano morti, letteralmente.

«Sala controllo, qui sonar, sì, al limite della scia di babordo. Una cosa, signore. I siluri in arrivo non hanno le caratteristiche dei Nagasaki. Sono... Mark 50!»

Sembrava che Sanderson fosse arrabbiato con Kane.

«Ripetere, sonar.»

«Comandante, i siluri in arrivo sono Mark 50 lanciati da sud. Il sottomarino attaccante sarà qui molto presto.»

McDonne imprecò. «Ma è possibile che non riescano a combinarne una giusta?»

«Secondo, chiami Schramford a poppa e gli ordini di aumentare di nuovo la potenza, come l'ultima volta.» Kane accese il suo microfono. «Sonar, qui comandante, qual è la situazione del Bersaglio Uno?»

«È in scia, signore. Sto aspettando che diventi visibile al limite della scia di dritta. Sto anche controllando con il sonar filato, ma a questa velocità perde subito sensibilità.»

«Continuate a controllare.» Cos'altro avrebbe potuto dire? si chiedeva Kane. Di nuovo aveva fatto tutto quello che il manuale prevedeva per evitare un siluro. Con il Mark 50 in arrivo, più leggero e più lento, avrebbe potuto avere più possibilità di seminarlo di quante ne avrebbe avute con un Nagasaki.

In piedi in sala controllo, aggrappato a uno dei sostegni con tanta forza da farsi sbiancare le nocche, Kane decise che forse un lavoro di ufficio non sarebbe stato male, dopo tutto.

CNFS Egira

«Suggerisco una manovra, capitano di fregata Tawkidi. Dovremmo vedere quanto sono vicini i siluri.» La voce del sottotenente di vascello Rouni era carica di tensione.

Tawkidi annuì lentamente, a sua volta preoccupato per la mancanza d'informazioni sulla situazione degli ordigni. A causa del danno al sistema idrofonico di poppa provocato dal precedente impatto, era impossibile rilevare l'avanzata dei siluri da poppa.

«Molto bene, sottotenente. Controllo navigazione, virata a uno punto cinque G a dritta... ora!»

Quando l'ufficiale addetto al pannello di controllo navigazione impostò i comandi per la virata il ponte vibrò. Ci volle mezzo minuto perché il battello virasse di 360 gradi, tornando sulla rotta di evasione verso nord. Quei trenta secondi parvero protrarsi per un'eternità, soprattutto perché, a metà della manovra, il battello si trovò in perfetta rotta di collisione con i siluri.

Di nuovo in rotta, Rouni cercò di analizzare i dati che il sistema aveva raccolto nel frattempo.

«Ne rilevo ancora dodici all'inseguimento. Il più vicino è a quindici chilometri.»

«Qualche impulso attivo?»

«No, signore. Finora i siluri sono passivi.»

«Puntano tutti nella nostra direzione o stanno aprendosi a ventaglio?»

«Sono tutti rivolti direttamente contro di noi, signore.»

Tawkidi si allontanò dai pannelli di controllo dei sensori e delle armi e, preso Sharef per un braccio, lo condusse lontano dagli altri ufficiali e da Sihoud e Ahmed.

«Commodoro, so che non abbiamo un Dash Cinque per appoggiare la manovra, ma sto cominciando a pensare che dovremmo fermarci, come per effettuare uno 'spidocchiamento'.»

«Su quale base, Omar?»

«Siamo sotto un'ampia copertura di ghiaccio, signore. I loro siluri sono alla ricerca di rumori generati da sistemi di propulsione. Non stanno emettendo impulsi, almeno non ancora, ma se lo facessero il ghiaccio rifletterebbe gli impulsi. Avranno un filtro di velocità per distinguere tra noi, un oggetto in movimento, e il ghiaccio.»

«Non conosciamo i loro sistemi.»

«Potremmo spegnere tutto e risalire appena sotto il ghiaccio. È un rischio, ma l'intruso continuerà a tirare siluri, impedendoci di lanciare il nostro missile...»

Sharef cercò di mantenere la mente aperta ma era sicuro che le armi americane fossero relativamente semplici. Probabilmente erano ancora sulla rotta programmata verso un punto di ascolto. Scappare era la scelta migliore, e fermarsi a «spidocchiare» senza il Dash Cinque per confondere i siluri in arrivo era troppo rischioso. Non ne valeva la pena.

«Capitano di fregata, penso che dovremmo continuare ad allontanarci. Questi siluri finiranno presto il carburante e il nemico smetterà di spararci quando si renderà conto che due dei nostri Nagasaki sono in acqua. I Nagasaki distruggeranno la piattaforma di lancio e quando i siluri si saranno esauriti potremo tornare alla nostra missione.» Nel bel mezzo dell'azione, era così che la considerava: una missione.

Ciononostante, solo per un attimo, si chiese se l'ordine non fosse influenzato dall'avversione che provava di fronte alla prospettiva del lancio del missile. In ogni modo, era sicuro che fosse la condotta tattica corretta, e *questo* era il suo lavoro. Fermarsi con tutti i circuiti spenti e aspettare era un rischio che non era necessario correre. E, come aveva sottolineato, avevano molto tempo a disposizione.

USS Phoenix

Il rapporto di Sanderson fece comparire un vago sorriso sul volto di Kane. «Sala controllo, qui sonar, ho il Destiny: sta uscendo dalla scia di dritta, è molto rumoroso. Procede a velocità elevata spostandosi verso sinistra. Stimo che viaggi su una rotta parallela in direzione nord, per sfuggire ai siluri Mark 50, e che ci stia superando.»

«Sonar, qui comandante, qualche segno che ci abbia sentito?»

«Sala controllo, qui sonar, no. Sta fuggendo spaventato quanto noi.»

L'espressione del tenente di vascello Victor Houser aveva cominciato a cambiare non appena aveva sentito Sanderson pronunciare le parole «per sfuggire ai siluri Mark 50» e «sta fuggendo spaventato quanto noi» e riuscì a fatica a mantenere normale il livello della voce quando disse a McDonne: «Ma che diavolo stiamo facendo, secondo?»

«Dove è stato finora, Houser?» McDonne era pronto a lanciarsi in una delle sue solite filippiche, quando Kane sollevò la mano.

«Houser, che cosa ha in mente?»

«Comandante, secondo, stiamo effettuando una manovra di evasione dai siluri come se fossero armi nemiche. Ma in realtà stiamo fuggendo da siluri Mark 50. Sono le *nostre* armi. Conosciamo questi aggeggi. Ci troviamo sotto il ghiaccio. Probabilmente sono stati lanciati con regolazione a sessanta o settanta metri di profondità per evitare di andare a sbattere contro i lastroni di ghiaccio, giusto? E seguono uno schema passivo di ricerca a zigzag che passerà a un impulso Doppler attivo al momento dell'acquisizione del bersaglio. Questa è la regolazione standard per un lancio sotto il ghiaccio contro un bersaglio sommerso. E allora perché scappiamo? Dovremmo fermarci, restare inerti e risalire fino al ghiaccio. Quegli affari non ci sentiranno mai...»

«Timone, indietro due terzi!» ordinò improvvisamente Kane. «Velocità due nodi.»

Il ponte tremò violentemente mentre in sala macchine il personale apriva le valvole delle turbine e invertiva il moto di rotazione dell'elica. McDonne spalancò tanto d'occhi mentre Houser continuava a osservare accigliato il sonar.

«Due nodi, comandante.»

«Timone, ferma. Ufficiale all'immersione, prepararsi a restare inerti. Radiofonista, a sala macchine, escludere il reattore e chiudere le valvole principali del vapore.»

L'ordine di escludere il reattore fu ripetuto, sorprendendo perfino Houser. Kane non si stava limitando a fermarsi e a nascondersi. Voleva il silenzio totale del battello.

«Pronti a restare inerti, comandante.»

«Molto bene, controllo navigazione. Saliamo fino alla copertura di ghiaccio. Sessanta centimetri al secondo.»

«Sessanta centimetri al secondo in salita, signore. Profondità fissata a trenta metri.»

Il sistema di ventilazione si arrestò e il locale divenne immediatamente soffocante.

«Forse dovremmo escludere anche il sistema del controllo di tiro», osservò Houser. «Consuma energia e tanto non abbiamo siluri.»

«Lo escluda, ufficiale all'assetto.»

Il viso di McDonne era chiazzato di rosso, ma l'ufficiale non fiatò.

«Centocinquanta metri, signore.»

«Signore, la sala macchine segnala esclusione reattore con chiusura valvole del vapore.»

Era il modo più rapido per fermare la sala macchine, pensò

Kane. Adesso il sottomarino sarebbe stato silenziosissimo, un silenzio rotto solo dal sibilo dell'aria immessa nei serbatoi per il controllo della profondità.

«Comandante, abbiamo quasi esaurito l'aria compressa. Dovremo restare fermi e mantenere questa profondità utilizzando solo la pompa di regolazione dell'assetto.»

Kane si morse il labbro. L'enorme pompa avrebbe consumato parecchia energia delle batterie, ma dopo avere usato l'aria d'emergenza per staccarsi dal fondo, non avevano nessuna possibilità di mettere in funzione i compressori e riempire le bombole. Non avevano scelta.

«Molto bene, capo. Usiamo la pompa d'assetto per restare inerti. Radiofonista, a ufficiale di macchina, riferire autonomia delle batterie.»

«Sala controllo, qui sonar, sappiamo che stiamo restando inerti per evitare i siluri. Richiediamo di girare il sottomarino per far uscire i siluri dalla scia.»

«Sonar, qui comandante, no.»

«Signore, l'ufficiale di macchina segnala mezz'ora di autonomia per le batterie, forse di più se abbassiamo la richiesta dai sistemi a prua.»

Kane comprese la situazione. Gli addetti al sonar volevano avere un po' di spinta per far virare il sottomarino e in questo modo poter tenere sotto controllo la situazione, consumando energia. L'ufficiale di macchina voleva invece spegnere il sonar e risparmiare l'energia delle batterie.

«Sessanta metri, signore», segnalò l'ufficiale all'immersione.

«Rallentare la salita a trenta centimetri al secondo.»

«Cinquantacinque metri, signore.»

Kane rimase in attesa, sapendo che i siluri lo stavano ancora cercando furiosamente. Due minuti più tardi il ponte sobbalzò quando la vela andò a urtare il fondo del pack soprastante. Si erano fermati.

«Forniteci spinta di galleggiamento appena sufficiente per rimanere qui senza rovesciarci.»

«Signorsì. Pompa d'assetto spenta.»

«E adesso, comandante?» chiese McDonne.

«Adesso aspettiamo», rispose Kane. La sala era molto più silenziosa, ora, senza il rombo dell'aria. Kane si fermò sulla soglia che immetteva nel locale sonar e lanciò uno sguardo a Sanderson. L'ufficiale gli restituì un'occhiata acida.

«Non sento altro che questo ghiaccio», disse Sanderson. «I siluri sono ancora proprio dietro di poppa.»

«Continui l'ascolto. Se li sentirà davanti a noi vorrà dire che ci avranno superati.»

«Glielo farò immediatamente sapere, signore.» Sanderson ritornò a occuparsi del suo pannello, ignorando Kane.

Questi rientrò nella sala. I volti dei marinai, tutti fino all'ultimo uomo, erano scavati, con occhiaie scure: la fatica e la tensione li stavano svuotando di ogni energia. Il comandante aveva la sensazione che il viaggio fosse ormai giunto al capolinea. L'unico interrogativo era come sarebbe finito.

USS Seawolf

«Sospendere il lancio», ordinò Pacino. «Sonar, qui comandante, ha una separazione dei rilevamenti tra i nostri siluri e il Bersaglio Uno? E qual è lo stato del *Phoenix*?»

La sortita di Pacino fu accolta da occhiate quasi sbalordite. Pacino si rese conto di aver interrotto l'esecuzione dei suoi stessi ordini: lanciare tutte le armi di cui disponevano finché non ne fosse rimasta una sola. Dentro di lui si era insinuato il sospetto che i suoi ordini fossero basati su dati ormai superati. I siluri si erano trovati tra le orecchie del loro sonar, il bersaglio e il contatto amico. Là fuori avrebbe potuto accadere qualsiasi cosa. Senza dati non c'erano decisioni da prendere, c'era solo ignoranza.

«Sala controllo, qui sonar, nessuna separazione nei rilevamenti. I siluri coprono il Bersaglio Uno e il *Phoenix*.»

Pacino si avvicinò al tavolo di carteggio sul lato sinistro, allontanandosi dalla centrale d'attacco. Il sottomarino si trovava a sud di una cresta che correva per lo più in direzione est-ovest, separando il bacino del Labrador dallo stretto di Davis e dalla baia di Baffin. La cresta, segnata sulle carte con il nome di Ungava Ridge, assomigliava a una mezzaluna capovolta, che appariva concava dalla prospettiva del *Seawolf*. In alcuni punti la cresta si abbassava notevolmente; in un punto a ovest, presso Davis Peak, saliva invece fino a cento metri. Pacino gettò un'occhiata alla carta e si chinò per esaminarla con maggiore attenzione. Nonostante il rilievo di Ungava Ridge fosse basso e Davis Peak assai vicino, decise di accostare a ovest del Destiny. C'era ancora molto spazio, quaranta miglia prima dell'elevazione di Davis Peak, per cui la rotta era percorribile, ma mentre ordinava al timoniere di fare rotta per ovest-nordovest, si rese conto che quella decisione era contraria al suo istinto, che, se avesse potuto scegliere arbitrariamente, l'avrebbe spinto a puntare nella direzione del mare più aperto. Scrollò le spalle per liberarsi da quell'impressione, ma non riuscì a scacciarla del tutto dalla mente.

«Sonar, qui comandante, stiamo accostando verso ovest per avere una parallasse sul bersaglio. Segnalate tutto ciò che avete sul Bersaglio Uno se e quando non sarà più coperto dai siluri.»

«Sonar, signorsì.»

«Timone, avanti normale.»

Pacino rimase in attesa, roso di nuovo dall'impazienza. Sollevò lo sguardo verso il monitor che riportava i dati del sonar a banda larga, osservando la visualizzazione a cascata ma, a parte la macchia a nord che indicava i siluri, non riuscì a distinguere altro.

«Ufficiale all'assetto, stia attento alla nostra posizione. Non voglio andare a sbattere contro quella cresta.»

«Signorsì.»

Davanti ai suoi occhi si stava rendendo visibile una doppia traccia al centro della visualizzazione a cascata del sonar. C'era qualcosa a nord. Il Destiny? Ma come mai lasciava un segnale così evidente come una doppia traccia? Pacino provò una brutta sensazione in merito e stava per azionare il microfono e chiamare Holt nel locale sonar per vedere di che natura fossero quegli strani rumori, quando negli auricolari gli giunse proprio la sua voce.

«Sala controllo, sonar, due siluri in acqua, rilevamento zero zero uno e tre cinque otto, propulsori *pump jet* e probabilmente elevata velocità.»

«Avanti tutta», ordinò Pacino, con la netta impressione di avere già vissuto quell'esperienza, di avere già impartito lo stesso ordine e di avere già visto la stessa doppia traccia sul display a cascata. Nella mente gli comparve l'immagine della carta di navigazione con le secche che si avvicinavano mentre continuavano a procedere verso ovest. Improvvisamente capì che cosa stava per fare e si rese conto che il più grosso problema sarebbe stato far comprendere il suo piano all'equipaggio e farsi obbedire. Sullo sfondo udì vagamente Holt dichiarare che i siluri in arrivo erano modello Nagasaki, come Pacino aveva immaginato istintivamente. Non gli prestò quasi attenzione, provando un improvviso senso di nausea.

«Comandante», disse Vaughn, «ci stiamo avvicinando troppo alla cresta, occorre virare a sud. Quelli sono dei Nagasaki...»

«No, non vireremo a sud.» Quando Pacino guardò Vaughn negli occhi, rimase sbalordito vedendo l'espressione dura del suo secondo, come se l'ufficiale lo stesse studiando per vedere se era ancora idoneo al comando. Pacino scelse con molta cura le parole. «Non possiamo sfuggire a un siluro Nagasaki puntando solo sulla velocità, secondo. E tanto meno a due. Viaggiano a settanta nodi. Ci seguirebbero per un'ora, forse più. E anche se fossero stati lanciati da cinquanta chilometri ci raggiungerebbero molto prima dello scadere dell'ora, e ho la sensazione che quei due siano stati lanciati da molto più vicino, forse da venticinque chilometri. Il che significa che distano trenta minuti da noi se viaggiamo a tutta velocità e quindici minuti se continuiamo in direzione ovest. Avrebbero quindi quindici minuti per deviare dalla loro rotta, ossia dieci miglia, forse dodici. Potremmo uscire completamente dal loro cono di ricerca se fossero come i nostri Mark 50. Vale la pena tentare.»

L'espressione di Vaughn per un attimo si addolcì.

«Okay, il capo è lei.»

«Non si preoccupi, secondo», disse Pacino con voce così bassa che solo lui poté sentirlo. «Ho tutta l'intenzione di uscirne vivo. Chiami la sala macchine e dica di caricare e lanciare la boa trasmittente SLOT numero due.»

Vaughn trasmise l'ordine, lanciando un'occhiataccia a Pacino. Questi si chiese come avrebbe reagito all'ordine successivo.

USS Phoenix

«Sala controllo, qui sonar», disse Sanderson. «Ho quattro tracce di siluri sul sonar sferico di prua, rilevamento nord verso nord-nordest. Se non altro questi quattro ci hanno superati.»

«Qualche variazione nella loro velocità, capo?» Kane si chiese se i siluri avrebbero rallentato e sarebbero tornati indietro se non avessero individuato alcun bersaglio.

«No, signore. Continuano a procedere verso nord alla massima velocità. Ne ho un altro che sta passando oltre. Anzi due.»

Il faccione di McDonne si illuminò di un sorriso a trentadue denti. «C'è riuscito, signore. Ben fatto.»

«Grazie, Houser», rispose Kane. «Penso di sì. Grazie, Vic.»

«Sala controllo, qui sonar, passati altri tre siluri in direzione nord.»

Kane per poco non si lasciò sfuggire un sorriso. Finalmente un momento di respiro. Cominciò allora a studiare la carta, impostando la rotta per tornare a sud. A Norfolk. A casa.

CNFS Egira

«Controllo navigazione, impostare un'altra virata a uno punto cinque G», ordinò Tawkidi.

Il ponte si inclinò e vibrò di nuovo mentre il sottomarino disegnava un cerchio ad alta velocità. Quando ritornò sulla precedente rotta nord, gli ufficiali studiarono gli schermi del Secondo Comandante.

«Commodoro, i siluri si stanno esaurendo», annunciò Tawkidi. «Cinque finora! Ne restano in arrivo solo sette e l'analisi prevede che passeranno a poppa. Il piano funziona, signore. Fra dieci o venti minuti potremo riavviare il conto alla rovescia del missile.»

Sharef non sorrise. Continuò a osservare il pannello su cui lavorava il sottotenente di vascello Rouni, analizzando i dati che erano appena arrivati. Il viso di Rouni si rannuvolò, ma l'ufficiale non disse nulla.

«Che c'è, sottotenente?»

«Quando abbiamo invertito la rotta ho notato qualcosa a sudovest. Non ne sono certo, ma l'analisi è molto strana.»

«Continui.»

«Signore, giurerei che il rumore intercettato proviene da macchine, e specificamente da turbine a vapore, ma mentre lo captavamo è cambiato. Avremmo dovuto continuare a sentirlo per un terzo della manovra, ma ecco che adesso il livello del rumore è sceso a zero, a livello ambientale. È diventato invisibile. Non capisco.»

Tawkidi corrugò la fronte mentre esaminava i dati.

«Commodoro, non può essere il rilevamento della piattaforma di lancio dei dodici siluri.»

«Forse si tratta di un secondo sottomarino», disse Quzwini, l'ufficiale di macchina, dal pannello di controllo del reattore, con il viso ancora pallido per lo sforzo compiuto nel cassone di zavorra per installare la testata Scorpion. «Forse si tratta di un sottomarino di osservazione che ci ha individuati e ha fornito la nostra posizione al battello che ha lanciato i siluri. Con quella posizione si sarebbe trovato sul percorso dei siluri esattamente come noi. E forse ha fatto proprio come ha raccomandato lei, capitano di fregata Tawkidi, e ha spento i motori per andare a nascondersi sotto il pack.»

«Non ha senso», fece notare Sharef. «Un secondo sottomarino avrebbe lanciato dei siluri contro di noi. Non è da un ufficiale di marina americano farsi sorprendere sulla linea del proprio fuoco, almeno se può evitarlo. Né un americano si arrischierebbe a lanciare una salva di siluri sapendo che un altro dei suoi sottomarini è sulla linea di tiro.»

«Forse è un sottomarino inglese o un battello diesel canadese. Hanno fama di essere molto silenziosi», osservò Quzwini. «E si sa che scendono in profondità nella zona al margine del ghiaccio. Potrebbe avere svolto qualche operazione con i motori diesel ed essere poi passato alla navigazione elettrica.»

Tawkidi sembrò prendere una decisione. «Signore, bisogna che gli puntiamo contro un Nagasaki, giusto per prudenza. Non possiamo subire altre minacce al lancio del nostro missile. Possiamo impostare le coordinate predefinite per un avvicinamento a bassa velocità lungo la linea di rilevamento, sintonizzandoci per captare il più piccolo rumore artificiale. Se si tratta di un altro sottomarino, il Nagasaki lo neutralizzerà. Se è un riflesso fantasma o il rumore del ghiaccio, non avremo perso nulla.»

Sharef capì che quanto aveva detto Tawkidi era giusto. «Molto bene, capitano di fregata. Lanci il Nagasaki contro il rumore fantasma. Vediamo che cosa succede.»

Quattro minuti dopo, il siluro Nagasaki uscì dal tubo di lancio, procedendo lentamente, il sonar impegnato a captare i rumori di macchine o di sfregamento di metallo contro metallo. Quando il siluro ebbe completato la sua virata verso sud-ovest, altri quattro siluri americani avevano esaurito il carburante e si erano disattivati senza colpire nessun bersaglio.

34

Sabato, 4 gennaio
Mare del Labrador, a nord-ovest di Godthaab, Groenlandia
CNFS Egira

L'ULTIMA virata a 1,5 G rivelò che tutti i siluri americani della salva finale si erano esauriti, erano rimasti senza carburante e quindi inoffensivi.

«I siluri americani si sono tutti esauriti, signore.»

Sharef ormai non poteva più evitarlo. «Capitano di fregata, porti il sottomarino verso sud, rallenti alla velocità di lancio e diminuisca la profondità.»

«Sì, commodoro. Sala controllo, rotta a sud, velocità due nodi, profondità cento metri.» Tawkidi si accomodò sul seggiolino di controllo davanti al periscopio e alzò il visore. Attivò il modulo ottico e appoggiò gli occhi allo strumento. Guardò fuori per un momento, senza vedere nulla, raggiunse il pannello di controllo e accese le luci di ricerca montate sulla cima del periscopio. La scena si illuminò immediatamente mostrando l'immagine del lato inferiore di una grossa massa di ghiaccio. Tawkidi armeggiò con i tasti che comandavano il movimento del seggiolino e del periscopio e compì una lenta rotazione, lanciando di tanto in tanto, con i tasti funzione, degli impulsi di luce laser blu verso il ghiaccio, per misurarne la densità e lo spessore, informazioni che comparivano sovrimposte sul visore del periscopio.

«Signore, abbiamo un banco di ghiaccio sopra di noi. Non possiamo lanciare da qui, ma dovremmo essere vicini al bordo di questo iceberg. Mezzo miglio più a sud.»

«Capitano di fregata, procediamo verso sud con il periscopio alzato. In questo modo troveremo più in fretta un tratto aperto. Suggerisco di aumentare la velocità a otto nodi per fare più in fretta.»

«Signorsì.» La voce di Tawkidi era smorzata dal periscopio mentre trasmetteva gli ordini.

Sharef attese, controllando di tanto in tanto i pannelli dei sensori del Secondo Comandante e chiedendo a Rouni un aggiornamento sullo stato dei Nagasaki. Tutte e tre le armi erano ancora in rotta.

«Signore, siamo in acque aperte», annunciò Tawkidi. «Sala controllo, avanti piano, due nodi. Controllo armi, allagare il tubo uno, missile Hiroshima in accensione. Eseguire il programma di diagnostica della Scorpion e riferire.»

«Molto bene, capitano di fregata», disse il generale Sihoud sulla porta della sala controllo. «Sono molto soddisfatto della missione, commodoro Sharef. Lei e il suo equipaggio avete fatto grandi cose. Che Allah sia con voi.»

Sharef annuì, pur desiderando che il leader del Fronte Islamico tenesse per sé i suoi discorsi. A lui interessava solo portare a termine la missione.

«Comandante», riferì Tawkidi, «il terzo Nagasaki sta aumentando la velocità. Penso abbia individuato un bersaglio.»

Sihoud era palesemente soddisfatto. Anche il colonnello Ahmed annuì rivelando il suo compiacimento. L'espressione di Sharef non cambiò. Ancora morti ma almeno, forse, una minaccia sarebbe stata presto neutralizzata.

USS Phoenix

Dieci minuti prima era giunta dalla sala macchine la notizia che il livello della batteria era basso, molto basso, a causa dell'energia necessaria per mantenere il sonar alla massima potenza. Il sonar, con le pompe di raffreddamento ausiliarie indispensabili per abbassare la temperatura dei potenti computer, consumava moltissimo. Stavano raggiungendo il punto di non ritorno. Per riavviare il reattore avevano bisogno di 100 ampere/ora e ne rimanevano 105. Kane, con molta riluttanza, aveva impartito l'ordine di riavviare il reattore.

Erano arrivati al decimo minuto della procedura di riavvio, e mancavano ancora almeno altri dieci minuti prima di poter fornire energia ai sistemi del sottomarino. Kane misurava a lunghi passi la sala controllo, mentre ripensava alla sua casa, a un pranzo decente, a una doccia calda e a una notte intera di sonno.

«Sala controllo, qui sonar, tutti i Mark 50 hanno esaurito la loro corsa. Il Destiny deve averli seminati.»

«Qualche segno del sottomarino che li ha lanciati?» chiese Kane. Non ottenne risposta. Kane ripeté la domanda. Ancora niente. Il comandante aveva appena compiuto due passi fuori dalla sala controllo verso il locale sonar quando la voce di Sanderson lo raggiunse dall'interfono.

«Sala controllo, qui sonar, siluro in acqua, rotta zero quattro cinque. Sembra un Nagasaki, sta aumentando la velocità proprio mentre sto parlando.»

Kane tornò di corsa in sala controllo e afferrò il microfono di comunicazione.

«Macchine, qui comandante, fate partire alla svelta il reattore e mettete in funzione la propulsione. Abbiamo un siluro in acqua.»

«*Stiamo raggiungendo ora la temperatura di avviamento di emergenza, comandante. Ma non possiamo essere pronti in meno di cinque minuti anche se tutto andasse alla perfezione*», riferì Schramford.

Se conferissero una medaglia per l'intervallo di tempo impiegato inutilmente durante un lancio di siluri, pensò Kane, il *Phoenix* vincerebbe alla grande. Per la prima volta durante l'intera missione il volto di McDonne divenne una maschera di malcelato terrore. Kane si chiese per quanto tempo sarebbe riuscito a mantenere la calma. In ogni modo, pensò, cosa importava? Il siluro Nagasaki li avrebbe raggiunti, non c'era modo di evitarlo. Cercare di far ripartire il reattore per allontanarsi era solo un espediente per impiegare il tempo dell'equipaggio in attesa della fine. Accidenti, era stato un buon tentativo, almeno ci avevano provato.

«Sala controllo, qui sonar, il siluro che ci ha localizzato è vicino, fottutamente vicino. Se non proviamo qualche manovra evasiva non ce la faremo.»

«Sala macchine, qual è la situazione?»

«*Cominciamo appena ad avere del vapore. Ci vorranno almeno due minuti prima che possiamo eseguire un avviamento di emergenza delle turbine e ancora un paio prima che siano pronte le macchine principali.*»

«Continuate così, sala macchine.»

L'altoparlante sopra di lui gracchiò due volte. Almeno, pensò Kane, l'ufficiale di macchina e il personale a poppa sarebbero stati impegnati, le loro menti occupate. Tutto ciò che il personale in sala controllo poteva fare, invece, era aspettare.

Kane rimase ad ascoltare mentre sulla sala calava improvvisamente il silenzio. Poteva sentire fuori dallo scafo il suono del propulsore del Nagasaki in avvicinamento, un rumore molto acuto che da un sussurro si trasformava in un urlo. Udiva gli impulsi del suo sonar di ricerca. Il suono adesso pareva più forte attraverso il ponte, come se l'ordigno provenisse dal basso.

L'attesa sembrò interminabile. Kane aveva ormai raggiunto uno stato di calma quando il siluro esplose.

CNFS Egira

Un rombo distante risuonò attraverso lo scafo, da una direzione indefinibile.

«Cos'è stato?» chiese Sharef, davanti al pannello del Secondo Comandante, appoggiandosi pesantemente al suo bastone improvvisato, la fatica che lo schiacciava pesante come un macigno.

«Esplosione di un siluro Nagasaki proveniente dal rilevamento del secondo intruso, commodoro. E, un attimo... Sto rilevando rumori di allagamento e qualcos'altro. Forse cedimento dei compartimenti metallici dello scafo. Un rumore molto forte e concitato.» Rouni si girò verso il comandante Tawkidi. «Capitano di fregata, dovrebbe ascoltare questo.»

Tawkidi si mise in ascolto, poi scosse la testa. Passò le cuffie a Sharef. Il rumore era orribile, un grido acutissimo e un ruggito profondo e vibrante, due suoni che cambiavano tono salendo e scendendo, il verso di una mostruosa bestia agonizzante. Sharef avrebbe voluto togliersi subito le cuffie e non sentire mai più quei rumori spaventosi, ben conscio che quel grido lo avrebbe ossessionato fino all'ultimo dei suoi giorni. Alla fine il rumore parve svanire, lasciando spazio all'acqua ghiacciata e alla morte. Sharef restituì le cuffie.

«Non sono sicuro, forse è stato uno shock termico, una perdita dall'involucro ad alta temperatura del reattore che riversa liquido nelle acque gelide.» Cos'altro avrebbe potuto dire sui rumori di un sottomarino morente? La rabbia che prima provava contro gli americani che avevano affondato la sua *Sahand* e che avevano lanciato siluri contro l'*Egira* era scomparsa. Capiva in quel momento che i loro tentativi di affondare il sottomarino erano stati ciechi e frettolosi, e che ormai l'*Egira* avrebbe vinto e avrebbe rovesciato una pioggia di morte sulla loro capitale. Ma era una vittoria che chiaramente non lo riempiva di soddisfazione. Non desiderava misurarsi con tutto ciò, né che quel massacro venisse associato al suo nome. Forse, dal suo punto di vista, il generale aveva avuto l'idea giusta, forse il lancio della Scorpion avrebbe frenato l'Occidente e permesso al suo popolo di vivere in un paese musulmano unito, guadagnandosi un nuovo rispetto da parte del resto del mondo, una nuova considerazione. Tuttavia gli pareva difficile credere che un massacro su scala così vasta potesse servire a raggiungere tale obiettivo, ma era già successo alla fine della Seconda guerra mondiale, quando gli stessi americani avevano raso al suolo Hiroshima e Nagasaki. Forse era davvero uno strano scherzo del destino che ora fossero in procinto di essere distrutti da un missile chiamato Hiroshima.

Sharef si rese conto che stava perdendo il controllo dei suoi pensieri e cercò di tornare a concentrarsi sulla situazione tattica che si stava sviluppando intorno a lui.

«Qual è lo stato dei primi Nagasaki che abbiamo lanciato?» chiese.

«Ancora verso il bersaglio, signore.»

«Stessa rotta? Sta fuggendo verso sud?»

Tawkidi aggrottò la fronte. «Per quanto possa sembrare strano, no, signore. I siluri sono in rotta sud-ovest.»

«Forse gli americani hanno perso il controllo del sottomarino o dei loro nervi», disse Rouni sorridendo. «Se dirigono a ovest, stanno andando verso i bassifondi di Ungava Ridge. Se i siluri non li distruggono, lo faranno le secche. Un momento...»

Rouni strinse la cuffia sulle orecchie. «Penso che i siluri stiano accelerando alla velocità di attacco, signore. Dovremmo rilevare detonazioni entro i prossimi cinque minuti.»

Sharef annuì. Le due minacce erano neutralizzate. Era il momento di lanciare. «Situazione della Scorpion?» Si voltò verso la centrale di controllo armi dove il sottotenente di vascello Omar al-Maari era davanti ai pannelli. Al-Maari era l'ufficiale subalterno dell'ufficiale addetto ai sistemi d'arma, Aboud Mamun, rimasto ucciso quando erano stati colpiti dal primo siluro.

«La diagnostica è a posto. Computer di tiro funzionante al cento per cento, coordinate del bersaglio e della rotta confermate. Il computer di volo del missile Hiroshima funziona perfettamente. Serbatoi del carburante pressurizzati, motori pronti e caldi, controllo stabilizzatori di volo regolare, circuiti del serbatoio propellente solido verificati. Il tubo numero uno è pressurizzato e allagato, i portelli di prua aperti, i serbatoi del gas pronti. Consiglio di ricominciare il conto alla rovescia, signore.»

«Inizio sequenza del conto alla rovescia da sessanta secondi.»

«Iniziata, cinquantanove secondi al lancio, da questo momento.»

USS Seawolf

«Sala controllo, sonar, il battello amico è stato affondato. L'esplosione da zero uno otto era accompagnata da rumori di cedimento dello scafo. Probabilmente abbiamo perso il *Phoenix*. E i siluri in arrivo stanno accelerando, comandante», riferì Holt nel microfono. Tutte le cattive notizie condensate in una manciata di parole. Non c'era tempo per pensare, non con i Nagasaki in rotta verso di loro e vicini.

Pacino si rese conto che fino a quel punto l'attacco era stato un completo fallimento. Il profondimetro riportava cinquecento metri sotto la chiglia mentre le acque diventavano meno profonde a mano a mano che si avvicinavano alla cresta del bassofondo. Non abbastanza basse, non ancora, pensò, ma dovevano diventarlo. Forse, terminati i preparativi per il loro piano disperato, il fondale sarebbe stato più basso della profondità di collaudo. Poteva solo sperarlo.

«Comandante in seconda, mi è venuta un'ultima idea», annunciò Pacino, sapendo che ormai Vaughn avrebbe dovuto accondiscendere. Con i due Nagasaki in approccio finale, cos'altro poteva fare?

«Sono contento di sentirlo, capo», mormorò Vaughn. Una speranza passò per un attimo sui volti scavati degli uomini in sala controllo, svanendo lentamente.

«Lanceremo i Vortex. Forse riusciremo a lanciarne solo uno e può darsi che danneggino lo scafo e facciano esplodere i tubi, ma entro cinque minuti lo scafo verrebbe comunque colpito... Almeno potremo dire addio a Sihoud e al Destiny anche se forse non saremo nelle condizioni di trasmettere la notizia dell'affondamento dopo che i Nagasaki ci avranno raggiunto.»

Vaughn capì immediatamente, ma Pacino pensò che il secondo avesse compreso che il comandante aveva previsto questa possibilità già da tempo.

«D'accordo, signore. Evacuerò tutto il personale fuori dalla sala controllo in sala macchine.»

«Controllo armi, selezionare i Vortex sul pannello di controllo armi, preparare e pressurizzare tutti i tubi di lancio dei Vortex, attivare tutti i missili e completare le procedure per il lancio.»

Court digitò rapidamente i comandi sul pannello di controllo armi, selezionò i Vortex, allagò i tubi e aprì i portelli esterni. I tubi di lancio erano stati progettati in modo da aprirsi tutti e tre contemporaneamente ed erano dotati di condotte di grande diametro per permettere un allagamento rapido. Mentre Court preparava i tubi, selezionò i computer di bordo dei Vortex, inserendo i parametri per il lancio in profondità. Arrivò ai valori di rotta del bersaglio e si fermò, scuotendo il capo.

«Abbiamo un rilevamento del bersaglio?»

«Scelga come Bersaglio Uno la rotta di provenienza dei siluri», rispose Pacino, sapendo che un errore di qualche grado non avrebbe fatto differenza.

«Affermativo, signore. Missili Vortex uno, due e tre attivati e pronti al lancio. Intervallo tra un lancio e l'altro, signore?»

Pacino ci aveva già pensato. Non potevano essere lanciati simultaneamente, perché si sarebbero ostacolati l'uno con l'altro e i motori a razzo avrebbero danneggiato i missili vicini. Ma se fossero partiti con troppo intervallo, il sistema di lancio sarebbe stato già fuori uso, probabilmente distrutto dall'esplosione del primo tubo.

«Regolare l'intervallo a 500 millisecondi», ordinò Pacino. In questo modo, pensò, il sistema avrebbe avuto il tempo per lanciare il secondo missile, permettendo comunque al primo di allontanarsi dal tubo e dal sottomarino. Il terzo missile non avrebbe probabilmente avuto il tempo di uscire dal battello.

«Sistema Vortex pronto, signore.»

«Comandante in seconda, sposti il personale nel compartimento di poppa. Tenete entrambe le paratie aperte. Io arriverò tra un attimo.»

«Agli ordini, signore», rispose Vaughn, senza guardare Pacino. «Avete sentito, marinai? Tutti a poppa, *ora.*»

Gli uomini lasciarono le cuffie, i taccuini, le penne, affrettandosi verso poppa lungo il passaggio che conduceva verso la parte centrale del sottomarino. Holt e l'altro operatore sonar sopraggiunsero dal locale sonar a prua. Vaughn fu l'ultimo ad allontanarsi.

Nel tempo che gli uomini impiegarono a uscire, il rumore dei siluri Nagasaki crebbe fino a poter essere percepito attraverso lo scafo; il gemito dei propulsori risuonava spettrale.

«Signore?» Vaughn si era trattenuto sul portello poppiero che si apriva sul passaggio. «Non ci impieghi troppo o dovrò chiudere le paratie.»

«Vi raggiungerò subito», annunciò Pacino con la cuffia premuta su un orecchio.

«Macchine», disse seccamente Hobart.

«Macchine, qui comandante. Carichi e lanci la boa SLOT numero tre.»

«Signorsì, la stiamo inserendo nell'eiettore in questo momento.»

Pacino chiuse la comunicazione e guardò la sala comando un'ultima volta. Il sottomarino si stava inclinando verso il basso, visto che nessuno ne controllava l'assetto. Pacino tirò il timone e si assicurò della velocità del sottomarino. Quarantacinque nodi, profondità 260 metri. Lanciò un'occhiata al pannello di controllo della zavorra e ai comandi dell'emersione d'emergenza, tornò sui suoi passi e riprese l'interfono.

«Macchine.»

«Qui il comandante. Controllo locale dei piani di controllo di poppa. Mantenete l'inclinazione del battello a qualsiasi costo.»

«Ricevuto, signore. La boa SLOT è stata lanciata.»

Pacino chiuse l'interfono. Non c'era tempo da perdere. Sentiva gli impulsi sonar dei siluri che si avvicinavano. Guardò verso il pannello di controllo armi, regolò la funzione automatica della sequenza di lancio e mise il sistema in assetto di lancio. Raggiunse il comando di attivazione, lo ruotò nella posizione di attesa, osservò la parola PRONTO lampeggiare sullo schermo, quindi girò il selettore nella posizione di lancio.

Non accadde nulla. Il circuito si sarebbe attivato solo quando avesse ruotato l'interruttore che aveva installato vicino al portello che immetteva nel compartimento del reattore. Il suo interruttore aveva interrotto il circuito di lancio. Con un po' di fortuna, il sistema avrebbe funzionato ancora. Corse verso il pannello di controllo della zavorra sul lato di dritta, cercò il comando per l'emersione di emergenza e lo attivò. Il cassone prodiero si sarebbe presto svuotato e forse la spinta di galleggiamento a prora avrebbe compensato l'assetto del sottomarino, impedendogli di inabissarsi verso il fondale.

Il fragore dell'aria compressa del dispositivo di emersione raggiunse un tale livello da coprire il suono dei sonar di ricerca dei Nagasaki. Pacino si affrettò verso il portello di poppa. Corse lungo il passaggio, oltrepassò la sua cabina e quella di Vaughn, fino a raggiungere i primi gradini. Scivolò appoggiandosi sui corrimano d'acciaio sino al fondo della scaletta, atterrando vicino al portello del compartimento del reattore.

Con un piede all'interno del compartimento raggiunse l'interruttore che vi aveva installato, vi pose sopra la mano destra, spingendo il resto del corpo oltre il portello del compartimento fino a rimanere fuori con le sole dita. Il ponte si stava inclinando verso l'alto a causa del tentativo di Hobart di compensare la manovra di emergenza.

Pacino ruotò l'interruttore; il cuore gli batteva all'impazzata.

Ritrasse la mano e chiuse il portello che si serrò di scatto. Pacino si protese verso la ruota che avrebbe bloccato i fermi e avvertì un boato e un'esplosione. Nell'oblò di vetro ad alta resistenza da dieci centimetri di diametro lampeggiò una luce accecante. Pacino non aveva finito di bloccare il portello, ma si voltò e cominciò a correre verso il portello di poppa della sala macchine, senza udire più nulla per il frastuono assordante dell'esplosione, precipitato in un mondo in cui non riusciva neanche a udire il rumore del suo respiro affannato. Riuscì a scorgere Vaughn sull'altro lato del portello e si lanciò attraverso l'apertura, andando a sbattere contro il bordo. Si accorse che un uomo lo tirava dentro e percepì più che udire il portello che veniva sbattuto e chiuso, mentre lo stesso lampo scintillava attraverso l'oblò della sala macchine.

Il ponte si inclinò verso il basso e il battello fu scosso violentemente. Le luci si spensero.

Il ponte del *Seawolf* si inclinò ulteriormente, fino a un angolo di dieci gradi, quando il primo dei siluri Nagasaki colpì e poi esplose.

Il siluro Nagasaki era sbucato un centinaio di metri sotto lo scafo del *Phoenix*, aveva acquisito il bersaglio e si era diretto verso l'alto, accelerando fino alla velocità di attacco. L'arma arrivò a circa un metro dallo scafo quando il suo sensore di prossimità si attivò. L'esplosione che seguì pochi millisecondi dopo scagliò la testata del siluro contro la chiglia, cosicché l'onda esplosiva colpì l'acciaio dello scafo cilindrico un attimo prima di quanto avrebbe fatto se il siluro non fosse detonato.

La forza dirompente dell'esplosione vaporizzò l'acciaio, aprendo una falla di cinque metri e piegando all'indietro piastre d'acciaio e frammenti della struttura per cinque metri ai due lati di essa. Gli effetti dirompenti si propagarono nel compartimento, strappando le tubazioni delle condotte, riducendo diverse pompe ad ammassi parzialmente fusi, lacerando i dieci centimetri dell'involucro d'acciaio che proteggeva il cuore del sottomarino, il suo reattore nucleare. La violenza dell'esplosione eruttò verso l'alto, facendo a pezzi il corridoio del compartimento del reattore, premendo contro le paratie di prua e di poppa che, seppur contorte, ressero. Alla pressione generata dall'esplosione si aggiunse l'enorme energia del vapore a 520 gradi che si riversò fuori dal sistema del reattore. Ma in pochi secondi la sfera di fuoco dell'esplosione si dissolse, mentre le onde d'urto si propagavano verso l'esterno, al resto del sottomarino, nell'acqua e nel ghiaccio circostanti. I gas ad alta pressione si incanalarono fuori della falla nella parte bassa dello scafo, portando con sé detriti e pezzi di metallo, finché la pressione interna del compartimento non fu uguale a quella dell'acqua all'esterno dello scafo. Le gelide acque dell'Artico si riversarono nel compartimento e, mescolandosi ai numerosi getti di vapore ad alta temperatura, produssero gemiti stridenti che si propagarono nell'oceano.

Infine il mare privò il reattore della sua energia e la violenza dell'esplosione si placò. Il compartimento del reattore rimase allagato, i suoi dispositivi distrutti e lacerati, perlopiù divelti dalla loro sede originaria, molti finiti in mare attraverso la falla nella chiglia.

Il compartimento mediano del sottomarino era, perlopiù, inutilizzabile. Le sezioni di poppa e di prua avevano, almeno fisicamente, retto, a parte i collegamenti che attraversavano il compartimento del reattore. Gli uomini a poppa erano isolati da quelli a prua. Pochi di loro ne ebbero coscienza.

Il comandante Kane si tirò su a fatica dal ponte e si scoprì circondato dall'oscurità. Accese una luce di emergenza e rabbrividì per quello che vide, e per il gelo.

35

Sabato, 4 gennaio
Mare del Labrador, a nord-ovest di Godthaab, Groenlandia
CNFS Egira

«CONTO alla rovescia regolare, capitano di fregata», riferì al-Maari. «Venti secondi al lancio. Circuiti primari alimentati, tensione di accensione del gas nel propulsore in crescita. Dodici volt, contatti pronti... ora. Accensione del propellente tra due secondi...»

Sharef ascoltò il rumore prodotto dall'accensione del propellente solido nella camera di combustione. In effetti non si trattava precisamente di un motore a razzo, ma il propellente solido, una volta innescato, si sarebbe scaricato all'interno di un grosso serbatoio di acqua collegato alla parte posteriore del missile. I gas incandescenti dello stadio solido si sarebbero riversati nel serbatoio, l'acqua sarebbe stata riscaldata fino alla temperatura di vapore e, passando nelle condotte, avrebbe pressurizzato il tubo di lancio, quindi i gas ad alta pressione avrebbero spinto fuori il missile. Questo sarebbe salito in superficie avvolto dal getto di gas e avrebbe acceso il motore del primo stadio fuori dall'acqua. Dopo un'accensione di sei secondi, il missile avrebbe raggiunto una velocità abbastanza elevata perché i motori a reazione potessero portarlo a un'altezza di diecimila metri, quindi sarebbero subentrati i motori di spinta finale che lo avrebbero portato a velocità supersonica fino a un'altezza di diciottomila metri. Il volo verso Washington sarebbe terminato prima che l'*Egira* avesse percorso quaranta chilometri verso nord per tornare alla base.

«Dieci secondi al lancio. Accensione generatori di gas. Cinque secondi, signore.»

Sihoud si voltò verso Ahmed, il cui viso era trionfante.

Sharef abbassò lo sguardo verso il ponte.

Quando il capitano di vascello Pacino aveva attivato l'interruttore improvvisato che aveva installato, la corrente elettrica era corsa lungo i fili, fino al relè R141, posto in basso nella parte prodiera della sala siluri. La scarica elettrica colpì la sua bobina elettromagnetica e chiuse il relè, attivando il circuito di innesco della batteria di accensione dei Vortex.

Il tubo Vortex numero uno, quello più in alto, fu il primo della sequenza. Una piccola carica esplosiva fu attivata dall'impulso elettrico della centralina e si innescò. In pochi millisecondi le fiamme si propagarono fino al propellente solido del missile Vortex, il combustibile si accese violentemente e le fiamme si allargarono nell'ugello posteriore del missile fino a raggiungere la massima potenza di spinta. Il missile iniziò ad accelerare fuori dal tubo, con il motore a razzo che ne spingeva la massa e contrastava l'inerzia dell'acqua tra la testata e la superficie esterna dello scafo. Il missile cominciò a muoversi, dapprima lentamente, poi aumentando progressivamente la velocità, allontanandosi dall'estremità del tubo. I gas incandescenti del razzo si accumularono nel piccolo spazio dietro l'ordigno, mentre la pressione nel tubo di lancio aumentava come nella canna di un fucile quando si accende la polvere da sparo. Il missile continuò a procedere, ma, dopo i primi cento millisecondi dall'innesco, la pressione all'interno del tubo divenne troppo elevata per la resistenza del metallo.

Il tubo esplose e i gas si infiltrarono nella camera di lancio, vaporizzando i pannelli del ponte sovrastante, mentre le fiamme fondevano e disintegravano i quattro siluri rimasti negli scomparti superiori del complesso di lancio. I Mark 50 cominciarono a bruciare ed esplosero, cosicché la pressione nella camera di lancio crebbe ulteriormente per l'incendio e l'esplosione dei siluri e per i gas del missile Vortex. Il metallo del tubo venne divelto e scagliato via e pezzi di acciaio colpirono i tubi dei Vortex più in basso riducendoli in rottami informi. Contemporaneamente, mentre il primo missile Vortex si lasciava alle spalle il sottomarino, ormai completamente circondato dalle acque del mare del Labrador, i due tubi inferiori dei Vortex furono colpiti e sparsero nella camera il carburante dei due missili che prese fuoco distruggendo del tutto i tubi inferiori. Seicento millisecondi dopo il lancio, il Vortex fendeva le acque, lasciandosi alle spalle il *Seawolf*, mentre i due missili Vortex inferiori esplodevano e le testate e il carburante solido di entrambi si aggiungevano alla massa fiammeggiante già nella camera di lancio.

Fuori dal sottomarino il Vortex accelerò, quindi virò come ordinato dal computer di bordo, dirigendosi sulla traiettoria programmata, verso il bersaglio. Quando il Vortex si era ormai allontanato dal tubo di lancio almeno quanto la lunghezza del sottomarino, la testata si spostò secondo l'angolo previsto e il missile fu sottoposto all'accelerazione centrifuga dovuta alla virata che lo indirizzò verso il bersaglio. Nello stesso momento in cui il missile si allontanava dallo scafo, la parte più bassa della camera di lancio fu vaporizzata, la sezione di scafo circostante cedette verso l'esterno e il lampo dell'esplosione illuminò bruscamente di un bagliore sconosciuto quel mondo sotto il ghiaccio. Dopo duecento millisecondi la luce si affievolì e l'esplosione si spense. Il Vortex era adesso in traiettoria rettilinea, più lontano di un terzo della sua lunghezza dal punto di lancio. Il missile oltrepassò il siluro Nagasaki in avvicinamento, un'arma più piccola e leggera e, a quel punto, molto più lenta del Vortex. Questo continuò per la sua strada, senza curarsene.

Quando il Vortex si stabilizzò sulla sua traiettoria verso il bersaglio era ormai a circa mille e cinquecento metri dal sottomarino. Alle sue spalle, coperto dal rombo del motore a razzo, sopraggiunse il frastuono dell'esplosione del primo siluro Nagasaki contro il *Seawolf*, appena sotto la parte anteriore del sonar sferico. Il compartimento di prua, già squarciato e allagato a poppa della camera di lancio, venne completamente demolito, tutti e tre i ponti furono scagliati verso l'alto, lo scafo cedette, il sensore del sonar sferico venne distrutto e l'aria con cui Pacino aveva riempito i cassoni di zavorra con la sua manovra di emergenza si disperse nel mare.

Il Vortex continuò ad accelerare, la sua velocità crebbe fino a quella finale di trecento nodi, una velocità subacquea ignota al di fuori del progetto Vortex. Oltrepassò e lasciò indietro il secondo siluro Nagasaki e proseguì. Quando il secondo siluro Nagasaki esplose, il Vortex era a un terzo del suo percorso verso l'obiettivo.

Il secondo Nagasaki si schiantò contro la parte mediana del *Seawolf*, all'altezza della paratia che separava il compartimento di prua da quello del reattore. L'esplosione nella camera di lancio aveva già portato via metà della paratia del compartimento. L'esplosione del siluro aumentò i danni, staccando il guscio del reattore dai suoi sostegni e scagliandolo contro l'impianto del vapore più a poppa, provocando la rottura delle condutture. Lo scafo era già stato squarciato e depressurizzato dal lato inferiore dalla precedente esplosione dei tubi di lancio dei Vortex. La detonazione del secondo Nagasaki completò il disastro, scagliando parti di scafo verso la superficie e spezzando il sottomarino in due tronconi, quello anteriore pesantemente danneggiato. La metà poppiera del battello, con la paratia originariamente a poppa della sezione del reattore a malapena intatta, era rimasta relativamente integra, ma aveva perso stabilità su tutti e tre gli assi. Girò su se stessa e precipitò verso il fondale, priva di spinta di galleggiamento.

Il fondale roccioso dell'Ungava Ridge le balzò incontro mentre affondava. I frammenti dello scafo colpirono il fondo alla velocità limite, lo scafo fu semidistrutto, i piani di coda e il timone nell'estremità di poppa vennero tranciati e sparsi sulle rocce. All'interno dello scafo tutte le attrezzature furono scardinate dai sostegni; i pezzi più leggeri, pompe e tubi, si staccarono e rotolarono in giro all'interno. Lo scafo si fermò inclinato verso il basso di quindici gradi, sbandato di quasi venti gradi. All'interno non c'era luce ma, per il momento, rimaneva ancora una certa quantità d'aria. Lo scafo iniziò ad allagarsi attraverso le condutture del vapore: quelle che avevano portato il vapore ad alta pressione dal compartimento del reattore erano state tranciate in corrispondenza della paratia prodiera e ora, invece del vapore, attraverso le condutture si riversava acqua di mare che riempiva i blocchi delle turbine e i condensatori e che fuoriusciva dalle crepe e dalle falle che si erano prodotte nelle condutture a causa dell'immissione di acqua gelida in quelle che sino a pochi istanti prima erano tubazioni di acciaio a 260 gradi. Un'unità sul ponte inferiore cominciò a rilasciare gas refrigerante ad alta pressione nello scafo, l'R-111, tossico ma quasi inodore. I corpi degli uomini evacuati dalla sezione prodiera erano riversi sul ponte superiore. Quelli ancora coscienti cominciarono a tossire per la contaminazione dell'aria.

La profondità a cui si trovava lo scafo era di 390 metri, meno della profondità di cedimento dello scafo ma abbastanza da poter considerare che le persone intrappolate all'interno non avessero alcuna speranza.

« Quattro, tre, due, uno, piena potenza, lancio! *Missile partito!* » Al-Maari sembrava completamente assorbito dal conto alla rovescia e dal lancio del missile Hiroshima.

Sharef osservò le facce piene di giubilo intorno a sé, chiedendosi se fosse lui l'unico a ricordare che ci sarebbero stati uno, forse due milioni di morti a seguito di quel lancio. Gli uomini intorno a lui, anche Sihoud, anzi soprattutto Sihoud, gli sembravano, in quel momento, bambini impegnati nei loro giochi e nelle loro battaglie, completamente inconsapevoli di problemi più grandi e della realtà. Era solo un grande gioco per loro, pensò. In pochi secondi il sonar avrebbe rilevato lo stato del missile, se avesse, cioè, acceso il primo stadio e si stesse innalzando lungo la sua traiettoria.

Si avvertì un improvviso rumore, come prodotto da qualcosa che si muovesse velocemente, direttamente attraverso lo scafo. All'inizio Sharef pensò che fosse l'accensione del motore dell'Hiroshima, ma il suono proveniva di traverso da sinistra, appena fuori dalla sala controllo. Il suono diventò più potente, incredibilmente fragoroso.

Tawkidi ebbe appena il tempo di dire: « Cosa... »

Il viaggio del missile Vortex era stato straordinariamente breve. Si era mosso sotto i banchi di ghiaccio più veloce di quanto qualsiasi altra cosa avesse mai fatto. Il suo sistema laser di acquisizione bersagli si era attivato scandagliando nell'acqua davanti a sé alla ricerca di uno scafo costruito dall'uomo. Aveva rilevato il bersaglio appena in tempo per una momentanea correzione di rotta, e aveva puntato l'ogiva conica del missile direttamente al centro dello scafo bersaglio.

Lo scafo, da piccolo punto che era, divenne enorme in un decimo di secondo. La sezione anteriore dell'ogiva del missile si schiantò contro la sezione centrale dello scafo a trecento nodi, il segnale per l'esplosivo PlasticPac di esplodere. La segretissima testata esplosiva permetteva, in virtù della sua densità molecolare ignota all'esterno dei laboratori, di compattare un esplosivo convenzionale in un piccolo spazio, e il massiccio missile Vortex era carico di tonnellate di quel materiale. Il suo potere esplosivo era paragonabile a quello di un'arma nucleare di piccole dimensioni.

La testata detonò in plasma ad altissima pressione e temperatura, la palla di fuoco raggiunse per un attimo una temperatura paragonabile a quella della superficie del sole. Il metallo e le fibre ottiche all'interno dello scafo furono vaporizzati nei primi millisecondi dell'esplosione. Lo schianto causò uno squarcio da prua a poppa, ridusse in frantumi lo scafo e scagliò sul fondo del mare una pioggia di rottami, lasciando intatti solo i cassoni della zavorra di prua e la coda a X a poppa, mentre il resto venne polverizzato e fuso.

Gli uomini a bordo morirono così velocemente che i loro occhi, pur avendo colto il lampo bianco dell'esplosione, non ebbero il tempo di trasmettere l'immagine attraverso il nervo ottico al cervello. Nel tempo che l'impulso impiegò per arrivare a metà strada lungo il nervo, i loro cervelli vennero vaporizzati dal plasma. Il Secondo Comandante, disponendo di processi di pensiero molto più rapidi di quelli umani, registrò l'esplosione e la conseguente perdita di funzionalità, intuendo che stava per morire; i suoi ultimi pensieri assomigliarono al panico, poi si mutarono in tristezza, quindi perì anche lui.

Uno dei resti sul fondo del mare, 3700 metri sotto la superficie coperta di ghiaccio, era un prezioso pugnale quasi intatto, sulla cui lama danneggiata rimaneva, a malapena leggibile, l'iscrizione: GENERALE MOHAMMAD AL-SIHOUD, SPADA DELL'ISLAM.

Il missile Hiroshima, appena uscito dal tubo di lancio quando il Vortex era esploso, fu ridotto in tre pezzi dallo schianto e dall'onda d'urto dell'enorme esplosione. Scivolò verso il fondo, con la testata Scorpion quasi intatta. I dispositivi della testata, la bombola di gas etilene e la matrice di dispersione con il plutonio, implosero per la pressione alla profondità di circa duemila metri, distribuendo polvere di plutonio sul fondo e trasformando la distesa di rovine che un tempo era stato il sottomarino *Egira* del FIU in una discarica radioattiva.

PARTE QUARTA

PHOENIX SUB ZERO

36

Sabato, 4 gennaio
Quartier generale della National Security Agency
Fort Meade, Maryland
Edificio 427
Centro comunicazioni di sicurezza

DONCHEZ sbadigliò, si alzò e prese la cartella messaggi e comunicazioni.

«Cosa ne direste di una tazza di caffè? Ce n'è di appena fatto? Che cosa è successo questa settimana?»

«Arriva, ammiraglio.»

Donchez lesse il messaggio, un altro dal *Seawolf*, e provò la sensazione di essere stato colpito da un pugno allo stomaco. Rimase senza fiato.

Rilesse il messaggio, malgrado il testo fosse esplicito, lo lesse di nuovo e poi ancora. Mentre scorreva le parole lungo la pagina, il dolore che ne traspariva bruciò dentro di lui.

Data/Ora:
Ora di ricevimento del messaggio della boa SLOT
da: USS *Seawolf* SSN-21
per: Capo stato maggiore marina Washington, DC // comandante in capo Atlantico Norfolk, VA // comando forza subacquea Atlantico Norfolk, VA
oggetto: Rapporto n. 3
//bt//
1. Destiny vittorioso
2. Inizio attacco con missili Vortex
//bt//

Mare del Labrador, a nord-ovest di Godthaab, Groenlandia
USS Phoenix

Kane sentiva il freddo artico penetrargli nelle ossa. Il respiro si condensava in nuvolette di vapore davanti al viso; la bizzarra nebbiolina sotto la luce abbagliante dei faretti e le ombre scure delle luci di emergenza rendevano la sala controllo un luogo spettrale.

«Sembra impossibile», considerò. «Almeno a giudicare dai primi dati, pare che abbiamo avuto meno danni dai Nagasaki che dal contatto con il fondale.»

«Non è esatto», precisò McDonne. «Controlli lo stato del battello. Siamo nella merda. Reattore fuori uso, nessun mezzo per comunicare con la sala macchine, siamo sotto la calotta di ghiaccio...»

«Ma l'impatto non ha ucciso nessuno. Nessuna nuova perdita...»

«Il carico di G deve essere stato inferiore. Eravamo inchiodati contro il ghiaccio e siamo stati colpiti dal basso. Lo scafo non ha avuto molto spazio per assorbire il colpo. Ma ci ha sventrato. Sarebbe stato meglio se fossimo stati uccisi dall'esplosione.»

«Non sono d'accordo, secondo», intervenne Houser. «Abbiamo ancora le batterie. Con un po' di fortuna potremmo far partire la propulsione d'emergenza e venirne fuori.»

«Sta sognando, Houser. Senza nessuno a poppa, come possiamo utilizzare la propulsione di emergenza?»

«Non sappiamo se a poppa siano tutti morti. Tutto quello che sappiamo è che nessuno risponde all'interfono. Forse le linee sono interrotte all'altezza della camera del reattore.»

«Certo è possibile, ma i cavi della corrente continua della batteria? Se le linee dell'interfono sono interrotte come farà l'energia ad arrivare ai nostri ragazzi a poppa?»

«I cavi elettrici sono grandi più o meno come il suo braccio, secondo. È molto più probabile che abbiano resistito loro, piuttosto che le linee dell'interfono.»

«Forse. E allora cosa facciamo? Senza comunicazioni, noi intrappolati qui e loro a poppa e tutti insieme sotto il ghiaccio, come possiamo venirne fuori?»

«Schramford», esclamò Kane. «Schramford è un ingegnere e ha superato gli esami di qualifica al comando. Questo significa che molto probabilmente adesso sta facendo i nostri stessi ragionamenti. Avvierà la propulsione di emergenza senza aspettare gli ordini e cercherà di tirarci fuori. Userà i comandi secondari dei timoni e dei piani di controllo e tenterà di portare il sottomarino in superficie.»

«Certo, comandante. Ma avrà bisogno del controllo di profondità. Non andrà da nessuna parte se noi non riusciamo a controllare le camere di compensazione per aumentare il galleggiamento.»

«Bene», soggiunse Kane. «Potremmo provare a gestire i cassoni manualmente o riparare il pannello di controllo della zavorra per renderlo utilizzabile.»

«Come può sapere da che parte dirigersi?» disse McDonne. «Non ha la bussola là dietro.»

«Bene, saremo noi a fornirgli le indicazioni», dichiarò Kane. «Forse non abbiamo l'interfono, ma disponiamo di un valido sostituto.»

«Che cosa, signore? Scatole di zuppa e spago? Se fossimo in superficie potremmo semplicemente camminare sullo scafo e battere sul loro portello e attaccare le scatolette allo scafo, ma c'è uno strato di ghiaccio spesso una trentina di metri tra noi e la superficie.»

«Ha dimenticato il telefono sottomarino, secondo.»

McDonne sembrò stupito. Il telefono sottomarino era praticamente un idrofono sonar attivo che trasmetteva la voce umana invece degli impulsi. «Pensa che possa funzionare? Accidenti, forse ha ragione. Accendiamolo e vediamo se funziona... ehi, un attimo, non abbiamo corrente alternata. Non potremo servircene con la corrente continua.»

«Ce la farà», annunciò Sanderson alle loro spalle. «Non appena riuscirò a eseguire qualche cambio nel cablaggio. Devo semplicemente cambiare i collegamenti del convertitore statico con la batteria, sistemare dei ponticelli e saldare. No, be', per la verità, è un po' più complicato, ma in tre o quattro ore avremo il telefono sottomarino pronto.»

«Sempre che sia possibile sopravvivere così a lungo con questa temperatura», osservò McDonne.

«Si tolga il parka, Houser», ordinò Kane. «Recuperi tutti i maglioni, le felpe e le calzamaglie che riesce a trovare.»

«Signorsì», replicò Houser, scomparendo dalla porta dietro Sanderson.

«Speriamo», concluse McDonne, «che l'ingegner Schramford a poppa abbia in mano la nostra stessa sceneggiatura.»

Una trentina di metri a poppa, in sala macchine, il capitano di corvetta Tom Schramford giaceva a faccia in giù in un lago di sangue che andava rapidamente congelandosi.

USS Seawolf
Sezione poppiera

Pacino rivolse uno sguardo a Vaughn. Entrambi erano stati scaraventati lontano dai loro posti. I superstiti, un'ottantina, erano riuniti negli spazi più ampi del ponte superiore del compartimento, fra le turbine immobili e le macchine principali.

«Situazione, secondo?» La voce di Pacino suonava spenta. L'udito stava tornando a livelli normali, anche se troppo lentamente.

«L'aria», rispose Vaughn, «dovrebbe essere contaminata.»

«Prendiamo le maschere di emergenza.»

Mentre gli uomini rovistavano in cerca delle maschere, apparvero altri quattro sopravvissuti. Una volta indossata la maschera, Pacino ebbe un nuovo spiacevole pensiero... con le maschere infilate, l'aria non contaminata delle bombole di poppa non sarebbe durata a lungo considerato il numero di uomini che la stavano utilizzando. Prima dell'arrivo dei soccorsi sarebbe passato molto, molto tempo. Ci sarebbero voluti due giorni prima che un batiscafo di recupero sopraggiungesse per portarli in salvo, sempre che qualcuno fosse a conoscenza della loro posizione e che loro fossero ancora vivi.

«Comandante», urlò Vaughn. «Dobbiamo considerare la possibilità di evacuare il sottomarino.»

Pacino squadrò Vaughn. Sarebbe stato un suicidio. Era impossibile che un essere umano risalisse le acque artiche per... quanto doveva essere... circa trecento metri, e sopravvivesse. Se non fosse bastato l'effetto della pressione a ucciderli, c'erano la temperatura dell'acqua e l'ipotermia. Schizzare verso l'alto a sei metri al secondo nell'acqua a due gradi sotto zero avrebbe raffreddato la temperatura interna dei loro corpi così velocemente da ridurli a cubetti di ghiaccio prima di raggiungere la superficie. Pacino aveva sentito di persone sopravvissute senz'aria nell'acqua gelida per quarantacinque minuti, ma i soccorsi potevano essere a giorni di distanza, non a minuti. Non ci sarebbe stato nessuno ad aspettarli lassù.

E se avessero incontrato uno strato di ghiaccio? Non c'era la certezza che sopra di loro ci fosse un tratto di mare libero. Poiché si trovavano in acque poco profonde, era possibile che il pack si fosse formato più velocemente. Avrebbero potuto trovare ad aspettarli un tratto di banchisa spesso diversi metri. Se ci fossero finiti addosso di testa alla velocità di sei metri al secondo, non avrebbe fatto alcuna differenza se la banchisa fosse stata di trenta metri o quindici centimetri. Il danno sarebbe stato equivalente. Trauma cranico e successivo annegamento garantiti. E anche se non fosse andata così, cosa sarebbe successo se gli Steinke non avessero funzionato? Una falla in uno di essi avrebbe riempito d'acqua il battello e privato gli uomini dell'aria a una profondità di trecento metri. Sarebbero sicuramente morti. E se anche fossero riusciti a emergere senza problemi, quale sorte li aspettava? In balia della corrente, con le mute e il vento artico che soffiava sopra di loro, non avrebbero magari avuto altra prospettiva che la morte per assideramento.

Evacuare il sottomarino non avrebbe allontanato il momento della loro morte, lo avrebbe semplicemente anticipato e, per di più, in una maniera ancora più orribile. Pacino riteneva che fosse preferibile aspettare la morte per asfissia nello scafo piuttosto che tentare una sortita senza speranze.

«Sarebbe meglio pensare velocemente all'evacuazione, signore», osservò Hobart, ignaro dei pensieri di Pacino. «Queste maschere sono alimentate dalle stesse bombole ad alta pressione della camera stagna. Abbiamo una sola possibilità di scelta: o evacuare lo scafo o rimanere qui e consumare l'aria. Non possiamo fare entrambe le cose. Un'evacuazione dal sottomarino significa che dobbiamo uscire a gruppi di otto. Ciò vuol dire riempire e svuotare una decina di volte la camera stagna, otto involucri Steinke riempiti di aria ad alta pressione. È più o meno la quantità d'aria che consumeremmo noi in una trentina di ore. Questo è tutto quello che ci resta. Non so cosa ne pensi lei, comandante, ma io sono d'accordo con il signor Vaughn. Sono pronto a tentare l'evacuazione. Se arriviamo in superficie è possibile che qualcuno che ci sta cercando ci recuperi. Quaggiù non abbiamo nessuna possibilità. Anche se avessimo una settimana di aria sarebbe un'agonia. E se morissimo durante la fuga... Preferirei crepare guardando il cielo che in questo scafo morto.»

Così Vaughn e Hobart volevano evacuare, rifletté Pacino. Okay, forse avevano ragione. «C'è qualcun altro che vuole provare a uscire dalla camera stagna?»

Tutti gli uomini accalcati lì intorno, tranne una dozzina, alzarono la mano. Pacino sgranò gli occhi. Si guardò intorno, colse lo sguardo di sfida di Vaughn. Sapeva di non avere scelta, sarebbe andato con l'equipaggio. Con l'ultimo gruppo. Se l'aria avesse cominciato a scarseggiare, sarebbe rimasto indietro.

«Okay», dichiarò. «Usciremo dalla camera stagna. Ufficiale di macchina, farà lei gli onori di casa?»

«È la decisione migliore, comandante. Ne usciremo, lo sa?»

Il capo Milo Nelson del *Phoenix* si era sempre considerato un meccanico, un operaio della marina. Ma questa lo aveva valutato con maggiore considerazione: ogni comandante sotto il quale aveva servito gli aveva offerto di partecipare agli esami per la scuola ufficiali. Aveva il cervello, il carisma e il carattere necessari per essere un ufficiale. Lui aveva sempre evitato tale prospettiva, rifiutando qualsiasi prova. Non voleva diventare un dannato ufficiale e trovarsi sotto gli occhi del comandante ogni giorno della sua vita. Voleva lavorare con i meccanici, maneggiare chiavi inglesi, sporcarsi le mani. Sedere nel quadrato ufficiali, sorseggiare affettatamente il caffè con tazzina e piattino, senza poter mai dire «'fanculo», costretto a competere con imberbi rampolli educati all'università convinti di sapere tutto, ma in realtà ingenui bambocci che cercavano di arrampicarsi per la scala gerarchica? Non faceva per lui. Qualcuno avrebbe potuto osservare che la prospettiva di responsabilità più gravose lo intimoriva. A lui non importava. Era sicuro delle sue decisioni.

Milo Nelson era il capo meccanico della sala macchine del *Phoenix*, agli ordini del tenente di vascello Houser e dell'ufficiale di macchina, che giaceva in sala manovra in una pozza del suo stesso sangue congelato, ad aspettare la segnalazione di Nelson che le turbine erano a posto e pronte all'impiego. L'esplosione del siluro aveva scagliato Nelson a terra sul ponte di poppa, ma lo aveva solo stordito. Il capitano di corvetta Schramford aveva subito un danno maggiore, molto più grave di un altro membro dell'equipaggio, George Falsom, un elettricista che si stava occupando dei tre pannelli nel locale. Falsom raccontò che Schramford era appoggiato a un pannello e si era sporto per controllare i progressi della squadra in sala macchine, mentre il siluro si stava avvicinando; al momento dell'impatto, era stato colpito e scaraventato contro un lato del pannello di controllo del reattore. In qualche modo era andato a sbattere con la testa contro l'interruttore della pompa di raffreddamento principale. L'elettricista Falsom era caduto sul ponte e Schramford era rotolato sopra di lui dopo aver sbattuto la testa contro l'interruttore della pompa.

Nelson aveva l'incarico di tecnico supervisore, ed era il marinaio superstite più anziano nella sezione di poppa. Come tale, toccava a lui riattivare la sala macchine. Nell'oscurità. Non aveva impiegato molto ad accorgersi che la camera del reattore era distrutta. Chiuse le valvole delle condotte del vapore, interrompendo il flusso dell'acqua del mare che entrava nei collettori. Provò l'interfono che metteva in comunicazione con la prua, ma senza risultati.

In camera di manovra esaminò i pannelli di controllo dell'impianto elettrico, regolò il selettore di voltaggio delle batterie, chiedendosi se il cablaggio verso la prua fosse ancora in ordine. Nelson e il suo compagno trattennero il respiro mentre l'indicatore del voltaggio saliva fino a 260 volt. Almeno l'indicatore funzionava.

«Proviamo, Falsom?»

«Perché no, capo?»

Falsom si protese in avanti e ruotò la manopola della batteria. Regolò il selettore dell'energia sull'uscita. L'indicatore balzò a 260 volt. Aveva funzionato. Adesso, a poppa, avevano a disposizione corrente continua.

«Fin qui tutto bene. Accendiamo le luci», propose Nelson.

La luce lampeggiò nei tubi fluorescenti appesi al soffitto; non c'era più bisogno delle luci di emergenza.

«Pensi che arrivi fino a prua?»

«Chi lo sa?»

«Proverò la propulsione di emergenza per vedere se è in grado di far girare l'albero. Se ci riusciamo, potremmo farcela a uscire di qui.»

«Supponendo che ci sia ancora qualcuno in piedi a prua.»

«Importante supposizione. Tornerò...»

Quando le luci si accesero nella zona prodiera, Kane si permise un largo sorriso.

«Ehi, secondo, Tommy Schramford ha la situazione in pugno. Adesso non ci resta che riuscire a comunicare con lui.»

Il comandante in seconda McDonne non disse nulla, la fronte imperlata di sudore nel freddo glaciale della sala.

Il portello inferiore della camera stagna di emergenza del *Seawolf* venne aperto e otto uomini entrarono all'interno. L'ultimo prese con sé gli Steinke da Hobart e chiuse il portello. Pacino rabbrividì pensando a quello che stava per succedere sopra di lui, il compartimento che si allagava di acqua gelida, gli uomini che riempivano di aria compressa le loro protezioni, aprivano il portello esterno e nuotavano fuori nell'acqua profonda almeno trecento metri. Appena prima di uscire l'ultimo uomo avrebbe rivolto un cenno a Hobart, che avrebbe aspettato trenta secondi prima di chiudere il portello posteriore con i comandi idraulici. Quindi l'intero processo si sarebbe ripetuto. Il secondo gruppo di uomini si arrampicò sulla scaletta fino nel compartimento. Altri Steinke. Il portello sbatté.

Pacino si mosse sul lato destro del battello fino all'eiettore di poppa. Trovò lo scomparto in cui aveva stivato le quattro boe trasmittenti SLOT ed estrasse quella contrassegnata con il numero 4. Ormai era impossibile utilizzare l'eiettore, pensò Pacino. Non avevano a disposizione le pompe per allagare i tubi e farle uscire. Qualcuno sarebbe dovuto uscire dalla camera stagna con la boa. Tornò alla base del compartimento, dove il terzo gruppo di uomini stava arrampicandosi sulla scaletta. Henry Vale era l'ufficiale destinato ad andare con il gruppo.

«Ci vediamo su, comandante», disse Vale.

«Buona fortuna, ufficiale di rotta», ribatté Pacino, girando la boa trasmittente SLOT e accendendo il trasmettitore. Passò la boa a Vale. «La porti su per me, Henry. È il segnale di emergenza.»

«Ha già impostato il messaggio, signore?» chiese Vale, non sapendo bene cosa farne.

«Sì, ufficiale di rotta», disse con calma Pacino. «Nel caso ne avessimo avuto bisogno. Adesso vada, ci vediamo tra poco.»

«Spero che ci sia acqua e non ghiaccio lassù in cima.» Vale incrociò le dita e si guardò intorno un'ultima volta. «Addio, *Seawolf*.» Scomparve su per la scaletta.

Milo Nelson era in piedi di fronte al dispositivo di propulsione di emergenza. «Che io sia dannato», mormorò tra sé. «Funziona. Sarebbe una fregatura se non ci fosse nessuno a prua.»

A prua, Sanderson entrò in sala controllo, i capelli inzuppati di sudore nonostante la temperatura fosse scesa sotto lo zero.

«Capitano, proviamo il telefono sottomarino. Accidenti a me se non funziona.»

Kane prese il microfono e aspettò che Sanderson girasse l'interruttore e regolasse i controlli. Quando il suo subordinato gli rivolse un cenno di assenso, abbassando il volume, il comandante parlò nel microfono.

«*Compartimento di poppa, compartimento di poppa, qui è il comandante. Se potete sentire questo messaggio, prendete qualcosa di pesante e colpite due volte lo scafo.*»

Kane ascoltò gli echi della propria voce che venivano trasmessi nell'oceano, rimbalzando sul fondo del mare. Sanderson regolò il controllo volume sul pannello e le casse rimandarono i suoni dell'oceano intorno a loro nella sala controllo.

Ascoltarono. Trenta secondi. Un minuto. Kane posò il microfono e si sedette in una delle poltroncine della centrale d'attacco. Nessuno voleva parlare. Quindi, dagli altoparlanti, giunse il rumore di due colpi sordi. Avevano sentito! Kane tornò velocemente alla sezione comunicazioni e prese il microfono.

«*Compartimento di poppa, qui è il comandante. La propulsione di emergenza funziona? Due colpi per il sì.*»

Di nuovo dalle casse uscirono due colpi sordi.

«*Compartimento di poppa. Tra due minuti allagheremo i cassoni di zavorra per immergerci. Utilizzate i controlli manuali del timone e dei piani poppieri. Timone venti gradi a dritta e pronti a mettere l'emergenza avanti un terzo.*»

«Dov'è Houser? Secondo, riempia i cassoni uno e due il più velocemente possibile.»

Dopo essere stato richiamato ed essere tornato al suo posto, McDonne prese il telefono dal pannello di controllo della zavorra per parlare con Houser che era nella zona inferiore della sala macchine. McDonne osservò il livello dei cassoni alzarsi, diede un'occhiata al profondimetro sul pannello di controllo navigazione e parlò ancora con Houser. Alla fine l'indicatore di profondità cominciò a muoversi, aumentando da cinquanta metri a sessanta, quindi a settanta. McDonne fece un cenno a Kane.

«*Compartimento di poppa, qui è il comandante. Avanti un terzo, venti gradi a dritta, utilizzate i piani per livellare il battello.*»

McDonne guardò il pannello di controllo navigazione mentre il sottomarino virava, attendendo che l'indicatore di rotta fosse rivolto verso sud. Ci volle diverso tempo ma, alla fine, la bussola indicò 180 gradi.

«Sto per dare un'occhiata fuori», annunciò Kane alzando il periscopio. «Tra poco sarà l'alba. Dovrei essere in grado di verificare quando avremo acque libere sopra di noi.»

«Speriamo di farcela prima che le batterie si esauriscano», osservò McDonne. «Non ci restava molta energia quando il Nagasaki ci ha colpito, a meno che l'ufficiale di macchina non si sia dato da fare.»

Il gruppo successivo sembrò sbrigarsela velocemente. Troppo velocemente. L'equipaggio nel locale si riduceva. Erano rimasti solo ventiquattro uomini nella sala macchine del *Seawolf*. Ancora due gruppi nel compartimento e sarebbe stato il turno di Pacino.

Misurò a lunghi passi il compartimento di poppa, sapendo che sarebbe stata l'ultima volta che l'avrebbe visto. Inserì il respiratore della sua maschera, respirò e lo staccò, muovendosi verso un altro pannello fino a raggiungere la camera di manovra. Tutti i moderni strumenti elettronici erano spenti, il locale era vuoto e silenzioso. Sprofondò nella poltrona dell'ufficiale di macchina di guardia e chiuse gli occhi per un momento.

«Signore?» La voce distorta dalla maschera di Vaughn lo chiamò dalla porta.

«Ultimo gruppo, comandante. Siamo pronti ad andare. Le bombole di aria sono quasi vuote. Potremmo non essere in grado di far evacuare quest'ultimo gruppo. Una volta usciti, non rimarrà aria. Dobbiamo andare, signore.»

Pacino fu tentato di dire a Vaughn che sarebbe rimasto comunque. La distanza che lo separava dalla scaletta gli parve una salita verso il patibolo. Non essendo un uomo di fede, Pacino pronunciò tra sé poche parole, senza alcun desiderio di entrare nel compartimento.

«Siamo gli ultimi, comandante», lo esortò Vaughn, mentre iniziava ad arrampicarsi sulla scaletta.

«Forse dovrebbe andare avanti lei...»

«Signore, la capisco, ma sopravvivremo, deve avere fiducia in questo...»

«Non mi prenda per il culo, Jack. Apprezzo quello che cerca di fare, ma...»

«Signore... Patch, mi ascolti.»

Vaughn non l'aveva mai chiamato così prima, rifletté Pacino.

«Ha pensato agli uomini lassù, che cercano di sopravvivere, in balia della corrente? Cosa devo dire loro? Cosa diavolo devo dire a *loro*?»

Quindi era un pretesto, rifletté Pacino. Un fottuto comandante terrorizzato all'idea di unire il proprio destino a quello degli altri. Forse sarebbero morti lassù ma almeno sarebbero morti con il loro comandante. E lui con loro.

«Okay, secondo. Entri per primo.»

Vaughn si arrampicò, togliendosi la maschera e gettandola sul ponte. Pacino lo imitò mentre saliva lungo la scaletta guardando la luce d'emergenza accesa in sala macchine per l'ultima volta. Entrò nel compartimento di emergenza, superando il boccaporto e chiudendo il portello, mentre il metallo sbatteva con un suono sordo contro l'acciaio dello scafo.

37

Sabato, 4 gennaio
Mare del Labrador

KANE poteva vedere la copertura di ghiaccio sovrastante, non a occhio nudo ma con l'intensificatore di luminescenza. Il ghiaccio sovrastante pareva sottile.

Indietro, a poppa, sul pannello di controllo dell'impianto elettrico, l'indicatore di ampere scendeva, le batterie si stavano esaurendo a ogni giro dell'elica.

Pacino prese l'involucro di plastica Steinke passatogli da Vaughn e gli rimase accanto in piedi mentre lui apriva la valvola per riempire il compartimento. Questo aveva un diametro e un'altezza di circa tre metri, con una parete di acciaio che separava la parte superiore dall'accesso al boccaporto superiore. La paratia si abbassava solo di pochi centimetri, fino all'altezza del petto. Vaughn aveva infilato la testa nel varco dell'area divisa mentre lavorava sulle valvole.

L'acqua che penetrava nel compartimento inzuppò i vestiti di Pacino; era terribilmente fredda, a quella profondità, più fredda del ghiaccio a causa della elevata salinità. Il livello del liquido salì fino agli stinchi. A quel punto i piedi di Pacino erano già intorpiditi, e anche i fianchi cominciavano a essere intirizziti. L'acqua gelida raggiunse il livello del petto, infilandosi nei pantaloni della tuta. L'aria nel compartimento cominciava a diventare nebbiosa, la pressione saliva, la temperatura cresceva per la compressione, lo strano effetto del contatto tra l'aria umida e calda con l'acqua ghiacciata stava riempiendo la camera con una nebbia così densa che Pacino non sarebbe riuscito a trovare il boccaporto con la luce delle due lampade di emergenza. L'acqua gli arrivò al petto e Pacino fu in grado di sentire il proprio cuore che martellava per la fatica di contrastare la pressione del liquido. Quando il livello salì ulteriormente udì Vaughn che lo chiamava nel compartimento. Pacino si accalcò con il resto degli uomini. L'aria calda e nebbiosa e l'ambiente ristretto rendevano difficile respirare. L'acqua salì fino al mento. La voce di Vaughn aveva un suono innaturale, la pressione all'interno dello scafo era uguale a quella esterna. Senza altri gas miscelati per respirare, l'ossigeno in quello spazio ristretto sarebbe diventato tossico in pochi minuti. Dovevano uscire o sarebbero morti là dentro. I piedi e le gambe avevano abbandonato Pacino ormai da diverso tempo. Le mani erano andate e anche il torso era quasi congelato.

Vaughn riempì d'aria l'involucro Steinke del primo uomo: la plastica lo copriva dalla testa al petto, una piccola finestrella di plastica trasparente rivelava un viso spaventato.

«Non dimenticate di continuare a urlare durante la risalita», raccomandò Vaughn mentre manovrava la leva idraulica che apriva il boccaporto superiore. Pacino distinse un rumore di ebollizione mentre l'aria intrappolata all'esterno del compartimento fuoriusciva dalla camera. Adesso questa era aperta sul mare, oltre trecento metri sotto la superficie, e l'unica aria rimasta era quella intrappolata nel compartimento.

Gli uomini uscirono a uno a uno. Presto arrivò anche il turno di Pacino. Vaughn sistemò il suo involucro, l'aria ad alta pressione lo riempì, con il suo sapore asciutto e metallico. Quindi Vaughn sistemò il proprio e lasciò andare il tubo dell'aria, guardando Pacino.

«Andiamo, signore. Non si dimentichi di urlare. Ci vediamo in superficie.»

Vaughn e Pacino si immersero: le loro teste scomparvero sott'acqua ed emersero dall'altro lato della paratia, direttamente sotto il boccaporto. Vaughn si mosse per primo. Nella debole luce, che brillava ancora sott'acqua, Pacino vide il suo subalterno risalire attraverso il cerchio del boccaporto e svanire. Solo per un istante, Pacino fu tentato di chiudere il boccaporto e tornare nella camera, ma le parole di Vaughn gli martellavano la mente. Cosa avrebbe detto il secondo all'equipaggio?

Pacino avanzò: l'aria nell'involucro favoriva il galleggiamento. Si spinse su, l'involucro lo spingeva verso l'alto. Mise le mani sulla scaletta, si fece strada verso l'esterno, e mentre usciva dal boccaporto pronunciò delle parole ad alta voce, sapendo che non c'era nessun altro che avrebbe potuto dirle.

«*Seawolf*, salpare.»

La luce splendeva debolmente dal boccaporto aperto. Colse per un attimo l'immagine dello scafo verde che si estendeva nell'oscurità, terminando in uno squarcio irregolare. Lasciò andare il boccaporto metallico, sorpreso di aver conservato un poco di sensibilità alle dita, e cominciò a guardare verso l'alto, consapevole dello scorrimento dell'acqua durante la fase di risalita.

Era una strana sensazione trovarsi nelle acque artiche, il corpo congelato, cosciente di essere a oltre trecento metri dalla superficie. Si chiese se avrebbe subito l'effetto narcotico dell'azoto, se avrebbe delirato per la profondità, o se la tossicità dell'azoto ad alta pressione gli avrebbe provocato uno stato euforico. Rivolse gli occhi verso l'alto, e vide solo oscurità. Si mise a urlare, a urlare a squarciagola, in continuazione, per evitare che i suoi polmoni esplodessero mentre si avvicinava a una zona dove la pressione era inferiore, ma gridava anche perché *sentiva* di non poterne fare a meno.

«Ho, ho, ho! Ho, ho, ho! Ho, ho, ho!»

L'urlo che avevano insegnato a tutti loro alla scuola sommergibilisti quando avevano simulato un'evacuazione da trenta metri. Allora era sembrato uno scherzo, un'avventura. Adesso era qualcosa di differente.

Pacino continuò a urlare.

«Senta questo, comandante.»

Kane tolse gli occhi dal periscopio e si unì a McDonne vicino all'altoparlante del telefono sottomarino. Si sentiva un ribollire, rumori di movimenti veloci e quelle che sembravano grida.

«Deve essere un branco di balene», soggiunse Kane, tornando al suo periscopio. Attivò il visore notturno e mormorò: «Abbiamo acqua aperta qui. Prepariamoci all'emersione di emergenza. Dio solo sa quanta potenza ci resta. Potrebbe non bastare».

«Houser, avviare i sistemi. Prepararsi all'emersione.»

«*Compartimento di poppa, qui comandante, siamo pronti all'emersione. Assetto del battello cinque gradi a salire, utilizzando i piani di poppa. Ripeto...*»

Kane annuì. Magari non avrebbero raggiunto la superficie ma

almeno sarebbero stati in una posizione in cui qualcuno poteva localizzarli e l'unica potenza di cui avrebbero avuto bisogno era quella sufficiente a trasmettere un segnale di soccorso in alta frequenza.

Poi avrebbero dovuto aspettare. Aspettare.

Lo scafo si impennò verso l'alto. McDonne e Houser stavano svuotando i cassoni del controllo profondità ed erano pronti a pompare fuori l'acqua dai cassoni della zavorra utilizzando le pompe a bassa pressione. Kane poteva solo sperare che rimanesse abbastanza energia nelle batterie per farlo.

«Superficie raggiunta», dichiarò quando la fotofosforescenza lampeggiò nel visore del periscopio. Spense l'intensificatore. La superficie rifletteva una luce soffusa, come doveva essere all'alba, forse un'alba nuvolosa. «Superficie sgombra.» Kane fece ruotare lo strumento, con la vista offuscata dalla nebbia e dalle nuvole spesse e basse sulla superficie del mare, come dai fiocchi di neve che sferzavano le lenti del periscopio. Si trovò a fissare la neve invece che l'orizzonte. I fiocchi lo distraevano, rifletté Kane, appena si rese conto di non aver mai *visto* la neve sul mare. «Alzate l'antenna e attivate le pompe a bassa pressione in tutti i cassoni principali della zavorra.» Prese il microfono del telefono sottomarino.

«*Compartimento di poppa, qui comandante. Stiamo cominciando a pompare aria nei cassoni. Cercate di far funzionare la propulsione di emergenza per altri dieci minuti.*»

Lasciò andare il microfono e guardò fuori nel periscopio, osservando scendere il livello del mare. L'altezza crescente del periscopio non consentiva che un leggero miglioramento della visibilità in mezzo alla tempesta di neve. Sotto i suoi occhi il vento si faceva più impetuoso, spingendo violentemente i fiocchi di neve quasi in orizzontale. Le onde spumeggiavano sotto le raffiche. Kane poteva sentire il ponte sbandare per la spinta del vento contro la vela. Puntò il periscopio alla propria sinistra, verso est, sperando di scorgere la luce del sole, ma le nubi erano troppo dense nella direzione in cui questo avrebbe dovuto trovarsi. Kane provò una forte delusione. Aveva sperato di vedere di nuovo il sole, di lasciarsi alle spalle quella prova e ricordare come ci si sentiva a essere vivi. Invece c'era una tempesta.

Il rumore delle pompe iniziò a farsi più distinto mentre i cassoni si svuotavano. Presto sarebbero stati stabili in superficie e avrebbe potuto parlare di persona agli uomini che stavano a poppa.

Nel giro di dieci minuti poté osservare la parte superiore dello scafo nell'acqua grigia. I cassoni della zavorra erano svuotati, il battello stabilizzato.

«Chiudete le valvole.» Prese il microfono.

«*Compartimento di poppa, qui comandante, siamo in superficie. Fermate le macchine. Aprite il boccaporto e salite sul ponte.*»

Puntò verso poppa e osservò il portello che veniva aperto lentamente e gli uomini sofferenti risalire dal boccaporto, osservare intontiti la neve che cadeva, incerti se rallegrarsi per essere tornati in superficie o imprecare per trovarsi nel mezzo di una tempesta invernale. Mentre camminavano si stringevano l'un l'altro per ripararsi dal freddo.

«Secondo, porti dentro questi ragazzi.»

McDonne si allontanò per far entrare gli uomini della sala macchine. Kane rimase a scrutare nel periscopio ancora qualche minuto. Erano sopravvissuti per grazia di Dio. Il *Phoenix* adesso andava alla deriva con le batterie quasi esaurite.

Si rese conto di avere bisogno di una radio. Lasciò Houser al periscopio e raggiunse in sala controllo Binghamton che indossava il parka e i guanti. Il suo respiro usciva dalle labbra a nuvolette.

«Può far alzare il Bigmouth?» furono le prime parole di Binghamton. Kane trasmise la richiesta a Houser. Binghamton passò il microfono a Kane e ascoltarono le scariche statiche per qualche minuto, quindi Binghamton fece cenno al comandante di cominciare.

«Norfolk, NavCom, qui è Echo Cinque November con un messaggio Blue Navy urgente, passo.»

Nella sala controllo Houser allontanò il viso dal periscopio e guardò verso l'altoparlante del telefono subacqueo, con l'incredulità negli occhi. Era incredibile...

«*... Ho, ho, ho! Ho, ho, ho!...*»

Erano molte voci, un grido ripetuto, il rumore distorto come la registrazione di una casa degli spettri fatta per Halloween. Ma c'erano spiriti lassù al Nord, in cima al mondo?

Oppure questo *ho-ho* aveva a che fare con qualcos'altro... *Ho-ho*, come avevano imparato alla scuola sommergibilisti? Un'evacuazione di emergenza? L'altro sottomarino, quello incaricato di prendersi cura del Destiny ma che aveva lanciato contro di loro, obbligandoli ad allontanarsi alla svelta. Che cosa fosse successo dopo, nessuno poteva saperlo. Forse il Destiny aveva vinto. Sembrava che li avesse lasciati soli, ma...

«*Ho! Ho! Ho!*»

Era peggio di qualsiasi incubo Pacino avesse mai avuto. Il mare intorno a lui era una infinita oscurità. Faceva così freddo che poteva rendersi conto del venire meno delle proprie forze. Riusciva solo a urlare, ma le sua grida diventavano sempre più deboli a mano a mano che risaliva. Ma cominciò a sentire qualcosa, per quanto le sue orecchie risentissero ancora delle conseguenze del lancio del Vortex e delle esplosioni; avrebbe giurato di aver sentito una voce spettrale risuonare nelle profondità e ripetere strane frasi...

Compartimento di poppa, qui comandante, timone venti gradi a dritta... livellate il battello... pompe a bassa pressione... Comandante...

Un'allucinazione sonora... cos'altro poteva essere? Ma sembrava così reale, la voce così distinta, come da una gigantesca bocca, e risuonava nell'acqua.

«Ho! Ho! Ho!» continuò a gridare.

L'emersione sembrava non avere mai termine. Alla fine il suono delle voci scomparve. Negli ultimi cento metri Pacino perse conoscenza, senza poter più percepire la voce che nuovamente riecheggiava nelle profondità. Aveva smesso di urlare ma stava respirando velocemente. I polmoni si stavano svuotando, per fortuna... se avesse respirato più lentamente sarebbero potuti esplodere.

Risalì fino alla luce del sole nascente che filtrava dalla superficie. Schizzò fuori dall'acqua, emergendone fino agli stinchi, e ricadde, galleggiando nell'acqua sostenuto dal suo Steinke. Non sentì le braccia che lo afferravano e lo sistemavano sulla zattera.

Fort Meade, Maryland

L'ammiraglio Donchez era in piedi davanti alla finestra che si affacciava sull'ingresso principale. Aveva finalmente smesso di nevicare, ma gli spazzaneve avrebbero impiegato ancora molto tempo prima di poter liberare anche semplicemente le strade principali. La neve, alta fino alla vita, veniva accumulata dalle ventole in getti che sovrastavano le case. Tutto quello che Donchez desiderava era poter uscire da quella prigione.

«Ammiraglio? Un altro messaggio per lei, signore. Al centro comunicazioni.»

Donchez si strofinò gli occhi iniettati di sangue mentre seguiva l'operatore.

Al centro comunicazioni prese il modulo con il messaggio. Era un altro messaggio di Pacino! Riusciva a malapena a crederci.

Data/Ora:
Ora di ricevimento del messaggio boa SLOT
da: USS *Seawolf* SSN-21
per: capo stato maggiore marina Washington, DC // comandante in capo Atlantico Norfolk, VA // comando forza subacquea Atlantico Norfolk, VA
oggetto: Rapporto n. 4
//bt//
1. *Seawolf* colpito, questa posizione.
2. Per favore, sbrigatevi.
//bt//

«Madre di Dio», mormorò Donchez. Colse lo sguardo di Fred Rummel. «Fred, passami l'ammiraglio Steinman su una linea sicura. E trovami un rapporto meteo sullo stretto di Davis e il mare del Labrador. *Subito*, dannazione!»

Tutto quello che sperava era che la tempesta non si fosse spostata verso nord-est, ma si fosse mossa verso est, o addirittura avesse mutato direzione verso sud. Mentre aspettava non poté evitare di pensare che cosa ne fosse del Destiny. E del *Phoenix*. Non ne aveva saputo nulla.

Nessun bang sonico era stato avvertito in Canada o in qualche parte del nord-est degli Stati Uniti. Se il Destiny avesse lanciato, l'impatto del missile sarebbe dovuto avvenire all'incirca in quel momento. Pacino doveva esser riuscito a interrompere il lancio del Destiny ed era vivo. Almeno per il momento.

Per favore, sbrigatevi.

Forza, Mikey. Quando sentì la voce di Steinman, Donchez cominciò a parlare, riuscendo così a scacciare le immagini del suo figlioccio e amico che rischiava di morire congelato nelle fredde acque del Nord.

Il capo Nelson trovò Kane nella sala radio, ancora intento a cercare di comunicare.

«Signore, abbiamo ancora pochi minuti di batteria. Se può, deve sbrigarsi con il segnale di soccorso. I circuiti della batteria salteranno tra pochi minuti.»

«Dannazione. Norfolk NavCom, qui Echo Cinque November. Codice Navy Blue. Passo.»

Nient'altro che scariche statiche.

«Sto trasmettendo al buio, capo. Se arriva, arriva... NavCom, NavCom, NavCom, qui Echo Cinque November. Messaggio Navy Blue. Posizione stimata sei tre gradi tre zero minuti November, cinque otto gradi due zero minuti Whiskey. Siamo alla deriva con le batterie quasi scariche. Richiediamo assistenza al più presto, con mezzi aerei se disponibili. Ripeto messaggio Navy Blue...» Kane lesse di nuovo il messaggio.

Non ci fu risposta, ancora scariche statiche. Improvvisamente la sala piombò nell'oscurità.

«Penso che siano andate, comandante», annunciò Binghamton buttando le sue cuffie sul quadro e armeggiando con le luci d'emergenza. «Questa bagnarola ormai è una grande zattera di salvataggio. Anzi, una zattera *da salvare*. Brutta faccenda.»

Le luci di emergenza cominciarono ad accendersi in sala controllo e sul ponte superiore. Kane passeggiò in sala controllo sorpreso di quanto fosse silenziosa senza i rumori dell'impianto di ventilazione, dei sistemi di controllo antincendio e di comunicazione. Un sottomarino morto. Kane rabbrividì e tirò su la cerniera del parka. Sembrava molto più freddo adesso, senza le luci, anche se la temperatura era scesa sotto zero già da ore.

Ora, tutto quello che potevano fare era aspettare e sperare che a Norfolk, o in qualche altra base, qualcuno avesse ricevuto il loro segnale. Non sarebbero durati a lungo in quello scafo ormai privo di vita.

Fort Meade, Maryland

Donchez rivolse un'occhiata torva al capitano di vascello Rummel e al sergente addetto alle comunicazioni. «Lo legga di nuovo», ordinò.

«Il messaggio è 'NavCom, NavCom, NavCom, qui Echo Cinque November', questo è il *Phoenix*, ammiraglio, 'Messaggio Navy Blue. Posizione stimata sei tre gradi', qui c'è un disturbo, quindi 'minuti November', ancora disturbi e il messaggio finisce con 'deriva con le batterie quasi scariche. Richiediamo assistenza al più presto...' Il resto è statica, ammiraglio.»

Donchez fece un cenno con il capo e prese da parte il capitano di vascello Rummel. «La situazione meteorologica?»

«La tempesta ha risalito la costa, signore. Lo stretto di Davis e il mare del Labrador ci sono proprio nel mezzo. E niente lascia pensare che le cose migliorino. A mano a mano che si sposta verso nord, il freddo la renderà peggiore.»

«Grande. Si può volare?»

«Poca visibilità e venti forti in quota. Ma sì, certo, si può volare. Solo che non si vedrà nulla.»

«I ragazzi delle squadre di recupero. Dobbiamo farli lavorare su questo.»

«Conosco il capo della squadra di ricerca e recupero della marina, su a Kangamiu in Groenlandia. Sono i più vicini. Metteremo in allerta anche i canadesi. Ma non nutra troppe speranze, signore.»

«Non lo faccio mai, ma lei cosa ne pensa?»

«Con la tempesta e tutto il resto, le cose saranno difficili. Anche se riuscissimo a volare, potremmo non vedere nulla. E anche se vedessimo qualcosa, con il vento in quota, sarebbe un dannato miracolo se riuscissimo a scendere a recuperarli.»

«Quali alternative ci sono?»

«Missione di volo di ricerca e recupero, o lasciar perdere.»

«Allora andiamo. Va bene, questo vecchio non molla il colpo. Andiamo, Fred.»

Donchez osservò Rummel che si allontanava. Avevano informazioni lacunose sulla posizione del *Phoenix*, ma cosa diavolo ne era stato del *Seawolf*? Cosa significava esattamente «*Seawolf* colpito, questa posizione»? I membri dell'equipaggio erano rimasti intrappolati nello scafo? O erano riusciti a emergere e avevano abbandonato il sottomarino? Ci sarebbero volute venti ore per portare un mezzo per il recupero sottomarino nello stretto di Davis in condizioni atmosferiche perfette, ma lo sgraziato aereo per il trasporto del batiscafo da recupero non sarebbe riuscito ad avvicinarsi prima che la tempesta cessasse. Se Pacino e i suoi uomini erano rimasti nello scafo affondato avrebbero dovuto attendere parecchio. Senza cibo, calore e ossigeno.

Base aerea di Kangamiu, Groenlandia occidentale

Il capitano di corvetta Alex Crossfield stava masticando tabacco. Crossfield era stato nella linea d'attacco della Milton High in Florida. Aveva trascorso più tempo in Alabama che in Florida, ma trovarsi in Groenlandia arrivando dalla Florida assolata era l'inferno in terra. Perché diavolo aveva accettato la promozione per finire in quel buco ghiacciato? Ora, a quasi quarant'anni, Crossfield sembrava ancora abbastanza in forma da bloccare metà della linea di mischia di una media squadra del Sud. Pesava centosei chili, aveva il collo più grande della testa di molti uomini della sua squadra e i bicipiti più possenti delle loro cosce. Era un uomo tranquillo e gentile, ma gli era sufficiente lanciare un solo sguardo a uno dei ragazzi per rimetterli tutti in riga. Veniva dalla scuola sottufficiali, promosso per una via gerarchica non più in uso, e gli piaceva disprezzare gli ufficiali di carriera, per quanto avesse dimostrato di essere uno dei migliori comandanti che il dipartimento di ricerca e soccorso della marina avesse mai avuto.

Da semplice marinaio aveva cominciato con gli elicotteri, quindi era diventato capo di una squadra di manutenzione, e lì aveva attirato l'attenzione degli ufficiali reclutatori, che l'avevano impacchettato, passato per un po' sulla graticola e poi gli avevano stampato un bel timbro, attaccandogli i gradi sulle spalline, come se promuoverlo ufficiale avesse potuto servire a costringerlo a tenere a freno la lingua e smettere di masticare tabacco. Non era successa nessuna delle due cose, e in segreto Crossfield era rimasto sorpreso, forse anche dispiaciuto, che la promozione fosse permanente. Era stato mandato tre anni per addestramento nella guardia costiera, quindi presso il comando ricerca e soccorso delle forze NATO durante la crisi bosniaca, evitando così di essere spedito in Somalia. A quel punto era sottotenente di vascello, ed era certo che quella sarebbe stata la sua ultima promozione. Era stato distaccato presso le forze armate canadesi per due anni, e i canadesi lo avevano preso in simpatia. Presto era diventato tenente di vascello ed era stato spedito nel Pacifico. Dopo un periodo a Pearl Harbor che gli era sembrato troppo breve, era stato destinato a tenere qualche corso di addestramento delle squadre ricerca e soccorso dell'aeronautica, invariabilmente nei deserti più asciutti e caldi, e infine sganciato in Groenlandia.

Groenlandia. Il circolo polare artico. Dove c'era buio per gran parte dell'anno e freddo rigido per tutto il tempo. A lungo Crossfield aveva evitato di stringere relazioni importanti con le donne. E adesso che aveva trentanove anni, che cominciava a perdere i capelli e che i suoi muscoli lentamente ma costantemente stavano trasformandosi in grasso, era costretto su questo scoglio dimenticato da Dio, al comando di una delle migliori unità di ricerca e soccorso, senza nessuno da soccorrere se non qualche barca da pesca alle prese con guasti meccanici, e con tutte quelle bionde della Florida, abbronzate e con gli occhi azzurri, a più di tremila chilometri.

Crossfield guardò verso il suo ufficiale addetto alle operazioni, Dick Trill, uno smilzo e baffuto ragazzotto che, malgrado l'aspetto ancora adolescenziale, indossava l'uniforme da sottotenente di vascello.

«Fammi capire», biascicò Crossfield. «Abbiamo la peggiore bufera del secolo là fuori e pensano che noi ci si debba mettere in pista e occupare non di uno ma di due sottomarini in grosse difficoltà? Tutto ciò che sappiamo è che uno dei due è in superficie alla deriva in una posizione non precisata, e il secondo si trova sul fondo in un punto segnalato. A parte il fatto che il 'punto' è da qualche parte in una zona grande come il Connecticut. Ho capito bene, ragazzo?»

«Signorsì», rispose l'ufficiale, con un'occhiata preoccupata alla massa di muscoli di Crossfield.

«Non se ne parla di uscire con gli elicotteri, vero?»

«Il vento è troppo forte, signore. I V-22 possono volare. Questo è tutto.»

Il V-22, l'Osprey, metà aeroplano, metà elicottero. Eccetto per un particolare. Quando il vento in quota era troppo forte per gli elicotteri, i V-22 potevano solo volare e non stazionare a mezz'aria. Anche se avessero trovato il sottomarino superstite alla deriva, non avrebbero potuto aiutarlo fino a quando non fosse cessata la tempesta.

«Bene, cerca di fare presto con il briefing, voglio decollare tra dieci minuti. Intendo dire uno zero per te, sottotenente. Ah, dimenticavo, hai fatto l'Accademia. Allora, a te lo spiego: voglio decollare quando la lancetta lunga sarà sulle dodici e quella corta sulle nove.»

«Signorsì.» Trill rimase impassibile. «Gli uomini saranno qui in due minuti.»

Il giovane si affrettò fuori dalla porta. Crossfield lo seguì con lo sguardo e, rivolgendo poi gli occhi fuori dalla finestra, scosse la testa. Il vetro tremava per la violenza del vento, la neve ne copriva la metà inferiore e, sulla parte superiore, cominciava a formarsi uno strato di ghiaccio.

«Questi sommergibilisti sanno proprio scegliere il giorno in cui avere bisogno di aiuto», mormorò tra sé.

Mare del Labrador

Kane tamburellava le dita sul tavolo di carteggio. Era passata mezz'ora da quando erano riemersi e avevano inviato il segnale di soccorso. Non era ancora accaduto nulla. La bufera continuava a imperversare all'esterno. Dentro la temperatura era bassissima. Non avere nulla da fare peggiorava le cose, gli uomini potevano solo pensare al freddo.

Kane decise di dare un'occhiata di sopra. Houser aveva preparato la coperta per la navigazione in superficie, con i boccaporti aperti. Kane si arrampicò su per la lunga scaletta, rischiando di congelarsi la pelle sul metallo. Houser alzò la grata per farlo salire.

La luce era così intensa da ferire gli occhi di Kane. Sentì la pelle come smerigliata dai cristalli di ghiaccio. La nebbia era un poco diminuita da quando erano emersi e Kane pensò che avrebbero potuto scorgere il profilo degli iceberg a media distanza. Houser, con indosso una maschera protettiva di pelle che lo faceva assomigliare a un portiere di hockey, guardava con il binocolo in una direzione precisa verso prua.

«Cosa sta guardando?» gli chiese Kane.

«Non sono sicuro di crederci, comandante. Penso che sia un miraggio.»

«Faccia vedere.» Kane prese il binocolo. «Non riesco a crederci neanch'io.» Kane avrebbe fatto meno fatica a spiegarsi la presenza di elefanti rosa.

«I suoni che si sentivano dal telefono subacqueo.»

«Esatto, comandante. 'Ho, ho, ho'. Un'allegra evacuazione da un sottomarino.»

«Buon Dio», esclamò Kane mentre, attraverso il binocolo, vedeva una scena che aveva dell'incredibile: una dozzina di zattere arancione che galleggiavano tra i flutti bianchi, cariche di uomini. Nessuno di questi si muoveva.

«Comandante in seconda in plancia», McDonne chiamava dal basso. Kane si fece da parte mentre Houser apriva la grata. La plancia sembrava affollata data la mole di McDonne.

«Ehi, fa freddo quassù. Pensavo fosse peggio sotto...»

«Secondo, guardi un po' qui», disse Kane.

McDonne guardò, emise un fischio e tornò a guardare.

«Zattere di salvataggio? Da dove diavolo vengono?»

«Chi lo sa? Forse dal Destiny?» azzardò Kane.

«Quelle sembrano zattere della nostra marina.»

«Ah, sì?» Kane non aveva mai visto le zattere di salvataggio di un sottomarino.

«Signorsì. Non dimentichi che durante il servizio a terra al NavSea ho lavorato sul controllo dei danni. Dobbiamo fare qualcosa per quei ragazzi.»

«Secondo, sono lontani almeno un miglio. Forse due. Cosa possiamo fare, andare a recuperarli a nuoto?»

«Useremo le nostre zattere e riporteremo quei ragazzi sin qui», rispose McDonne, mentre si dava da fare per sollevare la grata e scendere nel cunicolo. «Ci sono rimasti alcuni di quei motori elettrici dall'esercitazione con i SEAL. Potremmo applicarli alle nostre zattere, arrivare laggiù e recuperarli.»

«Quei poveri cristi saranno già morti», soggiunse Houser, gli occhi fissi nel binocolo che McDonne gli aveva restituito.

«Se non lo sono, lo saranno prima che si riesca a portarli a bordo», osservò Kane. «E anche se fossero vivi e li portassimo a bordo non sarebbe molto meglio. Giù è quasi freddo come fuori. Potremmo andare alla deriva per giorni o settimane prima che qualcuno ci trovi. E per allora probabilmente saremo morti anche noi per il gelo.»

Houser sollevò lo sguardo verso di lui. «Ehi, capo. Lei è il comandante. Dovrebbe essere lei il fottuto ottimista. Fare il corvaccio è il mio di lavoro, non se lo ricorda?»

Kane fissò il tenente di vascello. Annuì. La schiettezza pareva fuori luogo, in quel frangente.

«Pensa che il secondo sia in grado di andare là fuori e riportare qui quei ragazzi?»

«Se riesce a trovare le zattere e se non si congela anche solo mettendole in acqua.»

Houser guardò attraverso il binocolo. «Sono chiaramente immobili. Se fossero vivi ci farebbero dei segnali, lancerebbero qualche razzo o qualcosa di simile...»

Il vento rafforzò, soffiando neve sulla coperta e ricordando a Kane il freddo che faceva. «Torno giù. Rimane qua sopra?»

«Sì, comandante.»

Kane guardò verso le zattere, la tempesta cominciava a rendere difficile individuarle.

«Scenda giù in fretta, Houser. Non ha una bella cera.»

Kane scese lungo la scala, gli si stavano intorpidendo le dita dal freddo. In sala controllo poteva ancora vedere la nuvoletta del suo respiro.

38

Sabato, 4 gennaio
Base aerea di Kangamiu, Groenlandia occidentale

LA NEVE cadeva sulla pista, coprendo le luci e i numeri dipinti. Le squadre di spalatori avevano lavorato senza sosta durante la notte, senza ottenere un completo successo. Crossfield si infilò il casco, di una misura superiore al normale, si sistemò il microfono, lo provò e consultò la mappa fissata sulla coscia mentre Trill, il suo copilota, portava i motori del V-22 a piena potenza. Il grosso aereo sussultò mentre i motori giravano alla massima potenza, le pale delle eliche in orizzontale, pronto per il decollo verticale. Crossfield verificò i punti della lista di controllo, disse qualche parola a Trill e lo osservò mentre dava velocità ai rotori. I motori rombarono più forti del vento, mentre la pista, momentaneamente ripulita dalla neve dai potenti getti dei rotori, svaniva davanti a loro.

Dal parabrezza non si vedeva nulla al di fuori di nuvolaglia bianca e dei fiocchi di neve che schizzavano così veloci da dare le vertigini. Crossfield scosse la testa. Un salvataggio quel giorno?

Trill portò il velivolo a duemila piedi e fece ruotare le gondole; il convertiplano iniziò a volare come un aereo ad ala fissa, aumentando la velocità a trecento nodi. Ci sarebbero volute poche ore per raggiungere la latitudine del segnale di soccorso. Sarebbe stato opportuno che quei sommergibilisti pregassero per la fine della tempesta, pensò Crossfield.

Kane osservò dal periscopio mentre il comandante in seconda e un gruppo di volontari infreddoliti mettevano le zattere in acqua. McDonne aveva trovato i piccoli motori elettrici da mezzo cavallo e le due zattere si muovevano con lentezza verso le altre zattere di emergenza. La sua sbandava pericolosamente, a causa della sua massiccia mole.

Houser era sceso in sala controllo, col viso pallido e congelato per il freddo. Osservò la stessa scena, usando il periscopio numero uno accanto a Kane.

«Arriva la cavalleria», annunciò Houser.

La zattera di McDonne si avvicinò alla prima imbarcazione dei sopravvissuti che ondeggiava quietamente.

«Prendi la cima e assicurala al battello», ordinò al subalterno che stava alle sue spalle. «Legheremo le altre e le rimorchieremo. A quanto vedo, non credo che ci sia nessuna fretta...»

Nell'ora successiva Kane e Houser rimasero a osservare le operazioni di recupero delle zattere. Gli uomini raccolti non si muovevano, morti o in stato d'incoscienza. Indossavano tutti uniformi americane da sommergibilista. Kane trovò McDonne alla mensa dell'equipaggio davanti a un piatto di cibo congelato.

«Da quale sottomarino provengono?»

«Sui loro giubbotti c'è scritto *Seawolf*», rispose McDonne.

«Devono aver inviato anche il *Seawolf* contro il Destiny con il solo risultato di venire affondati», soggiunse Kane, più a se stesso che a McDonne. «Qualcuno ancora vivo?»

«Pochi», rispose McDonne. «A malapena respirano ancora. Il dottore li sta esaminando. Stiamo tentando di tenerli al caldo, ma, accidenti, non possiamo neanche dar loro una tazza di caffè.»

«State facendo del vostro meglio, secondo.»

Houser piombò nella stanza, tremante, coperto di neve e più pallido di prima.

«Cosa diavolo sta combinando?» chiese Kane.

«Sono andato di sopra. Pensavo che la tempesta fosse in fase calante; purtroppo credo stia accadendo il contrario.»

«Che ore sono?»

«Quasi le undici», rispose McDonne. «Quasi ora di pranzo.»

Un brutto scherzo.

Nell'ultima ora il V-22 di Crossfield aveva volato sulla latitudine 63 gradi con un percorso da est a ovest e non aveva trovato proprio niente.

«Nulla?» chiese a Trill per la dodicesima volta.

«Gli infrarossi non funzionano bene nella tempesta, comandante.»

«Proviamo con il radar.»

«L'unica cosa visibile sono gli iceberg. Anche se il relitto è qui vicino, è come cercare un ago nel pagliaio.»

«Diavolo, proviamoci comunque. Cosa abbiamo da perdere?»

«Signorsì. Ecco, guardi. Segnali sullo schermo. Un centinaio. E adesso?»

«Diavolo, Trill, sei tu che hai fatto l'Accademia. Dimmelo tu.»

Houser stava in plancia, rischiando di congelarsi il volto, ma non riusciva a rimanere dentro il sottomarino. Se doveva morire, non voleva che accadesse in un tubo d'acciaio. Quando il vento diventava troppo violento e pungente, come in quel momento, aveva scoperto che poteva chiudere un pannello della vela e sedercisi sotto, appoggiandosi alla parete della plancia, e così non prendeva il vento. Il freddo dell'acciaio della coperta penetrava attraverso gli strati del giubbotto di salvataggio fino al suo corpo, ma era sempre meglio del vento. Rimase seduto in quella posizione per una trentina di minuti, troppo infreddolito per dormire, troppo stanco per restare completamente sveglio.

A un certo punto il freddo divenne troppo forte e Houser abbandonò la plancia per entrare nel passaggio che scendeva nel sottomarino. L'aria era viziata e umida, ma almeno era di qualche grado meno fredda che sul ponte. Le sue dita erano così intorpidite che riusciva a malapena a tenerle sulla scaletta mentre scendeva lungo il passaggio.

A metà, durante la discesa, si bloccò. Rimase in ascolto per un istante, si arrampicò di nuovo in cima, certo di averlo sentito... e a poco a poco il rumore divenne più forte.

Un ronzio. Il ronzio di *motori aerei*.

Motori di un aereo ancora distante. Rimase ad ascoltare ma il suono si spense. Poteva anche essere stata la sua immaginazione, ma Houser era convinto che non fosse così. *Aveva* udito il rumore di un motore, forse prodotto da eliche o da pale di elicottero. Non poteva essere il vento...

Scivolò lungo la scala fino in sala controllo e trovò Kane su un seggiolino davanti ai pannelli del controllo armi, con la testa appoggiata a una mano.

« Signore », cercò di dire Houser, ma aveva l'impressione di avere la bocca piena di colla. « Ho sentito... »

Kane lo afferrò e lo fece sedere su una delle sedie davanti ai pannelli. « Houser, è quasi un pezzo di ghiaccio, ha anche la lingua congelata. Le avevo detto di stare dentro, cosa diavolo... »

« Signore », scandì Houser con lentezza, « aerei, elicotteri. Ho sentito dei motori. Dobbiamo sparare dei razzi. » Si sentiva stordito, come se la sala stesse girando. Chiuse gli occhi e si appoggiò con la testa sui pannelli, chiedendosi se Kane gli avrebbe creduto.

« Secondo, prepari i razzi. »

« Comandante, Houser è fuori di sé. Sta vaneggiando. »

« È possibile. Comunque, se avesse ragione e noi rimanessimo seduti qui... »

« Preparo i razzi. »

« Che ore sono? »

« Quasi le due. »

« Non possiamo resistere ancora per molto. È meglio sperare che Houser abbia ragione. »

« Ho rilevato qualcosa. Una traccia IR e un contatto radar nella stessa direzione e distanza. »

« Fammi vedere. » Crossfield controllò lo schermo a infrarossi. « Un orso polare. O una foca. Una stupida foca in giro con questo tempo. »

Trill scrollò le spalle. « Cosa facciamo? »

« Rimaniamo in zona per un po' di minuti. Voglio darci un'occhiata. Rilevamento visivo? »

« Nient'altro che bianco. »

« Ehi! » esclamò Crossfield quando la debole traccia IR si illuminò. « Che cos'è quello? »

Trill guardò meglio nella direzione indicata. « Razzi? Sembrano razzi... »

« Rileva la posizione e comunicala alla base. Che facciano in modo di farla arrivare fino al papavero che ha messo in piedi questa operazione.»

«Signorsì.»

«Dannazione, non possiamo scendere e recuperarli.» Crosfield controllò gli indicatori e vide che il carburante si stava esaurendo. «Dobbiamo tornare a casa e riempire i serbatoi.»

«Messaggio inviato, comandante.»

«Riportaci indietro. Magari nel tempo che impiegheremo a rifornirci e tornare qui questa fottuta tempesta sarà finita.»

«L'ho sentito.» McDonne controllò le nubi con il binocolo ma le lenti rimanevano annebbiate. La bufera stava ancora peggiorando, se era possibile.

«Anch'io», borbottò Kane. «Difficile stabilire da che direzione, però. Proviamo con un altro razzo.»

McDonne sparò il bengala. Il razzo scomparve immediatamente tra le nubi e il turbinio della tempesta.

I due ufficiali rimasero in ascolto. Kane scosse la testa.

«Non sento più nulla.»

«Neanch'io.»

«Ma l'abbiamo sentito tutti e due, vero?»

«Sì, comandante. Erano sicuramente motori di aereo.»

«E ora sono scomparsi.»

Fort Meade, Maryland

«I ragazzi della squadra di ricerca e soccorso hanno trovato qualcosa. Un contatto radar e vampe di calore, diverse vampe di calore. Come se qualcuno avesse sparato dei razzi. La latitudine corrisponde a quella dell'ultima trasmissione del *Phoenix.*» Rummel lesse il messaggio a Donchez. Donchez aveva le borse sotto gli occhi e le guance scavate. Sembrava imbalsamato.

«Cosa stanno aspettando? Sono arrivati?»

«Purtroppo no, ammiraglio. Il vento è ancora troppo forte e stavano finendo il carburante. Però hanno trovato qualcosa.»

«Sì, cadaveri.»

Ci volle gran parte del pomeriggio per ritornare a Kangamiu, rifornirsi e attendere che il vento diminuisse a sufficienza da consentire un nuovo decollo. La pista dell'aeroporto era coperta da almeno trenta centimetri di neve e le raffiche spazzavano i varchi tra gli edifici. C'era voluta tutta l'abilità di Crossfield solo per trovare la pista per far scendere il V-22. Anche mentre stavano atterrando la velocità del vento superava i limiti di sicurezza, ma non c'era scelta: i serbatoi erano vuoti. O atterravano o si schiantavano. Questa volta erano stati fortunati, ma Crossfield non voleva tentare un decollo con il pieno carico del carburante con quel vento e con visibilità zero.

Avevano aspettato un'ora e mezzo a terra prima che il vento diminuisse. Crossfield non aveva idea di quanto sarebbe durata l'attesa, ma non voleva continuare ad aspettare. Trill ruotò le gondole verso l'alto e decollò, mettendosi immediatamente in assetto per il volo orizzontale. Quando il V-22 arrivò al punto del precedente contatto erano passate almeno sei ore da quando erano partiti.

La notte era scesa velocemente, l'unica cosa peggiore del biancore di una tempesta era l'oscurità di una notte piena di neve. Crossfield cercò nuovamente il rilevamento infrarosso del *Phoenix*. Nulla.

Trill, ormai stanco, dal sedile del copilota disse: «Il radar meteo e le previsioni della base per una volta sono d'accordo. La tempesta sta passando. Dovrebbe essere finita entro mezz'ora».

«Perfetto», commentò Crossfield. «Facciamolo sapere ai poveri cristi là sotto.»

Era il turno di McDonne di salire all'esterno. Kane aveva tenuto qualcuno in plancia da quando avevano sentito il rumore di motori di aereo. Aveva cambiato la guardia ogni trenta minuti, ruotando tra i dodici uomini ancora abili al servizio in coperta. Malgrado la mole di McDonne, il vento sembrava irrompere nel suo parka, attraversargli la giacca pesante e i due maglioni fino alla pelle, penetrandogli nelle ossa.

La riserva di razzi si era esaurita da ore. Ora si erano procurati della carta e i pagliericci, liquido infiammabile e quant'altro potesse bruciare, accendendo un fuoco in un angolo della vela, a poppa, dove stava normalmente un uomo di vedetta. In questo modo il fuoco era protetto dalla forza del vento, ma il calore non arrivava agli uomini in plancia. Peggio ancora, le fiamme e il calore sarebbero stati individuati solo se un aereo ci avesse volato direttamente sopra. Ma tutti i tentativi di accendere un fuoco in coperta si erano rivelati inutili. Il vento spegneva le fiamme o buttava il materiale in mare. McDonne si accoccolò nella vela, aggiungendo carta al fuoco: le pagine del manuale del reattore bruciavano lentamente.

Era tutto così stupido, pensava. Stavano solo aspettando di morire. Per un istante sentì l'impulso di lanciarsi fuori bordo e mandare al diavolo tutti quanti. Sarebbero bastati pochi minuti prima che il mare abbassasse la temperatura del suo corpo abbastanza da fargli perdere coscienza. Dopo, cosa gliene importava?

C'era qualcosa di sbagliato, pensò all'improvviso. Qualcosa era cambiato. Ci volle un po' di tempo prima di accorgersene: i suoi pensieri erano rallentati dal freddo.

La differenza era il vento.

Non c'era più vento.

La tempesta era finalmente passata.

E poi cambiò qualcos'altro. McDonne sbatté le palpebre, cercando di ascoltare, con le orecchie che gli ronzavano ancora per le raffiche di vento. Ma era sicuro di averlo sentito. Per quanto gli fosse venuto da pensare che aveva tanto desiderato ascoltarlo e che questo forse glielo aveva *fatto* sentire.

No. Era vero. Motori di aereo. Così forti che poteva *percepire* il loro turbinio. Ravvivò il fuoco, ansioso di mostrare all'aereo dove fossero. Impiegò diversi minuti prima di ricordarsi che, visto che il vento era cessato, poteva accendere un fuoco in coperta senza che fosse scagliato fuori bordo. Velocemente accumulò della carta sul metallo gelido, provando e riprovando molte volte a estrarre l'accendino dalle tasche. Alla fine prese un tizzone dal fuoco sulla vela e lo mise sul mucchio di carta, bruciandosi le dita ma accendendo il fuoco. Guardò le fiamme attecchire, e solo allora si girò nella direzione dei motori dell'aereo.

Lontano all'orizzonte vide delle luci, le luci di posizione lampeggianti dell'aereo. Cominciò a saltare su e giù in plancia, urlando cose senza senso nella notte. Si chiese se per caso non fosse un aereo di linea, ma le rotte normali non si spingevano così a nord, e le luci sembravano volare in formazione.

Gli aerei si avvicinarono fino a quando uno di essi puntò un riflettore sul sottomarino. Quando scivolò verso il basso e divenne visibile, McDonne si accorse che era un V-22, che stava usando i suoi motori come un elicottero mentre si abbassava di poppa. Le luci si accesero, illuminando la fusoliera, una stella in un cerchio affiancata da strisce, dipinta accanto a grosse lettere a stampatello che dicevano: US NAVY.

McDonne scese in sala controllo.

Era finita.

EPILOGO

Martedì, 4 marzo
Ospedale navale di Bethesda
Bethesda, Maryland

Janice Pacino baciò la fronte umida del marito e, assieme al figlio, uscì dalla camera.

Dietro l'angolo andò quasi a sbattere contro l'ammiraglio Richard Donchez. Arretrò di un passo. Donchez incrociò i suoi occhi e chiese solo: «Come sta?»

«Sopravvivrà», rispose lei, quindi prese Tony per un braccio e si affrettò giù nell'atrio.

Donchez la seguì con lo sguardo per un momento, domandandosi se dovesse richiamarla e rivelarle cosa aveva fatto suo marito, ma decise di no. Non sembrava dell'umore adatto per ascoltarlo.

Entrò nella stanza, guardò Pacino disteso sul letto, circondato da macchinari medici, diversi aghi e sonde nel braccio. Il Vortex lo aveva salvato ma lo aveva anche quasi ucciso. Quanto meno gli avevano tolto il respiratore. Aveva ripreso conoscenza per la prima volta il giorno precedente.

«Mikey», disse sfiorandogli il viso, l'unica parte del suo corpo che sporgeva dalle coperte. «Mikey, ci sei?»

Pacino aprì gli occhi e cercò di sorridere. Lo sforzo lo lasciò esausto, con gli occhi semichiusi.

«Mikey, ce l'hai fatta. Non ci impiegherò molto, volevo solo portarti una cosa.»

«Cosa...» iniziò Pacino. Donchez si avvicinò «... successo?»

«Ce l'hai fatta, ragazzo», disse Donchez. «Hai affondato il Destiny prima che potesse sparare il missile con la sua testata. Sihoud è morto. Senza di lui il Fronte Islamico ha mollato e si è arreso a Parigi la settimana scorsa. Ti racconterò meglio più tardi.»

Il generale Barczynski, alcuni agenti dei servizi e, dopo un momento, il presidente Bill Dawson entrarono. Barczynski e il presidente si avvicinarono al letto. Donchez spostò di lato un agente in modo da poter vedere dall'altro lato.

«Così è lui il nostro uomo», osservò il presidente. «Congratulazioni, capitano di vascello Pacino. O dovrei dire ammiraglio Pacino. Ho qui con me le stellette. L'abbiamo promossa due volte. Una sola stella si sarebbe sentita sola.»

Pacino non era sicuro di quello che vedeva.

«E anche qualcos'altro.» Dawson lesse la motivazione con cui Pacino veniva decorato con la Navy Cross con stella d'argento.

Quando Dawson ebbe terminato il suo discorso appuntò la medaglia sul cuscino di Pacino, ma l'ammiraglio di divisione fresco di nomina era scivolato nel sonno, cominciando a russare davanti al presidente. Dawson non fece una piega mentre appuntava la medaglia al cuscino e lasciava la camera con gli altri.

Donchez rimase per ultimo di fianco a Pacino, osservandolo dormire come se fosse suo figlio. Quindi si girò e attraversò la soglia.

Mentre spegneva le luci della camera, disse sottovoce: «Bel lavoro, Mikey. Il tuo vecchio e io siamo orgogliosi di te».

La nave da ricerca *Diamond* era sballottata dalle onde nella zona operazioni sottomarine di Virginia Capes, un'area di oceano 150 miglia a est di Virginia Beach, Virginia. A bordo della piccola imbarcazione c'erano diversi uomini, tutti in uniforme di servizio blu con lunghi impermeabili, mantelle da crociera sulle spalle, guanti bianchi e spadini da cerimonia appesi al fianco sinistro. Uno di essi era il capitano di vascello Kane. Accanto a lui il capitano di fregata CB McDonne. Erano tutti in fila in coperta, a fissare il mare. Verso l'orizzonte un sottomarino solitario fluttuava in superficie.

«Pronti, capitano di vascello Kane», lo chiamò la voce dell'ammiraglio Roy Steinman.

«Pronti, signore», rispose Kane, fissando in lontananza il sottomarino.

«Mandiamolo a riposare.»

«Signorsì. Secondo», urlò Kane.

«Signorsì», replicò McDonne.

«Secondo, affondi il battello!»

McDonne ruotò la manopola di un piccolo radiocomando.

«Ufficiali, saluto!» ordinò Kane. Gli uomini in coperta portarono la mano destra alla visiera del berretto. I guanti bianchi e le maniche blu scuro delle divise contro il grigio del ponte e del mare. Un colpo di fischietto risuonò triste sulla superficie del mare e la nota si spense nel vento dell'est.

Sulla coperta del sottomarino diverse colonne di fumo salirono in aria. Lentamente cominciò a immergersi in mare fino a quando rimase visibile solo la vela, che infine si inabissò. Il sottomarino affondò sempre più velocemente mentre lo scafo si appesantiva.

In superficie non rimase nulla a segnalare la presenza dello scafo dello USS *Phoenix*.

«Ufficiali», ordinò Kane, «riposo!» Gli uomini abbassarono il braccio dalla visiera tutti insieme. «Ufficiali, rompete le righe.»

Kane fissò la posizione in cui era stato il *Phoenix*, quindi tornò da McDonne. «Difficile pensare che non ci sia più», disse.

«Non ne era rimasto molto dopo il colpo del siluro», osservò McDonne, con gli occhi rivolti verso il mare. «Almeno ci hanno permesso di affondarlo invece di metterlo in disarmo.»

«Senza il compartimento del reattore, non c'era più nulla che potesse contaminare o inquinare l'oceano. Tutto è finito nel mare del Labrador.»

Kane si voltò quando l'ammiraglio Steinman si diresse verso di lui. I due uomini chiacchierarono per un momento e McDonne si allontanò con discrezione.

«Bene, David, mi è dispiaciuto vederlo andarsene», disse Steinman. «Un peccato non aver potuto ripararlo, ma questo la lascia disponibile per un altro comando. Lo sa, il prossimo mese verrà fuori dal cantiere un nuovo battello classe Seawolf e il comandante che gli era destinato andrà in pensione. Cosa ne dice? Le piacerebbe essere il comandante dell'USS *Barracuda*? Il miglior sottomarino della flotta, e una possibilità per lei di tornare in mare.»

Kane guardò Steinman, ma invece di vedere i suoi occhi si ritrovò davanti l'ultima missione del *Phoenix* e l'immagine scomparve in un attimo. Accorgendosi che Steinman aspettava una risposta, per un'ultima volta si comportò da ufficiale di marina.

«Non penso, ammiraglio. È finita. Ho chiuso con il mare.»

Steinman lo fissò sorpreso, senza comprendere del tutto, quindi si allontanò per guardare il mare.

La *Diamond* virò verso ovest alla massima velocità per il viaggio di ritorno a Norfolk. Kane rivolse gli occhi all'orizzonte, pensando alla terra ferma e asciutta sotto i suoi piedi. Qualche ora più tardi, quando la nave ebbe ormeggiato ai moli dei sottomarini, il capitano di vascello David Kane si allontanò, camminando sul molo, senza voltarsi indietro.

INDICE

PATRICK ROBINSON

USS SHARK

Anno 2007. Nel golfo Persico, alcune superpetroliere esplodono inspiegabilmente all'imbocco dello stretto di Hormuz. Le indagini rivelano che i cinesi hanno disposto una zona minata lungo lo stretto, per tenere in scacco le riserve di petrolio e innescare così una crisi energetica mondiale. Gli Stati Uniti mettono in campo la quasi totalità dei loro mezzi navali, ma ben presto scoprono che il vero obiettivo dei cinesi è Taiwan, diventata una facile preda ora che gli americani sono impegnati nel Golfo. I SEAL, al comando di Rick Hunter, vengono quindi inviati in una missione di disturbo con l'*USS Shark* e distruggono una base cinese in Birmania. Sulla via del ritorno, i SEAL subiscono gravi perdite. Solo un intervento dello *Shark* può salvarli. Ma proprio a questo punto avviene un fatto mai accaduto nella storia moderna della marina americana: l'ammutinamento del vicecomandante dello *Shark*. Da ciò che succederà nel sottomarino dipendono i destini del mondo...

LONGANESI & C

PATRICK ROBINSON
SEAWOLF

Nel 2006 il *Seawolf*, il più moderno sottomarino d'attacco americano, viene inviato nel mar Cinese Meridionale a compiere rilevamenti dello *Xia*, sottomarino a propulsione nucleare che i cinesi stanno per varare. La missione viene eseguita brillantemente, ma sulla via del ritorno l'elica del *Seawolf* s'impiglia nel cavo sonar di un cacciatorpediniere cinese e, benché si trovi in acque internazionali, il sottomarino viene catturato. A Washington si vuole impedire che i segreti tecnologici del *Seawolf* vengano scoperti dai tecnici cinesi, perciò viene messo a punto un duplice piano per liberare i prigionieri. È l'inizio di una sottile partita a scacchi in cui la strategia psicologica e l'astuzia giocano un ruolo non inferiore a quello della minaccia nucleare...

Di Patrick Robinson nelle edizioni Longanesi:
Classe Nimitz (1997), *Classe Kilo* (1998),
Invisibile (1999)

LONGANESI & C.

Finito di stampare
nel mese di maggio 2003
per conto della Longanesi & C.
dal Nuovo Istituto Italiano d'Arti Grafiche - Bergamo
Printed in Italy